W0364747

Håkan Nesser • Der Verein der Linkshänder

HÅKAN NESSER

Der Verein der Linkshänder

Roman

Aus dem Schwedischen von Paul Berf

btb

»… what's the point of waking up in the morning if you don't try to match the enormousness of the known forces in the world with something powerful in your own life?«

Don DeLillo,
Underworld

»The gods looked down from their mountain and shrugged.«

Paul Auster,
4 3 2 1

Einleitende Bemerkung

Manche Details im vorliegenden Buch – wie Adressen, Bankfilialen, Menschen, Ereignisse, Namen von Städten und Ländern – stimmen nicht mit der sogenannten Wirklichkeit überein. Andere Details stimmen dagegen umso besser mit ihr überein.

Erster Teil

1

1957–58. Oosterby und Umgebung

Marten Winckelstroop wuchs mit zwei Makeln auf. Er hatte keinen Vater, und er war Linkshänder.

Dass er vaterlos war, wurde ihm früh bewusst. Wahrscheinlich im Alter von etwa drei Jahren, denn zu dieser Zeit begann seine Mutter, Louise Henriette Winckelstroop, dem Schädel ihres eingeborenen Sohns die Grundvoraussetzungen des Lebens einzubläuen. Zum Beispiel, dass Gestalten, die gern in langer Hose und Hut oder Mütze herumstolzierten – und die sich zuweilen mit Bart und Schnäuzer schmückten, weil sie zu faul waren, sich zu rasieren –, bei Familie Winckelstroop nicht die geringste Chance hatten.

So viel dazu.

Dass dieser Mangel an Mannsbildern ein Makel sein könnte, kam allerdings keinem der beiden jemals in den Sinn. Nicht einmal ansatzweise. Männer, alte wie junge, waren – abgesehen natürlich vom kleinen Marten selbst – ein Elend und eine missratene Erfindung, so idiotisch war die Welt eingerichtet. Sie mochten eventuell für gewisse Arten schwerer körperlicher Arbeit und zur Säuberung verstopfter Abflüsse taugen – sowie für etwas anderes, aber um darauf einzugehen, war es noch zu früh. Aber das war auch schon alles, buchstäblich alles.

Dass die linke Hand des kleinen Marten sich so viel besser zu allen Arten des Herumfingerns eignete, angefangen beim Rotz und von dort in die Welt hinaus, wusste er auf eine halb unbewusste Weise bereits in sehr jungen Jahren, aber erst, als er sieben Jahre und ein paar Monate alt war, wurde er darauf aufmerksam gemacht, wie widernatürlich es war. An einem sonnigen Herbsttag im Jahre des Herrn 1957, der mit einer sanften Brise vom Meer einherging, wurde er nämlich zusammen mit den übrigen zitternden, aber sorgsam gekämmten Siebenjährigen der Obhut und Aufsicht von Lehrerin Bolster in der Volksschule Oosterby unterstellt. Womit die Kleine Schule gemeint war; es gab auch eine Große Schule, auf demselben großzügig bemessenen Grundstück zwischen Feuerwache und Kirche gelegen, allerdings hinter einer Hecke der Marke Liguster.

Es war aus Backsteinen, dieses kleine Schulgebäude, beherbergte vier Klassenzimmer und einen Werkraum sowie die Wohnungen von Lehrerin Bolster und Lehrer Klitschke unter dem Dach. Ein paar Jahre zuvor hatte die Kleine Schule den fünfundsiebzigsten Jahrestag ihrer Gründung gefeiert. Die Große Schule war zwei Jahre jünger, aber wie alt Frau Bolster war, wusste keiner so genau. Viele meinten, sie sei sicher von Anfang an dabei gewesen. Vielleicht war auch sie aus Backsteinen gefertigt worden, aus dem, was übrig geblieben war, nachdem die beiden Schulhäuser errichtet worden waren, der Gedanke erschien einem nicht abwegig.

Jedenfalls gehörte sie zu einem alten, gestählten Stamm, diese Margarete Bolster. Sie hatte nicht nur alle älteren Geschwister der zitternden Schar erzogen, sondern in den meisten Fällen auch deren Eltern. Wenn es in dieser veränderlichen Welt etwas gab, was man nicht in Frage stellte, dann war es Lehrerin Bolster.

Und man sollte kein Linkshänder sein. Auf gar keinen Fall.

Man sollte auch nicht vaterlos sein. Vermutlich hingen diese Dinge in irgendeiner unergründlichen Weise zusammen; das Familientechnische entzog sich Lehrerin Bolsters Einfluss, aber wenn es darum ging, zwischen welchen Fingern und in welcher Hand man einen Stift, ein Stück Kreide oder eine Nähnadel hielt, nun, was das anging, gab es pädagogische Richtlinien.

Und Methoden. Also wenn es galt, mit verkehrt gepolten Schulkindern zurechtzukommen. Zumindest eine Methode.

Und so durfte Marten Winckelstroop bereits an seinem zweiten Schultag, der übrigens ebenso sonnig war wie der erste und mit dem gleichen freiheitlichen Wind aus Nordwest einherging, die Bekanntschaft des sogenannten *Korrekturhandschuhs* machen. Er war aus Leder, roch nach einer Prise Mist, einer Prise Schaf und zwei Prisen altem Schweiß und wurde noch vor dem morgendlichen Kirchengesang fest um seine linke Hand geschnürt. Er durfte unter keinen Umständen vor dem Ende des Schultags abgenommen werden. Im Grunde war es eher eine Tüte als ein Handschuh, fest gefüttert mit Rosshaar und ohne Finger. Lehrerin Bolster hatte ihn in einer langen Reihe von Jahren benutzt und auf diese Art eine noch längere Reihe von mutmaßlichen Falschschreibern kuriert.

Es gab in der Volksschule Oosterby nicht nur einen solchen Handschuh, sondern mehrere, und Marten war kein Einzelfall. An seiner Seite, in der vordersten Pultreihe am Lehrerpult (so dass sie sich unter strenger Aufsicht befanden und bei Bedarf einen Schlag mit dem Lineal versetzt bekommen konnten), hatte er einen kleinen, dunkelhaarigen Knaben namens Rejmus Fiste, der, abgesehen davon, dass er Linkshänder war, weitere Unzulänglichkeiten aufwies. So stotterte er und war zudem wenig zuverlässig, wenn es darum ging, rechtzeitig zur Toilette zu kommen.

Er hatte jedoch einen Vater, der in der Stadt als Bäcker arbeitete und seinerzeit auch Linkshänder gewesen war. Genau genommen war er das immer noch, da er auswärts zur Schule gegangen war und man niemals Maßnahmen gegen sein Handicap ergriffen hatte. Rätselhafterweise backte er dennoch gutes Brot.

»Diese Bolster ist eine verfluchte Schabracke«, vertraute Marten seinem neugewonnen Leidesgenossen nach ungefähr einer Woche Schullaufbahn an. »Wir sollten sie umbringen.«

Sie standen unter dem großen Kastanienbaum neben der Turnhalle und warteten auf das Ende der Frühstückspause. Rejmus nickte emsig, brachte aber wie üblich kein vernünftiges Wort heraus. Sie spuckten ins Gras und tauschten stattdessen ein paar Boxschläge mit ihren Rosshaartüten aus, und dann läutete die Schulglocke. Es war, wie es war, gegen manche Dinge sollte man aber wirklich etwas unternehmen. Wenn nicht heute, so doch auf lange Sicht.

Die Zeit verging. Die Tage, die Wochen und nach und nach auch die Monate. Ende Dezember bekamen sie Ferien. Während des gesamten Winterhalbjahrs hatten Marten und Rejmus hartnäckig mit dem rechtshändigen Schreiben gekämpft, aber bisher konnte kein Mensch lesen, was sie schrieben. Nicht einmal sie selbst und erst recht nicht Lehrerin Bolster. Rejmus' Stottern hätte auch ein dankbares Objekt für Reformbemühungen abgegeben, aber hier hieß es, eins nach dem anderen. Erst musste die rechte Hand des Jungen funktionieren, dann konnte man sich seinem Sprechen widmen.

Diese Rangfolge führte dazu, dass Rejmus in den Schulstunden keine Fragen gestellt wurden, weil er so unchristlich lange brauchte, um selbst die einfachsten kurzen Antworten herauszubringen. Seine Klassenkameraden sahen sich täglich und stündlich mit dem Einmaleins und Erdkunde sowie mit der Schlange im Paradies und Moses im Schilf konfrontiert. Rejmus dagegen nicht. Ihm wurde nie eine Frage gestellt. Er selbst war mit der Lage der Dinge recht zufrieden und vertraute Marten an, er habe es weiß Gott nicht eilig, die Tüte loszuwerden.

Diese roch immer noch ein bisschen nach Mist und ein bisschen nach Schaf, aber mit der Zeit gewöhnte man sich daran, hatte außerdem ein bisschen vom eigenen Duft in sie hineingeschmuggelt, und die beiden Freunde, denn das waren sie inzwischen, einigten sich insgeheim darauf, dass man den Handschuh sogar ganz nett finden konnte. So eignete er sich beispielsweise hervorragend zum Boxen und saß ja auch eindeutig an der besseren Hand.

Wie Rejmus eigentlich mit seinem Kameraden Marten kommunizierte, wusste keiner, und es machte sich auch keiner die Mühe, es herauszufinden. Sie waren ein Paar für sich, Sonderlinge, wie man so sagte, und vielleicht hatte Marten einfach die nötige Geduld, die Silben abzuwarten, die in einem abgehackten und alles andere als steten Strom aus dem Mund seines Schulkameraden plumpsten.

Oder sie verständigten sich in einer Art Zeichensprache, während der Schulzeit dann allerdings nur mit einer Hand. Obwohl Marten natürlich wie gewohnt reden konnte, denn ganz gleich, was alles auf der Liste über Rejmus Fistes Makel stand, taub war er zumindest nicht.

Dass die beiden nach dem ersten abgeschlossenen Schulhalbjahr der schlechteste beziehungsweise zweitschlechteste Schüler der Klasse waren, wurde auch kaum in Frage gestellt.

Im Januar 1958 wehte der beißendste Nordwind seit Menschengedenken. Tag für Tag, Woche für Woche. Die Kanäle bei Gruydern und Birkenberje froren zu, und wenn der Wind an manchen Sams- und Sonntagen von einer steifen zu einer mäßigen Brise abflaute, liefen manche auf Schlittschuhen bis nach Oostersee. Der Ort lag eigentlich nicht besonders weit weg, höchstens fünf oder sechs Kilometer, aber bei Gegenwind hatte man bisweilen das Gefühl, einen Berg hochzulaufen. Dafür kam man auf dem Heimweg natürlich umso leichter voran.

Die Erstklässler gingen allerdings niemals Schlittschuhlaufen. Sie wären fortgeweht worden.

Im Schulsaal heizte Lehrerin Bolster den Kamin, dass es krachte. Ein Schulinspektor aus Kaalbringen besuchte die Schule für einen halben Tag und stellte dabei fest, dass alles gut aussah, wenn man einmal davon absah, dass Rejmus Fiste in der ersten Reihe die Gelegenheit nutzte, um in die Hose zu machen. Als direkte Ursache dafür betrachtete man die Tatsache, dass er auf Grund seines Stotterns nicht oder nicht rechtzeitig um Erlaubnis zu bitten vermochte, die Toilette aufsuchen zu dürfen, und folglich ließ sich dies weder dem Unterricht als solchem noch etwas anderem zur Last legen. Zwei Ohrfeigen, eine auf jede Wange, und die Sache konnte zu den Akten gelegt werden.

Am selben Tag, allerdings am Abend, trafen sich Marten und Rejmus auf dem Dachboden im Haus des Erstgenannten in der Beerenstraat. Es war ein Ort, an dem sie sich gern aufhielten, auch wenn der enge Raum unter dem Dachfirst mit Eingang von der einen Giebelseite eher dem

Hausbesitzer gehörte, Herrn Flindermann, als den Mietern in der oberen Etage, Fräulein Winckelstroop und ihrem eingeborenen Sohn. Aber Herr Flindermann war mit den Jahren zu schwer geworden, um die Wandleiter hinaufzusteigen, und solange die kleinen Racker nichts kaputtmachten oder herumkrakeelten, hatte er nichts einzuwenden. Sechzig und mehr Jahre zuvor hatte er selbst zahlreiche Stunden unter dem Dachfirst verbracht, um Ruhe vor seinem Vater zu haben, wenn dieser betrunken nach Hause kam und seine Kinder vermöbeln wollte. Das Haus befand sich seit drei Generationen im Familienbesitz, und Marten und sein Schulkamerad, wie auch immer er hieß, waren noch zu jung, um heimlich zu rauchen und Schnaps zu trinken.

»Ich habe mir überlegt«, sagte Marten, als sie sich mit dem Rücken an den Schornstein gelehnt da niederließen, wo es am wärmsten war, »dass es an der Zeit ist, dass wir einen Club gründen.«

»Einen C… C… C… C…?«, sagte Rejmus.

»Genau«, erwiderte Marten. »Oder vielleicht auch einen Verein.«

»Einen V… V… V… V…?«, sagte Rejmus.

»Es spielt eigentlich keine Rolle, ob wir es so oder so nennen«, fuhr Marten fort. »Aber wir brauchen eine Satzung und Versammlungen und, wie heißt das noch…?«

»Z… Z… Z…?«, sagte Rejmus.

»Was?«, fragte Marten.

»Zw… Zw… Zw…«, sagte Rejmus.

»Zwiebel?«, riet Marten.

»N… n… nein!«, sagte Rejmus.

Einige Minuten später war klar, dass das gesuchte Wort *Zweck* war. Marten wusste nicht recht, was damit gemeint war, aber Rejmus hatte wesentlich mehr Worte im Kopf, als aus seinem Mund herauskamen, so dass er sicher recht hatte.

»Okay«, erklärte Marten. »Wir brauchen einen Zweck.«

Rejmus nickte.

»Und Mitgliedsausweise«, ergänzte Marten. »Wir müssen Mitgliedsausweise haben. Nummerierte. Ich bin Nummer eins, und du bist Nummer zwei, darum musst du dich kümmern, du kannst besser zeichnen als ich. Aus Pappe und so klein, dass er ins Portemonnaie passt. Einverstanden?«

Rejmus hob den Daumen zum Zeichen seiner Zustimmung.

»Fürs Erste sollten du und ich als Mitglieder reichen. Wenn wir noch jemanden aufnehmen wollen, müssen wir uns eine Art Aufnahmeprüfung einfallen lassen.«

»P… P… Prüfung?«, schaffte es Rejmus herauszubringen.

»Ja. Aber nur für neue Mitglieder. Du und ich müssen keine Prüfung bestehen, weil wir den Club gegründet haben. Oder den Verein. Ich finde, Verein klingt besser, es ist irgendwie… länger. Was meinst du?«

Rejmus hob erneut den Daumen. Marten dachte eine Weile nach, während er Wundschorf von seinem Ellbogen abknibbelte.

»Diesen Zweck vergessen wir erst einmal«, sagte er, »aber wir brauchen einen Namen. Das ist verdammt wichtig. Er soll natürlich auf dem Mitgliedsausweis stehen und muss gut klingen.«

»D… D… D… D…«, setzte Rejmus an und strahlte vor lauter Eifer.

»Was?«, sagte Marten.

»D… D… D… D…«, wiederholte Rejmus und wedelte vor Martens Augen mit seiner linken Hand. »D… D… D… Ve…«

»Perfekt!«, rief Marten. »Du hast den Nagel auf das Ei getroffen oder wie immer es heißt. Der Verein der Linkshänder! So nennen wir uns.«

Es war der fünfundzwanzigste Januar 1958. Gegen sieben Uhr abends. Das Leben hatte soeben ein neues Kapitel aufgeschlagen.

2

Oktober 2012. Maardam

»Wahrheiten verändern sich mit der Zeit.«

»Wie bitte?«

»Doch, so verhält es sich wirklich«, sagte Mahler und betrachtete seine erloschene Zigarre. »Gewissen Mustern folgend. Man lernt, diese kleinen Verschiebungen zu erfassen, notabene, nicht, sie zu verstehen, aber sie wahrzunehmen. Vor allem im Nachhinein natürlich, ich weiß nicht, ob du darüber schon einmal nachgedacht hast?«

»Wahrnehmen?«, sagte Van Veeteren. »Im Nachhinein?«

Mahler antwortete nicht. Van Veeteren hatte gerade die Hand gehoben, um einen Zug zu machen, ließ sie nun jedoch wieder sinken und seufzte schwer.

»Du hinterhältiger Teufel«, sagte er. »Du sagst solche Dinge doch nur, damit ich die Konzentration verliere.«

Mahler ließ die Zigarre nicht aus den Augen und verzichtete weiterhin auf einen Kommentar.

»Das tust du jetzt seit dreißig Jahren, und ich habe es schon vor neunundzwanzig durchschaut. Ärgerlich daran ist nur, dass ...«

»Was ist ärgerlich?«, fragte Mahler nach einer langen Pause.

»Ärgerlich ist, dass es funktioniert«, antwortete Van Veeteren.

»Was du nicht sagst?«, sagte Mahler.

»Du solltest disqualifiziert werden. Oder zumindest einen Bauern verlieren … und zwar jedes Mal.«

Mahler studierte einen Moment lang das Brett.

»So wie es im Moment aussieht, kann ich es mir durchaus leisten, einen Bauern zu verlieren.«

Er zog die Lippen zu etwas hoch, was möglicherweise ein Lächeln darstellen sollte. Oder es einst, im Anbeginn der Zeit, gewesen wäre.

»Sitzen wir hier wirklich schon dreißig Jahre?«

»In etwa«, antwortete Van Veeteren. »Unsere Namen sollten auf einer Plakette an der Wand stehen. Wenn ich es recht bedenke, würde ich fast meinen, dass es noch mehr sind … an die fünfunddreißig.«

»Sie warten bestimmt darauf, dass wir zuerst sterben«, sagte Mahler. Steckte sich die Zigarre zwischen die Lippen und studierte das Schachbrett mit einer Miene sanfter Resignation. »Und so furchtbar lange kann es bis dahin ja nicht mehr dauern.«

Van Veeteren lehnte sich zurück, ohne seinen Zug gemacht zu haben. Er ließ seinen Blick durch den Raum schweifen und dachte, dass es ohnehin nur um einen Bruchteil von Jahren ging. Die Räumlichkeiten des Café Gilde hatten mehr als vierhundert davon auf dem Buckel; sie waren nach einem Feuer Ende des neunzehnten Jahrhunderts renoviert worden, ihre eigene Zeit, seine und Mahlers, ließ sich historisch gesehen vor diesem Hintergrund vernachlässigen. Weniger als ein Zehntel. Das war kein erfreulicher Gedanke, und es kam erschwerend hinzu, dass sich seine Rückenschmerzen wieder meldeten. Die Lendenwirbel, linksseitig. Selten auch mal rechtsseitig, im Verhältnis eins zu fünf, nicht mehr.

»Wir sind nicht jünger geworden«, bemerkte er. »Was war das eben mit sich verschiebenden Wahrheiten?«

»Nichts Besonderes«, sagte Mahler.

»Nichts Besonderes?«, wiederholte Van Veeteren.

»Ja, nur eine Beobachtung. Sie passt wahrscheinlich besser zur Dichtung als zur Wissenschaft. Obwohl sie mir in den Sinn gekommen sein dürfte, weil ich glaube, dass wir mit genau dieser Stellung hier schon einmal gesessen haben.«

»Was?«, sagte Van Veeteren. »Tja, so etwas sagt sich leicht ...«

»Skandinavische Eröffnung«, präzisierte Mahler. »Ich behaupte nicht, dass jeder Zug identisch gewesen ist, nur die jetzt entstandene Stellung. Du verlierst Tempo nach deiner Rochade, und im Moment denkst du über das Gleiche nach wie damals. Ob du den Springer auf e3 oder d6 ziehen sollst. Herbst achtundachtzig, glaube ich, vielleicht auch neunundachtzig. Also genau die gleichen Gedanken ... was das allerdings mit der Wahrheit zu tun hat, weiß der Teufel. Wenn ich es recht bedenke.«

Van Veeteren öffnete den Mund und schloss ihn wieder. Mahler zündet seine Zigarre an. Van Veeteren musterte ihn.

»Wie alt bist du noch einmal? Bist du letztes oder vorletztes Jahr achtzig geworden?«

»Warum fragst du?«

»Man wird ja wohl noch fragen dürfen«, entgegnete Van Veeteren.

»Vorletztes«, sagte Mahler. »Glaube ich zumindest. Aber du bist ja immer noch ein junger Mann. Fünfundsiebzig in ein paar Wochen ... tja, wahrscheinlich hast du noch nicht die nötige Reife, um das mit den Windungen der Wahrheit zu verstehen.«

»Fünfundsiebzig«, sagte Van Veeteren und seufzte. »Erwähne das Elend nicht.«

»Ich habe gar keine Einladung zu einer Party bekommen«, sagte Mahler und schien erneut dieses Lächeln zu versuchen. »Aber das hatte ich ehrlich gesagt auch nicht erwartet.«

»Hättest du die Einladung angenommen?«

»Nein. Natürlich nicht.«

»Du und ich, wir feiern unsere Geburtstage nicht«, erklärte Van Veeteren. »Zumindest nicht in Gesellschaft des anderen. Wir beide spielen Schach.«

Mahler nickte nachdenklich.

»Vollkommen richtig«, sagte er. »Heißt das, der Tag wird auch unbemerkt vom Rest der Menschheit vorübergehen?«

»Wir verreisen«, erklärte Van Veeteren.

»Aha, so, so.«

»Verteufelt weit. Nach Neuseeland.«

Mahlers Augen drückten Besorgnis aus. »Auf langen Flugreisen bekommt man leicht eine Thrombose. Habe ich mal gehört.«

»Auch fünfundsiebzigjährige Jünglinge?«

»Es kann einen jederzeit treffen«, erwiderte Mahler. »Warum ausgerechnet Neuseeland?«

»Warum nicht? Sie keltern da unten einen guten Pinot Noir.«

Mahler zuckte mit den Schultern.

»Es war Ulrikes Idee«, erläuterte Van Veeteren nach kurzer Pause. »Sie kennt da jemanden.«

»Einen Mann?«

»Nein, verdammt. Eine Freundin aus der Schulzeit, die sie seit fünfzig Jahren nicht mehr gesehen hat.«

»Ich verstehe«, sagte Mahler. »Ja, in fünfzig Jahren haben

viele alte Wahrheiten Zeit, eine andere Gestalt anzunehmen.«

Van Veeteren trank einen Schluck Bier und versuchte sich vorzustellen, was Mahler zu verstehen behauptete. Aber es kam nichts. Weder in seinem Kopf noch aus Mahlers Mund. Ich bin müde, dachte er. Ich bin schlichtweg alt und müde. Kann keine gescheiten Fragen mehr stellen. Die Worte kommen und gehen einfach … wie sinnlose Regenschauer. Und der Mann mir gegenüber ist noch älter.

Außerdem sitze ich hier und lüge ihn an, aber darauf haben wir uns schließlich geeinigt. Ulrike und ich.

»Übrigens«, fiel ihm ein, »du hast schon länger nichts mehr veröffentlicht. Seit deiner letzten Gedichtsammlung sind bestimmt fünf Jahre vergangen.«

»Sieben«, sagte Mahler. »Es kam zu einer Verzögerung.«

»Und warum?«

»Mein Lektor hat beschlossen, in Pension zu gehen. Es gibt sonst niemanden, der mich versteht.«

»Wie heißt er?«

»Brahms. Er heißt Eugen G. Brahms. Nicht älter als achtundsiebzig, aber er hat Probleme mit den Knien. Jedenfalls schiebt er es darauf.«

»Was haben seine Knie mit Dichtung zu tun?«

»Exakt mein Standpunkt. Aber er hat einen Nachfolger bekommen, mal schauen.«

Van Veeteren trank einen Schluck Bier und versuchte, einen Gedankengang festzuhalten, der ihm zwischen seinen Ohren entglitten war wie eine Schlange in einen Steinhaufen.

»Und worin versinkst du jetzt?«, sagte Mahler, als eine Minute oder vielleicht auch zwei vergangen waren. »Du schläfst mir hier doch nicht etwa ein? Es sieht jedenfalls nicht so aus, als würdest du über einen Zug nachgrübeln. Soll ich dich daran erinnern, was du 1988 getan hast?«

»Ja, bitte«, sagte Van Veeteren. »Tu das.«

»D6«, sagte Mahler.

»Der Springer?«

»Ja.«

»Und wie ist die Partie ausgegangen?«

»Du hast verloren«, antwortete Mahler.

Eine halbe Stunde später war er auf dem Heimweg. Springer auf e3 hatte auch nicht funktioniert, nach gut vierzig Zügen musste er aufgeben. Sie hatten den Abend mit einem kleinen Glas Genever abgerundet und sich wie üblich vor Bijnerts Weinhandel an der Ecke Zwille- und Falckstraat getrennt. Mahler wohnte in Deijkstraa, seit vierzig Jahren schon; Van Veeteren dachte, dass er nur bei zwei Gelegenheiten einen Fuß in die alte, verrauchte Wohnung des Dichters gesetzt hatte und es wahrscheinlich nie wieder tun würde. Mahler und er waren keine engen Bekannten, nicht im herkömmlichen Sinne des Wortes; sie trafen sich ein- oder zweimal im Monat und spielten Schach in Vlissingen. Das war alles, und so war es schon immer gewesen.

Wie gesagt.

Es herrschte generell ein Mangel an Zukunft, und Mahler hatte einen Sohn, der sich sicher um den Nachlass kümmern würde, auch wenn er dafür zunächst einmal aus Südamerika anreisen musste. Bolivien oder Kolumbien, Van Veeteren vergaß immer wieder, aus welchem Land.

Wenn der Tag gekommen war.

Aber vielleicht würde sein eigener ja zuerst kommen? Er schlug den Mantelkragen zum Schutz gegen einen plötzlichen Windstoß über der Langgraacht hoch und dachte, dass dies keine Rolle spielte. Hauptsache, er selbst durfte sich aus dem Staub machen, bevor Ulrike es tat. Seine Tage in Einsamkeit zu beschließen, war ein höchst unangenehmer Gedanke. Vor ein paar Nächten hatte er von seinem Tod geträumt: Er war eine vergessene Scheibe von Gruydermanns Leberwurst gewesen, die jemand auf einem Untersetzer in einem Kühlschrank stehengelassen hatte – und als jemand anderes, nach einem halben Jahr oder so, die Tür zu diesem Kühlschrank öffnete, es war eindeutig eine junge und schöne Frau gewesen, hatte er sich für seinen schimmeligen, verfaulten Zustand geschämt, und die Frau hatte, wie nicht anders zu erwarten, mit einem unverkennbaren Ton von Enttäuschung und Vorwurf in der Stimme ausgerufen:

»Aber Herr Kommissar. Dass Sie sich nicht schämen!«

Genau, sie hatte ihn tatsächlich *Herr Kommissar* genannt, und bevor sie angeekelt wieder die Tür vor ihm verschloss, hatte er erkannt, dass es Ewa Moreno gewesen war.

Eine junge Ewa Moreno, so wie sie ausgesehen hatte, als sie vor vielen, vielen Jahren zur Kriminalpolizei im Präsidium von Maardam kam. Als er selbst noch als deren unbestrittene Achse und ihr Anker aktiv gewesen war.

Achse und Anker? Konnte man beides sein, fragte er sich und bog in die Kellnerstraat. Etwas, das sich sowohl dreht als auch festsitzt? Oder eher festsitzt und versucht, sich zu drehen. Ein Bild für sein ganzes Leben? Oder bloß Worte, die zufällig in seinem Kopf zusammengeprallt waren?

Wie gesagt.

Er trat den Fetzen eines Pizzakartons in den Kanal und dachte, dass es lange her war, seit er sie das letzte Mal gesehen hatte. Lange her, dass er irgendwem von seinen alten Kollegen begegnet war. Münster war irgendwann im Frühjahr im Antiquariat gewesen, aber das war jetzt sicher ein halbes Jahr oder noch länger her, und an einem Sommerabend war er auf dem Grote Markt Rooth begegnet. Aber das war auch schon alles.

Reinhart war seit ein paar Jahren in Pension und lebte, soweit er wusste, in Spanien, aber viele der anderen waren noch im Dienst und schufteten in den Hinterhöfen der Gesellschaft.

Münster … er hatte vermutlich noch zwei oder drei Jahre. Moreno, Rooth und Jung … ja, mein Gott, dachte Van Veeteren, *those were the days*.

Zehn Jahre waren vergangen, seit er seinen letzten Beitrag zur Verbrechensbekämpfung geleistet hatte. *Sein letzter Fall.* So nahe wie damals war er dem Tod noch nie gewesen. Weder zuvor. Noch danach.

Was für ein ewiges Gerede über den Tod das ist heute Abend, stellte er fest, als er dem Wind entkam und um die Ecke zur Moerkerlaan bog. Zwanzig Schritte später hob er automatisch den Blick und sah, dass im Schlafzimmer zwischen den Linden in der dritten Etage von Hausnummer 14 Licht brannte. Ulrike war offenbar mit einem Buch ins Bett gegangen; sie hatte Besuch von einer alten Freundin gehabt, aber anscheinend war diese früh gegangen. Es war erst halb zwölf, und Ulrike hatte angedeutet, dass sie eigentlich gar keine Lust hatte, Agnieszka zu treffen. Oder wie sie hieß. Vielleicht waren die beiden ja aneinandergeraten. Er hatte es so verstanden, dass es noch eine alte offene Rechnung gab, ohne dass die einzelnen Posten darauf näher erläutert worden wären.

Fünfundsiebzig, dachte er erneut, als er die Tür aufschob. In zwei Wochen habe ich ein Dreivierteljahrhundert gelebt. Eines langen Tages Reise in die Nacht.

Und er würde den großen Tag ganz sicher nicht in Neuseeland verbringen.

Das war lediglich ein Konzept, auf das Ulrike und er sich geeinigt hatten. Für den Fall, dass irgendein verdammter Idiot auf die Idee kommen sollte, ihm gratulieren zu wollen.

Zum Beispiel eine Tochter in Paris oder eines der Enkelkinder.

Was wünschst du dir, hatte man aus Paris trotz allem gefragt.

Ein Telegramm am halbwegs richtigen Tag, hatte er geantwortet. Ohne gründlicher darüber nachzudenken, ob es so etwas wie Telegramme überhaupt noch gab.

Ulrike hatte die Nachttischlampe schon ausgemacht, als er ins Schlafzimmer tapste, schaltete sie jetzt aber wieder ein.

»Wie ist es gelaufen?«, fragte sie.

»Was?«

»Die Schachpartie natürlich?«

Das fragte sie ihn sonst nie. Er begriff, dass es die Einleitung zu etwas anderem war.

»Ich habe verloren«, antwortete er. »Mahler wird im Alter immer schlimmer. Hattest du einen netten Abend mit Agnieszka?«

»Paula.«

»Paula? Ich dachte, sie heißt Agnieszka?«

»Das war vor zwei Wochen.«

»Ich bitte um Entschuldigung. War es die Mühe wert?«

»Für etwa eine Stunde. Danach haben wir uns ausgesprochen. Sie ist gegen zehn gegangen, und das war auch gut so.«

»Ich verstehe.«

»Aber es ist etwas passiert.«

»Ja?«

»Münster hat angerufen.«

»Münster?«

»Ja. Er wollte dich sprechen. Hatte ein Anliegen.«

»Warum hat er hier angerufen?«

»Du hast dein Handy liegengelassen. Ich bin aus irgendeinem Grund drangegangen.«

»Es geht ja wohl hoffentlich nicht um diesen verflixten Geburtstag? Du hast ihm doch klargemacht, dass wir verreisen?«

Ulrike schob sich in eine halb sitzende Position. Er dachte, dass sie tatsächlich auch schon über siebzig war, aber eher wie sechzig aussah. Oder fünfunddreißig. Oder was auch immer. Womit hatte er dieses Wunderwerk von einer Frau verdient? So lautete die Frage, die er sich in der Regel dreimal am Tag stellte, und er war nie auch nur in die Nähe einer Antwort gekommen.

Außer eventuell, dass die blind gewährte Gnade manchmal schwerer wog als der Lohn der Tugend.

Gut, dachte er. Endlich ein gediegener Gedanke.

»Nun, es ging wohl eher nicht um deinen runden Geburtstag«, sagte sie. »Es ging um … tja, ich weiß es nicht genau.«

»Du weißt es nicht genau?«

»Nein. Aber ich hatte den Eindruck, es dreht sich um … na ja, du weißt schon?«

»Was? Was weiß ich?«

Sie lächelte vorsichtig. »Um eine … wie soll ich mich ausdrücken? Eine alte Polizeiangelegenheit.«

Er musste sauer aufstoßen. Ich hätte einen größeren Genever trinken sollen, dachte er. Oder zwei.

»Eine Polizeiangelegenheit?«

»Ja, also um einen Fall. Aber sicher bin ich mir nicht.

Er will morgen im Antiquariat vorbeischauen. Er hat mich gebeten, dir das auszurichten, damit du … ein bisschen vorgewarnt bist.«

»Vorgewarnt?«

»Das waren seine Worte.«

»Verdammt«, sagte Van Veeteren.

3

September 1991. Loewingen

Als Qvintus Maasenegger sich am Morgen seines Geburtstags am zehnten September im Badezimmerspiegel betrachtete, konnte er drei Dinge feststellen.

Er war dreiundvierzig Jahre alt.

Er sah aus wie dreiundfünfzig.

Er fühlte sich wie dreiundsechzig.

Ich sollte endlich anfangen, Sport zu treiben, dachte er.

Das hatte er auch früher schon gedacht, vor allem in den letzten Jahren, aber aus irgendeinem Grund war nie etwas daraus geworden. Irgendetwas war ihm immer dazwischengekommen; so sah das Leben aus, nicht nur, wenn es darum ging, in Form zu bleiben, sondern im Allgemeinen. Die langfristigen Pläne und Strategien wurden stets zunichtegemacht, weil der Zufall es nicht lassen konnte, sich einzumischen und die Visionen zu beschämen. Das Schicksal war generell eine Niete.

Oder nicht? Er blieb einen Moment vor dem Spiegel stehen und versuchte zu zählen, wie viele Frauen er beispielsweise gehabt hatte, weil das ein nicht unwesentlicher Aspekt des Schicksals war. Wie viele es insgesamt gewesen waren und wie viele von ihnen mehr oder weniger geschworen hatten, für den Rest ihres Lebens mit ihm zusammenzuleben. Außerdem, wie viele ihm mitgeteilt hatten, dass er ein Riesenarschloch oder etwas damit Verwandtes war – aber nach einem knappen Dutzend in jeder Kategorie gab er auf und ging stattdessen dazu über, Jobs zu zählen. Die Berufe, in denen er sich versucht hatte, und die kürzeren oder längeren Arbeitsstellen, die er gehabt hatte. Besonders viele längere Arbeitsverhältnisse gab es nicht, seit er als Dreiundzwanzigjähriger den Steinmetzbetrieb in Mindelo verlassen hatte und zur See gefahren war, nachdem er die Tochter des Geschäftsführers geschwängert hatte. Es war eine üble Geschichte, und als er an sie dachte, kam er auch beim Zählen seiner Jobs aus dem Konzept. Sie hieß Marion und war die Sorte junge Frau gewesen, die man nicht so leicht vergisst. Ob man nun will oder nicht. Vielleicht hätte er die Verantwortung übernehmen und sie heiraten sollen, aber um die Wahrheit zu sagen … tja, um die Wahrheit zu sagen, hatte der Schuh eigentlich nicht dort geklemmt. Vater Steinmetzgeschäftsführer hatte für seine Tochter andere Pläne, das kapierte nun wirklich jeder. So ein Kesselflickerbastard wie Qvintus Maasenegger würde ihr Leben verdammt nochmal nicht ruinieren, und als er nach gut einem Jahr auf den sieben Meeren zurückkehrte, stellte sich heraus, dass dieses Kind niemals zur Welt gekommen war. Natürlich nicht, und Marion war bereits mit einem Offizier der Luftwaffe verlobt, ihr eingerahmtes Foto hing für alle Welt sichtbar im Schaufenster von Wauters Foto und Film am Marktplatz von Mindelo.

Viele Jobs waren es jedenfalls gewesen, aber was brachte es, sie alle zu zählen? Außerdem war er momentan arbeitslos. Qvintus seufzte, wusch sich das Gesicht mehrmals mit kaltem Wasser und putzte sich die Zähne. Klemmte seine bleiche und traurig schlaffe Bauchmuskulatur zwischen Daumen und Zeigefinger ein und kam auf das Thema Sport zurück. Gerade heute sah das Wetter richtig vielversprechend für diese Art von Aktivitäten aus; er registrierte dies durch das Badezimmerfenster und eine Viertelstunde später, als er mit der ersten Tasse Kaffee des Tages und der ersten Zigarette am Küchentisch saß. Eine blasse Herbstsonne war über dem Tribünendach des Sportplatzes aufgestiegen, und im großen Blau war nicht eine Wolke zu sehen. Kein Wind, wie es schien, und vermutlich eine Temperatur von etwa fünfzehn Grad.

Mit anderen Worten wie gemacht zum Joggen, und möglicherweise wäre das Projekt tatsächlich in die Tat umgesetzt worden, wenn ein Klappern im Wohnungsflur die Lage nicht verändert hätte. Die Post war gekommen; aller Wahrscheinlichkeit nach eine Handvoll neuer Rechnungen oder Mahnungen zu alten Rechnungen, die nie bezahlt worden waren. Oder Reklame für Produkte, die er niemals gebraucht hatte und niemals brauchen würde. Etwas anderes war selten dabei, aber Qvintus machte sich dennoch die Mühe, hinzugehen und nachzusehen. Drei Schreiben, das war alles. Zwei waren von der erwartbaren Sorte, ein Brief von seiner Bank, einer von einem Inkassobüro. Das dritte war ein hellblaues Kuvert ohne Absender oder Andeutung des Inhalts. Sein Name und die Adresse in eckigen schwarzen Großbuchstaben. Er ließ die beiden Forderungsschreiben auf dem Flurtisch liegen, nahm den hellblauen Umschlag und kehrte mit ihm in die Küche zurück. Er suchte ein Messer aus einer Schublade heraus, setzte sich an den Tisch und schlitzte ihn auf.

Was zum Teufel, dachte er. Eine Geburtstagsgruß von einer Frau, die ihn immer noch mochte und zum Essen einladen wollte, oder was? Dream on baby, aber so, wie das Leben aussah, war das wohl das einzig Vernünftige, womit man seine Zeit verbringen konnte. Zu träumen.

Der Text war maschinengeschrieben und umfasste eine gute halbe Seite. Er las ihn dreimal, zunehmend erstaunt.

Aber vielleicht war *erstaunt* das falsche Worte, denn es war etwas anderes, was in ihm erwachte. Eine unheilverkündende Sorge, eine alte Schuld, von der er geglaubt hatte, sie würde in Frieden ruhen, und der er sich beim besten Willen nicht stellen wollte. Kurzum, diese verfluchte Geschichte.

Bester Qvintus Maasenegger,

du wirst hiermit ersucht, dich zu einer außerordentlichen Mitgliederversammlung im Verein der Linkshänder einzufinden. Viele Jahre sind vergangen, aber wie du weißt, bedeutet die Mitgliedschaft im VDL, dass man ein Leben lang auf eine Verbindung eingeschworen ist. Handlungen zeitigen Konsequenzen, die guten Taten werden belohnt, für die schlechten gibt es eine tätige Gnade. Wichtiger als alles andere ist jedoch die Freude des Wiedersehens. Du wirst es bereuen, falls du beschließen solltest fernzubleiben, das schwören wir dir.

Ort: *Mollys Pension, Oosterby.*

Zeit: *Zusammenkunft um 17 Uhr am Samstag, den 28. September.*

Inhalt: *Gutes Essen, gute Getränke, gehaltvolle Gespräche und ein angenehmes Beisammensein im Kreise guter alter Freunde. Übernachtung zum Sonntag in einem Einzelzimmer, das dir am Samstag ab 14 Uhr für vierundzwanzig Stunden zur Verfügung steht.*

Herzlich willkommen!
Der Vorstand
bei Verhinderung wird u. A. g. unter 011–161718

PS: Verbrenne diesen Brief, sobald du dir Zeitpunkt und Ort eingeprägt hast. Du weißt, warum!

Er schob die Einladung in den Umschlag zurück und blieb am Küchentisch sitzen, während die Gedanken in seinem Kopf Amok liefen. Der Verein der Linkshänder? Diese verfluchten Irren. Was zum Teufel hatte das zu bedeuten? Qvintus Maasenegger hatte in seinem unsteten Leben nicht viele private Schreiben erhalten, aber der Brief, der in diesem Moment vor ihm auf der verklebten Tischplatte lag, war zweifellos das seltsamste von allen.

Außerordentliche Mitgliederversammlung?

Hiermit ersucht …?

Auf eine Verbindung eingeschworen …?

Was für verflucht gestelzte Formulierungen!

Handlungen zeitigen Konsequenzen?

Du wirst es bereuen, falls du beschließen solltest, fernzubleiben. Und *Verbrenne diesen Brief. Du weißt, warum, nicht wahr?*

Und plötzlich, ganz plötzlich war diese längst begrabene Erinnerung ans Licht geholt worden.

Das Mädchen.

Zink.

Die Zwillingsschwestern. Was passiert war. Das Geld.

Warum, um Himmels willen, plumpste ausgerechnet heute diese Einladung in seinen Briefkasten? Nach so vielen Jahren. Mindestens zwanzig; er versuchte nachzurechnen und kam auf zweiundzwanzig. Es war doch im Frühjahr 1969 passiert?

Qvintus Maasenegger kratzte sich am Kopf und hatte daraufhin eine Fuhre fettiger Schuppen unter den Fingernägeln. Aber was bedeutete eine solche Lappalie in diesem Moment? Er unternahm eine mentale Anstrengung und versuchte, sich ein Vierteljahrhundert in die Vergangenheit zurückzuversetzen. In seine Jugendjahre in dem verdammten Kaff.

Dieser Raum, wie hatten sie ihn noch genannt? Diese Clique … an ihre Namen konnte er sich immerhin noch erinnern. *Marten* irgendwas. *Rejmus* irgendwas und *Kuno* irgendwas … und, wie gesagt, die Zwillingsschwestern. Unmöglich auseinanderzuhalten. Verteufelt hübsch, und zumindest die eine der beiden war auch durchaus willens gewesen, aber sie war mit einem der anderen zusammen gewesen, war es nicht so? Und dann, mit der Zeit, auch mit Zink, wahrscheinlich …

Zink.

Qvintus Maasenegger schauderte, als er an ihn dachte.

Und Mollys Pension. Mein Gott! Er schüttelte den Kopf und verließ die Küche. Ging ins Wohnzimmer und marschierte planlos umher. Mit dem Brief in der Hand.

Verbrenne diesen Brief … Er erinnerte sich an einige Abende in der alten, baufälligen Pension hinter … wie hieß das? Leroys Landzunge? Er hatte dort sicher auch die eine oder andere Nacht mit der einen oder anderen Braut verbracht.

Möglicherweise nicht mehr als eine Nacht, um bei der Wahrheit zu bleiben. Und nicht mehr als ein Frauenzimmer. *Selma Verhoven*, die mit dem fast schon berühmten Lächeln und den roten Zöpfen. Es war eigentlich nicht besonders gut gelaufen, wenn er es recht bedachte, aber er war damals auch nicht älter als sechzehn oder höchstens siebzehn gewesen. Selma musste damals mindestens zwanzig gewesen sein und hatte ihn ausgelacht, weil er zu früh gekommen war. Das war ja wirklich eine beschissene Erinnerung, die da aus heiterem Himmel auftauchte, nur weil ein verfluchter Brief auf dem Fußboden im Flur gelandet war.

Die anderen in der Clique hatte er nicht gekannt. Nicht wirklich. Sie waren ein oder zwei Jahre jünger gewesen, und der Club war, lange bevor er dazustieß, gegründet worden. *Die Höhle!* Auf einmal fiel es ihm wieder ein, so hatte der Raum geheißen. In diesem verdammten Rattenloch war doch … nein, an diese Geschichte wollte er nicht denken. War man davongekommen, dann war man …

Und dann sollte es eine Million Jahre später ein Wiedersehen in Mollys Pension geben.

Warum? Warum, zum Teufel?

Er ging ins Schlafzimmer und streckte sich auf dem Bett aus. Blieb eine ganze Weile liegen und glotzte die Decke mit den Stockflecken an. Die Gedanken fanden keine Ruhe. Er zündete sich eine neue Zigarette an und versuchte, den Weg in die Vergangenheit zu finden. In jenen Herbst, als er in die Gegend kam und endlich das erhielt, was man gemeinhin eine Kindheit nannte. Augustus Flinders war sehr darauf bedacht gewesen, dies zu unterstreichen, damit er ja nicht vergaß, dankbar zu sein.

Dankbar dafür, dass man sich seiner erbarmt hatte. Dankbar dafür, dass er auf dem großen Hof gemeinsam mit normalen Menschen leben durfte, Augustus und Elmira Flinders und ihren beiden Töchtern. Malvina und Regina. Dankbar dafür, dass er abends an dem großen Eichentisch sitzen, das Tischgebet hören und Vater Augustus' Vorträgen über Großes und Kleines und seinen endlosen christlichen Ratschlägen und Ermahnungen lauschen durfte.

Dort zwischen den kleinen Schwestern zu sitzen, nun ja, sie waren natürlich nicht seine richtigen Schwestern, das durfte er sich niemals einbilden. Er war eher ein Knecht als ein Sohn, Augustus versäumte nicht, ihm dies einzubläuen, Blut war dicker als Wasser, und aus einer Ente wurde so schnell kein Mercedes.

So groß wie in Augustus Flinders' Mund war er allerdings nicht, der Hof Höffenhaase, aber immerhin so groß, dass es Arbeit für ein Paar kräftige, jugendliche Jungenhände gab. Er lag in Richtung Brejvinskirke, nur ein paar Katzensprünge vom Meer entfernt, man brauchte zwanzig Minuten, um morgens mit dem Fahrrad zur Schule in Oosterby zu fahren, fünfundzwanzig zurück, weil man nachmittags immer Gegenwind hatte. Sowohl Vieh als auch Getreide, oh ja; vor dem Abendessen und besagtem Abendgebet ließen sich in der Regel zwei und auch mal drei Stunden Arbeit einschieben.

Was sich nachteilig auf solche Dinge wie Bücher und Hausaufgaben auswirkte, aber wenn es etwas gab, eine einzige Sache in der ganzen Welt, bei der Augustus Flinders und sein Pflegesohn (oder was immer er war) die gleiche Meinung vertraten, dann in dem Punkt, dass man der Bildung durch Bücher getrost den Rücken zukehren konnte. Es war ein deutlich überschätztes Kapitel.

Abgesehen von der Bibel natürlich.

Qvintus Maasenegger drückte seine Zigarette aus. Ging ins Badezimmer und pinkelte. Klatschte sich Wasser in die Achselhöhlen und dachte nach.

Sieben Jahre.

Er war zehn gewesen, als er dorthin gekommen war. Siebzehn, als er weglief.

Malvina war vierzehn gewesen. Also nicht unbedingt gesetzlich erlaubt nach den Maßstäben der damaligen Zeit, und eine dumme Gans, weil sie an dem Tag, nachdem es passiert war, ihrer Mutter davon erzählt hatte.

Aber damit, dass danach, im selben Winter, Vater Augustus starb und die drei dummen Gänse den Hof verkaufen mussten, hatte Qvintus nichts zu tun gehabt. Nachdem er ein halbes Jahr in Hamburg und Maardam umhergeirrt war, konnte er so jedoch in die Gegend zurückkehren. Er hatte schließlich nirgendwo Wurzeln, und in der Fischfabrik hatten sie Leute gesucht.

Der Verein der Linkshänder. Die hübschen Schwestern. Bei der einen war er, wie gesagt, fast zum Zug gekommen. Welche der beiden es auch immer gewesen sein mochte…

Jetzt waren die Erinnerungen zum Leben erwacht. Bewegten sich unwillig und versuchten, ins Vergessen zurückzusinken.

Zink, dieser Irre. Das kleine Mädchen… das Geld.

Nein, verdammt, dachte Qvintus Maasenegger, those were *not* the days. Er richtete sich auf der Bettkante auf. Betrachtete seine schmutzigen Laken und beschloss, sowohl die Wäsche als auch den Hausputz und das Neubeziehen des Betts auf eine bessere Gelegenheit zu verschieben.

Und das Joggen?

Unsinn. Im Westen sah der Himmel blau aus, und er beschloss, seine Geburtstagsfeier mit einem Glas Pils im *Der dicke Pirat* einzuläuten.

Dann würde man weitersehen. Alles hatte seine Zeit. Vielleicht sogar die Idioten in Mollys Pension.

Trotz allem.

Doch bevor er seine Wohnung verließ, machte er sich eine Notiz, die er in die Schublade für wichtige Papiere im Schlafzimmer legte. Und verbrannte im Spülbecken in der Küche einen Brief.

4

Oktober 2012. Maardam

Als er aus der Straßenbahn stieg, regnete es, und er fragte sich, wie viele Regenschirme zu Hause in seiner Wohnung herumstanden. Und im Antiquariat. Insgesamt vermutlich ein Dutzend, aber von der Haltestelle am Koplers Pleijn bis zur Kupinski-Gasse waren es schließlich nicht mehr als zweihundert Meter, und einen nassen Kopf bekam er nicht zum ersten Mal. Vielleicht war er nun in ein Alter gekommen, in dem es an der Zeit war, sich einen Hut zu kaufen.

Es hieß immer noch Krantzes, sein Tagesquartier, so stand es in mattem Gold in einem Halbbogen auf dem Schaufenster und auf der Tür. Krantze war vor ein paar Jahren gestorben und weitere Jahre zuvor ausgezahlt worden, aber warum sollte man den Namen eines Antiquariats ändern, das es seit mehr als hundert Jahren gab? Er hatte Ende der neunziger Jahre begonnen, hier seine Tage zu verbringen, jedenfalls die meisten. Also schon zu jener Zeit. Manchmal sieben, acht Stunden, meistens jedoch nur drei oder vier. Er hegte den Verdacht, dass Ulrike ihn mitten am Tag gern eine Weile loswerden wollte, insbesondere, seit sie selbst pensioniert war. Es war im Übrigen mehr als ein Verdacht, und erfüllte es vielleicht für beide Seiten die gleiche Funktion? Er liebte sie so sehr, wie er guten Wein liebte, aber das hieß ja nicht gleich, dass man vier Liter am Tag trinken musste.

Es hing zudem keine Information über Öffnungszeiten an der Tür. Nur ein Schild, das er nach Belieben umdrehen konnte. Geöffnet – Geschlossen. Wenn dort Geschlossen stand, hieß dies nicht zwangsläufig, dass er nicht da war. Mit jedem neuen Jahr, das verging, gefielen ihm die Bücher immer mehr, die Kunden immer weniger – abgesehen möglicherweise von der Handvoll, die im Viertel wohnte und das Antiquariat vor allem als Bibliothek nutzte. Man kaufte nach einer angenehmen Zeit des Auswählens und Argumentierens einen guten Roman oder eine Essaysammlung, bezahlte zehn Euro für das Buch und verkaufte es für denselben Preis, wenn man es ausgelesen hatte. Gentlemen's agreement.

Frau Martinus, zum Beispiel. Herr Klimke mit dem Hund, der alte Konzertpianist Herkert, der vermutlich schon sowohl neunzig als auch hundert Jahre alt geworden war, dessen Verstand jedoch so klar war wie ein Alpensee. Sogar eine junge, schöne Frau gehörte zu dieser Klientel, sie kam seit dem letzten Jahr, nachdem sie in dasselbe Haus gezogen war. Sie war in tiefer Trauer, weil ihr Sohn gestorben war, und vor ein paar Monaten hatte Van Veeteren ihr gestanden, dass auch er einen Sohn hatte, der tot war. Seit mittlerweile dreizehn Jahren, aber trotzdem.

Er lud sie regelmäßig zu einem Glas Portwein ein, wenn sie ihre Bücher für die kommende Woche ausgewählt hatte, und fragte sich, ob Ulrike eifersüchtig wäre, wenn sie davon wüsste.

Wohl kaum. zwischen Frau Kuivers und ihm lagen gut und gerne vierzig Jahre, er hatte keine Absichten dieser Art. Es stellte sich die Frage, wie er das überhaupt hatte denken können, aber da er den Gedanken formulieren und sich von ihm distanzieren konnte, hieß dies wohl letzten Endes, dass er da gewesen war? Oder nicht?

Er schloss die Tür auf und trat in das Gewirr aus Büchern und Staub. Scherte sich nicht darum, das Schild umzudrehen. Wenn Münster seine Drohung wahrmachen wollte, ihm einen Besuch abzustatten, würde er klingeln, bis er hereingelassen wurde. So schlau war er schon.

Wenn es um meinen Geburtstag geht, werfe ich ihn hinaus, dachte Van Veeteren. Setzte Kaffee auf und nahm in dem Drehsessel im hinteren Zimmer Platz, wo er von der Straße aus nicht gesehen werden konnte.

Mit dem Kopf voraus in den Rinnstein. Da kann er dann liegen und es bereuen.

Und wenn es nicht um seinen Geburtstag ging, worum ging es dann?

Wie gesagt, verdammt.

Kurz vor elf hörte es auf zu regnen, und eine Viertelstunde später tauchte Münster auf. Er sah ein wenig abgezehrter aus, als Van Veeteren ihn in Erinnerung hatte, was daran liegen mochte, dass er sich gern an ihn aus seiner eigenen aktiven Zeit erinnerte. Den Achtzigern und Neunzigern. Als Van Veeteren noch im Dienst war und man sich fünfzig Stunden in der Woche gesehen hatte. Manchmal hundert. Er erkannte, dass Münster inzwischen älter sein musste, als er selbst damals gewesen war, welchen Wert eine solche Erkenntnis auch haben mochte.

»Guten Tag«, sagte Münster. »Du siehst fit aus.«

Das war keine gute Einleitung. Wahrscheinlich begriff Münster das auch, denn er hustete und schien sich plötzlich unwohl zu fühlen. So wie er gelegentlich vor zwanzig Jahren aufgetreten war, wenn ihm ein Schnitzer unterlief, dachte Van Veeteren. Man kommt halt nicht aus seiner Haut.

Obwohl Münster eigentlich niemand war, der sich Schnitzer erlaubte, das hatten andere übernommen. Im Gegenteil, wenn es einen Kollegen gab, auf den der Kommissar sich blind verlassen hatte – oder doch zu fünfundachtzig, neunzig Prozent –, dann war es Inspektor Münster gewesen.

Jetzt ist er in meinen Gedanken wieder *Inspektor*, erkannte er. Und ich selbst bin *der Kommissar*. Es ist, wie es ist, manche Dinge wird man einfach nicht los. Ich gehe jede Wette ein, dass irgendwer *Kriminalkommissar* auf meinen Grabstein kritzeln wird, wenn es so weit ist.

Und wenn ihn nicht alles täuschte, war Münster selbst in den letzten sieben, acht Jahren Kommissar gewesen. Auf jeden Fall seit Reinharts Pensionierung.

»Hm«, sagte er. »Die Höflichkeitsfloskeln können wir uns vielleicht sparen. Was willst du?«

»Ich habe gehört, dass du die Tage Geburtstag hast«, sagte Münster.

Die Fortsetzung gelang ihm nicht besser als die Einleitung.

»Komm rein und setz dich«, sagte Van Veeteren. »Aber wenn es um meinen Hundertsten geht, kannst du genauso gut wieder rückwärts rausgehen. Ulrike und ich reisen nach Neuseeland, und wer versucht, mir zu gratulieren, wird erschossen.«

»Das habe ich gehört«, erwiderte Münster.

»Was?«, sagte Van Veeteren. »Wo hast du das gehört?«

»Ulrike hat es mir gestern gesagt. Ich habe doch mit ihr gesprochen.«

»Ach so, ja«, sagte Van Veeteren.

Einige zögerliche Sekunden verstrichen. Münster richtete sich auf.

»Aber es geht eigentlich gar nicht um den Geburtstag.«

»Gut«, sagte Van Veeteren. »Du kannst eine Tasse Kaffee

oder ein paar Tropfen Portwein bekommen. Oder beides … da draußen ist es anscheinend recht ungemütlich.«

»Ich glaube, ich bin im Dienst«, sagte Münster und nahm auf einem Rohrstuhl Platz. »Kaffee ist eine gute Idee.«

»Dann bist du also dienstlich hier?«, erkundigte sich Van Veeteren und löffelte Pulver in die Kaffeemaschine.

»Ja«, gab Münster zu. »Leider … oder was immer man dazu sagen soll.«

»Warte, bis ich mit dem Kaffee fertig bin, bevor du überhaupt etwas sagst«, erwiderte Van Veeteren. »Wenn es schon um etwas Wichtiges geht, möchte ich in aller Ruhe sitzen.«

Eine Minute verging. Münster saß, wo er saß, und hielt die Klappe. Die Hände im Schoß gefaltet, der Blick über die Bücherreihen wandernd.

Darin war er immer schon gut, erinnerte sich Van Veeteren. Für manche Menschen ist es ein Problem zu schweigen, aber nicht für Münster.

Ich glaube fast, das hat er von mir gelernt, dachte er.

Wie so vieles andere.

»Also gut«, meinte er, als er wieder in seinem Drehsessel saß. »Worum geht es?«

»Wenn ich Oosterby sage«, begann Münster.

»Oosterby?«, sagte Van Veeteren.

»Ja, genau. Oosterby«, sagte Münster. »Draußen bei Beerenzee und Werdingen. Herbst 1991, um genau zu sein.«

Van Veeteren runzelte die Stirn und nippte am Kaffee.

»Mollys Pension«, ergänzte Münster.

»Der Verein der Linkshänder?«, fragte Van Veeteren.

»Genau«, antwortete Münster.

»Vor zwanzig Jahren«, sagte Van Veeteren.

»Einundzwanzig«, korrigierte Münster ihn.

»Das war doch eigentlich kein besonders komplizierter Fall?«

»Nein.«

»Am Anfang vielleicht schon, aber gegen Ende nicht mehr. Was ist passiert?«

Münster zögerte eine Sekunde und sah fast entschuldigend aus. Als würde er um Verzeihung bitten.

»Sie haben Qvintus Maasenegger gefunden.«

»Maasenegger?«, sagte Van Veeteren. »War das nicht der Mann, der ...?«

»Doch, leider«, bestätigte Münster. »Das ist es, was die ganze Sache ein bisschen knifflig macht. Ich dachte nur, dass du es vielleicht wissen willst ...«

Und wie auf Bestellung spürte der ehemalige Kommissar ein Stechen in den Lendenwirbeln. Er schluckte einen Fluch hinunter und dachte, dass er das beim besten Willen nicht verdient hatte.

5

1960–61. Oosterby und Umgebung

Kuno Blavatskys Vater war Filmproduzent.

Er hatte widerspenstige, rabenschwarze Haare, ein griechisches Profil und einen eisernen Willen. Außerdem hatte er tief liegende, braune Augen mit tropfenförmigen Pupillen, weshalb zahlreiche Frauen bei ihm schwach wurden. Zumindest hob er im Kreise guter Freunde stets hervor, dass es an den Pupillen lag – und die guten Freunde stießen anschließend mit ihm an, protestierten und sagten, dass auch andere Umstände eine Rolle spielten. Zum Beispiel ein kräftiger Brustkorb, zum Beispiel ein stattlicher Schwanz, zum Beispiel ein nicht zu verachtendes Vermögen.

Und natürlich trugen auch solche Vorzüge dazu bei, dass das schöne Geschlecht Isidor Blavatsky umschwärmte. Wie die Fliegen einen frischen Kuhfladen. Die guten Freunde – wohlhabende Männer vom gleichen Schrot und Korn wie der Produzent selbst, wenngleich etwas untergeordneter – ließen gern solche Vergleiche fallen. Wenn besagte Damen nicht anwesend waren, versteht sich.

Fliegen und Kuhmist waren im Übrigen nur vorhanden, wenn man romantische Komödien in ländlicher Umgebung drehte. Sie hatte man gebraucht, um die Rekruten während des Krieges aufzuheitern, aber nach 1945 hatte man sich in den halbkulturellen Wildnissen, aus denen die Filmwelt bestand und seit jeher bestanden hatte, immer weiter von diesem bäuerlichen Genre entfernt. Aber das nur am Rande.

Worauf es ankam: Die Frauen wurden schwach.

Kunos Mutter war eine von vielen jungen Schauspielerinnen gewesen, die eine leichtbekleidete, aber anspruchsvolle Rolle in einem von Vater Isidors Filmen Ende der vierziger Jahre spielten, bei denen er übrigens selbst Regie führte, und weil sie die Erste war, die schwanger wurde, ohne Maßnahmen zu ergreifen, wurde geheiratet. Als Kuno geboren wurde, war sein Vater einundvierzig, seine Mutter dreiundzwanzig. Das war 1949.

Die Familie bezog ein Steinhaus in der Armastenstraat in Maardam, am Kanal, nur ein paar Blocks von den Filmstudios entfernt, die nach dem Krieg in schneller Folge unter dem hübsch klingenden Namen Futurisma Film Factory errichtet wurden, im Allgemeinen und im täglichen Gebrauch FFF genannt.

Die Ehe hielt vier Jahre. Obwohl Vater Isidor der offensichtliche Grund für die Trennung war, bekam er – im Widerspruch zum gesunden Menschenverstand und herrschenden Normen – das Sorgerecht für den Jungen. Die Mutter des Knaben (sie hieß Blanche mit dem Künstlernamen Blasie) hatte nämlich, als gewisse Dinge klar wurden, ihr Schicksal selbst in die Hand genommen. Nachdem sie als Trostpflaster eine hübsche Geldsumme herausgeschlagen hatte, war sie an Bord eines Schiffs gegangen, quer über den Atlantik gefahren und hatte eine neue und vermutlich lukrative Karriere in Hollywood gestartet.

Man hörte nie mehr von ihr. Sah sie auch nicht auf der Leinwand, zumindest nicht in den Kinos des alten Europa. Aber vielleicht hatte sie ja erneut vorteilhaft geheiratet.

Als Kuno seine Mutter zum letzten Mal sah, war er gerade vier geworden, schon damals ein wohlgenährter Junge mit verschmierter Brille und phlegmatischem Wesen. Er interessierte sich in erster Linie dafür, in Bilderbüchern zu blättern und Süßigkeiten zu essen. Insbesondere Lakritz. Zu seinen übrigen Charakterzügen sei gesagt, dass er Bettnässer und Linkshänder war.

Die nächste Frau, die Isidor Blavatsky vor den Altar führte, hieß Disabelle Lemoncourt. Sie spielte eine Meerjungfrau in dem Film *Der Matrose und die Liebe,* und die beiden heirateten im Dezember 1956 in der Keymer-Kirche und verließen zwei Jahre später Maardam, um sich an der Küste niederzulassen. Sie kauften eine alte Fabrikantenvilla am Rande von Oosterby, oben auf der Vornehmen Klippe mit Aussicht auf den Jachthafen, das Meer und die Inseln Kleppener und Buygen. Außerdem erwarben sie ein größeres Segelboot, und weil Isidor im selben Jahr fünfzig wurde, gelangte er langsam, aber sicher zu der Erkenntnis, dass seine Sturm-und-Drang-Jahre vorbei waren. Kuno ging zur Schule, Disabelle zog sich von der Bühne zurück, und Isidor begnügte sich größtenteils damit, seine Investitionen in neue Filmprojekte aus angenehmer Entfernung zu überwachen. Geld hatten sie genug. Und neues strömte herein. Tränen und Lachen waren das Markenzeichen von FFF, heute wie damals. Tränen waren die sicherere Karte.

Das Segeln entwickelte sich zu Isidor Blavatskys neuem Faible und großer Leidenschaft, sowohl in der zweiten Hälfte der fünfziger Jahre als auch für den Rest seines Lebens. Disabelle erwies sich als außerordentlicher Gast, und in den Sommern unternahm die Familie lange Segeltörns die Ostsee hinauf, es ging durch den Nordostseekanal und rund um die britischen Inseln. Gelegentlich auch südwärts zur Biskaya und zur Iberischen Halbinsel.

Kuno war auf See genauso untauglich wie an Land, überwand mit der Zeit jedoch seine Seekrankheit und lernte, nicht alle naselang über Bord zu gehen. Den größten Teil der Zeit verbrachte er unten in der Kajüte, wo er gern unter einer Decke lag, Lakritz aß und Comics las, während er sich leicht gedankenverloren von den regelmäßigen oder unregelmäßigen Bewegungen des Meeres wiegen ließ. Sein Vater und seine Stiefmutter waren sich einig, dass es für alle Beteiligten das Beste war, ihn dort liegen zu lassen.

Der Sommer 1960 war außergewöhnlich schön, vor allem die zweite Hälfte, und aus diesem Grund beschlossen Isidor und Disabelle, dass es keine Eile hatte, nach Hause zurückzukehren. Stattdessen blieben sie zwei zusätzliche Wochen in den Segelrevieren rund um die englischen Kanalinseln Guernsey, Jersey und Sark, wo sie zahlreiche segelnde Freunde hatten, und liefen erst Ende September wieder in den Jachthafen bei Oosterby ein. Kuno war zu der Zeit elf geworden und wäre unter normalen Umständen in die vierte Klasse gekommen, das erste Jahr in der Großen Schule unter Magister Pommerstens harter, aber gerechter Rute.

So kam es jedoch nicht. Der Junge hatte es mit Mühe und Not geschafft, die Forderungen und Erfordernisse der dritten Klasse zu bewältigen, und als er nun mit mehr als drei Wochen Verspätung zum Schulstart erschien, beschlossen Lehrerin Bolster und Magister Pommersten einmütig und einvernehmlich, dass es reichte. Kuno Blavatsky bekam ein weiteres Jahr in der dritten Klasse, damit war das geklärt, manche jungen Menschen reifen einfach schleppender als die meisten anderen, und Kuno gehörte zweifellos zu dieser koagulierenden Kategorie.

Dass er nach drei Jahren voller Belehrungen und Ermahnungen immer noch Rückfälle ins Schreiben mit der linken Hand hatte, war ein unwiderlegbarer und trauriger Beweis dafür.

Dass er recht schnell neue Freunde in Gestalt von Marten Winckelstroop und Rejmus Fiste fand, veranlasste ebenfalls niemanden, die Augenbrauen zu heben. Sie hatten sich gesucht und gefunden, und Lehrerin Bolster konnte sich nicht erinnern, in ihrer langen pädagogischen Laufbahn jemals einem leistungsschwächeren Trio als diesen indolenten Knaben begegnet zu sein.

Dass der Verein der Linkshänder damit auch sein drittes Mitglied bekam, entzog sich ihrer Kenntnis. Auch gut.

»Super«, sagte Marten Winckelstroop. »Und vergiss nicht, dass wir geheim sind. Wenn du darüber auch nur ein Sterbenswörtchen verlierst, bist du des Todes.«

»To… To… To… Todes«, ergänzte Rejmus Fiste.

»Kein Sterbenswörtchen«, versicherte Kuno Blavatsky. »Übrigens wüsste ich auch keinen, dem ich etwas erzählen kann. Ich habe bis jetzt noch nie Freunde gehabt.«

Sie saßen wie üblich auf dem Dachboden bei Marten. Nun, für Kuno war es alles andere als üblich, es war das erste Mal. Aber seine beiden neugewonnenen Kameraden hatten Hunderte Stunden an diesem einfachen, aber gemütlichen Rückzugsort verbracht. Wenn nicht Tausende.

»Schön«, sagte Marten. »Schweigen ist Gold. Wenn man im Verein der Linkshänder ist, muss man zum… wie heißt das noch?«

»St… St… St…?«, schlug Rejmus vor.

»Genau«, sagte Marten. »Zum stillen und starken Typ gehören.«

»Und genau das bin ich«, erwiderte Kuno. »Still und stark. Wir können gerne armdrücken, dann werdet ihr es sehen.«

Kuno Blavatsky war tatsächlich kräftig für sein Alter, und dass er ein Jahr älter war als seine Kumpel, gereichte ihm natürlich auch nicht zum Nachteil. Marten und Rejmus spürten, dass Kuno genau die Vitaminspritze war, die ihr Verein benötigte. Im Frühjahr und Sommer hatte es um Versammlungen und Aktionen ziemlich schlecht gestanden, und keiner von ihnen konnte sich erinnern, was aus den Regeln und dem Zweck geworden war, die man anfangs formuliert hatte.

Ab dem Winterhalbjahr 1960 bekam alles jedoch neuen Schwung. Rejmus fertigte neue Mitgliedsausweise an, weil die alten verschwunden waren, man vermischte Blut und schwor einander Treue bis in den Tod, und als Zeichen dafür, dass sowohl die Mitglieder als auch der Verein selbst reifer geworden waren, begann man die Zusammenkünfte inzwischen damit, heimlich eine Zigarette zu rauchen, die Kuno mit großer und untrüglicher Verschlagenheit aus dem Vorrat seiner Eltern über dem Barschrank in dem großen Haus oben auf der VK, der Vornehmen Klippe, klaute.

Mit der linken Hand wurden neue Statuten geschrieben. Man begrüßte einander mit einem kräftigen linken Händedruck, und beim Armdrücken (nicht einmal gemeinsam konnten Rejmus und Marten den lakritzstrotzenden Kuno niederringen), ballte man die rechte Hand stets auf dem Rücken.

Ende Mai des folgenden Jahres, nur ein paar Wochen vor dem Beginn der Sommerferien, kam Lehrerin Bolster ums Leben. Einige fanden, dass dies unter merkwürdigen Umständen geschah, aber die meisten, beispielsweise die

Polizei, behaupteten, dass es sich schlicht um einen Unfall mit tragischem Ausgang gehandelt hatte. Sie war auf dem Weg von ihrer Wohnung in das Klassenzimmer die Treppe hinuntergestürzt und hatte sich das Genick gebrochen.

Es war in der Nacht von einem Donnerstag auf einen Freitag passiert. Sie wurde am nächsten Morgen von Lehrer Klitschke gefunden, als dieser gegen acht Uhr nach unten ging, um die Schulglocke zum ersten Mal klingeln zu lassen, und er stellte schnell fest, dass sie mausetot war.

Die Fahne wurde auf Halbmast gehisst, und die Schule in Oosterby blieb anderthalb Tage geschlossen. Zu jener Zeit ging man normalerweise noch den halben Samstag zur Schule.

Welches Anliegen Lehrerin Bolster mitten in der Nacht in das Klassenzimmer geführt haben mochte, war eine Frage, die die Polizei sich selbst und anderen stellte (mit Hilfe eines Thermometers und Obduzent Bluums konnte festgestellt werden, dass sie gegen ein Uhr nachts gestorben sein musste), aber man nahm an, dass sie dort unten etwas auf dem Lehrerpult vergessen hatte, ein Schreibheft, eine nicht berichtigte Arbeit oder irgendein anderes didaktisches Detail. Man ging davon aus, dass sie vermutlich im Bett gelegen und einen Erdkundetest über Europas Flüsse und Seen korrigiert hatte, und vielleicht hatte sie zu diesem Zweck eine Karte konsultieren wollen. Sie hatte die Nachttischlampe angelassen, aber um Lehrer Klitschke am anderen Ende der Wohnung nicht zu wecken, hatte sie allem Anschein nach darauf verzichtet, das Licht im Treppenhaus einzuschalten – und dass diese Treppenstufe nachgeben würde, genau wie das Geländer, das mehr als hundert Jahre gehalten hatte, tja, das war natürlich nichts weiter als ein unglücklicher Zufall.

Oder das Schicksal, wie jemand vorschlug. Und dass Lehrer Klitschke von dem Krach, der Lehrerin Bolster auf ihrer letzten Reise begleitet haben musste, nicht aufgewacht war, nun, dies deutete wohl lediglich darauf hin, dass sein Schlaf besonders tief und gesund war. Was gut zu seinen übrigen Charakterzügen und Prinzipien passte.

Jedenfalls starb Lehrerin Bolster mitten in der Erfüllung ihrer Pflicht; dies betonte Propst Zimmermann bei dem Trauergottesdienst, der zehn Tage später in der vollbesetzten Kirche von Oosterby stattfand.

Auch wenn es wie gesagt mitten in der Nacht passiert war. Bis zuletzt war sie also damit beschäftigt gewesen, das heranwachsende Geschlecht zu erziehen. So wie es immer gewesen war.

Auf Marten Winckelstroops Dachboden wurde in aller Bescheidenheit gefeiert. Apfelsaft, Zimtkekse und drei Zigaretten der Marke Camorra, keine Verschwendung. Der Tod verlangt keine großen Gesten. Im Gegenteil: Er verlangt Respekt und Zurückhaltung.

Da die Sommerferien praktisch vor der Tür standen, als Lehrerin Bolster das irdische Dasein verließ, wurde ihre Nachfolgerin erst zum Winterhalbjahr eingestellt. Sie hieß Felicia Fromm, war Anfang dreißig, und statt in die Behausung der verunglückten Lehrerin einzuziehen, mietete sie lieber eine Wohnung im Ort. Genauer gesagt direkt am Markt, zwei Etagen über dem Kino Rex.

Sie war blond, hatte einen Pferdeschwanz, und zahlreiche Menschen fanden, dass sie die neue Zeit verkörperte. Man schrieb das Jahr 1961, sie besaß einen Schallplattenspieler, und wenn sie durch das Klassenzimmer ging, nahm man einen diskreten, aber deutlichen Duft von Parfüm wahr.

Französisches, erzählte man sich.

Es war auch der Herbst, in dem die Zwillingsmädchen Behrens in die vierte Klasse der Großen Schule von Oosterby kamen.

6

Oktober 2012. Maardam-Kolmar

»Es regnet«, sagte Ulrike Fremdli. »Ganz zu schweigen vom Wind.«

»Wenn wir an die Küste kommen, wird es noch schlimmer«, prophezeite Van Veeteren.

»Ich habe nichts dagegen, im Wind spazieren zu gehen.«

»Man wird dabei mit jedem Schritt jünger«, erwiderte Van Veeteren.

Sie saßen im Auto. Hatten Klagenburg verlassen und waren auf dem Weg aus der Stadt hinaus. Ulrike fuhr. Van Veeteren saß mit einer flachen Aktentasche im Schoß auf dem Beifahrersitz. Es war ein paar Minuten nach elf Uhr vormittags, sie hatten eine Fahrt von drei bis vier Stunden vor sich.

»Ich muss zugeben, dass ich mich wie eine Verbrecherin fühle«, sagte Ulrike, als sie auf die Ringstraße gekommen waren. »Oder zumindest wie jemand auf der Flucht.«

»Das musst du nicht«, sagte Van Veeteren. »Es war meine Idee, und ich übernehme die volle Verantwortung, falls wir auffliegen sollten.«

Ulrike lächelte. »Obwohl ich eigentlich nichts dagegen habe, mich wie eine Verbrecherin zu fühlen. Im Gegenteil, ich finde es spannend. In unserem Alter braucht man so etwas.«

»Vielleicht auch ein bisschen romantisch?«, schlug Van Veeteren vor.

»Auf jeden Fall«, antwortete Ulrike und legte eine Hand auf seinen Oberschenkel unter der Aktentasche. »Zwei Wochen inkognito in einer alten, halb geschlossenen Pension. Es dürfte nicht viele andere Gäste geben, und alle glauben, dass wir in Neuseeland sind. Hast du wirklich zwölf Flaschen Wein mitgenommen?«

»Ich weiß nicht genau, wie der Standard unserer Unterkunft ist«, antwortete Van Veeteren.

»Man wird nur einmal im Leben fünfundsiebzig.«

»Oder gar nicht. Das liegt auch im Bereich des Möglichen.«

»Ich liebe dich«, sagte Ulrike Fremdli. »Nur dass du es weißt.«

»Danke. Das beruht auf Gegenseitigkeit. Ohne dich wäre ich verdammt und verloren.«

»Darüber könnte man trefflich streiten. Vom einen zum anderen, worüber wollte eigentlich Münster mit dir reden?«

Van Veeteren schwieg.

»Welches Anliegen hatte Münster?«, wiederholte Ulrike.

»Ich hatte gehofft, diese Frage würde nicht auftauchen«, sagte Van Veeteren.

Sie zog ihre Hand fort und betrachtete ihn aus den Augenwinkeln.

»Aber jetzt ist sie aufgetaucht.«

»Ich denke, wir hören ein bisschen Musik«, sagte Van Veeteren. »Brahms, vielleicht? Oder Villa-Lobos?«

»Nein«, antwortete Ulrike Fremdli. »Wenn man bedenkt, wie alt du bald sein wirst, solltest du das eine oder andere gelernt haben.«

»Und was?«

»Zum Beispiel, dass es nichts bringt auszuweichen.«

»Hm«, sagte Van Veeteren und warf einen Blick zum gleichmäßig grauen Himmel hinauf. »Wie gesagt, es wird in Strömen regnen.«

»Lass die Faxen«, sagte Ulrike Fremdli.

»Na gut«, meinte Van Veeteren. »Lass mich kurz darüber nachdenken, wie ich es dir erklären soll.«

»Du hast fünf Minuten«, sagte Ulrike Fremdli.

Er brauchte nur drei.

»Es war eigentlich nichts Merkwürdiges.«

Ulrike warf ihm einen zweifelnden Blick zu.

»Rein polizeilich gesehen, meine ich. Der Fall war nicht schwer aufzuklären, auch wenn es eine ziemlich eigenartige Geschichte war. Oder zumindest eine ungewöhnliche. Aber im Laufe der Jahre hat es ja so manch Seltsames gegeben. Man könnte fast behaupten, dass das Ungewöhnliche die Regel geworden war … ja, das ist wirklich keine dumme Feststellung. Oder was meinst du?«

»Ich meine, dass ich eine Geschichte hören will, nicht eine Menge schwammiges philosophisches Gewäsch.«

»So ist das also«, sagte Van Veeteren. »Nun ja, jedenfalls wollte Münster mit mir reden, weil nach mehr als zwanzig Jahren ein Umstand eingetreten ist. Ein Umstand, der die Dinge sozusagen ein wenig auf den Kopf stellte … oder *stellt*, sollte ich besser sagen. Also in dieser alten Angelegenheit, hm.«

»Man kann nicht ein bisschen auf dem Kopf stehen«, entgegnete Ulrike. »Entweder man steht auf dem Kopf oder man tut es nicht.«

»Mag sein«, sagte Van Veeteren. »Aber wenn du mich dauernd unterbrichst, wirst du nie eine Geschichte hören.

Sollen wir es nicht lieber doch mit Brahms versuchen? Das Cellokonzert würde gut zu einem Tag wie diesem passen. Oder vielleicht doch lieber Elgar?«

Ulrike Fremdli lächelte, antwortete aber nicht. Van Veeteren seufzte und fischte einen dünnen Ordner aus seiner Aktentasche heraus. »Ich habe einige alte Informationen bekommen. Münster hat sie tatsächlich ins Antiquariat mitgebracht.«

Ulrike wartete geduldig. Van Veeteren räusperte sich und richtete sich auf seinem Sitz auf.

»Wie dem auch sei«, setzte er an. »Es war 1991. Der Ort hieß… und heißt, nehme ich an, wohl noch immer… Oosterby. Ehrlich gesagt liegt er nicht mehr als fünfundzwanzig, dreißig Kilometer von unserer Pension entfernt. Es klingt ja fast wie geplant, dass wir ausgerechnet dorthin unterwegs sind, aber ich habe aufgehört, mich über solche seltsamen Zufälle zu wundern.«

»Weiter«, sagte Ulrike.

»Es gab eine Zeit, in der ich viel Energie darauf verwandt habe, nach Mustern zu suchen, aber das ist lange her. Wir mögen Muster, deshalb bilden wir uns ein, dass wir sie finden, während…«

»Ja? Während was?«

»Während wir sie in Wahrheit selbst konstruieren, so arbeitet unser Bewusstsein. Ordnung im Chaos um jeden Preis… aber du bist heute ja nicht an Philosophie interessiert, wenn ich dich richtig verstanden habe? Am zweiten Gesetz der Thermodynamik und so? Der zunehmenden Entropie?«

»Gerade heute ungewöhnlich desinteressiert«, entgegnete Ulrike Fremdli und fuhr gleichzeitig auf die Autobahn nach Aarlach auf. »Nun?«

Van Veeteren dachte einen Augenblick nach.

»Vier Tote«, erklärte er.

»Vier?«

»Ja. Und es war praktisch sofort klar, dass sie ermordet worden waren. Der Polizeimeister vor Ort hieß Wilkerson und war nicht dumm. Jedenfalls war er schlau genug, sofort Verstärkung anzufordern. Deshalb fuhren Münster und ich hin. Es war ungefähr zur gleichen Jahreszeit ... vielleicht auch ein paar Wochen früher. Also vor einundzwanzig Jahren ... und es ging ehrlich gesagt um eine Pension, wir wollen also hoffen, dass die Geschichte nicht vorhat, sich in einem allzu hohen Maße zu wiederholen.«

Er wartete auf eine Bemerkung Ulrikes, aber es kam keine.

Nun ja, dachte er, das ist ja nicht neu für sie.

»Diese Unterkunft, sie hieß Mollys Pension«, fuhr er fort. »Und die Person, die sämtliche Leichen identifizierte, war Molly persönlich. Oder sie zu identifizieren versuchte, sollte ich wohl eher sagen. Die arme Frau, wenn mich nicht alles täuscht, hatte sie das Haus ihr Leben lang betrieben. Außerdem erinnere ich mich an die Fotos von den Menschen, die ihr Leben verloren, es war nicht viel von ihnen übrig ...«

»Warum nicht?«, erkundigte sich Ulrike.

»Sie waren verbrannt. Ziemlich stark verkohlt, es brauchte seine Zeit, festzustellen, wer von ihnen wer war. Molly war sich auch nicht bei allen Namen sicher, obwohl sie Zimmer in der Pension hatten ... glaube ich mich wenigstens zu erinnern.«

»Hätte sie das nicht sein müssen?«

»Das sollte man eigentlich meinen. Sie behauptete, die Gäste hätten sich in ihr Buch eingetragen, aber das war natürlich auch verbrannt. Und mit der Zeit klärte es sich … ja, so war es.«

»Brandstiftung?«

»Ja, zu dem Schluss kamen wir.«

»Und ihr habt den Täter gefasst?«

Van Veeteren trommelte eine Weile mit den Fingern auf dem Ordner, ehe er antwortete. Ulrike schwieg und wartete.

»Ja und nein.«

»Ja und nein! Was ist das denn für eine Antwort? Habt ihr den Täter nun gefasst oder nicht?«

Van Veeteren zog einen Zahnstocher aus der Brusttasche und betrachtete ihn einen Moment lang.

»Wir haben den Täter identifiziert, aber nicht gefunden. Münster und ich waren zwei Tage nach dem Brand vor Ort. Wenn mich nicht alles täuscht, verbrachten wir eine Woche zusammen mit der örtlichen Polizei, und … nun, wie ich schon sagte, waren wir uns bei der Lösung des Falls ziemlich schnell einig. Es gab nichts Seltsames, abgesehen davon natürlich, dass er entkam.«

»Der Täter?«

»Ja.«

»Und seit der Zeit ist er auf freiem Fuß gewesen? Was hast du gesagt … seit zwanzig Jahren?«

»Einundzwanzig«, antwortete Van Veeteren. »Aber ich würde nicht unbedingt davon sprechen, dass er auf freiem Fuß war. Genau das ist das Problem, deshalb hat Münster mich aufgesucht.«

»Ich verstehe nicht ganz.«

»Ich auch nicht.«

Er blätterte wieder in dem Ordner, aber Ulrike unterbrach ihn.

»Darf ich den Herrn Kommissar bitten, endlich Klartext

zu reden. Ich habe ehrlich gesagt das Gefühl, dass es bei mir langsam klingelt … über die Sache muss doch einiges in der Zeitung gestanden haben? Ziemlich spektakulär das Ganze, nicht?«

»Ja, klar«, gab Van Veeteren zu. »Natürlich war es spektakulär. Es ist ein paar Jahre vor unserer ersten Begegnung passiert, und selbstverständlich schrieben die Zeitungen darüber. Du hast also mit Sicherheit davon gehört.«

»Sprich weiter. Was ist passiert? Wer waren diese armen Menschen?«

»Das war das Merkwürdige«, sagte Van Veeteren, brach den Zahnstocher entzwei und steckte die Bruchstücke in die Brusttasche zurück. »Es war eine Gruppe alter Bekannter. Sie waren alle im selben Alter, gut vierzig Jahre alt, und kannten sich seit ihrer Jugend … ja, von Kindesbeinen an, könnte man sagen. Das erwies sich dann auch als der Kern des Ganzen. Wenn ich sage, dass sie alte Bekannte waren, heißt das nicht, dass sie sich damals häufig getroffen hätten, aber sie hatten es früher getan, in den … ja, wann war es? Es muss in den Sechzigern gewesen sein.«

»Mit anderen Worten, als sie Kinder waren?«, sagte Ulrike.

»Als sie Kinder waren und vielleicht auch noch als Jugendliche. An jenem Abend hielten sie sich zu einer Art Wiedersehensfeier in Mollys Pension auf … sie waren zusammengekommen, um, tja, was weiß ich, warum. Warum treffen sich Menschen auf diese Art? Um Erinnerungen auszutauschen, nehme ich an. Sich an alte Kränkungen zu erinnern? Sich erneut zu streiten? Aber was ich jetzt wiederzugeben versuche, sind nur die Schlüsse, zu denen wir damals gekommen sind, das muss uns natürlich klar sein …«

»Uns?«, sagte Ulrike Fremdli. »Mir persönlich ist überhaupt nichts klar. Wie wäre es, wenn du versuchen würdest, lieber einmal von Anfang an zu erzählen?«

»Von Anfang an?«, sagte Van Veeteren. »Nun, das ist leicht gesagt. Aber wer weiß schon, wann die Dinge beginnen? Ich würde glauben, dass der Ursprung zu dieser Geschichte irgendwo Mitte der sechziger Jahre zu suchen ist oder vielleicht sogar noch länger zurückliegt ... und angesichts dessen, was Münster zu erzählen hatte, müssen wir wahrscheinlich ziemlich viel von dem revidieren, was wir vor zwanzig Jahren herausfanden ... oder vor einundzwanzig.«

»Und was zum Beispiel?«, fragte Ulrike Fremdli.

»Zum Beispiel unsere Wahl des Täters«, erklärte Van Veeteren.

»Der entkommen ist?«, sagte Ulrike Fremdli.

»Er ist nicht entkommen«, antwortete Van Veeteren mit einem tiefen Seufzer. »Er ist auch gestorben.«

»Wie bitte?«, sagte Ulrike.

»Ich habe gesagt, dass er auch gestorben ist.«

»Danke, das habe ich gehört. Aber dann hat man also seine Leiche nicht gefunden. War sie zu verkohlt, oder worum geht es hier?«

»Sie war überhaupt nicht verkohlt. Sie ist vor Kurzem in einem Waldstück in der Nähe dieser Pension gefunden worden, wo sie vergraben war. Und es ist gut möglich, dass sie seit damals dort gelegen hat.«

»Was?«

»Das ist der springende Punkt. Deshalb hat Münster sich bei mir gemeldet.«

»Ich verstehe. Und er kann nicht erst seine Freunde verbrannt und sich danach selbst vergraben haben?«

»Ich halte das für eher unwahrscheinlich«, erwiderte Van Veeteren.

Ulrike Fremdli schwieg einen Moment. »Und es steht fest, dass er es ist?«, fragte sie dann. »Dass diese neue Leiche euer angeblicher Täter ist? Wenn es so ist, habe ich den dringenden Verdacht, dass es ein Problem gibt.«

»Den Verdacht habe ich auch«, sagte Van Veeteren. »Musste der verdammte Münster auch mit dieser Sache um die Ecke kommen.«

»Wäre es dir lieber gewesen, wenn er es nicht getan hätte?«, fragte Ulrike vorsichtig.

»Natürlich nicht«, sagte Van Veeteren. »Wofür hältst du mich?«

»Aber es ist doch wirklich eigenartig, dass wir ausgerechnet diese Pension ganz in der Nähe gebucht haben... was hast du gesagt? Dreißig Kilometer entfernt?«

»Jedenfalls nicht mehr als fünfunddreißig«, antwortete Van Veeteren und packte den Ordner weg. »Glaubst du, es ist zu spät, stattdessen Flugtickets nach Neuseeland zu besorgen?«

Eine Stunde später hatten sie getankt und saßen mit einer Tasse Kaffee an einem Tisch im Freien vor einer Raststätte in der Nähe von Kolmar. Entgegen aller Vorhersagen hatte der Regen sich zurückgezogen, und weil sie im Windschatten saßen, hatte Ulrike vorgeschlagen, dass die Lage fast die Bezeichnung *Spätsommertag* verdiente.

»In dem Fall der letzte«, hatte Van Veeteren zurückgegeben.

Ansonsten sagten sie nichts. Er kaute auf einem Käsebrot, sie auf einem Baguette mit Salami, aber vor allem auf der Geschichte, die er langsam und mit unzähligen Umwegen und Abschweifungen von sich gegeben hatte.

Der Brandanschlag auf Mollys Pension außerhalb von

Oosterby am achtundzwanzigsten September 1991 (in der Nacht zum neunundzwanzigsten), bei dem vier (oder wahrscheinlich fünf) Menschen ihr Leben verloren hatten.

Es fiel ihr schwer, das Ganze ernsthaft zu glauben, so wäre es wohl jedem gegangen. Es klang alles so unwahrscheinlich, aber vielleicht war es ja so, wie er früher häufig gesagt hatte: *Am wahrscheinlichsten ist häufig das Unwahrscheinliche.* Was immer das bedeuten sollte. Er liebte es, solch billige Doppeldeutigkeiten fallen zu lassen, es kam mit den Jahren seltener vor, aber ganz verschwunden war die Unsitte nicht.

Jedes Ereignis trägt sein Gegenteil in einem schweren Rucksack.

Wahrheit und Lüge sind genauso relativ wie rechts und links.

Obwohl Letzteres wohl eher ein Zitat von Mahler war, dem alten Dichter, mit dem er regelmäßig Schach spielte.

Wie dem auch sei, dachte Ulrike Fremdli, wie dem auch sei, war das Feuer in Mollys Pension – wie er früher auch häufig sagte – *eine verdammte Geschichte.*

7

September 1991. Oosterby

Birgitte Behrens konnte nicht schlafen.

Vielleicht lag es daran, dass das Fenster keine Vorhänge hatte, vielleicht lag es an etwas anderem.

Zum Beispiel daran, dass sie nach dem Essen eine große Tasse Kaffee getrunken hatte. Der nette Kellner hatte sie dazu gedrängt, und wie üblich hatte sie nicht nein sagen können.

Nicht einmal zu so etwas Trivialem wie einem Kaffee nach dem Essen. Sie dachte, dass es war, wie es war und immer schon gewesen war. Eine nachgiebige Freundlichkeit in ihrem Charakter; in sieben von zehn Fällen war sie im zwischenmenschlichen Bereich von Vorteil, in den restlichen eine Katastrophe.

Und wenn schon keine Katastrophe, so doch auf jeden Fall eine Art Rückschlag. Ein Rückstoß, der sie selbst traf und dazu führte, dass die Leute den Respekt vor ihr verloren. War es nicht so? Sie hatte mit ihren Therapeuten über diese Dinge gesprochen, vor allem mit dem letzten, den sie nach ihrer Scheidung sechsmal getroffen, nun aber ausgemustert hatte. *Sie wollen, dass sich alle gut fühlen?*, hatte er gefragt – oder eher behauptet. *Sie versuchen, für alle Menschen in Ihrem Umfeld die Verantwortung zu übernehmen. Sowohl Sie als auch sich selbst vor Konflikten zu retten, widersprechen Sie mir ruhig, wenn ich mich irren sollte.*

Sie hatte ihm nicht widersprochen. Auch das war typisch. Obwohl er in Wahrheit nicht den Nagel auf den Kopf getroffen hatte, obwohl es Faktoren gab, von denen er keine Ahnung hatte, wollte sie ihm nicht die Freude daran vermiesen, eine stichhaltige Analyse zustande gebracht zu haben. Eine korrekte Beschreibung ihres vermeintlichen Seelenlebens und ihrer Beweggründe. Es war ja gewollt, dass man auf seinen Therapeuten wütend oder von ihm enttäuscht sein konnte – und auch darüber mit ihm oder ihr zu sprechen –, aber bei Birgitte Behrens war das niemals vorgekommen. Sie versüßte ihre Enttäuschung stets mit Höflichkeit, und wenn sie ging, fand sie nur selten, dass sie sonderlich viel Nützliches mitnahm.

Auch nicht, als sie weinend dalag und Carlo vermisste. Den Sinn ihres Lebens vermisste; die Therapie war ein Weg, sich ein paar Stunden zu vertreiben, und wenn sie irgendwann eventuell doch einen Anflug von Zorn verspürte, geschah es immer zu spät und richtete sich vor allem gegen sie selbst.

Zunächst hatte sie Hilfe bei einer Therapeutin gesucht, und bis heute konnte sie nicht entscheiden, welche Rolle das Geschlecht spielte, wenn man auf der Suche nach einem professionellen Wegweiser für sein Leben war. Nur, *dass* es eine Rolle spielte. Der Seelenberater in diesem Sommer war in ihrem Alter gewesen, jedenfalls höchstens fünf Jahre älter, und sie hatte von Anfang an gedacht, dass seine hervorstechendste Eigenschaft darin bestand, dass er sie kein bisschen an Carlo erinnerte. Hätte er das getan, hätte sie ihn sofort abgelehnt. Selbst wenn es ihn verletzt hätte.

Trotz ihres Freundlichkeitskomplexes. Warum muss ich nur immer so verdammt nett sein, dachte sie. Liegt es daran, dass meine Schwester so ist, wie sie ist?

So oder so würde sie weder Carlo noch den Therapeuten jemals wiedersehen. In der kommenden Woche begann das, was die Illustrierten wahrscheinlich *ihr neues Leben* genannt hätten. Und wie sollte man es auch sonst nennen? Neue Arbeit, neue Stadt, neue Wohnung. Kein Mann. Es war ein Wendepunkt, vermutlich der wichtigste vor ihrem Tod, und wenn es dieses verfluchte Treffen nicht gäbe, hätte sie jetzt schon in Sorbinowo sein können. Es war wirklich nicht der richtige Zeitpunkt, Clara zu spielen, aber es war, wie es war.

Clara zu spielen!

Sie drängt sich in mein Leben, und sie drängt sich in meinen Schädel, wenn ich zu denken versuche! So ein Mist! Warum kommt es mir eigentlich immer so vor, als wäre das Leben meiner Schwester wichtiger als mein eigenes?

Sie merkte, dass sie in ihrer Einsamkeit laut sprach. Oder zumindest murmelte. Wahrscheinlich kein gutes Zeichen. Wahrscheinlich würde man eine Reihe von Therapiestunden der Aufgabe widmen können, dies unter die Lupe zu nehmen, wenn man Lust dazu hatte. Wie gesagt, so ein Mist.

Du musst mir helfen, hatte Clara behauptet. Ich brauche ein paar Tage mit Kostadino, damit ich entscheiden kann, was ich tun soll.

Kostadino (schon dieser Name!) war seit einem halben Jahr Claras Liebhaber, vielleicht auch länger, Clara hielt es nicht immer für nötig, ihre Zwillingsschwester über den Stand der Dinge auf dem Laufenden zu halten. Offenbar ein *Privatdetektiv*, so viel hatte sie immerhin erfahren. Gab es diesseits des Atlantiks tatsächlich Privatdetektive? Claras Ehemann hieß Hugo, die beiden waren seit vier Jahren verheiratet, ziemlich genau so lange, wie ihr Sohn Florian lebte, und das eine hing natürlich mit dem anderen zusammen. Birgitte war Hugo nur drei-, viermal begegnet, und jedes Mal hatte sie das Gefühl gehabt, dass er noch eine Spur unangenehmer geworden war. Sie hatte einige Male auf Florian aufgepasst, aber das lag länger zurück, als der Junge nicht älter als ein, zwei Jahre alt gewesen war, auch zu ihm hatte sie also nur wenig Kontakt. Die Beziehung zu Clara bedeutete generell – und so war es immer gewesen –, dass sie sich ausgenützt fühlte. Auf die eine oder andere Art; Clara existierte um ihrer selbst willen und zu ihren eigenen Bedingungen. Birgitte gab es, weil… weil andere Menschen sie gelegentlich brauchten. Ganz besonders, weil Clara sie brauchte. Verdammter Mist.

Sie seufzte, dachte, dass sie in Gedanken viel zu oft fluchte, und schaltete die Nachttischlampe ein. Stellte fest, dass es kurz nach eins war.

Stellte außerdem fest, dass die Straßenlaterne vor ihrem Fenster von irgendeinem boshaften Stadtarchitekten dort aufgestellt worden sein musste, der einfach nicht wollte, dass die Gäste im Hotel Carmen Schlaf fanden. Und dass man keine Vorhänge aufgehängt hatte, lag natürlich daran, dass… dass er mit der ständig unter Verstopfung leidenden Hotelbesitzerin verheiratet war, die genauso misanthropisch veranlagt war wie ihr Mann.

Woher nehme ich das alles?, dachte Brigitte Behrens. Ich sollte auf einer Mittelmeerinsel sitzen und Bücher schreiben, statt hier herumzuliegen und mich zu quälen.

Und als sie *mich quälen* dachte, erkannte sie, dass sie genau das tat. Sie quälte sich; aber nicht so sehr wegen ihrer eigenen Erbärmlichkeit und ihrer Egotrip-Schwester, sondern eher wegen des nächsten Tags. Ja, so war es.

Heimkehr.

Ein schönes Wort, zumindest, wenn es auf Distanz blieb und man ihm nicht zu nahekam.

Die Heimkehr nach Oosterby. Zwischen ihrem zehnten und neunzehnten Lebensjahr hatte sie in diesem verschlafenen Küstenörtchen gewohnt, und es gab wohl keine andere Phase im Leben eines Menschen, die so wichtig für seine Entwicklung war. Ganz allgemein gesprochen. Diese Jahre, in denen man die Welt und die Lebensbedingungen entdeckt – Beziehungen, Hoffnungen, Liebe, Verrat und was noch alles –, diese Passage auf der irdischen Wanderung, wenn man erwachsen wird. Von einem *erwartet wird,* dass man erwachsen wird; das galt nicht nur für Birgitte Behrens, es galt für alle Menschen.

Der Hof draußen bei Oosterhejde. Die neue Familie, die in das alte Haus mit den Pappeln einzog. Ihr neuer Vater, der sehr unvermittelt aufgetaucht war und vor dem sie sich von Anfang an gefürchtet hatte. Mutters Nerven. Claras Selbstsicherheit. Der Marktplatz mit dem Springbrunnen, der niemals funktionierte. The Blue Anchor. Der Hafen mit den Anlegern und den engen Treppen zur Klippe hinauf.

Die Schulkameraden. Die Feinde. Der erste Kuss. Der erste Geschlechtsverkehr. Der Juckreiz hinterher und diese seltsame Clique.

Die Höhle.

Obwohl Clara viel mehr zu der Clique gehört hatte.

Das Quengeln und Meckern. Wie Stiefvater Rein sich anhörte, wenn er ein paar Gläser getrunken hatte. Seine glasigen Augen und sein ekliges Tattoo auf dem Rücken.

Der Kater Fix und der Kater Monster.

Und Clara. Vor allem Clara; all diese Tage und Stunden und Gespräche mit ihr. Die Worte, die Streitereien, die Kompromisse.

Die Lügen und die Bürde eines schlechten Gewissens. So viel, um ihre Schwester zu schützen.

Madeleine. Diese Sache, die damals passierte. Ihr restliches Leben hatte sie mit dem Versuch zugebracht, es zu vergessen. Was sie bei keinem ihrer Therapeuten angesprochen hatte. Das wäre ihr nicht möglich gewesen. Das unschuldige Kind.

Oosterby in meinen Träumen, dachte sie. *Alpträume* traf es wahrscheinlich besser.

Ein Wiedersehen, hatte Clara gesagt. Aus irgendeinem Grund in Mollys Pension, aber vielleicht war das auch logisch. Eine kleine Gruppe nur. *Diese kleine Gruppe.* Man hatte sich offenbar brieflich mit ihr in Verbindung gesetzt. Sie hatte Birgitte davon berichtet, allerdings nur in groben Zügen.

Sie hatte alles andere als enthusiastisch und froh geklungen. Aber es war nun einmal ihre Chance, sich mit Kostadino zu treffen, und von dieser Clique würde nach mehr als zwanzig Jahren bestimmt keiner den Unterschied bemerken. Das hatten sie ja schon damals nicht geschafft.

Und Rejmus, hatte sie gefragt. Was stellst du dir vor, wie ich mit diesem kleinen Detail zurechtkommen soll?

Ich habe auch Rejmus seit zwanzig Jahren nicht mehr getroffen, hatte Clara ihr versichert. Außerdem haben wir nie über etwas Wichtiges gesprochen, auch damals nicht. Ein Körper ist ein Körper.

Ein Körper ist ein Körper? Aha, so ist das also? Und ich bin eine dumme Gans, dachte Birgitte Behrens. Eine liebe und leichtgläubige Gans, die wirklich jeder zu allem Möglichen verlocken kann. Zur Hölle.

Kostadino? Birgitte war ihm niemals begegnet, kam aber

nicht umhin, sich zu fragen, wie ein Mann mit einem solchen Namen aussah. Oder welchen Charakter er hatte.

Von diesen Gedanken wurde sie nicht schläfriger, und so schenkte sie sich stattdessen ein Glas Portwein ein und setzte sich an den Schreibtisch. Öffnete ihr Tagebuch und las sich durch, was sie in der letzten Woche geschrieben hatte.

Und als sie fast zum Ende dieser elf Seiten gekommen war, hörte sie, wie auf der anderen Seite der dünnen Zimmerwand ein Liebespaar zur Sache kam. Man hörte vor allem die Frau, und sie überlegte, ob sie wohl jemals wieder so etwas würde erleben dürfen. Oder zumindest in die Nähe davon kommen würde, denn sie schien es in vollen Zügen zu genießen, diese unbekannte Frau… oder war es etwa bloß irgendein einsamer Typ, der in seinem Bett lag und sich bei einem Porno einen herunterholte? Woher sollte man das wissen?

Warum bin ich einen Tag früher hierher gefahren, dachte sie. Warum in Gottes Namen?

Die Party würde morgen, am Samstagabend, steigen, und sie hatte sich für die erste Nacht ein Zimmer im Carmen genommen. Die zweite Nacht würde sie in Mollys Pension verbringen, und ihr war die Idee gekommen, dass sie zuerst, vor dem *Wiedersehen* in der alten Pension, einen schönen Herbstsamstag damit verbringen würde, durch die Stadt zu spazieren und sich zu erinnern. Einen Kaffee im The Blue Anchor zu trinken, wenn es das Lokal noch gab, vielleicht zum Hof hinauszufahren und zu schauen, wie die Pappeln gewachsen waren, und vielleicht eine alte Freundin zu besuchen (als ob es da jemanden gegeben hätte). Im Hafen zu flanieren und den Friedhof zu besuchen. Ein Mittagessen im Zeeblick oder auch im Seefahrthotel, ja, zwei Wochen im Voraus war ihr der Gedanke ansprechend und ein wenig spannend erschienen. Schließlich hatte sie seit mehr als zwei Jahrzehnten keinen Fuß mehr in den Ort gesetzt.

Aber sie hatte sich nicht bei dieser fiktiven Freundin gemeldet (wenn überhaupt, wäre wohl Dorte in Frage gekommen, oder?). Und dass das Seefahrthotel ausgebucht gewesen war und sie sich deshalb für das abgewirtschaftete Carmen entscheiden musste, nun, das hatte sie offensichtlich nicht umgestimmt.

Sie war in der Abenddämmerung und bei Regen eingetroffen. Hatte die beiden Taxis verworfen, die vor dem alten Bahnhofsgebäude standen, und gedacht, dass es schön sein würde, vom Bahnhof aus einen Spaziergang zu machen. Und dann war sie an einen übel gelaunten Portier geraten, der erklärt hatte, er könne ihren Namen nicht im Buchungssystem finden, das sei aber trotzdem kein Problem, da sie noch ein paar freie Zimmer hätten.

Das Restaurant schließe im Übrigen in einer halben Stunde, falls sie beabsichtige, etwas zu essen.

Der Kellner war trotz allem nett gewesen, erinnerte sie sich. So nett, dass sie auf seine Anregung hin nach dem Essen einen Kaffee und einen kleinen Schluck Cognac getrunken hatte – und sich deshalb, auf Grund des üblichen Rückstoßes, gezwungen sah, hier zu sitzen und die kläglich beleuchtete Rückseite einer Feuerwache anzuglotzen und einer wollüstig stöhnenden Frau zu lauschen. Statt ihren dringend benötigten Schlaf zu genießen.

Und das Frühstück gab es bloß bis halb zehn, so dass es sie nicht wundern würde, wenn sie verschlief und es verpasste.

Zur Hölle, dachte sie erneut und zeitgleich zum Orgasmus ihrer angrenzenden Zimmernachbarin. Sie kehrte in die Einsamkeit ihres Hotelbetts zurück und dachte an ihre Schwester. Schon wieder, es war wie ein kaputter Zahn, über den man einfach unablässig mit der Zunge fahren musste.

Clara Behrens hatte früh gelernt, ihre Ellbogen einzusetzen, und sich fünfundzwanzig Minuten vor ihrer Schwester in die Welt hinausbegeben.

Unser Herrgott erschuf keine Eile, und daran dachte er insbesondere, als er unsere kleine Birgitte zu uns kommen ließ. Genau diese Worte hatte ihr Vater, ihr richtiger Vater, gerne benutzt, wenn er Verwandten und Bekannten gegenüber die Zwillingsschwestern charakterisieren wollte.

Wenn er meinte, erklären zu müssen, warum Clara so aktiv und zupackend war, während Birgitte sich jeder neuen Unternehmung und jedem unbekannten Menschen mit äußerster Vorsicht näherte. Eine Maus, die versucht, sich ungesehen an einer Katze vorbeizuschleichen, könnte man sagen.

Das mit der Maus kam wahrscheinlich auch von Vater Ruben, wenn sie es recht bedachte, und es war wirklich kein schlechtes Bild. Sie hatte sich in ihrer Kindheit häufig wie ein sehr kleines Tier gefühlt. Nun war sicher nicht immer Clara die Katze, so schlimm war es jetzt auch wieder nicht, aber sie waren sich im Laufe der Zeit nicht unbedingt ähnlicher geworden. Im Gegenteil, das Harte wurde härter, das Weiche weicher.

Das Äußere hatte dagegen Bestand. Die Schwestern Behrens sahen sich so ähnlich, dass nicht einmal ihre Eltern sie auseinanderhalten konnten. Zumindest nicht bei einer flüchtigen äußerlichen Musterung, und wie bei Zwillingen üblich nutzten sie dies aus. Behaupteten, die andere zu sein. Manchmal, um daraus einen Vorteil ziehen zu können –

besser gesagt: Clara konnte daraus einen Vorteil ziehen –, manchmal auch einfach nur, weil es Spaß machte.

Und seltsamerweise war es Birgitte niemals schwergefallen, in die Rolle von Clara zu schlüpfen. Es war, als würden ihre Schüchternheit und Unbeholfenheit augenblicklich verschwinden, wenn sie sich als ihre Schwester ausgab. Sie wurde selbstsicher und mutig, sogar witzig, und hatte oft darüber nachgedacht, wie das nur möglich war. Dass es ihr so leichtfiel. Lag es allein daran, dass sie im Grunde keine Verantwortung für die Dinge übernehmen musste, die sie sagte und tat? Ging es nur darum?

Und warum konnte sie diesen Trick nicht bei anderen Gelegenheiten anwenden? Damals und später im Leben, wenn sie etwas mehr Selbstvertrauen gut hätte gebrauchen können. Schlicht und ergreifend so zu tun, als wäre sie ihre Schwester.

Obwohl Neid und Bewunderung der Vergangenheit angehörten. Clara hatte sich verändert, die Dinge waren aus dem Ruder gelaufen, und so, wie ihr Leben heute aussah, hatte der Gedanke, den Platz mit ihr zu tauschen, nichts Verlockendes mehr. Ganz und gar nichts Verlockendes.

Dass sie es nun dennoch tat … nun ja, das lag einzig und allein daran, dass Clara sie so eindringlich darum gebeten hatte, bis sie das Gefühl hatte, nicht mehr widersprechen zu können. War es so gewesen? Wirklich?

Ich hätte mich wehren sollen, dachte sie und hob den Blick. Diesmal hätte ich es wirklich tun sollen. Sie blinzelte zu der schmutzig gelben Straßenlaterne hinauf und stellte fest, dass es wieder regnete. Ein dünner, peitschender Regen, den sie aus den Jahren kannte, die sie hier gelebt hatte. Er kam vom Meer, ein Vorhang aus mikroskopisch kleinen Regentropfen, die fast durch die Luft schwebten und kein Interesse daran hatten, zu landen. So schien es jedenfalls, und plötzlich freute sie sich darüber, zurück zu sein.

Ein bisschen zumindest. Wovor habe ich Angst, dachte sie. In Wahrheit sitzt hier doch Clara, nicht ich.

Dieser verfluchte Verein, hatte Clara gesagt. *Da und dort fing es an, dass bei mir alles schieflief. Ich würde nur zu gerne wissen, wie diese bescheuerten Typen heute sind, aber an dem Samstag kann ich einfach nicht hinfahren. Ich muss Ordnung in mein Leben bringen, jetzt oder nie. Bitte, bitte? Ich übernehme sämtliche Kosten.*

Ordnung ins Leben bringen? Na danke, das war zumindest einmal ein Ziel, das ihre Schwester und sie gemeinsam hatten.

Sie ging auf die Toilette und pinkelte. Kehrte ins Bett zurück und löschte das Licht.

Dieser Verein? Diese bescheuerten Typen?

Clara und sie waren beide Mitglieder in *diesem* Verein gewesen, aber Clara hatte sich aktiv beteiligt. Bier, etwas Haschisch und jede Menge Rockmusik in dem versifften Vereinsraum, natürlich war er ein Zufluchtsort und eine Freistatt gewesen. Obwohl Birgitte ihn immer seltener besucht hatte, vor allem während der Jahre auf dem Gymnasium. Man hatte auch einen Namen gehabt, es war darum gegangen, dass sie alle Linkshänder waren… der Linkshänderclub oder etwas anderes Saublödes.

Clara hatte gesagt, dass sicher nicht mehr als fünf oder sechs zu dieser Wiedersehensfeier kommen würden, vielleicht nicht einmal so viele, und die einzigen Namen, die sie erwähnt hatte, waren Rejmus Fiste und Qvintus Maasenegger. Rejmus Fiste war ab und an mit Clara zusammen gewesen, ein schüchterner und hübscher Junge, es hatte keinen Zweifel daran gegeben, wer in dieser Beziehung die Hosen anhatte. Im Übrigen hatte Birgitte keinen »dieser bescheuerten Typen« getroffen, seit sie fortgezogen war, aber irgendwo gehört, dass es für Qvintus Maasenegger nicht so gut gelaufen war. Wenn sie nicht alles täuschte, hatte er mehrmals gesessen, und schon damals war sein Name gefallen, wenn es um krumme Dinger ging. Um ein gestohlenes Boot und eine Körperverletzung, war es nicht so? Und ein »geliehenes Auto«, in dem Birgitte selbst gesessen hatte und in dem ihr schlecht geworden war.

War Clara auch mit ihm zusammen gewesen?

Großer Gott! Bei der Frage drehte sich ihr plötzlich der Magen um. Was, wenn Clara mit Maasenegger im Bett gewesen war und der sich nun auf eine Wiedervereinigung freute? Oder Rejmus Fiste? Worauf ließ sie sich hier verdammt noch mal ein?

Und dann tauchte die kleine Madeleine auf. Das Schlimmste von allem.

Obwohl das natürlich eine ganz andere Geschichte war.

Oder war es das nicht?

Woher kam diese Frage? Sie warf die Decke von sich und begann, in dem engen Zimmer auf und ab zu gehen. Stellte fest, dass es zehn Minuten vor zwei war. Stellte fest, dass es nicht mehr regnete und schräg über dem Dach des Rathauses ein Halbmond hing.

Ungeklärt. Auf einmal erinnerte sie sich, dass ihre Schwester dieses Wort benutzt hatte. Es gab etwas, das ungeklärt war, darum hatte ihr so viel daran gelegen. Deshalb war es so notwendig, dass sie – oder eigentlich Clara – morgen Abend in Mollys baufälliger Pension anwesend war.

Und um was ging es? Was war ungeklärt? Zwischen ihrer Schwester und Qvintus Maasenegger und den anderen

Typen, wer immer sie waren? Gute Frage … eine sehr gute Frage sogar.

Ich habe sie doch nicht mehr alle, dachte Birgitte Behrens. Ich muss aussteigen. Morgen früh nehme ich den erstbesten Zug fort von hier, ich schiebe es darauf, dass ich Gallensteine bekommen habe oder so.

Doch sieben Stunden später, als sie im wenig attraktiven Speisesaal des Hotel Carmen frühstückte, hatte sie es sich bereits anders überlegt. Die Sonne schien zu den bleichen Fenstern herein, und es schien ein schöner Tag zu werden.

Ich bin meine Schwester, rief sie sich in Erinnerung. Heute und heute Abend heiße ich Clara Behrens, und Clara Behrens würde niemals das Handtuch werfen und nächtlichen Sorgen während einiger schlafloser Stunden nachgeben. Nie und nimmer.

Sie beschloss, sich an diesen Gedanken und diesen Entschluss zu halten. Komme, was da wolle.

8

Oktober 2012. Oosterby und Umgebung

»Was ist das?«

Van Veeteren hatte einen neuen Ordner aufgeschlagen und betrachtete ein Blatt. Sie saßen wieder im Auto. Dem Navi zufolge, das er sich niemals angeschafft hätte, wenn er nicht mit einer Frau verheiratet wäre, die Ulrike Fremdli hieß, würden sie noch eine Stunde und zwanzig Minuten bis zu ihrem Ziel benötigen. Und von der Handhabung hatte er keine Ahnung.

Habe ich jetzt falsch gedacht?, fragte er sich verwirrt. Woran denke ich, was oder wen kann ich nicht handhaben? Das Navi oder …?

»Was ist das?«, wiederholte sie.

Er schüttelte heftig den Kopf. »Die Toten«, antwortete er lakonisch. »Also die Verbrannten.«

»Wieso konnten sie sich eigentlich nicht ins Freie retten?«

»Eine gute Frage«, sagte Van Veeteren.

»Die nach einer Antwort verlangt«, erwiderte Ulrike.

»Schlafmittel vielleicht«, meinte Van Veeteren nach einer kurzen Denkpause. »Das ist jedenfalls eine Theorie, aber das ließ sich leider nicht nachweisen, verbrannte Leichen sind in dieser Hinsicht ein bisschen heikel. Wenn sie wach und nicht völlig betrunken gewesen wären, hätten sie es nach draußen schaffen müssen. Aber sie befanden sich alle noch im Speisesaal.«

»Also vier Personen?«

»Ja. Drei Männer und eine Frau.«

»Wenn du schon mit der Liste dasitzt, könntest du mir eigentlich ihre Namen vorlesen.«

»Und warum?«

»Frag nicht so viel. Tu lieber, was ich dir sage. Auf diesem Schiff bin ich der Kapitän.«

Van Veeteren räusperte sich und las: »Kuno Blavatsky, zweiundvierzig Jahre alt, selbständig. Rejmus Fiste, einundvierzig, Justizvollzugsbeamter. Clara Behrens, einundvierzig, krankgeschrieben, arbeitslos, die einzige Frau in der Gruppe, und dann ...«

»Man kann sich natürlich fragen ...«, unterbrach Ulrike ihn.

»Was kann man sich fragen?«

»Warum sich eine Frau allein mit drei Männern zusammentut.«

»Das haben Münster und ich uns damals auch gefragt, aber näher untersucht wurde es im Grunde nicht. Es gab so einiges, was nicht näher untersucht wurde, weil ... nun ja, weil wir der Meinung waren, den Täter zu kennen.«

»Ich verstehe«, sagte Ulrike Fremdli. »Wie hieß der vierte?«

»Marten Winckelstroop«, las Van Veeteren. »Einundvierzig, Schriftsteller.«

»Schriftsteller?«

»Laut Telefonbuch. Gesamtwerk: ein Roman. Das Buch erschien Mitte der achtziger Jahre, und wenn ich mich richtig erinnere, wurden knapp hundert Exemplare davon verkauft. Man darf also annehmen, dass dies nicht seine einzige Einnahmequelle war.«

»Klingt wenig wahrscheinlich«, bestätigte Ulrike. »Und warum seid ihr davon ausgegangen, dass diese neue Leiche das Haus angezündet und ihre Kameraden verbrannt hat? Ich habe den Namen des Mannes schon wieder vergessen…«

»Qvintus Maasenegger«, sagte Van Veeteren seufzend. »Es gab ja Zeugen. Fünf saßen an dem Abend, als es passierte, gemeinsam am Tisch. Und vier verloren ihr Leben.«

»Die Pensionswirtin. Sie war doch sicher die wichtigste Zeugin? Molly…?«

»Ja, genau«, sagte Van Veeteren. »Molly Hansen. Ja, so hieß sie. Da war… tja, wie soll man das sagen?«

Er verstummte und schaute eine Weile aus dem Seitenfenster. Auf einem weitläufigen Feld war ein Bauer dabei, in Plastik gehüllte Heuballen auf einen Wagen zu laden. Über dem Waldrand im Süden, wo der Himmel plötzlich blau geworden war, zog eine Vogelformation hinweg. Wozu soll das gut sein, dachte er. Warum soll ich mich mit diesem alten Schlamassel herumschlagen? Lass los!

Aber es war kein Schlamassel gewesen, und genau das war natürlich sein Problem. Alles war zwanzig Jahre lang fein säuberlich geordnet gewesen, bis Münster mit diesen frischen Informationen zu ihm gekommen war. Dass ihr Täter aller Wahrscheinlichkeit nach gar nicht der Täter, sondern eines der Opfer gewesen war.

Es war ein abgeschlossener Fall gewesen. Eine unappetitliche und schwer zu verstehende Geschichte, aber nichts, woran einer von ihnen hinterher auch nur einen Gedanken verschwendet hätte. Münster nicht und er selbst auch nicht. Er konnte sich nicht erinnern, dass sie auch nur ein einziges Mal über den Fall geredet hatten, nachdem er gelöst worden war.

Nachdem sie *geglaubt hatten*, ihn gelöst zu haben.

Was hatte Mahler neulich abends noch gesagt? *Wahrheiten verändern sich mit der Zeit?* Was zum Teufel bedeutete das?

»Molly Hansen?«, erinnerte Ulrike ihn.

»Hm, ja«, sagte Van Veeteren und richtete den Blick wieder nach vorn. »Da war etwas an ihr, woraus ich nicht richtig schlau wurde. Allerdings bin ich ihr nur zweimal begegnet, es gab keinen Grund, in die Tiefe zu gehen.«

»Aber ihre Pension wurde niedergebrannt, mit vier Leichen darin ... habe ich das richtig verstanden?«

»Ja. So war es.«

»Und? Ich höre, dass du zögerst.«

»Nun, das tue ich wohl. Molly Hansen war natürlich schockiert und traumatisiert und was immer du willst, aber da war auch noch etwas anderes. Ich erinnere mich, dass ich daran dachte, aber es gab keine Veranlassung, der Sache nachzugehen.«

»Unnötig, den Ruf der Polizei zu verschlechtern, indem man den Opfern auf die Pelle rückt?«

Van Veeteren schüttelte den Kopf. »Nein, das Thema hat mich nie interessiert. Sie muss mittlerweile einiges über achtzig sein.«

»Du meinst, sie lebt noch?«

»Münster behauptet das. Wilkerson behauptet das.«

»Wer ist Wilkerson?«

»Der örtliche Polizeichef. Der Mann, der in dem Fall ermittelte, bevor wir kamen. Er ist übrigens bestimmt auch schon über achtzig. Unglaublich, dass es so viele Leute gibt, die älter sind als ich selbst, soll man das jetzt als gutes oder schlechtes Zeichen deuten?«

Ulrike lächelte und legte eine Hand auf seinen Arm. »Das soll man so deuten, dass du dich noch auf eine Menge guter Jahre freuen kannst. Was sonst?«

»Wer lebt, wird sehen«, murmelte Van Veeteren, schloss die Augen und versank in Gedanken.

»Ich wecke dich, wenn wir da sind«, sagte Ulrike Fremdli.

Die Pension hieß Kaarshuis und lag am Rande der kleinen Küstenstadt Friesenbirge. Ein langgestrecktes, zweistöckiges weißes Holzgebäude mit einem Streifen Buchenwald im Rücken und dem Meer hinter einer mit Strandroggen und flach kriechenden Kiefern bewachsenen Uferdüne. Ihr Zimmer lag an der einen Giebelseite, am weitesten von Rezeption und Speisesaal entfernt, und als Van Veeteren auf den Balkon hinaustrat und die salzige Luft in seine Nasenlöcher sog, dachte er, dass er an einem Ort wie diesem ohne größere Probleme ein halbes Jahr verbringen könnte.

Oder ein ganzes. Oder die Jahre, die ihm noch blieben.

Das hieß, solange er Ulrike an seiner Seite hatte, aber das war ja die Voraussetzung dafür, dass es ihn überhaupt noch interessierte, weiterzuleben. So hatte es sich ergeben. Er hoffte, dass ihre Überlegungen ungefähr in die gleiche Richtung gingen, und als sie sich hinter ihn schob, die Arme um ihn schlang und sich an ihn drückte, kam ihm der kühne Gedanke, dass es tatsächlich so sein könnte.

»Gar nicht so schlecht«, sagte sie. »Willst du vor dem Essen noch ein Bad nehmen, oder sollen wir uns mit einem Glas Wein begnügen? Wir haben noch eine Stunde.«

»Meinst du das Meer?«

»Ja.«

»Ein Glas Rotwein und ein kurzer Spaziergang vielleicht?«, schlug er vor. »Ich gehe lieber morgen schwimmen… oder gar nicht. Es ist Oktober, meine Schöne.«

»Das ist mir bekannt«, sagte Ulrike Fremdli und lachte. »Dein Wunsch ist mir Befehl.«

»Wenn es dir passt?«, fragte Van Veeteren.

»Wenn es mir passt«, bestätigte Ulrike. »Und wenn du bald Geburtstag hast.«

»Bis dahin ist es noch eine Woche.«

»Auch das ist mir bekannt. Ich habe es sicherheitshalber im Kalender angekreuzt.«

»Lässt sich das wieder ausradieren?«

»Das glaube ich eher nicht. In Stein gemeißelt, wie man so sagt.«

»Wann haben sie diesen Maasenegger gefunden?«

Sie lehnte sich über den Tisch, stützte sich auf die Ellbogen und richtete den Blick auf ihn. Er begriff, dass es sinnlos war, sich zu sträuben, und möglicherweise begriff er zudem, dass er gar keine Lust hatte, es zu tun. Sie dachten über ein Dessert nach, und alles hatte seine Zeit.

»Vor zwei Wochen«, sagte er. »Wenn ich Münster richtig verstanden habe. Es hat eine Weile gedauert, ihn zu identifizieren, schließlich hatte er zwei Jahrzehnte in der Erde gelegen.«

»Und die Todesursache war gegen den Kopf gerichtete Gewalt …?«

»Aller Wahrscheinlichkeit nach. Ein Vorschlaghammer oder etwas in der Art, direkt auf den Schädel. Vermutlich nur ein Schlag, aber kraftvoll und treffsicher.«

»Es ist leicht, zu töten«, sagte Ulrike und warf einen bekümmerten Blick auf die Speisekarte. »Viel zu leicht. Ich glaube ehrlich gesagt, mir reicht ein Kaffee.«

»Mir auch«, erwiderte Van Veeteren. »Und etwas dazu …?«

»Calvados?«

»Cognac.«

»In diesem Punkt hast du deine Meinung nicht geändert.«

»Nein. In Stein gemeißelt, wie man so sagt.«

Die schweigsame Kellnerin kam zu ihnen und nahm ihre Bestellung auf. Die anderen Gäste im Raum, zwei Paare mittleren Alters irgendwo aus Skandinavien, soweit sich das beurteilen ließ, brachen auf und nickten ihnen auf dem Weg nach draußen freundlich zu. Ulrike nickte ebenfalls, legte anschließend den Kopf in die Hände, und er sah, dass ihr etwas darin herumging. Ob sie den eingeschlagenen Weg weiterverfolgen oder die Sache auf sich beruhen lassen sollte.

»Aber damals warst du mit der Ermittlung zufrieden?«, fragte sie schließlich. »Deine berühmte Intuition hat sich kein Gehör verschafft? Um dir zu sagen, dass vielleicht etwas nicht stimmt, meine ich.«

»So verdammt berühmt war die eigentlich nie«, konterte er nach einer kurzen Denkpause. »Und ich kann mich nicht erinnern, dass Münster oder ich irgendwelche Zweifel hatten. Es war ein ziemlich glasklarer Fall … leider. Fünf Menschen treffen sich und feiern. Vier von ihnen werden tot aufgefunden, und der fünfte ist verschwunden. Vermutlich war er es auch, der das Ganze initiiert hatte. Vergiss nicht, dass es für neun von zehn Fällen eine einfache und offensichtliche Lösung gibt.«

»Sicher, das ist mir bekannt«, sagte Ulrike. »Aber hat man denn nicht nach ihm gesucht?«

»Natürlich hat man das. Mit Scheinwerfern und Taschenlampen, er steht seit damals mit Sicherheit auf der Fahndungsliste, aber es ist leider ziemlich leicht, unterzutauchen …«

»Vor allem, wenn man weit draußen vergraben im Wald liegt.«

Van Veeteren zog eine Grimasse. »Ja, vor allem dann.

Aber allein in Europa gibt es mehrere Tausend Personen, die sich dem Zugriff der Polizei entziehen … Kriminelle der einen oder anderen Art. Ein gewisser Prozentsatz ist zweifellos tot, aber viele sind einfach und aus gutem Grund untergetaucht. Die meisten wahrscheinlich außerhalb von Europa.«

Ulrike dachte einen Moment nach.

»Und derjenige, der es wirklich getan hat … denn es muss sich ja wohl um ein und dieselbe Person handeln … derjenige, der diese vier verbrannt und den fünften mit einem Vorschlaghammer erschlagen hat … der hat recht gute Gründe unterzutauchen?«

»Sehr gute«, stimmte Van Veeteren ihr zu. »Hat man fünf Menschen auf dem Gewissen, hat man einiges zu sühnen, wenn die Gesellschaft einen erwischt.«

»Er könnte auch tot sein.«

»Gut möglich«, seufzte Van Veeteren. »Dann muss er sich vor einer anderen Art von Gericht verantworten.«

Ihr Kaffee und die beiden kleinen Gläser kamen. Die Kellnerin wollte wissen, ob sie die Rechnung auf das Zimmer schreiben sollte, und Van Veeteren nickte.

»Wir werden hier zwei Wochen wohnen, sagen Sie Bescheid, wenn Sie eine Anzahlung brauchen.«

Sie schüttelte den Kopf und lächelte flüchtig. »Wir haben ja Ihre Karte durchgezogen.«

Ja, natürlich, dachte Van Veeteren. Moderne Zeiten. Heutzutage konnte man nicht einmal mehr die Zeche prellen.

»Was hast du vor?«, nahm Ulrike den Faden wieder auf, als sie allein waren und an ihren Gläsern genippt hatten. »Weißt du, es kommt mir fast so vor, als hättest du einen Plan.«

Van Veeteren versuchte, aus dem Fenster zu schauen, aber dort gab es nur ihre eigenen Spiegelbilder zu sehen. Ulrike wartete.

»Und?«, sagte sie nach zehn Sekunden.

»Münster und ich haben uns ein wenig darüber unterhalten …«, tastete er sich vor.

»Aha?«

»Man könnte zumindest mal hinfahren und nachsehen. Wie gesagt, es ist ja nicht weit weg.«

Ulrike nickte und lachte plötzlich auf.

»Dann hast du Münster also erzählt, dass wir nicht in Neuseeland sind?«

»Hm, ja, es gab keine andere Lösung. Aber Münster wird schweigen wie ein Grab, er soll es nur wagen, das Maul aufzumachen …«

»Münster ist Münster«, sagte Ulrike.

»Zu hundert Prozent. Und immerhin läuft ein Mörder frei herum … wie man so sagt. Das heißt, wenn er nicht tot ist. Oder *sie*, diese Möglichkeit sollten wir vielleicht auch nicht außer Acht lassen.«

»Das sollten wir nicht«, stimmte Ulrike ihm zu. »Frauen können es auch.«

»Das habe ich nie bezweifelt«, erklärte Van Veeteren. »Jedenfalls habe ich für den Fall, dass uns langweilig wird, die Telefonnummer des jetzigen Polizeichefs … die des alten im Übrigen auch.«

»Wilkerson?«

»Ja.«

»Wie heißt der neue?«

»Das habe ich vergessen«, sagte Van Veeteren. »Ich glaube, der Name endet auf -vic. Petrovic oder Markovic, vielleicht?«

Ulrike lehnte sich zurück und lächelte.

»Wenn das so ist, schlage ich vor, dass wir die Sache gleich morgen in Angriff nehmen. Damit dieser alte Fall sich nicht auch noch auf deinen Geburtstag auswirkt.«

»Das wäre wirklich zum Heulen«, erwiderte Van Veeteren. »Am besten fahren wir gleich nach dem Frühstück hin, was meinst du?«

»Du meinst, nach dem Frühstück und einem Bad im Meer?«, sagte Ulrike.

»Das entscheiden wir morgen«, antwortete Van Veeteren und sah auf die Uhr. »Halb elf. Ich finde, wir trinken jetzt die letzten Tropfen, legen uns in unserem Zimmer aufs Bett und schauen einen Film.«

»Genau das tun wir«, sagte Ulrike Fremdli.

9

Januar 1963. Oosterby und Umgebung

Marten Winckelstroop schlug mit einem Hammer auf den Tisch.

Eigentlich hätte es ein Holzhammer sein sollen, wie der Richter in dieser amerikanischen Fernsehserie ihn hatte, die seine Mutter so liebte. Ein solches Werkzeug hatte er im wahren Leben jedoch nie gesehen, aber egal, man musste sich mit dem zufriedengeben, was einem zur Verfügung stand.

»Herzlich willkommen zur Mitgliederversammlung des Vereins der Linkshänder«, sagte er. »Fangen wir an. Wer ist … wie sagt man? … anwesend?«

»Ich«, sagte Kuno Blavatsky und hob die Hand.

»I … i … ich!«, sagte Rejmus Fiste.

»Schön«, meinte Marten. »Ich schreibe das auf.«

Es entstand eine Pause, während er die Namen in das Schreibheft eintrug, das vor ihm lag. Kuno und Rejmus schwiegen und warteten, man sollte während der Versammlung nicht schwatzen und Blödsinn machen, zumindest am Anfang nicht. Keiner von ihnen wusste im Grunde, über welche Themen sie diesmal sprechen sollten, es war die Aufgabe des Vorsitzenden, sich darum zu kümmern, und der Vorsitzende hieß in diesem Jahr, genau wie im letzten und vorletzten, Marten Winckelstroop. Im Übrigen war er möglicherweise Vorsitzender auf Lebenszeit, aber Rejmus war der Schriftführer und derjenige, der eigentlich Protokoll führen sollte ... an diesem Tag schien es jedoch, als wollte Marten sich auch um dieses Detail kümmern. Oder er wollte nur festhalten, wer gekommen war, ehe er das grüne Schreibheft an den Schriftführer weiterreichte.

Kuno seinerseits war der Schatzmeister, aber da man nie Geld hatte und noch weniger eine Kasse, war dies eine Aufgabe, die wenig Mühe erforderte. Kuno war allerdings niemand, der sich beklagte, denn sich anzustrengen lag ihm nicht, und wenn er nur einfach dabei sein durfte, war er so zufrieden, wie er nur sein konnte.

Aber auch wenn die Vereinskasse leer war, kam es gelegentlich vor, dass Kuno einen kleinen Betrag für Süßigkeiten oder Limonade beisteuern konnte, zusätzlich zu den Zigaretten, die er manchmal aus dem Vorrat seines Vaters, des Filmproduzenten, aus dem Barschrank in der guten Stube der Villa auf der Vornehmen Klippe stahl. Sich einen halben Meter tiefer zu bücken und sich aus dem Spirituosenangebot zu bedienen, war eine Aktivität, die noch ein paar Jahre in der Zukunft lag.

Marten schob Rejmus Schreibheft und Bleistift zu und räusperte sich.

»Ich habe über etwas nachgedacht. Wir sind nur zu dritt ... wir könnten gerne ein paar mehr sein.«

Kuno runzelte die Stirn, und Rejmus schrieb.

»Da hast du recht«, sagte Kuno nach einer Weile. »Wir könnten ... ja, ich weiß nicht. Zu viert oder fünft sein, vielleicht?«

»A... a... aber...«, sagte Rejmus.

»Ja?«, sagte Marten.

»Ab... aber... w... wer denn?«, verdeutlichte Rejmus.

»Ja, genau«, meinte Kuno. »Wer denn?«

»Auch darüber habe ich nachgedacht«, antwortete Marten.

»N… n… nicht…«, sagte Rejmus.

»Wer nicht?«, wollte Marten wissen.

»N… nicht Janos und P… P… Pieter, auf keinen Fall.«

Janos und Pieter gingen in dieselbe Klasse wie die drei Vereinsmitglieder. Sie waren bärenstark und spielten in der jüngeren Jungenfußballmannschaft.

»Die doch nicht«, sagte Marten schnaubend. »Die sind ja nicht einmal Linkshänder.«

»Ja, genau«, bestätigte Kuno. »Beides Rechtsausleger.«

Rejmus nickte und schrieb wieder, unklar, was.

»Also gut, welche Linkshänder kennen wir?«, fuhr Marten fort und setzte ein listiges Lächeln auf. Rejmus und Kuno hatten das Gefühl, dass dies eine Fangfrage sein musste. Sie grübelten so, dass die Luft in dem kleinen Dachgeschosszimmer stickig wurde, aber keiner von ihnen fand eine Antwort. Es gab wahrscheinlich einige Leute in Oosterby und Umgebung, die trotz der jahrelangen Bemühungen von Lehrerin Bolster lieber mit links schrieben, aber es sollte natürlich jemand in ihrem Alter sein, am besten aus ihrer Klasse… nein, so ein Mist auch, dass es nicht möglich sein sollte, ein paar vernünftige Kandidaten zu finden.

»Euch fällt keiner ein?«, fragte Marten, als er erkannte, dass in den grauen Zellen seiner Kumpel völlige Finsternis herrschte.

»Nee… ehrlich gesagt nicht«, sagte Kuno.

Rejmus schüttelte den Kopf.

Marten räusperte sich.

»Hm. Clara und Birgitte natürlich.«

Drei Sekunden lang herrschte Totenstille. Rejmus blieb der Mund offen stehen, und Kuno schien für einen Moment zu schielen.

»Mädchen…«, fauchte Kuno. »Du meinst, dass… dass wir Mädchen in den Verein aufnehmen sollen? Hast du sie nicht mehr…?«

Rejmus schloss den Mund und brach die Spitze seines Bleistifts ab.

Es wurde eine ungewöhnlich lange und stürmische Versammlung. Allerdings nicht, weil die Frage ein heißes Eisen war, ob Frauen (Rejmus benutzte in seinem Protokoll im Schreibheft genau dieses Wort: *Frauen*) der Zugang zu ihrem bisher exklusiv männlichen Verein gewährt werden sollte, sondern weil es nicht leicht war, einen Weg zu finden, wie zum Teufel sie das anstellen sollten.

Nach Martens sensationellem Vorschlag waren Kuno und Rejmus ziemlich schnell auf seine Linie eingeschwenkt. Man war schließlich zwölf Jahre alt – Kuno sogar dreizehn –, und die Schwestern Behrens, Clara und Birgitte, die einander wie ein Ei dem anderen glichen, waren die hübschesten und süßesten *Frauen* in der ganzen Schule. Man bekam schon einen Ständer, wenn man nur an sie dachte, oder an eine von ihnen, entfuhr es Rejmus im Laufe der Debatte… St… St… St… St… Ständer! Wahrlich ein Wort, das einem eingefleischten Stotterer nicht leicht über die Lippen kam.

»Gina Lollobrigida mal zwei«, schöpfte Kuno aus seinem ererbten Wissen aus der Welt des Films.

»Genau«, stimmte Marten ihm zu, ohne wirklich zu wissen, wer diese mysteriöse Dame sein mochte. »Ich denke, sie wären… wie heißt das?… eine Bereicherung?… für den

Verein. Außerdem sind sie beide ordentliche Linkshänder, nicht wahr?«

»T… t… totale Linkshänder«, erklärte Rejmus und begann, den Stift mit seinem Taschenmesser zu spitzen, um wieder Protokoll führen zu können. Dies war nun wirklich eine Versammlung, bei der nichts verloren gehen durfte.

Aber wie sollte man vorgehen? Wie zum Henker und in aller Welt? In einem gemeinsamen und schmerzlichen Anflug von Klarsichtigkeit und Selbstkritik erkannten die Mitglieder im Verein der Linkshänder, wie wenig selbstverständlich es war, dass die Schwestern Behrens in Begeisterungsstürme darüber ausbrechen würden, in diesen taffsten und cleversten aller Vereine gewählt worden zu sein. Möglicherweise würden sie sogar nein danke sagen und es ablegen… oder hieß es *ablehnen*? Schlimmstenfalls würden beide die Idee mit höhnischem Gelächter quittieren und ihre Wohltäter bitten, sich zum Teufel zu scheren. Das war schwer einzuschätzen, auch sehr junge Frauen ließen sich nur mit Mühe analysieren, und die drei modernen Musketiere waren sich deshalb schnell einig, dass ein äußerst raffinierter Plan erforderlich sein würde.

Sie benötigten den ganzen Abend, aber als Rejmus und Kuno nach Hause gingen, hatte man sich auf eine Strategie geeinigt. Rejmus war eventuell ein wenig skeptisch, was mit Sicherheit daran lag, dass ziemlich viel von ihm abhing. Um nicht zu sagen alles.

Die Gründe für diesen Stand der Dinge hätten schmeichelhaft sein können, oder schmeichelhaft sein *sollen*, wenn Rejmus Fiste nicht Rejmus Fiste gewesen wäre.

Er war hübsch und konnte singen.

Er konnte weder für das eine noch das andere etwas, aber

es gab Leute, die fanden, dass er James Dean ähnelte. Ein sehr schüchterner James Dean, aber Schüchternheit war manchmal attraktiv.

Letzteres behaupteten andere, vielleicht waren es auch die Gleichen. Dass er eine schöne Gesangsstimme besaß, hatte keiner gewusst, bis Frau Bolster gestorben und von Felicia Fromm ersetzt worden war, die glücklicherweise ihre Klasse in die Große Schule begleitet hatte, was ihrer Vorgängerin niemals in den Sinn gekommen wäre. Sie spielte nämlich Gitarre, diese reizende junge Lehrerin, und war außerdem der Meinung, dass es die Schularbeit und das Wohlbefinden der Kinder förderte, wenn man sich täglich mindestens eine Viertelstunde dem Gesang und der Musik widmete. Auch ein solcher Gedanke hätte niemals Platz hinter Margarethe Bolsters streng abfallender Stirn Platz gefunden, aber sie war ja Gott sei Dank verstorben, im Staub vergraben und für alle Zeit verstummt. Die Korrekturhandschuhe waren verbrannt worden, die Lehrer Klitschke und Pommersten auf einem guten Weg, bekehrt zu werden, und irgendwann im Sommerhalbjahr der vierten Klasse, keiner erinnerte sich genau, wie es dazu kam, intonierte Rejmus Fiste zu Lehrerin Fromms Gitarrenbegleitung *Hang down your head, Tom Dooley*. Es klang verteufelt gut, das hätte selbst ein taubes Huhn noch gehört.

Ein bisschen eigenartig war zudem, dass er singen konnte, ohne zu stottern, und als er eine Woche später Elvis Presleys *Love me tender* vortrug (zur selben Begleitung), waren zwei Mädchen aus der Tiefe ihrer jungen Herzen in Tränen ausgebrochen. Sie konnten einfach nicht anders.

Keine der Weinenden war eine der Schwestern Behrens gewesen, aber das spielte keine Rolle. Langsam und stetig, vor allem während des folgenden Winterhalbjahrs, etablierte sich

Rejmus Fiste als eine Art romantischer Held in der Großen Schule von Oosterby. Er wurde umschwärmt, wenngleich von fern, schließlich ging man erst in die fünfte Klasse, aber es gab zweifellos Mädchen, die sich von ihm gerne hätten umarmen und vielleicht sogar hätten küssen lassen. Das heißt, wenn Rejmus Fiste nicht der gewesen wäre, der er war. Ein schüchterner und ziemlich gehemmter Einzelgänger. Jetzt ging es aber um das, was er über Clara und Birgitte Behrens gesagt hatte. Dass sie die Fähigkeit besaßen, einen Ständer hervorzurufen. Es war eine Behauptung, die er nicht zurücknehmen konnte und vielleicht auch nicht wollte. Möglicherweise existierten Antriebskräfte, die stärker waren als die schüchternste Schüchternheit. Und letztlich ließ er sich wohl deshalb von seinen Kameraden dazu überreden, den Auftrag zu übernehmen.

Von den Schwestern Behrens wusste man, abgesehen davon, dass sie so hübsch waren wie Gina Lollo … irgendwas, dass sie auf einem Hof in Richtung Oosterhejde wohnten. Sie waren anderthalb Jahre zuvor in ihre Klasse gekommen, waren beide Linkshänderinnen und fuhren mit dem Bus zur Schule. Zumindest im Winter; bei etwas wärmerem Wetter fuhren sie Rad, ihre Räder waren modern und hatten Gangschaltung, das eine gelb, das andere rot, aber wer von ihnen auf welcher Farbe saß, ließ sich natürlich unmöglich feststellen. Vielleicht wechselten sie täglich.

Und es war, wie gesagt, aussichtslos, sie auseinanderhalten zu wollen. Sie trugen zwar selten die gleichen Kleider, aber es kam vor, dass der karierte Rock, den Clara am Montag anhatte, am Dienstag von Birgitte getragen wurde. Oder dass Birgitte Claras Vormittagsarmband am Nachmittag anlegte. Soweit sich das beurteilen ließ.

Manchmal hatte eine von ihnen Lippenstift aufgetragen, das war wahrscheinlich Clara.

Engeren Kontakt zu den anderen Mädchen in der Klasse hatten sie nicht. Aber man sah selten nur eine von ihnen, sie waren fast immer zusammen. Wenn eine der beiden erkältet war und nicht zur Schule kam, galt für die andere das Gleiche. Jetzt, in der fünften Klasse, hatten sie Brüste bekommen, die vorstanden, vielleicht waren sie es, an die Rejmus häufig dachte. Da war er bestimmt nicht der Einzige, ganz bestimmt nicht.

Der Angriff erfolgte an einem Samstag Ende Januar. Es war ein cleverer und geglückter Schachzug. In der sogenannten Freistunde, der letzten Schulstunde der Woche, sang Rejmus Fiste ein neues Lied von Elvis Presley, *Are you lonesome tonight*, und zwar nicht nur einmal, sondern auf allgemeinen Wunsch zweimal, und kein Auge blieb trocken. Er hatte sich zu Ehren des Tages, auf Marten Winckelstroops Rat hin, einen Klecks Pomade in die Haare geschmiert und wurde von Lehrerin Fromm umarmt.

Es war mit anderen Worten wenig verwunderlich, dass Clara Behrens eine gute Stunde später als viertes Mitglied in den Verein der Linkshänder aufgenommen werden konnte. Birgitte Behrens hatte darum gebeten, sich die Sache überlegen zu dürfen, aber dass die eine Schwester etwas ohne die Gesellschaft der anderen tun würde, glaubte keiner.

»Verdammte Hacke, das hast du gut gemacht«, erklärte Marten Winckelstroop am Abend auf dem Dachboden in der Beerenstraat. »Und morgen haben wir Versammlung, ich glaube, sie kommen beide.«

»Echt gut«, stimmte Kuno Blavatsky zu.

»I… I… Ich war so nervös, dass ich mich fast bep… p… p…«, sagte Rejmus Fiste.

»Was jetzt?«, erkundigte sich Marten.

»Bep… bepisst hätte«, sagte Rejmus. »V… v… v…«

»Ja?«

»Vor allem, als sie mich gek… küsst hat.«

»Sie hat dich geküsst?«, platzte Marten heraus.

Rejmus nickte.

»Wohin?«, wollte Kuno wissen.

»Auf den M… M… Mund«, sagte Rejmus Fiste.

10

Oktober 2012. Oosterby und Umgebung

Der ehemalige Kommissar Wilkerson empfing den ehemaligen Kommissar Van Veeteren in seinem Haus in Kernten. Es war eine kleine, düstere Ortschaft ungefähr in der Mitte zwischen der Pension in Friesenbirge und Oosterby, wo sie sich aus Anlass der Brandstiftung mit Todesfolge in Mollys Pension im Herbst 1991 begegnet waren. Van Veeteren fragte sich insgeheim, warum man sich entschied, in Kernten zu wohnen, das sieben, acht Kilometer landeinwärts lag, statt an der Küste. Wenn man die Wahl hatte.

Aber vielleicht war Wilkerson zur Arbeit gependelt und hatte schon damals hier gewohnt. Vielleicht war er hier geboren. Die Wohnung, die zu einem Fahrradweg und einem ungemähten und unmarkierten Fußballplatz hin lag, wirkte verwohnt, um nicht zu sagen verlebt. Der großen Zahl gerahmter Fotos an den Wänden nach zu urteilen – sowie diversen anderen Gegenständen mit ziemlich vielen Jahren auf dem Buckel: hässlicher Nippes, Tennisschläger, Diplome, bestickte Sofakissen, ein Puppenbett, ein Paar weiße Eiskunstlaufschlittschuhe, die über einem offenen Kamin hingen – hatte sie früher eine Familie beherbergt. Heute hausierte Wilkerson dort in männlicher Einsamkeit; das war über jeden Zweifel erhaben, und Van Veeteren hatte eine klaustrophobische Vision davon, wie sein eigenes Leben möglicherweise ausgesehen hätte, wenn Ulrike Fremdli nicht beschlossen hätte, es auf Vordermann zu bringen.

Außerdem fehlte Wilkerson ein Fuß. Das war einundzwanzig Jahre zuvor nicht der Fall gewesen, es musste also etwas passiert sein.

»Eine Erfrierung«, erläuterte er, als sie am Küchentisch Platz genommen hatten, auf dem ein Kaffeeperkolator, ein Marmeladenglas und ein Teller mit Rillenkeksen standen. Oder vergessen worden waren, das war schwer zu sagen. »Eine Wanderung in Nordnorwegen vor zehn Jahren. Bin immer gern gewandert. Das war dann meine letzte Tour.«

»Du musst versuchen, dich über den einen zu freuen, der dir geblieben ist«, sagte Van Veeteren.

»Das tue ich auch«, beteuerte Wilkerson. »Außerdem habe ich eine verdammt gute Prothese. Aber hier zu Hause nehme ich sie immer ab. Möchtest du sie sehen? Interessierst du dich für Prothesen?«

»Ehrlich gesagt nicht«, bekannte Van Veeteren. »Ich dachte, wir könnten uns ein wenig über die Ereignisse von 1991 unterhalten. Ich habe erfahren, dass das eine oder andere ans Licht gekommen ist.«

»Eine Leiche«, erwiderte Wilkerson und machte etwas mit seinem Gesicht, was eventuell ein bitteres Lächeln darstellen sollte. »Die ist ans Licht gekommen. Der Teufel und seine Großmutter.«

Hat er noch alle Tassen im Schrank, fragte sich Van Veeteren. Dies war schwer einzuschätzen, er sprach erstaunlich schnell und klar, wenn man bedachte, dass er dreiundachtzig war – eine Information, die Münster ermittelt hatte –, aber da war etwas in seinem Tonfall und dem, was er sagte, was Warnsignale aussandte. Das Feuer in Mollys Pension dürfte der spektakulärste Fall seiner Laufbahn gewesen sein, diese neue Entwicklung müsste ihn eigentlich bedrücken.

Vier Tote, und man hatte den Falschen als Täter beschuldigt.

Mittlerweile fünf Tote und ein Täter auf freiem Fuß. So sah es doch aus, oder? Vielleicht der richtige Moment für ein bitteres Lächeln.

Oder ein toter Täter. Auch das lag im Bereich des Möglichen, aber wenn der Betreffende ungefähr im selben Alter war wie seine Opfer, müsste er, oder auch sie, heute nicht älter als sechzig sein. Noch jung, dachte Van Veeteren. Vermutlich am Leben, davon konnte man wohl ausgehen. Zumindest sollte man nicht das Gegenteil voraussetzen.

Aber wer? Und was zum Teufel war passiert?

Das Motiv? Mit anderen Worten. Die gute alte Frage: *Warum?* Die Ermittlungen von 1991 hatten sich als Fiasko erster Güte herausgestellt; einundzwanzig Jahre hatten sie standgehalten, heute waren sie nicht mehr wert als … ein amputierter Fuß. Und den Gedanken, sich hinzusetzen und alle Ordner aufs Neue durchzugehen, fand er auf einmal beinahe ekelerregend.

Aber ich habe mit dem Ganzen nichts zu tun, rief er sich in Erinnerung. Nicht das Geringste, ich bin vor hundert Jahren in Pension gegangen. Ich bin höchstens Buchhändler.

»Was hältst du davon?«, fragte er aufs Geratewohl. Es konnte nicht schaden, Wilkerson frei spekulieren zu lassen. Zumindest dürfte es verdeutlichen, ob es sich überhaupt lohnte, mit ihm zu reden.

»Kaffee?«

»Danke. Schwarz.«

»Ein Tropfen Genever?«

»Ja, bitte.«

Wilkerson goss aus dem Perkolator ein. Verfeinerte mit einem Schuss Schnaps aus einer Flasche ohne Etikett, die er aus einem Eckschrank holte.

»Es ist zum Kotzen«, sagte er. »Ich weiß wirklich nicht, was ich sagen soll. Habe fast nicht geschlafen, seit ich es gehört habe.«

Na also, dachte Van Veeteren. Es nagt an ihm. Er ist jedenfalls noch nicht völlig weggetreten.

»Zucker?«

»Ja, bitte.«

Wilkerson dosierte, trank einen Schluck Kaffee und schmatzte zufrieden. »Wir waren uns damals doch vollkommen einig, oder? Ich kann mich jedenfalls nicht erinnern, dass einer von uns … oder einer von euch Zugereisten … sich Gedanken darüber gemacht hätte, dass wir falschliegen könnten. Ich meine, dieser verfluchte Maasenegger war doch wie gemacht für die Rolle des Mörders, das fanden wir doch alle?«

»Richtig«, stimmte Van Veeteren ihm zu. »So war es wohl leider. Aber manchmal liegt man eben daneben. Hast du Kontakt zu dem neuen Polizeichef gehabt … wie heißt er noch gleich?«

»Radovic«, antwortete Wilkerson. »Er heißt Peter Radovic. Sicher, ich habe ausführlich mit ihm geredet. Er rief mich natürlich an … und ich habe mit ihm einen Nachmittag in Oosterby zusammengesessen. Ein guter Mann, er kam nach Mollenhejm, der den Posten übernahm, als ich aufhörte … ich weiß nicht, ob du dich an Mollenhejm erinnerst?«

Van Veeteren schüttelte den Kopf.

»Starb aus heiterem Himmel an seinem Arbeitsplatz. Herzinfarkt, als er am Schreibtisch saß und nur noch einen Monat bis zur Pensionierung hatte. So kann es gehen.«

»Das kann es«, bestätigte Van Veeteren. »Hat Radovic … oder hast du … irgendeine Idee, die … nun, die Licht in diese Sache bringen könnte?«

»Ich tappe völlig im Dunkeln«, antwortete Wilkerson und strich Marmelade auf einen Rillenkeks. »Aber er arbeitet natürlich mit Volldampf an dem Fall. Ich nehme an, dass du vorhast, auch Oosterby einen Besuch abzustatten.«

»Wir werden sehen«, erwiderte Van Veeteren. »Ich bin rein zufällig aus ganz anderen Gründen in der Gegend, aber vielleicht wechsele ich ein paar Worte mit ihm.

»Ich finde, das solltest du tun«, sagte Wilkerson. »Wie gesagt, ein guter Mann.«

Er stopfte sich den Keks in den Mund und kaute langsam. Van Veeteren nippte an seinem Kaffee und unterdrückte eine Grimasse.

»Und diese Frau, Molly«, fragte er. »Die Besitzerin der Pension, sie lebt also noch?«

Wilkerson nickte und ließ seine Zunge auf der Jagd nach Krümeln und Marmelade über die Zähne fahren. »Leben tut sie schon noch«, stellte er ein wenig widerwillig fest. »Sie ist in meinem Alter, aber ob es sich lohnt, mit ihr zu reden, ist eine andere Sache. Sie war wohl schon vor zwanzig Jahren nicht sonderlich helle im Kopf … wenn man ehrlich sein soll. Und seither ist es bestimmt nicht besser geworden.«

»Sie stand damals unter Schock«, gab Van Veeteren zu bedenken.

»Das kannst du wohl sagen«, meinte Wilkerson. »Aber sie war schon vorher schwierig. Es war ja nicht das erste Mal, dass man mit ihr zu tun hatte.«

»Ich erinnere mich nicht genau«, gestand Van Veeteren. »Außerdem bin ich ihr nur flüchtig begegnet … saß bei einer Vernehmung dabei, wenn mich nicht alles täuscht. Vielleicht auch bei zwei. Aber du hattest also auch schon früher Kontakt zu ihr?«

»Was heißt hier Kontakt«, erwiderte Wilkerson. »Ihre Pension hatte einen gewissen Ruf… es gab eine Reihe alter Anzeigen.«

»Was für Anzeigen denn?«

»Das Übliche. Verkauf von alkoholischen Getränken an Minderjährige. Steuervergehen… oder zumindest Unklarheiten in der Buchführung… eine Hure oder zwei, die sich ihrer Pension bedienten.«

»Aber sie ist nie verurteilt worden?«

»Niemals. Ich glaube, sie musste einiges an die Aasgeier vom Finanzamt abdrücken, aber zu einer Gerichtsverhandlung ist es nie gekommen.«

Van Veeteren dachte nach. »Trotzdem war sie unsere wichtigste Zeugin. Die ganze Brandstiftungsgeschichte hing ja an ihrer Aussage…«

»Allerdings, zum Teufel«, sagte Wilkerson. »Aber welchen Grund sollte sie gehabt haben, uns anzulügen? Außerdem wurden ihre Angaben von dem Koch und dem Mädchen, das aushalf, bestätigt. Diese verdammte Clique hat den ganzen Laden für einen Abend und eine Nacht gemietet. Erinnerst du dich noch, wie sie sich nannten?«

»Irgendetwas mit Linkshändern?«

»Der Verein der Linkshänder. Fünf Gestalten, die in den fünfziger und sechziger Jahren in Oosterby aufgewachsen waren und sich zu einer Art Wiedersehensfeier verabredet hatten. Vier von ihnen verbrannten, der fünfte verschwand… tja, das war keine besonders komplizierte Gleichung. Verteufelt grausig, natürlich, aber nicht schwer zu lösen.«

»Bis jetzt«, sagte Van Veeteren.

»Bis jetzt«, seufzte Wilkerson. »Der Teufel und seine Großmutter. Sie sitzt jetzt übrigens in einem Heim.«

»Wer jetzt«, sagte Van Veeteren. Er ging davon aus, dass nicht die Großmutter des Teufels gemeint war.

»Diese Molly«, erläuterte Wilkerson. »Ich glaube, es heißt Herbstsonne oder etwas anderes Bescheuertes in der Art. Jedenfalls liegt es am Stadtrand von Oosterby.«

»Aber du hast angesichts der neuen Entwicklung keinen Kontakt zu ihr gehabt?«

»Ich bin vor achtzehn Jahren in Pension gegangen«, erinnerte Wilkerson ihn.

Eine Viertelstunde später saß er mit Ulrike wieder im Auto.

»Kein sehr ansprechendes Kaff«, meinte sie. »Ich habe ein Café gefunden, aber es war geschlossen. Ein Lebensmittelladen, eine Kirche und eine Schule. Drei Menschen waren im Freien unterwegs, wenn ich richtig gezählt habe. Hast du den Fall jetzt gelöst?«

»Nicht wirklich«, antwortete Van Veeteren. »Aber wir werden nicht hierher ziehen, das verspreche ich dir.«

»Gut«, sagte Ulrike und ließ den Wagen an. »Jetzt fahren wir ans Meer. Willst du wie besprochen nach Oosterby weiterfahren?«

»Eigentlich nicht«, sagte Van Veeteren. »Aber am besten bringen wir es hinter uns. Der Polizeichef war einverstanden, mich nach dem Mittagessen zu treffen.«

»Und Molly Hansen?«

»Für dieses Detail habe ich mich noch nicht entschieden«, sagte Van Veeteren.

»Das glaubst aber auch nur du«, entgegnete Ulrike.

Im Vergleich zu Kernten hatte Oosterby einiges zu bieten.

Zum Beispiel Sonne und einen ansprechend blauen Himmel. Zum Beispiel ein frisch renoviertes Restaurant, das unten im Hafen lag und Zeeblick hieß. Sie aßen ein anständiges Fischgericht, und während Ulrike zu einem Strandspaziergang aufbrach, ging Van Veeteren zum Polizeipräsidium am Marktplatz. Als er es vor Augen hatte, erkannte er es wieder. Es schien seit den frühen neunziger Jahren keine dramatischen Veränderungen durchlaufen zu haben, so dass er die schwergängige Tür mit dem unangenehmen Gefühl eines Déjà-vus aufzog und eintrat.

Eines Déjà-vus und eines Scheiterns.

Peter Radovic schien Mitte vierzig zu sein. Er war groß und hatte breite Schultern, und Van Veeteren schätzte, dass er viele Jahre Feldarbeit geleistet hatte, ehe er in der administrativen Rolle des Polizeichefs gelandet war und Schreibtisch und Computer seine wichtigsten Arbeitswerkzeuge wurden. Er grüßte mit einem kräftigen Handschlag, und es war nur zu hoffen, dass genauso viel Blut sein Gehirn durchströmte, wie in seinen Muskeln vorhanden zu sein schien.

Van Veeteren brach diesen vorurteilsbehafteten Gedanken ab, ließ sich in dem angebotenen Besuchersessel nieder und lehnte sowohl Kaffee als auch Tee und ein Glas Wasser dankend ab. Radovic nahm hinter seinem Schreibtisch Platz und schlug eine Mappe auf.

»Schön, dass du vorbeikommen konntest«, begann er, und vielleicht meinte er es sogar. Vermutlich aber eher nicht. Ein pensionierter, uralter früherer Kriminalpolizist aus der Großstadt, der schon zwanzig Jahre zuvor den Elefanten im Porzellanladen gegeben hatte, womit sollte der ihm heute behilflich sein können?

Diese Meinung stand Radovic allerdings nicht offen ins

Gesicht geschrieben. Im Gegenteil, sie kam wie ein saures Aufstoßen aus Van Veeterens Inneren, und er gab sich alle Mühe, es loszuwerden.

Ich muss diese Altersparanoia generell abstellen, dachte er. Wenn es überhaupt einen Sinn haben soll, dass ich hier sitze.

»Danke«, sagte er. »Ja, ich will mich natürlich in keiner Weise in irgendetwas einmischen, aber wenn du zu einem kleinen Gedankenaustausch bereit wärst, dann …?«

»Selbstverständlich«, sagte Radovic.

»Ich bin einfach neugierig geworden«, fuhr Van Veeteren fort. »Und da ich zufällig und aus ganz anderen Gründen in der Gegend bin …«

»Du brauchst dich nicht zu entschuldigen«, unterbrach Radovic ihn. »Ich habe den größten Respekt vor dir und dem, was du in deinen Dienstjahren erreicht hast, auch wenn du ausgerechnet in diesem Fall eine Niete gezogen hast.«

Die letzten Worte kamen mit einem Lächeln. Was hatte er gesagt, der alte Wilkerson … ein guter Mann? Das konnte natürlich alles Mögliche heißen, aber damit hatte er sich zumindest nicht von ihm distanziert. Obwohl *Niete*? Und dass er es gewesen sein sollte, der sie gezogen hatte?

Aber er ließ es gut sein. »Hättest du etwas dagegen, mir die Lage zu schildern?«, bat er stattdessen. »Natürlich nur in groben Zügen.«

Inspektor Radovic nickte und fing an.

Am zehnten Oktober, einem Mittwoch vor zwei Wochen, war ein älteres Paar aus der näheren Umgebung in einem Waldgebiet spazieren gewesen, das etwas außerhalb der eigentlichen Ortschaft lag und als Libbenholtz bekannt war. In einem ausgetrockneten Graben, in den die Frau sich zurückgezogen hatte, um ihre Notdurft zu verrichten, hatte sie eine Leiche gefunden. Oder vielmehr eine Hand, aber sie ragte aus einer dicken Schicht von gefallenem Laub heraus, und wenn eine Hand aus der Erde ragt, liegt der Verdacht nahe, dass sie mit einem Körper verbunden ist. Sie hatte ihr Geschäft beendet, ihren Mann hinzugerufen, und dann hatten die beiden die Polizei verständigt.

Alles in allem hatten sie lobenswert und besonnen reagiert. Es gab keinen Grund zur Klage. Die Frau, die den Fund gemacht hatte, war im Übrigen Krankenschwester. Sie hatte also auch schon vorher Leichen gesehen, wenn auch etwas frischere. Ihr Ehemann war übrigens Busfahrer, früher Vorarbeiter in der Fischfabrik.

Das wird den ganzen Tag dauern, dachte Van Veeteren, als Radovic in seinem Bericht so weit gekommen war. Was zum Teufel treibt er da? Ein Buch schreiben?

»Mir ist es egal, wie sie heißen und welche Haarfarbe sie haben«, sagte er. »Es reicht, wenn ich einen kleinen Einblick bekomme.«

Die Gesichtszüge des Polizeichefs verhärteten sich ein wenig, aber er war auf keinen Streit aus. Stattdessen fuhr er fort, in ruhigem Tempo von den Maßnahmen der Polizei zu erzählen; wie es ihnen gelungen war, den Toten anhand gewisser Informationen in dem Portemonnaie zu identifizieren, das die zwanzig Jahre in feuchter Erde verblüffend gut überstanden hatte. *Qvintus Leopold Maasenegger*. Geboren am fünfzehnten September 1948. Letzte bekannte Adresse im Farmersteeg in Loewingen. Letztmalig lebend gesehen in Mollys Pension in Oosterby am achtundzwanzigsten September 1991. Unter dringendem Tatverdacht, an besagtem Abend vier Personen das Leben genommen zu haben, und seither zur Fahndung ausgeschrieben.

Todesursache: massive Gewalteinwirkung auf den Kopf. Vorsichtige Theorie: Da die Leiche weniger als zweihundert Meter von dem Platz gefunden wurde, an dem früher Mollys Pension gestanden hatte, erschien es wahrscheinlich, oder zumindest nicht ganz unwahrscheinlich, dass Maasenegger umgebracht und von besagter Pension aus zu seiner letzten Ruhestätte durch den Wald geschleift worden war. Wahrscheinlich in jener Nacht, in der das Gebäude bis auf die Grundmauern abbrannte und die vier anderen Mitglieder im Verein der Linkshänder ihr Leben ließen, weil man sie vergiftet hatte und sie nicht in der Lage waren, das Haus zu verlassen. Will sagen in der Nacht zwischen dem achtundzwanzigsten und neunundzwanzigsten September 1991.

Van Veeteren bedankte sich und fragte, ob die Möglichkeit bestehe, dass Maasenegger zu einem späteren Zeitpunkt vergraben worden sei, woraufhin Radovic erklärte, dies könne durchaus der Fall sein.

Dass er dies jedoch nicht glaube. Einer vorläufigen Beurteilung der kriminaltechnischen Abteilung in Maardam zufolge müsse der Körper mindestens fünfzehn Jahre in der Erde gelegen haben. Vermutlich länger. Niemand hatte Qvintus Maasenegger nach jenem achtundzwanzigsten September vor einundzwanzig Jahren gesehen, nicht in Oosterby, nicht in seiner Heimatstadt Loewingen und an keinem anderen Ort der Welt. Solange keine anderslautenden Informationen auftauchten, konnte man wohl auf Basis der Theorie arbeiten, dass er am selben Abend umgebracht worden war wie die übrigen Gäste in Mollys Pension, mit dem einzigen Unterschied, dass ihm der Schädel eingeschlagen und er nicht vergiftet und verbrannt worden war. Hatte der berühmte Herr Kommissar gegen diese Argumentation etwas einzuwenden?

Letzteres brachte Radovic in einem Ton heraus, den Van Veeteren als sanfte kollegiale Ironie zu deuten bereit war, aber er gestattete sich dennoch den Hinweis, dass er seit dem Mittelalter kein Kommissar mehr war und als Laie keine Fehler in derartig brillanten Schlussfolgerungen entdecken konnte.

»Aber trotzdem waren sie nur zu fünft«, fügte er hinzu. »Oder nicht? Die an dem Abend zusammen feierten. Maasenegger und die vier anderen. Soll der Mörder eine Art Straßenräuber gewesen sein, der rein zufällig vorbeikam … ein Psychopath, der aus einer geschlossenen Anstalt entflohen war … oder was? Ich kann mich nicht erinnern, dass es dafür irgendwelche Anhaltspunkte gab.«

»Ich war ja damals nicht dabei«, merkte Radovic an, »aber ich habe in den letzten Tagen natürlich die Ermittlungsakten gelesen. Offensichtlich wurde alles ein paar Wochen vor dem betreffenden Datum gebucht, wobei Molly Hansen sich nicht ganz sicher war, wer sie eigentlich angerufen und das Ganze organisiert hatte. Vor einundzwanzig Jahren vermutete sie Maasenegger, eine Vermutung, die heute natürlich keinen großen Wert mehr hat.«

»Es war jedenfalls ein Mann«, entsann sich Van Veeteren. »Stimmt, ich erinnere mich, dass sie nicht in der Lage war, einen Namen zu nennen. Wahrscheinlich versuchten wir, sie so weit zu bringen, dass sie sich auf Maasenegger festlegte, aber sie ging nicht weiter, als dass es … nun ja, denkbar sei. Wenn ich mich richtig erinnere.«

»Das stimmt mit dem überein, was ich gelesen habe«, bestätigte Radovic. »Aber sie hatte die Namen der fünf Gäste aufgeschrieben; in ihrem Empfangsbuch, das bei dem Brand jedoch völlig zerstört wurde. Aber auch in einem Notizblock daheim, was die Identifizierung natürlich erleichterte.«

»Winckelstroop, Fiste und Blavatsky«, rief Van Veeteren sich in Erinnerung. »Und die Frau in der Runde, Clara Behrens. Und der Mann, der das Ganze dirigierte – wer immer es war –, legte ebenfalls großen Wert auf diesen verdammten Vereinsnamen … wenn mich nicht alles täuscht. Der Verein der Linkshänder. War es nicht so, dass Molly Hansen auch den schriftlich festgehalten hatte?«

»Doch«, bestätigte Radovic und schüttelte ungläubig den Kopf. »Fünf Einzelzimmer und ein Drei-Gänge-Menü, der Koch verließ das Lokal, nachdem Dessert und Kaffee serviert worden waren … gegen Viertel vor elf, so war es verabredet gewesen. Eine junge Frau, die in der Küche geholfen hatte, ging um sieben Uhr heim und Molly selbst ungefähr um halb neun.«

»Und das Feuer brach irgendwann nach eins aus«, ergänzte Van Veeteren. »Wann wurde die Feuerwehr alarmiert?«

»Um 01.28 Uhr«, antwortete Radovic. »Ja, wenn ich es richtig verstanden habe, war das alles.«

»Die Namen des Kochs und der Frau«, bat Van Veeteren. »Ich habe sie vergessen.«

Radovic sah in seiner Akte nach. »Volker Hermann und Rebecca Klejne. Ich habe mit Rebecca Klejne gesprochen, sie wohnt noch in der Gegend. Hermann haben wir bis jetzt noch nicht erreicht.«

»Ich verstehe«, sagte Van Veeteren kopfnickend und dachte, dass dies eine Wahrheit mit ziemlich großen Abstrichen war. Um nicht zu sagen eine Lüge. Wenn es etwas gab, was er derzeit nicht tat, dann *verstehen*.

»Und Molly selbst? Hast du mit ihr gesprochen?«

Radovic breitete die Hände aus.

»Natürlich. Die hat nicht mehr viele Tassen im Schrank. Außerdem ist sie ziemlich griesgrämig.«

Und wie viele Tassen hat man selbst in acht Jahren noch im Schrank?, überlegte er, als er das Präsidium verlassen hatte und zum Hafen hinunterging, um zu schauen, ob Ulrike von ihrem Strandspaziergang zurückgekehrt war. Größer war der Altersunterschied zwischen ihm und Molly Hansen nicht. Fünfundsiebzig versus dreiundachtzig.

Andererseits war jemand wie Mahler klar im Kopf wie ein Schulinspektor und gewann immer noch drei von fünf Schachpartien ... was immer ein solcher Vergleich wert sein sollte? Mahlers mentale Gesundheit konnte ja wohl kaum für seine eigene bürgen. Gegenwärtig oder in Zukunft.

Er schob die Hände in die Hosentaschen und versuchte, den Verdruss abzuschütteln, den er empfand und nicht richtig einordnen konnte. Hing er mit dem missglückten alten Fall zusammen, oder ging es eher um seinen Allgemeinzustand und seine leicht zu weckende Misanthropie?

Oder waren diese Dinge auf eine böswillig ausgeklügelte Weise miteinander verbunden?

Natürlich waren sie das, das konnte sich ja jeder Esel ausrechnen.

Molly Hansen?, dachte er. Werde ich mich auch noch Auge in Auge mit diesem alten Schreckgespenst zusammensetzen müssen?

11

September 1991. Linzhuisen

Der Brief kam an einem Donnerstagvormittag, und als er ihn gelesen hatte, befolgte Kuno Blavatsky die Instruktionen und verbrannte ihn. Es war reiner Zufall, dass er daheim in seinem Haus gewesen war, als der Briefträger vorbeikam, und ihm ging durch den Kopf, wie schön es war, dass er Minna nichts erklären musste.

Minna war seine Frau und die Mutter seiner beiden Kinder. Sie waren seit mehr als zehn Jahren verheiratet, und ihre Ehe und ihr Glück basierten auf Ehrlichkeit. Das bedeutete nicht, dass sie von ihm verlangt hätte, die eigenartige Mitteilung lesen zu dürfen, aber wenn sie den Umschlag gesehen hätte, dann hätte sie danach gefragt.

Und Kuno wäre gezwungen gewesen, ihr zu antworten. Und eine Lüge zu fabrizieren.

Dass ihm diese Komplikation erspart blieb, war natürlich nur von begrenztem Vorteil und ein Zufall, aber so würde er zumindest etwas Zeit haben, sich eine glaubwürdige Geschichte auszudenken. Dass er sich nach Oosterby und zu der Veranstaltung in der alten Pension begeben musste, war ihm augenblicklich klar gewesen. Wenn er ihr fernblieb, würden die Konsequenzen schlimmer sein, als wenn er den Stier bei den Hörnern packte und hinfuhr. Den ganzen Nachmittag saß er in seinem Büro und dachte über diese scheinbar einfache Schlussfolgerung nach – so rational, wie er es vermochte und seine besorgten Gefühle im Schach haltend, so gut es eben ging –, und als er sich kurz nach fünf ins Auto setzte, war es ihm nicht gelungen, an seiner Einschätzung zu rütteln.

Mollys Pension, Samstag in drei Wochen. Am achtundzwanzigsten September. Es gab keine andere Lösung.

Wie er die Sache Minna erklären sollte, war allerdings weiterhin ein Problem. Nur eines schien sicher: Die grundlegende Regel für Ehrlichkeit galt in diesem Fall nicht.

»Ich hatte heute einen wirklich netten Anruf«, sagte er. »Von einem alten Schulkameraden aus dem Gymnasium.«

Es war der nächste Tag, Freitagabend am Essenstisch.

»Aha?«, sagte Minna und wischte einen Klecks Tomatensauce vom Kinn des dreijährigen Martin. »Also aus Werdingen?«

»Ja, genau«, antwortete Kuno. »Er hat mich zu einer Veranstaltung eingeladen, aber ich weiß nicht …«

»Das klingt doch nett?«

»Mag sein, aber wenn ich es richtig verstanden habe, gilt die Einladung nur für mich. Keine Begleitung und so … ein Klassentreffen, könnte man vielleicht sagen.«

»Hm«, sagte Minna. Schwieg und betrachtete ihn eine Weile. Er spürte, dass ihm ein Bissen Spaghetti im Hals stecken blieb. Er hatte das Gefühl, dass sie ihn glatt durchschaute. Als würde sie begreifen, dass etwas nicht in Ordnung war. Dabei hatte er bisher keine größere Unwahrheit gesagt. Lediglich einen Brief gegen ein Telefonat ausgetauscht, einen kleinen Küstenort gegen einen etwas größeren, das konnte doch nicht so schlimm sein?

»Und wann soll das sein?«, fragte sie, und es gelang ihm,

den Nudelklumpen hinunterzuschlucken. Gab es einen Hauch von Misstrauen in ihrer Stimme? Merkte sie, dass er etwas verbarg? Schwer zu sagen. Aber wenn äußerlich sichtbar ist, wie nervös ich innerlich bin, dachte er, nun, dann würde schon ein Fünfjähriger den Braten riechen.

Zufällig befand sich eine Fünfjährige am Essenstisch, Martins große Schwester Helly, und als er das Datum aussprach, kippte sie im selben Moment ihr Milchglas um. Die Aufmerksamkeit verschob sich rasch darauf, einen Lappen und einen halben Meter Küchenpapier zu holen, um eine Tischdecke zu retten, und Kuno schoss der Gedanke durch den Kopf, dass es sich anfühlte, als hätte ihn der Pausengong gerettet.

Die Sache kam erst wieder am Sonntagabend zur Sprache, als sie die Kinder ins Bett gebracht hatten, vor dem Fernseher saßen und auf die späte Wiederholung der Quizsendung warteten, die sie regelmäßig sahen. Sie traten dabei immer gegen die Kandidaten an. Minna notierte die Ergebnisse in einem Schreibblock, normalerweise kannte sie die Antworten auf doppelt so viele Fragen wie Kuno. Es gab eigentlich nur zwei Themengebiete, in denen er seiner Frau eins auswischen konnte: Film und Automodelle.

Aber Filmfragen waren selten, und Autos waren seit mehr als einem halben Jahr nicht mehr aufgetaucht.

»Diese Sache in Werdingen«, sagte sie. »Ich finde, dass du ruhig zu dem Klassentreffen fahren solltest. Meine Schwester ist an dem Wochenende in der Stadt, wir können bestimmt etwas zusammen unternehmen. Natürlich nur, wenn du wirklich hinwillst.«

»Ich weiß nicht«, antwortete Kuno. »Es wäre natürlich nett, aber…«

»Aber was?«

Er konnte ja schlecht sagen, dass er panische Angst vor dem hatte, worum es bei dem Ganzen unter Umständen gehen würde, weshalb er murmelte, dass er sich die Sache überlegen und sich am nächsten Tag entscheiden würde.

»Du tust, was du willst«, erklärte Minna ruhig. »Jetzt fängt die Sendung an.«

Und so rief er am Montagnachmittag die Nummer an, die Qvintus Maasenegger angegeben hatte, und erklärte sehr kurz angebunden, dass er sich natürlich am achtundzwanzigsten in Mollys Pension einfinden würde.

»Na also«, erwiderte Qvintus. »Ich habe nichts anderes erwartet. So wie es aussieht, werden wir tatsächlich vollzählig sein. Es wird wirklich Zeit, dass wir uns wiedersehen, findest du nicht?«

»Auf jeden Fall«, antwortete Kuno Blavatsky. »Es wird wirklich Zeit.«

»Wir haben ja einiges zu besprechen.«

»Ja …«

»Einiges in Ordnung zu bringen, wie man so sagt. Darüber ist schon zu lange der Mantel des Schweigens gebreitet worden, findest du nicht auch?«

»Ich weiß nicht recht …«, sagte Kuno.

»Ja, das hast du ja immer schon gesagt. Dass du es nicht recht weißt. Du scheinst dich jedenfalls nicht verändert zu haben.«

»So, so, aha …«, sagte Kuno und versuchte zu lachen. Er klang wie ein Kaninchen, das in einer Falle saß und Blut hustete.

»Aber du bist natürlich herzlich willkommen«, erklärte Qvintus. »Am Samstag, den achtundzwanzigsten September.

Um fünf nehmen wir einen Begrüßungsdrink, aber du kannst ab zwei Uhr einchecken, wenn du dich vorher ein wenig umschauen willst. Du bist doch nicht wieder da gewesen seit …?«

»Nein«, sagte Kuno. »Seit Ende des Gymnasiums nicht mehr. Sommer neunundsechzig.«

»Genau«, sagte Qvintus. »Manche verlassen die Bühne. Man darf wohl annehmen, sie haben ihre Gründe.«

»Es … hat sich so ergeben«, erwiderte Kuno.

»Schön jedenfalls, dass du dir jetzt einen Ruck gibst«, meinte Qvintus abschließend. »Wir sehen uns. Mach's gut bis dahin.«

»Tschüss«, sagte Kuno Blavatsky und legte den Hörer so behutsam auf, wie er nur konnte.

In den Tagen vor dem beschlossenen Treffen dachte er des Öfteren darüber nach, sich mit einem der anderen in Verbindung zu setzen. Aus irgendeinem Grund konnte er sich jedoch nicht dazu aufraffen. Was sollte er sagen? Dass er sich Sorgen machte? Dass er sich davor fürchtete, nach Oosterby zurückzukehren, und sich fragte, ob sie genauso empfanden?

Aber er wusste eben nicht, wo sie standen. Marten und Rejmus. Auch das hatte sich so ergeben. Er war nicht einmal sicher, ob sie sich in der gleichen Lage befanden wie er selbst. Hatten die beiden sich vielleicht ausgesprochen? Seit es passiert war, hatte er mit keinem von ihnen Kontakt gehabt, kein einziges Mal, und so war es ihm unmöglich einzuschätzen, wie die Loyalitäten verteilt waren. Und die Mädchen? Oder besser gesagt Clara? Wem konnte er vertrauen? Konnte er auch nur einem Einzigen von ihnen vertrauen? Wusste er überhaupt, was damals geschehen war? Was wirklich geschehen war?

Ich hätte nicht tun sollen, was ich tat, dachte er. Ich hätte anders handeln, in irgendeiner Weise eingreifen sollen.

Doch das hatte er nicht getan. Eine Tür war geöffnet worden, und er hatte sich hinausgeschoben. Er war neunzehn gewesen, es konnte ja wohl nicht sein, dass man für die Entscheidungen, die man in so jungen Jahren traf, verantwortlich war?

Jedenfalls nicht sein ganzes Leben.

In der Nacht vom siebenundzwanzigsten zum achtundzwanzigsten September fand Kuno Blavatsky so gut wie keinen Schlaf, und als er sich am Morgen ins Auto setzte und seiner Frau und den Kindern zum Abschied zuwinkte, übermannte ihn eine Vorahnung, die so intensiv war, dass er fast in Tränen ausbrach.

Ich werde nie mehr zu ihnen zurückkehren, dachte er. Es ist das letzte Mal, dass ich sie sehe, ich gehe meinem Untergang entgegen.

An Trennungsangst war er jedoch gewöhnt, und so fuhr er im Sonnenschein davon, ohne in den Rückspiegel zu schauen.

12

Oktober 2012. Oosterby und Umgebung

»Aber warum haben sie sich an dem Abend überhaupt getroffen? Das muss doch untersucht worden sein?«

Ulrike Fremdli zog ihn behutsam am Arm, so dass sie zu dem etwas festeren Sand nahe der Wasserlinie hinunterkamen. Sie waren eine knappe Stunde bei schwachem Gegenwind spaziert, er trug einen Rucksack mit Kaffee und belegten Broten auf dem Rücken und hatte gerade ein flaches Bauwerk am Waldrand erblickt. Schätzungsweise eine verlassene Verteidigungsstellung aus einem der Kriege. Mit anderen Worten eine passende Stelle, um zu rasten, aber Ulrike war es offensichtlich noch nicht ins Auge gefallen.

Oder sie wollte noch eine halbe Stunde weitergehen, so war es häufig. Schließlich war sie ein paar Jahre jünger als er.

»Wenn wir da oben Kaffee trinken, kann ich etwas weiter ausholen.«

»Und wenn wir weitergehen?«

»Sind meine Lippen versiegelt.«

»Du findest, dass es anschließend Zeit wird umzukehren?«

»Ja. Es könnte regnen.«

Sie blieb stehen und schaute sich um. Lachte.

»Und wo soll dieser Regen herkommen, mein Herr?«

»Vom Meer«, antwortete Van Veeteren und spähte grimmig auf das große Grau hinaus. »Ich habe ein Näschen für alles Meteorologische, das weißt du.«

»Ja, danke«, sagte Ulrike Fremdli. »Warum sagst du nicht einfach, dass du müde bist?«

»Weil ich ein dickköpfiger Mann mitten in einer schweren Alterskrise bin«, antwortete Van Veeteren. »Wenn du es unbedingt wissen willst. Und?«

»Okay«, sagte Ulrike. »Dann trinken wir eben Kaffee. Du meinst diesen Bunker oder was das ist …?«

»Ja, genau«, sagte Van Veeteren. »Schön, dass du ausnahmsweise einmal Vernunft annimmst.«

»Und dann war da noch meine Frage«, erinnerte Ulrike ihn.

»Jetzt setzen wir uns erst einmal.«

»Ich weiß es ehrlich gesagt nicht«, gestand er, als sie sich im Windschatten an einer niedrigen und verwitterten Betonwand niedergelassen hatten. »Es war natürlich eine Art Wiedersehensfeier. Alle fünf waren in die Volksschule Oosterby gegangen, vier von ihnen sogar in dieselbe Klasse.«

»Wer war in eine andere Klasse gegangen?«

»Maasenegger. Er war eine Klasse über ihnen auf derselben Schule. Vielleicht auch zwei, ich erinnere mich nicht. Und dann hatte man auch noch diesen Club gehabt …«

»Waren sie wirklich alle Linkshänder?«

»Anscheinend. Laut Zeugenaussagen, aber es ist schwer, einem verbrannten Körper anzusehen, ob sein Besitzer Linkshänder war oder nicht.«

»Tatsächlich?«, sagte Ulrike Fremdli und biss in ein Brot mit Ei. »Kann man einen verbrannten Körper überhaupt identifizieren?«

»Das kommt darauf an, wie lange das Feuer gewütet hat.

In diesem speziellen Fall war es offenbar nicht besonders kompliziert. Zum Beispiel verbrennen die Zähne meistens nicht, aber diese technischen Details haben mich nie sonderlich interessiert.«

»Ich verstehe. Aber zurück zu meiner Frage. Also eine Art Reunion?«

»Es deutete jedenfalls nichts darauf hin, dass es um etwas anderes gegangen sein könnte«, fuhr Van Veeteren fort. »Zumindest den Familien und Bekannten der Toten zufolge nicht, auch wenn von denen keiner sonderlich viel gewusst zu haben schien. Molly Hansen sagt das Gleiche. Wenn sie geahnt hätte, dass die Party mit vier oder fünf Toten und einer abgebrannten Pension enden würde, hätte sie natürlich nein gesagt. Sie legte großen Wert darauf, das zu betonen.«

»Tatsächlich?«, wiederholte Ulrike. »Und wer hat das Ganze organisiert? War es eine gemeinsame Anstrengung oder hat ... ja, einer allein die Initiative ergriffen?«

Van Veeteren dachte einen Augenblick nach. »Wenn ich mich recht erinnere, hatte sie nur Kontakt zu Maasenegger. Dachte sie. Jedenfalls nur zu einer Person. Vermutlich rief er sie an und buchte die Feier ... obwohl sie das Ganze gemeinsam geplant haben könnten. Sie behauptete, diesen Eindruck gewonnen zu haben ... aber vielleicht auch nur, weil er *wir* sagte statt *ich*. Ja, so dürfte es gewesen sein, auch wenn du meine Erinnerungsbilder nicht unbedingt für bare Münze nehmen solltest.«

»Aber das ist doch ziemlich wichtig, oder?«

»Zweifellos.«

»Wenn Maasenegger allein hinter dieser Wiedervereinigung steckte, muss das den Verdacht gegen ihn doch bestärkt haben.«

»Natürlich. Aber das wurde leider nie ganz geklärt.«

»Warum nicht?«

»Weil es sich nicht klären ließ. Reicht Ihnen das als Antwort, Frau Inquisitorin?«

Sie lächelte. »Ich akzeptiere es. Und es gab keine anderen Gäste in der Pension?«

»Nein. Sie war eigentlich schon geschlossen. Das Wochenende davor war das letzte der Saison gewesen, glaube ich. Molly Hansen ließ sich vor allem aus finanziellen Gründen auf das Arrangement ein.«

»Sie haben gut bezahlt?«

»Jedenfalls so viel, wie sie verlangte. Außerdem im Voraus, in der Hinsicht haben sie sich also korrekt verhalten.«

»Und dann brannte das Haus nieder … hm.«

»Bis auf die Grundmauern. Ein paar Kanister Benzin waren hilfreich und beschleunigten das Ganze.«

»Aber das Gebäude war doch bestimmt versichert?«

Van Veeteren nickte. »Ziemlich hoch sogar, glaube ich. Einen größeren finanziellen Schaden dürfte sie also nicht erlitten haben. Aber sie hatte den Laden vierzig Jahre lang betrieben. Gut möglich, dass sie ihn als ihr Lebenswerk betrachtete, ich glaube es ehrlich gesagt. Sie kaufte das Haus Anfang der fünfziger Jahre, wohnte in der ersten Zeit selbst darin, baute es aber schon bald zu einer Pension um.«

»Aber sie wohnte nicht mehr dort, als es brannte?«

»Nein. Sie hatte eine Wohnung im Ort.«

»Was war es vorher gewesen?«

»Die Pension?«

»Ja.«

»Keine Ahnung. Vielleicht die Villa eines Industriellen … oder das Haus war von Anfang an für Gäste bestimmt, ich erinnere mich nicht. Jedenfalls war es um die Jahrhundertwende erbaut worden.«

Ulrike schwieg einen Moment und betrachtete einen Schwarm Seevögel, der mit dem Wind heranzutreiben schien.

»Muss es wirklich geplant gewesen sein?«, fragte sie. »Ich meine, könnte es nicht einfach so gewesen sein, dass etwas aus dem Ruder lief… zum Beispiel, dass sie zu viel getrunken und sich daraufhin gestritten haben?«

»Du meinst, dass einer von ihnen wütend wurde und das Feuer legte?«

»Zum Beispiel… naja, das hätte in dem Fall wohl Maasenegger gewesen sein müssen. Ich meine, auf ihn habt ihr euch ja damals festgelegt, nicht?«

Van Veeteren seufzte. »Möglich ist es natürlich schon«, sagte er, »dass es nicht geplant war… aber das Feuer wurde gelegt, jemand hat das Haus angezündet und Benzin benutzt, damit es sich ausbreitete. Noch dazu ein Holzhaus, in nur einer Stunde war es vollständig abgebrannt.«

»Und sie kamen nicht hinaus, weil sie betäubt waren?«

»Das ist nur eine Theorie. Aber alle vier Leichen wurden im Speisesaal gefunden, und sie wiesen keine Spur von Gewaltanwendung auf. Noch dazu im Erdgeschoss, es hätte also eigentlich kein Problem sein sollen, ins Freie zu gelangen.«

»Und in all den Jahren keine Spur von diesem Maasenegger?«

»Nein.«

»Verdammt«, bemerkte Ulrike Fremdli nach einer kurzen Pause. »Das Ganze ist wirklich ganz schön clever.«

»Clever? Was ist daran clever?«

»Die ganze Vorgehensweise. Der wahre Täter hat es geschafft, die Polizei in dem Glauben zu wiegen, dass jemand anderes schuldig ist. Nur dadurch, dass er Nummer fünf an einem anderen Ort als der Stelle vergraben hat, wo die vier anderen gefunden wurden. Das ist fast … bewundernswert.«

»Bewundernswert?«, platzte Van Veeteren heraus. »Was hat man dir denn in den Kaffee getan?«

»Entschuldige«, sagte Ulrike und runzelte die Stirn. »So habe ich das nicht gemeint. Ich meine nur, dass es ziemlich … listig ist? Hört sich das in den Ohren eines alten Polizisten besser an?«

»Listig?«, murrte Van Veeteren. »Darauf kannst du Gift nehmen. Wenn es von Anfang an so geplant war, ist es das Mindeste, was man darüber sagen kann.«

»Und jetzt fühlt er sich sicher«, fuhr Ulrike inspiriert fort. »Meinst du nicht? Meinst du nicht, er weiß, dass man sein fünftes Opfer gefunden hat? Und dass er irgendwo da drüben in Oosterby sitzt und von der Entwicklung in der Zeitung liest. Und das Ganze ein wenig genießt. Bitte sehr, jetzt habe ich ein halbes … wie sagt man? … *Täterprofil* erstellt. Gern geschehen. Was sagst du?«

»Was ich sage?«, erwiderte Van Veeteren. »Ich sage, dass du die Sache besorgniserregend interessant zu finden scheinst. Wollen wir uns langsam zurückziehen und an anderes denken?«

»Wir können es ja versuchen«, meinte Ulrike Fremdli und kippte ein paar Tropfen Kaffee in den Sand. »Thermoskannenkaffee ist wirklich nicht mein Ding.«

Zehn Minuten lang gingen sie schweigend. Dann blieb Van Veeteren stehen.

»Übrigens …«

»Ja?«

»Du könntest dir die Vernehmungen von einundneunzig durchlesen, damit ersparst du dir die vielen Fragen.«

»Ich habe seit einer Ewigkeit keinen Ton mehr gesagt«, entgegnete Ulrike.

»Dein Schweigen brodelt vor lauter Fragezeichen«, sagte Van Veeteren.

»Ha, ha«, sagte Ulrike.

Sie gingen weiter. Eine Minute später versetzte sie ihm einen leichten Knuff.

»Wo sind sie denn? Diese Verhöre ... also rein hypothetisch?«

»Rein hypothetisch ...«, antwortete Van Veeteren, »... rein hypothetisch gibt es eine Reihe von Aktenordnern im Polizeipräsidium von Oosterby. Spürst du das, das sind Regentropfen. Habe ich es nicht gesagt?«

»Wir haben Rückenwind«, sagte Ulrike. »An etwas Regen im Rücken ist noch keiner gestorben.«

Es waren insgesamt fünf Aktenorder, und sie mussten versprechen, sie binnen weniger Tage zurückzubringen. Spätestens nach einer Woche; Kommissar Radovic war der Auffassung, dass dies nicht ganz den geltenden Regeln entsprach, aber Van Veeteren war nun einmal der Mann, der er war.

Van Veeteren unterließ es seinerseits, ihm mitzuteilen, dass seine Frau ihre Nase in die Sache stecken wollte, nicht er.

Da sie ohnehin wieder in Oosterby waren – zum zweiten Mal in nur zwei Tagen –, nutzten sie die Gelegenheit, um zu dem Ort zu fahren, an dem früher Mollys Pension gestanden hatte. Heute wurden dort zwei Häuser gebaut, zwei Eigenheime, wie es schien, diverse Autos von Handwerksbetrieben parkten zwischen und um zwei halbfertige Betonskelette herum, es wurde gehämmert und gebohrt, und ein Schild verkündete, dass dies eine Baustelle war und Eltern für ihre Kinder hafteten.

Sie stellten den Wagen ab und folgten etwa hundert Meter einem Fußweg. Bogen den Anweisungen Radovics folgend in den Wald ab und fanden schnell den Graben, in dem man vor weniger als drei Wochen die sterblichen Überreste Qvintus Maaseneggers gefunden hatte. Der Fundort war immer noch abgesperrt, und ein Gebiet von zirka fünfundzwanzig Quadratmetern schien durchsucht worden zu sein. Jedenfalls hatte man es gründlich umgegraben.

»Uff«, sagte Ulrike Fremdli. »Stell dir vor, zwanzig Jahre an einer solchen Stelle zu liegen.«

Van Veeteren zuckte mit den Schultern. »Wenn man tot ist, spielt es vermutlich keine große Rolle, wo man liegt.«

»Aber er hatte doch sicher Angehörige?«

»Viele waren es nicht, wenn ich mich recht erinnere. Jedenfalls keine Frau und keine Kinder. Aber da wirst du wohl in den Aktenordnern nachschauen müssen.«

Wenn wir fünfzig Jahre jünger wären, würde sie mir vorschlagen, dass wir ein Detektivbüro gründen, dachte Van Veeteren. Was für ein verfluchtes Glück, dass wir nicht fünfzig Jahre jünger sind.

Am Abend setzte Ulrike ihre Vorsätze in die Tat um. Sie aßen in ihrer Pension früh zu Abend, und während Van Veeteren anschließend mit einem frisch übersetzten Roman von Germund Rein sowie mit diversen Madrigalen von Monteverdi in den Ohren auf dem Bett lag, saß sie in dem Lesesessel am Fenster und arbeitete sich systematisch durch die Ermittlungsakten von 1991. Seite für Seite, Verhör für Verhör.

Gemeinsam standen ihnen an diesem regnerischen Abend ein paar Käsestücke von Huydermanns in der Falckstraat in Maardam sowie ein Pinot Noir aus Neuseeland zur Verfügung. Er war wirklich nicht schlecht, und da man allgemein der Meinung war, dass sie sich an letzterem Ort aufhielten, konnte man das Ganze als ein kleines Opfer auf dem Altar der Wahrheit betrachten. Man ist noch nicht völlig verloren, hatte Van Veeteren gedacht, als er die Flasche entkorkte. Man versüßt sich seine Lügen mit guten Ansätzen.

Und als er einschlief – wahrscheinlich irgendwann kurz vor Mitternacht –, saß Ulrike immer noch am Fenster und las konzentriert.

13

1965–68. Oosterby und Umgebung

Das Vereinsheim war vierundzwanzig Quadratmeter groß und verfügte über einen Kühlschrank und eine Toilette.

Es gelangte kurz vor Weihnachten 1965 in den Besitz des Vereins und trug sehr dazu bei, den Zusammenhalt der Gruppe zu stärken. Die monatliche Miete war läppisch, was natürlich auch dazu beitrug; sämtliche Mitglieder waren Teenager und gingen zur Schule – inzwischen, ab Mitte der sechziger Jahre, in die Erasmus-Lehranstalt in Werdingen, der einzigen größeren Ortschaft entlang dieses windigen Küstenabschnitts und zwölf Zugminuten von Oosterby entfernt.

Wenn die Miete doch einmal nicht gezahlt werden konnte, musste das eben warten. Der Raum gehörte Rejmus Fistes Bäckervater, Rejmond Fiste; es war eine kleine, isolierte Bude im selben Häuserblock wie seine Bäckerei, eine halbe Treppe abwärts von der Straße – der Dorffstraat –, in fünfzig Metern Entfernung vom eigentlichen Geschäft und für sämtliche Zwecke, die mit seiner Brottätigkeit zu tun hatten, ungeeignet.

Praktisch war dagegen, dass sein Sohn Rejmus nicht so viel daheim sein musste. Das fragliche Zuhause lag in der Kastanjenstraat, und seit Clara Fistes traurigem Tod (Lungentuberkulose, als ihr einziger Sohn nur fünf Jahre alt war) hatte Vater Rejmond ein gewisses Bedürfnis nach einer Frau gehabt. Mit der Zeit hatte er auch eine gefunden. Sie hieß Bea-Marie, war zehn Jahre jünger als der Bäcker und hatte zwei eigene Töchter aus einer früheren Ehe, die sechs und acht Jahre alt waren, als Rejmus fünfzehn wurde. Völlig egal übrigens, wie sie hießen, aber manchmal wurde es zu Hause einfach ein bisschen zu laut, zu albern und zu eng.

Und so war der versteckt gelegene Raum in der Dorffstraat für alle Beteiligten eine gute Lösung. Marten Winckelstroops Dachgeschosszimmer war zwar viele Jahre sehr nützlich gewesen, aber je älter seine Mutter, Louise Henriette Winckelstroop, wurde, desto unnachsichtiger wurde sie, und alles hat seine Zeit. Der neue Treffpunkt wurde nach einer kurzen Debatte *Die Höhle* getauft, und nur einen Monat nachdem man sie in Besitz genommen hatte, war sie mit dem Notwendigsten ausgestattet worden: zwei bequemen Sofas (in Gestalt einer Gruppe ausgedienter Autositze aus Eggers Schrott- und Reserveteillager), einem Tisch (in Gestalt von zwei umgedrehten Bierkästen), einer Deckenlampe (in Gestalt einer Glühbirne, die von der Decke herabhing) sowie zuletzt und vor allem – einem Schallplattenspieler.

Dazu: etwa zwanzig LPs, einige gekauft, aber die meisten im Plattenladen Polygram in Werdingen geklaut.

The Rolling Stones. The Kinks. The Animals. Bob Dylan. Wenn Felicia Fromm für *die neue Zeit* gestanden hatte, als sie in die Volksschule Oosterby einzog, so war dies die *neue* neue Zeit. Dazu musste man nicht einmal etwas sagen. Es lag in der Luft, und man spürte es im Körper, *the times they are a-changin'*.

Wenn man durchdacht stapelte, war im Kühlschrank Platz für sechsundzwanzig Büchsen Bier. Die Höhle besaß dicke Wände aus Beton, war nicht einsehbar und hatte keine

Nachbarn. Sie hätte ebenso gut *Der Bunker* getauft werden können.

Vorsitzender des VDL war nach wie vor Marten, und es war vor allem Marten, der Platten mitgehen ließ. LPs waren zwar ziemlich auffällig, aber in ein spezielles Fach, das er sich auf der Innenseite seines amerikanischen Militärparkas hatte einnähen lassen, glitten sie ausgesprochen leicht und elegant hinein. Insbesondere, wenn ihm Kuno oder Rejmus, oder beide, behilflich waren. *With a little help from my friends,* wie es schon bald heißen sollte.

Aber sie übertrieben es nicht, und gelegentlich bezahlten sie auch mit barem Geld. Es hätte verdächtig gewirkt, wenn sie in dem Laden herumgehangen und dreimal in der Woche die Kisten durchgeblättert und anschließend niemals etwas gekauft hätten. Keiner von ihnen hatte Lust, erwischt zu werden, ein Kumpel aus dem Erasmus war mit doppelter Wrangler-Jeans und dreifachen T-Shirts geschnappt worden, als er versuchte, sich in einem gegenüber vom Polygram gelegenen Geschäft an der Kasse vorbeizuschmuggeln, was Repressalien zur Folge hatte. In der Schule und daheim. Bedauerliche Repressalien.

Aber Musik war unverzichtbar. Zigaretten waren genauso unverzichtbar. Und am unverzichtbarsten überhaupt war Bier.

Und auf etwas längere Sicht und eher hypothetisch waren Mädchen am allerunverzichtbarsten.

Glücklicherweise gab es sie. Clara und Birgitte Behrens, zum Beispiel; sie waren nicht die einzigen, aber die besten. Darauf konnte man sich einigen, ohne es in Worte zu fassen, zum einen, weil sie als richtige Linkshänder Mitglieder des VDL waren, und zum anderen, weil sie schon seit ein paar

Jahren dabei waren. Manchmal wusste man nicht, wer von ihnen wer war. Nicht einmal Rejmus (der immerhin öfter mit Clara geknutscht hatte, vor allem sogenanntes Petting, als man noch in Oosterby zur Schule ging) konnte wirklich sicher sein, dass es tatsächlich sie war und nicht ihre Schwester, die ihm mit den Fingern durchs Haar strich und meinte, er solle es ruhig noch ein paar Zentimeter länger wachsen lassen.

Aber wahrscheinlich war es Clara, denn wenn es etwas gab, überhaupt etwas, was die Zwillinge voneinander unterschied, dann, dass sie sich etwas mehr gönnte. Sie konnte an einem Dienstagabend fünf Bier trinken (vor einer Mathematikarbeit am Mittwochvormittag), nur weil ihr danach war, und sie machte Vorschläge dahingehend, was man alles tun konnte, um etwas Schwung in diesen hoffnungslos abseitigen Winkel der Welt zu bringen. In den Sommerferien 1966 halfen sie und Birgitte in Leerenhejde vier Wochen bei der Kartoffelernte, verdienten gutes Geld und fuhren nach London, wo sie alles in halb so langer Zeit wieder ausgaben. Es war die Rede davon gewesen, dass beispielsweise Rejmus und Marten mitkommen sollten, aber das hatte sich zerschlagen. Aus unterschiedlichen Gründen. Geldmangel war der schwerwiegendste. Als die Zwillinge Mitte August zurückkehrten, hatte zumindest Clara Hasch ausprobiert und sich wahrscheinlich eine eher harmlose Geschlechtskrankheit eingefangen. Ersteres war kein Geheimnis, über das andere sprach man nicht.

Mit der Zeit – im Herbst, Winter und Frühjahr sechsundsechzig, siebenundsechzig – begannen auch andere Jugendliche in Oosterby, die praktische Räumlichkeit in der Dorffstraat zu nutzen, allerdings waren es nie besonders viele, und es geschah immer mit Erlaubnis der Mitglieder. Das selbstverständliche Besitzrecht hatte das Quintett der Linkshänder: Marten Winckelstroop, Rejmus Fiste, Kuno Blavatsky sowie die Schwestern Behrens. Ohne dass direkte Maßnahmen ergriffen wurden, schienen ihre Bande und ihre Bruder-Schwesternschaft gestärkt zu werden; ob es daran lag, dass sie Linkshänder waren (keiner war geheilt und Lehrerin Bolster lediglich eine verblasste Erinnerung) oder ob es an etwas anderem lag, war schwer einzuschätzen. Es musste jedoch auch nicht eingeschätzt werden; man traf sich weiter mehr oder weniger regelmäßig in der Höhle, man plante und beging einen erfolgreichen Diebstahl von einem Brauereilastwagen – vier Kästen Bier sowie ein Paar neuer Damenstiefel aus weißem Leder, das sich aus unerforschlichen Gründen auf der Ladefläche befunden hatte –, und als Claras halbheimliches Problem beseitigt war, ließen sie und Rejmus eine Art Beziehung wiederaufleben. Was früher nur Petting gewesen war – leichteres und gewagteres –, entwickelte sich zu selten vorkommenden und für Rejmus leicht frustrierenden Geschlechtsakten. Aber auch wenn er nie so recht wusste, woran er bei ihr war, auch wenn die körperliche Liebe sich oftmals anfühlte wie eine Wanderung über ein Minenfeld, vor allem für ein junges und gehemmtes Männchen, überwogen letztlich die positiven Erfahrungen. Als er seinen siebzehnten Geburtstag feierte, konnte er sich jedenfalls brüsten, mehr als zehnmal gevögelt zu haben, was mit Sicherheit alles übertraf, womit jeder einzelne seiner männlichen Klassenkameraden im Erasmus angeben konnte.

Rejmus war allerdings niemand, der sich brüstete oder angab. Das Stottern hatte er mittlerweile zwar größtenteils abgelegt, aber er blieb der stille und starke Typ.

Zumindest der stille. Über das, was Clara und er gelegentlich trieben, sprach er nicht. Nicht einmal mit Marten. Und

Marten war zu sehr Gentleman, oder eventuell ebenfalls zu gehemmt, um ihn zu fragen.

Vielleicht hielt ihn auch zurück, dass er insgeheim in Birgitte verliebt war, aber Birgitte war in dieser Hinsicht nicht so ein Freigeist wie ihre Schwester. Im Übrigen war es, in der schlechtesten aller Welten, nicht völlig unmöglich, dass sie ein heimliches Verhältnis zu einem Typen in Oostwerdingen hatte. Das war schwer zu wissen, und es ergab sich einfach keine Gelegenheit, sie zu fragen. Trotz Bierräuschen und Zigaretten und einem stetig wachsenden Vorrat von LPs. Als sie Ende Mai ihre Sammlung zählten, kamen sie auf zweiundfünfzig. So viele Platten wie in einem Kartenspiel und angesichts der Umstände keine schlechte Zahl.

Im Mai siebenundsechzig bekam der VDL darüber hinaus sein sechstes Mitglied, was sich in gewisser Weise als der Anfang vom Ende erweisen sollte. Ja, als Marten und Rejmus ein paar Jahre später über das Thema sprachen – aus sehr gegebenem Anlass und unmittelbar bevor sie sich für immer trennten –, kamen sie zu dieser Schlussfolgerung. Ohne sonderlich lange nachdenken oder argumentieren zu müssen.

Er hieß Qvintus Maasenegger und war ungefähr ein Jahr älter als sie.

Aber er war Linkshänder, und als Clara Behrens ihn vorstellte, beschrieb sie ihn als einen hundertprozentig taffen und zuverlässigen Typen. Als jemanden, der für den Verein von Nutzen sein konnte, verdammt, man musste doch auch mal neue Hähne in den Hühnerhof lassen können, oder etwa nicht?

Was sie mit dem Hühnerhof meinte, blieb ein wenig unverständlich, schließlich gab es da wesentlich weniger Hühner als Hähne, und wie sie den Neuen kennengelernt hatte, war genauso unklar. Jedenfalls tauchte sie an einem Freitagabend mit ihm auf, als die anderen, einschließlich Birgitte, herumsaßen und rauchten und eine neue amerikanische Gruppe hörten, die sich The Doors nannte – und vollkommen fremd war er ihnen letztlich doch nicht.

»Bist du nicht in Oosterby in die Schule gegangen?«, fragte Marten.

Dies erwies sich als eine völlig korrekte Annahme. Qvintus war eine Klasse weiter gewesen als die anderen, aber in ihrem Alter war ein solcher Abstand manchmal ein Ozean. Außerdem waren seine Haare damals kurzgeschoren gewesen, nun fielen sie auf seine Schultern.

»Und du bist abgehauen, nicht?«, sagte Kuno. »Respekt!«

»Japp«, erwiderte Qvintus. »Manchmal muss man einfach gehen, that's life.«

»G… genau«, sagte Rejmus. »Break on through to the other side.«

»Hä?«, sagte Kuno.

»Hör zu«, entgegnete Rejmus.

»Was für ein Gelaber«, sagte Qvintus.

»Er hat einen Führerschein«, bemerkte Clara. »Haben wir noch Bier?«

Das hatten sie.

Leider jedoch kein Auto. Kuno Blavatsky versuchte zu behaupten, dass es umgekehrt besser gewesen wäre: Wenn der taffe und zuverlässige Neuankömmling ein Auto, aber keinen Führerschein gehabt hätte – erhielt für diese Meinung aber nur wenig Zustimmung.

Es war nämlich möglich zu leihen.

Also ein Auto.

Oder nicht?

Anfangs dürfte keiner verstanden haben, was sich hinter dem Begriff »leihen« verbarg, aber mit der Zeit wurde es deutlich. Ganz besonders deutlich wurde es an einem Samstag im Juni, als Qvintus Maasenegger in die Höhle hinunterkam und fragte, ob eines der Vereinsmitglieder Lust auf eine Spritztour entlang der Küste habe. Als Marten und Kuno (wo Rejmus sich an diesem Nachmittag aufhielt, wusste keiner) auf die Dorffstraat hinaufkamen, saßen die Schwestern Behrens bereits auf der Rückbank eines ziemlich alten und ziemlich klapprigen Mazda, der mit laufendem Motor am Straßenrand stand. Sie grinsten durch die heruntergekurbelten Fenster. Zumindest Clara grinste, Birgitte sah wohl eher nervös aus. Aber sie versuchte zu lächeln, so gut es ging; auch wenn die Schwestern sich äußerlich so ähnlich waren wie zwei Tauben, waren sie innerlich doch ziemlich verschieden, das war Marten vor langer Zeit bewusst geworden. Jedenfalls schien die Sonne von einem ungewöhnlich blauen und verheißungsvollen Himmel herab, es war Sommer, und es gab einen relativ abgeschiedenen, aber nicht unbekannten Strand ein paar Kilometer hinter Leroys Landzunge. Wie gemacht für einen Tag wie diesen, nicht wahr?

Fragte Qvintus rhetorisch. Voraussetzung war, dass man ein Auto hatte. Und das hatte man offenbar. *Geliehen*. Wenn Herr Marten oder Herr Kuno ein paar Bier aus dem Kühlschrank unten in dem Rattenloch holten, durften sie gerne mitkommen… und ein paar Zigaretten, Benzin kostete Geld, was zum Teufel glaubten sie denn?

Dieser verdammte Wichtigtuer, dachte Marten, aber es blieb bei dem Gedanken. Vielleicht tauchte das gleiche – oder ein ähnliches – Wort in Kunos Schädel auf, aber da Marten keinen Streit anzettelte, tat er es auch nicht. Er kehrte auf der Treppe um, schloss die schwere und garantiert einbruchsichere Stahltür auf (nur die Mitglieder eins, zwei und drei hatten einen Schlüssel), und eine Minute später war er mit den sieben Bierbüchsen zurück, die im Kühlschrank gelegen hatten. Man lebt nur einmal, und vielleicht beabsichtigten die Mädels ja, nackt zu baden.

Die Mädels badeten nicht nackt, aber eine von ihnen, es musste Clara gewesen sein, sonnte sich oben ohne, und es war vielleicht besser, dass Rejmus nicht dabei war, denn Qvintus Maasenegger nutzte die Gelegenheit aus, um sich reichlich große Freiheiten herauszunehmen. Es stellte sich außerdem die Frage, ob Clara damit nicht ziemlich einverstanden war; nicht, dass sie ihm erlaubt hätte, ihren äußerst hübsch geformten Busen zu berühren, und nicht, dass sie sich geküsst hätten, aber in beiden Fällen fehlte nicht viel. Kuno und Marten lagen ein paar Meter entfernt, und den beiden war nicht wohl in ihrer Haut, was wahrscheinlich auch für Birgitte galt (wenn sie es denn war und nicht umgekehrt, aber das wäre nun wirklich seltsam gewesen), denn sie hatte sich einen breitkrempigen Strohhut auf das Gesicht gelegt und tat die meiste Zeit so, als würde sie schlafen.

Mit der Zeit sank die Sonne hinter eine düstere Wolkenbank, und man kehrte zu dem geliehenen Wagen zurück, der ein wenig widerwillig ansprang. Qvintus erklärte, der Vergaser sei verdreckt. Man fuhr jedoch nicht sofort in den Ort zurück; auf Anraten des Fahrers hielt man stattdessen bei Mollys Pension auf der Steilküste, wo das Gartenlokal geöffnet hatte und man bei Zigaretten und Bier zwei Stunden sitzen blieb. Mit anderen Worten so lange, wie noch jemand Geld hatte. Will sagen Kuno, der normalerweise und auch diesmal am besten bei Kasse war. Die meiste Zeit redete

Qvintus Maasenegger, vor allem über das herrliche Leben in Hamburg und Maardam, zwei besonders tolle Städte, in denen er während des Jahrs gewohnt hatte, in dem er abgehauen war. Ich sag's euch.

Und warum bist du dann nicht dageblieben, dachte Marten, und Kuno sicher auch, aber nichts in der Art wurde ausgesprochen. Und die Mädchen, zumindest Clara (vermutlich), lauschten interessiert und stellten bescheuerte, aber enthusiastische Fragen.

Es wurde allmählich dunkel, als sie Mollys Pension verließen, und vielleicht kam es deshalb, wie es kam. Der geliehene Mazda sprang zwar beim ersten Versuch an, aber es zeigte sich, dass er keine funktionierenden Scheinwerfer hatte. Die Strecke bis zum Marktplatz in Oosterby war zwar höchstens fünf Kilometer lang, aber dennoch lang genug, dass Qvintus in einer Kurve von der Straße abkam.

Sie waren langsam gefahren, und keiner wurde ernsthaft verletzt. Nur Bruno holte sich eine Beule an der Stirn, und Clara (oder Birgitte) brach sich einen Fingernagel ab. Das Auto kam zwischen zwei Bäumen einige Meter neben der Straße auf vier Rädern zum Stehen, und weil Qvintus etwas zu viel Bier konsumiert hatte und es zu Fuß nicht mehr als zwanzig Minuten bis in den Ort waren, ließ man die Sache auf sich beruhen.

Man ließ sogar den Schlüssel im Zündschloss stecken. Wenn es jemanden gab, der den Vorteil von *geliehenen* Autos noch nicht begriff, brauchte er nur Bescheid zu sagen.

Etwas später in jenem Sommer ertrank Isidor Blavatsky bei einem Unfall auf der Ostsee, und einige Monate nachdem er unter die Erde gekommen war, beschloss Kunos Stiefmutter,

Disabelle Lemoncourt, die Villa auf der Vornehmen Klippe zu verkaufen. Das Meer hatte ihr sowohl ihren Gatten als auch das Segelboot *Mirabelle* genommen; sie hatte beide von ganzem Herzen geliebt, und nun gab es nichts mehr, was sie an Oosterby band.

Höchstens Kuno, aber er würde nur noch anderthalb Jahre auf das Erasmus gehen und sicher bald auf eigenen Flügeln das Nest verlassen. Anfang Januar des nächsten Jahres kehrte sie nach Maardam zurück, woher sie stammte, während Kuno in einer Pension in einer Villa zwei Häuserblocks hinter der Schule in Werdingen wohnte. Das hatten sie gemeinsam beschlossen, und Kuno erhielt ein großzügig bemessenes Erbe von seinem Vater – das bis zu seinem einundzwanzigsten Geburtstag allerdings leider in einem Aktienpaket festgelegt war. Pünktlich am fünfundzwanzigsten jedes Monats wurde auf Veranlassung der Anwaltskanzlei Steglitz & Finke jedoch eine stattliche Unterhaltszahlung ausbezahlt, und der junge Kuno hatte seine liebe Mühe, all das Geld auszugeben, das auf einmal in seine Taschen strömte.

Die Eheleute, die das alte Produzentenanwesen kauften und bewohnten, hießen Boris und Louise Kettener. Auch sie waren in der Welt des Films zu Hause und wohlhabend – sehr wohlhabend in den Augen der meisten Leute. Außerdem hatten sie zwei Kinder, einen in sich gekehrten, dreizehnjährigen Sohn namens Ludvig und eine neunjährige Tochter. Die Tochter hieß Madeleine und war der Augenstern ihrer Eltern.

Innerhalb eines Jahres sollte ihr Name in aller Munde sein.

14

Oktober 2012. Oosterby und Umgebung

»Ich finde jedenfalls, dass es ziemlich merkwürdig ist«, sagte Ulrike Fremdli.

»Was ist merkwürdig?«, erkundigte sich Van Veeteren.

»Dieses Wiedersehen, entschuldige, dass ich so darauf herumreite. Warum hielt sich diese Clique eigentlich in Mollys Pension auf? Keiner ihrer Bekannten scheint etwas davon gewusst zu haben.«

Sie frühstückten spät im Speisesaal des Kaarshuis. Dem Vernehmen nach hatte Ulrike bis Viertel nach eins gelesen, was vermutlich Viertel vor zwei bedeutete. Sie hatten davon gesprochen, den Tag mit einem Spaziergang zu beginnen, aber er war abgesagt worden. Nicht nur, weil sie zu lange geschlafen hatten, sondern auch, weil es regnete.

»Das haben wir nie wirklich herausgefunden«, erklärte Van Veeteren.

»Und warum nicht?«

»Weil auf diese Frage zu wenig Energie verwandt wurde. Leider.«

»Klingt ein bisschen schlampig.«

»Gewiss. Aber das kann schon mal passieren, wenn man zu einem frühen Zeitpunkt einen Täter findet … oder glaubt, einen gefunden zu haben. Warum organisieren die Leute überhaupt solche Treffen? Um festzustellen, dass alle älter geworden sind und früher alles besser war? Ich habe diese Art von Rückwärtsfanatismus nie verstanden.«

»Wollen wir diese Debatte vielleicht eine Weile auf Eis legen?«, schlug Ulrike vor. »Ich bilde mir ein, dass es einen anderen Grund gab als das rein nostalgische Element. Und wenn ich es richtig verstanden habe, wart ihr der Meinung, dass Maasenegger die anderen zusammengerufen hatte. Nicht wahr?«

»Stimmt. Man *war der Meinung.*«

»Man?«

»Wir.«

Van Veeteren seufzte. Ulrike Fremdli streckte sich, eventuell unbewusst. »Derselbe Maasenegger, der nach dem Feuer vermisst wurde und deshalb perfekt in die Rolle des Täters passte. Gab es in dem Punkt eigentlich irgendwelche Zweifel?«

»In welchem Punkt?«

»Dass er und kein anderer die Initiative ergriffen hatte.«

Van Veeteren dachte einen Augenblick nach. »Mittlerweile gibt es sie«, sagte er. »Vor zwanzig Jahren ging keiner der Frage auf den Grund ... wie gesagt, leider. Und schlampig.«

»Aber hätte es einer von den anderen sein können? Ich meine, es ist doch nicht unmöglich, dass zum Beispiel dieser Fiste oder dieser Winckelstroop das Ganze organisiert haben könnte? Oder Blavatsky? Wenn ich richtig gelesen habe, waren die drei die aktivsten Mitglieder des Vereins. Zumindest hat die zweite Schwester das in ihrer Vernehmung behauptet ... wie hieß sie noch? Doch nicht Brigitte Bardot?«

»Nein, Brigitte Bardot war nicht in den Fall verwickelt«, antwortete Van Veeteren, »da bin ich mir ungewöhnlich sicher. Dagegen eine gewisse Birgitte Behrens. Ich meine mich zu erinnern, dass sie eingeladen war, die Einladung aber nicht annahm … und überlebte. Ich glaube, insgesamt gab es nicht mehr als sechs Linkshänder, steht es nicht so in der Vernehmung mit BB?«

»Doch, das behauptet sie«, antwortete Ulrike. »Und dass sie selbst nicht an dem Abend in Mollys Pension teilnahm, lag – jedenfalls ihrer eigenen Aussage nach – daran, dass sie keine Zeit hatte. Sie sollte eine neue Arbeitsstelle antreten oder etwas in der Art. Außerdem war sie nie ein besonders aktives Mitglied des Vereins gewesen, das waren offenbar vor allem die restlichen fünf. Was denkst du, wäre sie auch verbrannt worden, wenn sie hingefahren wäre?«

»Was denkst du selbst?«, erwiderte Van Veeteren.

»Das erscheint mir höchst wahrscheinlich«, sagte Ulrike Fremdli. »Möchtest du noch etwas Kaffee?«

»Warum nicht«, antwortete Van Veeteren und sah aus dem Fenster. »So schnell hört es anscheinend nicht auf zu regnen.«

»Der Tag ist wie dafür gemacht, drinnen zu liegen und Rätsel zu lösen«, sagte Ulrike und lächelte. »Findest du nicht auch? Schließlich sind es noch vier Tage bis zu deinem großen Tag.«

»Es kommt mir so vor, als würde es dir ein gewisses Vergnügen bereiten, mich daran zu erinnern«, sagte Van Veeteren.

»Das stimmt natürlich«, sagte Ulrike Fremdli. »Das stimmt natürlich, mein Prinz.«

»Prinz?«

»Warum nicht?«

»Prinzen tragen kurze Hosen und wälzen sich auf einem Rasen herum«, sagte Van Veeteren.

»Dann muss ich die Kamera holen«, meinte Ulrike. »Sag Bescheid, wenn es so weit ist.«

»Hör dir das an«, bat sie ihn eine halbe Stunde später. Sie hatten sich auf ihr Zimmer zurückgezogen, saßen in ihren Sesseln in dem geräumigen Erker, wo der Regen gegen die Scheiben und das Fensterblech wischte, aber nachzulassen schien.

»Ich höre«, sagte Van Veeteren und unterdrückte ein Gähnen.

»Sitzt du da und gähnst, wenn ich versuche, dich zu unterhalten?«

»Ich habe nicht gegähnt, nur ein wenig an Sauerstoffmangel gelitten.«

»Und was soll da bitteschön der Unterschied sein?«

»Darüber streiten sich die Geister.«

»Glaube ich nicht. Aber hör jetzt zu, ich lese dir etwas vor. Laura Frege-Winckelstroop: *Ich hatte keine Ahnung, dass er nach Oosterby wollte. Ich dachte, er wäre auf einem Kurs in Aarlach. Das hatte er behauptet. Irgendeine Konferenz, oder aber… nein, es ging irgendwie um sein neues Buch. Wollte er vielleicht seinen Verleger treffen? Nein, ich weiß es nicht genau, aber Oosterby hat er jedenfalls nie erwähnt, da bin ich mir sicher.* Sie scheint nicht besonders gut informiert gewesen zu sein, diese Frau Winckelstroop.«

»Es war vielleicht nicht die allerglücklichste Ehe der Welt?«, schlug Van Veeteren vor.

Ulrike nickte. »Vermutlich nicht. Sie hatten keine Kinder und wollten sich scheiden lassen, das erzählt sie auch in ihrer Vernehmung. Aber ein weiteres Buch aus Winckelstroops Feder ist nicht erschienen… auch nicht posthum, wenn ich recht sehe.«

»Wie war es bei Blavatsky und Fiste?«, fragte Van Veeteren. »Ich erinnere mich nicht genau …«

Ulrike blätterte in dem Ordner. »Blavatsky soll angegeben haben, dass er zu einem Klassentreffen im Gymnasium von Werdingen wollte. Auch eine Art Wiedersehen, aber er hat das Treffen ein wenig verlegt, wozu auch immer das gut sein sollte. Es stimmt, dass er in Werdingen aufs Gymnasium ging, das tat im Übrigen die ganze Bande, aber warum konnte er ihr nicht erzählen, dass er nach Oosterby wollte? Von dem einen Ort zum anderen sind es doch nur zwanzig Kilometer. Warum musste das vertuscht werden, kannst du mir das bitte erklären?«

»Auf Anhieb nicht. Und Fiste?«

»Hat seiner Frau erzählt, dass er nach Oosterby fahren würde. Sprach offenbar von einem Schultreffen.«

»Aber er gab den richtigen Ort an?«

»Ja.«

»Nichts über ein paar linkshändige Freunde?«

»Nein.«

Van Veeteren gähnte. »Wahrheiten verändern sich mit der Zeit, das dürfen wir nicht vergessen.«

»Was?«

»Das ist ein Sprichwort. Wollen wir uns nicht ein Nickerchen gönnen, während wir auf die Sonne warten?«

»Und was bedeutet es?«

»Was?«

»Dieses Sprichwort.«

»Ich habe keine Ahnung«, sagte Van Veeteren. »Ich bin dabei, es herauszufinden.«

»Okay«, sagte Ulrike. »Sag mir Bescheid, wenn du es weißt. Aber gegen ein Nickerchen habe ich nichts einzuwenden, wir sind ja keine jungen Hüpfer mehr.«

»Kann mich nicht erinnern, jemals jung gewesen zu sein«, sagte Van Veeteren.

Es kam keine Sonne, wohl aber eine grauweiße und größtenteils niederschlagsfreie Wolkendecke. Darüber hinaus ein launischer Wind vom Meer, aber von Frau Sinclair, ihrer Pensionswirtin, erfuhren sie, dass es einen ausgezeichneten Rundwanderweg im Wald gab, der ein Stück landeinwärts um einen alten Steinbruch herumführte. Eine Empfehlung, der sie gerne folgten.

»Ich habe ausgerechnet, dass ich, seit ich dir begegnet bin, ungefähr einmal um den Erdball gewandert bin«, sagte Van Veeteren, als sie aufgebrochen waren.

»Bereust du es?«, erkundigte sich Ulrike.

»Wenn es hochkommt, vier oder fünf Schritte«, sagte Van Veeteren.

Sie befolgten auch den Rat, in dem Café im Dorf Zerfenheule Rast zu machen, das anderthalb Stunden Fußweg von Friesenbirge entfernt lag und vor hundert Jahren ein Zentrum für den Abbau von Kalkstein gewesen war. Sie ließen sich auf bequemen Stühlen unter einer riesigen Eiche nieder; das Café lag auf einer Anhöhe mit Blick auf den früheren Steinbruch, in dem heute die Natur, niedrige Büsche und Gras, das rund um zwei Steinbruchseen wuchs, dabei war, die tiefe Wunde, die der Mensch einst gerissen hatte, zurückzuerobern.

»Hier fühlt man sich jedenfalls ziemlich jung«, stellte Ulrike fest, als ginge ihr das Gespräch vom Vormittag noch durch den Kopf.

»Du meinst das Geologische?«, sagte Van Veeteren. »Geschichtete Gesteinsarten und so weiter?«

»Ich dachte eigentlich an die Eiche«, entgegnete Ulrike.

»Sie muss ein paar Hundert Jahre auf dem Buckel haben und hat die Tage des Steinbruchs überlebt.«

Van Veeteren nickte und wartete. Während der gesamten Wanderung hatten sie es vermieden, die Ereignisse in Mollys Pension 1991 zu kommentieren, aber er wusste, dass dies nur eine Frage der Zeit war. Ulrike war, wie sie war, und als sie zwei Bier und zwei Sandwiches bekommen hatten, war die Unterbrechung vorbei.

»Das Motiv?«, sagte sie.

»Das Motiv?«, wiederholte Van Veeteren.

»Ja. Erzähl mir, zu welcher Schlussfolgerung ihr in dieser Frage gekommen seid. Und komm jetzt nicht und behaupte, du könntest dich nicht erinnern.«

»Keine Sorge«, erwiderte Van Veeteren. »Ich erinnere mich ganz vorzüglich, dass wir zu gar keiner Schlussfolgerung gekommen sind.«

»Aber was zum Teufel?«, sagte Ulrike. »Was habt ihr da eigentlich getrieben, du und Münster? Das klingt ja nach richtig hundsmiserabler Polizeiarbeit.«

»Danke, dass du mich daran erinnerst«, sagte Van Veeteren und trank einen großen Schluck Bier. »Du triffst den Nagel wirklich auf den Kopf. Es *war* hundsmiserable Polizeiarbeit, was also daran lag, dass …«

»… dass ihr praktisch sofort entschieden habt, wer der Täter war. Ja, danke, das habe ich verstanden. Aber wenn ihr es so eindeutig fandet, dass er es getan hat, müsst ihr euch doch trotzdem gefragt haben, warum? Ist das wirklich der berühmte ehemalige Kommissar Van Veeteren, der mir hier gegenübersitzt? Er, der sich in seiner mehr als dreißigjährigen Laufbahn nicht ein einziges Mal geirrt hat, und der all seine Fälle …«

»Aufhören!«, unterbrach Van Veeteren sie. »Ist doch klar,

dass wir nach einem Motiv gefischt haben, und Maasenegger passte eben leider ziemlich gut in die Rolle des Täters, ein Mensch, der… na ja, der etwas in dieser Art auf die Beine gestellt haben könnte.«

Ulrike kommentierte das nicht weiter. Kaute auf ihrem Sandwich und bedeutete ihm fortzufahren.

Und Van Veeteren fuhr fort. »Er war ein Dreckskerl, um es klipp und klar zu sagen. Vielleicht kein Mörder, aber in unseren Akten gab es so einiges über ihn. Ein halbes Dutzend Verurteilungen, das schlimmste Vergehen war ein bewaffneter Raubüberfall mit tödlichem Ausgang. Er hielt die Waffe zwar nicht in der Hand, wurde aber wegen Beihilfe verurteilt, weil er eines der Fluchtautos fuhr. Bekam zehn Monate, wenn mich nicht alles täuscht. Fand darüber hinaus Gefallen daran, anderen zu drohen, vor allem Frauen, die ihn verlassen hatten… außerdem saß er mindestens einmal eine Weile in der Klapse. Ich glaube, Münster hat damals mit einem der behandelnden Ärzte gesprochen, und… ja…«

»Und?«

Van Veeteren zögerte und blickte in das üppige Laub der Eiche hinauf. Dachte daran, wie seltsam es war, dass etwas so Altes Blätter haben konnte, die nicht einmal ein Jahr alt waren. Und niemals sein würden, viele von ihnen wechselten bereits zu den gelben und roten Farben des Todes. Schön. Warum konnte es so nicht mit den Menschen sein, ein Tod in Schönheit, war das etwa zu viel…?

»Und?«, wiederholte Ulrike.

Er nahm mit einer Kraftanstrengung den Faden wieder auf. »Hm… nun, das Motiv, nach dem du gefragt hast. Maasenegger sprach viel darüber, sich zu rächen, behauptete der Arzt, mit dem Münster sich traf. Er wollte Dinge zurechtrücken, Sachen, die in seinem Leben schiefgelaufen waren… Menschen bestrafen, die ihm auf die eine oder andere Art im Weg gestanden hatten. Mit anderen Worten, ein ziemlich weitverbreiteter Typ von Versager.«

»Dann soll die Party in Mollys Pension für ihn eine Gelegenheit gewesen sein, sich zu rächen?«

»Einfach ausgedrückt, ja. Das war zumindest eine Theorie, die uns einigermaßen vernünftig erschien.«

»Und für was genau wollte er sich rächen?«

»Unklar«, sagte Van Veeteren.

»Unklar?«

»Leider.«

»Ein rachelüsterner Typ, der sich einfach ganz allgemein rächen wollte?«

Van Veeteren trank einen Schluck Bier.

»Aber verdammt«, sagte Ulrike. »Und diese Beschreibung von Maasenegger, die haben alle unterschrieben? Zum Beispiel die überlebende Schwester … Birgitte Behrens?«

»Hundertprozentig«, bestätigte Van Veeteren. »Alle, die wir gefragt haben. Ich meine mich erinnern zu können, dass irgendwer ihn ein syphilitisches Mastschwein genannt hat. Könnte Birgitte Behrens gewesen sein.«

»Hatte er zu allem Überfluss auch noch Syphilis?«

»Dafür gab es keinen Beleg. Und es ergab sich keine Gelegenheit, die Sache näher zu untersuchen, weil …«

»… weil er verschwand. Danke, ich weiß. Und ich glaube … ich glaube tatsächlich, dass ich mir langsam, aber sicher ein klares Bild machen kann.«

»Ausgezeichnet«, erwiderte Van Veeteren. »Ich wette, dass du bald behaupten wirst, auch einen Plan zu haben, was zu tun ist.«

»Den habe ich schon seit heute Morgen«, erklärte Ulrike. »Habe ich dir das nicht gesagt?«

15

1968. Oosterby und Umgebung

Birgitte Behrens begriff nicht wirklich, wie Clara an den Job gekommen war. Als sie danach fragte, hatte ihre Schwester ausweichend geantwortet, und danach war das Thema nie mehr zur Sprache gekommen. Vielleicht auch, weil Birgitte einsah, dass sie es niemals erfahren würde, selbst wenn sie am Ball bliebe. Sie waren nun einmal Zwillinge, gewisse Dinge wusste man, ohne ihnen auf den Grund gehen zu müssen. Und wenn man es nicht wusste, *ahnte* man es. Clara hatte nicht vor, es ihr zu erzählen, so war es einfach. Aus irgendeinem Grund.

Egal, die Hauptsache war natürlich nicht, wie es dazu gekommen war, sondern *dass*.

Und dass dies für sie beide galt. Eine supereinfache und gut bezahlte Arbeit bis Ende August. Vielleicht sogar noch länger.

Kinderbetreuung. Vielleicht nicht die attraktivste Tätigkeit der Welt, aber sie gingen noch zur Schule, und es würde ja nicht für immer sein. Weder das eine noch das andere.

Anfangs, während des Schuljahrs, an einzelnen Abenden und dem einen oder anderen Samstag oder Sonntag; danach, wenn die Sommerferien begannen, etwas öfter. Ab und zu würde wohl auch eine Übernachtung notwendig sein.

So war es gedacht, und so kam es.

Zwei Kinder, der dreizehnjährige Ludvig und die neunjährige Madeleine.

Also keine Kleinkinder. Kein Windelwechseln und kein Gekleckere und Gebettele am Essenstisch. Kein An- und Ausziehen und Zubinden von Schuhen. Ludvig hatte einen kleineren Defekt im Gehirn, ging aber dennoch zur Schule, wo er ähnlich viele Freunde hatte wie ein Fuchs in einem Hühnerstall. Er sprach kaum ein Wort, aber weder Birgitte noch Clara erlebten jemals, dass er ihnen feindselig begegnete.

Seine Schwester war das genaue Gegenteil. Ein fröhliches und kontaktfreudiges Kind, das von morgens bis abends plapperte und lachte und so süß war, dass ihr Vater sagte, wenn sie nicht in Nordeuropa, sondern in Arabien lebten, würde ihr Wert mindestens hundert Kamelen entsprechen.

Die Familie hatte eine Verbindung zu Arabien. Vater Boris hatte einen (oder mehrere) Finger bei den Dreharbeiten zu dem Filmepos *Lawrence von Arabien* im Spiel gehabt, der ein paar Jahr zuvor in die Kinos gekommen war. Vielleicht rührte das Vermögen der Familie daher, denn wenn es etwas gab, woran bei Familie Kettener kein Mangel herrschte, dann war es Geld. Man war im Januar in Blavatskys alte Villa gezogen, und noch vor dem ersten Sommer war das ganze Haus renoviert und mit einem großen und nierenförmigen Swimmingpool ausgestattet worden. Mit Sprungbrett und Unterwasserbeleuchtung. Es standen nicht mehr als sieben Häuser auf der Vornehmen Klippe in Oosterby, und in Windeseile war die Villa Valentino (neu getauft nach dem absoluten Lieblingsschauspieler von Boris Ketteners Mutter; beide übrigens verstorben am dreiundzwanzigsten August, allerdings im Abstand von vierzig Jahren) von Platz vier oder fünf auf Platz eins vorgerückt und zur nobelsten Behausung von allen geworden. Das stand außer Frage.

Die Mutter, Louise, war ebenfalls in der Filmbranche tätig, allerdings blieb etwas unklar, in welcher Funktion, aber eine Schauspielerin war sie wahrscheinlich eher nicht. Vielleicht war sie einmal eine gewesen, aber seit die Familie nach Oosterby gezogen war, bewegte sie sich meist in exotischen, farbenfrohen Kleidern, die an das Federkleid von Vögeln erinnerten, häufig in gemächlichem Tempo den Strand hinauf und hinab. Aufs Meer hinausspähend und geheimnisvoll wirkend. Manche Leute meinten, sie sei verrückt, aber das konnten Clara und Birgitte schon bald dementieren. Louise Kettener war immer freundlich und zuvorkommend, wenn sie ihr im Haus begegneten; ob sie einen Beruf – oder eine Aufgabe in der Welt im weiteren Sinne – hatte, blieb im Dunkeln, aber sie schrieb zumindest Gedichte und komponierte ein wenig. Letzteres geschah in erster Linie an dem großen weißen Flügel, der vor einem Panoramafenster mit Blick auf den eigenen Pool und die Meeresbucht und die dahinter liegenden Inseln stand. Bei diesen Gelegenheiten gab es die strikte Anweisung, dass sie nicht gestört werden durfte, nicht einmal von Madeleine, aber da das Gebot in Stein gemeißelt war, kam es deswegen nie zu Konflikten.

Es herrschte generell ein Mangel an Konflikten in der Villa Valentino. Zumindest Birgitte dachte gelegentlich, wenn es tatsächlich so etwas wie glückliche Familien gab, war Familie Kettener eine von ihnen. Es ließ sich darüber streiten, ob Ludvig wirklich unter die Bezeichnung *glücklich* fiel, aber er durfte jedenfalls ein Leben führen, das ihm gerecht wurde, was im höchsten Maße auch für die übrigen Hausbewohner galt. Und vielleicht (so notierte Birgitte in ihrem Tagebuch) schienen sie sich deshalb so gernzuhaben.

Gerade weil es für jeden Einzelnen ein gehöriges Maß an Freiheit gab. Boris und Louise Kettener waren beide Anfang vierzig, aber manchmal ertappte sie die beiden dabei, zu schmusen und sich zu umarmen und mehr, als wären sie noch Teenager.

Und sie liebten ihre Kinder. Vor allem Madeleine liebten sie, und ganz besonders liebte Vater Boris seine Tochter.

Habe ich hundert Kamele gesagt? Ich meinte natürlich tausend.

In der Regel war allerdings keiner der Erwachsenen zu Hause, wenn Clara oder Birgitte Babysitter waren. Oder Kindermädchen, oder was auch immer sie waren. *Au pair* war eine moderne Bezeichnung, aber um diesen Titel zu verdienen, musste man eigentlich ins Ausland gehen und die ganze Zeit bei seiner Familie wohnen. Sich um alles im Haushalt kümmern, Kochen, Wäsche, Einkaufen und so weiter. Solche Anforderungen wurden bei Familie Kettener nicht gestellt, bei weitem nicht. Es ging darum, sich um die Kinder zu kümmern; dass sie nichts anstellten, dass sie sich nicht verletzten, dass sie pünktlich ins Bett kamen und, soweit möglich, dass sie ihre Hausaufgaben machten. Die Zubereitung von Essen gehörte zwar dazu, aber meistens musste nur ein Gericht erwärmt werden, das bereits in dem großen metallglänzenden Kühlschrank in der Küche bereitstand. Oder sie kochten Nudeln und brieten Würstchen.

Zwei- oder dreimal in der Woche. Ein paar Stunden nach Schulschluss, an diesen Tagen kamen Louise und Boris zwischen sieben und acht Uhr abends nach Hause. Manchmal zusammen, aber immer wenigstens einer von ihnen.

Einmal in der Woche Abenddienst.

Mit der Zeit, im Sommer und weil alles so gut klappte,

auch einmal ein Tag mit Übernachtung. Nur ab und zu, und die Schwestern konnten die Arbeit nach Belieben unter sich aufteilen, es konnte ja ohnehin kein Mensch sagen, ob Clara oder Birgitte auftauchte. Für Madeleine war es ein Riesenspaß, zu raten, welches der beiden Kindermädchen diesmal in der Villa Valentino war. Aber wirklich sicher konnte sie sich ihrer Sache niemals sein, denn manchmal tat Clara so, als wäre sie Birgitte, oder umgekehrt. Madeleine versuchte das Problem zu lösen, indem sie der einen Geheimnisse erzählte, die der anderen auf keinen Fall verraten werden durften, aber wie konnte sie sicher sein, dass sie sich keinen Scherz mit ihr erlaubten und hinter ihrem Rücken redeten? Wem konnte man trauen? Aber das Ganze war nur ein Spiel, ein wenig auf den Arm genommen zu werden, machte die Sache nur lustiger.

Falls ich jemals Kinder bekommen sollte, hätte ich nichts dagegen, wenn sie ungefähr so sind wie Madeleine Kettener, schrieb Birgitte Behrens Mitte Juni in ihr Tagebuch.

Es ist schon seltsam, dass zwei Geschwister so unterschiedlich sein können wie Ludvig und Madeleine, notierte sie zwei Wochen später. *Sie sind zwar keine Zwillinge wie Clara und ich, aber trotzdem. Man muss sich ja fragen, ob sie wirklich dieselben Eltern haben.*

Und den ganzen Sommer – mit Ausnahme der kurzen Wochenendausflüge – blieben die Ketteners in ihrem frisch renovierten Haus. Boris war mit Dreharbeiten in der Umgebung des alten Steinbruchs nahe Friesenbirge beschäftigt, und im Übrigen hatten sie keine Lust zu reisen. Oosterby zeigte sich in dieser Jahreszeit von seiner besten Seite. Die anspruchslose Küstenstadt lebte auf und zog Touristen an; keine Horden, aber genügend, um das Seefahrthotel mit

Gästen zu füllen. Genau wie drei oder vier andere Etablissements, die in der dunklen Jahreszeit ihre Pforten schlossen. Zeeblick. The Blue Anchor. Mollys Pension. Boote segelten von nah und fern heran und legten in dem kleinen Jachthafen an, man blieb ein paar Tage und segelte dann weiter. Nein, warum sollte man Oosterby im Sommer verlassen, wenn man ein schickes Haus auf der Vornehmen Klippe mit kilometerweiter Aussicht besaß?

Clara und Birgitte teilten die Arbeit zwischen sich auf und nahmen sich jede zwei Wochen frei, Ende Juli beziehungsweise Anfang August. In diesem Jahr reisten sie nicht nach England. Clara fuhr mit einem neuen Freund davon, um in der Gegend von Sorbinowo zu zelten, machte nach drei Tagen Schluss mit ihm, kam zurück und nahm stattdessen ihre alte, sporadische Beziehung zu Rejmus Fiste wieder auf. Birgitte fuhr zu einer Tante in Berlin, um ihre Deutschkenntnisse zu verbessern, wurde eines Abends in einem Club viel zu betrunken und wachte am nächsten Morgen im Bett einer lesbischen Frau Mitte dreißig auf. Auch wenn sie in ihr Tagebuch schrieb, dass sie sich an nichts aus dieser Nacht erinnerte, lernte sie doch zwei Dinge: was es hieß, etwas zu bereuen, und dass sie nicht homosexuell war.

Im September 1968 kamen fünf Mitglieder des Vereins der Linkshänder in die letzte Klasse der Erasmus-Lehranstalt in Werdingen. Kuno Blavatsky hatte den größten Teil des Sommers bei seiner Stiefmutter in Maardam verbracht, wo er außerdem eine Art Arbeit in einer Schauspieleragentur hatte. Weil er nicht mehr in Oosterby wohnte, besuchte er die Höhle weniger häufig als früher. Rejmus, Marten und die Schwestern Behrens (zumindest Clara) verbrachten dagegen weiterhin drei oder vier Abende in der Woche an diesem hervorragenden Zufluchtsort in der Dorffstraat. Mit Zigaretten, Bier und einer stetig wachsenden Plattensammlung. Ein neuer Verstärker und zwei selbstgebaute Boxen waren angeschafft worden, so dass man nicht hören musste, was irgendwer zu sagen hatte, wenn man richtig aufdrehte. Grateful Dead. Jimi Hendrix. The Mothers of Invention mit Frank Zappa. The Who. Einige andere Jugendliche wurden auch hereingelassen, aber nie übertrieben viele; es war wichtig, nicht zu vergessen, dass es sich um ein Vereinsheim handelte – ein Asyl für Linkshänder. Eine Zeitlang wurde die Regel eingeführt, dass Rechtshänder als Eintritt zwei Bier bezahlen sollten, aber sie wurde nie wirklich konsequent umgesetzt. Obwohl es ausgesprochen leicht gewesen wäre, dies zu kontrollieren.

Das eine oder andere hochprozentige Getränk kam vor, aber sie übertrieben es nie.

Der eine oder andere Joint kam vor, aber sie übertrieben es nie.

Ein altes Sofa wurde billig auf einer Auktion ersteigert, es nahm ein Viertel der Bodenfläche ein und bot gut und gern zwei Jugendlichen normaler Größe Platz, wenn man übernachten wollte.

Auch damit übertrieben sie es nicht allzu oft.

Das sechste Mitglied im VDL, Qvintus Maasenegger, war größere Teile des Sommers auf Montage gewesen. Keiner wusste, wo und was für ein Job es war, aber die Arbeit war offenbar erfolgreich gewesen. Als er Mitte September nach Oosterby und in die Fischfabrik zurückkehrte (wo immer Leute gebraucht wurden), hatte er es aufgegeben, sich Autos zu leihen, und ein eigenes erworben. Es war ein alter, grünschillernder Dyna Panhard Tigre, und auch wenn er auf den

Straßen ein bisschen stotternd lief, eignete er sich hervorragend, um an einem sonnigen Herbstsamstag auf dem Marktplatz in Oosterby zu sitzen. Mit offenem Verdeck.

Vorzugsweise mit ein oder zwei Bekannten weiblichen Geschlechts. Zum Beispiel den Schwestern Behrens. Oder zumindest Clara.

Ebenfalls auf Qvintus Maaseneggers Konto ging, dass ein junger Mann, der sich Zink nannte, in der Höhle auftauchte. Es war ein Freitagabend Ende Oktober, und die ursprünglichen Mitglieder waren alle anwesend, auch Kuno – sowie zwei Mädchen aus Gerlach, Wilma und Henriette, die sich gelegentlich zu ihnen gesellten. Birgitte dagegen nicht, die auf der Vornehmen Klippe die Kinder hütete und eventuell später dazustoßen würde. Wahrscheinlich jedoch nicht, ihre Besuche waren im Herbst bedeutend seltener geworden, was immer der Grund dafür sein mochte.

»Zink?«, fragte Marten Winckelstroop.

»Das reicht völlig«, erklärte Qvintus Maasenegger.

16

Oktober 2012. Oosterby und Umgebung

Van Veeteren erwachte aus einem schlechten Traum.

Oder wurde eher aus ihm *herausgeschleudert*, denn so fühlte es sich an. Es war darin um eine Gerichtsverhandlung gegangen, bei der er der Angeklagte gewesen war, an viel mehr erinnerte er sich nicht. Doch, vielleicht noch daran, dass es gründlich schiefging. Er war so unschuldig wie eine Braut, aber es gelang ihm nicht, sich zu verteidigen. Keiner glaubte an seine Unschuld, nicht einmal Ulrike, die auf der Zuschauertribüne saß und enttäuscht wirkte. Wenn ihn nicht alles täuschte, hatte sie den Gerichtssaal unmittelbar vor seinem Aufwachen verlassen.

Aber die Anklage? Keine Ahnung.

Der wahre Sinn des Traums? Es war die Mühe nicht wert, sich darüber Gedanken zu machen.

Stattdessen drehte er den Kopf und sah auf die Uhr. Fünf Minuten nach drei. Die Stunde der Alpträume hatte gerade erst begonnen.

Er wartete bis Viertel nach, ehe er aufstand. Vorsichtig wie ein nächtlicher Dieb, um Ulrike nicht zu wecken, die friedlich und wohlverdient neben ihm schlief. Er rückte die Decke über ihr zurecht, ertastete seinen Morgenmantel in der Dunkelheit und setzte sich in einen der Sessel im Erker.

Das Morgengrauen über dem Meer war nicht mehr als ein dunkelgrauer Ton im Schwarzen. Eventuell nur eine Einbildung, es ließ sich nicht entscheiden. Weil er weder die Dunkelheit noch die Stille stören wollte, bestand die einzig mögliche Betätigung darin, dazusitzen und zu denken.

Und das Thema für seine Gedanken ließ sich auch nicht frei wählen. Es war, wie es war, die Situation war ihm aus früheren Zeiten vertraut. Vor zwanzig Jahren oder so, als er noch ein Jungspund von fünfundfünfzig Jahren gewesen war und nicht ein Antiquariatsbuchhändler, der auf die hundert zuging.

Der Fall. Darum ging es. Diese verdammte Leiche, die eigentlich einem geflohenen Mörder gehört haben sollte, stattdessen aber von einem Opfer in Anspruch genommen wurde, das zwei Jahrzehnte lang vergraben gelegen hatte. Deshalb war er doch aufgewacht? Deshalb konnte er es doch völlig vergessen, wieder einzuschlafen?

Worum sollte es sonst gehen?

Es gab nicht den Schatten eines Zweifels. Van Veeteren seufzte und schlang den Morgenrock dichter um seinen Körper.

Also, tastete er im Heuhaufen der Gedanken. Wo soll ich anfangen? Wie geht so ein *Kommissar* noch einmal vor?

Er begann mit jenem Abend. Wo sonst?

Dem achtundzwanzigsten September 1991. Einem Herbstsamstag, an dem sich fünf alte Freunde in Mollys Pension ein paar Kilometer außerhalb von Oosterby treffen. Vier von ihnen verbrennen, der fünfte wird mehr als zwanzig Jahre später im Wald gefunden.

Was wusste man?

Oder vielmehr: Was hatte man damals zu wissen geglaubt, als es gerade passiert war? In jenem Herbst, als Münster und er selbst eine Woche hier oben verbrachten, um dafür zu sorgen, dass die Ermittlungen in den richtigen Bahnen verliefen.

War es nur eine Woche gewesen? Ja, wahrscheinlich. Sie waren jedenfalls nicht öfter als einmal von Maardam aus hin- und wieder zurückgefahren. Ein Wagen aus dem Fuhrpark vermutlich. Münster hatte sowohl auf dem Hin- als auch auf dem Heimweg am Steuer gesessen.

Wahrscheinlich.

Sie hatten im Seefahrthotel gewohnt. Vier oder fünf Nächte, es existierte noch, Ulrike und er waren daran vorbeigefahren.

Sie hatten in diesen Tagen im Präsidium gesessen und den Zeugen gelauscht, so hatten sie ihre Zeit verbracht. Gemeinsam mit dem Ermittlungsleiter Wilkerson und einem halben Dutzend anderer Polizisten hin und her diskutiert und Fakten analysiert. Nur ein weiterer Beamter aus Oosterby (ein rothaariger, ziemlich unerfahrener Polizeianwärter; *Simmring* oder *Simmering*?), die übrigen waren aus Werdingen abkommandiert worden. Um ihren Beitrag zu leisten, genau wie Münster und er selbst.

Der Fall war wirklich nicht besonders kompliziert gewesen. Der Meinung war damals jeder gewesen. Sie waren sich alle einig gewesen und hatten völlig daneben gelegen.

Denn der Abend in Mollys betagter Pension war nicht so abgelaufen, wie sie es sich vorgestellt hatten.

Oder doch, das war er wohl schon, aber die Teilnehmerliste stimmte nicht. Es mussten sechs Personen beteiligt gewesen sein, nicht fünf.

Fünf Opfer und ein Täter. Nicht vier Opfer und ein Täter.

Oder?

Van Veeteren schloss die Augen und versuchte, diese Schlussfolgerung auszuhebeln. Konnte man sich beispielsweise vorstellen, dass einer der vier Verbrannten zu ... zu einem früheren Zeitpunkt am selben Abend Maasenegger getötet, ihn draußen im Wald vergraben und danach zu seinen Kameraden im Speisesaal der Pension hinzugestoßen war?

Nicht unmöglich, natürlich. Zumindest in der Welt der Hypothesen, aber warum? Welches eigentümliche Motiv in welchem kranken Gehirn sollte ein solches Verhalten erklären?

Nein, entschied Van Veeteren, so hatte es sich nicht abgespielt. Weg mit dieser Möglichkeit.

Er seufzte wieder und ordnete den Bademantel über den Beinen. Stellte fest, dass der dunkelgraue Streifen des Morgengrauens noch genauso dunkelgrau aussah. Sah auf die Uhr.

Halb vier. Zurück zum achtundzwanzigsten September 1991.

Maasenegger hatte sie zusammengerufen. Alles deutete darauf hin.

Hatte darauf hingedeutet.

Aber was bedeutete *alles*?

In diesem Zusammenhang hieß es schlicht Molly Hansen. Denn sie hatte mit Maasenegger telefoniert. *Glaubte*, mit ihm und keinem anderen gesprochen zu haben. Sie hatte sich mit dem Arrangement einverstanden erklärt: ihre Pension den halben Samstag und den halben Sonntag zu öffnen, damit die Freunde sich nach so vielen Jahren wiedervereinen, Erinnerungen austauschen, gut speisen und gut trinken, übernachten konnten.

Frühstück am Sonntag um neun, so war es abgesprochen gewesen, doch zu diesem Zeitpunkt gab es keine Pension und auch keine Gäste mehr. Übereinstimmenden Zeugenaussagen zufolge (Leute, die in der Nähe wohnten und vom Feuerschein aufgewacht waren) war das Feuer kurz nach ein Uhr nachts ausgebrochen, und laut dem Brandmeister (Van Veeteren erinnerte sich an einen korpulenten Mann mit einem Schnauzer, der an den Spitzen angesengt war, konnte das wirklich stimmen?) war ungefähr drei Stunden später alles vorbei gewesen. Man war zwanzig Minuten nach Eingang der Meldung vor Ort gewesen, aber wenn es etwas gibt, was gut brennt, dann sind es alte Holzhäuser von der Jahrhundertwende.

Der *vorigen* Jahrhundertwende, rief Van Veeteren sich in Erinnerung. Die Zeit vergeht.

Außer Molly Hansen gab es natürlich noch andere Zeugen. Wenigstens ein paar; zum Beispiel die junge Rebecca Klejne, die damals die Betten gemacht und die Zimmer geputzt hatte – und den verbrannten Gästen das Frühstück hätte servieren sollen. Sie wohnte in der Nähe, ihr Vater war einer von denen, die zum Hörer gegriffen und die Feuerwehr alarmiert hatten, und sie hatten beide eine Stunde dort gestanden und das schreckliche Schauspiel in der Nacht betrachtet.

Wenn ich erst einmal angefangen habe, mich zu erinnern, fällt mir tatsächlich eine Menge ein, dachte Van Veeteren. Es steht doch noch nicht so schlecht um mich, wie zu befürchten war.

Dass ihm mit Hilfe von Ulrikes genauer Lektüre der Akten einiges rekapituliert worden war, hatte natürlich auch geholfen. Man sollte niemals seine Redegewandtheit überschätzen. Und seine Lebensgefährtin niemals unterschätzen.

Aber hatte er Ulrike Fremdli jemals unterschätzt? Wohl kaum. Sie allerdings auch nicht überschätzt, denn das ging nicht.

Allerdings saß er hier nicht, um über sie zu staunen.

Machen Sie weiter mit ihrem Fall, *Herr Kommissar*, flüsterte eine nüchterne Stimme hinter seiner Stirn. Weiter!

Des Weiteren hatte es dort einen Koch gegeben – namens Volker Hermann –, aber weder ihm noch Fräulein Klejne waren die Namen der Gäste im Voraus bekannt gewesen. Das hatten sie jedenfalls behauptet, und warum sollten sie in diesem Punkt gelogen haben? Oder in einem anderen Punkt? Volker Hermann hatte den Samstagnachmittag in der Küche verbracht, um das Essen für den Abend vorzubereiten, wobei ihm Molly Hansen und Rebecca Klejne zur Hand gegangen waren, und er war der Letzte gewesen, der die Pension verlassen hatte – nachdem er Dessert und Kaffee serviert hatte –, was irgendwann kurz vor elf gewesen war. Danach hatte man die Gäste sich selbst überlassen, man hatte verabredet, dass sie sich Getränke und etwas Käse aus dem Kühlschrank holen und auf einem Zettel notieren konnten, was sie verzehrt hatten. Man muss sich auf seine Mitmenschen verlassen können, das war immer Molly Hansens Parole gewesen, solange sie in der Branche tätig war.

Eine Parole, die, so sehr sie sich auch in allen erfolgreichen Jahren bewährt haben mochte, in der Nacht vom achtundzwanzigsten auf den neunundzwanzigsten September 1991 gründlich Lügen gestraft wurde.

Aber mindestens zwei Stunden, resümierte Van Veeteren und gähnte. Wenn die Angaben des Kochs stimmten, hatten die Gäste so viel Zeit ohne äußere Einmischung miteinander verbracht. Bevor alles zum Teufel ging.

Waren irgendwelche Anzeichen für Uneinigkeit beobachtet worden, solange sich noch Zeugen im Haus aufhielten?

Keine Spur, laut der Besitzerin, die gegen halb neun heimgegangen war.

Nein, nichts, laut Rebecca Klejne, die eine Stunde früher das Haus verlassen hatte.

Zu beiden Uhrzeiten waren alle anwesend gewesen. Will sagen, alle fünf. Nicht sechs. Und es gab nichts, was darauf hindeutete, dass es für vier von ihnen der letzte Abend ihres Lebens sein würde. (Oder nach der Revision einundzwanzig Jahre später für alle fünf.) Ganz und gar nicht, hatte Fräulein Klejne versichert, aber sie hatte die Gäste natürlich nur ganz kurz gesehen, als sie ihre Zimmer bezogen. Und draußen auf der Veranda und auf dem Hof, während sie eindeckte.

Uneinigkeit? Nein, weder der Koch noch die junge Frau hatten etwas in der Art bemerkt. Sicher, fröhlich und betrunken und ein wenig laut. Mit anderen Worten, wie es nicht anders zu erwarten gewesen war, vor allem gegen Viertel vor elf, als der Koch seine Arbeit beendet hatte und aufbrach.

Van Veeteren hatte mit jedem einzelnen dieser drei Zeugen gesprochen, und wenn er sich richtig erinnerte, hatte Münster jedes Mal dabeigesessen. Man hatte sie natürlich im Hinblick auf Maasenegger unter Druck gesetzt, aber das Ergebnis war mager gewesen. So hatte Fräulein Klejne große Schwierigkeiten gehabt, anzugeben, welcher Gast nicht zu den Verbrannten gehörte.

Waren sie einzeln oder gemeinsam angekommen?

Zwei von ihnen waren zusammen eingetroffen, Winckelstroop und Fiste, stellte sich heraus. Die anderen waren einzeln angekommen, aber alle zwischen drei und fünf Uhr nachmittags, wie man es abgesprochen hatte. Einige hatten sich noch Zeit für einen kleinen Spaziergang genommen, ehe alle sich trafen, stimmte das?

Ja, da war sich zumindest Rebecca Klejne sicher.

Und kurz nach fünf hatte es dann richtig angefangen. Ein paar Gläser Sekt und einfache Schnittchen draußen auf der schönen verglasten Veranda. Auch dies programmgemäß.

Bis dahin irgendetwas Bemerkenswertes?

Nicht die Bohne.

Ulrike bewegte sich im Bett, wachte aber nicht auf. Der dunkelgraue Streifen über dem Meer war einige Nuancen heller geworden. So *schien* es zumindest. Van Veeteren sah auf die Uhr.

Zehn nach vier. Noch zwanzig Minuten, beschloss er. Nächste Frage.

Nächste Frage?

Die Suche nach Maasenegger vielleicht. Der vermutete Täter; hätte man nicht den Verdacht hegen müssen, dass die naheliegende Lösung, für die man sich entschieden hatte, falsch war?

Weil man ihn sonst früher oder später hätte finden müssen. Maaseneggers Bild war in allen größeren Zeitungen abgedruckt worden, und der Fall war von den meisten bedeutenden Fernsehsendern in ganz Europa aufgegriffen worden. Er stand unter dem Verdacht, vier Menschen ermordet zu haben, und in hundert Ländern wurde nach ihm gefahndet. Wie viele Länder gab es auf der Welt? Egal. Es war jedenfalls nicht ganz einfach, dauerhaft unterzutauchen. Woche für Woche, Monat für Monat, Jahr für Jahr. Aber wie gesagt, unmöglich war es auch nicht. Seine Wohnung in Walsberg nahe Loewingen war nach Hinweisen durchkämmt worden, seine

Nachbarn und Bekannten waren während des restlichen Jahres 1991 vernommen worden. Immer wieder. Maasenegger war eine ziemlich zwielichtige Existenz gewesen; vorbestraft, den ganzen Sommer vor dem schicksalsschweren Septembermonat arbeitslos, und die wenigen Freunde, die er vorweisen konnte, waren aus dem gleichen Holz geschnitzt wie er selbst. Ein *Gauner*, um Kommissar Wilkerson zu zitieren. Keine bekannten Kinder, niemals verheiratet gewesen, beide Eltern seit Mitte der achtziger Jahre tot. Bekannt dafür, auf Rache zu sinnen? Oh ja, allerdings, hatte ein anderer Zeuge auf die Frage nach seinem Charakter bestätigt. Konnte er Dinge planen und durchführen? Allerdings, laut derselben Quelle. Ein hartnäckiger Teufel, wenn er dieser Seite freien Lauf ließ. Ein kleinkrimineller Sturkopf.

Die einzige Verwandte, die man aufspüren konnte, war eine zehn Jahre ältere Halbschwester gewesen. Sie hieß Leonie. War Prostituierte gewesen und hatte den größten Teil ihres Lebens Drogen genommen, lebte inzwischen aber – oder hatte es besser gesagt Anfang der neunziger Jahre getan – durch die Fürsorge und unendliche Gnade Gottes in einer Art Sekte: *Der goldene Tempel am Ende des Weges* in einem Vorort von Rotterdam. Van Veeteren war ihr nie begegnet, aber Münster hatte sie getroffen und von jeder weiteren Kontaktaufnahme abgeraten.

Van Veeteren richtete sich im Sessel auf und versuchte, den Faden wiederzufinden. Also gut, hätte man das Unwahrscheinliche nicht sehen müssen? Das Absurde daran, dass eine Gestalt wie Qvintus Maasenegger das Kunststück vollbrachte, sich in all diesen Jahren den Suchscheinwerfern und dem Radar der Polizei – und des großen Detektivs Öffentlichkeit – zu entziehen? Hätte man nicht begreifen müssen, dass er tot war?

Sicher, natürlich. Zwei Jahrzehnte später, im Lichte der Fakten, war das leicht gesagt.

Aber deshalb saß er doch nicht hier und stierte auf dieses hypothetische Morgengrauen hinaus: um festzuhalten, was er bereits wusste? Dass man einen unverzeihlichen Fehler gemacht hatte und wahrscheinlich ein Mörder auf freiem Fuß war.

Hätte man nicht…? Die Frage war so rhetorisch wie ein Glas Essig und genauso ärgerlich wie ein Pubertätspickel auf einem Schulball.

Und was soll das jetzt, dachte Van Veeteren. Wer dachte das? Ich bin seit sechzig Jahren nicht mehr auf einem Schulball gewesen. Wenn überhaupt jemals. Am besten, man geht ins Bett, bevor man noch ganz in die Kindheit zurückfällt.

Aber trotzdem, hielt er fest, als er sich zum Badezimmer vorgetastet hatte, ohne Licht zu machen, trotzdem lag es ja an dieser Frage – und der mit ihr verbundenen Scham –, dass er hier durch die Dunkelheit der Nacht irrte und versuchte, sich einundzwanzig Jahre zurückzuversetzen. Oder nicht?

Die wohlverdiente Scham miserabler Polizeiarbeit.

Hatte ich damals auch hier oben Geburtstag?, fragte er sich ein wenig unmotiviert, während er sich vorsichtig an Ulrike schmiegte, um ihre gute weibliche Wärme auszunutzen. Wenn ja, dann den vierundfünfzigsten. Ein junger Hüpfer.

Nein, damals war es doch eher früher im Oktober gewesen, und im Übrigen waren private Festtage niemals seine Paradedisziplin gewesen. Dass Inspektor Münster ihm etwas geschenkt oder einen Kaffee ans Bett gebracht hätte, war ein Gedanke, der sich selbst ad absurdum führte.

Molly Hansen? Sie tauchte unmittelbar vor dem Einschlafen in seinem Kopf auf.

Er seufzte schwer und düster. Daran führte natürlich kein Weg vorbei. Was hatte Radovic gesagt?

Herbstsonne?

Dreiundachtzig und griesgrämig?

Nun ja, er hatte auch früher schon mit widerspenstigen Menschen gesprochen. Genug gegrübelt.

17

September 1991. Oosterby und Umgebung

»Lange nicht gesehen.«

»Ja, weiß Gott.«

»Du scheinst gut in Form zu sein.«

Rejmus Fiste grinste. »Hast du es auf den Augen?«

»Ha, ha. Ich glaube, es ist tatsächlich fünfzehn Jahre her.«

»Stimmt, ich habe heute Morgen darüber nachgedacht. Wir haben uns bei dem Fußballspiel 1976 gesehen. Reiner Zufall, und deine Scheißmannschaft hat durch einen Elfer gewonnen, der keiner war.«

»Der keiner war? Mit den Stollen voraus direkt aufs Knie. Er hätte auf Lebenszeit gesperrt werden müssen, dieser Schlachtergeselle… wie hieß er noch? Fritze?

»Heinze. Holger Heinze, deutscher Panzer, ausgeliehen von Schalke 04. Er hat zwei Jahre für uns gespielt, ehe er zurückgegangen ist. Aber egal, schön, dich zu sehen. Ein hübsches Auto hast du auch.«

»Allerdings, steig ein und setz dich, du linkshändiger Loser. Wir haben drei Stunden Zeit zu quatschen, bevor wir ernsthaft Erinnerungen austauschen. Oder worum es gehen mag?«

Rejmus Fiste lachte, allerdings ziemlich bemüht, und warf eine Reisetasche auf die Rückbank. Nahm auf dem Beifahrersitz Platz und schob die Sonnenbrille in die Stirn.

Marten Winckelstroop boxte ihm auf die Schulter. Es sieht so aus, als wäre er geschrumpft, dachte er. Ich frage mich, ob er irgendwie krank ist. War er früher nicht größer und kräftiger?

Anfangs natürlich nicht. Nicht in den ersten Jahren daheim auf dem Dachboden und in der Kleinen Schule von Oosterby. Aber danach … als sie in die Lehranstalt gingen und während ihrer Sturm-und-Drang-Phase in der Höhle, da hatte Rejmus Fiste doch nicht so blass und erbärmlich ausgesehen?

»Du hast dich nicht verändert«, sagte er. »Scheiße, überleg mal, wie lange wir uns schon kennen. Erinnerst du dich noch an Lehrerin Bolster?«

»Nicht einfach, sie zu vergessen«, erwiderte Rejmus Fiste. »Dieser verdammte Handschuh!«

»Ja, was für eine Idee. Aber was treibst du heute so. Erzähl mir nicht, dass du davon leben kannst, Bücher zu schreiben?«

Marten Winckelstroop schüttelte den Kopf und fuhr von dem Parkplatz herunter. Die Sonne schien durch die Windschutzscheibe, und Rejmus setzte die Sonnenbrille wieder auf. Marten zog seine aus der Brusttasche und brachte sie in Position. Zwei Kumpel mit dunklen Brillen, dachte er. Wie in einem Film. Als hätten wir etwas zu verbergen.

Das war ein unangenehmer Gedanke, weil er an dem rührte, woran er am liebsten nicht gerührt hätte. *Den Vorfall.* In den letzten Jahren hatte er versucht, die Sache möglichst auf dieses eine Wort zu reduzieren, wenn sie in seinem Kopf auftauchte.

Und sie tauchte natürlich auf.

»Und?«, sagte Rejmus. »Was tust du, wenn du nicht schreibst?«

»Dann schreibe ich«, antwortete Marten.

»Abwechslung ist was Feines«, erwiderte Rejmus.

»Genau. Allerdings schreibe ich keine Bücher, wenn ich keine Bücher schreibe. Ein paar Artikel und Werbetexte. Die eine oder andere Glosse. Und du bist Gefängniswärter?«

»Richtig«, sagte Rejmus Fiste. »Das muss ja auch jemand machen.«

»Was ist aus deiner Gesangskarriere geworden?«

Im vorletzten Schulhalbjahr im Erasmus hatte Rejmus Fiste begonnen, in einer Band zu singen, The Blue Flames. Soweit Marten es beurteilen konnte, war er etwa ein Jahr dabei gewesen. Jedenfalls hatte er ihn noch im Herbst 1969 gehört, nach dem *Vorfall*, und kurz bevor er selbst Oosterby für immer verließ. Rejmus hatte nicht nur gesungen, sondern auch Rhythmusgitarre gespielt und ein glitzerndes violettes Hemd und Schuhe mit Plateausohlen getragen.

Er beschloss, ihn nicht an diesen speziellen Auftritt zu erinnern, und Rejmus schien kein großes Interesse zu haben, über seine Zeit als lokaler Rockstar zu sprechen.

»Nein, verdammt, damit war es ziemlich schnell vorbei. Ich bin nach Aarlach gegangen und habe studiert – na, das weißt du ja. Habe Maren getroffen, meine Frau, und dann kamen praktisch sofort die Kinder. Ich habe das Studium abgebrochen und stattdessen im Gefängnis gearbeitet. Die lieben Kleinen kosten Geld, aber du hast keine …?«

Marten schüttelte den Kopf. »Hat sich nicht ergeben.«

»Ja, es geht im Leben, wie es geht.«

Marten nickte.

»Komisch, dass wir so völlig den Kontakt verloren haben«, fuhr Rejmus fort. »Aber so läuft das wohl, nicht? Außerdem hing es natürlich mit … nun ja, mit dieser Sache zusammen.«

Warte noch, dachte Marten. Lass uns vorher noch ein bisschen weiterkommen. Lass uns über anderes reden, bevor wir uns in diese Scheiße stürzen. Ihm fiel jedoch keine ausweichende Bemerkung ein, und irgendetwas musste er ja sagen.

»Glaubst du, dass wir heute deshalb auf dem Weg nach Oosterby sind? Wegen *dieser Sache…*?«

Er bereute es sofort, aber jetzt war es raus. Rejmus schwieg eine Weile und sah aus dem Seitenfenster.

»Weiß nicht«, meinte er schließlich. »Man kann natürlich immer hoffen, dass es andere Gründe gibt, aber das ist vielleicht reichlich naiv.«

»Immerhin wirst du Clara wiedersehen, oder?«, fiel Marten ein. »Wenn ich es richtig verstanden habe. Hast du in den letzten Jahren Kontakt zu ihr gehabt? Ihr wart ja… nun, mal lief etwas, mal nicht, aber trotzdem?«

»Ich habe sie seither nie mehr gesehen«, antwortete Rejmus. »Nein, wir haben keinen Kontakt. Glaubst du, Birgitte kommt auch? Das habe ich nicht ganz verstanden.«

»Unsicher«, sagte Marten. »Jedenfalls stand davon nichts in dem Brief.«

»Tja, wir werden sehen«, erwiderte Rejmus, und Marten fand plötzlich, dass er sich wie ein Fremder anhörte. Ein armer und resignierter Tramper, den er aus irgendeinem unverständlichen Grund aufgegriffen hatte. Wir sind nicht mehr dieselben Menschen, dachte er. Nicht die, die wir einmal waren; er empfand dies als eine ebenso triviale wie unangenehme Wahrheit, fast als eine Art Verrat, auch wenn er nicht wirklich verstand, was verraten worden war.

Oder er verstand es nur zu gut.

»Mein Vater ist gestorben«, fuhr Rejmus nach einer bedrückenden Pause fort. »Aber das weißt du ja vielleicht schon. Die Bäckerei und der ganze Mist sind an eine Kette verkauft worden. Die Neuen haben sich zwei Jahre gehalten, dann sind sie pleitegegangen.«

»Traurig.«

»Ja. Und später ist nach dem, was ich gehört habe, der ganze Häuserblock abgerissen worden. Ich bin nicht zurückgegangen, um nachzusehen. Wo wir uns immer getroffen haben, steht jetzt ein Einkaufszentrum … ich meine die Höhle.«

»Ja, das ist mir auch zu Ohren gekommen«, erwiderte Marten. »Aber gesehen habe ich es auch nicht. Wir können ja vielleicht eine Runde durch die Stadt drehen, ehe wir zu Mollys Pension hinausfahren …«

Rejmus nickte. »Und deine Mutter? Lebt sie noch?«

»Nein«, antwortete Marten. »Als ich das Nest verlassen habe, zog sie nach Lingen und lernte einen neuen Mann kennen. Aber sie ist vor fünf Jahren gestorben. Kehlkopfkrebs.«

»Du meine Güte«, sagte Rejmus.

»Ja«, sagte Marten.

»Sie war interessant. Ich erinnere mich noch gut an sie.«

»Interessant ist eine Untertreibung«, kommentierte Marten. »Aber wie ist es denn so, in einem Gefängnis zu arbeiten? Es klingt anstrengend.«

»Anstrengend ist eine Untertreibung«, entgegnete Rejmus.

»Vielleicht wird es ja doch ganz nett«, meinte Rejmus einhundertfünfzig Kilometer später. Sie hatten getankt und Kaffee getrunken und eine weitere Stunde Fahrt zur Küste vor sich. »Man weiß nie.«

Marten zuckte mit den Schultern. Trotz der einleitenden Bemerkungen hatten sie das Gespräch von Oosterby ferngehalten. Sie hatten über das Leben gesprochen, dies aber recht distanziert getan. Marten über sein Schreiben und zwei gescheiterte Beziehungen. Renate und Claire … ja, sehr distanziert. Die Reisen für das Globetrotter-Magazin. Fußball und Wirtschaft. Rejmus hatte von seiner siebzehnjährigen Ehe mit Maren erzählt. Dass sie ruhig und normal verlief und er sich über nichts beklagen konnte. Die Kinder hatten Freunde, und die Arbeit im Gefängnis war, wie sie eben war. Die Justizvollzugsanstalt Zertenhof in der Nähe von Aarlach, einer der ausbruchssichersten Bunker im ganzen Land. Der tägliche Umgang mit Menschen, die häufig eines oder mehrere Menschenleben auf dem Gewissen hatten, konnte natürlich seine finsteren Seiten haben, aber welche Arbeit hatte das nicht? *Die Verhärteten*, so nannte er die Insassen. Oder auch *Die Verlorenen*.

Ersteres sei im Übrigen die beste Art, an einem Ort wie Zertenhof zurechtzukommen, hatte er ergänzt. Sich zu verhärten. Das galt für die Insassen genauso wie für alle, die dort arbeiteten. Leider, musste man wohl sagen.

Eine gekachelte Wand in einer Dusche zu werden. Alles von sich abperlen zu lassen.

Marten dachte, dass dies offenbar ein entscheidendes Detail im Leben von Rejmus war. Der tägliche Kampf gegen den Zynismus, aber zum Teufel, galt das nicht für alle und jeden? Auch für Menschen, die zufällig keine Gefängniswärter waren?

»Am Anfang war es leichter«, erzählte Rejmus. »Damit klarzukommen, meine ich. Aber der Mist wird irgendwie gespeichert, man sieht so viel unfassbare Grausamkeit, dass man irgendwann aufgibt. Man möchte sich einreden, dass in jedem Menschen etwas Gutes steckt, aber wenn man keine Belege dafür findet … tja, wie soll man dann seinen Glauben daran behalten?«

»Seinen Glauben?«

»Nenn es, wie du willst.«

»Aber haben nicht die meisten Menschen auch ihre guten Seiten?«, hatte Marten eingewandt. »Die eine oder andere Ausnahme heißt doch nicht, dass man gleich die Hoffnung für die ganze Menschheit fahren lassen muss?«

»Sicher, das stimmt schon«, hatte Rejmus geseufzt. »So ist es wohl. Es ist natürlich am einfachsten, einen Teil auszusortieren. Aus einem Stein kann man kein Blut pressen… oder besser gesagt keine Tränen. Aber wirklich traurig ist…«

»Was ist traurig?«

»Wirklich traurig ist, wenn die Hoffnung erlischt, die es vielleicht einmal gegeben hat.«

»Mhm?«

»Ich meine junge Burschen, die eigentlich nur eine Dummheit begangen haben und den richtigen Weg im Leben finden könnten, wenn sie nur eine echte Chance bekämen. Und die stattdessen in der Gefangenschaft gebrochen werden und… wie gesagt, sich verhärten.«

Zink?, hatte Marten an diesem Punkt ihrer Unterhaltung gedacht, und vielleicht hatte es ihm auf der Zunge gelegen, den Faden wieder aufzugreifen, aber dazu kam es nicht. Stattdessen hatten sie minutenlang geschwiegen, und er fragte sich, ob Rejmus die gleichen Gedanken durch den Kopf gingen wie ihm.

Nein, er fragte sich das nicht. Er wusste es.

Diese Befürchtungen. All das, was begraben worden war. *Der Vorfall.*

»Wir werden sehen«, reagierte er trotz allem auf Rejmus' Hoffnung, dass es nett werden könnte. »Zumindest sehen wir Kuno wieder.«

»Kuno«, sagte Rejmus und lachte auf. »Er hat mich angerufen.«

»Kuno hat dich angerufen?«

Rejmus nickte. »Diese Woche, am Montag, glaube ich. Er klang ein wenig bekümmert.«

»Bekümmert?«

»Ja. Hast du Kontakt zu ihm gehabt?«

»Nein. Du?«

»Überhaupt keinen. Ich habe seit … ja, seit zwanzig Jahren nichts mehr von ihm gehört.«

»Geht mir genauso. Warum war er bekümmert?«

»Ich weiß nicht. Wir haben nicht darüber geredet. Ich habe nur gesagt, dass er bekümmert *klang.*«

Marten dachte, dass es nicht anders zu erwarten gewesen war. Wenn er sich denn die Mühe gemacht hätte, irgendwelche Erwartungen zu haben. Kuno war, war immer … zerbrechlich gewesen.

»Worüber habt ihr denn gesprochen? Warum hat er angerufen?«

»Er wollte bloß wissen, ob ich vorhätte, zu dem Wiedersehen zu kommen. Und ob du da sein würdest. Praktische Fragen, wann wir dort sein wollten … ja, das war eigentlich alles.«

»Wo wohnt er?«

»In Linzhuisen. Ich nehme an, dass er auch mit dem Auto nach Oosterby kommt. Wir haben natürlich auch über den Verein geredet …«

»Den VDL.«

»Ja, den VDL.«

»Was habt ihr denn so gesagt?«

»Eigentlich nichts Besonderes. Kuno fand, dass es am Anfang wirklich toll war.«

»Dem kann man ja wohl nur zustimmen, oder?«

»Aber immer. Kuno war ja der Einsamste von uns dreien, stimmt's? Ihm hat das sicher sehr viel bedeutet … wie gesagt, am Anfang.«

»Das denke ich auch. Und welche Schlüsse hast du gezogen?«

»Was?«

»Du hast behauptet, Kuno habe bekümmert gewirkt. Du musst dich doch gefragt haben, warum er so klang …«

Rejmus Fiste schwieg eine Weile. Starrte durch das Seitenfenster auf die flache Kulturlandschaft hinaus und schien seine Antwort abzuwägen. Oder zumindest nach etwas zu suchen, was er sagen konnte. Was er danach äußerte, war alles andere als eine Überraschung.

»Das weißt du genauso gut wie ich.«

Anschließend atmete er tief durch und verschränkte die Arme vor der Brust.

»Aha? Sprich weiter.«

»Und warum?«

»Weil ich dich darum bitte.«

Rejmus seufzte. »Also schön. Wir haben uns zwanzig Jahre nicht mehr gesehen, du und ich und Kuno, und wir haben nie darüber gesprochen, was damals passiert ist. Mit Maasenegger nicht, mit den Mädchen nicht … ich meine mit Clara. Das Ganze wurde für immer unter den Teppich gekehrt, und jetzt haben wir alle eine Scheißangst, weil … na, weil jemand auf die Idee gekommen ist, den Teppich anzuheben. Du darfst mir gerne widersprechen, wenn ich mich irre.«

Jemand?, dachte Marten Winckelstroop und überlegte zehn Sekunden, obwohl zwei völlig gereicht hätten.

»Warum zum Teufel soll ich dir widersprechen?«, sagte er. »Aber …«

»Aber?«

»Nein, schon gut. Ich habe nur gedacht, wenn ich glauben würde, dass es einen Gott gibt, würde ich wohl ein Gebet sprechen.«

Wie bin ich denn jetzt darauf gekommen, fragte er sich. Seltsam.

Er versuchte, seine Worte mit einem Lachen abzutun, was aber nicht richtig funktionierte.

»Ein Gebet kann auf keinen Fall schaden«, erwiderte Rejmus Fiste.

»Wahrscheinlich nicht«, sagte Marten Winckelstroop.

18

Oktober 2012. Oosterby und Umgebung

Das Gebäude lag einige Kilometer landeinwärts in einer Niederung. Es war von hohem Buchenwald umgeben, und Van Veeteren fragte sich, welches Genie sich den Namen Herbstsonne ausgedacht hatte. Als er und Ulrike innerhalb der Umzäunung parkten, war es elf Uhr vormittags, aber obwohl der Himmel blau war, so weit das Auge reichte, lag das große Backsteingebäude in tiefe Schatten eingebettet. Das einzige Zeichen menschlichen Lebens war ein Herr mittleren Alters mit umgekehrt aufgesetzter Schirmmütze, der neben einem brennenden Müllhaufen Pfeife rauchte. Kommissar Radovic hatte ihm mitgeteilt, dass das Heim seit seiner Entstehung vor gut hundert Jahren auf eine wechselhafte Geschichte zurückblicken konnte: Sanatorium, Heim für nervenschwache Frauen, Kaserne, Gefangenenlager, Künstlerkolonie, Pflegeanstalt für frühere Drogensüchtige und seit Anfang des neuen Jahrtausends – als es auch seinen irreführenden Namen erhielt – Altersheim. Die letzte Haltestelle vor dem Tod. Die aktuelle Zahl der Gäste belief sich auf sechsundvierzig, und Molly Hansen gehörte zu denen, die am längsten hier wohnten, seit dem Herbst 2002. Die Zahl der natürlichen Abgänge sowie der Neurekrutierungen lag bei einem halben Dutzend pro Jahr, hatte Radovic berichtet. Warum auch immer er es wichtig gefunden hatte, diese Art von Information einzuholen, aber vielleicht befand sich unter den dort Aufgenommenen ja sein Vater oder seine Mutter.

Aufgenommenen? Van Veeteren schüttelte ein gewisses Unbehagen ab, drückte kurz Ulrikes Hand und stieg aus dem Wagen. Sie ließ die Scheibe herunter.

»Bist du sicher, dass ich nicht mitkommen soll?«

Und plötzlich überlegte er es sich anders.

»Doch, komm mit, mein Gott. Stell dir vor, sie lassen mich nicht wieder heraus.«

Sie lächelte.

»Aber nur, wenn du willst«, schwächte er ab.

»Natürlich will ich. Es passt gut in meine Pläne, außerdem sehen vier Augen mehr als zwei, nicht wahr?«

»Wir werden wohl in erster Linie unsere Ohren einsetzen«, entgegnete Van Veeteren. »Nicht die Augen.«

»Das ist mir schon klar«, sagte Ulrike Fremdli.

Das Zimmer, in dem man sie Platz zu nehmen und zu warten bat, hatte blassgrüne Wände mit einem blassroten Rosenmunster und war mit zwei unterschiedlichen Couchgarnituren möbliert. Ein großer und altertümlicher Fernsehapparat stand in einer Ecke, halbleere Bücherregale mit einer Ansammlung alter Gesellschaftsspiele und einem Haufen Bücher schirmten die drei anderen ab und erzeugten den irreführenden Eindruck, dass der Raum achteckig war. Vor dem großen und mit schönen Sprossen versehenen Fenster – das zu dem schwelenden Müllhaufen und dem Hausmeister hinausging (Van Veeteren nahm vorläufig an, dass er unter dieser Bezeichnung lief, er rauchte immer noch Pfeife und hatte sich nicht von der Stelle gerührt) – stand eine Reihe anämischer Topfpflanzen unbekannter Abstammung. Die

Frau, die sie empfangen hatte, stellte sich ihnen als Schwester Meijskens vor und erklärte, dass sie sich in einem der Aufenthaltsräume befänden, aber ungestört bleiben würden. Sie erzählte außerdem, dass viele Gäste des Heims dement waren, manche leichter, manche schwerer ... falls sie sich Gedanken über den hohen Zaun und das verriegelte Tor gemacht hatten? Man wollte ja dennoch sicherstellen, dass alle, sowohl die leichteren als auch die schwereren Fälle, die Möglichkeit bekamen, sich bei geeignetem Wetter im Freien aufzuhalten, ohne deshalb Gefahr zu laufen, sich im Wald zu verirren.

Nach diesen fundamentalen Informationen verschwand Schwester Meijskens hinter einer Doppeltür, um Frau Molly Hildegard Hansen zu holen.

Ulrike legte die Hand auf Van Veeterens Knie und sah ihn betrübt an.

»Kein besonders freundlicher Ort.«

»Nein.«

»Ich habe nicht das Gefühl, dass man sich hier auf seine alten Tage wohlfühlen würde.«

»Es ist vielleicht auch gar nicht vorgesehen, dass man sich wohlfühlt.«

»Warum sagst du das?«

Er zuckte mit den Schultern. »Ich weiß nicht. Wir können ja Molly Hansen fragen, wie sie das sieht. Sie sitzt hier immerhin schon seit zehn Jahren.«

»Das können wir«, meinte Ulrike seufzend, und im selben Moment ging die Tür wieder auf, und Schwester Meijskens kehrte mit besagter Frau Hansen im Schlepptau zurück.

Sie trug ein fußlanges, weinrotes Kleid, das einen schwachen Kampfergeruch ausdünstete. Vielleicht hatte das Kleidungsstück in einem Schrank gehangen, um zu feierlichen Anlässen herausgeholt zu werden. Die Haare, so sie denn existierten, waren unter einer großen, blauen Baskenmütze verborgen, und das lange, schmale Gesicht sah ein wenig asymmetrisch aus. Vielleicht gab es in der Anamnese einen leichten Schlaganfall. Sie grüßte schweigend und mürrisch, indem sie ihnen die Hand gab, ließ sich anschließend in einen der Sessel sinken und wandte sich an Schwester Meijskens.

»Sie können uns jetzt in Ruhe lassen. Wir möchten nicht gestört werden, aber sorgen Sie dafür, dass meine Gäste wenigstens ein Glas Wasser bekommen.«

Ihre Stimme war heiser, aber klar. Schwester Meijskens nickte gelassen und verließ den Raum.

»Man muss ihnen auf die Finger sehen«, erklärte Molly Hansen mit einer Grimasse. »Und, was wollen Sie? Ich habe nicht unendlich Zeit.«

Van Veeteren erläuterte, wer sie waren, und erinnerte die Frau daran, dass sie sich früher schon einmal begegnet waren.«

»Ach ja, weiß Gott. Diese schreckliche Geschichte. Hat dieses Elend denn niemals ein Ende? Dann sind Sie beide also Polizisten?«

»In gewisser Weise«, antwortete Ulrike Fremdli zu seiner Überraschung. »Ich arbeite als Vernehmungspsychologin.«

»Was? Aha …?«, entgegnete Molly Hansen und betrachtete sie misstrauisch. »Wenn das so ist.«

Van Veeteren räusperte sich. »Ihnen ist doch bekannt, was in diesem Herbst passiert ist? Kommissar Radovic ist hier gewesen und hat mit Ihnen gesprochen?«

Molly Hansen biss eine Weile die Zähne zusammen, ehe sie sich zu einer Antwort durchrang. »Sicher, er ist hier gewesen. Es ging um diese neue Leiche … den Mann, den sie gefunden haben, diesen … wie hieß er noch?«

»Maasenegger. Qvintus Maasenegger.«

»Ja, Maasenegger. Das war der, der es getan hat. Obwohl es jetzt anscheinend anders aussieht … ja, was zum Teufel soll man davon halten?«

»Deshalb sind wir gekommen«, sagte Van Veeteren. »Um herauszufinden, was man davon halten soll.«

»Es wäre schön, wenn Sie uns dabei ein wenig helfen könnten«, ergänzte Ulrike.

»Ich erinnere mich nicht«, sagte Molly Hansen. »Und habe keine Lust, mich zu erinnern.«

»Ich bezweifele, dass Sie sich nicht erinnern«, erwiderte Van Veeteren. »Die vielen Tage, die vergehen, wenn man älter wird, verlaufen ja oft recht eintönig und radieren unsere Erinnerungen nicht aus. Der Meinung sind Sie doch sicher auch?«

»Was?«, sagte Molly Hansen, drehte den Kopf und starrte Ulrike an. »Was sagt er denn da?«

»Ich glaube, er meint, dass Sie sich bestimmt an diesen Samstag im September erinnern, an dem Ihre Pension abgebrannt ist«, verdeutlichte Ulrike.

»Aha, ach ja?«, sagte Molly Hansen. »Ja, das kann schon sein.«

»Hervorragend«, ergriff erneut Van Veeteren das Wort. »Und Sie haben nichts dagegen, wenn wir Ihnen ein paar Fragen stellen?«

»Warum sollte ich etwas dagegen haben?«, konterte Molly Hansen und stierte Van Veeteren an. »Heutzutage fragt mich keiner etwas. So sieht es mittlerweile aus. Der Polizeichef war natürlich vor einer Woche oder so hier und hat mit mir gesprochen, aber das hätte ich mir sparen können. Er im Übrigen auch.«

»Also im Herbst 1991«, fuhr Van Veeteren unverdrossen fort. »Diese Leute, die an jenem Samstag im September zu Ihrer Pension kamen, wissen Sie noch, wer die waren?«

»Natürlich weiß ich das«, antwortete Molly Hansen. »Wenn ich nur kurz nachdenken darf. Es waren ein Frauenzimmer und vier Kerle. Es waren keine unbekannten Gestalten, auch wenn ich sie alle … ja, viele Jahre nicht gesehen hatte. Seit den Sechzigern nicht mehr, um genau zu sein.«

»Erinnern Sie sich an ihre Namen?«

»Es war eine verfluchte Tragödie«, sagte Molly Hansen. »Für sie und für mich persönlich. Vor allem für mich.«

»Zweifellos«, warf Ulrike ein. »Die Toten klagen nicht. Sie hatten die Pension doch sicher schon seit vielen Jahren betrieben?«

»Seit 1953«, antwortete Molly Hansen. »Achtunddreißig Jahre war sie geöffnet, und dann ging alles in Flammen auf. Den Kasten hatte ich allerdings schon ein paar Jahre länger. Verdammte Scheiße, daran denke ich noch heute. Ich habe das Haus billig einem Österreicher abgekauft. Er hieß Prensler und war ein Nazi.«

»Das muss ein Schock für Sie gewesen sein«, meinte Ulrike. »Ich meine, was an jenem Samstag passiert ist.«

»Darauf können Sie Gift nehmen«, erklärte Molly Hansen, zog ein Taschentuch heraus und schnäuzte sich. »Ich träume davon … hm … äh …«

»Ja?«, sagte Ulrike.

»Träume acht Nächte in der Woche davon.«

»Die Namen der Gäste an dem Abend?«, rief Van Veeteren ihr in Erinnerung.

»Die Namen der Dreckskerle«, korrigierte Molly Hansen ihn. »Wozu soll das gut sein? Da war also dieser Maasen …

Maasenegger, er hat das alles doch angezettelt und den ganzen Haufen abgemurkst.«

»Aber jetzt sind ja ein paar neue Fakten ans Licht gekommen«, widersprach Ulrike.

»Das ist mir scheißegal, ich glaube so oder so, dass er es war. Er war der Dreckskerl Nummer eins. Er war schon als Kind nicht ganz koscher, ich habe keine Lust, hier zu sitzen und über dieses Elend zu reden. Wozu soll das gut sein, könnt ihr verdammt nochmal die Güte haben, mir das zu erzählen? Wozu soll das gut sein? Ich habe weiß Gott anderes zu tun, als hier herumzusitzen und …«

»Und die anderen waren?«, fiel Van Veeteren ihr ins Wort.

Für einen Moment sah es aus, als wollte Molly Hansen ihre Besucher anspucken. Aber als ihre Kiefer lange genug gemahlen hatten, reckte sie eine knochige Hand hoch. Spreizte die Finger, schwieg sekundenlang und schien ihre Zahl abzuwägen.

»Das Frauenzimmer hieß Clara … irgendwas. Die drei Herren … außer Maasenegger … waren Blavatsky, Finster und Winckelstroop. Keine unbekannten Herrschaften … also in früheren Zeiten, ich sah sie ja praktisch aufwachsen, als sie Teenager waren, kamen sie des Öfteren zur Pension gedackelt. Sowohl Finster … oder wie er noch hieß? … als auch Winckelstroop, aber vor allem dieser Maasenegger, der Typ, der anrief und alles buchte und der Anstifter gewesen sein soll … das heißt, bis jetzt. Man sagt doch Anstifter? Mutter Winckelstroop kannte ich ein bisschen. Nicht damals, als es passierte, da war sie schon tot, aber früher … ach ja und großer Gott. Diesen Weg werden wir wohl alle gehen müssen.«

Sie sank in ihrem Sessel ein wenig in sich zusammen, als hätte der lange Wortschwall ihr sämtliche Kräfte geraubt.

Die Tür ging auf, und Schwester Meijskens tauchte mit einer Karaffe Wasser und drei Gläsern auf einem Tablett auf.

»Keine weiteren?«

Schwester Meijskens hatte sie wieder allein gelassen. Molly Hansen hatte zwei Gläser Wasser getrunken und dabei zahlreiche Tropfen auf die Brustpartie ihres Kleides verschüttet.

»Weiteren?«

»Personen, die an diesem Abend die Pension besuchten?«

Molly Hansen schüttelte anhaltend den Kopf. »Nicht einmal ein Missionar. Ich und der Koch und das Mädchen waren da, der Koch blieb am längsten … aber dann überließ er die Gesellschaft sich selbst, so hatten wir es besprochen. Und dann brannte es, aber das wissen Sie ja schon. Können wir jetzt vielleicht aufhören, davon zu reden?«

»Missionar?«, erkundigte sich Ulrike Fremdli.

»Das sagt man so«, erklärte Molly Hansen.

»Wie haben Sie Qvintus Maasenegger wahrgenommen?«, fragte Van Veeteren.

»Was ist los?«, entgegnete Molly Hansen.

»Qvintus Maasenegger«, wiederholte Van Veeteren. »Als wir uns vor zwanzig Jahren unterhielten, meinten sie, er habe sich eigenartig verhalten.«

»Das habe ich gesagt?«

»Ja. Sie haben behauptet, er habe sich ungehobelt benommen und ständig seinen Senf dazugegeben, als es darum ging, wie das Essen serviert werden sollte.«

»Das war bestimmt, weil er die anderen vergiften wollte … bevor er gezündelt hat.«

»Aber jetzt sieht es ja ganz so aus, als hätte es sich nicht so abgespielt.«

»Er könnte ...«

»Ja?«

»Er könnte sie doch schon vergiftet und das Haus angesteckt haben ... und danach erschlagen worden sein? Das habe ich dem Polizeichef auch gesagt ... wie heißt er noch?«

»Radovic.«

»Ja, Radovic. Aber er war ja damals nicht hier, als es passiert ist ... also kommt es wohl, wie es kommt. Der davor hieß anders.«

»Die Leute haben unterschiedliche Namen«, bestätigte Van Veeteren. »Wenn ich Sie richtig verstehe, glauben Sie nach wie vor, es war Maasenegger? Der Ihre Pension in Schutt und Asche gelegt hat und diese Menschen darin verbrennen ließ?«

Molly Hansen kniff den Mund zu einer Rasierklinge zusammen und blinzelte zur Decke hinauf.

»Das habe ich nicht gesagt. Aber haben Sie einen besseren Vorschlag?«

»Im Moment nicht«, gestand Van Veeteren. »Was hätte er für ein Motiv haben sollen? Ich glaube, darüber haben wir damals nicht gesprochen.«

»Motiv?«

»Ja.«

Molly Hansen schwieg eine Weile, während sie weiter den Blick zur Decke richtete, oder vielleicht auch auf den alten, verstauben Kronleuchter, der mitten im Zimmer hing und nicht so aussah, als wären seine Kerzen im letzten Vierteljahrhundert jemals angezündet worden.

»Motiv, was heißt hier Motiv ... er war eben einfach verrückt«, meinte sie schließlich. »Hat sich wohl für irgendetwas gerächt, was sie ihm angetan haben, was weiß ich. Die Leute sind, wie sie sind, und sie sind nicht besser geworden ...«

»Aber Sie sind sicher, dass er Sie angerufen und diesen Abend gebucht hat?«, erkundigte sich Ulrike.

»Wer soll es denn sonst gewesen sein?«

»Vor einundzwanzig Jahren waren Sie sich nicht ganz sicher.«

Molly Hansen schaute zum Fenster hinaus und schien die Frage nicht gehört zu haben.

»Ich habe vergessen, wie das Mädchen hieß«, sagte Van Veeteren. »Die bei den Zimmern geholfen hat und so.«

»Rebecca«, sagte Molly Hansen. »Rebecca Klejne. Sie war ein gutes Mädchen, aber sie hat jemanden geheiratet, der anders hieß, und ich habe keine Ahnung, was aus ihr geworden ist. Aber das spielt keine Rolle, es gibt ja keine Pension mehr, die geputzt werden muss.«

»Und der Koch?«

Hier musste sie eine Zeitlang nachdenken. »Hermann«, brachte sie nach einer Weile heraus. »Das war sein Nachname, aber ich habe ihn nur so genannt. Er war vielleicht Deutscher ... ja, ich könnte schwören, dass er Deutscher war.«

»Hat er lange für Sie gearbeitet?«, fragte Ulrike.

»Nur den Sommer. Er war ein tüchtiger Koch, ich weiß nicht, woher sein Interesse an Essen kam.«

»Wissen Sie noch, was er an dem Abend gekocht hat?«

Van Veeteren lehnte sich in seinem Sessel zurück und ließ die Vernehmungspsychologin nach eigenem Ermessen weitermachen.

»Ein Ragout«, antwortete Molly Hansen. »Das war seine Spezialität. Als Vorspeise etwas mit Krabben.«

»Dessert?«

»Was?«

»Dessert? Nachtisch?«

»Eine Art Eis mit Beeren, glaube ich ... das hatte den ganzen Sommer auf der Speisekarte gestanden, und im Gefrierfach hatten wir noch davon.«

»Sie haben ein gutes Gedächtnis.«

»Vieles vergisst man, aber das ist geblieben …«

»Ich verstehe. Und wenn ich es richtig verstanden habe, wurde auch einiges getrunken?«

»Klar gab es auch was zu trinken«, antwortete Molly Hansen mit einem Schnauben. »Wie hätte das denn sonst ausgesehen?«

»Erinnern Sie sich, was getrunken wurde?«

»Das Übliche. Schampus als Auftakt, irgendein billiger italienischer … danach Weißwein und Rotwein und einen Schluck Süßes zum Dessert, wir hatten reichlich Flaschen auf Lager. Und …«

»Und?«

»Unterbrechen Sie mich nicht. Zum Kaffee natürlich Cognac und Likör … Käse und Wein in der Küche, falls sie den Wunsch haben sollten, weiterzumachen … großer Gott, was für eine Vergeudung! Das Ganze war doch eine Tragödie … vor allem für mich persönlich, aber das interessiert ja keinen. Ach, ich will nicht daran denken!«

Sie nestelte das Taschentuch heraus und schnäuzte sich wieder. Ulrike wechselte einen Blick mit Van Veeteren, der ihr diskret zunickte.

»Hat Qvintus Maasenegger Ihnen mitgeteilt, warum sie sich an dem Abend treffen wollten? Als er anrief und buchte oder als sie da waren?«

Molly Hansen dachte längere Zeit nach. Oder saß einfach schweigend da und analysierte von Neuem den Kronleuchter. Oder wühlte in ihren mentalen Kellern nach neuen Flüchen. Sie war ein wenig zusammengesunken, und ihr Gesicht sah noch unebener aus.

»Irgendein verdammtes Wiedersehen«, sagte sie schließlich. »Sie hatten in den Sechzigern diesen Verein gehabt… als sie Kinder waren. Das Besondere an ihnen war ja, dass sie alle Linkshänder waren. Man sollte nicht auf die Art sterben müssen, es kann doch keiner etwas dafür, dass man Linkshänder ist? Nein, jetzt müsst ihr mich wirklich in Ruhe lassen, ich kann einfach nicht länger an dieses verdammte Elend denken…«

Und daraufhin begann sie plötzlich zu weinen. Trocken und abgehackt; ihr Kopf sank auf die Brust herab, und die Hände drehten sich um das Taschentuch in ihrem Schoß.

Nein, jetzt reicht es, dachte Van Veeteren. Was tun wir hier eigentlich? Was glauben wir, hier erreichen zu können?

Ulrike lehnte sich vor und legte eine Hand auf Molly Hansens Knie. Ähnlich wie sie eine halbe Stunde zuvor eine auf sein Knie gelegt hatte; die Erinnerung und der Vergleich gingen mit einem unerwartet starken Unbehagen einher. Es wird Zeit, dass wir hier wegkommen, dachte er. So schnell wie möglich hinaus ans Meer. Luft, Wasser, Raum!

Und als hätte sie heimlich gelauscht, sowohl dem Gespräch als auch seinen Gedanken, öffnete Schwester Meijskens in dieser Sekunde die Tür und erklärte, es sei höchste Zeit für Frau Hansen, sich etwas hinzulegen und auszuruhen.

»Mein Gott, was für ein trauriger Mensch. Wenn ich anfange, mich wie Molly Hansen anzuhören, darfst du mich in der Badewanne ertränken, das verspreche ich dir.«

»Wir haben keine Badewanne. Worüber hast du mit Schwester Meijskens gesprochen?«

Ulrike war noch ein paar Minuten geblieben, während er im Wagen gesessen und den Hausmeister und den immer noch qualmenden Müllhaufen betrachtet hatte.

»Ach, nichts Besonders«, antwortete Ulrike und ließ das Seitenfenster herunter. »Nur ein paar Höflichkeitsfloskeln über den Allgemeinzustand.«

»Molly Hansens Allgemeinzustand?«

»Was sonst?«

»Ich verstehe. So arbeitet also eine Vernehmungspsychologin?«

»Haargenau so«, antwortete Ulrike. »Der armen Frau sind offenbar nur zwei Gemütszustände geblieben. Sie ist entweder wütend, was meistens der Fall ist, oder sie weint. Was für ein tristes Dasein, übrigens ist es nie zu spät, um sich eine Badewanne anzuschaffen, oder? Aber vorher gehen wir irgendwo am Meer essen.«

»Zwei Gläser Riesling, und ich bin wieder ein halber Mensch«, erklärte Van Veeteren. »Ich begreife nicht, warum ich dich hierher geschleppt habe… und genauso wenig, warum ich mich selbst hierher geschleppt habe.«

»Wir sollen auch gar nicht alles verstehen«, erwiderte Ulrike Fremdli. »Was habe ich kürzlich gehört? Wahrheiten verändern sich mit der Zeit?«

»Das war ein Zitat«, murrte Van Veeteren und fuhr durch das Tor, das sich durch einen geheimen Mechanismus geöffnet hatte; vermutlich der gleiche wie bei ihrer Ankunft und höchstwahrscheinlich eine Fernbedienung tief unten in den geräumigen Hosentaschen des angewurzelten Hausmeisters. »Ich habe nie behauptet, dass ich weiß, was das bedeutet.«

»Ja, ja«, sagte Ulrike Fremdli.

19

1968–69. Oosterby und Umgebung

»Jim Morrison?«, sagte Birgitte Behrens. »Nein, das finde ich nun wirklich nicht.«

»Du musst dir nur etwas mehr Haare dazudenken«, sagte Clara. »Der gleiche Mund und die gleichen Augen. Schau ihn dir an, wenn wir ihn das nächste Mal sehen.«

»Bist du schon mit ihm zusammen gewesen?«

»Und welche Rolle soll das spielen?«

Birgitte dachte, dass dies ein ganz typischer Meinungsaustausch war. Clara stellte eine Behauptung auf, sie selbst parierte sie irgendwie, stimmte ihr nicht zu hundert Prozent zu, und damit endete es. In diesem speziellen Fall konnte sie nicht einmal entscheiden, was die Bemerkung ihrer Schwester bedeutete. Vermutlich hatte sie nicht mit Zink geschlafen, aber es gefiel ihr, anzudeuten, dass sie es vielleicht doch getan hatte. Die Frage in einer verlockenden und leicht anrüchigen Ungewissheit schweben zu lassen.

Andererseits, dachte Birgitte Behrens, andererseits habe ich sie mit meinen Worten vor den Kopf gestoßen. Ich wollte das Gespräch auch gar nicht fortsetzen.

Was hieß hier Gespräch? Clara hatte behauptet, dass Zink dem Sänger von The Doors ähnlich sah, das war alles. Wenn sie kein besseres Gesprächsthema hatten, konnte man genauso gut den Mund halten.

Irgendetwas ging zwischen den Schwestern vor. War dieses ganze Jahr zwischen ihnen vorgegangen, wenn Birgitte es recht bedachte. Vielleicht sogar noch länger. Aber so musste es wahrscheinlich sein, vor allem bei Zwillingen. Man musste sich nicht nur von den Eltern befreien, sondern auch von diesem Individuum, das einem so nahestand, mit dem man schon im Mutterleib zusammengepfercht gewesen war. Ganz besonders von ihm.

Trotzdem war das intensive Gefühl von Nähe immer noch da; jedenfalls in gewisser Weise, der Unterschied bestand heute nur darin, dass es kam und ging. Birgitte erlebte es zuweilen immer noch als schwindelerregend, wenn sie aus einem Meter Entfernung Claras Blick begegnete: als sähe sie sich in einem Spiegel, und nicht nur das Gesicht, sondern auch all das, was dahinter lag. Die Gedanken, die Gefühle, das wahre *Ich.* Sie brauchte das nicht in Worte zu fassen, und sie wusste, dass dieser Mensch in dem Spiegelbild es genauso empfand wie sie selbst. *Wusste* das. Als hielten das Leben und die Welt für einen Moment den Atem an und ließen sich Zeit zum Nachdenken: Ja klar, so sieht es aus, so ergeht es uns. Clara und mir, Birgitte und mir. Und das bedeutete gleichzeitig eine Geborgenheit und eine Begrenzung. Etwas, das man behalten und gleichzeitig loswerden wollte, und das … schwindelerregend war?

Aber sie kamen in weiten Abständen, diese intensiven Augenblicke. In den Phasen dazwischen empfand sie häufig beinahe das Gegenteil. Dass ihre Schwester ein Mensch war, über den sie absolut nichts wusste. Eine Fremde, auf die gleiche Art, wie sie fand, dass die meisten Menschen Fremde waren.

Vielleicht bin ich ja auf dem besten Weg, verrückt zu werden, schrieb Birgitte Behrens in ihr Tagebuch. *Oder das ist nur ein natürlicher Schritt in meiner Entwicklung zur Frau. Zu einem erwachsenen und selbständigen Individuum auf dem Weg ins Leben, mit Verstand und Gefühl in wohldosierten Proportionen. Wahnsinn ist hoffentlich etwas anderes.*

Es war nicht immer leicht, die richtige Perspektive auf das Dasein zu finden. Aber mit der Formulierung war sie zumindest ganz zufrieden. Verstand und Gefühl …

Und in einem Punkt war sie ganz sicher: Dieser Zink erinnerte kein bisschen an Jim Morrison. Egal, wie viel Haare man ihm anhängte.

Die Kinderbetreuung bei Familie Kettener war wie geplant den ganzen Herbst über weitergegangen, und sie hatten den Job in zwei einigermaßen gleiche Teile aufgeteilt. Weil er in keiner Weise anstrengend war, weder für Clara noch für Birgitte, gab es niemals Streit über die Stunden und die Bezahlung. Boris Kettener bezahlte sie am Ende jedes Monats in bar, und wenn abgerundet werden musste, rundete er stets auf. Die Schwestern waren sich einig, dass es wohl keine einfachere Art gab, das Taschengeld aufzubessern, wenn man in die letzte Klasse des Gymnasiums ging.

Doch, es gab eine, aber sie tauchte erst Ende Januar auf und betraf nur die eine der beiden Schwestern.

Ludvig Kettener war, wie er war. Alles hing von regelmäßigen Abläufen ab. Wenn alles an seinem Platz lag, wenn man das Essen auf die immer gleiche Art auftischte, Gabel und Messer rechts vom Teller, das Wasserglas links, seine Jacken im Flur nicht umhängte und ihn nicht mit Fragen oder unerwarteten Behauptungen konfrontierte, schien er mit seinem Dasein zufrieden zu sein. Er ging in eine Spezialschule in Werdingen und wurde vom Personal mit dem Auto dorthin gefahren und wieder abgeholt. In seltenen Fällen durfte er mit seiner Mutter Louise oder seinem Vater Boris mitfahren, aber das ließ ihn meistens unruhig werden und stresste ihn, weil seine Eltern nicht zu begreifen schienen, wie wichtig es war, pünktlich auf die Sekunde loszufahren.

Zu Hause verbrachte er außer den Mahlzeiten alle Zeit in seinem Zimmer. Soweit Birgitte wusste, arbeitete er an einem größeren Projekt, bei dem es darum ging, alle Fahrradfabrikate zu inventarisieren, die es in Europa gab, vielleicht sogar auf der ganzen Welt. Auf seinem Schreibtisch und in einem Regal über dem Bett stand eine Anzahl dicker Kataloge aufgereiht, und regelmäßig trafen Pakete mit neuen Büchern ein, die er bei verschiedenen Bibliotheken und Buchhandlungen bestellt hatte. Die eigentliche Arbeit schien darin zu bestehen, die Informationen aus diesen verschiedenen Quellen in zwei dicke Notizbücher zu übertragen. Sie waren schwarz, und immer, wenn er nicht zu Hause war, lagen sie selbstverständlich exakt in der Mitte des Schreibtischs. Drei gut gespitzte Bleistifte rechts davon. Ein blauer Radiergummi.

Außerdem studierte er Mathematik, vor allem euklidische Geometrie, ein Bereich, in dem er Berichten aus der Schule zufolge eine ungewöhnliche Begabung aufwies. Dass an Ludvigs Intelligenz etwas auszusetzen war, hatte auch nie jemand behauptet.

Das Einzige, was ihn – zumindest in einem gewissen Maße – in seiner Arbeit stören durfte, war seine kleine Schwester. Madeleine ging manchmal sogar so weit, ihren vier Jahre älteren Bruder zu umarmen, der ansonsten sehr darauf bedacht war, sämtliche Formen von Körperkontakt zu vermeiden. Wenn die kleine Madeleine angelaufen kam und sich ihm lachend an den Hals warf, schien sein Abwehrbollwerk jedoch zu zerbröseln. Er fing sie auf und erwiderte ihre Umarmung, und wenn Birgitte sich nicht täuschte, hielt er sie manchmal noch einen kurzen Moment länger in seinen Armen.

Und wenn sie zufällig Zeugin dieser plötzlichen Nähe zwischen den Geschwistern wurde – nicht mehr als drei- oder viermal im Herbst –, fühlte sie jedes Mal, wie sich auch in ihr selbst etwas öffnete und sie den Tränen nahe war.

Ist das Leben so konstruiert?, schrieb sie in ihr Tagebuch. *Die Momente reinen Glücks sind a) kurz, b) unerwartet und c) intensiv?*

Es war überhaupt eine Phase, in der Birgitte Behrens in diesem stürmischen, kalten Herbst und noch kälteren Winter mit Vorliebe den Kontakt zu sich selbst und ihren Gedanken im Tagebuch suchte. Ob es daran lag, dass Clara und sie sich auseinanderentwickelten, oder an etwas anderem, war schwer zu sagen. Und vielleicht spielte es auch keine Rolle; entscheidend war natürlich, dass es etwas gab, woran sie sich wenden konnte. Auch wenn es im Grunde nur sie selbst war.

Zeit in der Villa Valentino zu verbringen, Familie Ketteners elegantem und friedvollem Haus auf der Vornehmen Klippe, empfand sie fast als eine Belohnung. Manchmal dachte Birgitte, dass sie den Job, auf die Kinder aufzupassen, auch ohne Bezahlung angenommen hätte. Nur um von daheim wegzukommen. Denn ihr Zuhause war ein sinkendes Schiff; der Hof mit den Pappeln war ein rosenschimmerndes, aber brüchiges Versprechen gewesen, als sie einzogen. Die Schwestern waren damals zehn, ihre Mutter war noch in Rein verliebt gewesen, und Rein hatte sich vorerst lediglich im Vorstadium seines Alkoholismus befunden. Doch sie hatte es satt, in ihrem Tagebuch über die traurigen

Missstände in Oosterhejde, die ständigen Streitereien und all das Trostlose zu schreiben. Sie hatte ohnehin vor auszuziehen, sobald sie Abitur gemacht hatte, zu einem späteren Zeitpunkt würde sie den Manipulationen ihrer Mutter und ihren schwachen und enttäuschenden Vaterfiguren auf der Couch eines Analytikers auf den Grund gehen müssen. Soweit dies erforderlich war. Wenn man auf der Schwelle zum Erwachsenendasein stand, musste man sich auf das eigene Leben konzentrieren.

Einfach ausgedrückt. Wahrscheinlich ein bisschen zu einfach.

Zu jugendlich naiv?

Nein, auf keinen Fall.

War ihr Bild von Boris und Louise Kettener vielleicht auch zu naiv? Konnten sie es wirklich so schön miteinander haben, obwohl sie Erwachsene und Eltern waren? Gab es keine maskierte Düsternis im großmütigen Lachen des erfolgreichen Filmproduzenten? Warum unternahm seine Frau immer so lange und einsame Spaziergänge am Meer? War ihre liebevolle Art, miteinander umzugehen, eine Art Fassade? Die Demonstration einer glücklichen Ehe?

Aber in Wahrheit waren das keine Fragen, die sich Birgitte Behrens ernsthaft stellte. Es waren Dinge, die sie in ihrem Tagebuch notierte, denn wenn man schrieb, wollte man die Dinge gerne auf den Kopf stellen und wenigstens sich selbst beweisen, dass man schlau genug war, gewisse Sachen in Frage zu stellen. Nichts war bekanntermaßen, wie es zu sein schien, das hatten schon viele Kusinen vom Land erfahren müssen.

Manchmal lächelte sie über so wohlformulierte Gedanken. Aber wahrscheinlich hatte sie das irgendwo gelesen und geklaut – oder es waren einfach Worte, die ihr in den Sinn kamen und aufgeschrieben wurden, weil sie so gut zusammenpassten.

Und wenn sie dalag und drei weichen Teddybären und einem atemlos lauschenden zehnjährigen Mädchen vorlas, gab es keinen Zweifel, dass die Welt, zumindest an manchen Orten und in diesem Moment, bestens eingerichtet war.

Was für ein wunderbares Kind, dachte sie manchmal und blieb noch eine ganze Weile im Bett liegen, nachdem dieses wunderbare Kind eingeschlafen war. Möge nichts Böses deinen Weg kreuzen. Niemals.

Doch das tat es.

Der sechsundzwanzigste Januar 1969 war bis vier Uhr nachmittags ein ziemlich gewöhnlicher und nichtssagender Sonntag gewesen. Graukaltes Winterwetter, mindestens fünf Grad über null sowie einzelne leichte Schneeschauer. Boris und Louise Kettener waren über das Wochenende verreist, von zehn Uhr am Samstagvormittag bis gegen sieben Uhr am Sonntagabend; so war es abgesprochen, und die Schwestern hatten die Zeit aus verschiedenen Gründen unter sich aufgeteilt. Birgitte hatte die erste Schicht am Samstag übernommen. Clara hatte den Abend übernommen, bei den Kindern geschlafen und war bis drei Uhr am Sonntag für sie verantwortlich, danach sollte wieder Birgitte kommen und in der Villa Valentino bleiben, bis die Eltern aus Maardam zurückkehrten. Es ging um irgendein Treffen mit irgendeinem Regisseur oder Schauspieler, Genaueres wusste keine der beiden Schwestern.

Birgitte traf kurz nach halb drei im Haus ein. Ludvig war alleine zu Hause, auf dem Küchentisch lag ein Zettel, auf dem es hieß, dass Clara und Madeleine bei der Schule waren und Schlittschuh liefen und gegen drei Uhr zurück sein würden. Es war nicht ungewöhnlich, dass man Ludvig in dieser Weise allein ließ, es ging selten um mehr als zwei Stunden und geschah mit Zustimmung der Eltern. Auch wenn er so war, wie er eben war, würde er doch bald seinen vierzehnten Geburtstag feiern.

Birgitte begrüßte Ludvig, der in seinem Zimmer saß und mit seinen Fahrrädern oder seiner Geometrie beschäftigt war. Sie fragte ihn, ob er einen Tee und ein Brot wolle, ein Angebot, das Ludvig wie erwartet ablehnte. Sie kochte sich selbst einen Tee und ließ sich mit ihren Mathebüchern am Küchentisch nieder und wartete darauf, dass die Schlittschuhläufer zurückkamen. In der kommenden Woche stand eine Klausur auf dem Programm, und das mit Sinus und Cosinus musste geklärt werden. Sie fragte sich, ob es diese Seltsamkeiten waren, mit denen Ludvig sich auskannte, aber ihn um Hilfe zu bitten, war selbstverständlich undenkbar.

Um Viertel nach drei waren die Schlittschuhläuferinnen immer noch nicht da, und um halb vier auch nicht. Birgitte wusste, dass ihre Schwester um vier eine Art Date hatte, und es wunderte sie ein wenig, dass die beiden sich verspäteten. Sie war allerdings nicht sonderlich besorgt; wenn sie im Nachhinein an die Stunde zurückdachte, bevor es geschah, konnte sie dies mit einer Sicherheit feststellen, die sie fast verblüffte. Aber warum sollte auch etwas passiert sein? Was sollte passieren können? Es war ein ganz normaler Sonntag im Januar, an dem ganz Oosterby, so wie vermutlich der Rest der Welt, still herumsaß oder im Bett lag und den Samstagsrausch ausschlief. Ludvig Kettener hockte in seinem Zimmer und inventarisierte Fahrräder. Birgitte Behrens saß im selben Haus und versuchte, diverse mathematische Konstanten zu verstehen, die sich genauso konstant merkwürdig verhielten wie immer. Ihre Schwester und die kleine Madeleine befanden sich auf der Eisbahn bei der Großen Schule in Oosterby und verspäteten sich ein wenig. Warum sollten sie sich nicht verspäten? Madeleine lief gern, hatte zu Weihnachten neue Eiskunstlaufschlittschuhe bekommen und es bestimmt geschafft, Clara davon zu überzeugen, dass sie noch ein paar Minuten länger brauchte, um diese schwierige Pirouette oder diese unmögliche Acht zu üben... nein, es gab wirklich keinen Grund zur Besorgnis, denn wenn das Grauen an die Tür klopft, findet es Freude daran, es an einer Tür zu tun, an welcher der Mensch dahinter vollkommen unvorbereitet und wehrlos ist. So ungefähr beschrieb Birgitte das Ganze drei Tage später in ihrem Tagebuch, denn so lange dauerte es, bis sie sich wieder so in der Gewalt hatte, dass die Worte in ihren Kopf zurückkehrten.

Allmählich wurde es richtig dunkel, und die Zeiger der großen Uhr über dem Herd in der Küche zeigten einige Minuten nach vier an, als Clara durch die Haustür hereinstürmte und auf dem Fußboden im Flur zusammenbrach.

20

Oktober 2012. Oosterby und Umgebung

»Ich habe über etwas nachgedacht.«

Ulrike klappte ihr Buch zu. Frühstück im Kaarshuis. Sie waren fast allein im Speisesaal, nur ein jüngeres Paar mit einem Hund saß an einem anderen Fenstertisch. Nieselregen trieb vom Meer heran, bis zu seinem fünfundsiebzigsten Geburtstag waren es nur noch ein paar Tage.

Er hob den Blick von der Zeitung, das lokale Blatt Neuwe Journaal, sechzehn Seiten stark, siebzig Prozent Anzeigen.

»Mhm?«

»Willst du mich nicht fragen, worüber ich nachgedacht habe?«

»Worüber hast du nachgedacht?«

»Darüber, dass du einen Coach brauchst.«

Van Veeteren ließ ein halbes Ei in seinen Schoß fallen. »Was hast du gesagt?«

»Nun, ich habe gesagt, dass du anscheinend einen Coach brauchst. Oder wie man es nennen will ...«

Es gelang ihm, die Eihälfte mit der Gabel einzufangen und auf den Teller zurückzubefördern. Anschließend betrachtete er sekundenlang seine Frau, während er überlegte, ob er richtig gehört hatte. Aber sie hatte es ja zweimal gesagt.

»Wenn du so einen Bus oder alten Wagen meinst«, sagte

er, »verstehe ich nicht ganz, worauf du hinauswillst. Und falls du von einer Art Trainer sprichst... tja, dann fürchte ich, dass ich die Pointe auch nicht erfasse. Wie geht es dir eigentlich? Hast du diese Nacht schlecht geschlafen?«

Ulrike Fremdli lächelte. »Ich denke an dein simuliertes Desinteresse.«

»Mein simuliertes ...«

»Genau. Desinteresse. An dem Fall, an dem wir arbeiten.«

»Wir arbeiten an keinem Fall.«

»Aha? Und was tun wir dann? Wir kommen mit einer Aktentasche voller Vernehmungsprotokolle und Aufzeichnungen hierher. Wir befragen einen alten Polizeichef. Wir befragen einen neuen Polizeichef. Wir sitzen einen halben Nachmittag in der Villa Herbstsonne und versuchen Erinnerungen aus der Besitzerin einer Pension herauszupressen, die vor zwanzig Jahren abgebrannt ist. Und so weiter und so fort.«

»Nun mal langsam mit den jungen Pferden«, erwiderte Van Veeteren. »Und was hat das mit einem Bus oder einem Trainer zu tun?«

»Wie wäre es mit Antreiber?«, schlug Ulrike vor. »Streich den Bus, das ist eine falsche Fährte. Aber eine Person mit etwas Optimismus, die ein Interesse daran hat voranzukommen, damit du dich unter einem Anschein von ... Widerwillen maßvoll engagieren kannst.«

»Hä?«, sagte Van Veeteren.

»Tu nicht so, als würdest du nicht verstehen, worauf ich hinauswill. Ein Verteidigungsplädoyer wäre angebrachter. Willst du nun herausfinden, was vor einundzwanzig Jahren in Mollys Pension passiert ist, oder willst du es nicht?«

Was für eine Frau, dachte Van Veeteren. Sie lässt einem

nicht einmal seine taktischen Lebenslügen. Er schwieg und blinzelte einen Moment zum Meer hinaus, während er ein Lächeln unterdrückte und so zu tun versuchte, als würde er nachdenken. Ein schwarzer Vogel unbekannten Kalibers flog heran und ließ sich auf dem Fensterblech nieder. Betrachtete ihn einige Sekunden mit einem anklagenden gelben Auge, blinzelte und flog wieder davon.

»Der kategorische Imperativ«, sagte er schließlich.

»Kant?«, fragte Ulrike und sah skeptisch aus.

»Oder Luther«, erklärte Van Veeteren und richtete den Blick auf eine große Zeitungsanzeige, die für ein lokales Beerdigungsinstitut warb: *Gehe dahin bei Herzinger und Söhne!* »Im Grunde sagen sie das Gleiche, obwohl Luther andere Worte benutzt.«

»Ah ja?«

»Er nennt es Gewissen. Jedenfalls hat man diese mahnende Stimme in sich, die einem sagt, wie man handeln soll, und es ist verdammt nochmal unmöglich, sie abzustellen. Um gegen sie anzukämpfen, kann man nur eines tun, ein bisschen widerspenstig sein. Sich nicht platt auf den Rücken legen, die Beine hochgestreckt wie ein müder und betagter… nun ja, was auch immer bei jedem kleinsten Befehl den Schwanz einzieht. Kommst du mit?«

»Natürlich. Und was soll das bedeuten? Genauer gesagt?«

Er trank einen Schluck Tee und betrachtete sie verstohlen. Versuchte erneut, ihren Gesichtsausdruck zu deuten, aber im Moment sah sie aus wie eine Sphinx. Wenngleich eine ungewöhnlich schöne Sphinx. Er seufzte und fuhr fort.

»Das bedeutet… das bedeutet in etwa, dass du diese Sache am besten ein wenig vorantreibst, das war es doch, was du sagen wolltest, nicht? Damit ich hier sitzen und meckern und gelegentlich scharfsinnig sein kann. Und du darfst dir nicht anmerken lassen, dass du die Spielregeln durchschaut hast, auf gar keinen Fall. Was Luther in meinem abgekämpften Gehirn sagt, ist Folgendes: Wenn ich mich unbedingt für den kurzen Rest meines langen Lebens schämen will, dann sollte ich diesen Fall auf sich beruhen lassen.«

»Diesen Fall?«

»Irgendwer hat diesen Begriff vor gar nicht so langer Zeit benutzt, ich glaube, es war mein … Coach?«

Die Sphinx lehnte sich zurück und sah ihn über den Rand ihrer Lesebrille hinweg an.

»Okay. Ich habe alles verstanden und es schon wieder vergessen. Bist du bereit für die nächste Frage?«

»Wenn du darauf bestehst«, murrte Van Veeteren.

Sie lächelte und dachte einen Moment nach.

»Hast du dich mit dieser Schwester getroffen, als du damals hier oben warst?«

»Mit wem?«

»Birgitte Behrens. Ich habe das Protokoll ihrer Vernehmung gelesen, aber es hat jemand anderes unterschrieben …«

»Münster war dabei, meine ich mich zu erinnern«, sagte Van Veeteren. »Ich nicht. Warum fragst du?«

»Weil sie offenbar zu diesem Haufen gehört hat«, sagte Ulrike. »Sie war auch zu der Feier eingeladen, konnte aber nicht. Zumindest hat sie das behauptet.«

»Münster ist zu ihr hingefahren und hat mit ihr gesprochen«, sagte Van Veeteren. »Zusammen mit einem Inspektor, der Zeebold oder so ähnlich hieß. Sein Name müsste im Vernehmungsprotokoll stehen.«

»Zeebald«, berichtigte Ulrike ihn. »Aber es stimmt. Er hat das Protokoll unterzeichnet. Die Vernehmung fand am fünften Oktober statt, sieben Tage nach dem Brand … in Lembork, keine Ahnung, wo das liegt?«

»In der Nähe von Sorbinowo«, antwortete Van Veeteren. »Sie wohnte dort, war gerade erst dorthin gezogen, glaube ich. Aber warum interessierst du dich jetzt für Birgitte Behrens?«

Ulrike zuckte mit den Schultern.

»Weil sie überlebt hat, nehme ich an. Es blieb ja sonst keiner übrig, der etwas über dieses verflixte Treffen hätte sagen können. Oder diesen verflixten Club. Birgitte Behrens hätte eines der Opfer sein können, wenn sie nicht … ja, wenn sie nicht abgesagt hätte. Oder?«

Van Veeteren dachte einen Moment nach. »Ich meine mich zu erinnern, dass sie nicht im gleichen Maße zu der Clique gehörte wie die anderen, war es nicht so?«

»Das sagte sie in der Vernehmung.«

»Wie wurde sie eingeladen?«

»Telefonat mit Maasenegger.«

»Gibt es einen Grund, daran zu zweifeln?«

»Soweit ich weiß, nicht. Es könnte natürlich auch jemand gewesen sein, der sich als Maasenegger ausgab. Jedenfalls wäre es interessant, wenn wir jetzt noch einmal mit ihr sprechen könnten.«

Van Veeteren versuchte in einer einzigen Bewegung zu nicken und den Kopf zu schütteln. »Ich habe mit Radovic über sie gesprochen. Sie wohnt heute irgendwo in Schweden.«

»In Schweden?«

»Ja. Laut Radovic verbrachte sie nach dem Feuer ein paar Monate in einer Art Nervenheilanstalt. Oder vielleicht eher … ein Jahr oder so. Das war übrigens in Sorbinowo. Der Verlust ihrer Schwester hat sie offenbar hart getroffen.«

»Ja, bestimmt«, erwiderte Ulrike Fremdli und biss sich auf

die Lippe. »Jedenfalls gibt es in dem Verhör etwas, was mir zu denken gibt.«

»Aha?«

»Wir können es uns anschauen, wenn wir auf dem Zimmer sind. Wenn ich mich richtig erinnere, fragt Inspektor Zeebald sie nach der Beziehung zu ihrer Schwester, ob sie einander ungewöhnlich nahestanden angesichts der Tatsache, dass sie Zwillinge waren … noch dazu eineiige Zwillinge. Nach dem, was im Protokoll steht, antwortet Birgitte darauf, sie habe ihre Schwester immer mehr geliebt als sich selbst und dass es besser gewesen wäre, wenn sie in Mollys Pension gestorben wäre.«

Van Veeteren runzelte die Stirn. »Daran kann ich mich nicht erinnern. Aber woran genau stößt du dich? Das ist natürlich eine … wie soll ich sagen? … hochemotionale und zugespitzte Behauptung. Aber in Anbetracht der Umstände sind ihre Worte vielleicht nicht so seltsam.«

»Sie sagt noch etwas«, sagte Ulrike. »Und das ist es, was mir zu denken gibt, ich glaube, es ist eine Art Sprichwort. Oder eine Redensart … ein Zitat von irgendwoher, ich weiß es nicht genau.«

»Was sagt sie?«

»Sie sagt: Wenn der Mensch eine Tür schließt, öffnet Gott ein Fenster.«

»Wenn der Mensch eine Tür schließt, öffnet Gott ein Fenster?«

»Ja. Gib zu, in diesem Zusammenhang ist es eigenartig, so etwas von sich zu geben.«

Van Veeteren schwieg wieder. In seinem Kopf bewegte sich etwas, Synapsen versuchten, Kontakt zueinander aufzunehmen, und er dachte daran, wie merkwürdig es war, dass einem dieser Prozess manchmal so bewusst war, obwohl man keine Ahnung hatte, wie es vor sich ging. Aber logischerweise hing er natürlich mit dieser Behauptung zusammen, und der gleichen Logik folgend kannte er diese Formulierung irgendwoher. *Der Mensch schließt eine Tür, und Gott öffnet ein Fenster.* Der Satz hing wahrscheinlich auch mit etwas anderem zusammen, und in der besten aller Welten führte dieser … Zusammenhang zu etwas Drittem, zu etwas, das des Rätsels Lösung war. Doch je länger er – in hohem Maße gegen seinen Willen – versuchte, sich dieses obskure Geschehen in seinem Kopf vorzustellen, desto mehr schien die eigentliche Bedeutung, der springende Punkt des Ganzen, im Schatten zu verschwinden. Es war zum Heulen, und er begriff, dass … dass die Weisheit, die er im Laufe eines langen und abwechslungsreichen Lebens angehäuft hatte, manchmal regelrecht wie eine Schlaftablette funktionierte.

»Woran denkst du?«, sagte Ulrike. »Du fällst mir doch nicht in Ohnmacht?«

»Ich versuche, ein Rätsel zu lösen«, erwiderte Van Veeteren. »Aber es klappt nicht.«

»Wie schade«, meinte Ulrike. »Kann ich dir irgendwie helfen?«

»Ich glaube nicht«, sagte Van Veeteren. »Es ist nicht diese Art von Rätsel. Aber vielleicht sollten wir auf unser Zimmer zurückgehen und einen Blick auf dieses Verhör werfen? Das heißt, wenn du mit dem Frühstück fertig bist?«

»Ich nehme mir eine Tasse Tee mit nach oben«, erklärte Ulrike.

Es stellte sich heraus, dass die coachende Sphinx so gut wie jedes Detail behalten hatte.

Zeebald:	Ich nehme an, Sie standen sich nahe, Sie und Ihre Schwester?
Birgitte B:	Ja.
Zeebald:	Wenn man bedenkt, dass Sie eineiige Zwillinge waren …
Birgitte B:	Clara war mehr als eine Schwester. Sie war ein Teil von mir.
Zeebald:	Können Sie das erklären?
Birgitte B:	Ich habe sie geliebt. Habe sie immer geliebt. Es wäre besser, wenn ich dort gewesen und gestorben wäre.
Zeebald:	Ich verstehe, dass man es so empfinden kann.
Birgitte B:	Wenn der Mensch eine Tür schließt, öffnet Gott ein Fenster.
Zeebald:	Wie meinen Sie das?
Birgitte B:	Entschuldigen Sie, das kam mir nur gerade in den Sinn. Ich bin nicht ganz ich selbst.
Zeebald:	Wann haben Sie Ihre Schwester zuletzt gesprochen?

Und so weiter. Birgitte Behrens erklärte als Nächstes, dass Clara und sie sich noch am Vormittag des schicksalsschweren Samstags gesprochen hätten. Clara hatte sie aus dem Hotel Carmen angerufen, wo sie übernachtet hatte. Sie war am Freitag in Oosterby angekommen, weil sie die Gelegenheit nutzen wollte, die Stadt wiederzusehen, in der sie aufgewachsen war, in die keine der Schwestern jedoch jemals wieder einen Fuß gesetzt hatte, nachdem sie den Ort zwanzig Jahre zuvor verlassen hatten. Van Veeteren überflog den Rest der Vernehmung, ohne etwas Auffälliges zu finden. Birgitte Behrens hatte keine Kinder, hieß es, war verheiratet gewesen, lebte im September 1991 aber allein. War wie gesagt gerade in die Gegend von Sorbinowo gezogen. Ihre Schwester Clara war zum Zeitpunkt ihres Todes verheiratet gewesen und hatte einen fünfjährigen Sohn gehabt. Wohnort Aarlach, wo sie als Krankenschwester gearbeitet hatte, aber eine Zeitlang arbeitslos, beziehungsweise krankgeschrieben gewesen war. Birgitte Behrens' Ausspruch über die geschlossene Tür und das geöffnete Fenster tauchte nicht wieder auf und blieb ohne Erklärung.

»Und, was sagst du?«, erkundigte sich Ulrike, als er die Mappe geschlossen hatte.

»Ich sage, dass wir frische Luft brauchen«, antwortete Van Veeteren. »Es regnet anscheinend nicht mehr.«

Als sie an den Strand hinuntergekommen waren und im schwachen Gegenwind in östliche Richtung marschierten, machte Ulrike ihm einen Vorschlag.

»Was hältst du davon, wenn wir heute Abend gemeinsam mit ein paar Gästen essen?«

Van Veeteren blieb stehen und fragte, was ihr vorschwebte.

Sie schob eine Hand unter seinen Arm und schien … schien sich Mühe zu geben, überzeugend zu wirken? Ja, genau. So ungefähr. Ein überzeugendes Handauflegen.

»Ich möchte, dass du auf deinen kategorischen Imperativ hörst und ja sagst.«

»Zu was genau?«

»Hierzu. Wir laden zwei Polizeichefs, einen alten und einen neuen, zu einem Abendessen ein … zum Beispiel ins Seefahrthotel in Oosterby. Es soll ganz passabel sein. Meinst du nicht, sie würden sich über die Idee freuen? Und wäre es nicht eine gute Gelegenheit für uns, mehr Licht in die Dinge zu bringen?«

»Sie haben bestimmt keine Zeit«, wandte Van Veeteren ein.

»Das finde ich heraus. Aber es kommen ja auch noch andere Abende in Frage. Uns steht eine ganze Woche zur Verfügung.«

»Ich will mein hohes Alter nicht mit einem Haufen Bullen am Tisch feiern.«

»Natürlich nicht«, versicherte Ulrike Fremdli ihm. »An dem Abend bleiben du und dein Coach unter sich.«

Van Veeteren setzte sich wieder in Bewegung.

»Mein Leben liegt in deinen Händen«, sagte er. »Also schön, verdammt, ich höre in meinem Schädel Kant und Luther rufen!«

»Du wirst mit jedem Tag flexibler«, stellte seine Lebensgefährtin fest.

21

September 1991. Oosterby und Umgebung

Kuno Blavatsky kam gegen zwei Uhr in Oosterby an. Er hatte vorgehabt, etwas zu essen und eine Runde um sein altes Gymnasium in Werdingen zu drehen, aber regenschwere Wolken und ein innerer Widerstand hatten ihn von beidem abgehalten. Er ließ das Mittagessen ausfallen und fuhr stattdessen im Schritttempo an dem alten Backsteingebäude vorbei. Es sah völlig verwüstet aus; er nahm an, dass dies schlicht daran lag, dass es Samstag war, aber das düstere Gebäude erinnerte ihn stark an eine inhumane und furchteinflößende Nervenheilanstalt, die Minna und er ein paar Wochen zuvor in einem Fernsehfilm gesehen hatten. Ein Schauer aus Erinnerungen, mehr oder weniger unangenehmen, durchlief ihn, und er dachte, wenn es etwas gab, was er in seinem Leben nicht zurückhaben wollte, dann waren es die ersten zwanzig Jahre seines Lebens. Es war nicht das erste Mal, dass er zu diesem Schluss kam.

Da war jedoch auch noch ein anderes Gefühl, oder vielleicht eine Art… Grundakkord? Etwas, das er ständig in sich trug, meist ohne es zu merken, aber in gewissen Momenten erschreckend deutlich an oberster Stelle in seinem Bewusstsein. *Dir ist es besser ergangen, als du verdienst*, lautete der Akkord. *Wesentlich besser, aber vergiss nicht, dass nichts ewig währt.*

Es fiel ihm schwer, diesen Worten nicht zuzustimmen. So hatte er beispielsweise eine gute und liebevolle Frau, zwei wohlgeratene Kinder und eine anständige Arbeit. Ja, wenn man seinen üblen Kern und allgemeinen Mangel an Charakter bedachte, war es leicht, sein Leben als ein Geschenk zu betrachten, als ein Geschenk von oben. Aber eines Tages, in naher oder ferner Zukunft, würde er gezwungen sein, den Preis für das Ganze zu bezahlen. So war es. So deutete er den Akkord, und so verhielt es sich mit manchen Gedanken; waren sie erst einmal auf eine halbwegs treffende Weise formuliert worden, wurde man sie nicht mehr los.

Den Preis bezahlen. Das tauchte immer und immer wieder auf; manchmal ließ es sich mit einem Schnauben abtun, fortwedeln und auf Distanz halten, aber bisweilen, an manchen schweren Tagen, war es unmöglich, es loszuwerden. Es biss sich fest wie eine zielstrebige Zecke.

Schuld. Strafe. Buße.

Und dieser düster melancholische Samstag Ende September, mitten in seinem dreiundvierzigsten Lebensjahr, war zweifellos ein solcher Tag.

Er kaufte stattdessen einen Hamburger an einer neuen Imbissbude kurz hinter der Ortseinfahrt von Oosterby. Vielleicht war sie gar nicht so neu, aber zwanzig Jahre zuvor hatte es sie jedenfalls noch nicht gegeben. Als er im Auto saß und kaute, versuchte er, seine Gedanken von jener Zeit fernzuhalten und sie stattdessen seiner Familie zuzuwenden. Minna, Martin und Helly. Begriffen sie, wie viel sie ihm bedeuteten? Begriffen sie, begriff Minna, wie unentbehrlich sie waren? Wie sehr er sie liebte und wie hilflos er auf dieser Welt ohne sie wäre? Der Kern von allem war natürlich Minna, sie war der feste Punkt und der Fels, der niemals brechen würde, aber manchmal kam ihm der Gedanke, dass auch seine erwachsenen Kinder diese Rolle ausfüllen würden. Oder eine ähnliche, wenn er selbst alt geworden war. Die die ganze Freude des Vaters an seinem Lebensabend sein würden, wie es hieß. So lautete jedenfalls sein frommer Wunsch, und natürlich war seine erbärmliche Verankerung in die andere Richtung die Ursache für seine Zerbrechlichkeit. Nicht dazuzugehören, es nicht verdient zu haben; es bedurfte keines Psychologen, um diese Gleichung aufzustellen. Sicher, sein Vater Isidor war achtzehn Jahre lang Tag für Tag da gewesen, aber als er starb, hatte Kuno schon nach einer Woche gemerkt, dass die Lücke, die sein Vater hinterlassen hatte, sich langsam schloss und verschwand. Wie ein Fußstapfen in nassem Sand, wie ein Aquarell im Regen (eine Formulierung, auf die er damals in einer Erzählung von Ray Bradbury stieß); es war traurig, das feststellen zu müssen, aber so war es. Und die Trennung von seiner Stiefmutter Disabelle war genauso unkompliziert verlaufen. Wie das Entfernen einer Warze, mehr war es nicht.

Die sicheren Häfen in Kuno Blavatskys Leben waren folglich später aufgetaucht. Er hatte sie nicht erobert, war nur zufällig, als eine Art Gnade, in sie hineingesegelt. *Die Häfen der Gnade* (wieder Bradbury?). Und deshalb blieb er mit einer Beharrlichkeit und einer Liebe in ihnen, die … die er nicht richtig auszudrücken vermochte. Er konnte nur hoffen, dass sie verstanden. Minna und die Kinder. In zehn, fünfzehn Jahren würden Martin und Helly erwachsen sein, und was immer auch geschah, sie würden stets Teil seines Lebens sein. Das war vielleicht die größte Gnade. Werde ich allmählich alt?, fragte er sich. Alt und weinerlich? Gläubig? Denn er war den Tränen nahe, das spürte er deutlich. Aber er hatte die vierzig weit überschritten. Mit ziemlich großer

Wahrscheinlichkeit lag weniger als die Hälfte seines Lebens vor ihm, an diesem Samstag im September 1991, an dem er auf dem Fahrersitz seines fast neuen Audis saß und Junkfood aß und sich … fremd fühlte?

Ja, *fremd* war das richtige Wort. Diesen Ort, die Tankstelle mit der Imbissbude, hatte es in den sechziger Jahren nicht gegeben. Ebenso wenig gelang es ihm, die nähere Umgebung zu identifizieren, nicht diese graurote Schleife von Reihenhäusern auf der anderen Straßenseite und nicht das etwas weiter entfernte hässliche Gebäude, das möglicherweise eine Art Busgarage war. Es war, als hätte es ihn in eine völlig andere Stadt in der Welt verschlagen. An einen unbekannten Ort in einem unbekannten Land. Oder waren an einer Tankstelle alle Menschen Fremde?

War der Erwachsene in der Landschaft seiner Kindheit immer ein Fremder?

Andererseits war er natürlich noch nicht in der eigentlichen Stadt. Als er sich den etwas zu lange gebratenen Burger einverleibt hatte und von dem Parkplatz herunterfuhr, fielen ihm sofort ein spitzer Kirchturm und die beiden hohen Schornsteine der Fischfabrik ins Auge, es war also doch Oosterby, was er dort sah. Wohl oder übel, kein Zweifel.

Für einen Moment dachte er daran, kehrtzumachen und das Ganze zu vergessen. Auf sein Herz zu hören, rechts abzubiegen und zu seinen Lieben daheim zurückzukehren. Aber irgendwie blinkte er dann doch links und fuhr in den Ort hinein.

Er fuhr im Schritttempo am Sportplatz und den beiden Schulgebäuden vorbei, danach zum Hafen und dem Jachthafen hinunter und schließlich zu der Villa auf der Klippe hinauf. Er hielt für ein paar Sekunden, blickte durch das

Seitenfenster hinaus und versuchte zu verstehen, dass er hier den größten Teil seiner Kindheit und Jugend verbracht hatte. Kehrte danach in den Ort zurück, um die Höhle zu finden. Es stellte sich heraus, dass sie nicht mehr existierte. Ebenso wenig wie Fistes Bäckerei; der ganze Häuserblock war abgerissen und durch ein Einkaufszentrum aus grauem Beton mit einzelnen Feuchtigkeitsflecken ersetzt worden. Dieser Teil der Stadt war in den Sechzigern vermutlich nicht besonders schön gewesen, aber seither war es wahrlich nicht besser geworden.

Und dann fiel es auf ihn herab wie eine nasse Decke.

Warum?, dachte er. Warum zum Teufel haben wir uns nur auf diesen Vorschlag eingelassen? Wie konnten wir uns zu etwas derart Fürchterlichem überreden lassen?

Auch wenn er wusste, dass er nur mitgemacht hatte, weil Marten und Rejmus es taten, und auch wenn die Dinge sich anders entwickelt hatten als geplant, wurde seine Schuld dadurch doch nicht gemindert. Oder? Schließlich hatte er seinen Teil des Geldes angenommen, ohne mit der Wimper zu zucken. *Oder?*

Und wenn man eine Schuld hat, dann kommt ein Tag der Abrechnung. Wie gesagt, wie gesagt.

Den Weg zu Mollys Pension fand er problemlos. Als er vor dem vertrauten alten Holzkasten parkte – endlich etwas, das noch so aussah, wie er es in Erinnerung hatte, dachte er mit einer Art verzweifelter Dankbarkeit –, standen dort drei andere Autos. Es war ein paar Minuten nach halb drei, und die Sonne kam gerade hinter einer Wolke hervor.

Ich hoffe, Marten und Rejmus sind schon angekommen, dachte er. Möge es mir wenigstens erspart bleiben, Qvintus unter vier Augen zu begegnen.

Und Zink?

Qvintus Maasenegger tauchte am Fuß der Treppe auf, als Kuno gerade von einer jungen Frau mit roggenblonden Zöpfen den Schlüssel zu seinem Zimmer bekommen hatte. Er trug ein himmelblaues Jackett, das neu aussah, wirkte ansonsten jedoch ziemlich verlebt. Bartstoppeln, die möglicherweise Absicht waren. Etwas zu lange Haare und eine in die Stirn geschobene Sonnenbrille. Eine schlabberig sitzende Jeans und abgetretene Loafers.

»Kuno Blavatsky?«

Kuno gab es zu. Stellte seine Tasche auf dem Fußboden ab und grüßte. Maaseneggers Handschlag fühlte sich an wie ein Fisch, der dabei war, sich das Leben zu nehmen. Seine Stimme klang umso selbstsicherer; eventuell auf Grund eines gewissen Alkoholkonsums, aber Kuno versuchte tunlichst nicht zu schnuppern.

»Verdammt! Du siehst ja aus wie ein Jüngling.«

Kuno erklärte, dass er seit der Schulzeit fünfzehn Kilo abgenommen hatte und dreimal in der Woche Sport trieb.

»Sport?«, sagte Qvintus. »Ja, davon habe ich schon einmal gehört. Dann hast du vielleicht Lust auf einen kleinen Spaziergang? Bis zu unserem Treffen ist noch Zeit.«

»Ich weiß nicht«, sagte Kuno.

»Bis jetzt sind nur du und ich gekommen. Setz die Tasche in deinem Zimmer ab, dann drehen wir anschließend eine Runde und schauen aufs Meer. Du hast trotzdem noch Zeit für eine Dusche, wenn du Wert auf Hygiene legst. Mein Gott, die Sonne scheint!«

Kuno suchte nach einer Ausrede, fand aber keine.

»Okay«, sagte er. »Gib mir zehn Minuten.«

Wegen des Winds entschieden sie sich gegen das Meer. Stattdessen folgten sie dem Weg durch den Wald, der zu dem stillgelegten Steinbruch führte. Er war schon in den Sechzigern stillgelegt gewesen; damals war einer der Steinbruchseen eine beliebte Badestelle gewesen, zumindest in gewissen freigeistigen Kreisen, wo man Bier trank und nackt schwimmen ging. Es hatte sogar einen Sprungturm gegeben, von dem heute aber nur noch Teile übrig waren, ein verfallendes altes Holzskelett, das, so dachte Kuno, gespenstisch ausgesehen hätte, wenn es dunkel gewesen wäre. Es war ziemlich offensichtlich, dass hier niemand mehr schwimmen ging; der Wasserspiegel schien zwei Meter gesunken zu sein, und die Oberfläche war grün und alles andere als einladend.

»Hier könnte man gut eine Leiche deponieren«, erklärte Qvintus, als sie oben an der Kante stehen blieben und auf den fast quadratischen See zehn Meter unter ihnen blickten. »Scheiße, wie das aussieht.«

»Ja«, sagte Kuno. »Hoffen wir, dass ein Bad nicht auf dem Programm steht. Jedenfalls nicht hier.«

»Kann ich mir kaum vorstellen«, erwiderte Qvintus. »Wir werden wohl vor allem zusammensitzen und quatschen. Trinken und gut essen … oder was glaubst du?«

»Was ich glaube?«, sagte Kuno. »Keine Ahnung … aber ich dachte, die hättest du?«

Qvintus zündete sich eine Zigarette an und bot Kuno eine aus einer zerknitterten Schachtel an. Kuno schüttelte den Kopf.

»Nein, danke. Habe aufgehört.«

»Habe ich auch«, entgegnete Qvintus. »Immer wieder. Aber wieso glaubst du, dass ich weiß, was uns erwartet?«

»Was?«, sagte Kuno. »Wie meinst du das?«

»Wie ich das meine?«, sagte Qvintus. »Ich hatte dich so verstanden, dass ich wissen müsste, was wir hier tun. Oder habe ich mich verhört?«

Kuno fragte sich, ob Qvintus sich über ihn lustig machen wollte, aber das schien nicht der Fall zu sein. Er wirkte eher gereizt.

»Ja, aber du hast das Ganze doch angeleiert«, sagte er vorsichtig. »Ich habe einen Brief von dir bekommen, und dann habe ich dich angerufen und Bescheid gesagt, dass ich kommen würde …«

Qvintus starrte ihn an. »Was zum Teufel laberst du denn da? Wir beide sollen telefoniert haben?«

»Ja, klar«, antwortete Kuno.

»Wann denn?«

»Vor zwei Wochen oder so. Ich verstehe nicht ganz …«

»Warte mal«, sagte Qvintus. »Was zur Hölle behauptest du da? Ich habe das hier nicht angeleiert, und ich habe definitiv nicht mit dir telefoniert.«

»Und der Brief?«, sagte Kuno.

»Was für ein verdammter Brief?«

Eine ganze Weile wurde es still. Kuno spürte, wie etwas ins Wanken geriet, als würde der alte Steinbruch sich plötzlich bewegen oder aufstoßen. Und als er Qvintus ansah, schien es fast, als würde der das Gleiche erleben. Er stand da und glotzte Kuno mit hängenden Armen an, und seine Zigarette hing ihm schlaff zwischen den Lippen.

»Und wie … wie bist du eingeladen worden?«, fragte Kuno schließlich.

»Ein Brief«, antwortete Qvintus und warf die Zigarette weg, obwohl er nicht mehr als zwei oder drei Züge geraucht hatte. Trat sie in den Erdboden und vergrub die Hände in den Taschen. »Ein verdammter Brief, er war nicht einmal unterzeichnet.«

»Aber ich habe doch einen Brief von …«

»Ich habe dir keinen Brief geschrieben. Ich schreibe

grundsätzlich keine Briefe. Was ist das hier für ein verdammter Schwachsinn?«

»Das weiß ich auch nicht«, sagte Kuno. »Aber das heißt dann also, dass …«

»Was?«, fauchte Qvintus. »Was heißt das?«

»Dass ich mit jemand anderem telefoniert habe. Aber er hat behauptet, er wäre du.«

»Wer?«

Kuno zuckte mit den Schultern. »Das weiß ich auch nicht. Es ist ziemlich lange her, dass ich mit einem von … euch gesprochen habe. Ich bin natürlich davon ausgegangen, dass du es bist, er hat sich so gemeldet, als ich anrief. Aber es kann natürlich genauso gut Rejmus oder Marten gewesen sein … oder irgendwer sonst. Es ist nicht leicht, eine Stimme nach über zwanzig Jahren wiederzuerkennen. Man verändert sich ja … auf die eine oder andere Art.«

Qvintus murmelte etwas und trat einen Stein in das grüne Wasser. »Wir gehen zurück«, sagte er. »Das gefällt mir nicht.«

Er versucht, wütend zu klingen, dachte Kuno, aber im Grunde hat er Angst. Und es stimmt, dass der Mann, mit dem ich gesprochen habe, sich anders anhörte.

Marten oder Rejmus? Es fiel ihm schwer, das zu glauben. Aber wer dann?

Er verdrängte die Antwort, die in seinem Kopf auftauchte und die er sich am wenigsten von allen wünschte.

»Okay«, sagte er. »Wir gehen zurück. Es ist bestimmt nur irgendein Missverständnis, das lässt sich mit Sicherheit klären.«

»Missverständnis?«, entgegnete Qvintus. »Nie im Leben.«

Als sie die Pension erreichten, fuhr im selben Moment ein

silbergrauer Toyota auf den Parkplatz. Zwei Männer stiegen aus, die ohne Zweifel Marten Winckelstroop und Rejmus Fiste waren. Auch wenn mehr als zwei Jahrzehnte vergangen waren, seit Kuno einen von ihnen gesehen hatte, bereitete ihm ihre Identifizierung keinerlei Schwierigkeiten.

Und sie brauchten nur wenige Worte zu wechseln, bis er sich ebenso sicher war, dass er zwei Wochen zuvor mit keinem der beiden telefoniert hatte.

»Ah ja, sieh einer an«, meinte Marten Winckelstroop. »Dann sind wir also wieder vereint. Darf ich vorschlagen, dass wir uns ordentlich mit der linken Pranke begrüßen?«

Man tat es schweigend. Und als dieses kurze Ritual vollzogen wurde, tauchte ein Taxi auf, fuhr einen Bogen auf dem Hof und ließ eine dunkelhaarige Frau von der Rückbank aussteigen. Als sie den Fahrer durch das Seitenfenster bezahlt hatte, drehte sie sich zu dem Herrenquartett um, winkte leicht tastend und lächelte ebenso tastend.

»Menschenskind, Clara Behrens!«, sagte Qvintus Maasenegger. »Oder Birgitte …?«

»Schwer zu sagen«, meinte Kuno Blavatsky.

»Um nicht zu sagen, unmöglich«, ergänzte Marten Winckelstroop.

Doch bevor diese Unklarheit beseitigt werden konnte, trat Molly höchstpersönlich auf die Treppe ihrer Pension heraus, klatschte in die Hände und erklärte, in einer halben Stunde werde ein Willkommensdrink gereicht.

Dann sind wir also nur zu fünft, dachte Kuno.

22

Oktober 2012. Oosterby und Umgebung

»Es gibt einen polnisch-schwedischen Schriftsteller namens Rappaport«, sagte Van Veeteren. »Haben wir schon einmal über ihn gesprochen?«

Ulrike schüttelte den Kopf.

»Er verwendet einen Begriff, den er *Die Determinante* nennt, ich musste daran denken, nachdem wir über Kant und Luther gesprochen hatten … der kategorische Imperativ versus das Gewissen, falls du dich erinnerst?«

»Die Determinante?«

»Ja.

»Und das bedeutet?«

»Es ist nicht ganz leicht, es zu erklären, außerdem ist es ein paar Jahre her, seit ich seine Bücher gelesen habe, aber es geht um die innersten Antriebskräfte des Menschen. Was uns, auf Gedeih und Verderb, so handeln lässt, wie wir es tun. Oder besser gesagt, was uns überhaupt antreibt zu handeln … statt es bleiben zu lassen.«

»Aha?«

»Wenn ich ihn richtig verstehe, ist Rappaport der Meinung, dass die gleichen Mechanismen wirksam sind, ganz gleich, ob wir nun gut oder schlecht handeln. Unsere Beweggründe, könnte man sagen … unsere Art zu argumentieren, wenn wir eine Entscheidung treffen, hat immer die gleiche Grundstruktur. Unabhängig davon, ob wir vorhaben, ein Kind zu ermorden oder einer Taube das Leben zu retten.«

»Ich komme nicht ganz mit«, gestand Ulrike Fremdli und schlug ihr Buch zu.

»Nicht?«, sagte Van Veeteren.

»Nein. Wir sollen aus den gleichen Motiven heraus ein Kind töten und uns um eine verletzte Taube kümmern? Heißt das, dass er den Unterschied zwischen Gut und Böse auslöschen will … dieser, wie hieß er noch?«

»Rappaport. Leon Rappaport. Nein, nicht doch, es geht ihm nicht um eine idiotische Relativierung, sondern um etwas völlig anderes … um einen Versuch, zu beschreiben, warum wir tun, was wir tun, und welche Mechanismen uns in unserem tiefsten Inneren steuern. Warum wir überhaupt handeln, statt passiv zu bleiben … schlicht und ergreifend.«

»Schlicht und ergreifend?«, sagte Ulrike und sah auf die Uhr. »Das klingt in meinen Ohren nicht besonders schlicht und ergreifend.«

»Stimmt, es ist ein bisschen kompliziert«, bestätigte Van Veeteren. »Aber er schreibt außerdem über das Vorverständnis. Dass man die Wahrheit augenblicklich erkennt, wenn sie sich einem offenbart, obwohl man sie nie zuvor gesehen hat. Ich glaube, das kommt dem Begriff Intuition ziemlich nahe …«

»Über Intuition haben wir oft gesprochen«, sagte Ulrike. »Aber ich denke, wir sollten bald aufbrechen, damit die Herren Polizeichefs nicht auf uns warten müssen. Kannst du den Gedankengang nicht im Auto weiterführen?«

»Na ja«, erwiderte Van Veeteren. »Ich bin mir nicht sicher, dass mir das gelingt. Mir ist nur dieser Schriftsteller eingefallen. Es gab ein paar Fälle, in denen die Determinante uns tatsächlich auf die richtige Spur geführt hat… oder, besser gesagt, mich geführt hat. Wenn man die Motive hinter einer Masse Schweinereien verstehen will, setzt das beinahe voraus, dass man sie bei sich selbst verankern kann. Manchmal zumindest.«

»Um zu verstehen, wie ein Mörder denkt, obwohl man selbst kein Mörder ist?«

»Ja, einfach ausgedrückt. Dank der Determinanten kann ein guter Mensch einen schlechten Menschen verstehen… noch einfacher ausgedrückt. Hm, ich hoffe, Herr Rappaport verzeiht uns unsere grobkörnigen Interpretationen.«

»Unsere?«

»Habe ich das gesagt?«

»Ich hatte den Eindruck. Aber glaubst du, dass wir uns jetzt in einer solchen Lage befinden? Dass wir es mit einem schlechten Menschen zu tun haben und versuchen müssen, in seine Haut zu schlüpfen… einem *sehr* schlechten Menschen, wenn er fünf andere Menschen um die Ecke gebracht hat?«

Van Veeteren zuckte mit den Schultern, antwortete aber nicht.

»Zehn Minuten«, sagte Ulrike und stand auf. »In zehn Minuten müssen wir im Auto sitzen.«

»Haben wir überhaupt beschlossen, dass es schlechte Menschen gibt?«, fragte sie, als sie sich gesetzt hatten.

»Zu dieser Frage haben schon reichlich viele ihren Senf abgegeben«, antwortete Van Veeteren.

»Ich weiß«, sagte Ulrike und ließ den Wagen an.

»Auch ich habe mich lange an ihr abgearbeitet, das gebe ich zu. Am Ende kam ich jedoch zu dem Schluss, dass es darauf keine Antwort gibt… oder vielmehr, dass sie sinnlos ist.

So ist es häufig mit Fragen, auf die wir keine Antwort finden. Sie sind bedeutungslos.«

»So wie beim, wie heißt das … beim Theodizeeproblem? Warum lässt ein guter und allmächtiger Gott das Böse zu?«

»Zum Beispiel«, sagte Van Veeteren. »Wenn es einen Gott gibt, dann ist er eben nicht allmächtig, und damit hat die Frage sich erledigt. Aber um auf das Böse zurückzukommen, so soll Churchill behauptet haben, er verstehe Hitler … auf einer tieferen Ebene … und deshalb wisse er auch, wie er ihn bekämpfen müsse.«

»Der Gute, der den Bösen versteht?«

»Mm.«

»Und du bist dir sicher, dass Churchill gut war?«

»In der damaligen Situation wurde er zumindest zum Repräsentanten des Guten«, antwortete Van Veeteren, nachdem er eine Weile nachgedacht hatte. »Der Meinung bist du doch sicher auch?«

»Natürlich bin ich das«, erwiderte Ulrike. »Und über dieses Thema sprechen wir nicht zum ersten Mal. Aber wenn du auf deine Arbeit als Kriminalpolizist zurückblickst, dann tust du es auf die gleiche Art wie Churchill, wenn er auf den Kampf gegen den Nationalsozialismus zurückblickt. Ist es das, was du meinst?«

»In einem etwas kleineren Maßstab«, schwächte Van Veeteren bescheiden ab.

Ulrike lächelte. »Winston hätte ich niemals geheiratet«, erklärte sie. »Nur dass du es weißt.«

»Danke«, sagte Van Veeteren. »Das wärmt ein altes Herz. Worüber haben wir eigentlich am Anfang gesprochen? Ist es nicht unglaublich, wie schwer es ist, nicht den Faden zu verlieren?«

»Ich bilde mir ein, dass du einen Schriftsteller erwähnt

hast … und einen Begriff, den er erfunden hat. Rapport und Determi …?«

»Rappaport und die Determinante«, korrigierte Van Veeteren sie. »Nun ja, das war nur so ein Gedanke. Aber wenn so ein altes Buch … oder in dem Fall Bücher, es waren zwei … wenn die im Kopf auftauchen, dann dürfte das schon etwas bedeuten, nicht?«

»Mag sein«, stimmte Ulrike ihm zu und schauderte. »Ich stelle die Heizung ein bisschen höher. Hast du vor, die Frage der Determinante und … wie war das? … das Vorverständnis der Wahrheit … mit Wilkerson und Radovic zu erörtern?«

Van Veeteren schüttelte den Kopf.

»Wenn ich es recht bedenke, glaube ich, dass ich das lieber für mich behalte.«

»Klingt vernünftig«, sagte Ulrike Fremdli.

Wenn dieses Gespräch niemals stattgefunden hätte, dachte Van Veeteren, hätte das irgendeine Rolle für die Zukunft der Erde gespielt?

Natürlich nicht. Denn war es nicht so, dass der Flügelschlag des Schmetterlings in den allermeisten Fällen nicht das Geringste bedeutete? Genau wie unser Bedürfnis, Muster im Dasein zu entdecken: notwendig und harmlos, solange wir uns der Suche selbst widmen – aber bedeutungslos und äußerst riskant, sobald wir glauben, etwas gefunden zu haben.

Ja, weiß Gott, so ist es.

Aber er beschloss, auch diesen Einfall nicht weiterzuverfolgen. Jedenfalls im Moment nicht.

23

Januar 1969. Oosterby und Umgebung

»Was ist passiert?«

Clara setzte sich auf dem Fußboden im Flur auf und lehnte sich gegen die Wand, und daraufhin sah Birgitte, dass sie aus einer Wunde an der Oberlippe blutete. Auch an dem einen Auge war etwas seltsam, oder eher an der Stelle unmittelbar darunter, sie sah geschwollen und verfärbt aus.

»Madeleine…«, stöhnte sie.

»Madeleine? Wo ist sie? Großer Gott, was ist passiert?«

Clara fuhr mit der Zunge über ihre zerfetzte Lippe und schluchzte auf.

»Er…«

»Ja?«

»Er hat sie genommen!«

»Was? Wer?«

»Ein Mann! Er hat Madeleine genommen und in ein Auto gezerrt. Ich habe versucht, ihn aufzuhalten, aber da hat er mich geschlagen!«

»Was sagst du denn da?«

»Kapierst du nicht? Ein Auto ist gekommen und hat direkt neben uns gebremst. Ein Typ ist herausgesprungen, hat sich Madeleine geschnappt und sie auf die Rückbank geworfen! Dann ist er wie ein Irrer davongefahren… aber vorher hat er mir noch ein paar geknallt. Aua, verdammt!«

Sie tastete mit den Fingern die Stelle unter dem blau geschlagenen Auge ab. Birgitte schwirrte der Kopf.

»Willst du damit etwa sagen …?«

Clara stand auf und lehnte sich an die Wand. Als müsste sie sich abstützen, um stehen zu können.

»Ja, genau das will ich sagen. Ich glaube, Madeleine ist … entführt worden!«

»Aber das kann doch nicht …«

Sie fand keine Fortsetzung. Etwas Kaltes und Schleimiges kroch ihr Rückgrat hinauf, so fühlte es sich jedenfalls an, und für einen Moment glaubte sie, in Ohnmacht zu fallen. Entführung? Madeleine? Das war einfach unvorstellbar.

Andererseits konnte man es sich völlig problemlos vorstellen, denn … denn so teuflisch konnte das Leben manchmal sein.

»Und wo?«, fragte sie dümmlich. »Ich meine, wo ist das passiert? Du hast doch die Polizei gerufen?«

»Wie zum Teufel soll ich dazu gekommen sein, die Polizei zu rufen?«, fauchte Clara. »Es ist doch erst eine Viertelstunde her. Wir sind gerade von der Eisbahn gekommen und auf der Straße gegangen. Da ist es passiert. Er muss …«

»Ja?«

»Er muss da oben gestanden und uns beobachtet haben. Ja, verdammt, so muss es gewesen sein … er hat einfach auf den richtigen Moment gewartet, um zuzuschlagen. Was für ein Dreckskerl, was sollen wir jetzt tun? Tu etwas, zum Teufel! Sag etwas!«

Birgitte schoss der Gedanke durch den Kopf, dass sie ihre Schwester noch nie so außer sich gesehen hatte. Und dass die Panik, die in ihr selbst hochkochte, Clara schon völlig übermannt hatte. Kein Wunder. Aber das bedeutete auch, dass sie die Dinge in die Hand nehmen musste, weil sie trotz allem die Zurechnungsfähigere war. In diesem Moment.

»Ich rufe die Polizei an«, sagte sie. »Wo genau ist es passiert?«

»Auf der Straße direkt über der Eisbahn«, sagte Clara. »Ich weiß nicht, wie die heißt ... die an der Brauerei.«

Birgitte griff nach dem Telefon, das neben dem Flurspiegel hing, und wählte die Nummer. »Bleib bei mir und hilf mir«, ermahnte sie ihre Schwester. »Sie wollen bestimmt eine Menge Details wissen.«

Clara Behrens atmete tief durch und versuchte, sich zu sammeln. So sah es jedenfalls aus.

»Gib mir den Hörer«, sagte sie. »Nützt ja nichts.«

Fünfundzwanzig Minuten später war die Polizei in der Villa Valentino. Es waren zwei Beamte, ein etwas älterer Mann und eine etwa dreißig Jahre alte Frau mit Pferdeschwanz. Sie setzten sich an den großen Eichentisch in der Küche, und beide Polizisten zogen Notizbücher heraus. Die Frau schaltete außerdem ein kleines Tonbandgerät ein. Falls Birgitte bis dahin nicht verstanden haben sollte, dass dies wirklich passierte, so begriff sie es jetzt.

Das war kein Traum. Das war kein Film. Das geschah tatsächlich.

»Ich bin Kommissar Lipinski«, stellte der Mann sich vor. »Und das hier ist Inspektorin Vejde.«

»Wir haben mit Boris und Louise Kettener gesprochen«, sagte Inspektorin Vejde. »Sie werden in zwei Stunden hier sein. Es war gut, dass ihr gewusst habt, wo man sie erreichen kann.«

Clara nickte. Birgitte nickte auch und merkte, dass sie am liebsten hemmungslos in Tränen ausgebrochen wäre.

»Ihr werdet verstehen, dass wir euch eine Reihe von Fragen stellen müssen«, sagte Lipinski. »Wenn es hier wirklich um das geht, was wir befürchten, ist es wichtig, dass wir so viele und so konkrete Details erfahren wie möglich. Du bist dabei gewesen, als es passiert ist?«

Er zeigte mit seinem Stift auf Clara. Ausnahmsweise war es nicht besonders schwierig, die beiden Schwestern auseinanderzuhalten. Claras Auge war weiter zugeschwollen und hatte sich dunkler verfärbt. Mit einem feuchten Papiertaschentuch versuchte sie, die Blutung an der Oberlippe zu stillen.

»Ich verstehe«, sagte sie. »Natürlich verstehe ich das.«

»Erzähl uns doch bitte noch einmal, was genau passiert ist«, wies Lipinski sie an. »Wie du siehst, nehmen wir alles auf, was gesagt wird, das ist reine Routine.«

Clara schilderte ein weiteres Mal den Tatverlauf, so wie sie es am Telefon getan hatte. Dass sie und Madeleine ein paar Stunden auf der Eisbahn gewesen waren, dass sie bei Einbruch der Dämmerung beschlossen hatten, nach Hause zu gehen, auch weil Birgitte auf das Mädchen wartete. Ja, kurz nach halb vier, sie hatte auf die Uhr geschaut. Sie waren den Anstieg zwischen Brauerei und Feuerwache hinaufgegangen, denselben Weg, den sie zwei Stunden zuvor genommen hatten, nur in der umgekehrten Richtung. Sie waren auf die Hooverstraat hinaufgekommen, Clara hatte nicht gewusst, dass sie so hieß, war im Laufe des Telefonats jedoch darüber informiert worden.

Sie waren also zur VK hinaufgegangen (doch, beiden Polizisten war die Bezeichnung Vornehme Klippe bekannt, auch wenn sie auf keiner Karte zu finden war) und waren wohl fünfzig Meter weit gekommen, als neben ihnen ein Auto bremste. Clara hatte das Mädchen an der Hand gehalten, die Schlittschuhe der beiden hingen an den Schnürsenkeln über ihren Schultern.

Ein Mann war herausgesprungen und hatte Madeleine an sich gerissen. Sie hatte geschrien, das hatte Clara auch getan, aber es war kein Mensch in der Nähe gewesen. Als der Mann das Mädchen schon, sehr brutal, auf die Rückbank geworfen hatte, packte Clara seinen Arm und versuchte, ihn aufzuhalten. Daraufhin hatte er auf sie eingedroschen, zwei harte Schläge ins Gesicht, so dass sie am Straßenrand zu Boden ging. Anschließend war er ins Auto gestiegen und mit Vollgas davongefahren. Nein, nicht zur Vornehmen Klippe hinauf. In die andere Richtung, zur Fischfabrik und dem Hafen hinunter.

»Hat das Mädchen nicht versucht, aus dem Auto zu kommen?«, fragte Inspektorin Vejde.

Clara schüttelte den Kopf. »Keine Ahnung. Jedenfalls hat sie es nicht geschafft. Vielleicht ... nein, ich weiß es nicht.«

»Was?«, hakte Kommissar Lipinski nach. »Was wolltest du sagen?«

»Vielleicht war es ein Auto mit nur zwei Türen«, antwortete Clara. »Aber ich bin mir nicht sicher. Vielleicht hat er sie durch die Fahrertür hineingestoßen, ich habe es nicht richtig gesehen.«

»Warum hast du es nicht richtig gesehen?«

»Ich war auf der anderen Seite des Autos. Er ist mit Madeleine unter dem Arm um es herumgegangen ... oder gerannt.«

»Was kannst du uns noch über den Wagen sagen?«, fuhr Lipinski fort.

»Schwarz«, sagte Clara. »Vielleicht auch dunkelblau. Nicht besonders groß, aber von Automarken habe ich keine Ahnung.«

»Alt oder neu?«

»Ziemlich alt.«

»Nummernschild? Du müsstest es gesehen haben, als er wegfuhr.«

»Ich weiß gar nicht, ob da eins war«, antwortete Clara, nachdem sie einige Sekunden überlegt hatte. »Ich habe noch daran gedacht, aber da war das Auto schon ziemlich weit weg… es war auch recht dunkel. Und ich…«

»Ja?«

»Ich konnte nicht klar denken.«

»Das verstehen wir sehr gut«, erklärte Inspektorin Vejde. »Zwei Schläge ins Gesicht, und etwas geschockt warst du bestimmt auch. Hat er sehr hart zugeschlagen?«

»Hart genug«, erwiderte Clara.

»Las uns zu diesem Mann kommen«, schaltete Lipinski sich ein. »Was kannst du uns über ihn sagen? Denk gut nach und versuche, dich an möglichst viele Details zu erinnern. Wenn du dich bei dem einen oder anderen irrst, ist das nicht weiter schlimm, aber je mehr Dinge, an die du dich erinnerst… oder an die du dich zu erinnern glaubst…, desto besser. Bist du bereit?«

»Ich bin bereit«, versicherte Clara.

Birgitte bewunderte ihre Schwester in diesem Moment. Es war gerade einmal eine Stunde her, seit sich das Grauenvolle ereignet hatte, sie war geschlagen worden und stand unter Schock und konnte trotzdem das Bombardement von Fragen der beiden Beamten klar und intelligent beantworten. Wenn ich an ihrer Stelle gewesen wäre, läge ich jetzt im Krankenhaus, dachte sie. Dabei bestehen wir aus den exakt gleichen Zutaten.

Ein seltsamer Gedanke. Zumindest waren die Worte seltsam, in die sie ihn gefasst hatte. In dieser Situation. Sie schüttelte den Kopf und hörte weiter zu.

»Wir fangen mit der Größe an«, sagte Lipinski.

»Ein ziemlicher Brocken«, sagte Clara. »Zumindest groß. Vielleicht eins neunzig, aber nicht dick … oder besonders kräftig … glaube ich.«

»Kleidung?«

»Dunkel. Alles … Jacke, Hose und Mütze.«

»Schuhe?«

»Habe ich nicht gesehen.«

»Was für eine Mütze?«

»Eine Strickmütze. Tief in die Stirn gezogen. Von seinem Gesicht habe ich nicht viel gesehen.«

»Was kannst du uns über das Wenige sagen, was du gesehen hast?«

»Blond«, sagte Clara. Er trug dunkle Kleider, aber ich glaube, er war blond. Er hatte … ja, ein paar Bartstoppeln, und die waren hell. Vielleicht auch ein bisschen rötlich …«

»Alter?«

Sie wechselten sich mit ihren Fragen häufig ab, fiel Birgitte auf, und sie dachte, dass sie es bestimmt gewohnt waren zusammenzuarbeiten. Auch wenn Lipinski mindestens zwanzig Jahre älter war.

»Ich weiß nicht«, sagte Clara. »Nicht besonders alt, aber auch nicht besonders jung … zwischen dreißig und vierzig vielleicht.«

»Besondere Kennzeichen?«

»Mir ist nichts aufgefallen. Aber sein Gesicht habe ich auch nur ganz kurz gesehen.«

»Hat er etwas gesagt?«

»Nein.«

»Er hat dich zweimal geschlagen, stimmt das?«

»Ja.«

»Mit welcher Hand? Der rechten oder der linken?«

»Der rechten. Auf jeden Fall mit der rechten.«

»Würdest du ihn wiedererkennen, wenn du ihn noch einmal sehen würdest?«

Clara zögerte einige Sekunden, ehe sie antwortete. »Ich weiß es nicht. Vielleicht, aber da bin ich mir nicht sicher.«

»War er allein?«

»Ja.«

»Sicher?«

»Es könnte ...«

»Ja?«

»Es könnte jemand im Auto gesessen haben.«

»Hast du da jemanden gesehen?«

»Nein ... nein, das habe ich nicht.«

»Und dieser Mann, der das Mädchen genommen und dich geschlagen hat, hattest du den schon einmal gesehen?«

»Nein. Auf keinen Fall.«

»Sicher?«

»Ja.«

Birgitte hatte nicht auf die Uhr gesehen, aber hinterher schätzte sie, dass sie gut eine Stunde mit der Polizei gesprochen hatten. Auch ihr wurde eine Reihe von Fragen zum Ehepaar Kettener und den Kindern gestellt. Ein bisschen seltsam war, dass keiner an Ludvig gedacht hatte, bis Inspektorin Vejde nach ihm fragte.

»Und wo ist Ludvig jetzt?«

Birgitte antwortete, er halte sich wahrscheinlich in seinem Zimmer auf, und als man dies kontrollierte, stimmte es. Allerdings wurde beschlossen, ihn erst einmal nicht darüber zu informieren, was passiert war, das war Sache der Eltern, wenn sie heimgekehrt waren.

Diese Heimkehr geschah kurz nach sechs, und beide standen offensichtlich unter Schock. Louises Gesicht war von Mascara verschmiert, und Boris hatte eine Art Tic entwickelt, sein Kopf bebte, oder zitterte zumindest, als hätte er einen Schlaganfall erlitten, und als Kommissar Lipinski ihn bat, sich zu setzen, erklärte er, dass er unmöglich stillsitzen könne.

»Wo zum Teufel ist sie?«, wollte er wissen. »Warum haben Sie ihn nicht festgenommen?«

»Wir arbeiten mit allen uns zur Verfügung stehenden Mitteln«, versicherte Inspektorin Vejde. »In dem Punkt können Sie beruhigt sein. Aber es ist wahrscheinlich kein einfacher Fall.«

Angesichts dieser Information sank Boris Kettener schließlich doch am großen Eichentisch in sich zusammen und brach lauthals in Tränen aus. Seine Frau entschuldigte sich und verschwand in einem der drei Badezimmer des Hauses, und in dieser Situation hielten die Polizisten es für das Beste, die Schwestern Behrens nach Hause zu schicken. Lipinski erkundigte sich, ob er einen Wagen für sie rufen solle, aber Clara erwiderte, das sei nicht nötig. Sie habe genug von Autos. Die Schwestern wurden ermahnt, sicherzustellen, dass sie erreichbar und darauf eingestellt waren, auch kurzfristig ins Polizeipräsidium zu kommen, eventuell noch an diesem Abend, aber vor allem in den nächsten Tagen.

Das hieß, wenn es ihnen vorher nicht gelang, Madeleine zu finden. Aber obwohl sowohl Kommissar Lipinski als auch Inspektorin Vejde den Anschein zu erwecken suchten, dass alles bald wieder in Ordnung sein würde, war ihnen deutlich anzumerken, dass keiner der beiden an eine solche Entwicklung glaubte. Wenn ein kleines Mädchen gekidnappt wird, gibt es in neun von zehn Fällen einen Täter, der einen Plan verfolgt. Und unabhängig davon, welche Art von Plan das war (Birgitte versuchte, tunlichst nicht über die denkbaren – oder besser gesagt *undenkbaren* – Möglichkeiten nachzugrübeln), erschien es jedenfalls wenig wahrscheinlich, dass er sein Opfer bereits nach wenigen Stunden wieder freilassen würde. Dies begriffen Clara und Birgitte, auch ohne dass es ihnen erklärt werden musste.

Die Polizei würde vor allem mit Clara weitere Gespräche führen müssen, das ergab sich von selbst, aber Kommissar Lipinski ermahnte beide scharf, über das Geschehene weder mit ihren Eltern noch mit guten Freunden zu sprechen. Das Schicksal der armen Madeleine hing davon ab, dass alle nach bestem Wissen und Gewissen mit der Polizei zusammenarbeiteten und sämtliche Anweisungen, die man erhielt, aufs Wort befolgten. Ein zurückhaltender Umgang mit Informationen war in dieser einleitenden Phase ungemein wichtig. Bezweifelte eine der Schwestern das?

Das taten sie nicht. Außerdem kommentierte keine von ihnen die Formulierung *einleitende Phase*, wenngleich zumindest Birgitte fand, dass sie ganz fürchterlich klang. Als sie die Vornehme Klippe verließen und in den Ort hinuntertrotteten, verspürte sie plötzlich das Bedürfnis, ihre Schwester zu umarmen. Einfach ganz still zu stehen und sie in den Arm zu nehmen, fest und eng, das hätte alles ein wenig leichter gemacht; aus irgendeinem Grund spürte sie jedoch auch, dass es nicht möglich war, dazu die Initiative zu ergreifen. Es war nicht mehr wie früher, wenn sie das bisher nicht gewusst hatte, so wusste sie es jetzt.

Vielleicht fing sie deshalb an zu weinen. Dazu hatte sie natürlich allen Grund, und als Clara es bemerkte, verlor auch sie die Fassung. Sie griff nach der Hand ihrer Schwester, und so, weinend und Hand in Hand, marschierten die

Schwestern Behrens den ganzen drei Kilometer weiten Weg zu dem Hof in Oosterhejde.

Und die Dunkelheit schloss sich an diesem kalten Winterabend immer mehr um sie. Madeleine Kettener war entführt worden, seither waren nur ein paar Stunden vergangen, aber es fühlte sich an, als wäre die Sonne für immer erloschen und als hätte das Leben seinen Sinn verloren.

24

Oktober 2012. Oosterby und Umgebung

Das Restaurant des Seefahrthotels in Oosterby war an diesem Donnerstagabend recht gut besucht. Dennoch bekamen sie einen einzeln stehenden Tisch in einem Erker mit Blick aufs Meer; Van Veeteren schätzte, dass einer der Polizeichefs seine gesellschaftliche Stellung genutzt hatte, wahrscheinlich der jüngere und aktive. Ulrikes Idee, den Fall mit den beiden in angenehmer Atmosphäre durchzugehen, hatte in ihm einen gewissen Widerstand ausgelöst, aber als er den geschmackvoll gedeckten Tisch und die Aussicht auf den beschaulichen Jachthafen sah, wo kleine, schaukelnde Lichtpunkte die blau getönte Herbstdunkelheit perforierten, merkte er, dass er sich in Wahrheit auf das Essen freute.

Wilkerson fand offenbar auch, dass es eine gute Idee war. Er trug einen alten, gelblichen und leicht fleckigen Leinenanzug; vor fünfzig Jahren war er wahrscheinlich weiß gewesen, und vor Van Veeterens innerem Auge tauchte ein amerikanischer Geschäftsmogul auf, der sich im Spätherbst seines Lebens zurückgezogen hatte und gerade seine sechsmonatige Kreuzfahrt durch die Karibik angetreten hatte. Bevor sie sich setzten, versuchte er sich zu erinnern, welcher Fuß dem Kommissar außer Dienst fehlte, aber es ließ sich unmöglich erkennen, welcher seiner beiden hellblauen Segelschuhe eine Prothese enthielt. Wilkerson ahnte seine Frage und erläuterte bereitwillig, der rechte sei der falsche Fuß, die Prothese jedoch so unglaublich gut, dass er selbst manchmal beim Spazierengehen vergesse, welcher Fuß sein eigener war.

»Wie heißt dieser Südafrikaner, der mit zwei künstlichen Beinen läuft? Ich glaube, ehrlich gesagt, es handelt sich um das gleiche Fabrikat.«

»Pistorius«, klärte Ulrike ihn auf. »Oscar Pistorius, wenn ich mich nicht irre.«

»Toller Kerl«, meinte Wilkerson. »Wenn ich meinen anderen Fuß verliere, fange ich auch an zu rennen.«

Damit war das Thema Prothesen abgeschlossen. Sie nahmen am Tisch Platz, bekamen jeder ein Glas Sekt, und Kommissar Radovic erklärte, seiner Meinung nach sei es eine hervorragende Idee, dass sie sich auf diese Weise treffen und Ansichten austauschen könnten. Schließlich laufe ein Mörder frei herum, und da könne es zweifellos nicht schaden, wenn sie ihre klugen Köpfe zusammensteckten.

»Vergiss aber bitte nicht, dass du von Laien umgeben bist«, bemerkte Van Veeteren. »Wir sind zwar in diese Branche verstrickt gewesen … ausgenommen meine intelligente Gattin … aber das ist Geschichte. In dieser Jagdgesellschaft hast du das Kommando.«

Radovic quittierte seine Worte mit einem Lächeln. »Danke, dessen bin ich mir bewusst. Aber als es passierte, im September 1991, war ich gerade erst an der Polizeihochschule angenommen worden. Damals standen die Herren Laien am Ruder. Oder sehe ich das falsch?«

»Danke, dass du uns daran erinnerst«, erwiderte Wilkerson. »Wie konnten wir uns nur so irren? Wir haben jemanden laufen lassen, der vorsätzlich vier Menschen getötet hat … oder eigentlich ja sogar fünf. Ich muss sagen, ich schäme mich.«

»Dito«, murmelte Van Veeteren. »Und ich neige weiß Gott nicht dazu, mich für etwas zu schämen.«

»Das kann ich bestätigen«, sagte Ulrike Fremdli. »Aber wenn wir eine Entschuldigung benötigen, muss man sagen, dass der Plan des Mörders ziemlich genial war.«

»Genial?«, sagte Radovic.

»Ja, ich finde schon … einfach und genial. Man hat eine Handvoll Menschen, die man umbringen will. Man vergiftet und verbrennt vier von ihnen und lässt den letzten spurlos verschwinden. Ein blindes Huhn hätte den fünften Mann verdächtigt.«

»Ich danke dir für den Vergleich«, meinte Wilkerson. »Ja, wir waren damals vielleicht ein Haufen blinder Hühner. Aber jetzt bringen wir Ordnung in die Sache. Deshalb sitzen wir hier schließlich, nicht wahr?«

»Allerdings«, stimmte Radovic ihm zu. »Aber wir wollen auch gut essen und trinken. Ich habe gehört, das erleichtert den Prozess.«

»Welchen Prozess?«, erkundigte sich Wilkerson.

»Blinden Hühnern das Sehvermögen wiederzugeben«, antwortete Radovic und lächelte erneut. »Prost.«

Es fällt ihm leicht, die richtigen Worte zu finden, dachte Van Veeteren, und er und seine Frau zwinkerten sich zu. Hoffentlich kann er auch Mörder finden.

»Also«, sagte derselbe Radovic nach geraumer Zeit, als die Hauptgerichte, Fisch in unterschiedlichen Variationen für alle vier, sowie eine Flasche Chenin Blanc, verspeist beziehungsweise geleert waren. »Wenn wir versuchen wollen voranzukommen … sollten wir wohl in die Gänge kommen. Redet ihr, ich schreibe mit.«

Er hatte einen schwarzen Block aus der Jacketttasche gezogen. Wilkerson stimmte ihm wohlwollend zu. Notizblock und Stift seien die wichtigsten Waffen eines Kriminalpolizisten, erklärte er, so sei es immer gewesen, und so werde es hoffentlich auch in Zukunft sein.

»Die Geschichte, die dahintersteckt«, sagte Van Veeteren. »Ich schlage vor, dass wir damit anfangen. Es muss etwas passiert sein, was der Sache zugrunde liegt. Ein Ereignis … vielleicht auch mehrere Ereignisse … von denen wir leider keine Ahnung haben. Heute genauso wenig wie vor zwanzig Jahren.«

»Dem stimme ich zu«, sagte Wilkerson.

»Können wir davon ausgehen, dass der Mörder dafür sorgte, dass dieses Treffen in Mollys Pension zustande kam?«, fragte Ulrike. »Dass er … oder sie … das Ganze geplant und durchgezogen hat. Ich meine, andererseits könnte es sich ja auch um einen Zufall handeln … irgendetwas, was an dem Abend passiert ist und der Auslöser für alles gewesen ist.«

»Klar wie Kloßbrühe, dass die Sache von Anfang geplant war«, erklärte Wilkerson nach einer kurzen Pause.

»Woher wissen wir das?«, fragte Radovic.

»Wir wissen es vor allem, weil er im Verborgenen geblieben ist«, antwortete Ulrike. »Als er die Pension buchte, mit Essen und Übernachtung, gab er sich als Maasenegger aus.«

»Und woher wissen wir das?«, wiederholte Radovic.

»Von Molly Hansen«, sagte Ulrike.

»Und woher wissen wir, dass Molly Hansen nicht lügt? Entschuldigt, das tut vielleicht nichts zur Sache, aber sollten wir es nicht trotzdem zu Protokoll nehmen?«

»Das sollten wir«, sagte Van Veeteren. »Außerdem tut es sehr wohl etwas zur Sache. Wir wissen nämlich nicht, dass Molly Hansen die Wahrheit sagt. Aber lasst uns trotzdem davon ausgehen, dass wir es mit einem sorgfältig planenden Täter zu tun haben. Einem sechsten, der alle anderen zusammenruft und vermutlich Maaseneggers Namen benutzt, als er die Pension bucht. Wir können außerdem davon ausgehen, dass er diese Vereinigung als Vorwand benutzt.«

»Den Verein der Linkshänder«, warf Ulrike Fremdli ein. »Was wissen wir über ihn?«

»Nicht viel«, erklärte Inspektor Radovic. »Es soll ein kleiner Club mit ausschließlich Linkshändern als Mitgliedern gewesen sein. In den späteren sechziger Jahren hatten sie einen Kellerraum hier in der Stadt, aber die Einzige, die etwas dazu sagen konnte, war Birgitte Behrens, die Schwester eines Mordopfers, und sie hatte … offenbar … nicht viel mit ihnen zu tun. Das Problem ist, dass die aktiven Mitglieder tot sind, will sagen, das Quintett, das wir bis vor einem Monat für ein Quartett gehalten haben.«

»Ein ziemlich kleiner Club«, sagte Ulrike. »Was haben sie gemacht?«

»Bier getrunken und sich getroffen«, antwortete Van Veeteren. »Sie hatten ja einen Raum. Und wenn ich mich recht erinnere, gab es schon noch ein paar andere Zeugen. Die zwar keine Mitglieder waren, aber trotzdem ihren Unterschlupf besucht haben … so war es doch, nicht?«

»Das stimmt«, sagte Wilkerson, der eine Weile geschwiegen hatte. »Wir haben ein paar Leute vernommen, die Ende der sechziger Jahre als Jugendliche dort gewesen sind und Bier getrunken haben. Vielleicht haben sie auch Musik gehört und herumgeknutscht, was weiß ich? Ein bisschen Marihuana wahrscheinlich …«

»Aber du warst zu der Zeit schon in der Stadt?«, erinnerte Ulrike ihn. »Oder?«

»Sicher«, gab Wilkerson zu. »Meine erste Stelle hier bekam ich fünfundsechzig … aber von einem Verein der Linkshänder hatte ich nie gehört. Erst 1991 … wie gesagt. Aber auch wenn es ein kleiner Ort ist, bleibt es völlig unmöglich, alles im Auge zu behalten, was die Leute so treiben. Solange sie in keine Fettnäpfchen treten oder richtig kriminelle Dinge tun, fliegen sie … wie heißt das? … unter dem Radar? Aber wir haben bei der Polizei verdammt nochmal kein Radar, so funktioniert das nicht. Es gibt so viele Missverständnisse zu allem Möglichen, und die Leute glauben, wir wissen nicht, was der Unterschied zwischen einem Loch in der Erde und unserem eigenen …«

»Warte mal«, sagte Ulrike Fremdli und legte eine Hand auf Wilkersons Arm, um ihn zum Schweigen zu bringen. »Können wir nicht trotzdem vermuten, dass diese Leute damals irgendetwas angestellt haben … Ende der sechziger Jahre, aber fragt mich bitte nicht, was … etwas, das der auslösende Faktor gewesen sein könnte?«

»Der auslösende Faktor?«, wiederholte Wilkerson.

»Ja, auf irgendeine Art. Dass damals etwas passiert ist, was viel später dazu führte, dass die Mitglieder des Clubs beschließen, sich zu treffen und das eine oder andere zu klären? Oder zumindest, dass einer von ihnen das beschließt.«

»Ein Mitgliederverzeichnis wäre hilfreich«, bemerkte Radovic.

»Scheiße, das kannst du laut sagen«, fauchte Wilkerson, plötzlich auf dem Kriegspfad. »Glaubst du etwa, wir hätten nicht nach einem gesucht? Sinnlos! Und außer den bereits Erwähnten haben wir nie mehr als ein halbes Dutzend Personen gefunden, die gewusst haben, dass es einen solchen Verein überhaupt gegeben hat … höchstens! Sie hatten wie gesagt auch eine Art Vereinsraum, aber der ist abgerissen worden … ja, verdammt, ich kann mich nicht erinnern, wann das war. In den Siebzigern, nehme ich an, damals hat man ja überall wie verrückt Häuser abgerissen. Diese verdammten Gangster!«

»Hm«, seufzte der ehemalige Kommissar Van Veeteren.

»Hm«, seufzte seine Frau.

Wilkerson wischte sich mit seiner Serviette den Schweiß von der Stirn und holte tief Luft. Polizeichef Radovic streckte sich und dachte einige Sekunden nach.

»Ich war zu der Zeit ja noch ein Kleinkind«, sagte er. »Aber du, Wilkerson, warst damals vor Ort. Entschuldige, dass ich noch etwas bei dieser Frage bleiben will, aber was ist Ende der sechziger Jahre in Oosterby passiert, worin hätte diese Clique von Linkshändern verwickelt sein können? Wohlgemerkt *sein können*? Wenn man sich erlaubt, frei zu spekulieren ...«

Wilkerson breitete die Arme aus. »Junger Mann«, sagte er und justierte seine Brille, die gefährlich weit auf die Nasenspitze hinabgerutscht war. »Zu jener Zeit hatte ich absolut nichts von diesem Verein gehört ... das habe ich ja schon erklärt. Und was Vorfälle angeht, so hatten wir ... abgesehen von dem Üblichen, ein paar Bootsdiebstählen und ein paar Schlägereien und kleineren Delikten ... nicht viel. Es gab nur einen einzigen Fall von schwerer Kriminalität. Eine fürchterliche Geschichte, aber ich kann mir beim besten Willen nicht vorstellen, dass ein paar bescheuerte Linkshänder darin verwickelt gewesen sein sollen.«

»Und worum ging es dabei?«, erkundigte sich Ulrike.

»Ich bin mir sicher, dass wir damals darüber gesprochen haben«, fuhr Wilkerson fort. »Aber weder die gnädige Frau noch Radovic sind damals anwesend gewesen, also können wir es um der guten Sache willen gerne noch einmal tun.«

»Das sollten wir auf jeden Fall«, stimmte Kommissar

Radovic ihm zu. »Aber ich glaube, jetzt ist es auch Zeit für ein Dessert … oder zumindest für Kaffee und einen kleinen Cognac?«

Der Kellner, der einem Namensschild auf der Brusttasche seines weißen Hemds zufolge den eigentümlichen Namen Anastaszius Tillgre trug, war soeben an ihren Tisch getreten. Er nickte zustimmend und verteilte mit geübter Hand vier Speisekarten in einem gediegenen Ledereinband.

»Kaffee und Cognac, auf jeden Fall«, stimmte Wilkerson heiter zu. »Aber vorher muss meine Wenigkeit die kleine Prothese ein wenig pudern. Die Verhandlung ist unterbrochen!«

Van Veeteren schloss die Augen.

25

Januar – Februar 1969. Oosterby und Umgebung

Marten Winckelstroop probierte seine Maske vor dem Spiegel an. Sie war aus einer Art weichem Plastik oder Gummi und roch schwach nach Benzin oder Öl. Die Löcher für die Augen saßen ein wenig schief, aber es war problemlos möglich, durch Nase und Mund zu atmen.

Das Gesicht, das ihn im Spiegel anglotzte, sah halbfertig aus. Als hätte der Hersteller sich nicht entscheiden können, ob sie nun einen Clown oder einen Gorilla darstellen sollte. Aber das spielte natürlich keine Rolle, der Zweck der Maske bestand nicht darin, etwas zu zeigen, ihr Zweck bestand allein darin, etwas zu verbergen.

Und das tat sie. Vor allem, wenn er die Baskenmütze hinzufügte, die groß genug war, seine Haare aufzunehmen, sowie den langen Schal. Keine Spur von Haut war sichtbar, und hinterher, wenn das Ganze vorbei war, würden sie alles verbrennen. Die Masken, die Kopfbedeckungen, die Schals. Die Handschuhe und die graugrünen Baumwollmäntel. Er fragte sich, woher die Mäntel kamen, hatte aber darauf verzichtet zu fragen. Kuno und Rejmus hatten genau die gleichen, aber ihre Masken und Mützen waren anders. Vielleicht wären drei identische Kleidergarnituren ideal gewesen, aber es würde bestimmt auch so funktionieren.

Wenn es überhaupt funktionierte. Die Masken waren

nicht das schwächste Glied in der Kette, aber die drei ursprünglichen Mitglieder im Verein der Linkshänder trugen keine Verantwortung für die Kette, für das große Ganze. Sie waren nur Rädchen in einem größeren Plan … *and they were only in it for the money.* Es hieß zufällig so, das Album, das sich gerade auf dem Plattenteller drehte. Oder jedenfalls fast; Frank Zappa and the Mothers of Invention, das Cover war eine Parodie auf Sergeant Pepper's Lonely Hearts Club Band, und es war in den letzten Wochen Martens absolute Lieblingsmusik gewesen. Und Zappas Texte! *There will come a time when you won't even be ashamed if you are fat.* An diesem Tag hatte keiner protestiert, als er die Platte zum dritten Mal hintereinander auflegte.

Kuno und Rejmus saßen auf der Couch und betrachteten ihn. Keiner sagte etwas, sie hatten schon recht lange nichts gesagt, und Marten dachte, weil es nichts zu sagen gab. Vielleicht gingen jedem der drei die gleichen Gedanken durch den Kopf, und das Schweigen zu brechen, würde etwas verraten können, das wahrscheinlich verwandt war mit Reue, Vorbehalten und Angst, und diese Art von Schwäche konnte man im Moment überhaupt nicht gebrauchen. Da überließ man die Formulierungen doch lieber Zappa. Die ganze Realität in giftige, aber allgemeingültige Kommentare zu kleiden, sozusagen. Die großen Linien, so stand es wirklich um die Welt und ihre irregeleiteten Bewohner. Um Ungerechtigkeiten, Heuchelei und Egoismus. Fuck it all.

Zehntausend Gulden pro Kopf. Ein paar Tage Arbeit, der Plan war ebenso einfach wie alt und erprobt. Wer wäre nicht bereit, ein paar Scheine zu zahlen, um im Gegenzug seine geliebte Tochter zurückzubekommen? Das heißt, wenn man es sich leisten konnte, und dass Boris und Louise Kettener es sich leisten konnten, stand außer Frage. Das teuerste Haus im ganzen Ort (es hieß, der Wert habe sich seit der Zeit, als Kuno darin gewohnt hatte, verdoppelt), zwei Autos und ein dreißig Fuß langes Mahagoniboot, das selten oder nie benutzt wurde. Und so weiter und so weiter. Wenn Marten zu verstehen versuchte, warum er sich auf das Ganze eingelassen hatte, auf diese absurde Idee, fragte er sich, ob im Grunde nicht ganz gewöhnlicher Neid dahintersteckte. Wenn er extrem ehrlich sein sollte. Die Schwestern Behrens (vor allem Clara; Birgitte blieb in letzter Zeit aus irgendeinem Grund immer öfter für sich) erzählten nur zu gerne davon, wie furchtbar sympathisch und *rundum gelungen* das Ehepaar Kettener war. Marten hatte vor langer Zeit erkannt, dass er rundum gelungene Menschen nicht mochte. Wenn neun Zehntel der Menschheit Not litten, aus welchem Grund auch immer, war es schlichtweg unanständig, sich gut zu fühlen. Unsolidarisch. Von den Reichen zu nehmen und den Armen zu geben, war in einem größeren Maßstab betrachtet noch nie ein Verbrechen gewesen, und auch wenn ihm klar war, dass er ihn vermutlich nie in die Tat umsetzen würde, lag doch weit hinten in seinem Kopf der still und angenehm schaukelnde Gedanke, etwas Gutes mit dem Geld zu tun. Es irgendeiner Befreiungsbewegung in weiter Ferne zukommen zu lassen oder zumindest einen Teil des Geldes Bedürftigen zu schenken.

Man würde sehen; darüber konnte er sich später noch Gedanken machen.

Er schätzte, dass Rejmus ähnlich argumentierte. Marten wusste es nicht, denn seit ihrer Zustimmung hatten sie im Grunde nicht mehr über die Sache gesprochen. Dass Kuno nur mitmachte, weil Marten und Rejmus es taten, brauchte ebenso wenig analysiert zu werden. Der Entschluss war innerhalb einer knappen Stunde gefasst worden, sie hatten einen Monat Zeit gehabt, es sich anders zu überlegen und abzuspringen.

Sie waren nicht abgesprungen. Keiner von ihnen; Marten nicht, Rejmus nicht, Kuno nicht.

Clara nicht.

Qvintus und Zink? No way, Reue existierte in deren Weltbild nicht.

Und jetzt war es plötzlich ernst. Der D-Day, der sechsundzwanzigste Januar 1969. Laut Plan würde die betäubte Madeleine Kettener in einer Stunde in der Höhle angeliefert werden. Dort würde sie in einen Schlafsack gelegt und von den drei Musketieren bis zu dem Augenblick bewacht werden, in dem sie aufwachte, wahrscheinlich irgendwann zwischen neun und elf Uhr abends. Das Mädchen würde benebelt sein und ihre drei maskierten Bewacher nur dieses eine Mal zusammen sehen – danach immer nur einen von ihnen bis zu dem Zeitpunkt (drei bis fünf Tage später, den Berechnungen im Generalplan zufolge), wenn das Lösegeld bezahlt war und sie freigelassen werden konnte. Die Arbeitsteilung war einfach und klar; für die Gefangennahme waren Z und Q verantwortlich (sowie nicht zu vergessen C, allerdings in einer ganz besonderen Rolle), für die Aufbewahrung M, R und K, für die Rückgabe an die Familie dann wiederum Z und Q. Marten hatte nicht den Wunsch (ausgesprochen oder unausgesprochen), irgendwelche Details über den ersten und den dritten Schritt in dem Prozess zu kennen, und war auch nicht darüber informiert worden. Je weniger jeder der Beteiligten über das große Ganze wusste, desto besser, das war eine bewährte Taktik in erfolgreichen Kreisen. Der Gebrauch von Initialen statt Namen eine Frage des Stils, aber ebenso etabliert.

Wir drehen hier einen Film, hatte Marten mehrmals gedacht. Drehbuch, Regie, Schauspieler. Und warum auch nicht, wenn es eine Welt gab, in der Boris Kettener seine Rolle verstehen müsste, dann war es die des Films.

Aber keine Dialoge. Kein verdammtes Wort durfte irgendwem über die Lippen kommen, damit das Mädchen sie nicht auf diesem Weg identifizieren konnte. Zehnjährige sind so aufnahmefähig wie Spüllappen im Wasser.

Drei Tage also. Oder vier oder fünf. Schwer zu sagen, und der Austausch des Mädchens gegen Bargeld war eine Transaktion, über die sich die Bewacher keine Gedanken machen mussten. Sie konnten sich die Zeit nach Belieben einteilen, aber das Opfer durfte nie allein bleiben. Essen und Proviant im Kühlschrank. Ein mildes Sedativ – gleichbedeutend mit Schlafmittel, falls der unwissende Bewacher sich das fragte – in wohldosierter Form; Z konnte auf eine kurze Vergangenheit als Apothekengehilfe zurückblicken, auch das also kein Problem –, um sie passiv zu halten. Musik als zusätzlicher Schalldämpfer, falls sie auf die Idee kommen sollte zu schreien; aber die Wände der Höhle waren dick, und der nächstgelegene Nachbar war die zwanzig Meter entfernte Bäckerei. Der dazwischen liegende Lagerraum war seit Jahren mit unsortiertem Baumaterial und ausrangierten Backmaschinen vollgestellt.

Also sicher. Der Plan/der Film/das Drehbuch war bombensicher. In einer Woche würde man so viel Geld in der Tasche haben wie nie zuvor.

Und in einer Stunde würde sie hier sein.

Nein, schneller, es blieben noch fünfundvierzig Minuten.

Dreißig.

Die Mothers of Invention zum dritten Mal.

Die Masken anlegen. Alle drei auf der Couch. Es konnte nicht schaden, bereit zu sein.

Vor sieben, acht Jahren saßen wir auf dem Dachboden und lasen Comics, dachte Marten. Ungefähr so wie hier. Wir redeten auch damals nicht viel.

Die Lieferung kam zehn Minuten zu früh.

Ein vorsichtiges Klopfen an der Stahltür, das verabredete Signal. M öffnete. Q trug den scheinbar leblosen Körper herein, bugsierte ihn in den Schlafsack und legte ihn auf die Couch. Nickte ihnen stumm zu und verschwand. In weniger als einer Minute war es vorbei. Nicht ein Wort war gesprochen worden.

Die Bewacher wechselten zu Stühlen und sahen mal einander, mal das Opfer an. Nach einer Weile ging R Kaffee und vorbereitete Brote holen. Kein Bier, kein Alkohol oder andere Drogen, das war ein Teil der Richtlinien. M legte jetzt The Moody Blues auf, K holte ein Buch heraus und begann zu lesen. M und R stellten ein Schachbrett auf und versuchten, sich zu konzentrieren. Das Bündel lag auf der Couch, ansonsten passierte gut vier Stunden lang nichts.

Nichts. Aber es war ein eigenartiges Stück Zeit, schon während sie verstrich, dachte Marten dies, und in den nächsten Jahren kam er gelegentlich darauf zurück. Nicht auf das, was zu diesen stummen Stunden geführt hatte, und nicht auf das, was danach passierte – worüber er natürlich auch in vielen schlaflosen Nächten nachgrübelte –, sondern auf genau diese Stunden. Dieser Zeitabschnitt erschien ihm als der seltsamste von allen. Die drei Musketiere, alle Linkshänder, die dort unten in der Höhle mit ihren Masken und ihrer restlichen Ausstattung saßen und weder Gedanken noch Überlegungen austauschten. Wie ein Wartezimmer, in dem man nicht wusste, worauf man wartete. Nicht wusste, woran man denken sollte. Nicht begriff, wie man dort gelandet war. Sie legten neue Platten auf und drehten sie um, sie tranken Kaffee und aßen Brote, sie bewegten Spielfiguren und versuchten zu lesen.

Ein Fegefeuer?

Warten auf Godot? Ihr Literaturlehrer hatte in einer Schulstunde kurz vor Weihnachten enthusiastisch über das Theaterstück gesprochen.

Oder was? Was passierte, wenn nichts passierte?

In den Musikpausen konnte er das Bündel im Schlafsack atmen hören. Ruhig und regelmäßig, als stünde alles zum Besten in der besten aller Welten.

Wenn Gott uns sieht, dachte er. Keine Fortsetzung, nur das: *Wenn Gott uns sieht?*

Als das Mädchen aufwachte, war es bereits Viertel nach zehn. Es war immer noch Sonntag, der sechsundzwanzigste Januar, der längste aller Tage. Erst hustete sie mehrmals, dann tauchten ihre Arme aus dem Schlafsack auf, und sie setzte sich halb auf.

Schaute sich verschlafen um. Betrachtete ihre drei maskierten Bewacher, einen nach dem anderen. Zog ihre rote Zipfelmütze ab, die sie die ganze Zeit getragen hatte, als sie schlief. Kratzte sich in den Haaren, die rotbraun, dicht und zerzaust waren.

»Wo bin ich hier?«

Sie klang erstaunt, stellte Marten fest, aber nicht ängstlich. Als sie keine Antwort bekam, wiederholte sie ihre Frage.

»Wo bin ich?«

Rejmus füllte ein Glas mit Wasser. Reichte es ihr. Sie nahm es und trank es aus.

»Danke. Wer seid ihr?«

Marten platzierte einen Zeigefinger auf seinem Mund, um anzuzeigen, dass sie nicht sprachen. Sie hob daraufhin zwar überrascht die Augenbrauen, aber nach wie vor war bei ihr keine Spur von Angst feststellbar.

»Mir ist ein bisschen schlecht. Gibt es eine Toilette?«

Kuno zeigte ihr den kleinen Verschlag in der Ecke. Sie warteten unter angespanntem Schweigen, während sie Wasser laufen ließ, pinkelte und abzog. Als sie fertig war, legten Rejmus und Marten ihr gemeinsam die Handschelle an, nur an eine Hand, die linke, und schlossen sie an die Kette an, die am Heizkörper befestigt war. Es war ja trotz allem denkbar, dass einer der Bewacher auf seinem Posten einschlief, und obwohl die schwere Stahltür mit zwei Schlüsseln verriegelt war, konnte man nie wissen. Sicher war sicher.

Während sie beschäftigt waren, schwieg Madeleine Kettener und leistete keinen Widerstand. Sie schien dem Projekt vielmehr hilfsbereit und wohlwollend gegenüberzustehen, zeigte keine Anzeichen von Sorge. Sie schob sich wieder halb in den Schlafsack hinein, erklärte, sie sei müde und müsse noch etwas schlafen. Rejmus stellte eine Coca-Cola und ein belegtes Brot auf den Tisch, aber sie schüttelte den Kopf und erklärte, sie habe weder Hunger noch Durst.

»Ihr habt mich entführt, was?«

Marten kam nicht umhin zu nicken, und zufrieden mit dieser einfachen Bestätigung schlief das Mädchen erneut ein.

Marten übernahm die erste Wache, so hatten sie es verabredet. Außerdem hatten sie beschlossen, dass jede Wache zwölf Stunden dauern sollte, aber schon früh in dieser ersten Nacht erkannte der erste Bewacher, dass dies nicht funktionieren würde. Es erschien ihm fast unerträglich, so viel

Zeit, so viele gedehnte Minuten zu verbringen, in denen absolut nichts passierte, abgesehen davon, dass das Herz schlug und die Atmung funktionierte, und zwar bei Opfer und Täter. Das letztgenannte Wort hatte beschlossen, in Martens Bewusstsein an der Oberfläche zu treiben, und es war aussichtslos, es wieder versinken zu lassen. Er war ein *Täter*. Was er in diesem Moment machte, war *Kindesraub*.

Und das Kind schlief anscheinend ruhig. Der Täter hielt immer unruhiger, immer müder Wache, aber je müder er wurde, in desto weiterer Ferne schien sich der Schlaf zu befinden. Es war ja auch gar nicht vorgesehen, dass er schlief, aber es gab an einer der Wände eine Matratze mit Kissen und Decke; dass die Couch dem Opfer, der Entführten, gehörte, war selbstverständlich. Er ließ in der Kochnische eine Lampe an, war sich nicht sicher, dass er völlige Dunkelheit ertragen könnte. Die zwei schmalen, mit Eisengittern versehenen Fenster zur Straße – draußen in Bürgersteighöhe, drinnen knapp unter der Decke – waren sorgfältig abgedeckt worden; kein Lichtstrahl sickerte hinaus, das hatten sie sorgfältig kontrolliert, was aber auch hieß, dass nichts hereinsickerte.

Aber gut, welches Licht gab es schon in einer Nacht im Januar?

Sollte sie nicht allmählich aufwachen?

Sollte er sie wecken?

Sollte er… sollte er sie nicht hinauslassen? Sie sich über die Schulter werfen und nach Hause tragen? Behaupten, dass das Ganze ein Irrtum oder Scherz gewesen sei, und zur Normalität zurückkehren?

Er schaltete noch eine Lampe an und versuchte zu lernen. Es war zwecklos. Er schaltete sie wieder aus und legte sich auf die Matratze.

Ihre leicht säuselnden Atemzüge auf der Couch.

Seine eigenen. Wegen der Maske etwas angestrengter als üblich.

Zwei Herzen, die schlugen und Blut durch Adern pumpten. Jeder neue Augenblick etwas länger als der vorhergegangene.

Ein Täter und ein Opfer. Das war alles.

Wenn Gott uns sieht?

Er wurde davon geweckt, dass sie etwas sagte. Er kontrollierte, dass Maske und Mütze richtig saßen, zeigte auf sein Ohr und schüttelte den Kopf. Sie wiederholte.

»Wie viel Uhr ist es?«

Das interessierte ihn selbst. Er zeigte ihr seine Armbanduhr. Viertel vor sieben.

»Ihr habt doch meiner Mama und meinem Papa Bescheid gesagt?«

Er nickte.

»Das muss man tun, wenn man jemanden entführt.«

Er nickte.

»Wenn du nicht reden willst, können wir dann Zettel schreiben?

Marten merkte, dass er lächelte, erkannte dann jedoch, dass dies durch die Maske nicht zu sehen war. Er stand auf und suchte Schreibblock und Stift heraus. Es konnte ja wohl kaum verkehrt sein, kurze Mitteilungen zu schreiben, man musste die Konversation hinterher nur vernichten.

Wir können uns Mitteilungen schreiben, notierte er. *Aber nur, wenn es nötig ist.*

Das Mädchen las und dachte nach.

»Es reicht, wenn du Zettel schreibst. Ich kann ja ganz normal reden. Warum kannst du nicht reden?«

Er schüttelte den Kopf.

»Entschuldige, aber ich habe ein bisschen Hunger«, sagte das Mädchen. »Gibt es etwas zu essen?«

Er holte ein belegtes Brot und eine Coca-Cola aus dem Kühlschrank. Sie aß und trank schweigend.

»Wie viel muss mein Papa für mich bezahlen?«, fragte sie, als sie fertig war.

Frag nicht so viel, schrieb er.

»Ich habe Filme über Entführungen gesehen.«

Aha.

»Die Schurken werden immer geschnappt. Habt ihr das nicht gewusst?«

Darauf antworte ich nicht.

»Warum hast du die hässliche Maske an? Damit ich dich hinterher nicht wiedererkennen kann?«

So geht es nicht weiter, dachte Marten. Es ist schließlich nicht vorgesehen, dass ich hier Kindermädchen spiele und nett bin.

Als sie noch eine Coca-Cola haben wollte, sah er deshalb zu, eine Dosis des Mittels hineinzugeben. Zwanzig Minuten später schlief sie wieder.

Kuno tauchte kurz nach zwölf mit ein paar Minuten Verspätung auf. Sie lösten sich in der Türöffnung ab, und Marten überreichte ihm eine schriftliche Mitteilung. *Ab jetzt ist jede Schicht acht Stunden lang. Ich sage R Bescheid, dass er um zwanzig Uhr kommt. Okay?*

Kuno las und nickte. Schien ein paar Sekunden zu zögern, zuckte dann jedoch mit den Schultern und schloss die Tür. Marten zog Maske und Mütze aus, blieb einen Moment auf der Halbtreppe stehen, die zur Straße hinaufführte, und atmete mehrmals tief durch. Er hatte das Gefühl, zum ersten Mal seit vierundzwanzig Stunden richtig Luft zu bekommen.

In den Zeitungen stand nichts über die Entführung. Marten und Rejmus sprachen am Montagnachmittag kurz darüber, als Rejmus aus der Schule kam. Z und Q hatten behauptet, dies sei das wahrscheinlichste Szenario, bedeute aber nicht, dass die Polizei nicht im Bilde war. Es war wichtig, keine voreiligen Schlüsse dieser Art zu ziehen. Wenn alles nach Plan verlaufen war, hatte das Ehepaar Kettener am frühen Sonntagabend eine Nachricht erhalten, in der das geforderte Lösegeld genannt wurde, verbunden mit einer harschen Warnung, nicht die Polizei einzuschalten. Wenn ihnen etwas am Leben ihrer Tochter lag… und so weiter. Keiner der Bewacher kannte den exakten Wortlaut, und ebenso wenig wussten sie, wie oder wann der Austausch stattfinden sollte. Hunderttausend Gulden gegen eine lebende Madeleine.

Oder keine Bezahlung und eine tote, wenn ihnen das lieber war.

Montag und Dienstag verstrichen nach dem Achtstundenschema. Die Bewacher einigten sich darauf, die Kommunikation mit dem Opfer auf ein Minimum zu reduzieren. Wenn sie mit ihnen Karten spielen wollte, weigerten sie sich, sorgten aber dafür, dass sie ein Kartenspiel bekam, um Patiencen legen zu können. Sowie einen Stapel Comics. Sie hielten sie mit Broten und Limonade, Bonbons und etwas Obst am Leben. Das Mädchen beklagte sich nicht. Marten wusste nicht genau, was er eigentlich erwartet hatte, aber ganz sicher nicht diese ruhige und fast kooperationswillige Zehnjährige. Sie weinte nie und schien mit ihrem Dasein als Entführungsopfer recht zufrieden zu sein. Vielleicht fand sie es sogar spannend.

Der Mittwoch kam und ging, ohne dass etwas passierte. Die drei Bewacher versuchten, in die Schule zu gehen, sofern sie Zeit hatten, und der Zeitplan wurde dementsprechend angepasst. Eine Stunde hierhin und eine Stunde dorthin. Am Donnerstag merkte Marten, dass er eine neue Art von Unruhe im Körper hatte, als er Rejmus am Nachmittag ablöste und in der Höhle Platz nahm. Warum dauerte es so lange? Warum hörten sie nichts von Q oder Z? Oder C, die sich in der Schule offenbar für die ganze Woche krankgemeldet hatte, jedenfalls war im Erasmus-Gymnasium nichts von ihr zu sehen.

Der Verdacht tauchte auf wie ein Dieb in der Nacht. Und wenn sie das Geld schon bekommen hatten und einfach abgehauen waren?

Warum nicht? Saßen sie in diesem Augenblick in einem Hotelzimmer in Paris, lachten und zählten Geldscheine? Was sprach eigentlich dagegen, dass Rejmus, Kuno und er selbst gerade total hereingelegt worden waren?

Und C? Wenn es so war, auf welcher Seite stand dann Clara?

Verdammt, dachte Marten. Was sind wir nur für Idioten.

Am späten Abend diskutierte er seine Theorie mit Rejmus, sobald Kuno seine Schicht angetreten hatte, und musste leider feststellen, dass Rejmus seine Hypothese alles andere als abwegig fand.

»Wenn w… wir davon ausgehen, dass es tatsächlich so ist, was sollen wir dann tun?«, wollte er wissen. »W… Was zum Teufel sollen wir dann tun?«

»Das Mädchen zurückgeben«, antwortete Marten, nachdem er zehn Sekunden überlegt hatte. »Was sonst?«

Er fühlte sich plötzlich wahnsinnig erleichtert und erkannte, dass er bereit war, diese Transaktion mehr oder weniger sofort durchzuführen. Rejmus war jedoch anderer Meinung.

»Wir w… warten noch vierundzwanzig Stunden«, schlug er vor. »Wenn bis Samstagmorgen nichts passiert ist, lassen wir sie frei. Das macht auch keinen großen Unterschied, und wir haben uns dieser Sache immerhin … wie sagt man … v… verschrieben.«

Marten dachte kurz nach und erklärte, mit diesem Plan sei er einverstanden.

Marten war es dann auch, der die letzte Wache übernahm – so oder so die letzte Wache. Doch die Prognose, dass sie hereingelegt worden waren, schien sich nicht zu bestätigen.

Um halb fünf am Samstagmorgen, dem ersten Februar 1969, hörte er das verabredete Klopfen an der Stahltür der Höhle, und nur Minuten später war Madeleine Kettener fortgebracht worden. Marten kam zu dem Schluss, dass es Z war, der sie hinaustrug und auf die Rückbank des schwarzen Autos schob, das am Straßenrand wartete, und Q am Steuer saß, aber sie waren beide so verkleidet, dass es auch umgekehrt hätte sein können.

Oder es ganz andere Menschen waren, aber warum sollte das der Fall sein?

Und anderthalb Tage später, gegen drei Uhr am Sonntagnachmittag, und ziemlich genau eine Woche nachdem Madeleine Kettener auf der Hooverstraat in einem Auto entführt worden war, saßen vier Mitglieder des Vereins der Linkshänder in der Höhle und verteilten vierzigtausend Gulden unter sich. M, R, K und C.

Vermisst wurden Z und Q. B war zwar auch abwesend, aber es gab wohl niemanden, der in ihr noch ein vollwertiges Vereinsmitglied sah.

Ein zehnjähriges Mädchen mit dichten rotbraunen Haaren und guter Laune wurde ebenfalls vermisst.

26

Oktober 2012. Oosterby und Umgebung

Rosemarie Kuijvers ging so gut wie nie aus zum Essen. Wenn sie ihre Restaurantbesuche gezählt hätte, was ihr kaum je in den Sinn gekommen sein dürfte, wäre sie für das letzte Jahrzehnt vermutlich auf fünf oder sechs gekommen.

Jetzt feierte ihr Mann Robert jedoch seinen achtzigsten Geburtstag, und die Sache war seit langem geplant gewesen. Ihre Söhne Aron und Paulus, mit den Gattinnen Dilma und Konstanza, hatten alles eingefädelt, ein Tisch im Seefahrthotel war vor drei Monaten reserviert und das Menü bis zur kleinsten Erbse diskutiert worden. Robert Kuijvers war beim Essen immer schon ein wenig wählerisch gewesen, und es war mit den Jahren nicht besser geworden.

Die Enkelkinder gehörten allerdings nicht zur Abendgesellschaft, das wäre zu viel gewesen. Es gab nämlich sieben im Alter zwischen zwei und fünfzehn, und keines von ihnen war sonderlich bewandert in der Kunst, sich in der Öffentlichkeit gut zu benehmen. Außerdem galt es, das rechte Maß zu finden, keine Übertreibungen, das war die Richtschnur gewesen, seit er kurz nach Kriegsende in der Kirche von Oosterby konfirmiert worden war. Er und Rosemarie hatten sich im Herbst 1967 bei einem Kurs in Buchführung kennengelernt. Es war das Jahr, in dem Roberts erste Ehefrau, Emiliana, an Leukämie gestorben war. Dieses traurige Ereignis hatte sich im Mai ereignet, aber das Leben war schon während der gesamten sechziger Jahre langsam aus der armen Frau geflossen; mit diesen Worten pflegte er den Verlauf zu beschreiben, wenn er denn einmal beschrieben werden musste. Sie hatten keine Kinder bekommen, und wäre ihm bewusst gewesen, wie zart ihre Konstitution war, hätte er auf jenem Sommerfest in Kaalbringen vielleicht nicht um ihre Hand angehalten. Aber damals war er gerade einundzwanzig gewesen; als er den Kurs in Buchführung belegte, war er fünfunddreißig, und als Emiliana nicht mehr war, wurde jemand anderes gebraucht, der sich um die Zahlen des Bauernhofs draußen in Westerhejde kümmerte. Man konnte über seine arme erste Frau sagen, was man wollte, aber die Bücher hatte sie tadellos geführt.

Rosemarie Linge, wie sie damals hieß, war wiederum ein wenig jünger als Robert, aber nicht viel, und war von ihrem Arbeitgeber, Anselm Tomson von Tomson & Fritzes Baumschule, aufgefordert worden, einen Kurs zu belegen, um sich für einen besser bezahlten Posten in dem florierenden Unternehmen zu qualifizieren, für das sie seit gut einem Jahr arbeitete. Dass sie sieben Monate nach Kursbeginn heiraten und die Frau eines Bauern werden würde, war dabei nicht eingeplant gewesen.

Auch bei den direkt Betroffenen nicht, aber der Mensch denkt, Gott lenkt. Hätte Robert Rosemaries ganze Geschichte gekannt, hätte er sich möglicherweise nach einer anderen Frau/Buchhalterin umgesehen, aber Rosemarie hatte gleich zu Beginn verkündet, dass sie eine Reihe »komplizierter« Jahre hinter sich habe. Dieses Kapitel sei jedoch abgeschlossen und zu den Akten gelegt, und sie sei nicht bereit, diese Zeit wieder hervorzuholen und zu diskutieren. Unter gar keinen Umständen und mit niemandem. Vermutlich hatte das Robert Kuijvers den einen oder anderen Floh ins Ohr gesetzt, aber Rosemaries Offenheit gereichte ihr zur Ehre, und er ließ sich ziemlich schnell auf diesen Vorbehalt ein. Vierundvierzig Jahre hielt er außerdem sein Versprechen und hakte nicht mehr nach.

Dass Rosemarie fünfzehn Jahre im Kloster verbracht hatte, wusste er dagegen, das war kein Geheimnis, es dürfte also um die Zeit gegangen sein, nachdem sie den Nonnenschleier abgelegt und ihren heiligen Verpflichtungen abgeschworen hatte, in die jene »komplizierte« Phase ihres Lebens fiel. Diese Vermutung lag jedenfalls nahe. Aber Robert suchte auch nicht nach Antworten auf diese simple Annahme. Schweigen war Gold.

Dafür und für vieles andere war sie dankbar. Zum Beispiel dafür, dass sie zu ihrem Gott zurückgefunden hatte. Oder vielmehr, dass der Herr sie gehalten hatte. Er hatte sie niemals aufgegeben, und irgendwann hatte sie begriffen, dass sie auch ihn niemals aufgegeben hatte.

Trotz aller Erniedrigungen und Verurteilungen. Trotz der harten Worte Schwester Ambrosias. Trotz des Ausscheidens aus dem Kloster und allem, was sich in Maardam und Hamburg ereignet hatte. Er war da gewesen, und sie war da gewesen, und als sie endlich einen Schlussstrich unter die Jahre der Verwirrung, der Verzweiflung und des Wahnsinns gezogen hatte, war ihr die Wiedervereinigung wie eine vollkommen natürliche Wiedergeburt erschienen. Es war jedoch nicht der Gott des Klosters, der sie annahm, sondern eher der Gott ihrer Kindheit, er, der sie einst veranlasst hatte, den Schritt in die geschlossene Welt der Elisabethschwestern zu tun. So war es ja wirklich gewesen, aber auch wenn es dann später kam, wie es kam, hatte sie die fünfzehn Jahre hinter den dicken, alten Steinmauern niemals bereut. Es war eine Station auf dem Lebensweg, alles hat seine Zeit, und der Herr urteilt nicht. Er ist gütig und gnädig, nicht streng und tadelnd. Seine Gemeinde ist ein Krankenhaus für Sünder, kein Museum für Heilige.

Robert Kuijvers war ebenfalls gläubig, was er aber nie zur Schau stellte. Und es war auch nichts, worüber sie sprachen. Rosemaries Ehemann war generell kein Mann des Worts. Sie schätzte seine Rechtschaffenheit und seine Treue. So soll deine Rede sein, dass jedes Ja ein Ja ist und Nein ist Nein, und so war es zwischen den Eheleuten gewesen, seit sie am Ostersonntag 1968 in der Kirche von Oosterby den Bund der Ehe schlossen.

Doch nun saßen sie hier, sie und Robert, die Söhne und deren Ehefrauen, ein Sextett, um zu feiern, dass Robert das ehrwürdige Alter von achtzig Jahren erreicht hatte – und das Alte war in ihr zum Leben erweckt worden.

Auf Grund der vier Menschen, die in einem der Erker an einem Tisch zusammensaßen. Sie waren ihr eine halbe Stunde zuvor beim Betreten des Restaurants ins Auge gefallen. Drei von ihnen hatte sie problemlos identifizieren können. Wer die Frau in der Runde war, wusste sie nicht.

Aber im Grunde war sie dadurch bloß zusätzlich erinnert worden. Das alte Übel war einen Monat zuvor lebendig geworden, als sie im Neuwe Journaal davon gelesen hatte, der dünnen Lokalzeitung, die an sechs Tagen der Woche im Briefkasten an der Straße lag und die sie stets bei ihrem Morgenkaffee zwischen halb sieben und sieben von der ersten bis zur letzten Seite las. Den Hof hatten sie mittlerweile verpachtet, der Tag war nicht mehr mit den notwendigen Arbeiten ausgefüllt; geblieben waren ihnen nur ein Haufen Hühner und eine Hauskatze. Tiere, die dreiundzwanzig Stunden am Tag alleine zurechtkamen, was bedeutete, dass man kaum Verantwortung für sie trug, aber wenn man sich im Laufe eines langen Lebens daran gewöhnt hatte, früh aufzustehen, gab man das nicht so schnell wieder auf. Robert schlief dagegen, wie es ihm in seinem Alter und als Hausherr zustand, gerne etwas länger und kam meist erst gegen halb acht in die Küche hinunter.

Eine frühe Stunde ganz allein mit Broten, einer Tasse Kaffee und einer Zeitung, das war beinahe ein begnadeter Moment. Auch wenn sie es niemals zugegeben hätte, freute sie sich manchmal schon darauf, wenn sie am Vorabend ins Bett ging.

Und an einem dieser Morgen hatte sie dann von der Leiche gelesen, die man gefunden hatte und von der man annahm, dass sie mit dem schrecklichen Ereignis im Herbst 1991 zusammenhing. Dem Brandanschlag auf Mollys Pension. Einem der schwärzesten Kapitel in der Geschichte Oosterbys, um die Formulierung des Zeitungsreporters aufzugreifen. Und dabei wusste er nicht einmal, was Rosemarie Kuijvers wusste.

Nein, nicht *wusste. Ahnte* war ein besseres Wort. Oder *befürchtete.*

Oder *fürchtete.* Sie hatte es seit nunmehr einundzwanzig Jahren gefürchtet, ja, so war es. Eine Furcht sicherlich, über die Gras gewachsen war, die nicht genährt wurde und deshalb fast im Vergessen begraben worden war, sich nun jedoch, in nur wenigen Minuten an einem grauen Septembermorgen am Küchentisch … bewahrheitet hatte?

Mit anderen Worten vor knapp einem Monat. Sie hatte mit niemandem darüber gesprochen, natürlich nicht, die Sache dagegen Tag und Nacht in ihrem Kopf gedreht und gewendet. Bedeutete diese neue – wenngleich in Wahrheit recht alte – Leiche, was sie glaubte? Dass die Polizei sich vor einundzwanzig Jahren geirrt hatte, konnte man bereits aus dem Artikel im Neuwe Journaal herauslesen, aber hieß das auch, dass *er* hinter allem steckte?

Er?

Lebte er noch? Heute wäre er nicht älter als vierundsechzig, also warum nicht? Wo hielt er sich dann auf? In der Nähe? An einem ganz anderen Ort, weit jenseits von Ehre und Redlichkeit, wie es hieß?

Sie hatte ihn 1969 erkannt, und sie hatte ihn 1991 erkannt, aber würde sie ihn auch heute erkennen?

Ihn, der so lange mit ihrem Leben verknüpft gewesen war, dass sie sich mehrere Jahre wie amputiert gefühlt hatte, nachdem sie getrennte Wege gegangen waren.

Nachdem sie endlich ihre Entscheidung getroffen hatte und es ihr gelungen war, sich selbst zu retten.

Darüber hinaus ihr halbes Herz verloren hatte, aber das war der Preis. So waren die Bedingungen des Lebens, zumindest ihres Lebens.

Er, der einst Kristian oder sogar Kristen geheißen hatte, aber unter verschiedenen Namen bekannt gewesen war. Einer ganzen Reihe unterschiedlicher Namen. Wer kennt den Weg der Schlange auf dem Felsen?

Nun begann Aron, eine Rede zu halten. Man war mittlerweile beim Dessert, so dass es dafür höchste Zeit wurde. Aron war so voller Worte, das genaue Gegenteil seines Vaters, und während er über altbekannte Ereignisse plauderte und kleine Anekdoten erzählte – obwohl er nur fünf Zuhörer an einem Restauranttisch hatte –, wanderten Rosemaries Blicke und ihre Gedanken zu der Runde in dem Erker hinüber.

Der alte Polizeichef Wilkerson.

Der neue … wie hieß er noch? Raskolnikov? Nein, aber so ähnlich.

Der berühmte Kommissar aus Maardam, der anlässlich der Brandstiftung vor zwanzig Jahren angerückt war und sich genauso geirrt hatte wie alle anderen. Sowohl er als auch Wilkerson mussten längst pensioniert sein … diese elegante ältere Frau im Übrigen auch, vielleicht war sie die Frau des Berühmten, es schien fast so.

Aber warum war er zurückgekehrt, und warum saßen sie hier im Seefahrthotel und überlegten? Ja, es sah tatsächlich so aus, als würden sie genau das tun – *überlegen.* Sie aßen und tranken zwar auch, sahen aber ernst und bekümmert aus, und Raskolnikov hatte sogar einen Notizblick vor sich auf den Tisch gelegt. Warum?

Auf diese Frage konnte es natürlich nur eine Antwort geben. Diese Leiche, die sie vor einem Monat gefunden hatten und so lange für den Täter gehalten hatten – der Mann, der Mollys Pension in Brand gesteckt und vier Menschen umgebracht hatte –, war in Wahrheit auch ein Opfer. Er war am selben Abend gestorben wie seine Freunde, was bedeutete, dass ein anderer der Mörder gewesen sein musste. Hatte sie das nicht die ganze Zeit gewusst?

Nein, nicht gewusst. Höchstens geahnt, befürchtet, gefürchtet … wie gesagt. Aber gleichzeitig verstand Rosemarie Kuijvers natürlich, dass sie sich nicht ewig auf diese Entschuldigung berufen konnte. Jedenfalls nicht, so wie die Dinge sich entwickelt hatten. Sie war immerhin achtundsiebzig; wenn sie nächste Woche oder in einem Monat im Schlaf starb, ohne ihre Geschichte erzählt zu haben, würde sie die Wahrheit irgendwann mit ins Grab nehmen. Oder nicht?

Und als eine diskrete Pendeluhr an der Wand schräg über dem Kopf ihres Mannes zehn schlug und es Aron gleichzeitig endlich gelang, zum Schluss seiner Lobesrede zu kommen, fasste sie ihren Entschluss.

27

September 1991. Oosterby und Umgebung

Birgitte Behrens hätte sich gewünscht, woanders zu sein. Völlig egal, wo, je weiter entfernt, desto besser.

Aber das war sie nicht. Sie lag, wo sie lag. Genauer gesagt, auf einem schmalen Bett in Zimmer Nummer acht in Mollys Pension, in der Nähe des verschlafenen Küstenstädtchens Oosterby, darauf wartend, dass es Zeit wurde, sich zu Tisch zu begeben.

Es war zwanzig nach sechs. Der Willkommensumtrunk war abgehakt, sie hatte drei Gläser irgendeines Schaumweins getrunken, der zwar kein Champagner gewesen war, aber schneller und widerstandsloser durch ihre Kehle geflossen war, als er das hätte tun sollen. Die angestrengte Atmosphäre hatte das irgendwie erfordert, das war die blasse Entschuldigung, an die sie sich zu halten versuchte. Man ist weniger unsicher, wenn man nicht ganz nüchtern ist.

Doch nun hatte das Pendel in die andere Richtung ausgeschlagen. Ich schaffe das nicht, dachte sie. Ich kriege es nicht hin, mehrere Stunden mit diesen Menschen an einem Tisch zu sitzen. Ich kannte sie damals schon nicht, und heute kenne ich sie noch viel weniger. Was zum Teufel mache ich hier?

Das Argument, dass sie nicht sie selbst war, dass sie ihre bedeutend lebenslustigere Schwester war, half ihr aus irgendeinem Grund nicht mehr. Sie hatte es schon während der mühsamen Konversation auf der Veranda gespürt, und nun spürte sie es noch intensiver, während sie unter einer Wolke aus Reue und mit leicht pochenden Schläfen auf ihrem unbequemen Bett lag. Bei jeder kleinsten Bewegung gab das Bett ein klagendes Quietschen von sich und war davon abgesehen voller Unebenheiten. Als würde ihre Gesellschaft es quälen.

Das Hotel Carmen war miserabel gewesen, Mollys Pension war miserabler, stellte sie fest und versuchte leicht verbissen, über diesen Gedanken zu lächeln. Das hier ist mein Wendepunkt. Nie mehr in meinem Leben werde ich dem Druck meiner Schwester nachgeben. Nie mehr.

Immerhin etwas.

Und sie rief sich in Erinnerung, dass es tatsächlich so war. Ganz allgemein betrachtet: ein Wendepunkt. Wenn dieses Wochenende endlich vorbei war, würde sie einem neuen Leben entgegensehen. Ob sie nun wollte oder nicht.

Eine neue Arbeit, eine neue Wohnung, neue Lebensbedingungen. Das Leben mit Carlo war vorbei. Das Gemeijnte Hospital war Geschichte. Die Wohnung am Weivers Steeg in Maardam war Geschichte. Das Krankenhaus in Lembork, ihr neuer Arbeitsplatz, würde sie mit offenen Armen empfangen. Qualifizierte Krankenschwestern waren Mangelware, und ihr neues Zuhause in einer von Linden gesäumten Straße namens Balderslaan, für das sie sich innerhalb einer halben Stunde entschieden hatte, würde zum fünfzehnten Oktober einzugsbereit sein. Das hatte der verantwortliche Handwerker, Herr Dobrowolski, ihr versprochen.

Ja, es gab wahrlich eine Zukunft. Seltsam, dass sie sich selbst daran erinnern musste. Während die verräterischen Sektperlen ihren Körper verließen, versuchte sie, ihre Gedanken von der jetzigen, leicht klaustrophobischen Situation fernzuhalten. Sie begann, über den seltsamen Umstand nachzudenken, dass sie und Clara – trotz allem, trotz aller inneren Unterschiede – die gleiche Ausbildung durchlaufen, den gleichen Beruf ergriffen hatten. Wodurch wurde so etwas gesteuert? Clara hatte allerdings in den letzten fünf Jahren nicht mehr in der Krankenpflege gearbeitet. Besser gesagt, überhaupt nicht mehr gearbeitet; seit sie mit Leon schwanger war nicht mehr, aber wenn sie sich nun wirklich von diesem grauenhaften Hugo scheiden ließ, wurde es dafür vielleicht wieder Zeit? Konnte man nicht davon ausgehen, dass sie dazu gezwungen sein würde?

Oder war ein gewisser Kostadino so wohlhabend, dass sie nicht arbeiten musste? Birgitte hatte keine Ahnung, sie war dem Mann mit dem eigenartigen Namen nie begegnet.

Und war es ihr wirklich ernst mit ihm? Auch was das betraf, hatte sie keine Ahnung. *Ernst* war ohnehin ein Wort, das sich nur schwer mit Clara Behrens in Verbindung bringen ließ.

Und der kleine Leon. Was sollte mit ihm passieren? Würde seine Tante vielleicht wieder etwas mehr Kontakt zu ihrem Neffen bekommen? Lag das nicht trotz allem im Bereich des Möglichen? Ein Gedanke, über den man sich ein wenig freuen konnte.

Ungefähr so weit war sie in ihren wankelmütigen Überlegungen gekommen, als sie ein leises Klopfen an der Tür hörte.

Es war Rejmus.

Rejmus Fiste. Natürlich.

»Darf ich hereinkommen?«

Sie setzte sich auf der Bettkante auf und nickte.

»Ja, natürlich…«

Er trat ein. Schloss behutsam die Tür hinter sich.

»Oder willst du allein sein?«

Sah er ihr an, dass sie sich nicht gut fühlte?

»Ach was, komm nur herein… in meine schlichte Bleibe.«

Er setzte sich auf den Stuhl an dem mickrigen Schreibtisch am Fenster.

»Ich wollte… ich wollte nur mal hören, wie es dir heutzutage so geht. Es ist nicht so leicht zu reden, wenn die ganze Bande dabei ist.«

Sie strich sich die Haare hinter die Ohren, richtete sich auf und wurde Clara.

»Es ist okay. Ziemlich okay jedenfalls. Und wie geht es dir?«

»Danke, gut«, antwortete Rejmus und lächelte ein wenig schüchtern. »Ich kann nicht klagen… wirklich nicht.«

»Es ist nett, dich wiederzusehen. Unglaublich, wie viele Jahre vergangen sind.«

»Ein halbes Leben«, sagte Rejmus. »Ich meine, als wir auseinandergingen, waren wir nicht einmal halb so alt… also, wie wir heute sind.«

»Das stimmt«, sagte Birgitte Behrens. »Die Zeit vergeht wahnsinnig schnell.«

Plattitüden. Und über das Gleiche haben wir schon siebenmal bei dem Drink gesprochen, dachte sie. Sie hatte erwartet, irgendwann mit Rejmus allein zu sein, das heißt, sie hatte vor ein paar Tagen daran gedacht; jetzt hatte sie ganz und gar nicht das Gefühl, darauf vorbereitet zu sein. Aber Clara war ja von Zeit zu Zeit mit ihm zusammen gewesen – jahrelang, wenn sie es richtig verstanden hatte –, es war also klar, dass er die Gelegenheit ergriff. Alles andere wäre seltsam gewesen.

Was hieß hier die Gelegenheit ergriff? Rejmus war nicht der Einzige, mit dem ihre Schwester in den Jahren auf dem Gymnasium geschlafen hatte, bei weitem nicht, und sie war sich ziemlich sicher, dass Rejmus das wusste. Aber wie spricht man mit einem Typen, mit dem man vor vielen, vielen Jahren ein Dutzend oder zwanzig Mal im Bett war? Der sogar der Erste war? Wäre es unter Umständen gar nicht leichter gewesen, wenn sie tatsächlich ihre Schwester gewesen wäre?

»Wir sind nicht mehr dieselben Menschen«, sagte sie und hoffte, er würde verstehen, dass sie mit diesen Worten ablenken wollte. Dass sie keine Lust hatte, näher darauf einzugehen und einen Faden zwischen damals und heute zu ziehen. Als sie ihn verstohlen betrachtete, wie er dort ein wenig zusammengekauert, die Hände zwischen den Knien gefaltet, vor ihr saß, erkannte sie zudem, dass er offenbar keine solchen Hoffnungen hegte. Er war damals zwar ein gutaussehender junger Mann gewesen, noch dazu Sänger in einer Rockband, der bestimmt von vielen jungen Damen begehrt wurde. Aber gleichzeitig war er, damals wie heute, eine recht orientierungslose und leicht verlorene Person. Dass Clara in der sogenannten Beziehung der beiden das Sagen hatte, stand völlig außer Frage.

Wie üblich, dachte Birgitte mit einem unterdrückten Seufzer. Immer hatte ihre Schwester am Ruder gestanden, im Großen wie im Kleinen, aber was nützte ihr das, wenn es ihr so selten gelang, zwischen den vielen Untiefen des Lebens hindurch zu navigieren.

Den Untiefen des Lebens? Die größte aller Plattitüden; sie konnte sich ein Lächeln darüber nicht verkneifen, und auf einmal tat ihr der arme Rejmus Fiste einfach nur leid. Damals hatte er das fast Unerreichbare geschafft, also rein körperlich, und nun saß er hier und suchte wieder nach einer Art Bestätigung. Oder worum ging es hier?

»Was hältst du hiervon?«, fragte er. »Ich meine ...«

Er zögerte. Sie nickte ermunternd, damit er wenigstens versuchte, in Worte zu fassen, was er meinte. Vielleicht seine eigenen Zweifel zu formulieren.

»Warum sind wir hier?«, sagte er. »Ich muss sagen, dass ich mich bei diesem ... Wiedersehen ziemlich seltsam fühle. Findest du nicht auch?«

»Doch«, sagte sie. »Da bin ich ganz deiner Meinung. Wir werden wohl versuchen müssen, das Beste daraus zu machen.«

Noch so ein dämlicher Kommentar. Er stand auf. Wandte ihr den Rücken zu und sah aus dem Fenster. Vergrub die Hände in den Taschen und schien über etwas nachzudenken. Wie auch immer sie das allein daran erkennen sollte, einen ziemlich unbekannten Rücken zu betrachten. Aber es gab etwas Unausgesprochenes, oder es *schien* es zu geben, etwas, das er aussprechen wollte, ohne zu wissen, wie er es ihr präsentieren sollte. Und das nichts mit ihrer alten Beziehung zu tun hatte. Hoffentlich nicht.

»Woran denkst du?«, sagte sie, um ihm ein wenig auf die Sprünge zu helfen. »Triffst du dich mit jemandem von den anderen ... ich meine, heutzutage?«

Er schüttelte den Kopf, ohne sich umzudrehen.

»Ich habe alle aus den Augen verloren«, erklärte sie.

»So ist das eben.«

Er seufzte und setzte sich wieder auf den Stuhl. Sah sie mit einem wunden Ausdruck im Blick an. Als suchte er nach einem Einverständnis. Großer Gott, dachte sie, die beiden müssen offenbar doch miteinander geredet und nicht nur gevögelt haben. Vielleicht hatte er Clara mehr bedeutet, als sie sich vorgestellt hatte? Auch wenn ihre Schwester war, wie sie war, hatte sie ja wohl eine … eine Seele?

»Das, was damals passiert ist …«, begann er.

»Ja?«

Jetzt sagt er gleich, dass er niemals aufgehört hat, mich zu lieben, dachte sie. Verdammt.

»Was glaubst du? Sind wir deshalb hier?«

»Ich … ich verstehe nicht ganz …«

Denn das tat sie wirklich nicht. Aber sie verstand, dass ihr Talent als Schauspielerin an seine Grenzen stieß. Er biss sich auf die Lippe und schien nach den richtigen Worten zu suchen.

»Ich meine, es war ja niemals so geplant, aber wir waren schließlich darin verwickelt …«

Verwickelt? In was? Sie spürte eine leichte Panik in sich aufsteigen.

»Ja … ja, klar. Und du glaubst, dass wir heute deshalb hier zusammengekommen sind? Willst du das sagen?«

Er sah sie ein wenig erstaunt an.

»Ja, denken das denn nicht alle? Immerhin haben wir das Geld genommen, nicht? Und das ist natürlich der Grund …«

»Ja?«

»Das ist natürlich der Grund dafür, dass wir keinen Kontakt mehr zueinander haben. Nicht ein einziges Mal haben wir darüber gesprochen … es war so, als würden alle verschwinden. Und du bist am meisten von allen verschwunden. Ich hätte mir gewünscht, dass wenigstens du und ich über das Ganze gesprochen hätten.«

Was sagt er denn da, fragte Birgitte sich. Worüber hätten wir sprechen sollen?

»Ja, da hast du recht«, sagte sie. »Aber wir waren so jung.«

Sie fand, dass dies eine ziemlich gute Erwiderung war, aber plötzlich tauchte etwas Neues in seinem Blick auf. Als würde ihm etwas klar werden.

»Jung?«, sagte er. »Natürlich waren wir jung. Aber das ist doch keine Entschuldigung?«

»Nein, vielleicht nicht …«

Er saß da und betrachtete sie. Faltete die Hände und löste sie wieder voneinander. Es vergingen eine Menge Sekunden, und sie merkte, dass sie den Atem anhielt.

»Warte mal«, sagte er. »Ich glaube, ich verstehe … ja, das tue ich wirklich. Ich bitte um Entschuldigung.«

Er stand auf.

»Warum entschuldigst du dich? Was … was verstehst du?«

Er zögerte erneut. Strich sich mit der Hand über Kinn und Wangen, als wollte er kontrollieren, dass er sich gründlich rasiert hatte. Noch ehe er es aussprach, wusste sie, was er sagen würde.

»Du bist nicht Clara. Du bist Birgitte, habe ich recht?«

Sie schluckte und nickte. »Ich wäre dir dankbar, wenn du es den andern nicht erzählen würdest …«

Es hatte den Anschein, als wollte er noch etwas sagen, aber stattdessen schüttelte er nur den Kopf und verließ das Zimmer.

28

Oktober 2012. Oosterby und Umgebung

»Wo waren wir?«, fragte Wilkerson.

Die Desserts waren bestellt, aber noch nicht serviert worden. Eine Gesellschaft von sechs Personen, offenbar hatten sie irgendein Jubiläum gefeiert, verließ soeben das Restaurant. Van Veeteren spürte auf einmal, dass er sich nach einer Zigarette sehnte, ein Bedürfnis, das er seit vielen Jahren nicht mehr verspürt hatte, und er fragte sich, woher es kam. Vielleicht doch eine Zigarre an seinem Festtag? Konnte ja wohl kaum schaden, oder?

»Dieser alte Fall«, erinnerte Radovic Wilkerson und nickte ihm zu. »An dem Punkt waren wir stehen geblieben. Ich nehme an, dass er nichts mit unserem gegenwärtigen Problem zu tun hat, aber es wäre interessant, wenn du uns ein wenig darüber erzählen könntest. Ich habe natürlich davon gehört, aber sozusagen nur indirekt.«

»Ja, genau«, sagte Wilkerson und räusperte sich vernehmlich. »Ja, natürlich hast du das. Es war ja eine verteufelte Geschichte … und traurig natürlich, außerordentlich traurig. Sie wurden nie wieder zu richtigen Menschen, diese armen Leute.«

»Ich habe keine Ahnung, worüber wir sprechen«, bekannte Ulrike Fremdli. »Könnten wir vielleicht von vorn anfangen?«

Sie warf Van Veeteren einen Blick zu, und er erkannte, dass er die Sache ihr gegenüber tatsächlich nie erwähnt hatte. Er hob die Augenbrauen und versuchte, entschuldigend auszusehen.

»Würde vermuten, dass jeder Depp in dieser Stadt davon weiß«, erklärte Wilkerson. »Sowohl diejenigen, die damals dabei waren, als auch die Leute, die später herkamen. Es stand auch einiges darüber in der überregionalen Presse … ja, man kann wohl sagen, dass wir in meiner Lebensspanne zwei Fälle schwerer Kriminalität in dieser Gegend hatten. Das Feuer in Mollys Pension ist natürlich Nummer eins, aber die Entführung von Madeleine Kettener kommt zweifellos auf den zweiten Platz.«

»Entführung?«, hakte Ulrike nach.

»Entführung«, bestätigte Wilkerson ernst. »Das ist in gewisser Weise das Schlimmste, was einem als Polizist passieren kann … nun ja, und für die Betroffenen natürlich auch. Es wird so verdammt delikat, wenn ein Kind gefangen gehalten wird. Die Verhandlungen und die Unsicherheit, es ist wie … tja, ich weiß nicht, womit man es vergleichen kann.«

»Wann ist das passiert?«, fragte Ulrike.

»1969«, antwortete Wilkerson. »Im selben Jahr, in dem der FC 12 den Pokal gewonnen hat … obwohl das später war, im Herbst natürlich … und einundzwanzig Jahre vor Mollys Pension, nein, zweiundzwanzig, mein Gott.«

»Und das eine hat mit dem anderen nichts zu tun?«, wollte Ulrike wissen.

»Was soll denn ein Fußballspiel mit einer Entführung zu tun haben?«, wunderte Wilkerson sich.

»Nein, das andere«, verdeutlichte Ulrike. »Die Entführung und Mollys Pension.«

»Ach so, so meinst du das«, sagte Wilkerson und zuckte

mit den Schultern. »Nein, warum sollte es da einen Zusammenhang geben? Ich glaube, schon …«

»Entschuldige bitte eine Sekunde«, unterbrach Van Veeteren ihn. »Aber mir fällt gerade etwas ein, was der alte Borkmann häufig hervorhob … er war mein Lehrmeister in der Steinzeit. Er behauptete, wenn in einer kleinen Ortschaft in einem Zeitraum von sagen wir hundert Jahren nur zwei schwere Verbrechen begangen werden, dann sei die Wahrscheinlichkeit, dass es einen Zusammenhang gibt, größer, als dass es keinen gibt.«

»Was?«, sagte Wilkerson.

»Wirklich?«, sagte Radovic.

»Das ist natürlich nur ein statistischer Kommentar«, erwiderte Van Veeteren.

»Mit Statistik konnte ich noch nie viel anfangen«, erklärte Wilkerson. »Damit kann man verdammt nochmal alles beweisen.«

»Könnten wir vielleicht weitermachen?«, bat Ulrike. »Also, was ist 1969 passiert? Und damit meine ich die Entführung, nicht das Fußballspiel.«

»Das ist mir schon klar«, sagte Wilkerson. »Wie ich schon sagte, verschwand Ende Januar ein kleines Mädchen. Sie war zehn, wenn mich nicht alles täuscht, und ihre Eltern waren … außerordentlich wohlhabend. Die Ketteners, sie wohnten im schönsten Haus der Stadt, er war eine Art Filmproduzent, und sie schwammen im Geld … ein ideales Objekt für einen Kidnapper, könnte man sagen. Sie hatten auch noch einen Sohn, ein paar Jahre älter als das Mädchen, irgendetwas war komisch an ihm, aber ich glaube, er ist mit der Zeit trotzdem Professor geworden … oder zumindest Forscher.«

»Wie hat es sich abgespielt?«, drängte Radovic ihn.

»Was?«, sagte Wilkerson.

»Die Entführung«, antwortete Radovic und lächelte geduldig.

»Traditionell«, sagte Wilkerson und runzelte die Stirn angesichts des Worts, das ihm über die Lippen gekommen war. So hatte es jedenfalls ausgesehen, und Erfahrung mit geraubten Kindern hatte er natürlich keine gehabt. Van Veeteren überlegte, ob er einspringen und versuchen sollte, die traurige Geschichte zu rekapitulieren, aber er war noch zu keiner Entscheidung gekommen, als der alte Polizeichef sich erneut räusperte und weitersprach.

»Hm. Madeleine Kettener … wie das Mädchen also hieß … wurde Ende Januar von einem oder mehreren Schurken entführt. Wir wurden von den Eltern sofort eingeschaltet, noch bevor eine Nachricht der Kidnapper eingetroffen war. Ein Brief mit einer Lösegeldforderung tauchte am nächsten Tag auf, ich glaube, es war ein Montag … wir kamen zu dem Schluss, dass er noch vor dem Verschwinden des Mädchens abgeschickt worden war. Was den Brief anging, so hatten wir keine Freude an der Spurensicherung … keine Fingerabdrücke oder Ähnliches, ein Standardbriefumschlag und so weiter … die Summe, die für die Freilassung des Mädchens gefordert wurde, betrug hunderttausend Gulden.«

»Hunderttausend Gulden?«, sagte Ulrike. »Wie viel ist das heute?«

»Viel«, sagte Radovic. »Ungefähr eine Viertelmillion Euro, würde ich schätzen. Aber die Ketteners waren vermögend und konnten es sich leisten.«

»Außerdem wollten sie bezahlen«, fuhr Wilkerson fort. »Daran gab es nie einen Zweifel. Darüber hinaus beschlossen sie, auf alle Forderungen der Entführer einzugehen und die Polizei auf Distanz zu halten … in den Anweisungen stand natürlich, dass das Mädchen sterben würde, wenn man uns einschaltete. So ist es ja üblich, nicht?«

Er sah Van Veeteren an, um für diese Annahme eine Bestätigung zu bekommen, und erhielt sie dadurch, dass Van Veeteren sein Kinn einen Zentimeter senkte.

»Uns waren also von Anfang an die Hände gebunden, könnte man sagen«, fuhr Wilkerson fort und trocknete seine Stirn mit der Serviette ab. »Wir durften uns nicht einmischen. Ich will nicht behaupten, dass es besser gelaufen wäre, wenn wir eingeschritten wären, aber man kann durchaus mit dem Gedanken spielen …«

»Und wie ist es gelaufen?«, fragte Ulrike ungeduldig.

»Es lief, wie es lief«, beschied Wilkerson mit philosophischer Schwermut. »Die verlangte Summe wurde gezahlt … es war eine ziemlich komplizierte, aber auch ziemlich listige Prozedur … die eigentliche Übergabe, meine ich. Wenn ich mich nicht irre, erfolgte sie fünf Tage nachdem das Mädchen verschwunden war, vielleicht auch sechs, und alles lief exakt nach den Instruktionen der Entführer ab. Wir blieben völlig im Hintergrund, es gab wirklich niemanden, der wusste, was sich abspielte … außer den Beteiligten, will sagen drei oder vier Polizisten und dem Ehepaar Kettener. Es stand nichts in den Zeitungen, und der Schule des Mädchens hatte man mitgeteilt, dass sie mit Grippe im Bett lag, man muss wirklich sagen, dass weder die Eltern noch wir irgendeinen Fehler begingen. Alles zielte darauf ab, das Mädchen lebend nach Hause zu holen. Das Problem war nur …«

Machte er eine Kunstpause oder schluchzte er auf, fragte sich Van Veeteren. Jedenfalls verkündete er die bittere Wahrheit mit einem unüberhörbaren Zittern in der Stimme.

»… das Problem war nur, dass sie nicht zurückkam.«

Kellner Tillgre stellte sich mit dem Dessert ein, und Van Veeteren dachte, dass er selten ein so schlechtes Timing erlebt hatte. Er starrte auf seine Crème brulée und fragte sich, was zum Teufel sie auf dem Tisch zu suchen hatte.

»Sie kam nicht …?«, sagte Ulrike.

»Sie wurde drei Monate später tot aufgefunden«, erläuterte Wilkerson. »Anfang Mai. Das gab den Ketteners den Rest, so viel ist sicher. Sie zogen im Herbst des Jahres fort.«

»Die Todesursache?«, fragte Radovic. »Ihr Genick war gebrochen, war es nicht so?«

»Genau«, sagte Wilkerson. »Oder *er* hatte es ihr gebrochen, nehme ich an. Die Leiche wurde in einem verwilderten Waldstück am Ufer des Sees Malvern gefunden. In der Gegend von Gorlach, mehr als zweihundert Kilometer von hier. Dem Obduzenten zufolge war sie seit mindestens zwei Monaten tot, vermutlich länger … ja, verdammt.«

»Er?«, sagte Ulrike. »Heißt das …?«

»Ja, wir haben das Schwein geschnappt«, sagte Wilkerson und streckte sich bewusst oder unbewusst. »Ein schrecklicher Typ, ich habe wohl nie einen so eiskalten Menschen getroffen.«

»Ich meine mich zu erinnern, dass er ein Geständnis ablegte?«, sagte Van Veeteren. »Oder irre ich mich?«

»Er gestand nur in gewisser Weise«, korrigierte Wilkerson ihn. »Gab zu, dass er das Mädchen entführt und das Geld der Ketteners genommen hatte, behauptete aber, ihr Tod sei ein Unfall gewesen. Dieses Miststück.«

»Und das Gericht hat ihm geglaubt?«, erkundigte sich Radovic.

»In gewisser Weise. Eine Schande und ein Elend. Aber die Entführung und die fahrlässige Tötung … nein, es war schon Totschlag … reichten für zwanzig Jahre. Ich habe ihn im Gerichtssaal gesehen, als das Urteil verlesen wurde, und ich glaube verdammt nochmal, er hat gelächelt.«

»Wie habt ihr ihn denn erwischt?«, fragte Ulrike.

»Wir bekamen einen anonymen Hinweis«, antwortete Wilkerson. »Die Zeitungen schrieben ja mittlerweile über den Fall. Als Boris Kettener begriff, dass der Kidnapper mit gezinkten Karten gespielt hatte, gingen wir mit der ganzen Geschichte an die Öffentlichkeit … in diesen Monaten mussten wir uns einiges anhören. Jede Menge Zeitungsfritzen, die keine Ahnung von Polizeiarbeit hatten, knurrten uns an wie Kettenhunde, und ihr müsst nicht meinen, dass sie sich entschuldigten, als wir den Täter hinter Schloss und Riegel gebracht hatten.«

»Wer war er?«, fragte Van Veeteren. »Ich kann mich nicht erinnern, dass damals ein Name erwähnt worden wäre.«

»Das war undurchsichtig«, sagte Wilkerson, wirkte bekümmert und kratzte sich im Nacken. »Er behauptete, sein Name sei Kransky. Leopold Kransky, er hatte einen Ausweis auf den Namen … und einen gefälschten Pass, aber in unseren Registern konnten wir ihn nirgendwo finden.«

»Nationalität?«, fragte Ulrike.

»Er hatte einen deutschen Pass«, sagte Wilkerson. »Aber der war nicht echt. Ja, seine Identität war wirklich ein Rätsel.«

»Was hat er selbst behauptet?«, erkundigte sich Van Veeteren.

»Nichts. Er schwieg die meiste Zeit. Gab seinen Namen an und gestand, dass er das Mädchen entführt hatte. Als Grund gab er an, dass er Geld gebraucht habe. Ihr Tod sei ein Unfall gewesen, er erzählte nicht, wie … ja, man kann durchaus sagen, dass er ein Rätsel war. Ein verdammt unangenehmes Rätsel.«

Nach dieser Zusammenfassung wurde es still am Tisch. Leicht zögerlich begann man, die Löffel in das Dessert zu senken und am Kaffee zu nippen. Van Veeteren betrachtete seine Frau über den Tisch hinweg und dachte, dass er besser mit ihr nach Neuseeland gefahren wäre. Und dass er Rätsel leid war. Sie waren wie Mückenstiche, man wollte sie loswerden, aber es war unmöglich, sich nicht zu kratzen. Schlechter Vergleich, dachte er als Nächstes. Mückenstiche verschwanden, ganz gleich, wie falsch man mit ihnen umging, Rätsel nahm man unter Umständen mit ins Grab.

»Dieser Hinweis«, sagte er. »Durch den ihr ihn festnehmen konntet, er kam von einer anonymen Quelle?«

»Genau«, bestätigte Wilkerson. »Ein Brief. Der Name Kransky stand nicht darin, wohl aber eine Adresse und das Nummernschild eines Autos ... es war auf diesen Namen zugelassen: Leopold Kransky. Wir schnappten ihn zu Hause ... in einer Wohnung in Port Hagen.«

»Und er hat sofort gestanden?«

»Nein, nicht sofort. Aber es gab auch Indizien ... oder besser gesagt, sie tauchten auf ... und mit der Zeit hat er dann kapiert, dass es keinen Sinn mehr hatte zu leugnen.«

»Ihr habt nie herausgefunden, woher der Tipp kam?«, fragte Ulrike.

Wilkerson schüttelte den Kopf und schien mit seiner Müdigkeit zu kämpfen. »Vergiss es«, murrte er. »Allerdings haben wir auch nicht sonderlich viel Energie darauf verschwendet ... wir hatten den Täter gefunden, das musste reichen.«

»Und er hatte keine Unterstützung?«, fragte Van Veeteren. »Die braucht man bei Entführungen meistens.«

»Was?«, sagte Wilkerson.

»Mittäter«, verdeutlichte Van Veeteren. »Hatte er Komplizen oder hat er allein gearbeitet?«

»Keine Ahnung«, antwortete Wilkerson. »Ich nehme an, er war allein … allerdings haben wir nach keinem anderen gesucht, Kransky hätte sonst doch etwas gesagt, nicht? Ich glaube schon … nein, jetzt habe ich den Faden verloren.«

Kommissar Radovic sah auf die Uhr.

»Eine schreckliche Geschichte«, hielt er fest. »Aber, wie gesagt, es fällt mir schwer zu erkennen, in welchem Zusammenhang sie mit dem Brand in Mollys Pension stehen soll. Oder?«

»Wo befindet sich dieser Kransky heute?«, fragte Ulrike.

Radovic sah Van Veeteren an. Van Veeteren sah Wilkerson an. Wilkerson sah aus dem Fenster und gähnte.

»Weiß der Henker«, sagte er. »Entweder er lebt oder er ist tot.«

»Vermutlich eine zutreffende Analyse«, bemerkte Van Veeteren.

»Er sitzt doch nicht mehr im Gefängnis?«, sagte Ulrike.

»Für die Entführung von Madeleine jedenfalls nicht«, meinte Wilkerson nach einer kurzen Pause. »Das ist ja über vierzig Jahre her. Obwohl ich mir gut vorstellen könnte, dass er nach wie vor auf der schiefen Bahn ist … wie man so sagt. Er war ein selten kaltherziges Schwein, aber das habe ich vielleicht schon gesagt?«

Für einen verwirrten Augenblick versuchte Van Veeteren sich vorzustellen, wie ein kaltherziges Schwein aussah, dann begriff er, dass es Zeit wurde, zum Ende zu kommen. Der frühere Kommissar Wilkerson wirkte erschöpft und schielte ein wenig, wobei unklar war, ob das am Wein oder der gedanklichen Mühe oder dem vielen Reden lag. Er war schließlich fast zehn Jahre älter als Van Veeteren, allein das eine beachtliche Leistung. Er wechselte einen Blick mit Ulrike und sah, dass sie der gleichen Meinung war wie er.

»Ich glaube, wir ziehen hier einen Schlussstrich«, erklärte er. »Zumindest für heute Abend. Es war wirklich interessant, diese Dinge mit euch erörtern zu dürfen, wir können nur hoffen, dass du, Radovic, weiterkommst. Es tut mir leid, dass wir dir diesen Fall hinterlassen haben; Rätsel zu lösen, wird nicht unbedingt leichter, wenn lange Zeit Gras über sie gewachsen ist.«

»Das mit den Rätseln, über die Gras gewachsen ist, war sehr poetisch«, sagte Ulrike Fremdli zehn Minuten später, als sie auf der Rückbank eines Taxis saßen. »Und so tiefsinnig.«

»Es war spät«, erwiderte Van Veeteren. »Was zum Teufel soll man auch sagen?«

»Einen Euro für deine Gedanken«, sagte Ulrike. Sie schwiegen eine Weile. Der Fahrer fragte, ob er leise Musik anstellen dürfe, und Ulrike erlaubte es ihm. Er will sich wohl nicht unser Gelaber anhören, dachte Van Veeteren.

»Nun?«

»Meine Gedanken?«

»Ja, bitte.«

»Wenn ich noch als Kriminalpolizist arbeiten würde …«, setzte er an, musste jedoch eine Pause machen, um gegen ein saures Aufstoßen anzukämpfen. Kaffee am späten Abend, dachte er. Dumm.

»Ja, stellen wir uns das einmal vor«, half Ulrike ihm auf die Sprünge.

»Wenn ich noch im Dienst wäre«, variierte er seine Worte, »würde ich gern diesen Koch und das Mädchen auftreiben. Einfach ein paar Worte mit ihnen wechseln. Das könnte jedenfalls nicht schaden.«

»Das habe ich auch schon gedacht«, gestand die Vernehmungspsychologin/Privatdetektivin an seiner Seite. »Dieser irrlichternde Mörder muss schließlich irgendwann im Laufe des Abends aufgetaucht sein. Bei den letzten Ermittlungen kam es nicht darauf an, sich an eine zusätzliche Person zu erinnern, jetzt ist es dagegen von allerhöchstem Interesse. Nicht wahr? Aber Radovic hat doch mit dem Mädchen gesprochen?«

»Sicher«, seufzte Van Veeteren. »Hast du ihre Vernehmung nicht gelesen, ist sie nicht in einem der Ordner? Übrigens ist sie mittlerweile kein Mädchen mehr.«

»Ach, nicht?«, sagte Ulrike und gähnte. »Nein, bis zu dem Verhör bin ich noch nicht vorgestoßen. Aber das schaffe ich morgen, bevor ich mit den Vorbereitungen für deinen großen Tag anfange.«

»Ist der übermorgen?«, erkundigte Van Veeteren sich erstaunt.

»Ja, unglaublich, wie die Zeit vergeht. Und das Gras wächst.«

»Rede nicht von dem Elend«, sagte Van Veeteren. »Es sind wirklich keine Vorbereitungen nötig, ich dachte eigentlich, das hätte ich klipp und klar gesagt. Guck dir das an, jetzt fängt es auch noch an zu regnen.«

Das tat es wirklich. Plötzlich prasselten Tropfen auf das Autodach, und der Fahrer musste die Scheibenwischer auf die höchste Stufe stellen. Ulrike kommentierte weder den bevorstehenden Festtag noch das Wetter, fragte aber nach ein oder zwei Minuten:

»Dieser Kidnapper von neunundsechzig, was denkst du eigentlich über ihn?«

»Nichts«, antwortete Van Veeteren. »Ich denke verdammt nochmal nichts. Aber ich sitze gern in einem Auto, wenn es regnet. Vor allem im Dunkeln auf einer Rückbank zusammen mit dir.«

»Ein wahrer Charmeur verlernt es offenbar nie«, erwiderte Ulrike Fremdli und schmiegte sich etwas enger an ihn. »Wollen wir ihn bitten, noch eine Stunde durch die Gegend zu fahren?«

»Nicht bei der Musik«, antwortete Van Veeteren. »Dann müsste es schon Monteverdi sein.«

»Wir können zu Monteverdi einschlafen, wenn wir in die Pension kommen.«

»Sind wir so alt?«, erkundigte sich Van Veeteren.

»Monteverdi starb lange vor uns beiden. Bach und Mozart und Beethoven auch.«

»Ach so?«, sagte Van Veeteren. »Die Pyramiden sind auch schon recht betagt, habe ich gehört.«

29

1969. Oosterby und Umgebung

Am einunddreißigsten März 1969 verließ der Verein der Linkshänder endgültig den Vereinsraum *Die Höhle* in der Dorffstraat. Es ging keine regelrechte Versammlung voraus, nur ein kurzes, spontanes Treffen, und die Anwesenden (Marten Winckelstroop, Rejmus Fiste, Kuno Blavatsky und Clara Behrens) spürten alle, ohne dass dies erwähnt oder beweint werden musste, dass dies auch die unwiderrufliche Auflösung des Vereins bedeutete. Die Plattensammlung wurde möglichst gerecht aufgeteilt (vor allem zwischen Marten und Rejmus), Kuno nahm die Musikanlage an sich, weil er sie damals bezahlt hatte, Clara bekam das gerahmte Plakat mit Jim Morrison, und was übrigblieb, wurde wie verabredet für den neuen Mieter zurückgelassen, einen frisch etablierten Installateur, der einen Lagerraum benötigte. Und alles nach eigenem Ermessen behalten oder wegwerfen durfte.

Die Handschelle (es war ja wirklich nur eine) und zwei oder drei andere Dinge, die eventuell die Suchscheinwerfer auf die grauenvollen Tage im Januar hätten richten können, waren längst fortgeschafft worden. Was nach dem ersten Februar mit Madeleine Kettener geschehen war, wusste keines der Vereinsmitglieder, ein Unwissen, das sie mit der restlichen Bevölkerung Oosterbys teilten. Ziemlich lange hatten sie geglaubt, dass sich ein ganzes Trio in Luft aufgelöst hatte – oder besser gesagt, dass zwei Drittel des Trios versucht hatten, dies zu tun, eine Spekulation, die sie auf keinen Fall mit einem einzigen Bewohner der Ortschaft teilten. Außer dem verschwundenen Mädchen also auch der junge Mann, der sich Zink nannte, und der noch etwas jüngere Mann namens Qvintus Maasenegger – um dieses Paar ging es. An einem Freitagabend Ende Februar war der Letztgenannte jedoch überraschend in ihrem Raum aufgetaucht, und auch wenn er kaum als ein Bannerträger der Wahrheit betrachtet werden konnte, begriffen sie schnell, dass er genauso wenig wie sie wusste, wie die Dinge sich entwickelt hatten. Oder er war ein Lügner gröberen Kalibers, als er bisher unter Beweis gestellt hatte.

Blieben Zink und das zehnjährige Mädchen.

Blieb die Aufgabe, die Panik im Zaum zu halten.

»Ich denke, dass wir das Ganze am besten vergessen«, schlug Qvintus Maasenegger vor.

Und das tat man. Zumindest den anderen gegenüber. Man sprach nicht über das Thema, und man spekulierte nicht. Es gab einen beliebten Text des französischen Schriftstellers und Starphilosophen Jean-Paul Sartre, »Die Republik des Schweigens«, und zumindest Marten Winckelstroop gab der ungeschriebenen Strategie der Vereinsmitglieder in seinem eigenen, privaten Kopf diesen Namen.

Glücklicherweise gab es auch anderes, woran man denken konnte, zumindest galt dies für die vier Verschworensten; Mitte Mai würden sie Abitur machen und danach in das hinausgeworfen werden, was man gemeinhin und feierlich *das Leben* nannte. Mitglied Nummer fünf, will sagen Maasenegger, war bereits in selbiges hinausgeworfen worden, weil es ihn niemals interessiert hatte, sich in der Erasmus-Lehranstalt in Werdingen weiterzuentwickeln. So wenig wie an einer anderen Lehranstalt. Stattdessen verließ er Oosterby bereits Mitte März, wie es hieß, um in einer Brauerei in Süddeutschland zu arbeiten, eine Stelle, die nach Auffassung aller perfekt zu seinem Charakter und seinen Fähigkeiten passte.

Doch für Marten, Kuno, Rejmus und Clara – wie für viele andere, zum Beispiel Claras Schwester Birgitte (die schon seit Längerem nicht mehr zu den Mitgliedern des VDL gezählt wurde) – war diese unruhige Zeit problemlos und passenderweise mit Abiturvorbereitungen gefüllt. Eine endlose Reihe von Prüfungen fand in diesem letzten und entscheidenden Schulhalbjahr statt; es wurden Aufsätze über den Frieden von Versailles geschrieben, es wurden Referate über den Reproduktionszyklus von Regenwürmern und die Schlacht auf dem Amselfeld gehalten, und Wissen aus allen erdenklichen Fächern wurde für die Abschlussprüfungen gepaukt, die Ende April und Anfang Mai stattfanden.

Mitten in dieser Prüfungswoche wurde Madeleine Ketteners Leiche gefunden.

Kuno Blavatsky lag in seinem Pensionszimmer in Werden, als er die Nachricht hörte. Es war neun Uhr abends, er hatte vier Stunden lang französische Verbformen gelernt, ihm war leicht übel, und er hatte das Radio eingeschaltet, um die Nachrichten zu hören.

Das Ende Januar in Oosterby entführte zehnjährige Mädchen wurde heute Morgen tot aufgefunden. Die Polizei… begann die Radiostimme, und den Rest der Verlautbarung nahm Kuno nur mehr als fernes Rauschen wahr. Eine Nachricht von einem anderen Planeten in einer unverständlichen Sprache. Er schaltete das Radio aus, blieb regungslos auf dem Bett liegen und betrachtete einen Stockfleck an der Decke, der sehr an Island erinnerte. Das hatte er schon wenige Wochen nach seinem Einzug mit Hilfe eines Atlasses überprüft, und die Übereinstimmung lag bei fast einhundert Prozent. Vielleicht handelte es sich ja gar nicht um einen Wasserschaden, vielleicht hatte ein früherer Mieter aus Reykjavik gestammt und die Konturen seines Lands in einem Anfall von Heimweh mit blaugrauer Wasserfarbe über das Bett gemalt, um auf selbigem liegen und sie betrachten zu können, wenn die Sehnsucht zu groß wurde. Kuno hatte es nie darauf angelegt, die Qualität des Flecks zu untersuchen; es wäre natürlich ein Leichtes gewesen, aber es gefiel ihm, sich diesen fiktiven Vorgänger von einer Insel weit draußen im Nordatlantik vorzustellen. Vor allem, wenn ihn seine eigene Verlassenheit bedrängte.

An diesem Abend halfen keine Vorstellungen. Er blieb auf dem Bett liegen, während es zehn und danach elf wurde, und begriff nicht, wie er weiterleben sollte. Warum sollte er sich für diese albernen Klausuren und die bevorstehenden Abiturprüfungen interessieren? Studieren, Arbeit suchen, eine Familie gründen? Welchen Sinn sollte es haben, auch nur aus dem Bett zu kommen und sich die Zähne zu putzen? Zu versuchen, Schlaf zu finden? Am nächsten Morgen zu frühstücken? Noch mehr französische Verbformen zu lernen oder die zweihundert Meter zum Erasmus zu latschen?

Überhaupt keinen Sinn. Nein, nicht einen Hauch von Sinn, so lautete die offensichtliche Antwort. Die bittere Wahrheit.

Das Ende Januar in Oosterby entführte zehnjährige Mädchen …

Gütiger Gott, lass mich hier und jetzt sterben, dachte Kuno. Ich bin es nicht wert, noch länger zu leben, ich habe das Recht verwirkt, ein Mensch zu sein, und ich kann nicht mehr.

Doch Gott hatte beschlossen, dem Klagelied des Sünders nicht zu lauschen, und als die Zeiger der Uhr die Zwölf passiert hatten, zog Kuno Blavatsky deshalb seine Jacke an, die an einem Haken an der Innenseite der Tür hing, und begab sich in den Ort und zum Meer hinunter. Obwohl es eine einigermaßen laue Frühlingsnacht war und obwohl er vier Stunden lang ging, begegnete er keinem Menschen. Ein einsamer schwarzer Hund begleitete ihn ein kleines Stück, als er auf den Strand kam, aber das war alles. Er fragte sich, ob der Hund möglicherweise die unselige Seele des toten Mädchens Madeleine Kettener in sich trug, aber das Tier antwortete nicht. Legte nur den Kopf schief und schlug mehrmals mit dem Schwanz; falls dies eine Antwort sein sollte, so vermochte er sie nicht zu deuten.

Die Beerdigung fand am vierzehnten Mai in der Kirche von Oosterby statt, und am selben Tag wurden die Abiturienten aus dem Erasmus-Lehrwerk in Werdingen entlassen, wenngleich ein paar Stunden früher. Selbst wenn sie es gewünscht hätten, wäre es den ehemaligen Mitgliedern des Vereins der Linkshänder also nicht möglich gewesen, der Zeremonie in der Kirche beizuwohnen. Statt Abschied von einem toten Mädchen zu nehmen, erforderten andere Abschiede ihre Anwesenheit. Von Kameraden. Lehrern. Schulpersonal. Die Schwestern Clara und Birgitte Behrens legten allerdings Geld für einen Kranz zusammen, schließlich hatten sie fast ein Jahr auf Madeleine aufgepasst, und es war allgemein bekannt, dass Madeleine in der Obhut Claras gewesen war, als sie dreieinhalb Monate zuvor in der Nähe der Eisbahn im Hooverpark entführt worden war.

Von einem gewissen Leopold Kransky, wie sich herausstellen sollte. Diese Neuigkeit detonierte eine gute Woche nach Abitur und Beerdigung wie eine Bombe, und wie es dazu gekommen war, dass die Polizei ihn festnahm, war anfangs unklar. Die Polizei selbst schien der Meinung zu sein, dass es das Ergebnis beharrlicher und erfolgreicher Detektivarbeit war, aber ein paar Journalisten fanden heraus, dass sie einen Hinweis bekommen hatte. Noch dazu von einem anonymen Informanten, und ganz gleich, wie die Umstände der Suche und Festnahme Kranskys gewesen sein mochten, so gestand er jedenfalls Anfang Juni, dass er und kein anderer der Entführer gewesen sei. Er beteuerte allerdings nachdrücklich, dass ihn keine Schuld am Tod Madeleine Ketteners treffe, die ihm zufolge bei einem Unfall umgekommen sei, während er sie gefangen hielt. Das Lösegeld, das die Eltern gezahlt hatten, einhunderttausend Gulden, habe er bereits ausgegeben; es hieß, er habe kurz gelacht, als er dies aussagte. Möglicherweise war es sogar ein kurzes *höhnisches* Lachen gewesen.

Hatte Kransky Komplizen gehabt?

Von wegen.

Das Urteil über Leopold Kransky – vierundzwanzig Jahre Gefängnis (mit der Möglichkeit einer Freilassung nach vier Fünfteln der absolvierten Zeit) – wurde Mitte September gesprochen, und zu diesem Zeitpunkt hatten alle ehemaligen Mitglieder im Verein der Linkshänder Oosterby verlassen. Marten Winckelstroop hatte ein Studium an der Journalistenschule in Loewingen aufgenommen. Rejmus Fiste arbeitete in einem Restaurant in Gobshejm. Kuno Blavatsky war nach Aarlach gezogen, wo er im Januar eine Ausbildung zum Immobilienmakler antrat, eine Laufbahn, die er nach nur zwei Monaten abbrechen sollte. Clara Behrens arbeitete in einem Friseursalon in Maardam, und Qvintus Maasenegger braute, soweit man wusste, immer noch irgendwo in Deutschland Bier.

Keiner in Oosterby und Umgebung sah irgendeinen Zusammenhang zwischen dem einen und dem anderen, zwischen der tragischen Geschichte Madeleine Ketteners und einer Handvoll Jugendlicher, die den Ort Hals über Kopf verließen, und warum hätte das auch jemand tun sollen? Nicht einmal Birgitte Behrens (Krankenpflegeschule in Hamburg), die immerhin einst aktives Mitglied im VDL gewesen war, zog derartige Schlussfolgerungen, und wenn es eine oder mehrere Personen gab, die mehr über die Entführung wussten als die Polizei, so zogen sie es vor zu schweigen.

Louise und Boris Kettener verkauften ihre noble Villa oben auf der Vornehmen Klippe im Oktober und zogen mit ihrem introvertierten Sohn Ludvig nach Nizza. Während der kurzen Zeit, die sie in Oosterby gewohnt hatten, waren sie nicht dazu gekommen, enge Freundschaften zu schließen, aber sie blieben den Menschen als ein Paar Trauervögel in Erinnerung, die gelandet, kurz geblieben und wieder davongeflogen waren. Besonders Frau Ketteners ruhige Spaziergänge entlang der Strände blieben in Erinnerung, im Nachhinein fiel es leicht, sie als eine Art schüchterne Vorboten zu sehen.

Der Installateur, der seit März 1969 den Raum in der Dorffstraat genutzt hatte, erhängte sich ein gutes Jahr später, nachdem seine Frau ihn verlassen hatte, und als der gesamte Häuserblock Anfang 1974 abgerissen wurde, war der Raum bis dahin ohne Nachmieter geblieben.

30

Oktober 2012. Oosterby und Umgebung

Ulrike Fremdli las Rebecca Klejnes Zeugenaussage, als Van Veeteren in der Dusche war, und zum Frühstück servierte sie ihm ihre Gesichtspunkte.

»Sie macht einen ziemlich überzeugenden Eindruck. Aber sie hat natürlich auch nicht viel zu erzählen. Sie sagt das Gleiche wie damals. Solange sie in der Pension war, hat sie keine anderen Menschen gesehen.«

»Das habe ich mir fast gedacht«, sagte Van Veeteren.

»Also keine außer denen, die auf unserer Liste stehen.«

»Ich wusste gar nicht, dass wir eine Liste haben.«

»Seien Sie nicht albern, Herr Kommissar. Sie wissen, was ich meine.«

»Das tut der Herr Kommissar«, gestand Van Veeteren.

»Rebecca Klejne ist schon gegen sieben nach Hause gegangen, das hat also im Grunde nicht viel zu sagen.«

»Wie lange ist sie vernommen worden? Hast du das gesehen?«

»Nein, aber es waren nur vier Seiten, also dürfte es ziemlich schnell gegangen sein.«

Van Veeteren teilte ein Stück Käse und dachte nach. »Eine aktualisierte Zeugenaussage des Kochs würde mehr bringen«, bemerkte er. »Er blieb schließlich bis … wie spät war es?«

»Viertel vor elf«, klärte Ulrike ihn auf. »Und nach dem, was er 1991 behauptet hat, hielten sich nur fünf Personen im Speiseaal auf, als er ging … unser altbekanntes Quintett. Aber um die Uhrzeit sind es noch mehr als zwei Stunden, bis das Feuer ausbricht, ein Fremder hat also alle Zeit der Welt, um aufzutauchen.«

»Zweifellos«, sagte Van Veeteren. »Hast du seine Aussage gründlich gelesen?«

»Die des Kochs?«

»Ja.«

»Selbstverständlich.«

»Was sagt er über die Stimmung unter den Gästen? Könntest du dir vorstellen, das Gedächtnis eines alten Mannes ein wenig aufzufrischen?«

»Da er mich so lieb darum bittet«, erwiderte Ulrike und lächelte. »Volker Hermann, so sein Name, behauptet, dass es anfangs ein wenig steif, mit der Zeit aber lockerer zuging. Als er seine Arbeit getan hatte, schienen alle ein wenig betrunken und ausgelassen fröhlich zu sein … ja, so ungefähr fasst er das Ganze zusammen. Eine ziemlich normale Entwicklung eines solchen Abends, wenn man die Umstände bedenkt … also, dass sie sich so lange nicht gesehen hatten. Oder nicht?«

»Ich denke schon«, sagte Van Veeteren. »Völlig erwartbar.«

»Aber dann bleiben sie noch bis nach eins im Speisesaal, das sollte man nicht außer Acht lassen. Sie müssen wirklich eine Menge zu besprechen gehabt haben, oder was meint der Herr Kommissar?«

»Den Herrn Kommissar gibt es nicht mehr.«

»Aber wenn es ihn gäbe?«

»Wenn es ihn gäbe, würde er vermutlich erklären, dass dies ein Aspekt ist, dem man Beachtung schenken sollte.«

»Danke«, sagte Ulrike. »Es ist ein gutes Gefühl, gelobt zu werden, und sei es auch nur ein bisschen. Was denkst du eigentlich über diesen Fall, von dem wir gestern gesprochen haben? Diese Entführungsgeschichte.«

»Nichts«, erklärte Van Veeteren. »Jedenfalls nicht mehr, als Borkmanns Regel besagt. Die habe ich doch erwähnt, nicht?«

»Dass zwei Verbrechen in demselben kleinen Kaff zusammenhängen, auch wenn zwischen ihnen hundert Jahre vergangen sind?«

»Grob gesagt. Für einen Kriminalpolizisten könnte es sich zumindest lohnen, diesen Faden aufzugreifen.«

»Und, findest du nicht, dass wir das tun sollten?«

»Wir?«

»Entschuldige, ist mir so herausgerutscht. Aber sollten Radovic und seine Leute der Sache nicht auf jeden Fall nachgehen? Was hältst du eigentlich von ihm? Ist er kompetent genug?«

»Oder benötigt er die Unterstützung einer renommierten Vernehmungspsychologin, meinst du das?«

»Genau das meine ich. Und?«

Van Veeteren dachte ein paar Sekunden nach. »Ich zweifele nicht an seiner Kompetenz«, sagte er. »Die Frage ist eher, ob er ausreichend motiviert ist. Er hat die Sache vor zwanzig Jahren schließlich nicht verbockt.«

»Einundzwanzig«, sagte Ulrike. »Nein, da standen andere auf der Kommandobrücke, das habe ich schon verstanden. Aber ich dachte, solche *cold cases* wären ein bisschen in Mode?«

»In der Literatur und im Fernsehen vielleicht«, antwortete Van Veeteren mit einer Grimasse. »In der Realität eher weniger. Da will man möglichst schnell eine Lösung finden.«

»Einen Mörder entlarven?«

»Zum Beispiel. Reichst du mir mal die Butter?«

Ulrike Fremdli reichte ihm die Butter. Trank einen Schluck Tee und schwieg eine ganze Weile, während Van Veeteren die Lokalzeitung überflog.

»Wenn es sich so verhält, wie du andeutest«, sagte sie schließlich. »Dass der gegenwärtige Bulle diesen Job nicht so toll findet, dann bedeutet das letzten Endes doch, dass der alte Bulle einspringen muss. Nicht zu vergessen Luther und Kant und … wie hieß er noch?«

»Rappaport. Ja, natürlich, da hast du schon recht. Und du merkst ja wohl, dass ich die ganze Zeit zur Verfügung stehe … *red alert* oder wie zum Teufel das heißt. Außerdem …«

»Ja?«

»… außerdem finde ich, dass die vierte Staatsgewalt sich ruhig für die Sache interessieren könnte, aber hier steht nicht eine einzige Zeile.«

Mit einem Schnauben faltete er das Neuwe Journaal zusammen und ließ es auf den Fußboden fallen.

»Was wäre der Unterschied, wenn die Zeitungen darüber schreiben würden? Ich dachte, du hast etwas gegen Journalisten?«

»Nur gegen schlechte Journalisten«, sagte Van Veeteren. »Gute sind in unserer Zeit wahrscheinlich notwendiger denn je.«

»Das finde ich auch.«

»Was immer man von der Rolle der Medien halten mag, so kann sie für die Polizei doch von Nutzen sein, von großem Nutzen, so ist es immer schon gewesen. Denk nur an diese Fernsehprogramme, die wir niemals sehen. Der Mörder des Monats und wie sie alle heißen …«

»Es gibt keine Sendung, die so heißt.«

»Woher willst du das wissen?«

»Vergiss es, ich weiß es einfach. Du willst also Hinweise aus der Bevölkerung haben?«

»Warum nicht?«

»Ist es das, worauf wir warten?«

»Warten bereitet einem keine Mühe«, erklärte Van Veeteren philosophisch. »In der Zwischenzeit kann man seine Zeit allen möglichen anderen Dingen widmen.«

»Während die Mühlen mahlen?«

»Exakt.«

Ulrike seufzte. »Weißt du was, mein lieber Gatte und Lebensgefährte. Manchmal merkt man, dass du nicht mehr im Dienst bist.«

»Immerhin berichten sie über das Wetter.«

»Hä?«

»Die Lokalzeitung. Am späten Nachmittag soll es regnen, aber bis dahin bleibt es trocken. Ich schlage vor, dass wir einen Packen belegte Brote und eine Kanne Kaffee bestellen und uns auf den Weg machen. Wenn du unbedingt willst, können wir unsere Detektivarbeit am Meer fortsetzen, an der frischen Luft denkt man wesentlich besser. Vor allem, wenn man sich dabei bewegt.«

»Ich weiß, dass du das denkst.«

»Stimmst du mir etwa nicht zu?«

»Natürlich stimme ich dir zu. Wenn du das mit Strand und Meer und Himmel nicht begreifen würdest, hätte ich mich nie in dich verguckt.«

»Du meinst, dass du dich in mich *verguckt* hast?«, sagte Van Veeteren. »Darüber musst du mir mehr erzählen.«

»Ein anderes Mal«, sagte Ulrike Fremdli.

Van Veeteren gähnte und dachte ... ja, was dachte er?

Nun, dass ihm tatsächlich keine einzige Stelle im ganzen

Körper wehtat, dass er seine Frau liebte und sie schon in ein paar Tagen zurück in Maardam sein würden. Es hätte schlimmer sein können.

Die Wanderung an diesem Tag dauerte drei Stunden, anderthalb bei leichtem Gegenwind, anderthalb bei starkem Seitenwind, und weil sie die Strapazen mit einem späten Mittagessen im Gasthaus Zum Böttcher am äußersten Rand von Friesenbirge abschlossen, waren sie erst gegen vier Uhr zurück im Kaarshuis, ungefähr zu der Zeit, als der vorhergesagte Regen einsetzte.

Bevor sie sich einem Nachmittagsschlaf widmeten, versuchte Ulrike Fremdli zusammenzufassen, zu welchen Schlüssen sie in Bezug auf die alten Morde in Mollys Pension gekommen waren. Die ermittlungstechnischen Fortschritte des Tages sozusagen, aber obwohl sie das Ganze wirklich immer wieder durchgekaut, diverse Details und Indizien unter die Lupe genommen, Theorien ausgeworfen, davonziehen und verschwinden gesehen hatte, kam sie nur auf die glatte, aber unangenehm niedrige Zahl Null.

Nullkommanichts.

»Immerhin hat es keinen Rückschlag gegeben«, tröstete der pensionierte Kommissar sie. »Was wir heute Morgen wussten, wissen wir auch jetzt noch. Zeit für ein Nickerchen.«

»Ich bin das nur so leid«, entgegnete die Vernehmungspsychologin. »Wir wissen, dass ein unbekannter Mensch an einem späten Abend vor … vor einundzwanzig Jahren und einem Monat fünf andere Menschen umgebracht hat. Wir wissen nicht, wer er oder sie war. Wir wissen nichts über das Motiv, und wir wissen nicht, was wir tun sollen, um weiterzukommen. Geht es wirklich so zu, wenn die Polizei in einem Fall ermittelt … auf Kosten der Steuerzahler?«

»Meistens«, antwortete Van Veeteren, Sekunden bevor er einschlief.

Der Hinweis aus der Bevölkerung war am Vormittag mit der Post gekommen – aber durch ein kleines Versehen wurde er dem Adressaten, Herrn Kommissar Van Veeteren a. D., erst zum Abendessen ausgehändigt.

Es war ein dicker Brief. Sein Name und die Adresse – *Pension Kaarshuis, Randers Weg 4–6, Friesenbirge* – auf dem hellbraunen Kuvert waren mit blauer Tinte geschrieben, genau wie der Rest des elf Seiten langen Texts. Eine schöne, etwas altmodische Handschrift, die Überschrift war einmal unterstrichen; er fragte sich, ob er je zuvor in seinem Leben einen so umfangreichen Brief bekommen hatte. Vermutlich nicht.

An die Kriminalpolizei, ein Bekenntnis, das besser früher abgelegt worden wäre

Er las die Überschrift Ulrike vor und legte den Blätterstapel neben seinen Suppenteller.

»Lass uns erst in Ruhe essen. Dann gehen wir das hinterher auf unserem Zimmer durch. Ich habe das Gefühl, dass die Mühlen gemahlen haben … wie gesagt.«

»Verdammt«, sagte Ulrike. »Ich habe ehrlich gesagt überhaupt keinen Hunger. Könnten wir nicht …?«

Van Veeteren schüttelte den Kopf. »Alles hat seine Zeit, und weil der Brief an mich adressiert ist, entscheide ich, wann wir ihn lesen. Damit musst du ja wohl einverstanden sein, oder?«

»Ich erinnere mich an einen alten Kriminalpolizisten, der einmal behauptet hat, es sei wichtig, einen Mörder so schnell wie möglich zu finden … wenn mich nicht alles täuscht, war das heute Morgen.«

»Das gilt nicht, wenn man von Anfang an zwei Jahrzehnte hinterherhinkt«, erwiderte Van Veeteren und tunkte den Löffel in die Suppe.

31

September 1991. Oosterby und Umgebung

Es war für fünf Personen gedeckt, aber am Tisch standen sechs Stühle. Marten Winckelstroop fiel es auf, als er in den Speisesaal hinunterkam, aber er dachte nicht weiter darüber nach.

Rejmus Fiste und Kuno Blavatsky hatten bereits Platz genommen. Qvintus Maasenegger rauchte im Stehen zum offenen Fenster hinaus. Eine späte Hummel brummte um eine Vase mit herbstlichen Hahnenfußblumen auf dem Tisch; Marten wusste, dass es Hahnenfußblumen waren, weil seine erste Frau Siren sie immer gepflückt und in einer Vase auf den Küchentisch gestellt hatte. Zu der Zeit hatten sie in der Gegend von Sorbinowo gewohnt, in einem flachen und langgestreckten Pommersteinhaus am Ufer eines Sees; er hatte einen flüchtigen Flashback und dachte, dass es eine glückliche Zeit gewesen war. Zweieinhalb Jahre; hatte er schon, während sie verstrichen, begriffen, dass es eine der besten Phasen seines Lebens war? Vermutlich nicht. Kann man Glück im Nachhinein empfinden?

Vermutlich nicht. Nur verstehen, dass man es verloren hat. Und nun stand er hier in einer anderen Zeit. Für eine eingefrorene Sekunde kam ihm der Gedanke, dass dies alles ein Bild war; es musste durch die Ruhe entstanden sein. Rejmus und Kuno am Tisch, Qvintus vor dem Fenster, er selbst im Türrahmen. Nichts bewegte sich, nur die Hummel.

Die gelben Hahnenfußblumen. Der schlicht gedeckte Tisch, weiße Teller, Besteck, drei Gläser an jedem Platz, Servietten in matten Herbstfarben … ja, ein Maler hätte aus diesem Augenblick etwas machen können.

Wie gesagt, gedeckt für fünf. Vier an den Längsseiten, einer am Kopfende.

Verdammt. Er schluckte und sagte etwas Sinnloses zu Rejmus und Kuno. Etwas darüber, dass es eine Tafel für Rechtshänder zu sein schien.

Kuno lachte nervös, Rejmus erwiderte nichts.

Und das Unbehagen schwebte wie eine trächtige Wolke im Raum.

Qvintus Maasenegger dachte, dass er entweder zu viel oder zu wenig getrunken hatte. Wahrscheinlich zu wenig. Solange der Alkoholgehalt im Blut stieg, fühlte man sich gut, wenn er sank, wurde es hart. Das war eine alte und bewährte Wahrheit.

Es war acht Uhr. Sie hatten sich eine Vorspeise einverleibt, die aus getoastetem Brot und diversem Getier aus dem Meer bestanden hatte. Qvintus mochte kein Getier aus dem Meer und hoffte, dass der glatzköpfige Koch nicht vorhatte, als Hauptgericht auch noch Fisch zu servieren. Während er darauf wartete, die Antwort auf diese Frage zu bekommen, ging er zum Fenster und zündete sich eine weitere Zigarette an, nicht etwa, weil bei Tisch nicht geraucht werden durfte, sondern weil er das Gelaber satthatte. Das restliche Quartett tauschte Schulerinnerungen aus, sie quasselten schon seit mindestens einer halben Stunde über Studienrat Hitler und Lehrerin Prachtarsch und Rektor Monsterfurz, und da

Qvintus nie einen Fuß in diese verdammte Lehranstalt, das vornehme Erasmus-Gymnasium in Werdingen, gesetzt hatte, konnte er nichts zur Konversation beitragen. Warum reichte es nicht, sich über die Volksschule in Oosterby zu unterhalten? Gute Frage, aber das wollte er nicht tun … also fragen. Bestimmt nicht.

Er fühlte sich mit anderen Worten ausgeschlossen, aber daran war er gewöhnt, und so war es im Grunde kein Problem. Abgesehen davon, dass es manchmal – wie jetzt – zum Kotzen langweilig wurde. In Situationen wie dieser konnte man die Hilfe eines Tropfen Alkohols irgendeiner Art, Bier, Wein oder Schnaps, das spielte keine Rolle, in Anspruch nehmen – und als er auch an diesem Abend zu dieser Erkenntnis gelangt war, während er sich die zwanzigste oder fünfundzwanzigste Zigarette angezündet hatte, ging er zum Tisch und füllte sein Bierglas.

Kehrte zum offenen Fenster zurück. Ein Glas in der einen Hand, eine Fluppe in der anderen, das war ein schönes Gleichgewicht, und er dachte, wenn gleich so ein verfluchter Fisch auf den Tisch kam, dann konnte er immer noch eine leichte Übelkeit simulieren … oder eine Migräne oder was auch immer … sich eine Pulle Wein schnappen und sich auf sein Zimmer zurückziehen. Ganz gleich, wer auf die kranke Idee eines Wiedersehens gekommen war, dieses Treffen war ein Misserfolg. Ein totaler Misserfolg, und die vage Sorge, dass Zink auftauchen könnte, schien unberechtigt zu sein.

Er trank ein paar Schlucke Bier, zog mehrmals an seiner Zigarette, drückte sie in einem Blumentopf aus und setzte sich wieder. Fast hätte er das Glas umgekippt, als er es vor seinem Teller abstellte, aber es ging noch einmal gut. Clara Behrens zu seiner Rechten merkte es und lachte kurz und ein wenig nervös, fand er.

»Hoppla. Wie geht es dir?«

»Alles in Ordnung«, versicherte er. »Vielleicht ist eine Migräne im Anmarsch, mal schauen, wie sich das weiterentwickelt.«

Sie nickte. Ziemlich mitfühlend, wie ihm schien, aber wenn er es schon vor zwanzig Jahre nicht geschafft hatte, sie zu ficken, hieß das mit Sicherheit, dass an einem Tag wie diesem nichts zu holen war. Das Leben war eine Hexe, aber im selben Moment kam Molly Hansen mit zwei Flaschen Rotwein herein.

Na also, dachte Qvintus Maasenegger. Fleisch. Ich bleibe auf jeden Fall noch eine Stunde und esse.

Rejmus Fiste trank einen Schluck Wein und sah auf die Uhr. Viertel nach neun.

Er war satt und leicht betrunken. Die Stimmung am Tisch hatte sich bedeutend gelockert, je mehr Weinflaschen sie geleert und je mehr sie ihre Bäuche mit dem Fleischragout gefüllt hatten. Es war lecker, das musste er zugeben und hatte es dem Koch auch gesagt – ein Mann in ihrem Alter, vielleicht ein, zwei Jahre älter, mit rasiertem Schädel und einer runden, leicht gelb getönten Brille. Im Moment war er damit beschäftigt, Teller und Besteck einzusammeln, die Inhaberin Molly war vor Kurzem nach Hause gefahren, nachdem sie allen einen weiterhin angenehmen Abend gewünscht hatte.

Vielleicht wird es das ja auch, dachte Rejmus. *Ein angenehmer Abend.* Die Sorge und Reue, die er empfunden hatte, waren bedeutend schwächer geworden, aber nicht völlig verschwunden. Keiner hatte eine Bemerkung darüber gemacht, dass sechs Stühle um den Tisch standen, und das allein – dass alle etwas zu verstehen schienen, was man nicht zugeben wollte – war ja eigenartig. Und gleichzeitig auch wieder nicht; wollte man ein Ereignis begraben, war es sicher eine gute Idee, eine dicke Lage Schweigen darüberzuschaufeln. Das war keine bahnbrechend neue Methode.

Wie auch immer; als die Stunden vergingen und der Wein die Kehle hinabfloss, empfand er das Ganze als weniger besorgniserregend. Wenn man nicht in der Lage war, ein vorzügliches Essen und gute Getränke im Kreise alter Freunde zu genießen, wo war man dann in seinem Leben gelandet, dachte Rejmus, lehnte sich zurück und war mit dieser prägnanten Formulierung philosophisch zufrieden.

Birgitte Behrens saß ihm gegenüber und spielte weiter Clara Behrens. Er fragte sich, warum. Vielleicht hätte er die Antwort bekommen, wenn er vor ein paar Stunden nicht so hastig aus ihrem Zimmer abgegangen wäre. Jetzt erschien es ihm zu spät, sie zu fragen, und in Gegenwart der anderen konnte er es ohnehin nicht tun. Irgendwie hatte er ihr das versprochen, und auch wenn er das eigentlich, strenggenommen, nicht getan hatte, sah er ihr an, dass sie es von ihm erwartete. Sie hatten stillschweigend einen kleinen Pakt geschlossen, und zu seiner Überraschung merkte er, dass ausgerechnet diese stillschweigende Übereinkunft inzwischen einen sexuellen Beigeschmack bekommen hatte. Wenn er ab und zu, flüchtig und verstohlen, ihrem Blick begegnete, hatte er das Gefühl, eine andere Art von Versprechen wahrzunehmen. Zumindest eine Andeutung davon. Er hatte vor einer Ewigkeit mit ihrer Schwester geschlafen, einige Male, hieß das nicht logischerweise, dass er eine ganz besondere Beziehung zu ihrer Schwester hatte? Noch dazu zu ihrer Zwillingsschwester.

Einbildung, dachte die nüchterne Stimme in ihm.

Nicht unmöglich, dachte die leicht betrunkene.

Während sie auf das Dessert warteten, wurden mehr Wein und eine kleine Käseplatte aufgetragen.

»Darf ich dir nachschenken?«, fragte er und hob eine der Flaschen.

Birgitte Behrens zögerte eine Sekunde, dann nickte sie.

Kuno Blavatsky war in einer nostalgischen Stimmung.

Er war auch in angeheiterter Stimmung, aber das störte ihn nicht weiter. Den anderen ging es mit Sicherheit genauso, und für ihn selbst wurde es dadurch leichter, es mit sich selbst auszuhalten. Wesentlich leichter; der erste Anflug von Nostalgie hatte sich ein paar Minuten zuvor geregt, als er Marten und Rejmus betrachtete, wie sie dort zusammensaßen und sich unterhielten und gemeinsam über irgendetwas lachten. Vor dreißig Jahren hatten sie zu dritt auf Martens Dachboden zusammengesessen, Kuno hatte nie zuvor Freunde gehabt, und dann war er Hals über Kopf in den Verein der Linkshänder aufgenommen worden. Das war eine große Sache für ihn gewesen; er fragte sich, ob die beiden anderen jemals begriffen hatten, wie viel ihm das bedeutet hatte, und für einen Moment hatte er das Gefühl, sie danach fragen zu müssen.

Doch trotz seines Rauschs und der relativen Enthemmung hielt er seine Zunge im Zaum. Sie hatte sich nach und nach verändert, die gute Gemeinschaft im VDL. Vielleicht war es unausweichlich gewesen und hatte so kommen müssen, ob man nun wollte oder nicht. Die ersten Jahre waren die besten gewesen; die Zeit vor der Pubertät. Vor dem Auftauchen der Schwestern. Vor Vater Isidors Tod. Vor dem Erasmus und dem Pensionszimmer in Werdingen.

Vor Madeleine.

Die Nostalgie verdüsterte sich zu Trauer, er streckte sich nach seinem Weinglas und merkte, dass seine Hand zitterte.

Merkte außerdem, als er einen großen, tröstenden Schluck getrunken hatte, dass Clara Behrens ihn etwas gefragt hatte.

»Was?«, sagte er. »Entschuldige, ich habe nicht gehört, was du gesagt hast.«

»Wie heißt dieser Song? Ist der nicht von achtundsechzig oder neunundsechzig …?«

Daraufhin bemerkte Kuno erst, dass von irgendwoher Musik kam. Den Song erkannte er allerdings praktisch sofort und konnte ihn identifizieren.

»*Fire*«, sagte er. »Von Arthur Brown.«

»Ja, genau«, sagte Clara. »Ist es nicht unglaublich, was für Musik man damals gehört hat. Heute interessiert mich das kaum noch.«

»Geht mir genauso«, sagte Kuno. »Aber ich höre ein bisschen klassische Musik … Chormusik und so. Das habe ich von meiner Frau gelernt, sie hat in einem Chor gesungen, als sie jünger war. Ich selbst klinge leider wie ein Esel, wenn ich es versuche … sagt sie zumindest.«

Clara lachte. Kuno konnte sich nicht erinnern, sie damals jemals zum Lachen gebracht zu haben. Auch nicht viele andere Frauen, damals oder in seinem späteren Leben.

»Sieh mal, da kommt das Dessert«, sagte er und sah auf die Uhr. »Halb elf, sieht so aus, als würden wir jedenfalls vor Mitternacht ins Bett kommen.«

Clara lachte wieder.

Birgitte Behrens stand in der Toilette und klatschte sich kaltes Wasser ins Gesicht. Es war ein paar Minuten nach Mitternacht, und sie hatte sich übergeben.

Aber nur ein bisschen, und jetzt war die Übelkeit verschwunden.

Ich sollte trotzdem ins Bett gehen, dachte sie. Wenn ich noch mehr trinke, geht es mir morgen den ganzen Tag schlecht.

Vorher würde sie zudem gezwungen sein, Rejmus Fiste einen Korb zu geben. Im Verlauf des Abends war es immer unübersehbarer geworden, dass er gern das Bett mit ihr teilen würde; sie begriff, dass es mit ihrer stillschweigenden Übereinkunft zusammenhing – dass er ihre wahre Identität nicht enthüllen sollte –, und stellte darüber hinaus erstaunt fest, dass ihr der Gedanke nicht vollkommen fremd war.

Geil?, dachte sie erstaunt. Das war ihr lange nicht mehr passiert.

Trotzdem hatte sie fast schon beschlossen, sich zurückzuziehen (er konnte ja wieder an ihrer Tür klopfen?), aber als sie in den Speisesaal zurückkam, hatte jemand eine Flasche Champagner (oder zumindest Schaumwein) aus dem Kühlschrank geholt und schenkte allen ein.

Also schön, ein Absacker, entschied sie, aber da es sich um eine Magnumflasche handelte, bestand unübersehbar die Gefahr, dass aus dem einen Absacker mehrere wurden.

Scheißegal, dachte Birgitte Behrens, und als sie sich auf ihren Platz setzte, bemerkte sie im selben Moment zwei Dinge. Die Musik war verstummt, und jemand war hinzugekommen und hatte sich auf den sechsten Stuhl am Tisch gesetzt.

32

Oktober 2012. Oosterby und Umgebung

An die Kriminalpolizei, ein Bekenntnis, das besser früher abgelegt worden wäre

Ich schreibe Ihnen, weil ich nicht länger schweigen kann. Das habe ich so viele Jahre getan, und immer wieder habe ich mir neue Entschuldigungen einfallen lassen, um meine Geschichte nicht erzählen zu müssen. Meine innere Stimme habe ich mit halben Lügen betäubt, und auch wenn ich in all dieser Zeit mein Schweigen mit sachlichen Argumenten untermauern konnte, so begreife ich heute, angesichts der neuen Ereignisse, dass es unverzeihlich wäre, nicht zu übermitteln, was ich weiß. Ich bin fast achtzig Jahre alt, ich kann jeden Tag das Zeitliche segnen und will meinem Schöpfer nicht entgegentreten, solange diese Sache mein Gewissen belastet.

Bevor ich anfange, möchte ich eine Bitte äußern. Sollte es möglich sein, dass ich anonym bleibe, wäre ich Ihnen dafür unendlich dankbar. Ich bitte nicht um meiner selbst willen, sondern meinem Mann und meinen Kindern zuliebe. Vor allem meinem Mann zuliebe, er ist der Rechtschaffenste der Rechtschaffenen, er kennt meine Geschichte nicht, und ich fürchte, dass er daran zerbrechen könnte, sie zu erfahren. Es dürfte für Sie ein Leichtes sein, meine Identität zu ermitteln, und wenn es so ist, dass sie Kontakt zu mir aufnehmen müssen, dann lässt sich das ja vielleicht regeln, ohne dass er davon erfährt? Ich kann das nicht fordern, es ist bloß eine Bitte und ein frommer Wunsch.

Ich wurde in dieser Region, etwas weiter landeinwärts, als viertes von fünf Kindern auf einem Bauernhof geboren. Man schrieb das Jahr 1933, wir waren arm, aber sauber und gesund, wie mein Vater zu sagen pflegte. Darüber hinaus waren wir gottesfürchtig, die ganze Familie ging jeden Sonntag in die Kirche, und daheim wurde morgens, vor dem Essen und abends gebetet. Als ich acht war, zog mein Vater in den Krieg, einen Monat später wurde er erschossen. Zwei Jahre später ereilte meinen ältesten Bruder das gleiche Schicksal, auch wenn wir von seinem Tod erst viel später erfuhren. Übrig blieben meine Mutter, ich selbst, zwei ältere Schwestern und ein jüngerer Bruder, und wir versuchten, den Hof zu bewirtschaften, so gut es eben ging, aber leicht war es nicht. Im Spätherbst 1945, ein halbes Jahr nach Kriegsende, starb meine älteste Schwester mit gerade einmal fünfzehn Jahren an Leukämie. Ich konnte nicht begreifen, warum ein guter und allmächtiger Gott zuließ, dass uns all dieses Unglück traf, suchte auf meine Fragen aber trotzdem Antworten im christlichen Glauben. Ich las die Bibel und verschiedene geistliche Schriften. 1947 wurde ich als Novizin in ein Kloster aufgenommen, was bedeutete, dass ich ein Jahr unter den Schwestern verbringen und mich danach, mit fünfzehn, entscheiden sollte, ob ich die Gelübde ablegen und bleiben wollte.

Als ich noch Novizin war, kam es zu dem Ereignis, das für mein weiteres Leben von entscheidender Bedeutung werden sollte. Eines frühen Morgens im November fand eine der Schwestern einen Korb mit einem Säugling vor dem Tor des Klosters. Es war ein kleiner Knabe, der, soweit sich das beurteilen ließ, nur ein paar Wochen alt war. Es gab weder einen Brief noch eine Mitteilung mit einer Erklärung, aber es fiel nicht weiter schwer, sich die Vorgeschichte zu erschließen. Eine unglückliche Frau hatte ein ungewolltes Kind geboren und sah keinen anderen Ausweg, als es fortzugeben. Und welcher Ort könnte mehr Geborgenheit schenken als ein Kloster? Wo kann ein Kind besser umhegt werden als in einer Gruppe frommer Nonnen? Jedenfalls vermuteten die Schwestern, angeführt von der Äbtissin, dass solche Erwägungen hinter dem Entschluss der unbekannten Mutter standen, ihr Kind fortzugeben – und das waren wohl auch die Erwägungen, die uns veranlassten, uns um dieses Kind zu kümmern, und auch noch, ohne die Behörden davon in Kenntnis zu setzen. Ich weiß nicht, ich war damals nur eine vierzehnjährige Novizin, aber mich bezauberte der kleine Junge sofort. Den anderen Schwestern ging es genauso, denn es war ein liebreizendes Kind. Es fiel einem nicht schwer, sich einzubilden, dass er durch die Fürsorge Gottes zu uns gekommen war. Ihn geheim zu halten lag in der Natur der Dinge, und es gibt keinen besseren Ort auf der Welt, um etwas zu verbergen, als die massiven Mauern eines Klosters. Die friedliche und schlichte Abgeschiedenheit; ein unbekannter Knabe, um den sich sechsunddreißig fromme Frauen kümmern, das erschien uns fast wie eine biblische Erzählung, und ich glaube sagen zu können, dass niemals ein kleiner Junge von so viel Liebe umgeben aufwuchs, wie er sie bei uns bekam.

Wir tauften ihn Kristian, nannten ihn aber meistens Kristen.

Und er blieb. Auch ich blieb, denn nach meinem Jahr als Novizin legte ich die Gelübde ab und entsagte jedem weltlichen Streben. Es war natürlich eine schwierige Entscheidung, die mir dennoch leichtfiel. Ich zweifelte im Grunde nie, nicht wirklich, ich trug Gott und Jesus in meinem Herzen, und was möglicherweise in der anderen Waagschale lag, wog allzu leicht, um von Bedeutung zu sein.

Um eine lange Geschichte kurz zu machen: Die Jahre vergingen, und Kristen wuchs heran. Er wurde erzogen, in allen denkbaren Fächern unterrichtet und nahm seinen Fähigkeiten entsprechend an den praktischen Aktivitäten im Kloster teil – und in allem, was er tat, blieb er ein liebreizendes Kind. Wir sprachen sogar darüber, halb im Scherz, dass er der Messias sein könne, der auf die Erde zurückgekehrt war, und er wurde wirklich so umsorgt, als wäre er Gottes Sohn. Wir wechselten uns dabei ab, auf ihn aufzupassen, ihn zu unterrichten, ihm Märchen vorzulesen, ihn in den christlichen Glauben einzuführen. Natürlich hatte er Fragen, vor allem, als er älter wurde. Wo kam er her? Warum lebte er an einem solchen Ort mit all diesen Frauen zusammen? Hatte er keine Mama und keinen Papa, wie andere Kinder sie zu haben schienen? Warum gingen wir so selten hinaus und schauten uns »die andere Welt« an? Und so weiter.

Mit der Zeit, als Kristen acht war (der Einfachheit halber erklärten wir den Tag, an dem er zu uns gekommen war, zu seinem Geburtstag), ließen wir ihn Besuche außerhalb des Klosters machen. Aber nur sporadisch, und ein Jahr später wurde beschlossen, dass es das Beste wäre, wenn er die ganze Zeit innerhalb der Klostermauern bliebe. Das Leben draußen galt als allzu hart und verschieden von unserem, und je älter Kristen wurde, desto öfter diskutierten wir, wie wir die Frage seines Lebens als Erwachsener lösen sollten. Es herrschten geteilte Meinungen darüber, was die beste Alternative wäre: zu versuchen, ihn dazu zu bewegen, sein ganzes Leben im Kloster zu verbringen, oder ihn die andere Wirklichkeit kosten zu lassen, damit er selbst wählen konnte. Mehr oder weniger täglich baten wir den Herrn um Anweisungen, hatten aber nie den Eindruck, klare Hinweise zu erhalten. Um eine ungeheuer komplizierte Frage sehr einfach auszudrücken.

Im Laufe der Zeit kamen andere Komplikationen hinzu. Bis zum Alter von dreizehn, vierzehn Jahren blieb Kristen das gute und fröhliche und dankbare Kind. *Liebenswert* ist ein Wort, das heute vielleicht nicht mehr so gebräuchlich ist, aber es fasst seinen Charakter und wie wir ihn wahrnahmen, sehr gut zusammen.

Dann kam er in die Pubertät.

Im Nachhinein mag es, zumal einem Außenstehenden, eigentümlich erscheinen, dass wir nicht damit gerechnet hatten. Auch wenn sich Nonnen von ihren eigenen körperlichen Begierden lossagen, heißt dies ja noch lange nicht, dass sie verschwinden oder dass man sich ihrer bei anderen Menschen nicht bewusst ist. Unser Herrgott erschuf uns als Männer und Frauen, und er erschuf Kristen als Mann. Der liebenswerte Junge konnte nicht länger in harmonischer Geschlechtslosigkeit leben, das wäre eine unmögliche Anomalie gewesen, vielleicht sogar etwas Verwerfliches.

Meiner Auffassung nach ist das Keuschheitsgelübde das Gelübde im Kloster, das am schwersten zu ertragen ist. In Armut und gehorsam zu leben, widerspricht auf einer tieferen Ebene nicht unserer Natur, aber die Sexualität zu unterdrücken, unseren Fortpflanzungstrieb, bedeutet etwas radikal anderes. Es ist eine Art Selbstverstümmelung, manche kommen damit zurecht, andere scheitern daran. Glauben Sie mir, ich habe siebzehn Jahre hinter Klostermauern verbracht, ich habe viel gesehen und erlebt, aber ich will hier nicht auf Details eingehen, denn das ist nicht der Zweck dieses Briefs.

Kristen verwandelte sich allmählich von einem hübschen und pflegeleichten Knaben in einen hübschen und bekümmerten Jüngling. In seinen ersten dreizehn Jahren schlief er zusammen mit uns anderen Schwestern, es geschah ganz selbstverständlich. Er hatte natürlich ein eigenes Bett, aber wie man es auch drehte und wendete, so war er ein werdender Mann, der von einer großen Menge Frauen umgeben war. Wir hatten zwei Schlafsäle, einen für die älteren und einen für die jüngeren Schwestern. Kristen schlief bei uns jüngeren, wir waren zwölf, wie die Apostel. Ich war die Jüngste der jüngeren; aus irgendeinem Grund kam nach mir keine Novizin mehr zu uns, vielleicht spielte unser heimlicher Gast dabei eine Rolle, ich glaube es fast.

Als Kristen vierzehn wurde, war ich achtundzwanzig. Die Älteste in unserem Schlafsaal war gut vierzig, was bedeutet, dass wir alle Frauen in einem Alter waren, das in der Außenwelt als sexuell aktiv beschrieben wird. Wir waren alle Jungfrauen (glaube ich), wir hatten alle (glaube ich) Träume erotischer Art, wir baten täglich um Vergebung für unsere unreinen Gedanken, und wir töteten unsere Sehnsucht mit allen uns zur Verfügung stehenden Mitteln. Und mitten unter uns gab es einen zarten, schönen Jüngling, der allmählich (oder mit Macht) von einer Sehnsucht erfüllt wurde, die ebenso intensiv war wie unsere eigene.

Ich möchte hierüber nicht mehr schreiben. Es kam, wie es wohl kommen musste, ich war nicht die Erste, aber mit der Zeit wurden Kristen und ich ein Paar. Ich liebte seinen Körper, er liebte meinen, er schlief mit einigen der anderen, manchmal mit zwei Frauen gleichzeitig, aber er kehrte immer zu mir zurück. Wir schwiegen darüber, versuchten es zumindest; wir waren sechs Frauen (vielleicht mehr), sechs Schwestern, die das Keuschheitsgelübde abgelegt hatten, aber Kristens Liebhaberinnen waren. Und die anderen Frauen in unserem Schlafsaal beschlossen, es nicht zu sehen.

Und es dauerte lange, mehr als zwei Jahre, bis es endete, wofür eine andere der Todsünden verantwortlich war: Neid. Immer öfter wies Kristen meine Mitschwestern ab und hielt sich an mich, ja, im letzten halben Jahr gab es wohl nur noch ihn und mich. Ich betete ihn mit einer Intensität an, die wohl als Besessenheit bezeichnet werden muss. Vielleicht betete er auch mich an. Aber auch darüber will ich mich nicht weiter auslassen, meine Scham ist zu groß.

Ich weiß nicht, wie viel von all dem, was in diesen Jahren vorging, dem Rat bekannt war: So wurden die drei Schwestern genannt, unter deren Leitung das Kloster stand. Manchmal erscheint es mir vollkommen absurd, dass sie nichts gewusst haben sollen, aber vielleicht war es trotzdem so. Vielleicht funktionierten die Geheimhaltung und das Schweigen, vielleicht ahnten sie etwas, beschlossen aber, sich nichts anmerken zu lassen. Vor allem in den Nächten ruft das Fleisch, auch bei Nonnen, aber es ist jedem Einzelnen überlassen, dagegen anzukämpfen, so gut es geht – mit Hilfe von Gebeten und himmlischer Führung, natürlich, ich glaube, so argumentiert man in vielen Klöstern. Jedenfalls weiß ich, dass Neid und Eifersucht dafür verantwortlich waren, dass ich verraten wurde. Welche Schwester oder Schwestern es der Äbtissin, Schwester Margot, erzählten, ist mir nicht bekannt, und es hat mich auch nie gereizt, es herauszufinden. Oder auch nur darüber nachzudenken. Es spielt keine Rolle. Genauso wenig spielt es eine Rolle, dass sie logen, dass sie behaupteten, ich wäre die Einzige gewesen, mit der Kristen eine sexuelle Verbindung hatte. Was hätte es mir gebracht zu erzählen, wie es sich wirklich verhielt?

Nichts, rein gar nichts.

Kristen und ich verließen das Kloster gemeinsam an einem Tag im August 1964. Ich war einunddreißig, er war (nach unserer Zeitrechnung) noch keine siebzehn. Wir waren beide seit Jahren nicht mehr außerhalb der Klostermauern gewesen; für Kristen war es erst das vierte oder fünfte Mal in seinem Leben. Man hatte uns wirklich *hinausgeworfen*; wir hatten keine Papiere, keine Kontakte da draußen, konnten nirgendwohin und hatten kein Geld. Die einzigen Worte, die der Rat uns mitgab, lauteten, dass für uns kein Weg zurückführte. Keiner im Kloster würde unsere Geschichte bestätigen, falls wir auf die Idee kommen sollten, sie zu erzählen, sie würden leugnen, dass Kristen jemals innerhalb der Klostermauern gelebt hatte, und sie würden behaupten, dass ich zwar viele Jahre eine Nonne gewesen sei, aber aus eigenem Antrieb das Weite gesucht hätte. Ich konnte nicht fassen, wie sich eine solche Entscheidung mit dem christlichen Glauben und dem Gebot der Nächstenliebe vereinen ließ, und verstehe es bis heute nicht.

Aber ich grübelte nicht weiter darüber nach, denn für Grübeleien war keine Zeit. Ich musste mich um Kristen kümmern und dafür sorgen, dass wir überlebten; ganz gleich, wie man es betrachtete, meine Verantwortung für das Geschehen war größer als seine. Um ehrlich zu sein, lag die Verantwortung natürlich ausschließlich bei mir; Kristen war ja in eine Welt hinausgeworfen worden, über die er so gut wie nichts wusste.

Um nochmals eine lange Geschichte kurz zu machen, so gelang es mir, meine ältere Schwester ausfindig zu machen. Meine Mutter war tot, mein jüngerer Bruder war nach Kanada emigriert, aber meine Schwester wohnte noch in der Region. Sie hatte geheiratet und zwei Kinder bekommen, und auch wenn uns nicht viel verband – und auch wenn sie und ihr Mann mich im Grunde verurteilten –, so standen sie uns mit dem wenigen an Hilfe bei, das wir benötigten, um nicht völlig den Boden unter den Füßen zu verlieren. Wir bekamen für einige Tage eine Unterkunft, und als wir fortgingen, hatten wir außerdem etwas Geld und eine Adresse in Maardam.

Gut ein Jahr wohnte ich mit Kristen in Maardam in der Armastenstraat. Es handelte sich um ein Zimmer mit Küche in einem Gebäude, das bald abgerissen werden sollte und dem Schwager meiner Schwester gehörte. Dieser Schwager gab uns auch Arbeit, aber ein guter Mensch war er dennoch nicht. Unsere Arbeit bestand darin, Fleisch zu zerlegen und zu verpacken, das er von unklaren und mit Sicherheit zwielichtigen Zwischenhändlern importierte, und wir verdienten gerade so viel, um mit Mühe und Not über die Runden zu kommen. Wir sollten ihm dankbar sein, so lautete seine einfache Philosophie. Mir ist des Öfteren durch den Kopf gegangen, dass vielleicht alles anders gekommen wäre, wenn wir nicht ausgerechnet bei diesem brutalen Menschen gelandet wären.

Vielleicht aber auch nicht, vielleicht war Kristens Schicksal auf jeden Fall aussichtslos. Schon als wir das Kloster verließen, war er längst nicht mehr das liebenswerte Kind, das er einst gewesen war, und in Maardam veränderte sich sein Charakter langsam, aber stetig zum Schlechteren. Eine der Ursachen dafür war sicherlich, dass seine Seele während seiner gesamten Kindheit so geschützt und ahnungslos gewesen war. Er war ein unbeschriebenes Blatt, auf dem jeder und alles einen Abdruck hinterlassen konnte; ich versuchte natürlich, Widerstand zu leisten, eine Art guten Abdruck zu hinterlassen, war aber viel zu schwach und unerfahren, um eine große Hilfe sein zu können. Wir waren zwei Unglückskinder auf dem Weg ins Verderben, es erschien unausweichlich, so habe ich oft daran gedacht.

Alkohol. Drogen. Promiskuität. Kriminalität. So oder so ähnlich lässt es sich zusammenfassen, wenn man ein finsteres Chaos in simple Worte kleiden möchte, aber darüber hinaus gab es einen jungen Mann, der einen verhängnisvollen Einfluss auf Kristen ausüben sollte. Er hieß Wolfram oder wurde jedenfalls so genannt, und ich glaube, er war das, was man heute einen Psychopathen nennen würde. Charmant und gleichzeitig eiskalt, und leider nahm er Kristen unter seine Fittiche. Das versuchte wohl auch ich auf meine schlichte Art, aber Wolfram war zweifellos der Stärkere. Trotzdem blieb Kristen bei mir; er schlief mit anderen Frauen und verbrachte manchmal Tage und Nächte an anderen, mir unbekannten Orten, kehrte aber stets zu mir zurück. Er sagte, dass er mich liebe, dass er mich brauche und es für ihn niemals eine andere Frau geben werde. Nicht *wirklich*. Ich glaubte ihm und erwiderte seine Liebe mit einer Art mütterlicher Verzweiflung, schließlich hatte ich ihn praktisch seit seiner Geburt gekannt.

Aber er wurde auch abgebrühter, das war das Schlimmste, und als wir im Herbst 1965 nach Hamburg gingen – zusammen mit Wolfram und seiner damaligen Freundin –, war

Kristen mehr oder weniger ein anderer Mensch. Ich hätte ihn damals verlassen sollen, aber ich konnte nicht. Mir fehlte die Kraft dazu. Er bat mich, bei ihm zu bleiben, und ich blieb.

Ich möchte keine Worte darüber verlieren, was wir in Hamburg trieben, wieder ist meine Scham zu groß, und für mein Anliegen ist es ohne Bedeutung. Anfang 1966 verschwand Wolfram spurlos, und es dauerte Wochen, bis ich begriff, dass Kristen ihn ermordet hatte. Ich fand es heraus, weil er es mir einfach erzählte, und am allermeisten erschreckte mich, dass er nicht das geringste Anzeichen von Reue zeigte. Er hatte seinen Freund getötet, weil dieser ihn betrogen hatte. Weil er versucht hatte, ihn irgendwie hereinzulegen oder hinters Licht zu führen. Worum es genau ging, weiß ich nicht, Kristen wollte auf die Details nicht eingehen, und ich fragte nicht.

Natürlich hätte ich sofort handeln müssen, ich hätte zur Polizei gehen oder ihn verlassen müssen, aber ich war drogenabhängig, wusste nicht, wohin, und hatte keine Hoffnung. Kristen und ich waren immer noch ein Paar, zumindest *eine Art* Paar. Wir wohnten zusammen, hatten manchmal Sex, ich half ihm, billigen Stoff zu kaufen und zu verkaufen, und gelegentlich sagte er, dass er mich liebe und nicht ohne mich leben wolle. Ich liebte ihn, aber gleichzeitig hatte ich mittlerweile wahnsinnige Angst vor ihm. Eines Abends kam er mit einem Koffer voller Geld nach Hause, sowohl englische Pfund als auch Deutsche Mark, genug, um davon ein Jahr oder mehrere leben zu können, und als ich ihn fragte, woher es stamme, erklärte er, es sei die Bezahlung dafür, dass er ein Politikerschwein abgestochen und getötet hatte. *Politikerschwein*, sagte er wortwörtlich. Das Messer, mit dem er die

Tat begangen hatte, lag noch zwischen den Geldbündeln im Koffer, ich weiß noch, dass er einen Song der Beatles sang, als er in der Küche stand und das Blut abwusch. Zufrieden und völlig unbekümmert.

Ja, ich hatte wahnsinnige Angst.

Als er ein paar Monate später verhaftet wurde, ging es um ein weniger schweres Verbrechen, oder vielmehr um einige weniger schwere Verbrechen, aber er wurde dennoch zu sechs Monaten Gefängnis verurteilt. Bei dieser Gelegenheit erhielt er auch eine Art Identität. Weil er nicht beweisen konnte, dass er der englische Staatsbürger war, für den er sich ausgegeben hatte, beschlossen die Behörden, dass sein Name fortan Leopold Kransky sein solle (vielleicht entschied er das auch selbst, ich weiß nicht, wie so etwas abläuft oder zu jener Zeit ablief), Nationalität unbekannt, aber mit einer vorläufigen Aufenthaltsgenehmigung für Deutschland.

Wenn ich es richtig verstanden habe. Als Kristen/Leopold ins Gefängnis kam, gelang es mir jedenfalls, mich von ihm zu befreien. Das war im Sommer 1967; ich fand zum Gott meiner Kindheit zurück, und wenn das nicht passiert wäre, hätte ich mir wahrscheinlich das Leben genommen.

Außerdem fand ich zu meiner Heimatregion zurück, bekam Arbeit und lernte mit der Zeit meinen Mann kennen, mit dem ich seit nunmehr vierundvierzig Jahren zusammenlebe. Wie ich eingangs geschrieben habe, ist er ein gottesfürchtiger und rechtschaffener Mensch, und von den Dingen, die ich hier berichtet habe, weiß er nichts. Doch, er weiß, dass ich meine Jugend in einem Kloster verbrachte und es verließ und ein paar Jahre in Maardam und Hamburg lebte. Aber von Kristen/Leopold habe ich nie erzählt. Meinem Mann nicht und auch niemandem sonst (ausgenommen meiner Schwester, als man uns gerade aus dem Kloster geworfen hatte, aber was sie zu hören bekam, war höchstens die halbe Wahrheit), und ich hoffe wirklich, dass ich meine schrecklichen Geheimnisse mit ins Grab nehmen darf. Ich bitte nicht um meiner selbst willen darum, sondern, wie gesagt, meinem Ehemann und meinen Kindern zuliebe.

Es gibt jedoch eine Fortsetzung, und sie ist der eigentliche Grund dafür, dass ich schreibe.

Im Frühjahr 1969, als ich schon verheiratet war, auf unserem Hof lebte, wo ich nach wie vor wohne, und mein erstes Kind erwartete, spielte sich in Oosterby eine Tragödie ab. Ein kleines Mädchen wurde entführt und etwas später ihre Leiche gefunden, nun ja, diese traurige Geschichte ist Ihnen natürlich bekannt. Unbekannt ist Ihnen dagegen, dass ich, einige Wochen bevor das Mädchen gekidnappt wurde, Leopold Kransky im Ort gesehen hatte; ich konnte ihn nicht länger Kristen nennen, da er, zumindest für mich, ein anderer Mensch geworden war. Ein tragischer und fürchterlicher Mensch, möchte ich behaupten. Zwei Jahre waren seit unserer Trennung vergangen, aber ich erkannte ihn kaum wieder – und ich bin mir sicher, dass er mich nicht wiedererkannte. Er sah *erfahren* aus, irgendwie abgehärtet, aber auch schön, mit langen, gewellten Haaren wie eine Art falsche Christusgestalt. Ich warf natürlich nur einen flüchtigen Blick auf ihn, weil ich befürchtete, er könne begreifen, wer ich war, fragte mich aber sofort, was ihn veranlasst haben mochte, an einen Ort zurückzukehren, der in solcher Nähe zu dem Kloster lag, in dem er aufgewachsen war. Vielleicht hatte ich Angst, dass er nach mir suchte, und ich erinnere mich, dass ich den ganzen Spätwinter darauf achtete, möglichst wenig nach Oosterby zu kommen. Ich war zudem ganz mit meiner Schwangerschaft beschäftigt, die kompliziert verlief, sowie mit der täglichen Arbeit auf unserem Hof, so dass mir dies nicht sonderlich schwerfiel.

Anfang Mai wurde dann dieses arme Mädchen tot aufgefunden, und kurz darauf konnte man in der Zeitung lesen, dass die Polizei den Täter gefasst hatte, einen gewissen Leopold Kransky. Ich bekam einen Schock, obwohl ich wusste, was ich über ihn wusste, hatte ich ihn niemals mit dieser schrecklichen Geschichte in Verbindung gebracht. Am Abend des Tages, an dem ich sein Bild in der Zeitung sah, brachte ich im Übrigen meinen Sohn zur Welt; er kam drei Wochen zu früh, vielleicht gab es da einen Zusammenhang, aber das spielt natürlich keine Rolle.

Leopold Kransky wurde zu einer langen Gefängnisstrafe verurteilt, ich schaufelte eine neue Lage aus Vergessen über meine Geschichte, und es sollte mehr als zwanzig Jahre dauern, bis er sich wieder in Erinnerung brachte.

Im September 1991 kam es zu dem wahrscheinlich schlimmsten Vorfall in der Geschichte Oosterbys, worüber Sie ja mehr als gut informiert sein dürften: der Brandanschlag auf Molly Hansens Pension, bei dem vier Menschen ihr Leben verloren – oder *fünf*, nach dem, was neulich ans Licht gekommen ist.

Wie alle anderen Menschen in unserer Gegend las ich in den Zeitungen von dem Brand und war entsetzt über das, was geschehen war. Es dauerte ja eine Woche, bis die Polizei mitteilte, dass der Fall gelöst sei und man nach einem gewissen Qvintus Maasenegger fahnde, und während dieser Tage dachte ich immer wieder darüber nach, mit meiner Geschichte zur Polizei zu gehen.

An einem Tag Mitte September, also ein paar Wochen

vor dem Brand, hatte ich nämlich ein weiteres Mal Leopold Kransky in Oosterby erblickt. Ich hatte ihn mehr als zwanzig Jahre lang nicht mehr gesehen, und er hatte sich äußerlich sehr verändert. Unter anderem hatte er sich den Schädel kahl rasiert, war kräftiger geworden und erinnerte an die Leute, die man heute Bodybuilder nennt. Ich sah ihn in einem Lebensmittelgeschäft im Ort und erkannte ihn an einer kleinen Tätowierung, die er sich hatte stechen lassen, als wir in Hamburg wohnten – ein kleines Z im Nacken, schräg hinter dem rechten Ohr. Ich erinnere mich nicht mehr, was sie symbolisierte, wenn sie überhaupt etwas symbolisieren sollte. Heutzutage ist ja jeder zweite junge Mann tätowiert, aber damals, Mitte der sechziger Jahre, sah man so etwas viel seltener.

Jedenfalls war ich augenblicklich überzeugt, dass er es war, und ich kann es nur so beschreiben, dass mir ein kalter Schauer den Rücken herablief. Mein ganzes verstecktes Leben stürzte auf mich ein, ich weiß nicht, warum ich so heftig reagierte, aber so war es. Fast ohnmächtig verließ ich den Laden unverrichteter Dinge, und es kam mir vor, als würde die Erde unter meinen Füßen wanken und als wäre ich erneut ohne Schutznetz ins Leben *hinausgeworfen* worden. Ich irrte eine ganze Weile durch die Straßen Oosterbys, bis ich schließlich den Weg in unsere schöne Kirche fand, in der hintersten Bank auf die Knie fiel und um Gnade und Rat bat.

Und dann brannte ein paar Wochen später Mollys Pension. Es gab natürlich eigentlich keinen Grund, das Feuer mit Leopold Kranskys Rückkehr in Verbindung zu bringen, aber etwas sagte mir, dass er dennoch irgendwie in den Fall verwickelt sein musste.

Eine andere innere Stimme sagte, dass ich mir das nur

einbildete; vielleicht hatte ich mir sogar nur eingebildet, dass ich ihn in dem Lebensmittelgeschäft gesehen hatte. Vielleicht würde die Polizei sich gar nicht für meine höchst persönliche Zeugenaussage interessieren, wenn ich sie vorbrachte. Um bei der Wahrheit zu bleiben, muss ich allerdings gestehen, dass ich höchst persönliche und egoistische Motive hatte, als ich den Schritt von Zögerlichkeit zu Schweigen machte. Ich wollte meine Geschichte nicht erzählen, ebenso wenig, wie ich sie nun erzählen möchte.

Aber ich studierte alles, was über Ihre Ermittlungen geschrieben wurde, und dachte, wenn Sie den Täter nicht finden, muss es meine Pflicht sein, mich mit Ihnen in Verbindung zu setzen. So hielt ich mein Gewissen in Schach, ich schäme mich dafür, wenn ich daran zurückdenke, aber so ist es gewesen.

Und dann fanden Sie den Täter, diesen mir völlig unbekannten Maasenegger. In den Zeitungen stand, der Fall sei gelöst, und in ganz Europa werde nach Maasenegger gefahndet. Ein gewisser Leopold Kransky mit einem eintätowierten Z im Nacken wurde nirgendwo erwähnt.

Ich atmete erleichtert auf, das war voreilig.

Danach vergingen wieder zwanzig Jahre. Und noch mehr; eines Morgens vor einem Monat lese ich dann in der Zeitung, dass ein Fund gemacht wurde. In einem Waldgebiet draußen bei Libbenholtz ist ein Toter gefunden worden, und es stellt sich heraus, dass es die Leiche dieses Qvintus Maaseneggers ist. Er ist seit Langem tot gewesen, ja, es besteht eine gewisse Wahrscheinlichkeit, dass er an jenem Abend starb, an dem seine vier Freunde ihr Leben in Mollys Pension verloren. Der Unterschied zu ihnen besteht darin, dass Maasenegger auf eine andere Art getötet wurde, und die unausweichliche Schlussfolgerung lautet, dass er wohl kaum der Mann gewesen sein kann, der die anderen umgebracht hat. Die Polizei hat sich damals, 1991, geirrt, und der wahre Mörder ist entkommen.

Aber darüber brauche ich natürlich kein weiteres Wort zu verlieren, der aktuelle Stand der Dinge dürfte Ihnen mehr als bewusst sein. Als ich Sie im Restaurant zusammensitzen sah, der alte Polizeichef und der neue, in Gesellschaft des berühmten Kommissars aus Maardam, musste man schließlich kein Genie sein, um zu begreifen, was sie zusammengeführt hatte. Worüber sie mit so bekümmerten Mienen sprachen. Es war der achtzigste Geburtstag meines Mannes, ich gehe sonst so gut wie nie aus zum Essen, aber wenn der Herrgott uns manchmal einen Fingerzeig gibt, dann war dies einer, ich kann es nicht anders deuten.

Die Zeit ist reif zu erzählen, zu bekennen. Das habe ich nun getan. Natürlich muss das nicht heißen, dass dieser unglückselige Leopold Kransky, der einst der liebenswerte Knabe Kristen war, etwas damit zu tun hat, was in Mollys Pension geschehen ist. Aber tief in mir höre ich eine Stimme, die mir zuflüstert, dass es doch so gewesen sein könnte.

Verzeihen Sie mir meine vielen Worte, verzeihen Sie mir mein langjähriges Schweigen.

Ein armer Mensch,
der darum bittet, anonym bleiben zu dürfen.

PS: Es dürfte Ihnen natürlich keine Probleme bereiten, sich auszurechnen, von welchem Kloster ich erzählt habe, aber ich möchte Sie trotzdem davon in Kenntnis setzen, dass es nicht mehr existiert. Es hatte bis 1994 Bestand. Als es geschlossen wurde, waren nur noch sechs Nonnen übrig, und soweit ich weiß, wurden sie auf andere Klöster im Land verteilt, und mir ist nicht bekannt, ob eine von ihnen noch lebt. Ich selbst bin fast achtzig Jahre alt, und als ich verstoßen wurde, war ich mit meinen einunddreißig Jahren die Jüngste im Kloster, und es würde mich wundern, wenn man jemals neue Schwestern aufgenommen hätte. In gewisser Weise wurde die Geschichte mit Kristen zu viel, und meiner Ansicht nach passt das Klosterleben nicht mehr in unsere moderne Gesellschaft. In anderen, weniger entwickelten Kulturen mag es noch eine Funktion erfüllen, aber in unserer abendländischen Kultur empfinde ich es als ein aus der Zeit gefallenes Relikt. Ich fand meinen eigenen Glauben außerhalb seiner Mauern wieder, und dort ist es ihm am besten ergangen. Dieselbe.

33

März 1992. Lembork, Sorbinowo

Das Tagebuch

Ein halbes Jahr ist vergangen. Ich schreibe zum ersten Mal und habe heftiges Herzklopfen. Heute Nacht habe ich von den üblichen Eisenbahnschienen geträumt, aber auch von meinem Wahnsinn. Er ist ein Wolf, der mich von innen frisst. In den ruhigen Phasen heißt das nur, dass er matt und müde ist und schläft. Auch ein Tyrann muss sich von Zeit zu Zeit ausruhen. Diese Phasen, in denen ich mir manchmal einbilde, dass ich durchkomme, treffen meistens tagsüber ein, vorzugsweise an sonnigen Tagen, am schlimmsten sind immer die Abende und Nächte.

Sie und ich. Ich und sie. Wer bin ich? Wer war sie? Zwei Seiten derselben Medaille, könnten die Schlaumeier da draußen in der Welt behaupten, und seit sechs Monaten hat diese Medaille nur eine Seite. Die andere ist im ewigen Schatten gelandet.

Doch nun greife ich zum Stift und schreibe. Ich habe alles gelesen, was bereits in den Büchern steht; und das zwei- und dreimal. Es sind zwölf Stück, dicke, linierte Blöcke mit schwarzen Wachstuchumschlägen (außer zwei blutroten), sie fing früh in der Pubertät an und machte unverdrossen weiter. Ich fand sie bei einem kurzen Besuch in der Wohnung hier in Sorbinowo; sie, die darin hätte wohnen sollen, kam ja nie dazu, hier einzuziehen, aber ihre Habseligkeiten befanden sich dort. Wir blieben eine Stunde, Doktor Brenner und ich. Wir waren auf seine Initiative hin hergekommen, er versucht, mich in die Zukunft blicken zu lassen, die Nase in die Wirklichkeit zu stecken; es war nicht leicht, mich zu überreden.

Und während wir zwischen den Umzugskartons in der Wohnung umhergingen (drei Zimmer und Küche, modern und unpersönlich, Aussicht teils auf einen Wald, teils auf ein Schulgebäude aus roten Backsteinen), fand ich also ihre gesammelten Tagebücher in einer Papiertragetasche. Als wäre es so vorherbestimmt gewesen, ich werde diesen Gedanken nicht mehr los.

Sie schrieb nicht jeden Tag, aber wenigstens ein paar Einträge jeden Monat. Jahrein, jahraus. So war sie, und so werde ich werden. Ich lerne, muss lernen.

Meine Entscheidung, wie kam sie zustande?

Entschuldigung, es muss heißen *meine Entscheidungen*. Erstens zu leben, zweitens meine Schwester zu werden.

Es ging alles so wahnsinnig schnell. Hätte Kosta unsere Verabredung eingehalten, wäre es mir nicht möglich gewesen. Aber er rief zwei Tage vorher an und sagte mir ab, und so saß ich allein in dem Sommerhaus, das ich mir von einem Freund geborgt hatte. Ohne Mann, ohne Kind, ohne Liebhaber.

Während meine Schwester in meinem Namen verbrannte.

Ich starre auf meinen Stift und halte inne. Den letzten Satz zu Papier zu bringen, ist mir schwergefallen. *Während meine Schwester… in meinem Namen*. Ich stehe auf und gehe ein paar Runden durch das Zimmer. Stelle mich anschließend ans Fenster und schaue zum Waldrand im Westen, wo soeben die Sonne untergegangen ist. Ich wohne in diesem Zimmer, in diesem Heim seit nunmehr einhundertfünfundsiebzig Tagen. Seit es passiert ist, abzüglich ungefähr zwei Wochen. Es ist mein Schutz gewesen, mein *Refugium*. Das ist Doktor Brenners Wort.

Am Anfang, in den ersten Tagen, musste ich die Kranke und Verrückte nicht spielen, denn bei meiner Aufnahme war ich in einem fürchterlichen Zustand. Meine Seele war, wenn ich denn eine habe, ein Wrack. Die Nachricht erreichte mich am Tag danach aus dem Radio, die Nachricht, dass ich tot war.

Meinen Namen las ich allerdings erst am nächsten Tag, zusammen mit den anderen, als ich schon das Krankenhaus aufgesucht und um Hilfe geschrien hatte. Ärzte versuchten, mit mir zu sprechen, auch Therapeuten, eine junge, blonde Krankenschwester, die aussah wie ein Engel, und ein Geistlicher; ich weiß nicht mehr, was sie sagten, aber ich selbst verbarg die Wahrheit. Meine Schwester war tot, umgekommen bei diesem schrecklichen Brand in Oosterby.

Ich wurde auf der Stelle in die Psychiatrie eingewiesen. Ich stand unter Schock, wurde als selbstmordgefährdet eingestuft.

Zwillingsschwester und so weiter. Nicht schwierig, das nachzuvollziehen. Nicht schwierig, sich in sie hineinzuversetzen.

Mein Name also. Birgitte Behrens.

Clara war tot. Clara Behrens.

Zwei Wochen blieb ich dort. Sie gaben mir Medikamente, und ich schluckte sie. Die meiste Zeit schlief ich. In den kurzen wachen Phasen bekam ich kaum Luft. Panische Angst, sagte man. Kein Wunder.

Ich träumte, ich wäre tatsächlich tot. Wie es hätte sein sollen. In diesen Träumen befand ich mich in einem fernen Land. Ich wanderte durch Wälder und Täler, es gab dort ausschließlich Natur, keine Menschen. Das einzige Anzeichen von Zivilisation waren die Eisenbahnschienen. Sie durchquerten die Landschaft in alle möglichen Richtungen, und ich erkannte nach und nach, dass es genau darum ging. Die richtige Strecke zu finden, oder vielmehr: den Bahnhof und den Zug zu finden, der mich zu meinem endgültigen Reiseziel bringen würde. Zur Endhaltestelle.

Ich wanderte und wanderte. Ging und ging, kam aber niemals an. Ich ahnte, dass es eine Ursache, einen schwerwiegenden Grund dafür gab, dass ich mich nicht zurechtfand, aber ich hielt ihn auf Distanz und sprach das Wort niemals aus.

Welches Wort?

Träume diese Träume noch immer, aber nicht mehr jede Nacht.

Am dritten Tag, oder dem vierten oder fünften, in meiner ersten Klinik, bekam ich Besuch von meinem Mann und meinem Sohn. Das war der schwerste Moment, weil dort ja nicht ihre Frau und Mutter lag. Nicht für sie, es war die Schwägerin und Tante.

Ja, dieser erste Moment war der schlimmste. Sie zu verleugnen.

Aber es ging. Ich schaffte es. Was sagt das über mich aus?

Dann wurde ich hierher verlegt. Eine Ironie des Schicksals oder die Entscheidung eines listigen Oberarztes? Keine Ahnung. Jedenfalls wurde ich im Krankenhaus in Lembork aufgenommen, landete ausgerechnet in dieser Abteilung, ausgerechnet in diesem Zimmer. In jenem Krankenhaus also, in dem ich möglicherweise arbeiten werde, wenn ich irgendwann wieder gesund bin.

Das Krankenhaus meiner Schwester. Der neue Arbeitsplatz meiner Schwester.

Mein Krankenhaus. *Mein* neuer Arbeitsplatz. Ich versuche, mich an den Gedanken zu gewöhnen.

Mein Leben, nicht ihres.

Anfangs glaubte ich, die Anstalt sei die einzige Möglichkeit. Das Einzige, was mir noch bliebe. Der Gedanke, mich in einer Gesellschaft mit menschlichen Beziehungen, mit Verantwortung und Zusammenhängen aufzuhalten, war mir nicht möglich. Außer Reichweite, also musste ich geschützt werden, ja, weit, weit außer Reichweite musste ich mich in dieser ersten Zeit befinden, und wie man einen Tag zwischen vier Wänden lebt, so kann man auch hundert Tage leben. Das mag einem genügen. Es reicht völlig, zu schlafen, zu essen und dazwischen die Zeit verstreichen zu lassen. Es erscheint mir immer noch verlockend.

Qvintus. Er hat es getan. Qvintus Maasenegger, sein Name tauchte irgendwann in den Zeitungen auf. Ich begreife das nicht. Es wird nach ihm gefahndet. Er hat uns eingeladen, er hat sich für etwas gerächt, was ich nicht verstehe. Er hat doch gar nicht im Gefängnis gesessen. Ich denke jeden Tag an ihn und versuche, mir sein Gesicht zu vergegenwärtigen. Wie es damals aussah, nicht das Gesicht, das letzten Herbst, mehr als zwanzig Jahre später, durch die Zeitungen ging. Versuche, mich an ihn zu erinnern, er war natürlich ein Verlierer, ein kaputter Mensch. Ein Miststück. Aber das?

Und Zink? Und Madeleine? Ich denke an all die Zeit, die

ich brauchte, um das alles zu verdrängen. Gütiger Gott, lass es im Verborgenen bleiben, im großen, stillen Vergessen.

Ich habe ihn jedenfalls nicht verpfiffen.

Ich war das nicht.

Doktor Brenner möchte mich entlassen. Er will mich nicht sofort gesundschreiben, aber ich soll in die Wohnung ziehen und nur noch tagsüber hierherkommen. Ein paar Stunden am Vormittag, vielleicht auch am Nachmittag. Wenn das Bedürfnis besteht. Ich werde weiter seine Patientin sein, aber er glaubt, dass es vorangeht. Ausruhen darf man sich im Grab, solange wir leben, durchlaufen wir eine Entwicklung, eine Art von Entwicklung.

Das sagt er so, er glaubt an allgemeingültige Wahrheiten und dass es mir guttut, sie zu hören. Über meine spezifische Wahrheit weiß er natürlich nichts, aber ich nicke und pflichte ihm bei. Ich kann nicht ewig hierbleiben, oder nicht?

Eines Tages werde ich wie geplant in diesem Krankenhaus arbeiten. Oder nicht?

Oder nicht? Oder nicht? Ich nicke zustimmend. Das Leben ist seinem Wesen nach zäh und geht so lange weiter, wie es weitergeht.

Auf meinem blauen Namensschild wird *Schwester Behrens* stehen. Darin liegt eine schwarze Ironie.

Sie hatte wenige Freunde. Auf eine mehr oder weniger bewusste Weise lese ich mich in ihr Leben ein. Nach meiner Entscheidung führt kein Weg zurück, Birgitte Behrens hat überlebt, Clara Behrens ist tot. Der einzige Mann, mit dem sie eine längere Beziehung hatte, war Carlo. Seit einem halben Jahr ist es aus, entnehme ich den Tagebüchern. Es steht viel in ihnen, auch viel über mich, dass ich während unserer gesamten Jugendzeit über sie bestimmt habe. Manchmal ärgert mich das, und ich denke, das stimmt doch gar nicht, sie gefällt sich ein bisschen in der Rolle der Märtyrerin, und ich glaube, es ist ein gutes Zeichen, dass ich immer noch wütend auf meine Schwester werden kann. Auf sie, die inzwischen ich ist.

Wir waren so unterschiedlich und hielten so schlecht Kontakt zueinander. Werde ich ihr im Himmel begegnen dürfen?

Ich stellte die Frage dem Krankenhausgeistlichen, allerdings nur einmal. Er ist so jung und modern und wagt es nicht einmal, mir zu versprechen, dass es ein Himmelreich gibt.

Carlo hat sich gemeldet, ein einzelner Kontaktversuch, mit einer Mail an Doktor Brenner. Ich lehnte freundlich, aber bestimmt ab. Gleiches gilt für einen der Therapeuten, bei denen sie in Behandlung war; ich hatte keine Ahnung, dass sie diese Art ärztlichen Beistands benötigte, weiß es erst, seit ich gelesen habe, was sie im Laufe der Jahre geschrieben hat.

Wann verloren wir einander, meine Schwester und ich? Schon zu Beginn?

Soll ich sie bewahren?

Aber das tue ich doch. Es ist der Rest meines Lebens.

Ich versuche, es so zu sehen. Ich nehme ihre weitere Existenz auf mich. Ich verleugne meinen Sohn.

Meine Beweggründe? Meine Motive?

Mein Leben war ein Chaos. Reicht das?

Kosta war ein Strohhalm. Und er kam nicht.

Damals jedenfalls nicht, stattdessen kam er ins Krankenhaus. Das war vor einem Monat, an einem kalten Wintertag, wir führten ein Gespräch in dem Raum, der auch so heißt – das Gesprächszimmer –, und dabei ging vielleicht etwas schief. Ich habe mir lange den Kopf darüber zerbrochen, kann mich aber nicht entscheiden.

Ungefähr so:

Er: Ich habe deine Schwester geliebt. Ich muss dir das einfach erzählen.
Ich: Ich verstehe.
Er: Es ist furchtbar.
Ich: Ja.
Er: ch weiß nicht, ob sie mich jemals erwähnt hat?
Ich: Nein. Wir hatten nur sporadisch Kontakt.
Er: Du siehst ihr sehr ähnlich.
Ich: Ja.
Er: Eine frappierende Ähnlichkeit … ich meine …
Ich: So ist es immer schon gewesen.
Er: Wir hätten uns an dem Wochenende treffen sollen, aber mir ist etwas dazwischengekommen.
Ich: Aha.
Er: Stattdessen ist sie zu dieser Wiedersehensfeier gefahren.
Ich: Ich verstehe.
Er: Wenn alles abgelaufen wäre wie geplant, würde sie jetzt noch leben.
Ich: –
Er: Ich bekomme solche Angst, wenn ich daran denke.
Ich: Ich habe auch Angst.
Er: Entschuldige. Natürlich. Ich wollte dich nur sehen und dir davon erzählen.
Ich: Ich verstehe. Wirklich schade, dass dir etwas dazwischengekommen ist.
Er: Ich kann … nein …

Ich: Was ist?
Er: Ich hätte nicht gedacht, dass ihr euch so ähnlich seid.
Ich: Äußerlich ist es immer so gewesen. Ich glaube, ich muss dich jetzt bitten zu gehen.
Er: –
Ich: Ich bin unruhig. Ich bin nicht gesund.
Er: Natürlich. Ich bitte um Entschuldigung.

Während des Gesprächs sah ich die ganze Zeit ein Bild vor meinem inneren Auge. Wir liebten uns wie besessen; er und ich. Es war ein Nachmittag in einem Hotelzimmer im Deijkstraadistrikt von Maardam. Ich sollte Leon in der Kita abholen und kam zwei Stunden zu spät, das war drei Wochen vor meinem Tod.

Ich wünschte, er wäre niemals hierhergekommen. Seine plötzliche Gegenwart macht mir Sorgen.

Aber wenn die Götter zusammensitzen und Schach spielen, dann ist dies eine wirklich ausgeklügelte Partie, das muss ich ihnen lassen.

Mein Name sei Birgitte. In einem Monat bin ich bereit, dieses Haus zu verlassen. Ich bereite mich auf diesen Tag vor.

Zweiter Teil

34

Oktober 2012. Kymlinge

Gunnar Barbarotti wurde davon geweckt, dass es ihm gut ging.

Zumindest glaubte er das. Als wäre das Gefühl so unerwartet und überraschend gewesen, dass der Traum abrupt abbrach und ihn in die Wirklichkeit hinauskatapultierte.

Die Wirklichkeit? Er blieb im Bett liegen und dachte nach. Das letzte Mal hatte er sich am achtundzwanzigsten April gut gefühlt, am Tag vor Mariannes Tod. Oder vielleicht am frühen Morgen des neunundzwanzigsten, als er noch glaubte, dass sie lebte. Vor einem halben Jahr.

Einmal wach, sank er rasch in seinen Normalzustand zurück. Trauer. Schließlich lag er im selben Bett wie an jenem Morgen im April. Im selben Zimmer. Unter derselben Decke und auf denselben Kissen. Wie immer streckte er die Hand aus, tastete nach ihr und stellte fest, dass sie fort war. Dass sie auch an diesem Morgen tot und begraben war. Es war eine Angewohnheit, und er wollte sie nicht aufgeben.

Er drehte den Kopf und sah auf die Uhr. Viertel nach sechs. Etwas später als er normalerweise die Augen öffnete, vielleicht war das ja ein gutes Zeichen. Wer gut schläft, hat wenigstens eine Sorge weniger, hatte sein Therapeut bei einer ihrer letzten Sitzungen im Juni gesagt. Der Trauertherapeut Åke Rönn.

Immerhin etwas also, aber wenn er ehrlich sein sollte, gab es auch noch andere Anzeichen. Das bedeutendste, vielleicht auch das einzige, war zweifellos Eva Backman. Das Problem war ... tja, was war eigentlich das Problem?

Nun, dass er die Bedeutung dieses Zeichens nicht zu deuten vermochte. Denn was zum Teufel bedeutete es, wenn man mit einer Frau zwei Wochen auf Reisen gewesen war? Einer Frau, mit der man seit fast zwanzig Jahren zusammenarbeitete.

Auf einer Autofahrt durch Europa, fünf Monate nachdem einen die Ehefrau in geistiger Finsternis und stummer Hoffnungslosigkeit zurückgelassen hatte. Eine berechtigte Frage. Wahrlich berechtigt.

Und dass es ausgerechnet sie, seine geliebte Marianne war, die ihn dazu ermahnt hatte. Sich Eva anzunähern, falls sie selbst sterben sollte. Wie sollte man damit umgehen? Posthum hatte sie das getan, in einem Brief, den sie für den Fall verfasst hatte, dass es so käme, wie es dann tatsächlich kam.

Dieses endgültige Aneurysma.

Die Autoreise nach Italien war natürlich nicht Bestandteil ihrer Anweisungen gewesen. Wohl aber, dass er sich nicht grämen und trauern, sondern zusehen sollte, dass er mit der Zeit eine neue Frau fand. Zum Beispiel Eva Backman.

Mit einem sanftmütigen Lächeln aus ihrem Himmel, so stellte er es sich vor. Mit unserem Herrgott an ihrer Seite, der ebenso sanftmütig lächelte. Beide erwarteten ihn an diesem Ort, wo das Lamm täppisch mit den jungen Löwen spielte. Eja, wären wir nur schon dort.

Ich habe sie nicht mehr alle, dachte Gunnar Barbarotti und ging duschen. Ein Glück, dass keiner in meinen Schädel hineinschauen kann.

Sie hatten nicht miteinander geschlafen, Eva Backman und er, auf der ganzen Reise nicht. Sie hatten das Bett geteilt, sich umarmt, in Löffelchenstellung gelegen und sich gegenseitig die Füße massiert; bereits am ersten Abend hatte sie erklärt, dass sie es so machen würden, und er war ihr für diese Entscheidung dankbar gewesen. Sie waren beide um die fünfzig, er knapp darüber, sie knapp darunter, und alles hat seine Zeit.

Während der gesamten Reise hatte er ein anderes, bedeutend klarer formuliertes Ziel: die Suche nach seinem Vater.

Dem er nie begegnet war und auch nie begegnen würde, jedenfalls nicht diesseits der Grenze. Weil sich herausstellte, dass er seit mehr als zehn Jahren auf einem Friedhof in Varese beerdigt lag. Barbarotti und Eva Backman waren schließlich Polizisten, so dass es für sie nicht besonders kompliziert gewesen war, dorthin zu finden.

Eines Abends hatten sie in einem milden Herbstregen vor einem kleinen, grauweißen Grabstein gestanden, und es hatte sich angefühlt, als würde sich da und dort ein Kreis schließen. Traurig war nur, dass dieser Kreis ohne Inhalt war, ihm jeglicher Sinn abging; sie hatten später an jenem Abend darüber gesprochen, als sie in einem Restaurant aßen und zu viel Landwein tranken und es draußen immer noch regnete. Vielleicht war es der Himmel, der aus Sympathie über den Stand der Dinge weinte, auch darüber hatten sie gesprochen.

Unser Bedürfnis nach Sinn. Oder Mustern. Oder zumindest Choreographien, nach denen wir tanzen; selbst wenn wir sie eigenhändig erfinden müssen.

Ansonsten war ihre Reise von einer komplizierten Harmonie geprägt gewesen. So hatte Eva Backman es an einem der ersten Tage beschrieben, und sie waren sich einig gewesen, dass sie damit den Nagel auf den Kopf getroffen hatte. Diese Bezeichnung für ihr Zusammensein passte.

Eine komplizierte Harmonie.

Wenn man bedachte, dass beide zusammen – ein frischgebackener Witwer sowie Kriminalinspektor und eine seit drei Jahren geschiedene Kollegin mit dem gleichen Dienstgrad – als Eltern die Verantwortung für acht mehr oder weniger erwachsene Kinder trugen, war das vermutlich in etwa das, was man vom Dasein begehren konnte. Welche langfristigen Pläne dieses Dasein auch immer haben mochte, es bestand jedenfalls kein Grund zur Eile.

Er trat aus der Dusche und dachte, dass die Behauptung, er hätte sich ein halbes Jahr lang nicht gut gefühlt, letztlich nicht die ganze Wahrheit war. Es hatte auf ihrer Reise Momente gegeben, bei Spaziergängen durch alte italienische Renaissancestädte, in Frühstückscafés in abgelegenen Alpendörfern, in einem Park neben brausendem Wasser in Tübingen, in denen er die besagte Harmonie als erstaunlich unkompliziert empfunden hatte.

Ich könnte mit Eva Backman zusammenleben, hatte er in einem geheimen Winkel seiner Seele notiert. Ich könnte sie lieben.

Irgendwann in einer mehr oder weniger entlegenen Zukunft.

Im Polizeipräsidium von Kymlinge war niemandem bekannt, dass zwei Kollegen einen gemeinsamen Herbsturlaub in Mittel- und Südeuropa verbracht hatten. Sie hatten sich große Mühe gegeben, dieses Unwissen zu fördern, diese Desinformation, denn falls die Tarnung aus irgendeinem Grund auffliegen sollte, würde die komplizierte Harmonie wahrscheinlich in etwas Schlechteres übergehen. Zum Beispiel in eine grauenhaft unkomplizierte Disharmonie.

Dieser Tag würde vermutlich kommen, dachte Gunnar Barbarotti und stellte fest, dass der Frühstückssaft bis zum letzten Tropfen leer getrunken war. Aber kommt Zeit, kommt Rat. Und man konnte durchaus auch ohne Saft leben.

Ungefähr in diesem Moment klingelte sein Handy, obwohl es noch keine sieben Uhr war. Das Display zeigte ihm an, dass es Stig Stigman war, sein neuer Chef. Er unterdrückte den intensiven Impuls, den Finger auf die rote Taste zu pressen, und drückte stattdessen auf die grüne.

»Hier ist Stigman. Wach? Bist du wach?«

»Halbwegs«, antwortete Barbarotti.

»Du wirst draußen vor Ort gebraucht. Kannst du in einer Viertelstunde hier sein? In fünfzehn Minuten?«

Stig Stigman neigte dazu, gewisse Dinge zu wiederholen. Weil das, was er zu sagen hatte, meist von größter Bedeutung war vielleicht. Oder weil er den Verdacht hegte, dass seine Untergebenen ein wenig schwer von Begriff waren.

»Ich habe hier ein paar Teenager, die sicher gleich frühstücken wollen.«

»Wissen sie nicht, was ihr im Kühlschrank habt?«

»Kommt darauf an, wie es ihnen geht. Was ist passiert?«

»Wir haben einen Körper. Einen toten Körper. In einem Ort, der Vandelbo heißt. Ich weiß nicht, wo das liegt, nehme aber an, dass du es weißt. Das tust du doch?«

Barbarotti nickte, was nicht besonders sinnvoll war, da die Kommunikation per Telefon stattfand, aber er mochte Stigman nicht, je weniger man sagen musste, desto besser.

Ein primitiver Protest, fast schon kindisch, aber so war es eben. Stigman war der Nachfolger Asunanders, der Mittsommer in Pension gegangen war, und hatte noch nicht die Zeit gefunden, die nähere Umgebung besser kennenzulernen. Es war ein wenig unklar, was seiner Ernennung zu Grunde lag; nicht unklar war dagegen, dass er aus Stockholm kam. Seine bisherigen vierzig Lebensjahre hatte er innerhalb der Stockholmer Stadtgrenzen verbracht, dann aber aus bislang unerforschten polizeistrategischen Gründen sein angestammtes Revier verlassen, welches auch immer, im Polizeipräsidium im Stadtteil Kungsholmen, und war in der Region Västra Götaland gelandet. Genauer gesagt im Präsidium von Kymlinge, und dass er sich tatsächlich auf diese Stelle beworben hatte, erschien einem ähnlich wahrscheinlich, wie dass der Papst lesbisch war.

Er war kräftig gebaut und durchtrainiert (also Stigman, nicht der Papst), schätzungsweise zwei Meter groß und einhundertzehn Kilo schwer, aber das tat nichts zur Sache.

Er roch immer ein bisschen nach einem ziemlich exklusiven Rasierwasser und trug an vier von fünf Tagen eine hellblaue oder eine dunkelblaue Krawatte. Das tat auch nichts zur Sache.

Waren sie am fünften, dem krawattenlosen Tag, vielleicht in der Reinigung? Barbarotti trug nur selten eine Krawatte, geschweige denn, dass er sie reinigen ließ, so dass er hier völlig im Dunkeln tappte.

»Und?«, sagte Stigman jetzt. »Und?«

»Doch, ich weiß, wo Vandelbo liegt«, bestätigte Barbarotti. »Soll ich direkt hinfahren oder besprechen wir die Sache vorher kurz?«

»Ich sagte *hier*«, informierte Stigman ihn pädagogisch. »Damit meine ich natürlich das Präsidium.«

Das ließ sich nicht heraushören, dachte Barbarotti, sprach es aber nicht aus.

»Also schön, in fünfzehn Minuten. Einer Viertelstunde.

Ich erkläre dir dann die Lage, und du kannst Backman mitnehmen. Inspektorin Backman.«

»Eine Leiche?«, versuchte es Barbarotti.

»Wir sprechen in meinem Büro darüber«, erklärte Stigman. »In fünfzehn Minuten.«

Dann legte er auf.

Eva Backman war schon da. Barbarotti wurde bewusst, dass er sie im letzten halben Jahr, seit Mariannes Tod, praktisch täglich gesehen hatte. Natürlich nicht so intensiv wie während ihrer Autofahrt durch Europa, aber trotzdem. Mitten im Sommer war sie mit ihren Kindern für eine Woche in Dänemark gewesen, hatte ihn aber jeden Abend angerufen. Oder am Morgen.

Oder er sie. Schlagartig bekam er eine Vorstellung davon, wie sein Leben ohne sie aussehen könnte, was keine aufmunternde Vorstellung war. Eher eine über alle Maßen düstere.

Stig Stigman war ebenfalls da. Genau wie seine hellblaue Krawatte sowie Inspektor Borgsen, der von allen nur *Sorgsen* genannt wurde, weil er immer den Eindruck vermittelte, *sorgsen*, schwermütig, zu sein. Es fiel ihm aus irgendeinem Grund wahnsinnig schwer, fröhlich zu sein, aber Barbarotti und Backman hatten aufgehört, sich zu fragen, warum es so war. Sorgsen schien sich mit seiner Melancholie ganz wohl zu fühlen, außerdem gab es so gut wie immer dringendere Probleme im Präsidium von Kymlinge.

Zum Beispiel Kommissar Stigman.

Zum Beispiel diese Leiche in Vandelbo.

»Es riecht nach Mord«, erklärte der Erstgenannte. »Mord. In diesem Kaff. Mag Inspektor Borgsen uns vielleicht berichten, was wir wissen? Was wir wissen?«

»Natürlich«, sagte Sorgsen. »Aber es ist nicht viel. Eine

Frau hat angerufen und gemeldet, dass auf der Veranda eines Sommerhauses in Vandelbo unter einer Plane eine Leiche liegt.«

»Gibt es da draußen Sommerhäuser?«, fragte Stigman misstrauisch.

»Es gibt einen See«, erläuterte Sorgsen.

»Was hat sie unter der Plane gesucht?«, fragte Backman. »Die Frau, die angerufen hat.«

»Sie war gestern am späten Nachmittag mit ihrem Hund unterwegs«, fuhr Sorgsen fort und konsultierte seine Notizen. »Dabei kam sie an dem Haus vorbei und fand es seltsam, dass auf der Veranda ein Bündel lag. Daraufhin konnte sie nicht schlafen und ist mitten in der Nacht zurückgegangen, um nachzusehen. Sie wohnt offenbar ganz in der Nähe. Sie hat wieder den Hund und darüber hinaus eine Taschenlampe mitgenommen, weil es stockfinster war. Ihren Angaben zufolge war das so gegen fünf Uhr. Oder besser gesagt, ein paar Minuten nach fünf, es war ihr wichtig, das zu betonen. Will sagen, als sie ihre Entdeckung machte.«

»Und?«, sagte Stigman und klopfte mit einem Stift auf den Schreibtisch, möglicherweise, um so das Tempo im Bericht des Inspektors zu erhöhen. »Und?«

»Sie hob die Plane an, und unter ihr lag eine männliche Leiche«, sagte Sorgsen. »Sie ist nach Hause gegangen und hat die Polizei gerufen. Das Gespräch wurde um 05.28 registriert.«

»Danke«, sagte Stigman. »Wir haben jetzt einen Streifenwagen vor Ort. Jönsson und Tillgren. Die Spurensicherung ist unterwegs, vielleicht ist sie auch schon eingetroffen. Barbarotti und Backman werden sich um die Angelegenheit kümmern. Ja, genau, ihr zwei. Fragen, bevor ihr euch auf den Weg macht? Fragen?«

»Ich hatte den Eindruck gewonnen, dass es sich um einen Mord handeln soll«, sagte Barbarotti. »Was deutet darauf hin?«

»Jemand hat ihm eine Axt in den Schädel gerammt«, erklärte Sorgsen. »Die Axt steckt noch im Kopf.«

»Na, dann«, bemerkte Eva Backman.

35

Oktober 2012. Oosterby und Umgebung

Ulrike Fremdli saß im Sessel und las das Bekenntnis vor. Van Veeteren lag dagegen im Bett, lauschte aufmerksam und trank zwei Gläser Montrachet. Manchen lächelte das Glück holder zu als anderen.

Während der Lesung passierten die Zeiger der Uhr Mitternacht, was bedeutete, dass er von jetzt auf gleich das beachtliche Alter von fünfundsiebzig Jahren erreicht hatte. Mit anderen Worten ein Dreivierteljahrhundert, gut siebenundzwanzigtausend Tage.

»Auf dein Wohl und herzlichen Glückwunsch«, verkündete Ulrike, als sie fertig war. Sie erhob ihr eigenes Weinglas und zwinkerte ihm zweideutig zu.

»Verdammt«, sagte Van Veeteren. »Was für eine teuflische Geschichte. Sämtliche Geburtstagsfeierlichkeiten werden hiermit abgesagt.«

»Kommt überhaupt nicht in Frage«, entgegnete seine Frau, nun ohne die geringste Zweideutigkeit. »Es sind ohnehin nur drei Programmpunkte, uns bleibt also noch reichlich Zeit für die Detektivarbeit.«

»Detektivarbeit?«

»Ja.«

»Programmpunkte?«

»Ja.«

Selbst wenn er von ihnen gehört haben sollte, schienen sie ihm entfallen zu sein.

»Wir werden uns am Morgen lieben. Wir werden eine Stunde barfuß über den Strand gehen, und wir werden abends überragend gut essen. Ganz den Wünschen des Jubilars entsprechend.«

»Ich kann mich nicht erinnern, irgendwelche Wünsche geäußert zu haben.«

»Sie sind trotzdem wahrgenommen worden.«

»Tatsächlich?«, sagte Van Veeteren. »Können wir den Strand vielleicht vergessen? Falls es regnen sollte.«

»Das können wir«, bestätigte Ulrike. »Aber ich habe mir die Wettervorhersage angesehen, und man verspricht uns, dass es nicht regnet.«

»Barfuß?«

»Ja. Man soll fühlen, dass man lebt. Das ist ein Zitat von dem Typen, mit dem ich verheiratet bin.«

»Weise Worte«, sagte Van Veeteren. »Aber Programmpunkt Nummer eins können wir eigentlich sofort angehen. Dann haben wir das schon einmal erledigt.«

»Auf jeden Fall«, erwiderte die Frau, die seine große Liebe geworden war. Und schenkte ihm dieses Lächeln, das sich in zwanzig Jahren nicht einen Millimeter verändert hatte.

Wahrheiten mögen sich mit der Zeit verändern, dachte Van Veeteren leicht verwirrt und nach den beiden Gläsern Montrachet auf angenehme Weise unzurechnungsfähig. Ein Lächeln ist ganz offensichtlich etwas völlig anderes.

Aber was für eine verteufelte Geschichte. *Das Bekenntnis der Nonne?* Das klang wie ein Buchtitel, ein ziemlich schlechter Buchtitel. Er beschloss allerdings, alle Überlegungen dazu aufzuschieben, und betrachtete stattdessen Ulrike Fremdli, während sie sich auszog.

Kommissar Radovic hatte es wahrscheinlich eilig gehabt, als er sich rasierte, denn dort, wo das Kinn in den Hals überging, saß ein Pflaster. Es war Viertel vor zehn Uhr vormittags, er hatte eine halbe Stunde Zeit gehabt, die elf Seiten zu lesen, und Van Veeteren hatte eine halbe Stunde Zeit gehabt, Däumchen zu drehen.

Das hatte seine Laune nicht gebessert.

»Fertig?«, fragte er, als Radovic das letzte Blatt zur Seite gelegt hatte.

»Fertig«, bestätigte Radovic.

»Sei bitte so gut und fass die Lage für mich zusammen«, sagte Van Veeteren und fand gleichzeitig einen alten Zahnstocher in der Brusttasche seines Jacketts. Er erkannte, dass er gut und gerne zwanzig Jahre auf dem Buckel haben musste (wie übrigens auch das Jackett), schob ihn aber trotzdem in den Mundwinkel. Spürte deutlich, wie die Zeit zusammenzuckte und aus den Fugen geriet.

»Die Lage?«, sagte Radovic.

»Die Lage«, wiederholte Van Veeteren. »In groben Zügen.«

Radovic tastete sein Pflaster ab. Sein Blick bekam einen Ausdruck, der möglicherweise Ungläubigkeit andeutete. Den Verdacht, dass er mit einem Irren sprach. Einem Menschen, der früher ein erfolgreicher und berühmter Kriminalpolizist gewesen war, nun aber leider Gottes nicht mehr er selbst war. Van Veeteren verschob den Zahnstocher in den anderen Mundwinkel und räusperte sich.

»Alright, ich mache weiter und möchte vorab betonen, dass ich nicht beabsichtige, dir noch viel länger zur Last zu fallen, da wir in zwei Tagen abreisen. Aber kommt Zeit, kommt Rat, sind wir uns darin einig?«

»Ja, doch …«, erwiderte Kommissar Radovic zögernd.

»Wir haben also einen Herren, der Leopold Kransky

heißt«, sprach Van Veeteren weiter. »Oder *hieß*. Er hat eigentlich keinen Namen, weil seine Mutter ihn als Säugling fortgegeben hat, statt sich um ihn zu kümmern und ihn taufen zu lassen. Korrekt?«

»Vermutlich«, sagte Radovic.

»Aber als er eingebuchtet wurde, nachdem er das Mädchen Madeleine Kettener entführt und ermordet hatte, nannte er sich so. *Leopold Kransky*. Mehr als zwanzig Jahre, die ganzen siebziger und achtziger Jahre, saß er im Gefängnis. Wir wissen nicht, wohin es ihn nach seiner Entlassung verschlagen hat, haben aber soeben einen Hinweis bekommen, der darauf schließen lässt, dass er sich im September 1991 in Oosterby aufhielt. Was schließen wir daraus?«

»Müssen wir dieser Geschichte Glauben schenken?«, erkundigte sich Radovic und machte eine Geste zu dem Blätterstapel hin, der vor ihm auf dem Tisch lag. »Ich meine …«

»Kannst du mir irgendeinen vernünftigen Grund dafür nennen, dass sie erfunden sein sollte?«

»Auf Anhieb nicht«, entgegnete Radovic tapfer. »Aber ich habe sie erst vor weniger als einer Stunde bekommen. Ich habe keine Zeit zum Nachdenken gehabt.«

»Ich selbst habe sie zehn Stunden gehabt«, sagte Van Veeteren und warf einen Blick auf die Armbanduhr, die er zu seinem siebzigsten Geburtstag bekommen hatte. Vielleicht auch schon zum fünfundsechzigsten. »Wir haben es hier nicht mit einer Fälschung zu tun.«

»Ich bin bereit, das zu schlucken«, meinte Radovic. »Aber selbst wenn diese Gestalt zum Zeitpunkt des Feuers im Ort gewesen sein sollte, beweist das im Grunde doch gar nichts, oder?«

»Beweist?«, platzte Van Veeteren heraus. »Sitzt du hier

bloß herum und wartest darauf, dass dir die Beweise in den Schädel plumpsen, oder was zum Teufel willst du mir damit sagen? Hör zu: Beweise werden als kleine Ahnungen und mentale Läuse geboren. Mit Hilfe guter Polizeiarbeit können sie zu greifbaren Fakten gerinnen, die in einem Gerichtssaal Bestand haben, aber das passiert sicher nicht, während man mit verschränkten Armen dasitzt und …«

»Aber verdammt nochmal!«, entfuhr es plötzlich Kommissar Radovic, und Van Veeteren erkannte, dass er eventuell ein wenig zu weit gegangen war. Wahrscheinlich hatte ihn der Zahnstocher irregeleitet; er spuckte ihn aus und hob die Hand in einer spontanen Versöhnungsgeste.

»Ist ja gut, ist ja gut«, modulierte er. »Ich will dir doch nur ein bisschen auf die Sprünge helfen. Wir haben es hier immerhin mit einer Person zu tun, die acht Menschenleben auf dem Gewissen haben könnte … wenn ich auf die Schnelle richtig gerechnet habe und wir die zwei aus Hamburg dazuzählen, die von unserer anonymen Nonne erwähnt werden. Für einen dieser acht Morde ist er bestraft worden, aber falls er noch leben sollte, fände ich es schon der Mühe wert, diesen Teufel aufzustöbern und für die anderen zur Rechenschaft zu ziehen. Ich hoffe, du bist in diesem Punkt nicht anderer Meinung?«

Kommissar Radovic schien ein wenig in sich zusammenzusinken. Als hätten sich die sieben ungesühnten Leichen auf einmal schwer auf seine breiten Schultern gelegt, dachte Van Veeteren, und verfluchte gleichzeitig die morbide Bildsprache, der sich sein alter Schädel manchmal hingab.

Sein ein Dreivierteljahrhundert alter Schädel.

»Selbstverständlich«, sagte Radovic nach einigen Sekunden des Schweigens. »Selbstverständlich werden wir dieser Spur nachgehen. Ich werde unverzüglich veranlassen, dass nach Leopold Kransky gefahndet wird … er hat das Staatsgefängnis in Würgau 1991 verlassen, war es nicht so?«

»Am fünfzehnten Juni 1991«, präzisierte Van Veeteren. »Es sind ja nur einundzwanzig Jahre vergangen, das kann also nicht so schwer sein.«

»Drei Monate bevor Mollys Pension abgebrannt ist«, sagte Radovic.

»Dreieinhalb«, erwiderte Van Veeteren.

»Wie hoch schätzt du die Wahrscheinlichkeit ein, dass er seinen Namen behalten hat, als er freigelassen wurde?«, fragte Radovic.

»So ziemlich gleich null«, antwortete Van Veeteren. »Aber vielleicht hat er noch sein Tattoo, außerdem gibt es ein anderes Detail, das ich mir etwas genauer anschauen würde, wenn ich noch im Dienst wäre.«

»Und welches?«, erkundigte sich Radovic mit einem leicht resignierten Seufzer.

»Den Verein der Linkshänder«, erklärte Van Veeteren. »Wenn Leopold Kransky wirklich hinter dieser Sache steckt, wie wir glauben, dann muss er eine Verbindung zu diesem verdammten Club gehabt haben. Was wiederum bedeuten müsste … tja, keine Ahnung. Aber er muss schließlich einen logischen Grund dafür gehabt haben, diese Menschen umzubringen.«

»Schade, dass sie alle tot sind«, sagte Radovic.

»Außerordentlich schade«, stimmte Van Veeteren ihm zu. »Aber wirklich alle sind ja nicht tot. Wenn mich nicht alles täuscht, lebt eine der beiden Schwestern Behrens noch. Sie gehörte zwar nur am Rande zu diesem Zirkel, aber haben wir dafür außer ihren eigenen Worten eine Bestätigung durch andere? Wohin ist sie noch einmal verschwunden?«

»Schweden«, antwortete Kommissar Radovic. »Ja, wir müssen sie wirklich noch einmal vernehmen.«

»Es könnte vielleicht auch nicht schaden, sich Molly Hansen noch einmal vorzuknöpfen«, schlug Van Veeteren vor. »Wenn ihr einmal dabei seid?«

Radovic nickte und streckte sich.

»Natürlich. Ich werde sofort Verstärkung aus Werdingen anfordern. Äh… wie stehst du selbst dazu, uns weiterhin behilflich zu sein?«

»Derzeit ist das leider nicht möglich«, informierte Van Veeteren ihn und stand auf. »Ich feiere heute meinen Geburtstag.«

Und damit verließ er mit drahtigen Schritten das Polizeipräsidium von Oosterby.

Das Wetter hielt, was die Vorhersage versprochen hatte. Gemäß den Anweisungen des Barfußphilosophen zogen sie folglich ihre Schuhe aus, sobald sie zum Strand hinuntergekommen waren, und versteckten sie unter einem alten Holzboot, das offenbar seit vielen Jahren nicht mehr seetauglich war, und machten sich in westliche Richtung auf den Weg. Es ging ein schwacher und lauer Wind, der Himmel war blau, das Meer ruhig.

»Jemand da oben hat sich gemerkt, dass heute dein Geburtstag ist«, sagte Ulrike.

»Zweifellos«, erwiderte Van Veeteren. »Eine Stunde in jede Richtung?«

»Klingt angemessen. Und worüber sollen wir uns um Himmels willen unterhalten? Über Tage und Jahre, die vergangen sind?«

»Das bleibt dir erspart«, erklärte Van Veeteren. »Setz dir lieber deine Sherlock-Holmes-Mütze auf.«

»Aber nur, weil du so darum bettelst«, meinte Ulrike. »Es muss die Runde gewesen sein, die in dem einen Erker gesessen hat, nicht?«

»Ich bin mir sicher, dass sie dort gesessen hat«, stimmte Van Veeteren ihr zu. »Es dürfte ein Kinderspiel sein, sie ausfindig zu machen, wenn man das will.«

»Sollten wir das nicht?«

»*Wir?*«

»Jetzt leg nicht jedes Wort auf die Goldwaage. Sollte Kommissar Radovic sie nicht ins Präsidium holen und nach allen Regeln der Kunst verhören? Das finde ich jedenfalls.«

»Und wozu soll das deiner Meinung nach gut sein?«

Ulrike zuckte mit den Schultern. »Ich weiß es nicht genau. Aber macht man das nicht so? Das sollte sich doch diskret bewerkstelligen lassen, wenn man ihre Anonymität wahren will.«

Van Veeteren hob eine Schnecke auf und betrachtete sie einen Moment, ehe er sie ins Wasser hinauswarf. »Ich würde es lassen«, erklärte er. »Zumindest für den Moment. Sie wird ja wohl kaum das Weite suchen. Wenn es uns gelingt, diesen verdammten Kransky zu schnappen, sieht die Sache natürlich anders aus. Dann dürften wir gezwungen sein, die beiden einander gegenüberzustellen.«

»*Wir?*«

»Jetzt leg nicht jedes Wort auf die Goldwaage«, sagte Van Veeteren.

»Das Motiv?«, fragte er etwas später. »Welche Meinung hast du zu diesem unbedeutenden Detail?«

»War er Linkshänder?«, fragte Ulrike.

»Keine Ahnung«, sagte Van Veeteren. »Aber ich hoffe, Radovic findet es heraus.«

»Vielleicht durfte er ja nicht zu diesem Club dazugehören, weil er Rechtshänder war?«

»Und das hat ihn zwanzig Jahre lang dermaßen geärgert, dass er …«

»… zurückkehrte und die ganze Clique umbrachte, als er endlich aus dem Gefängnis entlassen wurde«, ergänzte Ulrike.

»Dann wäre er aber ungewöhnlich nachtragend gewesen«, murrte Van Veeteren. »Außerdem dürfen wir nicht vergessen, dass er unter Umständen absolut nichts mit Mollys Pension zu tun hat.«

»Ja, seine Geschichte ist schon ziemlich speziell.«

»Genau. So speziell, dass er fast unkalkulierbar wird … oder meine ich vielleicht unverständlich? Was wird aus einem Menschen, dessen Leben so anfängt?«

»Ich denke, es kann alles Mögliche aus ihm werden«, sagte Ulrike. »Aber das bedeutet trotzdem nicht … nicht mit Sicherheit … dass er für den Tod dieser fünf Menschen verantwortlich ist. Oder?«

»Richtig«, brummte Van Veeteren. »Eine alte Nonne, zudem alte Liebhaberin, hat ihn kurz am richtigen Ort und ungefähr zum richtigen Zeitpunkt gesehen, das ist alles.«

»Was sagt dein Bauchgefühl?«, fragte die erfahrene Vernehmungspsychologin.

»Er müsste es gewesen sein«, sagte Van Veeteren, »aber sicher bin ich mir nicht, außerdem mag ich das Wort nicht.«

»Welches Wort?«

»Bauchgefühl.«

»Intuition gefällt dir besser?«

»Ich denke schon. Die ältere Schwester des Wissens. Haben wir nicht neulich über Rappaport gesprochen?«

»Das haben wir«, bestätigte Ulrike. »Leon Rappaport und die Determinante. Warum taucht er jetzt wieder auf?«

»Weil er etwas behauptet, was in diesem Zusammenhang wichtig ist«, erklärte Van Veeteren geduldig. »Dass wir über ein Vorverständnis der Wahrheit verfügen, ich glaube, das habe ich erwähnt. Wenn sie sich uns endlich erschließt, passiert Folgendes: Wir erkennen sie wieder. Wofür wir uns rühmen und was wir analytisches Denken nennen und was noch alles, ist in Wahrheit sekundär … ja, so ungefähr. Allerdings schreibt er in erster Linie darüber, wie es zu wissenschaftlichen Entdeckungen kommt, und nicht über Linkshänder, die bei einem Feuer umkommen.«

»Ein gewisser Unterschied«, sagte Ulrike Fremdli und betrachtete einen langbeinigen Vogel, der an etwas herumzerrte, was möglicherweise ein alter BH war. »Aber wohin führt uns das eigentlich?«

»Ich weiß nicht, wohin uns das führt«, gestand Van Veeteren. »Aber mir fällt gerade etwas anderes ein. Was hattest du vor ein paar Tagen herausgefischt, worüber wir uns dann unterhalten haben? Ist es nicht furchtbar, dass heute alles Mögliche einfach aus dem Kopf verschwindet, bevor man dazu gekommen ist, es gründlich genug unter die Lupe zu nehmen. Oder ist es vielleicht schon immer so gewesen?«

»Ich habe keine Ahnung, worauf du hinauswillst«, sagte Ulrike.

»Es ging um etwas, das du in einem Verhör gelesen hattest. Mit der Schwester, wenn mich nicht alles täuscht …«

»Aha? Ach ja, jetzt erinnere ich mich. *Wenn der Mensch eine Tür schließt, öffnet Gott ein Fenster.* Suchst du danach? Birgitte Behrens hat das mitten in einem Verhör gesagt … es kam mir irgendwie ein bisschen unmotiviert vor.«

»Ja, genau«, sagte Van Veeteren. »Etwas, das ihr ungewollt herausgerutscht ist. Es ist schön, ein junges und unverbrauchtes Gehirn an seiner Seite zu wissen. Und was bedeutet das jetzt?«

»Hm«, sagte Ulrike Fremdli. »Es könnte bedeuten, dass man eine zweite Chance bekommt … man findet einen Ausweg oder etwas in der Art.«

»Sicher, das verstehe ich auch. Aber warum sagt sie das in diesem Zusammenhang?«

»Ich erinnere mich nicht mehr, welcher Zusammenhang das war.«

»Ich auch nicht. Aber ihre Schwester ist soeben mit drei anderen Menschen verbrannt, so dass es auf jeden Fall reichlich schräg klingt. Nicht? Wer oder was schlüpft zum Fenster hinaus?«

»Ich habe nicht die geringste Ahnung«, antwortete Ulrike Fremdli. »*Was schlüpft zum Fenster hinaus?* Es fällt mir schwer, den springenden Punkt darin zu finden. Es kommt ja durchaus vor, dass du und ich Dinge sagen, die … die nicht zu dem passen, worüber wir gerade reden. Mir ist zumindest aufgefallen, dass du das tust.«

»Ich?«, platzte Van Veeteren erstaunt heraus. »Das ist ja ein Ding. Könnte es daran liegen, dass ich dir in der Analyse voraus bin … der Analyse dessen, worüber wir gerade sprechen?«

»Oder dass du hinterherhinkst«, entgegnete Ulrike Fremdli.

»Das kann ich mir beim besten Willen nicht vorstellen«, sagte Van Veeteren und legte den Arm um ihre Taille. »Und weißt du was, im Moment kommt es mir vor, als säßen wir im Heim und hätten den Faden verloren. Aber ich habe trotzdem ein … nun, ein *Vorverständnis* … davon, dass wir es hier mit einem wichtigen Puzzleteil zu tun haben. Wenn der Mensch eine Tür schließt, öffnet Gott ein Fenster.«

»Das werde ich mir merken«, versprach Ulrike Fremdli. »Wir haben übrigens noch die Ordner auf dem Zimmer, wir müssen also nur nachsehen, wenn wir zurück sind.«

Und als folgten sie einer stillschweigenden Übereinkunft, gingen sie anschließend längere Zeit schweigend weiter.

»Fingerabdrücke?«, sagte Ulrike Fremdli.

»Ja?«, sagte Van Veeteren.

»Leopold Kranskys Fingerabdrücke sind doch sicher in irgendeiner Kartei? Schließlich ist er verurteilt worden und hat im Gefängnis gesessen …«

»Und?«, sagte Van Veeteren.

»Hat man nach der Geschichte in Mollys Pension keine Fingerabdrücke gefunden?«

»Was glaubst du?«, sagte Van Veeteren.

»Ach, stimmt ja«, begriff Ulrike. »Das Feuer schluckt alles, das habe ich vergessen.«

»Stimmt«, sagte Van Veeteren. »Soweit ich mich erinnere, war nach dem Brand praktisch nichts mehr übrig. Ich nehme an, dass man eine Zeitlang gesucht hat, aber ich kann mich nicht erinnern, dass das Thema Fingerabdrücke überhaupt zur Sprache gekommen wäre, als ich damals vor Ort war.«

Ulrike nickte und dachte einige Sekunden nach.

»Ich würde trotzdem gerne diese Nonne treffen.«

Van Veeteren zuckte mit den Schultern. »Ich habe den Verdacht, dass Kommissar Radovic es genauso sieht. Ich denke also, dieses Detail können wir getrost ihm überlassen. Ich hoffe nur, er geht nicht so plump vor, dass er sie bloßstellt.«

»Tut sie dir leid?«

»Nein. Aber es ist überflüssig, Löcher in die Lebenslügen der Leute zu hauen. Erst recht, wenn sie diese so lange zementiert haben.«

»Hätte sie die Wahrheit nicht von Anfang an erzählen können? Ihrem Mann, meine ich?«

»Dann hätte dieser rechtgläubige und gottesfürchtige Bauer sie wahrscheinlich nie geheiratet«, sagte Van Veeteren. »Und ihre Kinder wären nicht geboren worden. So sieht das Leben aus.«

»Nicht unbedingt«, widersprach Ulrike.

»Doch«, sagte Van Veeteren. »Denn wir leben nun einmal nicht in der besten aller Welten.«

Ulrike Fremdli dachte einen Augenblick nach.

»Nur in der einzig möglichen?«

»Das weiß ich nicht«, sagte Van Veeteren. »Jedenfalls ist es schön, mit dir barfuß über den Strand zu gehen. Es gibt Licht im Dunkeln.«

»Das finde ich auch«, sagte Ulrike. »Aber wenn ich es recht bedenke, gibt es einen Menschen, mit dem ich gerne ein paar Worte wechseln würde. Apropos Licht und Dunkel.«

»Und mit wem?«

»Dieser Mutter, die ihr Kind den Nonnen im Kloster überlassen hat. Aber wie soll man sie ausfindig machen, und außerdem lebt sie sicher nicht mehr, oder?«

»Ganz unmöglich ist es vielleicht nicht«, antwortete Van Veeteren.

36

Oktober 2012. Oosterby und Umgebung

Die Frau, die aus dem Bus stieg, sah aus, als hätte sie eine lange Reise hinter sich.

Wenn sie jemandem ins Auge gefallen wäre, was nicht der Fall war. Sie blieb eine Weile am Straßenrand stehen, streckte sich, atmete mehrmals tief durch und sah den Bus in einer langgezogenen Kurve verschwinden. Sie holte einen Kamm heraus und zog ihn durch ihre dunklen, graumelierten Haare. Rückte ihren Rucksack gerade und ging in die Richtung zurück, aus der sie gekommen war.

Die Sonne stand tief über den Feldern im Westen, und sie musste blinzeln, um die Wegbeschreibung lesen zu können, die sie sich in ihrem Block notiert hatte. Nicht, dass dies nötig gewesen wäre, sie hatte alle Zeit der Welt gehabt, sie auf ihrer Reise zu verinnerlichen. Fünfhundert Meter, dann bei dem Schild eine Straße nach rechts. Weitere dreihundert Meter durch den Wald, danach ein neues Schild und nach links. Einen langen Anstieg hinauf, anschließend würde sie da sein. Hohe Backsteinmauern und schmiedeeiserne Tore, es war nicht zu verfehlen.

Er war bei seiner Recherche sehr gründlich gewesen. Natürlich, wenn es um das große Ganze ging, ging er gelegentlich in die Irre, in den Details dagegen nie. Das war ein neuer Gedanke, und unter anderen Umständen hätte sie den Mund vielleicht zu einem Grinsen verzogen. Verloren im Großen, heimisch im Kleinen.

Beim Gehen merkte sie, wie ihr Puls schneller schlug. Nicht wegen der körperlichen Anstrengung, sie war daran gewöhnt, sich zu bewegen, und hatte eine ganz passable Kondition. Nein, es ging um die mentale Anspannung. Die Nerven; denn wenn es so lief, wie sie hoffte, würde sie bald die Wahrheit erfahren. Eine *Bestätigung,* darum ging es bei ihrer Reise. Die hauchdünne Ahnung, die sie so viele Jahre in sich getragen hatte, hatte sich vor einem Monat zu etwas völlig anderem verdichtet. Sie dachte, dass ihr vermutlich nicht mehr viele Jahre blieben, und wenn sie in ihrem ganzen Leben nichts richtig gemacht hatte, wurde es Zeit, es jetzt zu tun. Befehlen zu gehorchen, ist auch eine Wahl.

Killing is easy, hatte er gesagt, bevor sie sich trennten. Töten ist leicht, wahrscheinlich war das etwas, was er gelesen oder was eine Figur in einem Film gesagt hatte. Ihr kam der Gedanke, dass es stimmte, wenn man *kill* gegen *die*, *töten* gegen *sterben* austauschte. Das wirklich Schwierige war jedenfalls zu leben, am Leben zu bleiben, Tag für Tag, Jahr für Jahr. Vielleicht war es ausgerechnet heute ein wenig leichter, in diesen späten Nachmittagsstunden, während sie sich Schritt für Schritt einer Art Ziel näherte. Einer Art Antwort. Nach der sie beide, er und sie, suchten und die – viel später zwar, aber immerhin – eines der großen Fragezeichen verschwinden lassen würde, die es noch gab.

Ja, so in etwa. So ungefähr sah es aus.

Hatte seine Besessenheit auf sie abgefärbt? Der Gedanke lag nahe, aber: Die Schnüffelei war Teil seines Charakters, nicht ihres. Und als sie nun an der Peripherie ihrer Kindheit wandelte, kam ihr der Auftrag gleichermaßen fremd wie unumgänglich vor. Ähnlich wie im Wartezimmer beim Zahnarzt, man wollte weglaufen, lief aber nicht weg. Man blieb wohl oder übel sitzen. Sie ging wohl oder übel weiter.

Oder meinte sie jenseits von wohl oder übel?

Nun hatte sie das erste Schild erreicht und bog rechts in die wesentlich schmalere Straße durch den Wald ab. Auch sie war asphaltiert, aber nicht wirklich so breit, dass zwei Autos aneinander vorbeikämen. Sofort gewannen die Schatten die Oberhand über das Licht, und in gewisser Weise empfand sie das als vollkommen logisch. Sie erkannte, dass es richtig dunkel sein würde, wenn es Zeit wurde zurückzukehren; in einer Stunde oder so, schwer zu sagen, wie lange sie brauchen würde. Schwer zu sagen, ob sie überhaupt Erfolg haben würde. Vielleicht war es aussichtslos, zum Scheitern verurteilt; vielleicht würde sie niemals erfahren, ob diese verdichteten Ahnungen sich bewahrheiteten oder ob sie aus der Luft gegriffen waren.

In diesem Fall eine Art Sinnbild für ihr Leben bis jetzt. Ungewissheit. Unklarheiten. Fehleinschätzungen und Irrtümer. Lügen. Angst.

In den letzten Jahren vor allem Angst. Aber heute hatte sie keine Angst. Es waren die unbekannten, die eingebildeten Gefahren, die sie am meisten schreckten. Nicht der Wolf mit den gefletschten Zähnen. Nicht der weitere Marsch, wenn man die Wegscheide hinter sich gelassen hatte.

Sie schüttelte den Kopf über die Gedanken, die ihr durch den Kopf schwirrten, und dann hatte sie auf einmal die Tore erreicht. Sie fand ein kleines Metallschild, drückte dreimal auf einen Knopf, ehe sich jemand meldete, aber nachdem sie ihr Anliegen vorgebracht hatte, glitten die Tore auf, und sie wurde in den dunklen Garten eingelassen.

Als sie hinter ihrem Rücken zuschlugen, hatte sie plötzlich das Gefühl, dass man sie nie wieder hinauslassen würde. Sie atmete tief durch, und es gelang ihr, diese Vorstellung abzuschütteln.

Das Zimmer war erstaunlich groß, und die Frau, die zusammengesunken auf dem Stuhl am Fenster saß, war erstaunlich klein. Sie erinnerte an ein altes Vögelchen, das aus irgendeinem Grund einen viel zu großen Käfig bekommen hatte. Verlebt und allem und jedem gegenüber misstrauisch. Sie war mit etwas schlabberig Graugrünem bekleidet, was wahrscheinlich eine Art Bademantel war, die rotbraune Baskenmütze war mehrere Nummern zu groß und bedeckte beide Ohren und die Augenbrauen. In der einen Hand, die auf dem Tisch ruhte, hielt sie eine Gabel, deren Zinken nach oben gerichtet waren, als wäre sie darauf gefasst, sich gegen Feinde und Eindringlinge zu verteidigen. Eingebildete oder wirkliche.

Der aktuelle, reale Eindringling zögerte einen Augenblick, ging dann zu ihr und setzte sich auf den anderen Stuhl. Danach verstrich eine Minute ereignislos, vielleicht auch mehrere, ohne dass einer von ihnen etwas sagte oder die kleinste Bewegung machte.

Oder sich auch nur ihre Blicke begegneten. Das Schweigen, das zwischen ihnen anschwoll, war eigentümlich. Langsam und unerbittlich schien es jede Möglichkeit zu einem Gespräch zu ersticken, während es sich ebenso zielstrebig mit dem schwachen Geruch vermählte, der in dem Raum hing. Irgendetwas Altertümliches; Kampfer oder Selterswasser? Gab es tatsächlich etwas, das Selterswasser hieß, und war es dann etwas, worüber man nachgrübeln sollte? War sie vielleicht im falschen Zimmer gelandet? Saß ihr die falsche Frau gegenüber? Erst im letzten Moment, eine

Sekunde bevor alles zu spät gewesen wäre, gelang es der Besucherin, ihre Frage zu stellen.

Aber es war keine Frage, und die Antwort, die sie bekam, war keine Antwort.

Das eine war eine Behauptung, das andere ein stummes Eingeständnis. Ein gehobener Blick, der, so er sich überhaupt deuten ließ, nicht anders gedeutet werden konnte. Oder doch?

Konnte er das?

Dann ein Fluch.

»Fahr zur Hölle. Hau ab und lass mich in Ruhe.«

Der Eindringling folgte der Aufforderung. Aber erst nach einer Weile. Erst nachdem der Frau weitere Behauptungen in Frageform vorgetragen worden waren. Keine von ihnen wurde beantwortet, nicht mit Worten, nicht mit Blicken oder Flüchen, und nach fünfzehn oder zwanzig Minuten stand die Besucherin auf und verließ den Raum.

Etwas später wurde sie wieder durch die Tore hinausgelassen und trat den Rückweg durch den Wald an.

Die Schatten hatten sich nun zu Dunkelheit vertieft, so wie sie es sich vorgestellt hatte. Es erschien ihr richtig.

37

Oktober 2012. Kymlinge und Umgebung

Das Haus in Vandelbo, fünfzehn Kilometer nordwestlich von Kymlinge gelegen, machte nicht viel her.

Jedenfalls nicht von außen an einem regnerischen Morgen Ende Oktober. Grau und düster stand es da und kauerte an einem unwegsamen Waldrand, als gäbe es sich Mühe, nicht gesehen zu werden oder zu existieren. Barbarotti blieb einen Augenblick sitzen, ehe er die Autotür öffnete und spürte, dass Eva Backman sich genauso sträubte wie er selbst. Warum sollte man die leicht schläfrige und anspruchslose Gemeinschaft in einem warmen Auto verlassen, nur um in den Regen hinauszueilen und eine Leiche mit einer Axt im Schädel zu betrachten?

Er drückte ihre Hand. Sie drückte seine.

»Wäre schöner, die Lehnen nach hinten zu klappen und ein bisschen zu schlafen«, sagte sie. »Aber das sähe nicht gut aus.«

»Ein wenig Regen hat noch keinem geschadet«, erwiderte Barbarotti.

»Ja, der da vorn ist anscheinend aus anderen Gründen gestorben«, stimmte Eva Backman ihm zu. »Na los, Herr Kriminalinspektor, jetzt reißen wir uns zusammen!«

Jönsson und Tillgren waren dabei, Plastikbänder zu spannen, die allen Tieren des Waldes erklärten, dass diese Absperrung einem Tatort galt. Auf der schmalen Veranda an der Vorderseite des Hauses hielten sich außer dem eventuellen Mordopfer vier Personen auf. Gerichtsmediziner Holmgren zusammen mit einem jungen Assistenten, der Fjärnemyr oder so ähnlich hieß, sowie zwei weißgekleidete Kriminaltechniker, die weder Barbarotti noch Backman kannte. Sie schienen in erster Linie damit beschäftigt zu sein, alles zu fotografieren.

»Bevor wir ihn uns näher ansehen…«, sagte Eva Backman und zog an Barbarottis Arm. »Es gibt da eine seltsame Sache, die ich nie erzählt habe. Wenn ich einen toten Körper sehe, merke ich, dass…«

»Was?«, sagte Barbarotti. »Dass du dich übergeben möchtest?«

»Nein. Das passiert mir nicht mehr, aber es stimmt, anfangs war es so. Nein, seltsamerweise muss ich dann immer an Spinatsuppe denken.«

»Wie bitte?«, sagte Barbarotti.

»Ja, es lässt sich einfach nicht verhindern. Ein Teller Spinatsuppe mit einem halben Ei, das auf der Oberfläche treibt. Ich habe das ehrlich gesagt noch nie jemandem erzählt, weil es… na ja, weil es so krank ist.«

»Ich verstehe nicht ganz. Ich meine, warum? Was hat Spinatsuppe mit einer Leiche zu tun? Das kann man sich doch wirklich fragen.«

»Nichts«, antwortete Eva Backman und hörte sich an, als würde sie jeden Moment losheulen. »Es gibt keine logische Verbindung. Ich bin kein großer Freund von Spinatsuppe, aber es gibt kein Trauma… keine schreckliche Erinnerung aus der Schulkantine oder so. Und trotzdem, jedes Mal, wenn wir es mit einer Leiche zu tun haben, taucht dieser verfluchte grüne Suppenteller in meinem Kopf auf. Es ist ein

Tic, total daneben, und ich kann ihn einfach nicht abstellen. Und ich werde …«

»Ja, was wirst du?«

»Ich werde ängstlich.«

Er hatte den Eindruck, dass sie schluchzte. Zumindest ein bisschen, und plötzlich wurde ihm klar, dass sie ihm niemals etwas Wichtigeres anvertraut hatte. Etwas, das so verflucht bescheuert und dennoch so qualvoll war. Mehr oder weniger ein beschämendes Geheimnis.

»Ich verstehe«, sagte er, legte den Arm um sie und drückte sie kurz an sich. »Das gehört wirklich zu den Dingen, die man einem Therapeuten lieber nicht erzählen sollte. Wahrscheinlich würde man zwei Jahre Analyse brauchen, um der Sache auf den Grund zu gehen.«

»Mindestens«, erwiderte Eva Backman, richtete sich auf und fuhr sich mit den Händen durch die Haare. »Ich will gar nicht wissen, was es bedeutet, denn es bedeutet mit Sicherheit absolut nichts. Ich will es nur loswerden. Entschuldige, dass ich davon angefangen habe. Jetzt gehen wir hin und schauen uns die Bescherung an.«

»Ich bin froh, dass du es angesprochen hast«, sagte Barbarotti. »Wir haben alle unsere kleinen Macken.«

»Danke«, sagte Eva Backman. »Danke, dass du mich nicht auslachst.«

Die Leiche lag auf dem Bauch, aber die Axt war entfernt worden. Als Barbarotti nach dem Grund dafür fragte, erfuhr er, dass sie sich von selbst gelöst hatte, als man den Toten von seinem Leichentuch befreit hatte.

»Vorläufig?«, sagte Barbarotti. »Wenn man bitten darf?«

Holmgren streckte sich und stierte ihn an.

»Ich bin erst seit zwanzig Minuten hier.«

»Du bist ein Star«, meinte Backman. »Ich weiß noch, dass du einmal eine Pilzvergiftung innerhalb einer Viertelstunde aufgedeckt hast.«

»Ja, damals«, erwiderte Holmgren, musste aber unwillkürlich lächeln. »Mittlerweile bin ich über sechzig, und meine Augen werden immer schlechter.«

»Um dir ein wenig auf die Sprünge zu helfen«, sagte Backman, »so scheint es sich eindeutig um eine Person männlichen Geschlechts zu handeln, die an einer Axt im Kopf gestorben ist. Oder bin ich auf dem Holzweg?«

»Brillant«, erklärte Holmgren. »Dann braucht ihr mich hier nicht mehr?«

»Zwei Fragen nur, bevor du dich auf den Weg machst«, sagte Barbarotti. »Wie lange hat er hier gelegen, und wer ist er?«

Holmgren rückte seine Brille gerade. »Zu Frage eins würde ich schätzen, ein paar Tage. Vielleicht auch eine Woche, aber nicht länger. Frage zwei könnt ihr euch vielleicht selbst beantworten. Da drüben liegt ein Portemonnaie.«

Er zeigte auf eine mit der Wand verbundene Holzbank, auf der außer dem Portemonnaie eine simple Angelrute und ein paar Haken lagen.

»Hervorragend«, sagte Barbarotti und trat endlich näher, um die Leiche eingehender zu mustern. Backman folgte seinem Beispiel, ging neben ihm in die Hocke und schüttelte ruhig den Kopf, hatte aber nichts zu sagen. Barbarotti auch nicht. Die Leiche, die ausgestreckt auf dem halbmorschen Holzboden lag, war mit Gummistiefeln, einer blauen Jeans und einem gemusterten Strickpullover bekleidet. Mehr oder weniger bäuchlings in Seitenlage, das linke Bein ein wenig angezogen, das rechte gerade. Die Arme halb vom Körper ausgestreckt, den einen nach hinten, den anderen nach vorn. Der Hinterkopf war schwarz von eingetrocknetem Blut; es krochen einige kleine, fette Würmer dort herum, die man sich nicht genauer anschauen wollte, wenn man nicht musste. Aber es war erkennbar, wo ihn der Axthieb getroffen hatte: direkt von hinten und schräg von oben, was gut zu der Vorstellung passte, dass es leichter war, von hinten als von vorn anzugreifen.

Mittelgroß oder ein paar Zentimeter größer. Fünfundachtzig Kilo, plus minus fünf. Alter irgendwo zwischen zwanzig und achtzig, aber mit etwas Glück würde ihnen der Inhalt des Portemonnaies in diesem Punkt weiterhelfen. Backman zog Plastikhandschuhe an und durchsuchte es. Barbarotti schätzte, dass dies etwa zehn Sekunden dauerte, und als sie fertig war, schüttelte sie den Kopf und reichte ihm drei Dinge.

Einen Hunderteuroschein, ein Kondom in versiegelter Verpackung sowie eine Eintrittskarte für ein Konzert Bruce Springsteens in Paris 1984.

»War das alles?«

»Bitte, sieh selbst.«

Barbarotti nahm das Portemonnaie in die Hand und stellte mit Hilfe eines plastikumhüllten Zeigefingers fest, dass es leer war.

»Phänomenale Hinweise«, sagte er. »Man muss im Grunde nur noch eins und eins zusammenzählen.«

»Das Kondom stammt anscheinend aus Deutschland«, meinte Eva Backman und runzelte die Stirn.

»Ich habe nicht viel Erfahrung mit deutschen Kondomen«, gestand Barbarotti. »Du?«

»Danke der Nachfrage«, erwiderte Eva Backman. »Da steht kleingedruckt ein Text auf Deutsch, das habe ich gemeint.«

»Hm«, sagte Barbarotti. »Mit anderen Worten, der Fall führt in die weite Welt hinaus? Oder jedenfalls nach Mitteleuropa. Euros plus Paris plus ein deutsches Kondom. Verzweigungen, könnte man sagen …«

»Ja«, sagte Eva Backman. »Wenn es sich wirklich um die Brieftasche der Leiche handelt, haben wir es wahrscheinlich nicht mit einem Bauern aus Virserum zu tun.«

Barbarotti nickte und ließ das Portemonnaie in einen Plastikbeutel fallen.

»Glaubst du, er hat hier gewohnt? Ich meine …«

Backman zuckte mit den Schultern. »Zeitweise vielleicht, das ist schließlich eine Art Sommerhaus. Aber vielleicht sollten wir hineingehen und nachsehen.«

Die provisorische Hausbesichtigung war schnell erledigt. Trotz der mittelmäßigen Ausstattung schien das Haus in Gebrauch gewesen zu sein. Zumindest gelegentlich. In einem winzigen Schlafzimmer standen zwei schmale Betten mit karierten Tagesdecken und ein kleiner Nachttisch. In einem schiefen Kleiderschrank hingen ein paar Kleidungsstücke, und unter einem der Betten lugte ein Paar ausgelatschter Holzschuhe heraus. Möglicherweise handelte es sich um ein Haus, das für kürzere oder längere Zeiträume vermietet wurde, die schlichte Einrichtung und unpersönliche Ausstrahlung deuteten eventuell darauf hin. Außer der Schlafkabine gab es nur ein weiteres Zimmer im Haus, das länglich schmal war und an einem Ende eine rudimentäre Küche und am anderen eine ziemlich dürftige Sitzgruppe beherbergte. Ein Fernseher, ein Bücherregal mit einem Dutzend Büchern, ein paar Brettspiele und ein Puzzle mit dreitausend Teilen; Letzteres war angesichts des zur Verfügung stehenden Platzes eindeutig überdimensioniert. Ein gusseiserner Kamin;

wenn man Feuer darin machte, würde man die rohe und feuchte Herbstkälte vermutlich ziemlich schnell vertreiben.

Auf dem laminierten Küchentisch eine ungeöffnete Flasche Wein und zwei unbenutzte Trinkgläser. Weder Teller noch Besteck, aber das eine wie das andere gab es in einem Hängeschrank über dem schmalen Spülbecken. Auf dem einfachen Herd thronte ein halbvoller Eisentopf, der einen nicht sonderlich angenehmen Geruch verströmte, als Backman den Deckel abhob.

»Rindfleischsuppe«, lautete ihr Urteil. »Also kein Spinat, aber das Mindesthaltbarkeitsdatum ist überschritten.«

»Ein Ferienhaus für die Sommerzeit«, stellte Barbarotti fest. »Der Besitzer hat bestimmt eine Wohnung in Kymlinge.«

Eva Backman nickte und öffnete einen Kühlschrank, der brummend auf einer Bank stand. »Nicht viel. Sie waren wohl nur übers Wochenende hier.«

»Wahrscheinlich«, sagte Barbarotti. »Was denkst du, was hier passiert ist?«

Eva Backman dachte zwei Sekunden nach. »Sieht aus, als hätten sie sich bald zum Essen an den Tisch setzen wollen, aber dann ist sie wütend geworden und hat ihn stattdessen erschlagen. Das ist zumindest meine Theorie.«

»Gut«, sagte Barbarotti. »Du hast den Fall schon gelöst. Wollen wir einen Kaffee trinken fahren?«

»Cafés sind hier draußen Mangelware«, erwiderte Backman. »Aber vielleicht sollten wir uns mal mit dieser Frau unterhalten, die angerufen hat. Sie wohnt in der Nähe und lädt uns bestimmt zu einer Tasse Kaffee ein. Wie heißt sie nochmal?«

Barbarotti sah in seinem Smartphone nach.

»Klara Husak. Sie wohnt ungefähr einen Kilometer von

hier. Es bringt nicht viel, hier noch länger herumzuhängen, oder was meinst du?«

»Ich denke nicht«, antwortete Backman. »Wir müssen uns bloß die Motzerei der Kriminaltechniker anhören, weil wir herumtrampeln und wertvolle Spuren zerstören. Da lesen wir doch lieber morgen am Schreibtisch ihren Bericht.«

Klara Husak bot ihnen wie erwartet Kaffee an. Barbarotti hatte sich eine leicht verwirrte, ältere Dame vorgestellt, und als er einer durchtrainierten, dunkelhaarigen Frau Mitte dreißig die Hand gab, fragte er sich, woher diese Wahnvorstellung gekommen war. Vielleicht war es ja wirklich so, dass die meisten Leichen von Rentnern gefunden wurden, die mit ihren Hunden Gassi gingen, aber diese Hypothese war alles andere als bewiesen.

Ihre Wohnung war von einem anderen Kaliber als die der Leiche – wenn er seinem Mörder tatsächlich auf der eigenen Veranda begegnet war, was ebenfalls nicht bewiesen war. Das prächtige Holzhaus hatte zwei Etagen und stand am höchsten Punkt einer Rasenfläche, die zum See Vandeln hin abfiel. Zwei mächtige Nebengebäude rahmten den Rasen ein, und Barbarotti dachte, dass sie sehr wohl ein paar antike Sportwagen oder einen Haufen arabischer Vollblüter beherbergen mochten. Oder etwas anderes in diesem Stil.

»Es tut uns leid, dass wir Sie belästigen müssen«, sagte Eva Backman. »Aber wir würden mit Ihnen gerne über Ihre … schreckliche Entdeckung sprechen.«

»Natürlich«, erwiderte Klara Husak. »Nehmen Sie Platz, ich mache uns einen Kaffee. Sie trinken doch sicher eine Tasse?«

»Da sagen wir nicht nein«, sagte Gunnar Barbarotti. »Sie wohnen schön hier.«

»Danke. Das Haus haben meine Eltern gebaut. Sie kamen 1968 aus der Tschechoslowakei, aber als sie in Rente gingen, wollten sie nach Prag zurückkehren. Also haben mein Mann und ich es übernommen. Das da ist Kaspar, er ist bei mir gewesen, als ich den … Fund gemacht habe.«

Letzteres bezog sich auf einen großen braunen Hund einer schwer bestimmbaren Rasse, der in die Küche trottete, in der sie Platz genommen hatten. Er wedelte zurückhaltend mit dem Schwanz und schnupperte nacheinander an Backmans und Barbarottis Füßen, ehe er sich auf eine Matratze in einer Zimmerecke legte.

»Ja, der Fund«, sagte Backman. »Wissen Sie, wer in dem Haus wohnt?«

Klara Husak schüttelte den Kopf. »Nein, aber es ist gut möglich, dass es kürzlich den Besitzer gewechselt hat. Oder jedenfalls vor einem Jahr. Die Leute, die dort früher gewohnt haben, hießen Nyström, glaube ich. Wie auch immer, es war ein altes Ehepaar, aber er hatte Parkinson, und es hat ja keinen Sinn, das Haus zu behalten, wenn sie es doch nicht nutzen können. Es ist natürlich nichts, um ganzjährig darin zu wohnen … ziemlich verfallen, nun ja, das haben Sie ja selbst gesehen.«

»Und Sie wissen nicht, wie der neue Besitzer heißt?«, fuhr Backman fort.

»Nein.

»Haben Sie ihn … oder sie gesehen?«

Klara Husak stellte eine Kaffeekanne und einen Teller mit Gebäck auf den Tisch, setzte sich und dachte einen Augenblick nach.

»Ich glaube eigentlich nicht. Wir gehen diesen Weg sonst eigentlich nie, ich weiß gar nicht, warum wir es gestern getan haben, vielleicht hat Kaspar in die Richtung gezogen.«

»Und dann sind Sie mitten in der Nacht zurückgegangen«, stellte Barbarotti fest. »Warum?«

Sie zuckte mit den Schultern und schien sich fast entschuldigen zu wollen. »Mir ist bewusst, dass sich das ein bisschen verrückt anhört, aber da war etwas mit diesem Bündel auf der Veranda. Außerdem hat Kaspar davorgestanden und geknurrt, und als ich diese Nacht nicht schlafen konnte, habe ich beschlossen, zurückzugehen und nachzusehen. Ich habe nicht einmal meinen Mann geweckt. Manchmal gehen einem gewisse Dinge einfach nicht mehr aus dem Kopf…«

»Das passiert mir auch schon mal«, gestand Barbarotti. »Das muss ein ziemlich unangenehmer Anblick gewesen sein?«

»Ja, allerdings«, antwortete Klara Husak mit einem leichten Schaudern. »Ich war schon auf alles Mögliche gefasst, aber darauf nun eher nicht. Wissen Sie, wie lange er dort gelegen hat?«

»Wahrscheinlich ein paar Tage«, sagte Backman. »Können Sie sich erinnern, wann Sie zuletzt an dem Haus vorbeigegangen sind?«

»Das muss schon Monate her sein«, antwortete Klara Husak. »Ja, wahrscheinlich im Sommer. Der Weg führt irgendwie nirgendwohin, er endet an einem alten, verlassenen Häuschen weiter oben im Wald. Normalerweise gehen wir in der einen oder anderen Richtung um den See herum. Das dauert eine gute Stunde, genau richtig für einen Spaziergang. Meistens gehen wir morgens, aber gestern sind wir erst am Nachmittag losgekommen, weil ich den ganzen Morgen beschäftigt gewesen war.«

»Sie arbeiten von zu Hause aus?«, fragte Backman.

»Ja. Ich bin Übersetzerin, muss also nirgendwohin. Mein

Mann arbeitet in der Stadt. Er fährt die Kinder jeden Morgen zur Schule und holt sie auch wieder ab. So gesehen bin ich ein wenig privilegiert.«

»Welche Sprachen?«, erkundigte sich Barbarotti.

»Tschechisch natürlich. Aber auch Deutsch und ein bisschen Polnisch.«

»Oh«, sagte Backman.

Klara Husak lächelte kurz. Barbarotti trank einen Schluck Kaffee und wechselte einen Blick mit Eva Backman. Abgesehen vom lebenserhaltenden Koffein schien bei Klara Husak nichts Nahrhaftes zu holen zu sein. Im Moment zumindest nicht.

»Und Sie haben keine Ahnung, wer der tote Mann sein könnte?«, fragte er.

Sie schüttelte den Kopf. »Nicht die geringste.«

»Sind Ihnen in dieser Gegend in letzter Zeit fremde Menschen aufgefallen?«

»Nein. Soweit ich mich erinnere, nicht.«

»Wissen Sie zufällig, ob das Haus von einem Paar genutzt wurde?«, fragte Backman. »Oder war es nur eine Person?«

»Ich habe keine Ahnung.«

»Haben Sie überhaupt irgendjemanden gesehen, den Sie mit dem Haus in Verbindung bringen? In letzter Zeit oder früher?«

Klara Husak dachte eine ganze Weile nach. »Nein, eigentlich nicht. Allerdings komme ich da oben wie gesagt kaum einmal vorbei. Aber unter einem Baum standen ja zwei Fahrräder … ein Herren- und ein Damenrad, also handelt es sich vielleicht wirklich um ein Paar.«

»Ja, das ist mir auch aufgefallen«, log Barbarotti.

»Jedenfalls vielen Dank«, rundete Eva Backman das Gespräch ab. »Wir werden später sicher noch einmal mit Ihnen reden wollen. Wenn wir mehr wissen. Vielleicht auch mit Ihrem Mann, wenn das in Ordnung ist?«

»Natürlich«, sagte Klara Husak. »Er ist normalerweise ab fünf zu Hause … und ich bin eigentlich fast immer hier.«

»Falkenauge«, sagte Eva Backman, als sie ein paar Minuten später im Auto saßen.

»Was meinst du?«, entgegnete Barbarotti.

»Die Fahrräder.«

»Danke«, sagte Barbarotti. »Aber vergiss es. Was für ein Gefühl hast du von diesem ersten Kapitel? Ich meine, Axtmörder gibt es eher weniger, als man sich viellcicht einbildet.«

»Ich bilde mir gar nichts ein«, antwortete Eva Backman. »Aber ich könnte einen Hunderter darauf verwetten, dass wir es mit einer Frau zu tun haben, die ihren Typen satthatte.«

»Das passt zu der Theorie, die ich schon vorgelegt habe«, sagte Barbarotti. »Oder hast du sie vorgelegt? Und dann war eine Axt zur Hand?«

»Für friedliche Zwecke hergestellt«, erwiderte Backman. »Aber man muss eben nehmen, was man in die Finger bekommt.«

»Ich finde es seltsam, dass du dich sofort auf die Seite der Täterin zu schlagen scheinst«, sagte Barbarotti. »Es ist schließlich nicht hundertprozentig sicher, dass ein Mann, dem eine Axt in den Schädel gerammt wird, das auch wirklich verdient hat.«

Eva Backman dachte einen Moment nach.

»Okay«, sagte sie. »Da hast du recht. Wir werden erst einmal eine Weile ermitteln müssen, ehe wir anfangen zu spekulieren. Aber die Wette steht, oder?«

»Du bekommst einen Hunderter, wenn es eine arme Frau war, die ihren Quälgeist umgebracht hat. Ich bekomme einen in allen anderen Fällen. Sieht so der Deal aus?«

»Yes«, sagte Eva Backman. »Aber jetzt fahren wir ins Präsidium und fangen an, ernsthaft an unserem Fall zu arbeiten. Genug gelabert.«

»Können wir es nicht trotzdem so organisieren, dass wir wieder zusammen schlafen?«, sagte Barbarotti. »Das hat mir besser gefallen, als ich zu gestehen wage.«

»Völlig abgeneigt bin ich nicht«, sagte Eva Backman. »Das hast du ja wohl gemerkt, oder?«

38

Oktober 2012. Oosterby und Umgebung

Das Restaurant hieß Vitalis. Es lag am Meer, in der kleinen Ortschaft Port Hagen, eine halbe Stunde auf kurvigen Straßen östlich von Friesenbirge. Ulrike hatte im Intcrnet Kritiken gelesen und frühzeitig einen Tisch sowie ein Taxi hin und zurück bestellt.

Eine kleine Gaststätte also, die etwas abseits der gängigen Routen lag. Wenn sie nicht so abgelegen wäre, hätte sie mindestens einen Michelin-Stern, behauptete einer der Kritiker. Vielleicht auch zwei.

Es stellte sich heraus, dass er nicht gelogen hatte. Ein Dutzend Austern mit einem perfekt trockenen Champagner. Hummer mit einem alten Margaux, für den die Trauben den Informationen zufolge auf einem Südhang im Himmel gewachsen waren, sowie eine Seezunge, die so gut schmeckte und so hervorragend zum nächsten Wein passte, einem weißen Meursault, Jahrgang 2004, dass Van Veeteren fast die Tränen kamen.

Das war eigentlich noch nie passiert, aber er hatte irgendwo gelesen, dass einen unerwartete Gefühlsausbrüche übermannen können, sobald man ein gewisses Alter erreicht hat.

»Du hast Tränen in den Augen«, stellte Ulrike fest.

»Ach, wirklich?«, erwiderte Van Veeteren und nutzte die

Gelegenheit, sich mit seiner Serviette das ganze Gesicht abzuwischen. »Wahrscheinlich irgendeine Drüse, die zusammengesackt ist.«

»Es kann nicht einfach daran liegen, dass du ein bisschen gerührt bist?«, erkundigte sich Ulrike.

»Ich bin ein knallharter Gegner von Vereinfachungen«, erklärte Van Veeteren. »Aber völlig ungerührt bin ich sicher nicht.«

»Warum gibt man sein Kind weg?«, fragte Ulrike.

»Jetzt hast du das Thema gewechselt.«

»Ja, das habe ich gemerkt. Aber trotzdem, warum tut man so etwas?«

»Weil man dazu gezwungen ist«, sagte Van Veeteren.

»Wie kann man dazu gezwungen sein? Ich könnte mich niemals dazu gezwungen fühlen. Aber vielleicht gehöre ich ja zu einer privilegierten Art Mensch.«

»Es fällt einem leicht, mit einer Mutter zu sympathisieren, die zu einer solchen Handlung gezwungen wird«, meinte Van Veeteren. »Aber manche behaupten ja, dass es auch schlechte Mütter gibt. Die sogar einsehen, dass sie das sind ... oder wären, wenn sie ihr Kind behalten würden. Was sagst du zu solchen Vorstellungen? Reaktionär und unmodern?«

»Hm«, meinte Ulrike und nippte an ihrem Dessertwein, einem ungarischen Tokaier, der wie gezuckerter Bernstein schmeckte. »Es kommt mir ein wenig unpassend vor, in dieser Umgebung zu sitzen und über so etwas zu sprechen.«

»Du hast damit angefangen«, entgegnete Van Veeteren.

»Sicher, das stimmt schon«, gab Ulrike zu. »Und wenn wir es uns trotzdem gestatten, dann sprechen wir also vermutlich von einer jungen Frau, die ... sich ein Kind hat machen lassen. Nicht? So hat es doch immer geheißen? Sie ist nicht in der Lage, sich selbst um das Kind zu kümmern, und somit ist es besser, es wegzugeben. Vielleicht ist der Mann verheiratet, vielleicht hat sie für ihr Schweigen Geld bekommen. Das ist nun wirklich nichts Neues.«

»So alt wie die Sünde selbst«, sagte Van Veeteren. »Und wenn sie sich in mehr als sechzig Jahren nicht gemeldet hat, dürfte die Chance nicht besonders groß sein, dass sie es heute tut ... wenn sie überhaupt noch lebt. Obwohl man natürlich immer noch hoffen kann, dass Radovic sie aufstöbert.«

»Oder wir«, bemerkte Ulrike Fremdli.

»Ich weiß, dass du das findest«, sagte Van Veeteren. »Aber diese unglückliche Mutter spielt in unserer Geschichte letztlich wohl keine große Rolle. Es ist möglich, dass sie alles ausgelöst hat, aber nachdem sie ihr ungewolltes Kind losgeworden war, könnte sich ihre Rolle damit ausgespielt haben.«

»Auch Hitler hatte eine Mutter.«

»Das wird zumindest behauptet.«

Ulrike dachte fünf Sekunden nach.

»Glaubst du, es ist so? Dass es sich nicht lohnt, nach ihr zu suchen?«

Van Veeteren zuckte mit den Schultern. »Ich kann das nicht beurteilen. Aber ich habe ein rappaportsches Vorverständnis, dass wir es hier mit einer äußerst komplizierten Geschichte zu tun haben. Viel zu kompliziert für ein altes, verschlissenes Buchhändlergehirn.«

»Deshalb hast du ja mich«, sagte Ulrike Fremdli.

Zu Kaffee und Cognac bekam er drei Geschenke. Zwei Bücher; sie kamen von seiner Tochter Jess und von Marlene, die mit seinem Sohn zusammen gewesen war, als er vor fünfzehn Jahren gestorben war, und die eines von Van

Veeterens drei Enkelkindern zur Welt gebracht hatte. Beide Pakete waren Ulrike vor der Abfahrt zu ihrer fiktiven Reise nach Neuseeland anvertraut worden. Jess hatte im Übrigen am Nachmittag angerufen, ihm herzlich gratuliert, berichtet, dass es in Paris regne, und sich nach dem Wetter in Queenstown erkundigt.

Tropische Nacht, hatte Van Veeteren erklärt und sich ein klein wenig geschämt.

Das dritte Geschenk bekam er von Ulrike. Es war ein Schachspiel mit Figuren aus Walnussholz; es war so schön, dass er es nicht lassen konnte, eine Reihe von Gläsern fortzuräumen und es zwischen ihnen auf den Tisch zu stellen. Für ihn hatten die zweiunddreißig Figuren mit ihren Entwicklungsmöglichkeiten, begrenzt und dennoch umfassend genug, ein Sinnbild für das Leben selbst gebildet. Jedenfalls redete er sich das gerne ein, und plötzlich stimmte schon wieder etwas mit dieser verfluchten Drüse nicht.

»Genau richtig«, erklärte er, als er erneut die Serviette benutzt hatte. »Drei Geschenke von drei großartigen Frauen. Und nicht eine Menge Blumen, die zwei Stunden später nach Tod stinken. Ich liebe dich, mein Schatz, habe ich dir das schon gesagt?«

»Nicht jeden Tag vielleicht«, antwortete Ulrike, »aber ich habe den Eindruck, dass du es wirklich meinst.«

»Und ob ich das meine«, sagte Van Veeteren. »Wenn ich in dieser Nacht sterben sollte, sterbe ich glücklich.«

»Du stirbst diese Nacht nicht«, behauptete Ulrike optimistisch. »Wir müssen wenigstens noch Klarheit in die Sache mit den Linkshändern bringen, ehe wir uns ins Grab legen können.«

»Unseren Beitrag dazu leisten?«, schlug Van Veeteren vor.

»Genau. Unseren Beitrag dazu leisten.«

Im Taxi auf dem Rückweg nach Friesenbirge schaltete er sein Handy ein, das er schon an einem seiner früheren Festtage von derselben Frau bekommen hatte, die nun an ihn gelehnt auf der Rückbank saß und halb schlief.

Er wusste nicht, warum er es tat, vermutlich kam er nur zufällig auf irgendeinen kleinen Knopf, als er die Hand in die Tasche seines Jacketts steckte.

Jedenfalls ertönte ein charakteristisches zweifaches Pling, was bedeutete, dass ihm jemand eine SMS geschickt hatte. Und weil es war, wie es war, weil die Nacht schwarz hinter dem Autofenster lag, weil der Regen sich nach einem klaren Tag herangepirscht hatte und seine Frau kurz davor war, einzuschlafen, oder schon schlief, las er sie.

Molly Hansen liegt im Sterben. Muss eventuell die Umstände untersuchen. Radovic

Was zum Teufel, dachte Van Veeteren. Was in aller …

Für ein paar Sekunden zog er in Erwägung, die Privatdetektivin an seiner Seite zu wecken, die ihren Kopf inzwischen schwer auf seine Schulter neigte und fast ein wenig schnarchte – aber weil es kurz vor Mitternacht war und er das Gefühl hatte, in einem unzulässigen Maße voller veredelter Trauben zu sein, beschloss er, sämtliche Analysen auf das aufdringliche Licht des morgigen Tages zu verschieben.

Oder sie für immer zu begraben? Ich bin ein seit Langem pensionierter Antiquariatsbuchhändler, rief er sich in Erinnerung. Nicht mehr und nicht weniger.

Unseren Beitrag dazu leisten?

39

Oktober 2012. Kymlinge

»Was ist das?« Kommissar Stigman starrte auf die Gegenstände, die auf einem Tablett auf Barbarottis Schreibtisch lagen. »Sag mir, was das sein soll.«

Er hatte soeben das Zimmer betreten und sich in einer eigentümlich breitbeinigen Pose hingestellt und die Hände auf dem Rücken verschränkt. Vielleicht war er früher beim Militär gewesen oder er fühlte sich nicht wohl in seiner Haut, da alle Sitzplätze (will sagen zwei) besetzt waren. Manche Menschen sind generell zu massiv, um sich zwischen vier Wänden aufzuhalten, stellte Barbarotti fest und versuchte, die Antipathie abzuwürgen, die in seinem Inneren wie ein rostiger Nagel hochschoss. Weder er noch Backman machten Anstalten, aufzustehen. So weit kommt es noch, dachte zumindest Barbarotti. Ich bin mir nicht sicher, dass mein Stuhl das aushalten würde.

»Indizien in unserem Fall«, erläuterte er freundlich.

»Sieh einer an«, sagte Stigman. »Und was genau ist das?«

»Wir sind zu dem Schluss gekommen, dass es sich um einen Hunderter handelt … also hundert Euro … eine Konzertkarte und ein Kondom«, erläuterte Backman.

»Ist das alles?«

»Nein«, antwortete Barbarotti. »Aber das ist alles, was sich im Portemonnaie des Toten befand.«

»Wenn es überhaupt seins ist«, ergänzte Backman.

Stigman verschränkte die Arme vor der Brust und dachte nach.

»Ihr müsst euch um die Angelegenheit kümmern«, erklärte er. »Ich gehe davon aus, dass Månsson Ermittlungsleiter wird. Månsson. Aber das ist natürlich von untergeordneter Bedeutung. Die Kriminalpolizei muss das Kind schaukeln. Also wir. Also ihr … ihr zwei.«

»Danke für das Vertrauen«, sagte Barbarotti.

»Nichts zu danken«, erwiderte Stigman. »Inspektor Borgsen steht euch zur Verfügung, hat allerdings auch einiges andere auf seinem Schreibtisch. Polizeianwärter nach Bedarf. Nach Bedarf, keine Ausschweifungen. Arbeitet weiter und haltet mich auf dem Laufenden. Habt ihr irgendwelche Fragen?«

Die Inspektoren Barbarotti und Backman sahen sich an und zuckten mit den Schultern. Keine Fragen.

»Ausgezeichnet. Dann machen wir es so«, beendete Stig Stigman das Gespräch und machte auf dem Absatz kehrt. »Haltet mich auf dem Laufenden.«

»Super«, sagte Backman, als er das Zimmer verlassen hatte. »Ist doch schön, wenn man ein bisschen Hilfe von oben bekommt. Wo fangen wir an?«

Sie fingen mit dem Haus an.

Wie sich herausstellte, gehörte es einem gewissen Hans Antonsson. In den letzten zwölf Jahren hatte er die Bude allerdings von einer Hausvermittlung vermieten lassen, da er selbst nach einem Autounfall in der Nähe von Sälen an den Rollstuhl gefesselt war. Es stellte sich außerdem heraus, dass das Ehepaar Nyström, das Klara Husak erwähnt hatte, das Haus nur für ein paar Jahre gemietet, aber nie besessen hatte. Die Vermittlung wurde wiederum von einem Ehepaar betrieben, Kenneth und Wilma Wilhelmsson. Als Backman anrief, meldete sich Letztere, reichte das Telefon aber sofort an ihren Mann weiter, als sie begriff, mit wem sie es zu tun hatte. Kenneth Wilhelmsson zog gewisse Notizen zu Rate und konnte berichten, dass der letzte Mieter am einunddreißigsten August ausgezogen war. Hier gab es allerdings eventuell einen gewissen Spielraum für eine kleine Unregelmäßigkeit. Die Schlüssel waren nämlich nicht zurückgegeben worden, und leider hatte es außerdem den Anschein, als wären eine Reihe davon im Umlauf; es war nicht auszuschließen, dass einer der früheren Mieter zurückgekehrt war.

Wäre es möglich, eine Liste über die Mieter der letzten Jahre zusammenzustellen, erkundigte sich Backman.

Das lasse sich wohl machen, meinte Herr Wilhelmsson. Er werde nur bei seiner Frau nachfragen müssen, die für diesen Teil der Arbeit zuständig sei.

Eva Backman bedankte sich und ermahnte ihn, ihnen die Liste möglichst umgehend zu mailen. Als sie den Hörer aufgelegt hatte, wischte sie das Ohr mit einem Fingerknöchel ab, roch an ihm und hatte das Gefühl, dass ihr der Geruch von billigem Whisky in die Nase stieg.

»Es irritiert mich, dass wir den Namen des Opfers nicht kennen. Es kommt einem vor, als würde man im Dunkeln tappen.«

»Das ist ja nun wirklich nicht zum ersten Mal so«, bemerkte Barbarotti. »Außerdem taucht er meiner Erfahrung nach eigentlich immer auf.«

»Nein«, widersprach Eva Backman. »Er taucht nicht auf. Du und ich müssen ihn durch harte Arbeit ermitteln.«

»Ah ja?«, sagte Barbarotti. »Nun, das stimmt wohl, wenn

ich es recht bedenke. Aber wir haben ja immerhin unsere Indizien.« Er betrachtete das Tablett, das immer noch vor ihm auf dem Schreibtisch lag. »Was sagst du zu ihnen?«

Backman seufzte. »Ein Pariser, ein Hunderter und eine Konzertkarte. Tja, was soll man da sagen?«

»Er muss Springsteen wirklich gemocht haben«, sagte Barbarotti. »Warum sollte man sonst eine Konzertkarte… wie lange?… achtundzwanzig Jahre aufbewahren? Außerdem hielt er nichts von ungeschütztem Sex. Der Euroschein sagt uns dagegen nicht viel, oder?«

»Die Fachleute sollen sich trotzdem damit befassen«, sagte Backman. »Wo ist das Portemonnaie? Du hast es ja wohl nicht verschlampt?«

»Natürlich nicht«, sagte Barbarotti und hielt eine Plastiktüte hoch. »Ich denke, wir übergeben das jetzt der Spurensicherung und gehen etwas essen. Danach hören wir uns an, welche Informationen Doktor Holmgren für uns hat. Er sollte einiges über das Opfer zu erzählen haben, Alter, Narben und Tattoos. Dann können wir wenigstens eine vernünftige Personenbeschreibung zusammenstellen und ein paar Suchanfragen starten. Auch international, nehme ich an…?«

»Ja, Springsteen ist schließlich an vielen Orten beliebt«, murrte Eva Backman und stand auf. »Aber okay, wir machen nach dem Mittagessen weiter. Ich habe das Gefühl, dass wir es hier mit einer ziemlich unangenehmen Geschichte zu tun haben, aber vielleicht gilt das ja für alle Morde, die mit einer Axt begangen werden.«

»Das entspricht zu hundert Prozent meiner Erfahrung«, sagte Barbarotti.

Die Liste über Leute, die Hans Antonssons schlichte Bleibe in Vandelbo gemietet hatten, tauchte eine gute Stunde später auf. Sie umfasste die letzten fünf Jahre, es herrschte also doch eine gewisse Ordnung in den Akten der Vermittlungsfirma Lebenslust GmbH.

»Lebenslust?«, fragte Barbarotti. »Wie kommen die Leute nur auf so etwas?«

»Der richtige Name ist heutzutage das Wichtigste überhaupt«, klärte Eva Backman ihn auf. »Für Menschen, die eine Firma gründen wollen, gibt es sogar Namensberater ... damit die Konsumenten sich vom Produkt angezogen fühlen und es haben wollen.«

»Woher weißt du das?«, sagte Barbarotti.

»Ich weiß es einfach. Mein Ex hat zum Beispiel in Sundbyberg eine Firma zusammen mit seinem neuen Weibchen. Eigentlich ist es ein Elektroinstallationsbetrieb, aber er heißt ›Schöne Schwingungen‹.«

»Klingt doch nett«, sagte Barbarotti. »Aber was ist jetzt mit dieser Liste?«

Eva Backman studierte ihren Bildschirm, scrollte eine Weile und zählte.

»Zweiundzwanzig Namen«, sagte sie und runzelte die Stirn. »Manche tauchen allerdings mehrmals auf. Ja, genau, außerdem ...«

»Ja?«

»Außerdem ist der letzte Mieter einer dieser Namen.«

»Einer von denen, die mehrmals da draußen gewohnt haben?«

»Ja. Allem Anschein nach ... viermal, wenn ich richtig sehe.«

»Dann fangen wir mit ihm an«, entschied Barbarotti. »Wie heißt er?«

»Es ist eine sie«, antwortete Eva Backman. »Birgitte Behrens. Wohnhaft in Rocksta.«

»Telefon?«

»Japp. Kein Handy, nur eine Festnetznummer.«

»Dann ruf sie mal an. Sag ihr, dass wir in einer Viertelstunde bei ihr sind.«

Eva Backman wählte die Nummer und wartete. Nach zehn Klingelzeichen legte sie auf.

Versuchte es noch einmal, begnügte sich mit fünfmaligem Klingeln.

»Wir fahren hin und checken die Lage«, schlug sie vor, und Gunnar Barbarotti hatte nichts einzuwenden.

Der Trubadurvägen 22c unterschied sich nicht nennenswert von allen anderen Adressen im Wohnviertel Rocksta. *B. Behrens* stand im Hauseingang aufgeführt, im dritten Stock, zusammen mit einem gewissen *S. Bengalpramavatna*. Obwohl die dritte zugleich die oberste Etage war, gab es einen Aufzug, aber sie nahmen, ohne ein Wort darüber zu verlieren, die Treppe. Zwei Wohnungen auf jeder Etage, das war das Modell, nach dem ganz Rocksta irgendwann Anfang der siebziger Jahre erbaut worden war, als der größte Teil Schwedens renoviert wurde. Soweit Barbarotti wusste, lebten ungefähr zehntausend Menschen in Rocksta, ein gutes Achtel von Kymlinges Einwohnern.

Eva Backman drückte auf den Klingelknopf.

Einmal. Zweimal. Dreimal.

Keine Reaktion.

Gunnar Barbarotti lugte durch den Briefeinwurf und stellte fest, dass sich dahinter ein kleiner Haufen Post angesammelt hatte. Er versuchte es mit dem Türknauf. Abgeschlossen.

Eva Backman wählte erneut die Telefonnummer, gab jedoch auf, als sie das Telefon in der Wohnung klingeln hörte.

»Warum sollte sie an den Apparat gehen, wenn sie nicht zur Tür kommt?«

»Gute Frage«, sagte Barbarotti. »Man könnte fast zu dem Schluss kommen, dass sie nicht zu Hause ist.«

»Das sagst du nur, weil du Jahrgangsbester in der Polizeischule warst.«

»Ich war nicht der Jahrgangsbeste. Ich war der Zweitschlechteste von allen.«

»Das habe ich mir gedacht«, erwiderte Eva Backman. »Was tun wir jetzt?«

»Vielleicht die Nachbarn besuchen?«

»Du bist in bestechender Form«, kommentierte Eva Backman und sah auf die Uhr. »Viertel nach zwei. Keine gute Zeit, falls die Leute berufstätig sind. Aber wenn wir schon einmal hier sind …«

Sie klingelte an der Tür, hinter der dem Schild nach S. Bengalpramavatna wohnte.

Fünf Sekunden später wurde sie einen Spaltbreit geöffnet, und ein kleiner Herr schaute hinaus. Er erinnerte ein wenig an ein Würstchen, das gerade aus dem Topf kam, und schien ungefähr fünfzig zu sein. Helle, schüttere Haare, schuppige, sommersprossige Haut und eine viereckige Brille, die einen großen Teil seines Gesichts ausfüllte.

»Herr Bengalpramavatna?«, gelang es Barbarotti herauszubringen.

»Ja. Aber Sie können mich Sören nennen.«

»Sören Bengalpramavatna?«, fragte Eva Backman nach.

Er hüstelte und rückte seine Brille gerade, die aussah, als würde sie ein halbes Kilo wiegen.

»Ja, in der Tat. Worum geht es?«

»Polizei«, erklärte Eva Backman und zeigte ihm ihren Dienstausweis. Sören Bengalpramavatna studierte ihn lange und gründlich. Wippte auf Fersen und Zehen vor und zurück und wirkte besorgt. Als würde er in Erwägung ziehen, einen Anwalt zu verlangen und kein Wort zu sagen, bis ein solcher in Erscheinung trat.

»Es geht nicht um Sie«, sagte Barbarotti. »Ich sehe zwar, dass irgendetwas Ihr Gewissen bedrückt, aber darüber sprechen wir ein anderes Mal. Heute sind wir nur an Informationen über Ihre Nachbarin interessiert.«

»Über meine Nachbarin?«, sagte Sören Bengalpramavatna, schluckte und wirkte erleichtert. »Nicht doch, ich habe nie ein krummes Ding gedreht. Im Übrigen, wer hat das nicht.«

Er schien einzusehen, dass seine Äußerung nicht ganz eindeutig war, und versuchte sich stattdessen an einem Lächeln. Es blieb bei einer Grimasse, und er breitete in einer zögerlichen Geste die Hände aus.

»Sie ist nicht zu Hause.«

»Woher wissen Sie das?«, fragte Backman.

»Ich kann das natürlich nicht mit absoluter Sicherheit sagen«, korrigierte Sören Bengalpramavatna sich. »Aber Sie meinen doch Frau Behrens?«

Er deutete auf die Nachbartür und leckte sich vorsichtig die Lippen.

»Ja, Birgitte Behrens«, erwiderte Barbarotti.

»Ja. So heißt sie. Wie es auf der Tür steht. Apropos Namen, falls Sie sich über meinen wundern, es gibt eine Erklärung für ihn.«

»Ach ja?«, sagte Barbarotti erstaunt. »Nun, wenn Sie unbedingt wollen.«

»Die Leute sind immer neugierig.«

»Aha?«, sagte Backman. »Na, dann lassen Sie mal hören.«

Das Problem ist mir bekannt, dachte Barbarotti, beschloss aber zu schweigen.

»Hm«, räusperte sich Sören Bengalpramavatna und rückte seine Brille gerade. »Ich war mit einer Inderin verheiratet und habe ihren Namen angenommen. Vorher hieß ich Sören Johansson, aber ich fand, dass Bengalpramavatna irgendwie eleganter klingt … tja, und dann hat sie mich ein Jahr später verlassen, dafür muss man Verständnis haben. Ihren Namen habe ich trotzdem behalten.«

»Immerhin etwas«, sagte Eva Backman. »Aber im Moment interessieren wir uns wie gesagt vor allem für Ihre Nachbarin hier …«

»… wenn Sie entschuldigen«, warf Barbarotti ein. »Verreist, sagten Sie?«

»Das habe ich nicht gesagt, aber es dürfte zutreffen«, korrigierte Sören Bengalpramavatna ihn. »Aber wissen tue ich es nicht. Wir haben keinen engeren Kontakt, grüßen uns nur, wie Nachbarn es tun.«

»Dürfen wir hereinkommen?«, fragte Backman. »Es kommt einem irgendwie unnötig vor, sich im Treppenhaus zu unterhalten.«

»Ich würde vorziehen, wenn Sie nicht hereinkommen.« Sören Bengalpramavatna legte den Kopf schief. »Ich bin gerade mit meinen Briefmarken beschäftigt, und sie sind in der ganzen Wohnung verteilt.«

»Okay«, sagte Barbarotti. »Aber dann erzählen Sie mal, warum Sie davon ausgehen, dass Ihre Nachbarin verreist ist. Wir haben nicht den ganzen Tag Zeit.«

Sören Bengalpramavatna zuckte seine schmächtigen Schultern und wirkte ein wenig beleidigt. »Ich habe gesehen, wie sie mit einer größeren Reisetasche in ein Taxi gestiegen ist. Das war vor einer Woche … einer guten.«

»Und seitdem haben Sie Frau Behrens nicht mehr gesehen?«

»Nein.«

»Wohnte sie allein?«

»In letzter Zeit ...«

»Ja?«

»In letzter Zeit hat es einen Mann gegeben.«

»Moment mal«, unterbrach Eva Backman ihn. »Wie alt ist Frau Behrens ... in etwa?«

»Bei Frauen ist es gar nicht so leicht, das Alter zu schätzen«, erklärte Sören Bengalpramavatna und runzelte die Stirn. »Anfang sechzig vielleicht. Sie arbeitet jedenfalls, ist noch nicht in Rente gegangen.«

»Wo arbeitet sie?«

»Im Krankenhaus?«

»Ärztin?«

»Krankenschwester, glaube ich.«

»Dieser Mann«, meldete sich Barbarotti zu Wort. »Er wohnt also auch hier?«

»Er kommt und geht«, antwortete Sören Bengalpramavatna.

»Kommt und geht?«

»Ja. Seit einem Jahr oder so. Aber ich weiß nicht, ich habe nichts mit ihnen zu tun. Mit keinem von ihnen.«

»Wissen Sie, wie dieser Mann heißt, der kommt und geht?«

»Nein, das tue ich nicht.«

»Sind Sie sicher?«, sagte Backman.

»Ja, obwohl ...«

Er schob die Brille in die Stirn und schien intensiv nachzudenken.

»Obwohl was?«, sagte Barbarotti.

»Er könnte Kostadino heißen«, sagte Sören Bengalpramavatna.

»Kostadino?«

»Ja.«

»Was ist das für ein Name?«, fragte Barbarotti. »Ist das … ist das ein Vor- oder ein Nachname?«

»Fragen Sie mich nicht«, antwortete Sören Bengalpramavatna, »aber ich habe gehört, dass sie ihn einmal so genannt hat. Oder zweimal. Er stand auf dem Balkon und rauchte, und sie bat ihn hereinzukommen … ja, ich habe es ziemlich deutlich gehört. Kostadino, es zieht, das hat sie das eine Mal gesagt.«

»Ausgezeichnet!«, sagte Barbarotti.

»Was schätzen Sie, wie alt war dieser Kostadino?«

»*War?*«

»Legen Sie nicht jedes Wort auf die Goldwaage. Wie alt ist er ungefähr?«

Sören Bengalpramavatna wandte die Handflächen zur Decke.

»So alt wie sie, glaube ich … sechzig. Vielleicht fünfundsechzig?«

»Und wann haben Sie ihn das letzte Mal gesehen, wissen Sie das noch?«

»Das war … das dürfte ein paar Tage vor ihrer Abreise gewesen sein?«

»Vor zehn Tagen?«

»Zirkus.«

»Was?«

»Zirka.«

»Ich verstehe«, sagte Eva Backman. »Was können Sie uns noch über diesen Kostadino sagen?«

»Nicht viel«, meinte Sören Bengalpramavatna. »Er sah aus wie die meisten anderen Leute auch!«

»Aber Sie haben nie mit ihm gesprochen?«

»Nein.«

»Wie war er gekleidet?«

»Ganz normal. Ein bisschen schlampig.«

»Was meinen Sie damit?«

»Nichts Besonderes. Er hatte fast immer ein T-Shirt an. Oft mit diesem Bruce darauf. The Boss.«

»Bruce Springsteen?«

»Ja.«

Barbarotti sah Backman an. Backman sah Barbarotti an.

»Wir möchten Sie bitten, uns kurz ins Präsidium zu begleiten«, sagte Backman. »Zu einem etwas ausführlicheren Gespräch, Sie haben doch nichts dagegen?«

Sören Bengalpramavatna zuckte zusammen, fing sich aber wieder.

»Ich habe nichts auf dem Gewissen«, erklärte er. »Sie fragen sich vielleicht, warum ich nicht auf der Arbeit bin, aber ich bin krankgeschrieben. Für einen längeren Zeitraum.«

»Keine Sorge«, versicherte Backman ihm. »Wir wollen uns nur in einem etwas geordneteren Rahmen mit Ihnen unterhalten. Wenn wir fertig sind, fahren wir Sie wieder nach Hause.«

»Was hat er getan?«

»Wer?«

»Dieser Kostadino.«

»Er ist tot.«

»Oh je. Krebs?«

»Nein, wir gehen nicht davon aus, dass er an Krebs gestorben ist. Aber das braucht Sie nicht weiter zu interessieren. Jetzt fahren wir ins Präsidium. In ein oder zwei Stunden sind Sie wieder zu Hause.«

»Darf ich bitte nur Schuhe und Jacke anziehen, dann bin ich bereit«, erklärte Sören Bengalpramavatna. Streckte seine einhundertsechzig Zentimeter und rieb sich die Hände.

40

Oktober 2012. Oosterby und Umgebung

Kommissar Radovic sah aus, als hätte er sein letztes Hemd verkauft und das Geld verloren. Oder zumindest, als hätte er ziemlich schlecht geschlafen. Diesmal saßen sie nicht im grünen Aufenthaltsraum der Villa Herbstsonne, sondern im Büro der Heimleiterin, Frau Doktor Brahms. Van Veeteren fragte sich misstrauisch, um was für einen Doktortitel es sich wohl handeln mochte und ob sie eventuell mit einem Lektor gleichen Namens verwandt war, beschloss aber, nicht zu fragen. Weder das eine noch das andere. Sie stellte sich ohne Berufsbezeichnung vor, eine blonde, kräftig gebaut Frau von etwa fünfzig Jahren in einem weißen Kittel und Gesundheitssandalen.

»Ester Brahms, nein, bleiben Sie sitzen.«

Die bereits Sitzenden, auf einer Couch sowie zwei harten Plastikstühlen, waren Kommissar Radovic (im Dienst, Stuhl), Van Veeteren (auf Anfrage, Couch) sowie Ulrike Fremdli (auf eigene Initiative, Stuhl). Sie hatten zehn Minuten gewartet, es war Viertel nach elf Uhr vormittags. Man schrieb den letzten Tag im Oktober, und es regnete seit dem Morgengrauen. Sofern es an diesem Tag zu einem Morgengrauen gekommen war; vielleicht hatte der Himmel auch aus guten Gründen beschlossen, sich zu verdunkeln und die gesamte Schöpfung und deren verlorene Bewohner zu beweinen. Es schien einen Anlass dafür zu geben. »Entschuldigen Sie bitte meine kleine Verspätung«, fuhr die Heimleiterin fort und nahm hinter ihrem Schreibtisch Platz, »aber es gibt eine Reihe von Standardprozeduren, die eingehalten werden müssen, wenn einer unserer Bewohner einschläft.«

Einschläft?, dachte Van Veeteren. Was zum Teufel meint sie mit *einschläft*? Er biss sich jedoch auf die Zunge, während ein unerwünschter und altbekannter Lebensüberdruss (oder eventuell auch eine Form von Ekel im Sinne Sartres, wenn er den kleinen Franzosen richtig verstanden hatte) sich anschickte, ihn zu übermannen. Aber da die Heimleiterin ihn offenbar als eine Art Autoritätsperson wahrnahm, vermutlich auf Grund seines extrem hohen Alters, riss er sich zusammen und sagte:

»Sie ist doch wohl hoffentlich nicht tot? Ich hatte es so verstanden, dass sie einen Gehirnschlag oder etwas in der Art erlitten hat?«

»Das ist korrekt«, bestätigte Ester Brahms. »Aber sie ist nicht ansprechbar, und es ist durchaus möglich, dass sie es nie mehr sein wird. Deshalb habe ich von *einschlafen* gesprochen. Ein Spezialist vom Krankenhaus in Werdingen, Doktor Löbke, hat sie sich angesehen, ich stehe mit meiner Einschätzung also nicht allein. Es wäre natürlich möglich, sie in ein richtiges Krankenhaus zu verlegen, aber wir haben die nötigen lebenserhaltenden Geräte im Haus. Schließlich haben wir eine gewisse Erfahrung mit Fällen dieser Art.«

»Da bin ich mir sicher«, sagte Van Veeteren. »Was uns nun aber interessiert, ist der eventuelle auslösende Faktor. Nicht wahr, Kommissar Radovic?«

»Hm, ja, das stimmt im Großen und Ganzen«, pflichtete Radovic ihm bei und stellte seine beiden Begleiter vor (wozu er wegen des vorwitzigen Buchhändlers nicht gekommen war), ohne deshalb näher auf ihre mögliche Funktion bei den laufenden Ermittlungen einzugehen. Oder richtiger gesagt, bei dem Ermittlungsverfahren, das Bezirksstaatsanwalt Kuivert angesichts der Leiche eingeleitet hatte, die vor einem knappen Monat in Libbenholtz östlich von Oosterby gefunden worden war. Doktor Brahms hatte sicher von der Angelegenheit gehört, es hatte ja einiges darüber in der Zeitung gestanden, fragte der Kommissar rhetorisch.

Doktor Brahms bestätigte, dass sie von der Sache gehört hatte. Es war ihr nicht möglich gewesen, bei einem der früheren Gespräche mit Molly Hansen anwesend zu sein – die Kommissar Radovic beziehungsweise Kommissar Van Veeteren mit seiner Assistentin durchgeführt hatten –, eine Tatsache, die sie bedauerte, aber sie war selbstverständlich bereit, der Polizei in jeder Hinsicht behilflich zu sein.

Dafür bedankte Radovic sich und wischte sich mit Hilfe eines Zeigefingers einen imaginären Schweißtropfen von der Stirn.

»Könnten Sie bitte zusammenfassen, was gestern Abend vorgefallen ist?«, bat er sie. »So wie Sie es mir erzählt haben, damit meine Kollegen sich ein Bild davon machen können.«

Kollegen? Van Veeteren unterdrückte den Impuls zu protestieren. Ulrike Fremdli nickte interessiert. Ester Brahms schob ihre rechteckige Brille in die Stirn und faltete die Hände vor sich auf dem massiven Schreibtisch.

»Natürlich. Molly Hansen bekam gestern Besuch. Von einer Frau, die zwei Stunden zuvor aus Werdingen angerufen, sich vorgestellt und gefragt hatte, ob sie an diesem Abend ihre Halbschwester besuchen könne …«

»Halbschwester?«, fragte Ulrike Fremdli nach.

»Das hat sie jedenfalls behauptet. Eigentlich war es schon ein bisschen spät für einen Besuch, aber man will nicht kleinlich sein, und Molly Hansen ist nun wirklich niemand, die während ihres Aufenthalts bei uns oft Besuch bekommen hat. Also haben wir uns darauf geeinigt, dass dies in Ordnung geht, und kurz nach achtzehn Uhr tauchte sie dann auf. Sie hatte eine kleine Schachtel Pralinen dabei und wurde in Mollys Zimmer geführt. Verbrachte dort eine knappe Stunde und brach gegen neunzehn Uhr wieder auf. Alles laut Schwester Meijskens, die Sie, glaube ich, bereits kennen. Sie hat die Frau in Empfang genommen und sie auch wieder hinausgelassen, als der Besuch beendet war.«

»Wie hieß sie?«, fragte Ulrike Fremdli.

»Sie hat den Namen Henrietta Gunke angegeben«, erklärte Doktor Brahms.

»Wie ist es mit Ihrem Namen?«, warf Van Veeteren ein. »Apropos Namen, entschuldigen Sie bitte, dass ich frage, aber ...«

»Ich bin nicht mit dem Komponisten verwandt«, antwortete Doktor Brahms augenblicklich.

»Das habe ich auch nicht geglaubt«, erwiderte Van Veeteren. »Aber ich kenne einen Lektor gleichen Namens.«

»Mein Schwager«, erläuterte Doktor Brahms kurz angebunden. »Schwieriger Mann, wir haben keinen Kontakt.«

»Ich verstehe«, sagte Van Veeteren.

Kommissar Radovic griff den fallen gelassenen Faden wieder auf. »Henrietta Gunke könnte sehr wohl ein Bluff sein. Wir haben nur eine Person mit diesem Namen gefunden. Sie ist sechs Jahre alt und wohnt in Horsens in Dänemark.«

Van Veeteren nickte und wandte sich an die Heimleiterin. »Sie haben die Frau nicht persönlich gesehen?«

»Nein.«

»Schade«, sagte Van Veeteren. »Bitte, machen Sie weiter.«

Ester Brahms betrachtete ihn einen Augenblick über den

Rand ihrer Brille hinweg, die wieder auf ihrer Nase saß, und es sah aus, als versuchte sie, sich über etwas klar zu werden. Es gelang ihr offensichtlich nicht, und so räusperte sie sich und ergriff wieder das Wort.

»Gern. Gut zwei Stunden später, gegen halb zehn, entdeckte eine unserer Angestellten, sie heißt Vera Mattis und hatte Nachtdienst, dass in Molly Hansens Zimmer das Licht an war. Dazu muss man wissen, dass Frau Hansen meistens früh zu Bett geht, normalerweise eine halbe Stunde nach dem Abendessen und selten später als acht Uhr. Schwester Mattis klopfte an die Tür, bekam keine Antwort und ging hinein, um zu kontrollieren, ob alles in Ordnung war. Daraufhin stellte sie schnell fest, dass Molly Hansen eine Art Anfall erlitten hatte. Sie lag angezogen rücklings und mit halb geschlossenen Augen und offenem Mund auf ihrem Bett. Schwester Mattis dachte im ersten Moment, sie sei tot, was jedoch nicht der Fall war. Dagegen brachte sie Frau Hansens Zustand sofort mit dem Besuch in Verbindung, den sie bekommen hatte. Eine völlig plausible Schlussfolgerung, heftige Gemütsregungen können bei alten Menschen fatale Folgen haben.«

Das muss ich mir merken, dachte Van Veeteren.

»Frau Mattis sagt, dass auch noch etwas anderes im Zimmer schlechte Schwingungen bei ihr ausgelöst habe. Ja, sie hat genau diese Worte benutzt, *schlechte Schwingungen …* und deshalb hat sie sich mit mir in Verbindung gesetzt. Ich habe mich dann wiederum mit einem Kollegen in Werdingen in Verbindung gesetzt. Und nach Absprache mit ihm mit der Polizei.«

»Der Polizei?«, sagte Van Veeteren. »Und warum?«

»Wir sind zu dieser Einschätzung gelangt«, sagte Ester Brahms.

»Ja, das sind Sie wohl«, erwiderte Van Veeteren.

Es wurde einige Sekunden still.

»Sie haben nicht den Verdacht, dass ihr ein Kissen auf den Mund gelegt wurde oder etwas in der Art?«, erkundigte sich Ulrike Fremdli, und ihr Blick pendelte zwischen Brahms und Radovic hin und her.

»Ich meine, eine Gehirnblutung ist doch eigentlich keine Angelegenheit für die Polizei?«

Bravo, dachte Van Veeteren. Eine höchst berechtigte Frage.

Doktor Brahms überlegte einige Sekunden. »Ich sage nichts, dann habe ich auch nichts Falsches gesagt«, erklärte sie anschließend.

Kommissar Radovic eilte ihr zu Hilfe. »Hm, ja«, brachte er heraus. »Es stimmt natürlich, dass dies eventuell ein wenig voreilig war. Aber manchmal will man eben auf Nummer sicher gehen. Ich denke schon, dass es angesichts … angesichts der Umstände eine richtige Maßnahme gewesen ist.«

Er machte eine vage Geste zu Van Veeteren und Ulrike Fremdli hin, aber keiner der beiden schien geneigt, die Umstände zu kommentieren.

»Was diese Frau betrifft, die zu Besuch gekommen ist«, fuhr Radovic unschlüssig fort, »so habe ich trotzdem vorläufige Vernehmungen von Vera Mattis und Inez Meijskens angesetzt. Ich werde mich heute nach dem Mittagessen noch einmal mit ihnen treffen. Ihr dürft natürlich gerne dabei sein.«

»Ich glaube, es reicht, wenn wir hinterher eine Zusammenfassung bekommen«, sagte Van Veeteren. »Wir reisen morgen ab, und ich bin mir sicher, dass du das schaffst. Übrigens beabsichtigen wir, im Präsidium vorbeizuschauen und einige Ordner zurückzugeben. Also morgen Vormittag, vielleicht können wir ja bei der Gelegenheit ein paar Worte miteinander wechseln?«

»Selbstverständlich«, sagte Radovic. »Das tun wir. Es tut mir leid, dass ich eure Zeit hiermit in Anspruch genommen habe.«

»Nicht doch«, erwiderte Van Veeteren. »Besser, man dreht zehn Steine zu viel um als einen zu wenig.«

»Eine Frage nur noch«, fiel Ulrike ein, als Van Veeteren schon aufgestanden und auf dem Weg nach draußen war. »Hatte Molly Hansen eine Vertraute? Oder zumindest einen Freund oder eine Freundin, die sie regelmäßig besucht hat?«

Doktor Brahms zögerte einen Moment. »Eine Vertraute hatte sie wohl eher nicht. Wie ich schon sagte, bekam sie so gut wie nie Besuch, und der Bezeichnung Freundin am nächsten dürfte eine andere unter unseren Gästen kommen… Franziska Pavlova. Die beiden sind im selben Alter und stammen beide von hier. Sie sitzen jedenfalls des Öfteren zusammen und unterhalten sich… zumindest bisher. Weiß der Himmel, worüber sie eigentlich reden, keine der beiden ist besonders klar im Kopf. Ich muss außerdem darauf hinweisen, dass Molly Hansen niemals eine Halbschwester erwähnt hat. Geschweige denn andere Geschwister.«

»Danke«, sagte Van Veeteren und öffnete die Tür.

»Dann war diese Besucherin also nicht ganz koscher?«, fragte die Vernehmungspsychologin noch schnell.

»Es sieht ganz danach aus«, antwortete Ester Brahms.

»Wir müssen hier eine Grenze ziehen«, meinte Van Veeteren.

»Einc Grenze?«

»Ja, genau. Es wird Zeit, dass wir aus dieser verfluchten

Geschichte herauskommen. Radovic wird von allen möglichen Seiten Verstärkung bekommen, und wir sind morgen wieder zu Hause in Maardam.«

Ulrike Fremdli trommelte auf dem Lenkrad und murmelte etwas, das er nicht verstand, aber wahrscheinlich bedeutete es, dass sie nicht seiner Meinung war. Ganz und gar nicht. Sie saßen im Auto und waren auf dem Rückweg nach Friesenbirge und der Pension Kaarshuis. Als sie durch die Tore der Villa Herbstsonne hinausfuhren, kam ihnen ein weißer Transporter entgegen, und Van Veeteren fand, dass er sehr den Fahrzeugen ähnelte, in denen die Tatortexperten unterwegs waren.

Auf Grund einer mehr als achtzig Jahre alten Frau, die eine Gehirnblutung erlitten hatte? Schwachsinn, dachte er.

Oder?

»Das mit dem Kissen«, sagte er, als das Schweigen allmählich bedrückend wurde. »Wie kommst du nur auf so etwas?«

Bevor sie antwortete, gab Ulrike Fremdli etwas von sich, was er nur als ein Schnaufen deuten konnte.

»Liegt es an deinem hohen Alter, dass du so schwerfällig bist wie ein Esel?«

»Was sagst du denn da?«

»Dass du ein veritabler Bremsklotz bist. Und ich habe gedacht, wir säßen im selben Boot …«

»Verdammt nochmal«, sagte Van Veeteren. »Heißt das, du glaubst, dieses verflixte Blutgerinnsel hat mit 1991 zu tun? Soll Leopold Kransky zwanzig Jahre später als Frau verkleidet zurückgekehrt sein, oder was?«

»Das habe ich nie behauptet«, sagte Ulrike.

»Und was behauptest du?«

Sie zögerte, aber nur einen Moment.

»Ich behaupte lediglich, dass es einen Zusammenhang gibt. Oder geben *muss*. Es kann doch kein Zufall sein, dass Molly Hansen fast ermordet wird, und zwar nur einen Monat, nachdem sich herausgestellt hat, dass … dass die Polizei auf Granit gebissen hat, als es vor einundzwanzig Jahren um den Brandanschlag auf ihre Pension ging?«

»Fast ermordet wird?«

»Noch dazu nur ein paar Tage, nachdem die unbekannte Nonne dir ihr Bekenntnis von dem Findelkind auf der Türschwelle des Klosters geschickt hat. Sag ruhig, wenn ich mich irre!«

»*Fast ermordet wird?*«

»Okay, in dem Punkt bin ich vielleicht zu weit gegangen. Aber eine ganz und gar fiktive Halbschwester taucht ausgerechnet jetzt auf und erschreckt den einzigen Menschen fast zu Tode, der vielleicht etwas weiß über … ja, über alles Mögliche. Findest du nicht, dass es die Mühe wert sein könnte, sich das genauer anzuschauen?«

Van Veeteren seufzte. »Wer?«, sagte er.

»Was heißt hier *wer*?«

»Wer soll sich alles Mögliche genauer anschauen?«

Jetzt seufzte Ulrike Fremdli. »Aha? Ich verstehe. Du stimmst mir im Grunde in jedem einzelnen Punkt zu, fährst aber lieber nach Maardam zurück und spielst Schach?«

»Verdammt nochmal«, wiederholte Van Veeteren. »Ich liege doch zumindest nicht völlig daneben, wenn ich darauf hinweise, dass dies nicht unsere Angelegenheit ist. Nicht die der Vernehmungspsychologin und nicht die des pensionierten, ehemaligen Kommissars.«

»Aber was ist denn nur los mit dir?«, stöhnte Ulrike Fremdli. »Bist du denn gar nicht neugierig? Willst du einen Mörder laufen lassen? Was ist aus dem kategorischen Imperativ geworden? Aus Kant und Rappaport und der ganzen Bagage?«

Van Veeteren kam nicht zum Antworten, da er schon mit der nächsten Frage konfrontiert wurde.

»Wer ist sie?«

»Du meinst die Besucherin in der Villa Herbstsonne?«

»Wer sonst?«

»Was denkst du?«

Die Vernehmungspsychologin dachte einen Moment nach.

»Ich stimme dir darin zu, dass er es nicht gewesen ist«, erklärte sie. »Es kann unmöglich Kransky in Frauenkleidern gewesen sein, das klingt ein bisschen zu bizarr.«

»Zweifellos. Aber vielleicht ist ja *warum* eine wichtigere Frage als *wer*?«

»Und warum ist *warum* besser als *wer*?«

»Zu dieser Überzeugung bin ich während meines Jahrhunderts auf dieser Erde gekommen.«

»Aha? Dann denkst du also doch über die Sache nach?«

»Auch wenn ich zufällig ein bisschen über die Sache nachdenke, heißt das noch lange nicht, dass wir die Ermittlungen übernehmen sollen.«

»Ich verstehe«, sagte Ulrike und nutzte den Moment, um sein Knie zu tätscheln. »Aber du und ich können doch ruhig weiter unsere Überlegungen zu dem Fall austauschen. Und wenn wir die Lösung gefunden haben, rufen wir Radovic an und legen sie ihm vor.«

»Lustig, dass du das sagst«, erwiderte Van Veeteren und legte seine Hand auf ihre. »Vielleicht befinden wir uns tatsächlich dort.«

»Was? Wo befinden wir uns?«

»An Borkmanns Punkt«, erklärte der alte Buchhändler

mit einem halben und einigermaßen widerwilligen Lächeln. »Haben wir darüber nie gesprochen?«

»Niemals«, antwortete die Vernehmungspsychologin mit Emphase.

»Merkwürdig«, sagte der Fünfundsiebzigjährige an ihrer Seite. »Jedenfalls ist mit Borkmanns Punkt das Stadium in einer Ermittlung gemeint, in dem man eine ausreichende Menge von Fakten gesammelt hat, um den Fall ohne weiteres Sammeln lösen zu können. Es reicht … bildlich gesprochen, natürlich … völlig aus, sich in seinem Sessel zurückzulehnen, vielleicht eine Pfeife anzuzünden, sich ein Glas Rotwein eines guten Jahrgangs einzuschenken und sich anschließend geistiger Arbeit zu widmen. Reiner geistiger Arbeit. Kommst du mit?«

»Natürlich komme ich mit«, versicherte Ulrike Fremdli. »Das ist es doch, was ich zu sagen versuche. Worauf warten wir noch?«

»Obwohl, wenn ich es recht bedenke«, sagte Van Veeteren eine halbe Stunde später, als sie sich wieder in ihrem Pensionszimmer in Friesenbirge befanden, »dürften wir doch noch nicht ganz dort sein.«

»Entschuldige bitte vielmals«, sagte Ulrike Fremdli. »Es ist heute ungewöhnlich schwierig, mit dir zu reden. *Wo* sind wir nicht?«

»An Borkmanns Punkt. Ein weiteres kleines Gespräch würde vermutlich nicht schaden, bevor wir bereit sind für reines Denken.«

»Großer Gott«, platzte Ulrike heraus und hob ihre schönen Augenbrauen. »Das reine Denken, da bekommt man ja fast eine Gänsehaut! Aber ich glaube, ich weiß, was du meinst. Diese Freundin?«

»Hm«, sagte Van Veeteren. »Ja, Franziska Pavlova. Wenn ich du wäre, würde ich ein wenig mit ihr plaudern, bevor wir abreisen.«

»Ich?«, fragte Ulrike Fremdli.

»Genau«, antwortete Van Veeteren. »Ich nehme an, dass Radovic vorhat, sie zu vernehmen, aber in diesem speziellen Fall könnte es sicher nicht schaden, wenn eine routinierte Vernehmungspsychologin zum Einsatz käme.«

»Du meinst, zurück zur Villa Herbstsonne?«

»Wenn wir das morgen für den Heimweg einplanen«, schlug Van Veeteren vor, »kann ich in der Zwischenzeit einen Spaziergang machen.«

Ulrike Fremdli lächelte.

41

Oktober 2012. Kymlinge

Die Vernehmung dauerte eine Stunde. Eine Reihe von Fragen konnten geklärt werden und eine Reihe neuer tauchte auf. Als Sören Bengalpramavatna einige Bilder des toten Mannes in Vandelbo betrachtet hatte, sah er zunächst aus, als wollte er sich übergeben, aber als er sich wieder gefangen hatte, erklärte er, dass es sich mit ziemlicher Sicherheit um diesen Kostadino handelte, von dem er Backman und Barbarotti bereits erzählt hatte. Genauer gesagt mit neunzigprozentiger Sicherheit, seiner Einschätzung nach. Er hatte zwar nie mit der Leiche gesprochen, wie er sich ausdrückte, und sie bei lebendigem Leib nicht öfter als zehn- bis zwölfmal gesehen, aber er hatte schon immer eine gute Beobachtungsgabe und ein gutes Gedächtnis für Gesichter gehabt.

Und was wusste er über diesen Kostadino?

Nicht viel, wie sich herausstellte.

Aber immerhin etwas. Er hatte gern eine Mütze getragen, eine braune aus irgendeinem Leder. Er war Raucher gewesen. Hatte häufig auf dem Balkon gestanden, und wenn der Wind von Westen wehte, was in der Gegend um Kymlinge häufig der Fall war, trieb der Rauch mit Vorliebe auf den Nachbarbalkon. Sören Bengalpramavatna hatte dies mit einem gewissen Ärger bemerkt, sich aber niemals offen darüber beklagt. Er war ohnehin kein Mensch, der sich beklagte. Man muss sich abfinden, das war das Prinzip, nach dem er lebte und immer gelebt hatte. Konnte er nur wärmstens empfehlen.

Sah es danach aus, dass Kostadino Arbeit hatte?

Unklar.

Folgte er einem bestimmten Zeitplan, wenn er bei Birgitte Behrens wohnte?

Nun … nein.

Wie hatte ihre Beziehung auf ihn gewirkt?

Normal.

Irgendeine Vorstellung davon, wo Kostadino sich aufgehalten hatte, wenn er nicht im Trubadurvägen wohnte?

Nein.

Wann wurde er das letzte Mal gesehen?

Vor einer Woche … einer guten.

Vor oder nach Birgitte Behrens Abreise?

Keine Ahnung.

Denken Sie nach.

Wenn Sören Bengalpramavatna sagt, dass er keine Ahnung hat, dann heißt das, dass er keine hat.

Hatte es auch Probleme mit den Nachbarn gegeben?

Sie tranken ziemlich viel. Vor allem, wenn Kostadino da war.

Wurden sie laut?

Manchmal.

Streit?

Möglicherweise.

Wie war Ihr Kontakt zu Frau Behrens?

Verheiratet war sie mit Sicherheit nicht.

Wie war Ihr Kontakt zu Birgitte Behrens?

Wir haben uns gegrüßt.

Wie lange wohnen Sie schon in Ihrer Wohnung?

Seit fünfundzwanzig Jahren.

Und Birgitte Behrens?

Seit ungefähr zwölf.

War Ihnen bekannt, dass sie des Öfteren ein Sommerhaus in Vandelbo gemietet hat?

Nein.

Wo arbeitet sie?

Im Krankenhaus. Das habe ich schon gesagt.

Hat Sie das erzählt?

Sie hat es einmal erwähnt. Unten in der Waschküche.

Und Kostadino? Was glauben Sie?

Keine Ahnung. In einer Firma vielleicht?

In einer Firma?

Ja. Das tun ja wohl die meisten.

Was für eine Firma?

Keine Ahnung.

Und Sie selbst, Herr Bengalpramavatna, wo haben Sie gearbeitet, bevor sie krankgeschrieben wurden?

Ich habe in einer Firma gearbeitet.

In was für einer Firma?

Reifen.

Reifen?

Ja. Larssons Reifen in der Fabriksgatan. Zweiundzwanzig Jahre habe ich dort gearbeitet und mir dabei den Rücken kaputtgemacht.

Traurig.

Ja. Aber ich finde mich damit ab.

Möchten Sie noch etwas ergänzen, was uns Ihrer Meinung nach weiterhelfen könnte?

Vielleicht.

Dann lassen Sie mal hören.

Vielleicht irre ich mich auch.

Überlassen Sie es uns, das zu beurteilen. Also.

Hrrm. Ich glaube, dass sie … eventuell, aber wirklich nur eventuell … Angst vor ihm hatte.

Birgitte Behrens soll Angst vor Kostadino gehabt haben?

Ja, das könnte sein.

Wieso glauben Sie das?

Ich weiß nicht. Es war nur so ein Eindruck, den ich hatte. Wenn ich die beiden zusammen gesehen habe.

Sonst nichts?

Nein, nur ein Eindruck. Aber ich mag mich irren.

Neunzig Prozent?

Siebzig … nein, fünfundsechzig.

»Interessanter Typ«, kommentierte Eva Backman, als Sören Bengalpramavatna nach Rocksta zurückbefördert worden war. »Stell dir nur vor, dass es möglich ist, so zu leben. Er wirkte im Grunde auch nicht besonders unglücklich.«

»Immerhin ist er ein Jahr verheiratet gewesen«, sagte Barbarotti. »Und hat einen Namen bekommen. Aber hier geht es ja nicht um ihn. Was sagen wir denn zu Herrn Kostadino?«

»Ein ganz anderer Typ«, antwortete Eva Backman. »So sieht es jedenfalls aus. Ein Typ, vor dem man Angst haben kann. Was denkst du darüber?«

»Bis auf weiteres nicht viel«, sagte Barbarotti. »Aber wir werden mit der Zeit hoffentlich etwas mehr erfahren. Zum Beispiel von Birgitte Behrens. Hat sie es getan?«

»Der Verdacht liegt nahe.«

»Hast du dich mit dem Krankenhaus in Verbindung gesetzt?«

»Toivonen ist da und redet mit ein paar Leuten.«

»Gut«, sagte Barbarotti. »Es wird nach ihr gefahndet, und

wenn wir Glück haben, taucht sie auf und legt ein Geständnis ab. Was tun wir jetzt?«

Eva Backman sah auf die Uhr. »Nach Hause fahren und die Sache überschlafen. Es ist halb sechs, das war nur der erste Tag. Aber du hast recht, vielleicht reicht es schon, dass Birgitte Behrens nach Hause kommt.«

»Ich hoffe nur, dass sie noch in der Nähe war, als er starb.«

»Wenn nicht, werden wir wohl eine andere Lösung finden müssen. Ich gehe zu Sorgsen und sehe mir an, was er über sie herausgefunden hat. Ich rufe dich an, wenn es mir wichtig erscheint. Ansonsten reden wir morgen darüber. Okay?«

»Hervorragend«, sagte Barbarotti und gähnte. »Wann gehen wir in die Wohnung?«

»Morgen, glaube ich«, antwortete Backman und schnitt eine Grimasse.

»Warum nicht jetzt? Der Staatsanwalt … wer ist es eigentlich? Månsson? Die Staatsanwaltschaft ist doch eingeschaltet worden?«

Backman schüttelte den Kopf und nickte der Reihe nach. »Er ist es nicht. Aber klar, sie ist eingeschaltet worden.«

Es war allgemein bekannt, dass Staatsanwalt Månsson – im Volksmund Trottel-Månsson genannt, wobei unklar war, woher der Spitzname rührte, der aber dennoch an ihm haften blieb wie ein geglücktes Tattoo – lieber einen oder zwei Tage wartete, als das Risiko einzugehen, vorschnell zu handeln.

»Und wer ist es dann?«

»Eine von den Jüngeren, ich glaube, sie heißt Fredman. Sie soll gut sein.«

»Na, dann«, sagte Barbarotti und stand auf. »Danke für heute. Es wäre schön, mit dir einzuschlafen. Habe ich das schon gesagt?«

»Ich bilde mir ein, dass du das getan hast. Aber hast du nicht drei Jugendliche zu Hause, die etwas essen und Hilfe bei den Hausaufgaben haben wollen?«

»Hatte ich glatt vergessen«, antwortete Gunnar Barbarotti.

Er kam gegen elf ins Bett. Stand zehn Minuten später wieder auf, als der Schlaf sich nicht einstellen wollte. Ohne Licht zu machen, stellte er sich ans Fenster und blickte auf den dunklen Garten, die Bucht des Sees und den Wald dahinter hinaus. Leise murmelnd betete er *Der Herr ist mein Hirte*, seit Marianne im April aus seinem Leben verschwunden war, hatte er es zu seinem Standardgebet erkoren. *Und ob ich schon wanderte im finstern Tal.*

Ziemlich genau sechs Monate. Aber die Zeit, die Zeit an sich hatte sich nach dem neunundzwanzigsten April nicht wie sonst benommen, der Gedanke kam ihm nicht zum ersten Mal. Marianne befand sich in der Ewigkeit, er selbst trottete weiter im Kalender herum, lag es daran? Hatte er deshalb während des letzten halben Jahres so oft jegliches Gefühl für Zeit verloren? Er hatte sich im Wochentag geirrt. War frühmorgens aufgewacht und hatte sekundenlang nicht sagen können, welcher Monat es war. Und so weiter. Er war nicht der Erste, der sich über das Wesen der Zeit wunderte, das war ihm bewusst, denkbar erschien allerdings auch, dass bei ihm eine Schraube locker, er nicht mehr ganz bei Sinnen war. Dem Pfarrer zufolge, mit dem Eva Backman und er unten in Varese gesprochen hatten, verbrachte Giuseppe Barbarotti seine letzten Lebensjahre in einer Klinik für Demenzkranke. Nebel, hatte der freundliche Geistliche erklärt; *nebbie*, der alte Mann war durch *nebbie oscure* gewandelt. Er hatte leicht bedauernd mit den Schultern gezuckt und sich bekreuzigt.

Und war das nicht erblich? Wie der Vater, so der Sohn?

Gunnar Barbarotti war seinem Vater nie begegnet, als er noch lebte, hatte niemals auch nur ein Borkenboot von ihm bekommen, aber seinen Genen entkam man nicht. Man hatte sein Erbe, ob man es nun wollte oder nicht.

Gedanken dieser Art waren ihm in den letzten Wochen, seit ihrer Rückkehr aus Italien, ab und zu flüchtig durch den Kopf gegangen, aber nur flüchtig. An diesem Abend wogen sie aus irgendeinem Grund schwerer. Als würde … als würde die Herbstdunkelheit durch ihre bloße Existenz die letzten Reste von Widerstand, von naivem und unberechtigtem Optimismus abschleifen. Es wird erst wieder heller, wenn ich auf der anderen Seite bin, dachte er. Ich werde mir weiterhin einreden, dass mein Leben lebenswert ist, aber das ist es nicht. Das Dasein auf Erden ist ein verfluchtes Jammertal, so ist es weiß Gott!

Doch ungefähr in dieser Phase seiner scharfsinnigen Analyse hörte er Mariannes Stimme, offenbar konnte sie sich nicht mehr zurückhalten.

Gunnar, was ist das für ein Unsinn?

Hallo, sagte Barbarotti. Wie geht es dir da oben?

Es ist göttlich, hier zu sein, antwortete Marianne. *Und ich warte auf dich. Aber du darfst dich nicht an deine finsteren Gedanken klammern. Du sollst das volle Maß deines Lebens leben, und dass dein Vater im Nebel verschwunden ist, liegt vor allem daran, dass er zu viel getrunken hat.*

Zu viel getrunken? Woher weißt du das?

Auf dieser Seite weiß man so manches.

Kann ich mir vorstellen. Läufst du den ganzen Tag nackt herum?

Aber Gunnar, was ist das denn für eine Frage?

Entschuldige, das habe ich mich einfach gefragt. Ich habe

mir überlegt, dass im Himmel sicher eine recht angenehme Temperatur herrscht und dann …?

Ich trage ein langes, helles Leinenkleid. Aber ich verspreche dir, es auszuziehen, wenn du kommst.

Großartig. Danke, Marianne, ich fühle mich schon besser.

Ihm lagen noch Fragen zu Eva Backman auf der Zunge, aber bevor er sie in Worte fassen konnte, hatte der Himmel sich geschlossen. Es war, wie es war, manchmal stand er offen, manchmal war er geschlossen.

Auch gut, dachte Gunnar Barbarotti und legte sich wieder ins Bett. Es war schließlich ihre Idee gewesen. Seine verstorbene Ehefrau hatte einen Brief hinterlassen, in dem sie ihn nachdrücklich ermahnt hatte, zu versuchen, sich Eva zu nähern. Ein Mann braucht eine Frau, und mitunter kommt es sogar vor, dass eine Frau einen Mann braucht … oder Frau-Frau, Mann-Mann, das spielte natürlich keine Rolle, Hauptsache, man vermählte sich nicht mit der Einsamkeit.

Wie Sören Bengalpramavatna.

Und mit dem Auftritt dieses komischen Kauzes in seinen Gedanken stürzte die Arbeit auf ihn ein. So sicher wie das Amen in der Kirche.

Der erschlagene Mann unter der Plane in Vandelbo. Die scharfsinnige Übersetzerin Klara Husak, die ihn gefunden hatte.

Der Mann namens Kostadino, der ein Fan von Bruce Springsteen gewesen war, der immer eine braune Mütze getragen und sein Leben mit einer Axt im Schädel ausgehaucht hatte.

Wer war er?

Ein deutsches Kondom, welche Bedeutung hatte es in diesem Zusammenhang?

Und wer war Birgitte Behrens, mit der er draußen in Rocksta in Verbindung gestanden hatte?

Hatte sie die Axt in der Hand gehalten?

Und wenn ja, warum?

Das war das Letzte, was Gunnar Barbarotti in dieser dunklen Nacht ins Reich der Träume mitnahm; eine besonders abgedroschene und allgemeingültige Frage.

Warum?

42

November 2012. Oosterby – Maardam

Es war bereits halb zwölf, als sie ein weiteres Mal vor der Villa Herbstsonne parkten. Das Frühstück, das Packen und die Rückgabe von Aktenordnern im Polizeipräsidium von Oosterby hatten Zeit beansprucht, und da es in der letzten Stunde windig und regnerisch gewesen war, beschloss Van Veeteren, lieber im Auto zu bleiben und ein Buch zu lesen, als einen Spaziergang zu machen. *Der Vorschlag des Gärtners* von Eniro Moll, eine Art fiktive Dokumentation über den Mord an einem Schriftsteller gleichen Namens.

Sie hatten den ganzen Morgen nur wenig geredet, und er begriff, dass Ulrike angesichts ihres bevorstehenden Auftrags etwas angespannt war. Oder vielleicht Bedenken hatte. Obwohl es seine Idee gewesen war, erkannte er, dass er nichts dagegen einzuwenden hätte, wenn sie einen Rückzieher machte. Andererseits wusste er, dass er die Sache dann selbst in die Hand nehmen musste. Es war so, wie sie die ganze Zeit gesagt hatte: Er wollte eigentlich nicht, konnte aber nicht loslassen. Die Rolle als simulierter Bremsklotz war wie geschaffen für ihn, und er fragte sich, ob es nicht schon in seinen letzten Jahren im Polizeicorps so gewesen war.

Die berechtigte – oder vollkommen unberechtigte – Distanzierung von dieser ganzen verfluchten Kriminalität. Den menschlichen Unzulänglichkeiten, den verkrüppelten Lebensläufen, der Gier und der Rachegelüste. Von dem Bösen? Und in der anderen Waagschale: der tief empfundene Zwang zu bekämpfen, zu ergründen, richtigzuliegen und zu bestrafen, obwohl man es so gründlich leid war, dass man am liebsten die Augen schließen und wegfahren und sich auf dem Mond niederlassen wollte.

Oder in einem Antiquariat.

Oder in einem Auto im Regen in Gesellschaft eines Buchs.

Alte Gedanken. Dieselbe unlösbare Gleichung wie immer. Kant und Luther und Rappaport. Oder Paulus: Denn das Gute, das ich will, das tue ich nicht; sondern das Böse, das ich nicht will, das tue ich. Oder wie auch immer es hieß?

Aber vor allem: Der Mensch ist die einzige Spezies, die keine natürlichen Feinde hat, deshalb fällt es in unsere Verantwortung, uns selbst zu vernichten. So weise ist die Natur eingerichtet.

Wann hatte er zuletzt etwas Neues gedacht?

»Ich habe ein paar Fragen«, sagte Ulrike. »Bevor ich in dieses Geisterhaus latsche.«

»Bitte«, ermunterte Van Veeteren sie. »Aber ich werde auf keinen Fall mitkommen.«

»Das habe ich schon verstanden«, sagte Ulrike. »Aber wonach fische ich eigentlich in diesem Trüben? Wäre nicht verkehrt, das zu wissen.«

»Muss man wissen, welchen Fisch man jagt, wenn man den Haken auswirft?«, entgegnete Van Veeteren.

»Spitzfindig«, gab Ulrike zurück. »Aber nicht ganz treffend. Hai und Stichling erfordern schließlich unterschiedliche Werkzeuge, nicht? Haben wir es auf Molly Hansen abgesehen, um direkt zur Sache zu kommen?«

»Sprich weiter«, sagte Van Veeteren. »Warum sollten wir es auf Molly Hansen abgesehen haben?«

»Weil sie etwas verbirgt? Etwas, das mit dem Brand zu tun hat? Weiß sie mehr, als sie zu wissen vorgibt? Oder *wusste* sie mehr, bevor sie das Bewusstsein verlor? War sie … war sie sogar in die Sache verwickelt?«

»Gut«, sagte Van Veeteren. »Wenn du aus dem Geisterhaus mit Antworten auf diese Fragen zurückkommst, können wir es so machen, wie du vorgeschlagen hast.«

»Was habe ich vorgeschlagen?«

»Dass wir Radovic anrufen und ihm erzählen, dass der Fall gelöst ist.«

»Ja, klar. Und Leopold Kransky?«

Er dachte einen Moment nach. »Ich schlage vor, dass er in dieser Runde aussetzt.«

»Und warum?«

»Weil Radovic ohnehin mit allem, was er hat, nach dem Täter sucht, davon können wir ausgehen. Vielleicht kann er auch unsere anonyme Nonne nicht in Frieden lassen, aber das geht uns nichts an.«

»In Ordnung«, sagte Ulrike Fremdli und öffnete die Autotür. »Wünsch mir Glück.«

»Viel Glück«, sagte Van Veeteren und öffnete sein Buch.

Es dauerte annähernd anderthalb Stunden, bis sie zurück war, und er merkte, dass es ihm schwerfiel, sich auf den Text in seinem Buch zu konzentrieren, der Schriftsteller und *Der Schriftsteller* glitten ineinander, und es war schwierig, die Geschichte in den Griff zu bekommen. Nach einer Weile legte er Arvo Pärts *Für Alina* ein, und die sublime Langsamkeit des Stücks sorgte zusammen mit dem nicht nachlassenden Regen dafür, dass er rasch in eine Art Halbschlaf fiel, in dem seine Umgebung sich zurückzuziehen und von einer eigentümlichen Klarheit ersetzt zu werden schien. Er meinte… ja, was meinte er? Vielleicht, alles aus gewaltiger Distanz betrachten zu können, einer Position, in der die Entfernung selbst dafür sorgte, dass alles Triviale und Läppische verschwand und in der allein das wirklich Wichtige und Großartige zu Tage trat.

Das Großartige? So schien es tatsächlich, und an einer prominenten Stelle im Bedeutungsvollen sah er auf einmal eine Frau, die sich durch den Regen kämpfte, durch denselben Regen, durfte man wohl annehmen, der ihn auf seinem Beifahrersitz im Auto umgab, und in einer Hand hielt sie einen Korb mit ihrem neugeborenen Kind. Sie stemmte sich stark vorgebeugt gegen den Wind und versuchte gleichzeitig, den kleinen Jungen in seinem Korb so gut es ging vor der Gewalt des Wetters zu schützen, und nach einer Weile gelangte sie zu einem großen und düsteren Gebäude, das zweifellos recht deutlich an die Villa Herbstsonne erinnerte. Aber es war weder die Villa Herbstsonne noch ein nahegelegenes Kloster, sondern ein Gefängnis. Als sie die massiven Tore erreichte, öffneten sich diese im selben Moment, und ein Mann trat heraus, gezeichnet und schuldbeladen vom Leben und den vielen Jahren hinter Gittern. Und nun war der Korb leer und die Frau gealtert, denn er, der ihr dort entgegenkam, war ihr Sohn, und das Ganze, die Frau und das Kind, der erwachsene Mann und seine schreckliche Geschichte, war ein tragisches Spektakel und ein schallendes Gelächter aus der Unterwelt, wo solche Nichtigkeiten wie der Lauf der Zeit und ein Menschenleben keine Rolle spielten.

Was war das? Van Veeteren schüttelte unwillig den Kopf und schloss die Augen, aber als er sie vorsichtig wieder öffnete, war nur der leere Korb geblieben; er lag umgekippt auf einem matschigen Pfad, der Zipfel einer Decke, die einmal hellblau gewesen war, lugte unter ihm hervor, und er begriff, dass dies ein Sinnbild für das Leben selbst war. Sterbe ich jetzt?, dachte er. Ist das etwa der Sinn? Steht an der Stelle diese Lappalie in der Partitur?

Woher kommen diese ungebetenen Fragen?

Es stach tatsächlich irgendwo in der Herzregion, aber dann musste er daran denken, was für eine fürchterlich unangenehme Situation es für Ulrike wäre, wenn er tot im Auto säße, sobald sie aus dem Geisterhaus zurückkam, woraufhin er beschloss, noch eine Weile weiterzuleben.

Außerdem … und dieser Gedanke punktierte in Sekundenschnelle alles Bedeutungsvolle und Großartige, jede barmherzige Distanz und sublime Erhabenheit … außerdem musste man diesen verdammten Fall zu einem guten Ende bringen. Oder nicht? Es war nämlich, wie man so sagte, ein Mörder auf freiem Fuß.

Und das war er zu allem Überfluss seit einer ganzen Reihe von Jahren. Was die Sache wahrlich nicht besser machte.

Er wurde davon geweckt, dass sie die Tür öffnete und sich auf den Fahrersitz sinken ließ.

»Gut geschlafen?«

»Höchstens ein paar Minuten.«

»Ich verstehe.«

Er sah auf die Uhr und erkannte, dass sie ziemlich lange fort gewesen war und dass *ein paar* in diesem Fall vermutlich rund sechzig bedeutete. Aber was hatte das zu bedeuten?

»Wie ist es gelaufen?«

Sie legte den Sicherheitsgurt an und ließ den Motor an. »Es geht so.«

»Was bedeutet?«

»Dass es sich ein bisschen wie Zeitverschwendung anfühlt. Franziska Pavlova ist zwanzig Minuten zu spät gekommen, weil sie an Verstopfung leidet. *Ich muss vor dem Mittagessen scheißen, sonst kann ich den Tag vergessen,* lauteten ihre ersten weisen Worte.«

»Interessant«, sagte Van Veeteren. »Und im Laufe des Gesprächs folgten ihnen weitere Weisheiten?«

»Oh ja«, antwortete Ulrike Fremdli und ließ die Villa Herbstsonne in einer Geschwindigkeit hinter sich, die ihm sehr hoch erschien. Außerdem hatte er den Eindruck, dass das schwache Geräusch, das von seiner Reisegefährtin ausging, dadurch entstand, dass sie mit den Zähnen knirschte.

»Zum Beispiel?«

»Zum Beispiel *Früher haben die Eier besser geschmeckt.* Zum Beispiel *Wenn die Deutschen den Krieg gewonnen hätten, dann hätten die Leute weniger Dreck unter den Fingernägeln.* Du hättest dabei sein sollen.«

»Ich bereue es schon«, gestand Van Veeteren. »Sollen wir vielleicht eine Zeitlang still sein, ehe du mehr erzählst?«

Ulrike Fremdli schnaubte. Danach vergingen fünf Sekunden. Anschließend lachte sie schallend.

»Verdammt, was für eine Parodie! Ich glaube, ich habe eine geschlagene Stunde kein vernünftiges Wort aus ihr herausbekommen. Schwarzer Gürtel in Demenz, bitte entschuldige meine Ausdrucksweise … doch, Moment, eine Sache, aber das muss natürlich noch überprüft werden.«

»Was denn?«

»Molly Hansen hat wahrscheinlich einen Bruder … oder zumindest einen Halbbruder … der um einiges jünger ist, und es ist möglich, dass er in Neuseeland lebt!«

»Ha!«, platzte Van Veeteren heraus. »Das liegt ja fast auf dem Weg … sozusagen.«

»Ja, ich weiß«, seufzte Ulrike. »Schon seltsam. Aber ich habe das hinterher bei Doktor Brahms überprüft, und es scheint zu stimmen. Keiner weiß sonderlich viel über Molly Hansens familiären Hintergrund, es kommt einem so vor, als würde ihre Geschichte damit beginnen, dass sie zweiundzwanzig ist und eine Pension besitzt. Weißt du, was ich glaube?

»Nein«, log Van Veeteren. »Was glaubst du?«

Bevor sie antwortete, atmete sie tief durch.

»Ich glaube, dass sie die Frau war, die ihr Kind vor dem Kloster zurückgelassen hat. Das ist der wahre Kern dieser ganzen Geschichte.«

»Ja, zu diesem Schluss bin ich auch gekommen«, erklärte Van Veeteren.

Das Auto geriet kurz ins Schleudern.

»Was zum Teufel?«, schnaubte Ulrike.

Er dachte nach und war sich ziemlich sicher, nie zuvor gehört zu haben, dass sie schnaubte.

»Ich wollte dein Urteilsvermögen nicht beeinflussen«, beeilte er sich zu erklären. »Wenn jeder von uns unabhängig voneinander zum gleichen Ergebnis kommt, hat sich die Wahrscheinlichkeit dramatisch erhöht… also, die Wahrscheinlichkeit, dass wir richtigliegen.«

Ulrike schwieg.

»Stimmst du mir nicht zu?«

Es vergingen zehn Sekunden.

»Du verdammter Mistkerl. Und mit dir soll man verheiratet sein! Aber du hast natürlich recht, ich stimme dir zu.«

»Ausgezeichnet«, sagte Van Veeteren. »Zwei blinde Hühner reichen aus, um eine Revolution zu starten. Was hast du noch zu berichten?«

Ulrike dachte einen Augenblick nach.

»Dass Molly Hansen jetzt doch ins Krankenhaus von Werdingen verlegt worden ist. Ich glaube, Radovic hat das veranlasst. Aber sie liegt nach wie vor im Koma … oder ist zumindest nicht ansprechbar. Gut möglich, dass Molly dachte, bei dieser … also Besucherin … hätte es sich um ihren Halbbruder gehandelt, nicht um ihre Halbschwester … die sie ja gar nicht hat. Sie hat sich vielleicht einfach verhört … oder es falsch verstanden. Ich habe mit Doktor Brahms darüber gesprochen, und sie meint, dass es tatsächlich so gewesen sein könnte.«

»Und dieses Kissen auf ihrem Gesicht?«

»Unwahrscheinlich. Medizinisch lässt sich das anscheinend so oder so nicht entscheiden. Der Sauerstoffmangel in Molly Hansens Gehirn ist dagegen eine … wie nennt man das … eine unbestreitbare Tatsache.«

»Keine Ideen dazu, wer die Besucherin gewesen sein könnte?«

»Keine. Eine Frau von ungefähr sechzig Jahren, das ist im Großen und Ganzen alles.«

»Hast du irgendwelche Informationen über den Bruder in Neuseeland bekommen?«

»Halbbruder. Nein, aber Brahms wollte sich mit Radovic in Verbindung setzen, also werden wir vermutlich morgen oder übermorgen mehr erfahren.«

»Du hast dafür gesorgt, dass man uns auf dem Laufenden hält?«

Ulrike Fremdli drehte den Kopf und musterte ihn. »Natürlich. Für wen hältst du mich?«

Van Veeteren antwortete nicht.

»Ist es nicht ganz schön, im Auto zu sitzen und zu lesen und zu schlafen, während deine Assistentin die ganze Drecksarbeit erledigt?«

»Allerdings«, sagte Van Veeteren. »Das gefällt mir recht gut.«

Es war ein paar Minuten nach halb acht Uhr abends, als sie in Maardam wieder nach Zwille einbogen. Im Laufe der Autofahrt hatte Ulrike Fremdli den Fall mindestens dreimal und in regelmäßigen Abständen zusammengefasst.

In groben Zügen wie folgt:

1. Irgendwann Ende der vierziger Jahre lässt die damals knapp zwanzigjährige Molly Hansen aus unbekannten Gründen ihr neugeborenes Kind, einen Jungen, vor dem Tor eines Klosters in der näheren Umgebung zurück. (Spekulation, aber eine plausible Spekulation.)

2. Die Nonnen kümmern sich um den Jungen, aber mit Einsetzen der Pubertät läuft alles aus dem Ruder, und er unterhält sexuelle Beziehungen zu mehreren Ordensfrauen. Mit der Zeit verlässt er mit einer von ihnen das Kloster, die beiden leben ein paar Jahre bei zunehmendem Drogenmissbrauch und Kriminalität zusammen, bis es der Nonne am Ende gelingt, sich zu befreien und ihn zu verlassen. (Vorausgesetzt, dass das Bekenntnis der Nonne keine frei erfundene Geschichte ist, aber warum sollte sie das sein?)

3. Jahre später hat der Junge, mittlerweile Mann, den Namen Leopold Kransky angenommen (oder vielleicht auch noch nicht?) und kehrt in die Gegend um Oosterby zurück. Hier entführt er ein kleines Mädchen, das er später umbringt. Dank eines anonymen Briefs wird er gefasst und verbringt die folgenden (gut) zwanzig Jahre im Gefängnis (unbestreitbar).

4. Im Herbst 1991 wird er aus dem Gefängnis entlassen und kehrt ein weiteres Mal nach Oosterby zurück. Ende September lädt er fünf Mitglieder einer alten Clique, des Vereins der Linkshänder, zu einem Treffen in der Pension seiner Mutter ein. Er verbrennt vier von ihnen und erschlägt den Fünften. Bei der Frage des Täters irrt die Polizei sich gewaltig. (Wieder Spekulation, abgesehen vom formidablen Fiasko der Polizei.)

5. Gut zwanzig Jahre später erscheint der Fall in einem neuen Licht, als das fünfte Opfer gefunden wird. Die bereits erwähnte Nonne bekommt kalte Füße, schreibt einen Brief an die Polizei und erzählt ihre Geschichte. Molly Hansen bekommt Besuch in ihrem Altersheim und fällt ins Koma (erneut unbestreitbar).

6. Fragen: a) Wo befindet sich Leopold Kransky heute? b) Warum begeht er überhaupt seine verabscheuungswürdigen Taten? c) Welche Rolle spielt Molly Hansen? Ist sie in die Sache verwickelt, und wenn ja, in welchem Maße? d) Wer ist ihre nicht identifizierte Besucherin? e) Was um Himmels willen tun wir jetzt?

»Eine hervorragende Zusammenfassung!«, erklärte Van Veeteren nach der dritten, ausführlichsten Präsentation. »Sowie äußerst relevante Fragen. Kommissar Radovic hätte es nicht besser hinbekommen. Münster auch nicht.«

»Danke, Herr Kommissar.«

»Ich habe möglicherweise noch ein, zwei zusätzliche Fragen, abgesehen davon, dass ...«

»Abgesehen von was?«

»Abgesehen davon, dass wir eines nicht vergessen dürfen. Leopold Kranskys vermeintliche Wiederkehr nach Oosterby beruht auf einer einzigen Zeugenaussage. Noch dazu einer anonymen Zeugenaussage. Wenn sich der Staatsanwalt in einem Gerichtssaal auf eine solche Information beriefe, würde er oder sie wahrscheinlich sowohl ausgelacht als auch des Saals verwiesen werden.«

»Ja, ja«, murrte Ulrike. »Und was kann man dagegen tun?«

»Du und ich werden gar nichts tun. Aber ich bin mir sicher, dass Kommissar Radovic einen Plan hat. Doch, warte mal, du könntest ihn anrufen und bitten, die Adresse dieses Jungen in Neuseeland zu ermitteln. Ich habe das Gefühl, dass er das eine oder andere weiß. Das heißt, sofern er nicht zufällig tot ist.«

»Zufällig tot ist«, seufzte Ulrike Fremdli. »Verbrannt oder so?«

»Man kann auch an einem Darmverschluss sterben«, klärte Van Veeteren sie auf. »Und an einer Menge anderer Gebrechen.«

43

November 2012. Kymlinge und Umgebung

Die Besprechung fand um zehn Uhr im Konferenzraum neben Stigmans Büro statt. Außer dem Kommissar selbst waren die Inspektoren Backman, Barbarotti, Borgsen und Toivonen, die Polizeianwärter Spjuth und Wennergren-Olofsson sowie Staatsanwältin Elisabeth Fredman anwesend, eine Frau Anfang dreißig, die Barbarotti nie zuvor gesehen hatte. Darüber hinaus zwei fette Schmeißfliegen, die in Anbetracht der jugendlichen Energie, die sie verströmten, wahrscheinlich in der Nacht frisch geschlüpft waren.

»Fliegen im November«, kommentierte Spjuth. »Das ist dieser verdammte Klimawandel. Können wir ein Fenster aufmachen?«

Er stammte aus einem kleinen Dorf nördlich des Polarkreises mit einem finnisch klingenden, vierundzwanzig Buchstaben umfassenden Namen und echauffierte sich schnell.

Oder hieß es *echauffrierte* mit einem zusätzlichen r, Barbarotti konnte es sich einfach nicht merken. Jedenfalls war er *hochrot*.

»Nein, dann funktioniert die Klimaanlage nicht mehr«, sagte Stigman. »Du wirst dich damit abfinden müssen. Die Klimaanlage könnte nicht mehr funktionieren.«

»Okay«, erwiderte Spjuth. »Ich finde mich damit ab.«

»Ausgezeichnet. Alle anwesend, dann fangen wir an. Inspektor Borgsen beginnt. Der Stand der Ermittlungen, bitte. Leg los.«

Sorgsen konsultierte seinen Notizblock, räusperte sich und legte los.

»Über den Toten gibt es wenig. Wir wissen nichts über seine Identität, nur dass er über sechzig sein müsste und möglicherweise Kostadino heißt. Letzteres stützt sich allerdings auf eine einzige Zeugenaussage, die als relativ unsicher bezeichnet werden muss. Die Todesursache ist umso sicherer. Er starb an einem Axthieb in den Kopf, er dürfte auf der Stelle tot gewesen sein, und laut Holmberg hatte er zwischen vier Tagen und einer Woche unter der Plane gelegen, als er gefunden wurde. Es ist möglich, dass sich der genaue Zeitpunkt später noch präzisieren lässt. Fingerabdrücke und DNA sind gesichert worden und werden in Schweden und im Ausland gegengecheckt. Sein Portemonnaie samt Inhalt ist zur Analyse nach Linköping geschickt worden.«

»Woher wissen wir, dass es sein Portemonnaie ist?«, fragte Toivonen.

»Fingerabdrücke«, antwortete Sorgsen. »Aber das ist natürlich nicht hundertprozentig sicher. Noch Fragen bis hierher?«

Keiner hatte bis dahin Fragen.

»Mach weiter«, sagte Stigman. »Mach weiter.«

»Hm, ja«, sagte Sorgsen. »Was Frau Birgitte Behrens betrifft, die das Haus in Vandelbo als Letzte gemietet hat und möglicherweise eine Bekannte des Toten ist, so liegen uns einige Informationen vor. In erster Linie aus dem Krankenhaus, in dem sie arbeitet. Sie ist alleinstehend, im Ausland geboren, aber seit 2009 schwedische Staatsbürgerin. Keine Kinder, keine Familie. Kam im Oktober 2001 aus Maardam in unser Land und bekam eine Stelle in unserem städtischen Krankenhaus. Seitdem hat sie immer in derselben Wohnung in Rocksta gewohnt. Anästhesieschwester, die gleiche Spezialisierung hatte sie in Maardam und in einer Reihe anderer Krankenhäuser, in denen sie gearbeitet hat. Ich habe drei ihrer Kollegen gesprochen, alle beschreiben sie als kompetent und freundlich, aber auch um ihre Privatsphäre bemüht.«

»Was bedeutet das Letzte?«, erkundigte sich Polizeianwärter Wennergren-Olofsson. »Dass es schwer war, an sie heranzukommen?«

»So ungefähr«, antwortete Sorgsen. »Erwähnt ihr Privatleben mit keinem Wort, um eine Arbeitskollegin zu zitieren. Wahrscheinlich nur wenige Freunde. In sich gekehrt und ein wenig schüchtern, um eine weitere zu zitieren. Aber wir haben bislang noch nicht mit sehr vielen gesprochen. Ihr Name ist ja auch erst gestern Nachmittag aufgetaucht.«

»Entschuldigt«, warf Backman ein. »Wir sollten vielleicht nicht vergessen, dass diese Birgitte Behrens vielleicht gar nicht in die Sache verwickelt ist. Sie ist zwar die Letzte, die das Haus in Vandelbo gemietet hat, aber der Verbleib der Schlüssel ist ein wenig unklar. Und laut Vermittlungsfirma hat sie ihren Schlüssel wahrscheinlich wohl doch zurückgegeben, als sie das Haus Anfang September verlassen hat.«

»Wahrscheinlich?«, fragte die Staatsanwältin und hob eine Augenbraue.

»So hat sich meine Quelle wortwörtlich ausgedrückt«, erläuterte Backman.

»Akzeptiert«, sagte Stigman aus irgendeinem Grund, rückte seine Krawatte gerade und räusperte sich. »Hm. Wir haben es hier mit einem glasklaren Mordfall ohne einen Verdächtigen zu tun … also ohne einen Verdächtigen. Es kommt darauf an, so viele Informationen zu sammeln wie möglich. Im Moment vor allem über diese Frau. In einer Stunde verschaffen wir uns Zugang zu ihrer Wohnung, oder was sagt die Frau Staatsanwältin?«

Elisabeth Fredman nickte und wedelte eine der Fliegen weg, die dazu neigten, sich in ihren Haaren zu verheddern. Sie hatte mehr Haare auf dem Kopf als alle übrigen Anwesenden zusammen, Eva Backman mitgerechnet, und Barbarotti dachte, wenn er zwanzig Jahre jünger gewesen wäre – und ein ganz anderer Mensch mit einem völlig anderen Charakter –, hätte er sie vermutlich gefragt, ob er sie zum Essen einladen dürfe. Oder etwas in dieser Art. Weil sie neu in der Stadt war und sich mit großer Wahrscheinlichkeit ein wenig einsam fühlte. Ein in diesem Zusammenhang ziemlich irrelevanter Gedanke, der wahrscheinlich ein wohlformulierter Umweg war, um auszudrücken, dass er sie schön fand. Und was sagte ihm eigentlich, dass sie neu in der Stadt war?

»Wo zum Henker ist diese Behrens?«, unterbrach Wennergren-Olofsson seinen Tagtraum. »Ich sehe es so, dass sie in diesem Fall eine zentrale Rolle spielt.«

»Bravo«, sagte Backman.

»Und ob sie das tut, das kann sich ja ein Biber aus Ludvika ausrechnen«, sagte Stigman. »Was wissen wir darüber … also, wo sie sich aufhält? Warum geht sie nicht arbeiten? Warum ist sie nicht auf der Arbeit?«

Ludvika?, dachte Barbarotti. Biber? Sorgsen blätterte in seinem Notizblock um.

»Urlaub.«

»Urlaub im Oktober?«, sagte Stigman fragend. »Im Oktober?«

»Das ist nicht verboten«, erklärte Inspektor Sorgsen ungerührt. »Bemerkenswert ist möglicherweise, dass sich das erst ganz kurzfristig ergeben hat.«

»Kurzfristig ergeben?«, hakte Polizeianwärter Spjuth nach. »Was soll das heißen?«

»Dass sie ihn nur ein paar Tage im Voraus beantragt hat«, klärte Sorgsen ihn auf. »Er scheint nicht geplant gewesen zu sein. Sie hat mit ihrem Chef am Freitag vor zwölf Tagen gesprochen und wollte ab dem folgenden Montag zwei Wochen frei haben, was bedeutet, ab Montag, den zweiundzwanzigsten Oktober. Sie hat keine Gründe angegeben, nur gesagt, es gehe um eine private Angelegenheit. Außerdem hatte sie am Samstag und Sonntag davor frei. Aber sie hatte jede Menge Überstunden angesammelt, und die Personalsituation war ungewöhnlich gut, so dass nichts dagegen sprach ... so lauten jedenfalls die Informationen, die ich bekommen habe.«

»Wir haben seit gestern Nachmittag stündlich versucht, sie telefonisch zu erreichen«, informierte Polizeianwärter Spjuth die anderen. »Vergeblich. Ein Handy scheint sie nicht zu haben.«

»Ungewöhnlich heutzutage«, kommentierte Wennergren-Olofsson. »Um nicht zu sagen, suspekt.«

»Suspekt?«, sagte Elisabeth Fredman und hob beide Augenbrauen. Barbarotti hatte den Eindruck, dass Wennergren-Olofsson errötete, aber das war eine höchst unsichere Beobachtung.

»Akzeptiert«, wiederholte Stigman nach zwei Sekunden verwirrter Stille. »Eindeutig akzeptiert. Und wir haben keine Ahnung, wo sie sich aufhält?«

»Sie ist wahrscheinlich seit einer guten Woche nicht mehr zu Hause gewesen«, sagte Sorgsen. »Aber darüber können wir sicher Genaueres sagen, wenn wir ihre Wohnung untersucht haben.«

»Hm, ja, selbstverständlich«, gab Stigman ihm recht.

»Sie könnte auch tot im Bett liegen«, warf Barbarotti ein. »Wir sollten diese Möglichkeit nicht völlig ausschließen.«

»Ich habe gesagt, dass wir breit ermitteln müssen«, erwiderte Stigman. »Nicht spekulieren.«

»Ich nehme es zurück«, sagte Barbarotti.

»Gut«, sagte Stigman. »Ansonsten?«

»Ansonsten«, fuhr Sorgsen fort, »hat sie Schweden höchstwahrscheinlich nicht von einem Flughafen aus verlassen. Aber hier fehlen uns noch ein paar Informationen.«

»Schade, dass wir keine Handyverbindungen analysieren können«, meinte Wennergren-Olofsson.

»Sehr schade«, sagte Eva Backman und gähnte.

Inspektor Sorgsen schloss seinen Block. Stigman kratzte sich im Nacken und wandte sich an Barbarotti.

»Und ihr? Wie willst du mit Backman in dem Fall weiterkommen? Borgsen und Toivonen müssen heute andere Aufgaben übernehmen, es ist, wie es ist. Wir haben zu wenig Leute, viel zu wenig Leute, aber das brauche ich euch ja wohl nicht zu sagen?«

»Nein, das brauchst du nicht«, bestätigte Backman.

»Und?«, fragte Stigman. »Und?«

»Wir kehren zum Tatort zurück«, sagte Barbarotti. »Es sei denn, das Ergebnis der Hausdurchsuchung in Rocksta macht andere Maßnahmen erforderlich. Die Wohnung nehmen wir uns natürlich als Erstes vor.«

»Und was soll deiner Ansicht nach ein neuerlicher Besuch in Vandelbo bringen?«, wollte Stigman wissen.

»Ich möchte versuchen, mir vorzustellen, was dort passiert ist«, erläuterte Barbarotti. »In aller Ruhe ... ich glaube, man spricht von *visualisieren*? Ja, das hört sich gut an. Backman und ich fahren hin und visualisieren den Mord.«

»Du hörst dich an wie eine Wahrsagerin«, sagte Stigman. »Eine Wahrsagerin.«

»Ich habe so meine Methoden«, entgegnete Barbarotti.

»Aber was zum Teufel…?«, sagte Wennergren-Olofsson.

»Er meint, dass wir vorhaben, breit zu ermitteln«, erläuterte Eva Backman und lächelte ihren Chef freundlich an. »Außerdem warten wir auf Antwort aus Maardam, wo Birgitte Behrens gelebt hat, bevor sie nach Schweden kam. Und wie gesagt, wir sind sehr gespannt, welche Informationen wir durch ihre Wohnung bekommen… wird es nicht allmählich Zeit, dass wir nach Rocksta fahren?«

»Natürlich«, sagte Stigman und stierte Barbarotti an. »Breit ermitteln ist gut. Aber keine verdammten Twin-Peaks-Flausen, das können wir uns nicht leisten. Vergesst nicht, dass wir zu wenig Leute haben. Möchte noch jemand etwas ergänzen?«

Die Staatsanwältin streckte einen Zeigefinger hoch. »Ich überlasse die Sache bis auf Weiteres euch. Zumindest bis wir einen Verdächtigen haben. Kommissar Stigman wird mich auf dem Laufenden halten.«

»Selbstverständlich«, sagte Stigman. »Selbstverständlich.«

»Ich habe eine Theorie«, verriet Polizeianwärter Wennergren-Olofsson ernst, aber statt ihm das Wort zu erteilen, erklärte Kommissar Stigman die Besprechung für beendet.

»Morgen selbe Zeit. Selbe Zeit, selber Ort. Be careful out there!«

Barbarotti dachte, dass es früher besser war. Als Marianne noch lebte und Asunander Polizeichef war.

Birgitte Behrens lag nicht tot in ihrem Bett – oder an einer anderen Stelle in ihrer Wohnung im Trubadurvägen 22 im

Stadtteil Rocksta. Backman und Barbarotti waren in Begleitung der beiden Polizeianwärter sowie zwei Männern von der Spurensicherung, aber es war nicht weiter schwierig zu erkennen, dass ihr Einsatz wahrscheinlich überflüssig sein würde. Im Flur der recht sauberen und ordentlich aufgeräumten Wohnung lagen einiges an Post und eine Reihe von Tageszeitungen, die älteste mit einem Datum, das elf Tage zurücklag. Dem Gerichtsmediziner zufolge hatte der Tote in Vandelbo höchstens eine Woche unter seiner Plane gelegen, und dass Holmgren sich um fünf oder sechs Tage verschätzt haben sollte, erschien wenig wahrscheinlich. Auch wenn es sich nur um eine vorläufige Schätzung handelte, konnten weder Barbarotti noch Backman sich erinnern, dass er sich jemals so geirrt hätte.

Es war natürlich möglich, dass Birgitte Behrens sich freigenommen hatte, um zwei Wochen in Vandelbo zu verbringen, aber wie wahrscheinlich war das? Sie hatte das Haus in der zweiten Augustwoche gemietet, bevor sie nach dem Urlaub ihre Arbeit im Krankenhaus wieder aufnahm, aber dass sie ohne gültige Absprache mit der Lebenslust GmbH anderthalb Monate später nochmals dorthin gefahren war, nun, zumindest Barbarotti fiel es schwer, sich das vorzustellen. War sie überhaupt in diese Geschichte verwickelt? Gab es eine logische Begründung dafür, ihre Wohnung einer regelrechten Durchsuchung zu unterziehen?

Andererseits: Sie hatte eine Verbindung zum Tatort, und ein Nachbar glaubte, den Toten als einen Mann identifizieren zu können, der in letzter Zeit gelegentlich Kontakt zu Birgitte Behrens hatte.

Hinzu kam Bruce Springsteen. Auf einer alten Konzertkarte in einem Portemonnaie in Vandelbo und auf einem T-Shirt in Rocksta.

Sowie ein Kondom. Aber wenn Birgitte Behrens über sechzig war, lief sie wohl kaum Gefahr, schwanger zu werden. Aber vielleicht hatte der Tote ja nah und fern gewisse lockere Beziehungen gehabt?

»Das ist für meinen Geschmack alles ein bisschen zu dünn«, erklärte Eva Backman nach fünf Minuten in der Wohnung und als sie und Barbarotti etwas abseits der anderen zusammenstanden. »Wir müssen schon ein bisschen mehr in der Hand haben, bevor wir ihren Computer mitnehmen und ihr eine Menge Unannehmlichkeiten bereiten. Was sollen wir tun? Abbrechen?«

Barbarotti dachte kurz nach. »Können wir den anderen nicht noch eine halbe Stunde geben, um hier herumzuschnüffeln? Wenn sie etwas finden, umso besser. Aber ohne alles durcheinander zu bringen. Auf Spjuth kann man sich verlassen, wir sagen ihm, dass sie keine Spuren hinterlassen dürfen, und besprechen das morgen mit Stigman und der Staatsanwältin. Birgitte Behrens muss schließlich erfahren, dass wir durch ihre Wohnung getrampelt sind.«

Backman nickte. »Und du und ich?«

»Vandelbo. Schließlich habe ich eine Visualisierung des Mordes versprochen, hast du das etwa vergessen?«

»Natürlich nicht«, sagte Backman. »Ich bin sehr gespannt auf das Ergebnis.«

»Gut«, sagte Barbarotti. »Rede mit Spjuth, danach machen wir uns auf den Weg. Ich hoffe nur, dass Sören Brahmaputra seine Nase nicht zur Tür hinaussteckt.«

»Das hätte er längst getan, wenn er zu Hause wäre«, erwiderte Backman. »Glaub mir, er wäre hereingekommen und hätte mitgeholfen.«

»Ich glaube dir«, sagte Barbarotti.

44

November 2012. Maardam

Van Veeteren saß im hinteren Zimmer des Antiquariats und war gereizt.

Oder ungeduldig. Falls das nicht auf dasselbe hinauskam; seit ihrer Rückkehr nach Maardam waren anderthalb Tage vergangen, und er hatte absolut nichts von Kommissar Radovic gehört.

Kein Anruf. Keine SMS. Keine Mail.

Den gesamten gestrigen Tag nicht und auch am heutigen Vormittag nicht. Es war Viertel nach zwölf, und eigentlich wurde es Zeit, zu Gundermanns um die Ecke zu gehen und sich ein Bier und ein Sandwich zu kaufen, aber er hatte keinen Hunger. Auch keinen Durst.

In seinem Schoß lag ein dünnes Buch, eine neu entdeckte und frisch veröffentlichte Erzählung von Nescio; Bavink und Koekebakker auf Wanderung in der Toskana. Das hätte ihn eigentlich interessieren müssen, aber es war wie verhext. Er fragte sich, ob Ulrike ihn ärgern wollte, indem sie es vermied, über den Fall zu sprechen. Beim Frühstück am Vortag hatte sie ein paar Überlegungen angestellt, danach jedoch nicht mehr. Nicht ein verdammtes Wort. War das nicht seltsam? Zwei Wochen lang hatte sie sich Tag und Nacht über Molly Hansen und das Feuer und den Verein der Linkshänder und Leopold Kransky ausgelassen, und nun herrschte plötzlich Schweigen. Als würde es sie auf einmal nicht mehr interessieren.

Raffiniert. Ja, glasklar, dass sie das bewusst machte; um ihn zu ärgern und sich ein bisschen über seinen Stoizismus zu amüsieren, aber er dachte überhaupt nicht daran, zu buckeln und zu Kreuze zu kriechen. Zuzugeben, dass die ganze Sache wie eine boshafte und unbarmherzige Klette in seinem Schädel saß.

Und hatte er Radovic nicht aufgefordert, ihn auf dem Laufenden zu halten? Oder hatte er das etwa nicht getan? Hatte Radovic beschlossen, diesen anstrengenden und neunmalklugen Ex-Bullen von den Ermittlungen fernzuhalten, weil… weil der Hundertjährige aus Maardam schon einmal an diesem Schauplatz gescheitert war und es im Grunde keinen Grund gab, ihm zu erlauben, seine Nase in alles hineinzustecken und ihm oder seiner neugierigen Frau mehr Zugang zu den Ermittlungen zu gewähren, als man es schon getan hatte. Oder nicht? War es nicht durchaus vorstellbar, dass es sich so verhielt? War eine solche Position nicht durchaus begründet? Polizeilich und in jeder anderen Weise?

Oh doch, leider, leider und verdammt nochmal! Aber zu Kreuze kriechen? Selbst zum Telefon greifen und nachhören? Noch schlimmer, nie und nimmer.

Van Veeteren seufzte und begann zum vierten Mal, dieselbe Seite über Bavinks und Koekebakkers toskanische Beobachtungen zu lesen.

Mittlerweile war es halb zwei, und er hatte noch immer nichts zu Mittag gegessen, als es an die Tür klopfte.

Weil er aufwachte, ging er davon aus, dass er eine Weile geschlafen hatte, und da er die Tür abgeschlossen und das

Geschlossen-Schild aufgehängt hatte, musste er aufstehen, hingehen und öffnen.

Es war Münster. Er stand ohne Hut oder Regenschirm im Regen und sah erkältet aus. »Hast du geschlafen?«, sagte er. »Darf ich reinkommen?«

Das waren zwei Fragen auf einmal, und Van Veeteren machte sich nicht die Mühe, eine von ihnen zu beantworten. Ließ Münster stattdessen zwischen die Bücherregale treten, schloss die Tür wieder ab und wies ihn an, seinen Mantel an einem Haken aufzuhängen.

»Tee oder Cognac?«

»Sowohl als auch, danke«, sagte Münster und setzte sich im hinteren Zimmer in den Besuchersessel. »Am liebsten in derselben Tasse.«

Van Veeteren dachte, dass es eine neue Zeit war; so hätte der Inspektor vor zwanzig Jahren nie im Leben geantwortet. Aber mittlerweile konnte er sich natürlich Kommissar nennen, und die Rollen waren wohl oder übel nicht mehr in Stein gemeißelt.

»Was willst du?«, fragte Van Veeteren und schaltete den Wasserkocher ein.

»Oosterby«, sagte Münster kurz und knapp.

Ausgezeichnet, dachte Van Veeteren, ohne eine Miene zu verziehen.

»Aha?«

»Kommissar Radovic hat mich angerufen. Wir haben eine gute Stunde telefoniert, und er hat mich über die … neuen Umstände unterrichtet.«

»Sie sind mir in groben Zügen bekannt.«

»Das meinte er auch.«

»Hm«, sagte Van Veeteren. »Sprich weiter.«

»Scheint eine reichlich seltsame Geschichte zu sein.«

»In gewisser Weise schon.«

»Wir haben da oben vor zwanzig Jahren gründlich daneben gelegen.«

»Danke, das ist mir bewusst«, erwiderte Van Veeteren. »Du brauchst mich nicht daran zu erinnern. Erzähl mir lieber, warum Radovic angerufen hat.«

»Natürlich«, sagte Münster. »Kann ich meine Schuhe ausziehen? Ich muss ein Loch in der Sohle haben, und ich will mich nicht noch mehr erkälten, als ich es ohnehin schon bin.«

»Du bist noch nie so vernünftig gewesen, dir ordentliche Schuhe zu kaufen«, sagte Van Veeteren. »Aber bitte, du kannst die Strümpfe über den Heizkörper da drüben hängen.«

Münster folgte seiner Aufforderung.

»Hast du nicht etwas von Cognac gesagt?«

Oh ja, dachte Van Veeteren. Eine neue Zeit.

»Wäre wirklich interessant, diesen Knaben Kransky aufzuspüren«, sagte Münster und trank vorsichtig einen Schluck aus der dampfenden Tasse.

»Knabe und Knabe«, sagte Van Veeteren. »Er müsste ungefähr in deinem Alter sein.«

»Kann sein«, meinte Münster. »Wie lange wird jetzt nach ihm gefahndet? Eine Woche, oder ...«

»Denke schon«, sagte Van Veeteren. »Aber es ist bestimmt keine gewagte Vermutung, dass er heute einen anderen Namen trägt und außerdem keine Lust hat aufzutauchen.«

»Sicher, das ist mir klar«, entgegnete Münster. »Laut Radovic ist er unsichtbar gewesen, seit er 1991 aus dem Gefängnis entlassen wurde.«

»Abgesehen von einer anonymen Zeugenaussage«, betonte Van Veeteren. »Aber bei der geht es auch um das Jahr 1991.«

»Diese Nonne und Liebhaberin. Radovic hat mit ihr gesprochen.«

»Ich habe mir gedacht, dass er das tun würde. Und ich denke, dass dabei nichts herausgekommen ist.«

Münster nickte und nippte wieder an seiner Tasse. »Ein paar Unannehmlichkeiten für sie möglicherweise, aber er meinte, er sei diskret vorgegangen.«

»Wir wollen es hoffen«, sagte Van Veeteren und nippte ebenfalls an seiner Tasse. »Aber wie kommt es, dass Radovic sich überhaupt an dich gewandt hat?«

Münster hob die Augenbrauen. »Ich dachte, das hättet ihr so abgesprochen?«

»Was sollen wir abgesprochen haben?«

»Dich auf dem Laufenden zu halten. Es ist ja nur natürlich, dass dies unter uns Polizisten bleibt … sozusagen. Außerdem war ich ja auch an dieser damaligen Bruchlandung beteiligt.«

»Das warst du«, stimmte Van Veeteren ihm zu. »Und nun bist du gründlich in die veränderte Lage eingeweiht worden?«

»Mehr oder weniger«, antwortete Münster. »Und es ärgert mich, dass man mit so einem Manöver davonkommen kann. Ich meine, wenn dieser Teufel fünf Menschen umbringt, hat er es nun wirklich verdient, dass man ihn schnappt. Auch wenn seither eine Menge Jahre vergangen sind.«

»Du hast einen starken und lobenswerten Sinn für Gerechtigkeit«, sagte Van Veeteren. »Ich stehe ganz auf deiner Seite.«

Münster verzog den Mund. »Unglaublich, dass es zehn Jahre her ist, seit du aufgehört hast.«

»Mehr als zehn«, sagte Van Veeteren. »Ihr konntet es nicht lassen, mich in die eine oder andere Sache hineinzuziehen, aber es ist ehrlich gesagt fünfzehn Jahre her, dass ich genug hatte. Aber vergiss das jetzt, hatte Kommissar Radovic etwas Neues zu berichten, oder hat er dir nur Dinge erzählt, die ich schon weiß?«

»Immer mit der Ruhe«, sagte Münster. »Ich habe zuerst ein paar Fragen, wenn du nichts dagegen hast?«

Du kannst Gift darauf nehmen, dass ich etwas dagegen habe, dachte Van Veeteren. Aber ich denke nicht daran, mir das anmerken zu lassen. »Selbstverständlich«, sagte er. »Frag nur. Noch einen Schluck Cognac vielleicht?«

»Ich nehme gern noch einen Tropfen«, sagte Münster. »Nur um diese Erkältung zu vertreiben.«

»Während die Strümpfe trocknen«, ergänzte Van Veeteren und schenkte ein.

»Danke. Also schön, erstens, dieses Wiedersehen in der Pension. Warum hat es eigentlich stattgefunden? Welchen Grund hatte Leopold Kransky ... oder eventuell ein anderer ... diese fünf Menschen umzubringen? Wir haben damals ja nichts gefunden, als wir dachten, es ginge nur um die vier. Aber die Frage bleibt. Und wenn es um Kransky geht, gibt es zumindest eine denkbare Verbindung ...«

»Du meinst die Entführung?«

»Ja, die Entführung und den Mord an dem Mädchen Madeleine. Wofür er fast bis zu der Sache in Mollys Pension gesessen hat und für die er, wie er behauptet, auch allein verantwortlich war. Was ist, wenn er doch kein Einzeltäter war?«

»Ich glaube nicht, dass er es allein getan hat«, erwiderte Van Veeteren. »Du willst darauf hinaus, dass diese Linkshänder irgendwie in die Sache verwickelt waren?«

»Ja, genau«, sagte Münster. »Darauf will ich hinaus. Und Radovic hat zumindest eine neue Information ausgegraben, die das bekräftigt. Die Schwestern Behrens, sowohl die verstorbene als auch die überlebende, haben als Kindermädchen von Madeleine gearbeitet.«

Van Veeteren hätte fast einen Zentiliter Tee mit Cognac in die falsche Röhre bekommen, schluckte ihn aber durch die richtige hinunter. »Verdammt! Und das haben wir letztes Mal nicht überprüft?«

»Es gab streng genommen keinen Grund, das zu tun«, antwortete Münster. Die Entführung und Kransky standen nie auf der Tagesordnung. Oder?«

»Das entschuldigt es ein bisschen«, murmelte Van Veeteren. »Wie hat Radovic herausbekommen, dass sie auf das Mädchen aufgepasst haben?«

Münster zuckte mit den Schultern. »Keine Ahnung. Ich glaube, er hat mit jemandem aus der betroffenen Familie gesprochen... wie auch immer sie hießen? Oder mit jemandem, der sie kannte.«

»Vermutlich«, sagte Van Veeteren. »Dann hat er mit der überlebenden Schwester also nicht geredet? Die kein richtiges Mitglied in dieser Clique von Linkshändern war?«

»Davon hat er jedenfalls nichts gesagt«, meinte Münster. »Warum gründet man überhaupt so einen Verein?«

»Es waren Kinder«, antwortete Van Veeteren. »Jungen haben zu allen Zeiten irgendwelche Clubs gegründet. Warst du mit zehn in keiner Bruderschaft?«

Münster schüttelte den Kopf. »Daran kann ich mich nicht erinnern. Ein Ruderverein, aber das kam später und ist etwas anderes.«

»Ja«, sagte Van Veeteren. »Soweit ich weiß, benutzt man beim Rudern beide Hände. Aber war das die einzige Neuigkeit von Radovic? Dass die Schwestern Behrens auf das Mädchen aufgepasst haben… ich gebe zu, dass es hier eine mögliche Verbindung gibt, aber hatte er nichts anderes zu berichten?«

»Gibt es noch ein paar Tropfen?«

»Bist du nicht im Dienst?«

»Freier Nachmittag.«

»Wie passend«, meinte Van Veeteren und schenkte erneut ein.

Münster trank einen kleinen Schluck und drehte die Strümpfe auf dem Heizkörper um. »Noch zehn Minuten, dann sind sie trocken.«

»Ich habe alle Zeit der Welt«, erklärte Van Veeteren, »aber ich sehe dir an, dass du noch einen Trumpf im Ärmel hast. Oder dass du dir das zumindest einbildest. Da kann man mal sehen, wie gut ich dich nach all den Jahren kenne.«

»Ich habe nichts zu verbergen«, erwiderte Münster lächelnd und tastete in der Innentasche seines Jacketts, zog ein Bündel gefalteter Blätter heraus, hielt sie einen Moment in der Hand und nickte nachdenklich, als hätte er sich noch nicht wirklich entschieden, ob er seinen alten Chef und Lehrmeister einen Blick auf sie werfen lassen sollte oder nicht… oder worum zum Teufel ging es?

»Was ist das?«

Van Veeteren versuchte zu vermeiden, neugierig oder brüsk zu klingen, merkte aber selbst, dass er sich anhörte wie ein Bankdirektor, der soeben einen Buchhalter mit den Pfoten im Tresor ertappt hatte.

»Der Ausdruck einer Mail«, antwortete Münster. »Aus Neuseeland. Ich habe sie vor zwei Stunden von Radovic bekommen. Radovic hat sie heute Nacht erhalten, sie sind uns da unten ein paar Stunden voraus. Behaupten Leute, die mal dort gewesen sind.«

Van Veeteren ignorierte diese letzte Spitze.

»Der Halbbruder?«

»Richtig geraten. Die Mail erklärt so einiges, aber ich glaube nicht, dass sie alles erklärt. Radovic ist möglicherweise anderer Meinung, weshalb es schön wäre zu hören, was du dazu sagst. Ich muss jetzt los, aber melde dich ruhig, wenn du sie gelesen und analysiert hast. Meine Nummer hast du ja.«

»Her damit und ab mit dir«, befahl Van Veeteren und schnappte sich die Blätter.

»Lass mich nur vorher noch Strümpfe und Schuhe anziehen«, bat Kommissar Münster.

Hat er Löcher in beiden Schuhsohlen, dachte Van Veeteren, aber er ließ die Sache auf sich beruhen.

45

November 2012. Kymlinge und Umgebung

Abgesehen davon, dass die Terrasse leer war, sah das Haus exakt so aus wie am Vortag. Grau und viereckig, düster und wie geduckt am Waldrand liegend. Als versuchte es, sich vor den Augen der Welt zu verstecken. Sie hielten in zehn Metern Abstand inne und betrachteten es.

»Würdest du hier wohnen wollen?«, sagte Barbarotti.

»Wie ich mich kenne, nicht«, antwortete Backman.

»Ich auch nicht.«

»Aber ich interessiere mich für diese Visualisierung. Glaube nicht, dass ich ein solches Kunststück schon einmal erlebt habe. Hast du einen Kurs besucht?«

»Viele«, antwortete Barbarotti. »Aber lass uns nicht davon reden. Wir sollten besser versuchen, uns zu konzentrieren. Wo ist der Mord geschehen? Auf der Terrasse oder anderswo?«

»Auf der Terrasse«, sagte Backman.

»Woher weißt du das?«

»Es gibt dort Blutspuren, zumindest gab es sie gestern. Außerdem wog das Opfer einiges über achtzig Kilo, warum sollte sich also jemand die Mühe machen, ihn herumzuschleifen und dann an einer so offensichtlichen Stelle abzulegen? Wenn man eine Leiche bewegt, tut man das in der Regel, um sie zu verstecken. Oder irre ich mich da?«

»Du irrst dich nicht«, sagte Barbarotti. »Und die Axt kommt von da drüben.«

Er zeigte auf einen kleinen Holzstapel unter einem stümperhaft geschreinerten Regenschutz; vier in den Boden gerammte Holzpfähle mit einem quadratmetergroßen Dach aus Wellblech. Und direkt daneben ein Hackklotz.

»Ich verstehe«, sagte Backman. »Während das Opfer wartend auf der Terrasse steht, vielleicht eine Zigarette der Marke Bill raucht, geht der Mörder zum Hackklotz und holt die Mordwaffe?«

»Lucky Strike oder Chesterfield, wenn du mich fragst«, sagte Barbarotti. »Aber das könnte er auch vorher schon getan haben. Die Axt etwas näher zu holen. Was voraussetzen würde, dass die Tat geplant war. Wollen wir hineingehen?«

Backman nickte, und sie verschafften sich mit Hilfe eines einfachen Brecheisens Zugang zum Haus, da die Kriminaltechniker sorgfältig gewesen waren und nach ihrer verantwortungsvollen Tätigkeit am Vortag abgeschlossen hatten.

Sie begannen mit dem rudimentären Schlafzimmer und stellten fest, was sie schon wussten, dass die beiden schmalen Betten bezogen waren, aber offenbar nur eines von ihnen benutzt worden war. Morinder von der Spurensicherung hatte Backman bereits am gestrigen Abend erklärt, dass man eine Reihe von Haaren gesichert hatte, die nicht von dem Toten stammten; aber sowohl das Laken als auch der Kissenbezug waren zurückgelassen worden, vielleicht wollten die Kriminaltechniker im Laufe des Tages zurückkehren; ihre Arbeitsmethoden waren häufig ein wenig undurchsichtig, nicht zuletzt, seit Sigge Morinder fünf oder sechs Jahre zuvor das Ruder übernommen hatte. Ihre Ergebnisse und Effektivität boten allerdings nur selten Grund zur Klage; wenn man fragte, bekam man Antworten. Bekam man keine Antwort, hieß dies im Prinzip, dass es nicht möglich gewesen war, etwas zu finden.

»Man darf wohl annehmen, dass entweder das Opfer oder der Mörder hier eine gewisse Zeit vor dem Mord verbracht hat?«, schlug Barbarotti vor. »Und dann kam der andere zu Besuch … was meinst du?«

»Klingt logisch«, meinte Backman und öffnete die schleifende Schranktür. »Es sei denn, sie sind gemeinsam hergefahren, um sich zu duellieren. Schau mal, die Kleider hier haben Morinder auch nicht interessiert … ist etwas dabei, was dir passen könnte?«

Bei näherem Hinsehen stellte sich heraus, dass es sich um sechs Kleiderstücke handelte, die, soweit es sich beurteilen ließ, alle für Herren gedacht waren. Zwei Hemden, hässlich, nicht gebügelt und verwaschen, eine graugrüne Baumwolljacke, ein Pullover mit V-Ausschnitt und Löchern an beiden Ellbogen, eine graue Strickjacke ohne Löcher sowie eine dunkelblaue Wollmütze mit Puschel.

»Ich weiß, was das ist«, sagte Barbarotti. »Das sind Sachen, die hier vergessen wurden. Es sind unterschiedliche Größen, und sie hängen nicht zusammen. Ich glaube, wir können davon ausgehen, dass hiervon nichts dem Täter oder dem Opfer gehört hat.«

»Ich verstehe allmählich, was es mit dieser Visualisierung auf sich hat«, sagte Backman. »Gehen wir weiter?«

Das größere Zimmer machte noch immer einen unpersönlichen und kärglichen Eindruck. Die Rindfleischsuppe war wie die Weinflasche und die Gläser entfernt worden, um analysiert zu werden. Der Kühlschrank war geleert, aber nicht sauber; dafür war die Spurensicherung nicht zuständig, vierundzwanzig Stunden vorher hatte er genauso ausgesehen. Der Mülleimer unter der winzigen Spüle war leer, aber schmutzig, die Plastikgeranie auf dem Fensterbrett hatte seit mindestens fünf Jahren Staub angesammelt, und die aktuellste Ausgabe in dem ungeordneten Stapel von Illustrierten, der im Bücherregal lag, stammte aus dem Juni 2009. Der Fernseher war ausgesteckt, und entlang der Wand zu beiden Seiten der Tür gab es einigen Mäusekot.

»Ich warte gespannt auf die Fortsetzung der Vorführung, Mister Sherlock«, sagte Eva Backman, nachdem sie minutenlang schweigend umhergegangen waren und alles inspiziert hatten. Außer dem bereits Beobachteten wurden registriert: zwei Wandschränke mit altem Porzellan aus dem Kaufhaus Åhléns, zwei Schubladen voller Werkzeuge und Küchengerätschaften unterschiedlicher Herkunft, eine kleine Zahl halbsauberer Töpfe, eine fettige Bratpfanne mit kaputtem Griff, eine Taschenlampe ohne Batterien, ein Kartenspiel mit neunundvierzig Karten, ein vollständiges »Mensch ärgere dich nicht«, Dominosteine, sechs gehäkelte Topflappen, starr von eingetrockneten Essensresten, ein metallener Mörser ohne Stößel, ein paar vertrocknete und graue Huflattichblüten in einem Eierbecher sowie vier blassgelbe, angekaute Bleistifte der Marke Staedtler in einem Konservenglas, das ein paar Jahrzehnte zuvor eingelegte Gurken enthalten hatte.

»Nein, ich würde hier immer noch nicht wohnen wollen. Im Gegenteil, ich will hier sofort weg. Ich meine, wenn ich nicht so gespannt auf die Schlussfolgerungen des Herrn Inspektors warten würde.«

Barbarotti kratzte sich am Kopf und sah sich eine Weile um, ehe er antwortete.

»Was ist das?«

Er zeigte auf etwas, das zwischen zwei Latten in der unlackierten Wandverkleidung herauslugte. Nicht viel größer als eine ordinäre Stubenfliege, knapp unter der Decke, schräg über dem Kamin. Eva Backman zog Plastikhandschuhe an und reichte mit der Hand gerade so hoch, um den Gegenstand herunterpflücken zu können.

»Eine Anstecknadel«, sagte sie. »Ja, genau, eine dieser Vereinsnadeln, die Herren häufig am Revers tragen. Gewisse Herren.«

Eva Backman betrachtete sie einen Moment und gab sie anschließend an Barbarotti weiter. Er drehte und wendete sie und stellte fest, dass seine Kollegin recht hatte, ein kleines grünes, emailliertes Dreieck am Ende einer kupferfarbenen Nadel, ungefähr fünf Zentimeter lang. Das Dreieck selbst war so groß wie der Nagel eines kleinen Fingers und wurde von drei Buchstaben in Rot geziert.

VDL

»Ja«, sagte er. »Es ist eine Art Clubnadel … ein Sportverein oder etwas in der Art.«

»Oder Freimaurer«, schlug Backman vor. »Obwohl das größtenteils vermögende Menschen sind … die geheimen Stützen der Gesellschaft, wenn ich es richtig verstanden habe. Nicht die Art Leute, die ein Häuschen wie das hier mietet.«

»Sag das nicht«, protestierte Barbarotti. »Vergiss nicht, was unser hochverehrter Chef heute Morgen gesagt hat. Es ist wichtig, breit zu ermitteln. Jedes kleinste Indiz kann Gold wert sein.«

Eva Backman lächelte. Ging zu ihm und gab ihm einen Kuss auf die Wange.

»Okay, mein Prinz. Steck dieses entscheidende Puzzleteil ein, und dann machen wir, dass wir von hier abhauen. Ich glaube, im Moment kommen wir nicht weiter.«

»Du bist meine Lieblingskollegin, in jeder Hinsicht«, erwiderte Barbarotti und steckte die Nadel in eine Plastiktüte. »Stigman kann mir den Allerwertesten herunterrutschen.«

»Wunderbar«, sagte Eva Backman. »Ich glaube, ich habe seit vierzig Jahre niemanden mehr gehört, der *den Allerwertesten herunterrutschen* gesagt hat.«

»Dann wurde es aber höchste Zeit«, erwiderte Barbarotti. »Komm, wir gehen an die frische Luft.«

An der frischen Luft kam ein weißer Transporter auf sie zu, der Sigge Morinder und zwei Untergebene enthielt.

»Oho, sieh einer an? Man macht sich die Mühe, den Tatort aufzusuchen?«

Morinder war für eine gewisse Bissigkeit bekannt, manche behaupteten, es habe mit einer verborgenen Krankheit zu tun. Dass ihn Hämorrhoiden quälten oder irgendein anderes Gebrechen in seinem fast zwei Meter großen Leib, aber weder Barbarotti noch Backman wussten mit Sicherheit, wie es sich damit verhielt. Vielleicht war er auch einfach nur ein typischer Griesgram.

»Danke, gleichfalls«, sagte Barbarotti. »Und wonach sucht ihr?«

»Wir haben wie immer unsere Befehle«, antwortete Morinder und steckte sich einen Portionsbeutel Tabak unter die Lippe. »Eine Plumpsklotonne und andere Leckerbissen, die es wert sein sollen, eingehender untersucht zu werden.«

»Und wer hat diesen Befehl erteilt?«, fragte Backman.

»Was glaubst du wohl?«, schnaubte Morinder.

»Ich verstehe, Stigman«, sagte Backman. »Wo wir schon einmal dabei sind, wie ist die Lage an der Fingerabdruckfront?«

»Danke, wir haben reichlich«, antwortete Morinder. »Bis jetzt neunzehn Personen, um genau zu sein.«

»Das Mordopfer eingeschlossen?«

»Gut kombiniert. Er ist nicht auf die Terrasse geworfen worden, nachdem man ihn im Wald in seinem Zelt ermordet hat.«

»Wie viele von ihm?«, erkundigte sich Barbarotti.

»Fingerabdrücke?«

»Ja.«

»Ziemlich viele.«

»Auch im Schlafzimmer?«

»Nein.«

»Na also«, sagte Backman.

»Ich weiß nicht, was die Frau Inspektorin mit *na also* meint«, sagte Morinder, »aber wir haben keine Zeit, hier herumzustehen und unsere Zeit zu vergeuden. Und ihr wollt doch sicher bald eine Kaffeepause machen, nicht?«

»Viel Glück mit der Plumpsklotonne«, sagte Barbarotti. »Ich glaube, ihr findet sie in dem Schuppen da hinten.«

Sigge Morinder kehrte ihm den Rücken zu, ohne sich für die Information zu bedanken.

»Toller Typ«, sagte Eva Backman drei Minuten später, als sie im Auto saßen. »Er erinnert mich ein bisschen an einen Mann, mit dem ich zwanzig Jahre verheiratet war. Wo hast du diese Nadel?«

Barbarotti zog sie aus der Brusttasche, und Backman zupfte sie behutsam aus der Plastiktüte. »Für Fingerabdrücke ist auf dem Dinge kaum Platz«, sagte sie, »aber man kann nie wissen.«

»Vollkommen richtig«, stimmte Barbarotti ihr zu und bog auf die Landstraße in Richtung Stadt. »Wir könnten es sehr wohl mit einem Serienmörder zu tun haben, der solche kleinen Anstecknadeln am Tatort hinterlässt, weil er in Wahrheit gefasst werden will. So etwas hört man ja nicht zum ersten Mal.«

»Jetzt bist du etwas Wichtigem auf der Spur«, sagte Backman.

»Ich weiß. Er ist ein Getriebener der bösen Dämonen in seinem Inneren und wünscht sich nichts lieber, als ... als alles einem Gefängnispfarrer beichten zu dürfen und die Vergebung seiner Sünden zu erlangen. Er hat bis heute schätzungsweise fünfunddreißig Opfer auf seiner Liste, ein Riesenglück, dass mir rein zufällig dieses kleine, entscheidende Puzzleteil ins Auge gefallen ist.«

»Kein Zufall, dass du es entdeckt hast«, entgegnete Backman. »Ich bewundere deine Bescheidenheit, aber was denkst du, wofür die Buchstaben stehen? VDL?«

»*Viele dumme Lemminge?*«, schlug Barbarotti vor.

»Nein, *Verbündete des Lebens*«, sagte Backman. »Wie dem auch sei, wenn wir zurück sind, müssen wir das sofort mit Stigman besprechen. Er wird uns eine Gehaltserhöhung geben, ohne dass wir ihn darum bitten müssen.«

»Ich glaube nicht, dass Stigman für unsere Gehälter zuständig ist. Aber da wir es jetzt mit einem Serienmörder zu tun haben, glaube ich andererseits, dass ...«

Doch bevor er dazu kam, seinen komplizierten Gedankengang weiterzuverfolgen, klingelte Backmans Handy. Auf dem Display stand Sorgsen; sie hob eine Hand und brachte den Visualisierungsexperten so zum Schweigen. Lauschte anschließend konzentriert und ohne andere Kommentare als *aha, ich verstehe, so, so, das ist ja ein Ding, sehr interessant* und *was bedeutet das* für mindestens acht irritierende Minuten abzugeben. Barbarotti versuchte ihr mit Gesten klarzumachen, dass sie die Lautsprecherfunktion einschalten solle, damit er mithören konnte, welche sensationellen Informationen Inspektor Sorgsen vorzutragen hatte – aber es gelang ihm nicht, sich verständlich zu machen. Stattdessen musste er sich damit begnügen, zu fahren und zu seufzen und neugierig zu sein. Erst als sie auf Höhe des Industriegebiets Lindhagen die Eisenbahnlinie kreuzten, beendete Eva Backman das Telefonat und setzte ihn ins Bild.

»Birgitte Behrens hat einen etwas speziellen persönlichen Hintergrund, darum ging es. Oder besser gesagt, einen traurigen.«

»Du hättest mich mithören lassen können.«

»Sorry, habe ich vergessen. Wir haben Informationen aus Maardam erhalten, nach denen unsere verschwundene Krankenschwester vor gut zwanzig Jahren in einen spektakulären Kriminalfall verwickelt war.«

»Maardam?«

»Ja, zwar nur am Rande, aber trotzdem. In einem kleinen Ort namens Oosterby … wenn ich es richtig verstanden habe … wurden in einer Pension fünf Menschen ermordet, unter anderem die Schwester von Birgitte Behrens.«

»Oosterby?«

»Ja.«

»Fünf Tote?«

»Sieht ganz so aus. Das war im Herbst 1991, und merkwürdig daran ist, dass der Fall vor ein paar Wochen neue Aktualität gewonnen hat. Als man das fünfte Opfer gefunden hat … die ersten vier sind verbrannt, das letzte wurde erschlagen, wenn ich richtig gehört habe. Verständlich, dass der Fall durch alle Medien gegangen ist … und, naja, jetzt haben wir eine Leiche unter einer Plane im Wald am Vandelsjön. In einem Haus, das des Öfteren von Birgitte Behrens gemietet wurde. Der Schwester eines der Opfer. Das gibt einem zu denken, wie man so sagt.«

»Das tut es«, erwiderte Barbarotti. »Maardam? Du erinnerst dich doch sicher, dass wir vor ein paar Jahren dort waren?«

»Oh ja, Ante Valdemar Roos«, sagte Eva Backman. »Von dem wir nie eine Spur gesehen haben … und dieses Mädchen, wie hieß sie noch?«

»Anna«, antwortete Barbarotti. »Anna Gambowska. Ich bin ihr übrigens letzten Sommer begegnet. Habe ich dir das nicht erzählt? In Stockholm. Aber das ist eine ganz andere Geschichte. Was machen wir jetzt?«

Eva Backman sah auf die Uhr. »Neue Besprechung mit Stigman in zehn Minuten. Was hast du gedacht?«

46

November 2012. Maardam

Er kontrollierte ein weiteres Mal, dass die Tür verriegelt war und das Geschlossen-Schild richtig herum hing, ehe er mit der Lektüre begann. Schenkte sich außerdem die letzten Tropfen aus der Cognacflasche ein, es wäre dumm gewesen, sie verkommen zu lassen.

Sehr geehrter Herr Kommissar Radovic,
ich nehme Ihre Aufforderung sehr ernst und habe beschlossen, alles zu erzählen, was ich weiß. Mein Name ist Poul Hansen, und ich bin der jüngere Bruder von Molly Hansen. Halbbruder, sollte ich wohl sagen, außerdem wesentlich jünger. Molly wurde 1930 geboren, ich selbst 1942, wir haben dieselbe Mutter, aber unterschiedliche Väter. Mollys Vater starb im Krieg, ich glaube, im Frühjahr 1940, jedenfalls heiratete meine Mutter 1941 meinen Vater, ich hege den Verdacht, dass sie mich schon erwartete, als die beiden getraut wurden.

Der Altersunterschied zwischen meiner Schwester und mir war so groß, dass wir als Geschwister kaum etwas miteinander anfangen konnten. Sie zog aus, als ich sechs war, wir wohnten damals in einer Wohnung in der Assenaarstraat in Oosterby. Zu der Zeit hatte uns auch mein Vater verlassen, der einiges jünger war als meine Mutter, und ich hatte als Kind so gut wie keinen Kontakt zu ihm. Meine Mutter war über vierzig, als ich geboren wurde, und starb kurz nach meinem fünfzehnten Geburtstag, aber das ist eine Geschichte, die Sie nicht interessiert.

Die Dinge, nach denen Sie fragen, ereigneten sich 1947 und 1948, bitte entschuldigen Sie, dass in diesen ersten Zeilen so viele Jahreszahlen auftauchen. Jedenfalls begriff ich schon früh, dass meine Mutter und Molly nicht das beste Verhältnis zueinander hatten. Molly war wahrscheinlich eine Jugendliche mit einem recht anstrengenden Temperament. Ich habe selbst zwei Töchter großgezogen, ich weiß also, wovon ich rede. Die beiden stritten sich häufig, meine Mutter und Molly, und wenn mir etwas aus meiner frühen Kindheit in Erinnerung geblieben ist, dann sind es ihre ständigen Streitereien. Sie schrien sich an, und es kam oft vor, dass Molly abends zur Tür hinaus verschwand, die sie dann regelmäßig mit einem Knall zuwarf, der durch das ganze Haus schallte. Ich nehme an, dass sämtliche Nachbarn wussten, was bei uns los war, aber es hat sich nie jemand eingemischt. Ich selbst ging zu der Zeit noch nicht einmal zur Schule und kann mich an keine Einzelheiten erinnern, glaube aber, dass ich mir angewöhnt hatte, mich mit einer Decke und einem Kissen unter dem Bett zu verstecken, wenn es besonders schlimm wurde. Jedenfalls habe ich ein solches Bild vor Augen, dass ich dort liege und mich zusammenkauere und darauf warte, dass es vorbei ist.

Einer der Streitpunkte war, dass Molly abends ausgehen wollte, was meine Mutter nicht akzeptierte und zu verbieten versuchte, allerdings ohne großen Erfolg. In diesen Jahren kurz nach dem Krieg gab es in der Nähe von Oosterby eine amerikanische Kaserne, und die Stadt wimmelte vor lauter Soldaten von »over there«, wie man sagte. Und war vol-

ler junger Mädchen, die sich nichts sehnlicher wünschten, als von schicken Jünglingen verführt zu werden, die ihre Taschen voller Kaugummis, Coca-Cola und richtigen amerikanischen Zigaretten hatten. Und voller Dollars. Meine Schwester Molly war zweifellos eine von ihnen.

Als sich das abspielte, wusste ich von all dem praktisch nichts, ich war noch zu klein. Erst Jahre später, als ich ungefähr elf, zwölf war, ahnte ich allmählich, was passiert war, ohne dass ich das geringste Interesse gehabt hätte, der Sache auf den Grund zu gehen. Sie versickerte sozusagen, und um eine lange Geschichte kurz zu machen (obwohl sie nicht besonders lang gewesen sein dürfte): Meine Schwester wurde von einem der amerikanischen Soldaten geschwängert. Etwa zur selben Zeit zog sie von zu Hause aus, ich weiß ehrlich gesagt nicht, wohin, aber sie blieb auf jeden Fall in der Gegend von Oosterby. Irgendwie schaffte sie es, geheim zu halten, dass sie ein Kind erwartete; vielleicht half ihr der werdende Vater dabei, aber als sie ihr Kind zur Welt brachte, war er bereits in die USA zurückgekehrt. Was mit dem Kind passiert war, wusste ich nicht. Da es niemals auftauchte, gab es im Grunde nur zwei Möglichkeiten: Entweder war es bei der Geburt gestorben oder sie hatte es fortgegeben. Erst als ich Ihren Brief erhielt, Herr Kommissar Radovic, ist mir klar geworden, was damals wirklich passiert ist. Sie gab ihren neugeborenen Jungen in die Obhut des Klosters.

Dagegen habe ich seit Langem gewusst, dass der Vater des Kindes in gewisser Weise Verantwortung übernahm. Er und Molly müssen über den Atlantik hinweg in Verbindung geblieben sein, außerdem muss er recht wohlhabend gewesen sein. Nachdem meine Mutter gestorben war, wohnte ich einige Monate bei Molly in ihrer Pension; das war, bevor ich nach Aarlach ging, um dort einen Beruf zu erlernen, und als wir uns irgendwann unterhielten und sie leicht betrunken war, verriet sie mir, wie sie an das Geld gekommen war, um die Pension zu kaufen. Sie behauptete, ein reicher Amerikaner, der in sie verliebt gewesen sei und zurückkommen und sie heiraten werde, habe es ihr gegeben; er wolle, dass sie das Hotel gemeinsam betrieben, und habe ihr das Geld im Voraus geschickt, damit sie ein passendes Etablissement erwerben könne. Und das hat sie also getan. Mollys Pension hieß früher Huijvers Hotel, es schloss irgendwann im Krieg, und ich glaube, es war 1952 oder 1953, als meine Schwester den Betrieb wieder aufnahm. Ich vermute, dass die Leute sich fragten, woher sie das Geld nahm, aber wie gesagt, solange ich in Oosterby wohnte, erschien es mir niemals besonders wichtig, der Sache nachzugehen.

Obwohl ich jung und unerfahren war, ahnte ich, dass in der Geschichte von dem reichen Amerikaner etwas fehlte, und als ihr außerdem etwas über ein Kind herausrutschte – ich weiß nicht mehr, ob das bei derselben Gelegenheit war, aber ich denke schon –, erinnerte ich mich, dass ich diese Geschichte schon einmal gehört hatte. Wenn auch nur in Andeutungen. Dass zwischen meiner Schwester und einem der amerikanischen Soldaten etwas passiert war. Etwas, worüber man nur ungern sprach, jedenfalls mit meiner Mutter, solange sie noch am Leben war.

Nach meinem Umzug nach Aarlach kehrte ich nie mehr nach Oosterby zurück, und Molly und ich haben in all den Jahren, die seither vergangen sind, nur sehr sporadisch Kontakt zueinander gehabt. Ich fuhr im Auftrag der Firma, für die ich arbeitete, Ende der sechziger Jahre nach Neuseeland, lernte meine Frau kennen, gründete eine Familie und blieb dort. Ich weiß natürlich von dem schrecklichen Ereig-

nis im September 1991, und wie alle anderen habe ich die ganze Zeit geglaubt, man hätte den Täter ermittelt und die Geschichte wäre abgeschlossen. Über Mollys Sohn weiß ich nichts. Sie fragen sich vielleicht, ob ich glaube, dass Molly während seiner Kindheit im Kloster und auch später Kontakt zu ihm hatte, aber auch diese Frage kann ich Ihnen nicht beantworten. Ich habe keine Ahnung.

Und das Schlimmste: Dass er – und sogar Molly – etwas mit diesem furchtbaren Feuer zu tun gehabt haben sollen, nein, ich bete zu Gott, dass dies nicht stimmt. Es wäre zu schrecklich. Aber nochmals: ich weiß es nicht. Es erscheint mir höchst wahrscheinlich, dass es meine Schwester war, die damals ihr Kind in die Obhut der Nonnen gab, vor all diesen Jahren, aber abgesehen davon kann ich Ihnen leider mit keinen zusätzlichen Informationen weiterhelfen. Falls jemand anderes oder Sie selbst die wahren Umstände herausfinden sollte, wäre ich Ihnen dennoch dankbar, wenn Sie mich darüber unterrichten würden.

Wellington, den 31. Oktober
mit den freundlichsten Grüßen
Poul Hansen

PS: Der Verein der Linkshänder? Davon habe ich noch nie gehört.

Van Veeteren blieb für den Rest des Nachmittags in seinem Sessel im hinteren Zimmer sitzen. Lauschte den Cellosuiten, allen sechs, versuchte über Bavink und Koekebakker in Italien zu lesen, versank stattdessen aber in Gedanken. Gedanken und Fragen.

Dann hatten sie also das Ziel erreicht? Hing die Geschichte jetzt endlich zusammen? Molly Hansen war die Mutter Leopold Kranskys, des Mannes, der nach Oosterby zurückgekehrt war, um sich an den fünf Mitgliedern in einem Verein für Linkshänder zu rächen, und der beschlossen hatte, dies in der Pension seiner Mutter zu tun – was logischerweise bedeuten musste, dass er von seiner Abstammung wusste. Dass er wusste, wo seine Wurzeln lagen. Die Verbrannten hatten irgendetwas mit dieser Entführung und dem Mord zu tun, die Kransky mehr als zwanzig Jahre Gefängnis eingebracht hatten.

Sah es so aus? War das jetzt die Lösung für diese morbide Gleichung? Es sah zweifelsohne ganz so aus; sosehr er die Details auch drehte und wendete, es fiel ihm schwer, eine Alternative zu finden. Dennoch blieben Fragezeichen, vor allem eines: Molly Hansens Rolle? Wusste sie, wer Leopold Kransky war? Lag es nicht wirklich nahe zu glauben, dass sie es tat? War sie demnach in die Dinge, die sich an jenem Septembertag vor einundzwanzig Jahren abspielten, verwickelt gewesen und hatte sie gebilligt?

Gute Frage. Eine verdammt gute Frage; er versuchte, das Bild der verlebten, leicht aggressiven, leicht dementen Frau in der Villa Herbstsonne heraufzubeschwören. Der Frau, die in ihrer Jugend mit einem amerikanischen Soldaten geschlafen hatte und deren Lebensweg anschließend davon bestimmt worden war. Sie hatte nie geheiratet, keine anderen Kinder bekommen, war in jeder Hinsicht mit ihrer Pension verknüpft gewesen – und zu allem Überfluss mit dem makaberen Finale: dem mörderischen Feuer im September 1991. Inszeniert von ihrem Sohn, den sie geboren und fast im selben Atemzug verstoßen hatte.

Die Summe eines Lebens?

Nun, so könnte sie vielleicht zusammengefasst werden. Aber die Summen des Lebens ließen sich unterschiedlich ziehen (was schlecht zu Nescio passte), und häufig basierten sie auf einer guten Dosis Willkür. Einer Art Unzulänglichkeit des Betrachters, weil der Betrachter nicht das genaue Gewicht der einzelnen Zutaten in der Suppe kannte. Oder wie auch immer man es ausdrücken sollte.

Das schwerste Gewicht blieb allerdings: die Frage, ob Molly Hansen eine Komplizin ihres Sohns gewesen war. War das die Wahrheit, die sich im hintersten Winkel ihrer senilen Feindseligkeit verbarg? Und war ihre Senilität somit nur eine Maske?

Wie hatte es nach dem Feuer um die Versicherung gestanden? Auch eine relevante Frage – die mit Sicherheit schon gestellt und beantwortet worden war, als Münster und er 1991 Oosterby besucht hatten. Aber er erinnerte sich nicht mehr. Wenn man an mehr als hundert Mordermittlungen beteiligt war, konnte man sich unmöglich an alle Details aus jeder einzelnen von ihnen erinnern. Erst recht nicht, wenn man bald hundert wurde.

Oder erinnerte sich Münster vielleicht?

Konnte er ihn anrufen, ohne allzu eifrig zu klingen? Er wusste, dass Münster mittlerweile geschieden war, aber mit einer neuen Frau zusammenlebte. War es folglich besser, ihn nicht zu stören? Was immer das Privatleben eines alten Kollegen mit der Sache zu tun haben sollte.

Als er in der Steppe seiner Gedanken bis zu diesem Punkt gelangt war, merkte Van Veeteren, dass seine Konzentration allmählich nachließ. Die Fragen, die in seinem Kopf herantrieben, erschienen ihm immer unwichtiger. Sie mussten diesen verdammten Leopold Kransky erwischen, dann würde endlich alles in bester Ordnung sein! Darum drehte sich alles und um nichts sonst. Zumindest konnte man alle übrigen Fragen zur Seite schieben, solange man den Täter nicht festgenommen hatte.

Und dieser Täter hieß Kransky, hatte man das nicht gewusst, seit die Nonne ihren infamen Brief abgeliefert hatte? Jedenfalls hatte dieses namenlose Findelkind sich damals so genannt – aber wie der Meisterdetektiv selbst vor ein paar Tagen angemerkt hatte: Die Wahrscheinlichkeit, dass er heute noch so hieß, lag bei eins zu hundert.

Dann aber tauchte in der Nachbarschaft dieses obskuren Namens ein völlig anderer auf. *Volker Hermann.*

Wer zum Teufel war Volker Hermann?

Es dauerte etwa zehn Sekunden, bis es ihm einfiel, und er erkannte, dass es sich genauso anfühlte wie in Leon Rappaports Beschreibung davon, wie mathematische Entdeckungen zustande kommen. Das Vorverständnis der Wahrheit; das einleitende Kapitel von *Die Determinante,* daran erinnerte er sich immerhin.

47

November 2012. Kymlinge

Stig Stigman rückte seine Krawatte gerade und musterte seine Truppe. Sie bestand aus denselben Individuen wie bei der Besprechung am Morgen, abzüglich einer Staatsanwältin: die Inspektoren Barbarotti, Backman, Borgsen und Toivonen, die Polizeianwärter Wennergren-Olofsson und Spjuth – und offensichtlich veranlasste irgendetwas an dieser Mannschaftsaufstellung den Kommissar, eine leicht unzufriedene Miene aufzusetzen. Einem Fußballnationaltrainer nicht unähnlich, dem vor dem wichtigen Auswärtsspiel in der EM-Qualifikation sieben Stammspieler abgesagt hatten.

Jedenfalls kam Gunnar Barbarotti diese vergleichende Reflexion in den Sinn, als er darauf wartete, dass sie anfangen würden. Stigman gefiel es, jede Besprechung mit einem fünf oder zehn Sekunden währenden Schweigen einzuleiten. Vermutlich verfolgte dieser Trick irgendeinen unausgesprochenen Sinn; er stammte wahrscheinlich aus einem viertägigen Kurs in moderner Personalführung auf einem hübschen alten Landgut am Mälarsee. Um auf diskrete Weise dagegen zu protestieren, nutzte Eva Backman die Zeit, um a) ausgiebig zu gähnen, b) sich die Nase zu putzen und c) ein weiteres Mal zu gähnen. Barbarotti wiederum studierte mit gerunzelter Stirn sein ausgeschaltetes Handy – und reflektierte, wie gesagt.

»Nun gut, meine Dame und meine Herren«, sagte Stigman. »Wir sehen uns also möglicherweise mit einer neuen Lage der Dinge konfrontiert. Aber ich wiederhole: *möglicherweise.* Mir ist bewusst, dass ihr wenig Erfahrung darin habt, grenzüberschreitend zu arbeiten, aber es könnte durchaus sein, dass wir es hier mit einem Fall von … (zwei Sekunden rhetorische Pause) … internationalen Verwicklungen zu tun haben. Wir müssen uns also ins Zeug legen. Wir kennen die Identität des Toten noch nicht, und wir haben keinen Verdächtigen. Die Verbindung zu Birgitte Behrens ist nur ein Faden, der entwirrt werden muss, nicht mehr als ein Faden, ich möchte, dass ihr das in Erinnerung behaltet.«

»Können wir ein paar Details zu dieser internationalen Verwicklung hören?«, bat Toivonen, der offensichtlich noch weniger erfahren hatte als Barbarotti. »Sie hatte vor hundert Jahren mit einem Fall zu tun, stimmt das?«

»Vor einundzwanzig«, korrigierte Stigman mit ironischer Präzision. »Im September 1991, und damit niemandem irgendwelche Details entgehen, habe ich eine Zusammenfassung kopiert. Sie folgt wortwörtlich der Beschreibung unserer Kollegen in Maardam und ist auf Englisch. Hat jemand Probleme, einen englischen Text zu lesen?«

Mein einziges Problem im Moment ist mein Chef, dachte Barbarotti. Aber du bist mir bestimmt über den Weg gelaufen, damit ich daraus etwas lerne.

Stigman teilte seine Blätter aus und ermahnte sie zu fünf Minuten stiller Lektüre. Fünf Minuten.

Es stand nicht viel mehr darin als das, was Backman bereits im Auto erzählt hatte, und es wurde unterstrichen, dass Birgitte Behrens in dem eigenartigen Verein für Linkshänder nicht sonderlich aktiv gewesen war. Ihre Schwester Clara, die bei dem Feuer im September 1991 umgekommen war, konnte dagegen wie die anderen vier als vollwertiges Mitglied bezeichnet werden. Alles in allem war es eine makabere und ziemlich unverständliche Geschichte.

An einem Ort namens Mollys Pension hatte sich eine kleine Gruppe Menschen nach vielen Jahren zu einer Wiedersehensfeier verabredet, die damit endete, dass fünf Menschen ihr Leben verloren. Oder *ermordet wurden*, um Klartext zu reden. Der Täter war noch auf freiem Fuß, aber es gab einen Hauptverdächtigen, nach dem international gefahndet wurde. Der Fall hatte im letzten Monat neue Aktualität gewonnen, weil das fünfte Opfer – das man früher für den Täter gehalten hatte – tot aufgefunden worden war. *Ermordet*, um nochmals Klartext zu reden. Birgitte Behrens hatte mit der Sache nicht viel zu tun, vermutlich gar nichts, hatte bei dem angelegten Brand jedoch ihre Schwester verloren und über diesen merkwürdigen Verbund ausgesagt: den Verein der Linkshänder. Bei diesem ging es um die sechziger Jahre, mehr als zwanzig Jahre vor der Brandstiftung. Was Birgitte Behrens' Leben und Handeln von 1991 bis heute, November 2012, betraf, so war darüber wenig bekannt. Sie hatte in der ersten Zeit nach dem Tod ihrer Schwester einige Monate in einer psychiatrischen Klinik verbracht, im Anschluss daran in Krankenhäusern in Sorbinowo und Maardam gearbeitet, um schließlich, Anfang des neuen Jahrtausends und aus unbekanntem Grund, nach Schweden zu gehen.

»Das bringt uns nicht weiter«, fasste Wennergren-Olofsson zusammen und schob seine neue Lesebrille in die Stirn. Wie seine kriminalistischen Vorbilder im Fernsehen es immer taten. »Ich will damit sagen, dass ich keinen offensichtlichen Zusammenhang mit unserer Leiche in Vandelbo erkennen kann.«

»Zusammenhänge müssen nicht immer offensichtlich sein«, erklärte Sorgsen philosophisch und seufzte finster. »Aber es gibt auf jeden Fall eine gesicherte Verbindung zwischen Frau Behrens und *unserer Leiche*.«

»Vollkommen richtig«, sagte Stigman. »Die Untersuchung der Fingerabdrücke ist abgeschlossen. Er hat sich offenbar des Öfteren in ihrer Wohnung aufgehalten. Des Öfteren. Zumindest in dem Punkt lag der Nachbar also nicht daneben. Bengalpramavatna … falls jemand seinen Namen vergessen haben sollte. Ben-gal-pra-ma-vat-na.«

»Sören«, fügte Barbarotti hinzu.

»Dann können wir vielleicht nach der Hypothese arbeiten, dass er auch beim Namen des Opfers recht hatte«, schlug Backman vor. »Kostadino, wenn ich mich richtig erinnere.«

»Wir haben es mit ziemlich bescheuerten Namen zu tun«, sagte Wennergren-Olofsson, der für eine Unterschrift einen halben Meter Papier benötigte. »Man merkt, dass wir grenzüberschreitend arbeiten. Eine vorsichtige Theorie wäre natürlich, dass dieser Kostandino in Wahrheit …«

»Kostadino«, unterbrach Backman ihn. »Du hast ein n zu viel eingefügt.«

»Das spielt doch keine Rolle«, erwiderte Wennergren-Olofsson. »Meine Theorie läuft jedenfalls darauf hinaus, dass …«

»Jetzt stecken wir mal alle Theorien in die Schreibtischschublade«, fiel Stigman ihm ins Wort und klopfte mit einem Stift auf den Tisch. »Aber was den Namen Kostadino betrifft, so haben wir auch eine kleine Fußnote von den Kollegen in Maardam bekommen … vermutlich nicht mehr als eine Kuriosität, aber trotzdem. Es gab bei ihnen einen Kriminalpolizisten gleichen Namens. Kostadino Miller, genauer gesagt… anscheinend während einer kurzen Phase in den Achtzigern. Kriminalpolizei, achtziger Jahre. Weil es in keiner Sprache ein gängiger Name ist, erinnerte man sich daran, als man ihn sah. Zumindest tat Kommissar Münster das, so heißt meine Kontaktperson und mein Informant. Es spielt in diesem Zusammenhang vielleicht keine Rolle, aber wir haben es wahrscheinlich mit einem komplizierten Fall zu tun, und die Grundregel lautet natürlich, dass wir…«

»… breit ermitteln müssen«, warf Toivonen ein, eventuell auch, weil er eine neue kleine Kunstpause in Stigmans Wortschwall wahrnahm. »Aber was tun wir jetzt? Man findet schon, dass die Dame Behrens auftauchen und sich erklären, am liebsten zu uns kommen und gestehen sollte, dann könnten wir den Fall zu den Akten legen. Gibt es etwas Neues darüber, wo sie abgeblieben ist?«

»Leider nicht«, antwortete Stigman und lehnte sich auf seinem Stuhl zurück. »Aber ich habe einen Plan. Er steht im Einklang mit dem, was die Kollegen in Maardam vorschlagen. Ich habe die Sache unmittelbar vor unserer Besprechung mit Kommissar Münster diskutiert, und er unterstützt meine Ideen.«

»Einen Plan«, sagte Backman. »Wie spannend.«

Stigman starrte sie drei Sekunden an, ehe er weitersprach.

»Wir schicken zwei Beamte zu ihnen«, sagte er. »Die Zusammenarbeit funktioniert Auge in Auge besser. Glaubt mir, was das angeht, habe ich einige Erfahrung.«

Großartig, dachte Barbarotti. Großartig, dass es in diesem Raum zumindest einen Bullen mit ein bisschen Erfahrung gibt.

»Mich schickt ihr aber bitte nicht«, sagte Polizeianwärter Spjuth, der während der gesamten Besprechung geschwiegen hatte. »Meine Frau feiert am Samstag ihren dreißigsten

Geburtstag, und wir haben fünfzig Gäste eingeladen. Sie würde …«

»Nein, dich nicht«, sagte Stigman. »Dich nicht. Das übernehmen Barbarotti und Backman. Ihr fliegt morgen Nachmittag hinunter … wenn bis dahin nichts Unvorhergesehenes eintrifft. Zwei, drei Tage, dann schauen wir, ob es etwas bringt.«

»Ich habe einige Kinder …«, versuchte Barbarotti einzuwenden.

»Fast erwachsene, wenn ich es richtig sehe?«, sagte Stigman. »Du wirst bestimmt eine Lösung finden.«

»Selbstverständlich«, sagte Barbarotti. »Die Pflicht geht vor. Ich bitte, mich für das Vertrauen bedanken zu dürfen.«

Kommissar Stigman stierte wieder einen Moment. Dann stand er auf und erklärte die Besprechung für beendet, wies Backman und Barbarotti jedoch an, ihn für eine genauere Planung in sein Büro zu begleiten.

Er hielt am Waldsaum, wie er es inzwischen, nach Mariannes Tod, häufig tat. Schaltete den Motor aus, blieb eine Weile sitzen und betrachtete: die sanfte Kurve zu dem alten Holzhaus hinunter, den verwilderten Garten mit den nicht beschnittenen Apfelbäumen, um diese Jahreszeit fast völlig entlaubt und schwer von Nässe, die Böschung zur Bucht hinunter und das dunkle Wasser. Es war halb sechs; es gab kaum noch Tageslicht, aber er wusste ja, wie alles aussah. Die Johannisbeersträucher. Das Gewächshaus. Die Sonnenuhr, die nie repariert worden war. Der Bootssteg und der an Land gezogene Kahn.

Die Trauer verarbeiten, das war es wohl, was er in diesen Momenten regelmäßig tat. Er erlaubte sich, einige Minuten ganz und gar im *Raum der Trauer* zu verweilen, wie Therapeut Rönn es ihm vorgeschlagen hatte. Denn genau hier, genau an dieser Stelle, an der die Landschaft sich öffnete und das Haus ins Blickfeld kam, schlug das Gefühl des Verlusts so häufig zu. Hier waren sie gemeinsam eingezogen, und hier hatten sie während der Jahre gewohnt, die sie bekommen hatten. *Die ihnen vergönnt gewesen waren*, wie man so sagte. Ihr Platz auf Erden, ja, er würde Marianne immer mit diesem Haus am See verbinden, das stand außer Frage.

Ebenfalls außer Frage stand, dass er eines Tages von hier fortgehen würde. Wenn ein paar Kinder ein paar Jahre älter geworden waren. Wahrscheinlich würde er Kymlinge für immer verlassen, sagte ihm sein Gefühl, und in der besten aller Welten würde er dies in Begleitung Eva Backmans tun. Sie hatten sogar darüber gesprochen, zwar eher im Scherz, aber mit einem Fünkchen Ernst, auf ihrer Reise durch Europa, und auch wenn er es als ein ziemlich kleines Licht in ziemlich weiter Ferne in einem langen Tunnel empfand, so war es trotz allem ein Licht.

Er sprach eine Weile mit Marianne und unserem Herrgott, während er im Auto saß; im Grunde lief es auf das Gleiche hinaus, da er davon ausging, dass sie sich nun am selben Ort aufhielten. *Der Herr ist mein Hirte* war das wiederkehrende Gebet, er murmelte es auch an diesem Abend, und es war eher den Kindern im Haus zugedacht – seinen eigenen und Mariannes – als ihm selbst.

Schütze um alles in der Welt auch mich, wenn Du Zeit und Lust dazu hast – aber wenn Du wählen musst, o Herr, dann sind sie es, die wichtig sind!

Ich weiß, schien der Herrgott zu antworten. *Danke, dass du mich mit der Nase darauf stößt.*

Die beiden Ältesten, Sara und Johan, waren bereits ausgeflogen, aber sie kehrten regelmäßig ins Nest zurück. Aus freien Stücken, so wie er es wahrnahm, und er hoffte, dass einer von ihnen, oder beide, sich bereit erklären würde, dies auch in den nächsten Tagen zu tun. Wenn er in Ausübung seiner Pflicht nach Maardam fahren musste; drei Jugendliche zwischen vierzehn und siebzehn waren nicht in jeder Situation drei Heilige aus dem Morgenland. Oder in irgendeiner Situation; es würde für schlechte Schlagzeilen in den Zeitungen sorgen, falls das Haus abbrennen sollte. Während der Erziehungsberechtigte, zugleich Polizeibeamter und eine Stütze der Gesellschaft, ins Ausland gereist war und seine Jugendlichen im Stich gelassen hatte.

Und bei diesem Gedanken landete er auf einmal mitten in dem anderen Brandherd. Wie hieß dieser Ort?

Oosterby? Mollys Pension?

Ja, genau.

Der Verein der Linkshänder?

Bizarr, dachte er, ließ den Wagen an und rollte langsam die letzten hundert Meter zu seinem Zuhause hinunter. Ausgesprochen bizarr, fand er.

Aber das würde vorübergehen. Mit Hilfe der Kriminalinspektoren Backman und Barbarotti aus Kymlinge würde der Fall gelöst und alle Fragen geklärt werden. Natürlich, so sicher wie das Amen in der Kirche.

48

November 2012. Berlin

Volker Hermann hatte den Überfall monatelang geplant.

Oder besser gesagt war der Gedanke daran irgendwann im Sommer aufgetaucht, aber mit der tatsächlichen Durchführung hatte er sich seit Mitte September beschäftigt. Vor fünf, sechs Wochen. Seit dem fünfzehnten Mai hatte er keine Arbeit mehr, als der Scheißkerl Ali sein Scheißrestaurant in Wilmersdorf geschlossen hatte und sich über Nacht aus dem Staub gemacht hatte. Mit den Gehältern für vier Angestellte und einer Frau namens Eivor. Sie stammte aus Norwegen, war dreißig Jahre jünger als Ali und dreißig Kilo leichter als Alis Ehefrau Belladonna, und weil sich herausstellte, dass die Miete für das Sambesi in den letzten acht Monaten nicht bezahlt worden war, erschien die Wahrscheinlichkeit, dass er jemals wieder auftauchen würde, nicht besonders groß. Man kennt ja seine Pappenheimer.

Volker Hermann hatte seit der Jahrtausendwende in acht verschiedenen Restaurants in Berlin gearbeitet, wohin er nach der Trennung von Rigi gezogen war, der einzigen Frau, mit der er unter eheähnlichen Verhältnissen zusammengelebt hatte. Zumindest in der jüngeren Vergangenheit. Seit seiner Ankunft in Berlin hatte er in einer engen Wohnung draußen in Neukölln gelebt; in den letzten Jahren, aus finanziellen Gründen, zusammen mit einem unverstandenen polnischen Künstler, der von seiner Malerei nicht leben konnte und sich deshalb damit durchschlug, rund um den Bahnhof Zoo billige Drogen zu verkaufen.

Volker war auch früher schon ohne Arbeit gewesen. Auch ohne Geld, das war Teil der Lebensbedingungen, wenn einem nicht von klein auf alles in den Arsch geschoben wurde, aber diesmal empfand er es anders. Er war über sechzig und hatte es satt, dass ihm das Leben ein ums andere Mal übel mitspielte. Er war schlichtweg müde und abgearbeitet, die Jahre forderten ihren Preis. War ein halbwegs ruhiger und sorgenfreier Lebensabend wirklich zu viel verlangt? Nach einem strebsamen Leben voller Hindernisse und Gegenwind?

Ja, offenbar. Es wurde einem eben nichts geschenkt. Deshalb musste man die Dinge selbst in die Hand nehmen, so war es immer gewesen, und so war es nach wie vor.

Und mit diesen Dingen war im Moment also ein kleiner, risikoloser Überfall gemeint, der ihn ein Jahr über die Runden kommen lassen sollte. Mindestens; bestenfalls zwei oder drei, aber es war dumm, darüber im Voraus zu spekulieren.

Das Opfer hieß Lewenthal. Zumindest stand in leicht verschnörkelten Goldbuchstaben *Oscar Lewenthal* auf der Glastür seines Geschäfts; Volker war diverse Male an ihr vorbeigekommen und zweimal eingetreten, um den Laden in Augenschein zu nehmen. In einem Abstand von zwei Wochen und sicherheitshalber unterschiedlich gekleidet. Er hatte vorgegeben, irgendeine Kleinigkeit für seine Frau zur Silberhochzeit oder so zu suchen – allerdings nur in seinem Kopf, für den Fall, dass die Frage auftauchen sollte, was jedoch nicht geschah. Der kleine Geschäftsinhaber mit blankpolierter Glatze und einer Brille mit sehr dicken, grünlichen Gläsern, hatte beide Male auf einem hohen Stuhl hinter dem Verkaufstresen gesessen und den Mund gehalten. Seinen Kunden kaum eines Blickes gewürdigt, vielleicht, weil ihm klar gewesen war, dass dieser nichts kaufen würde.

Dem beengten Juwelierladen in der Goltzstraße gegenüber lag ein Café, und dort, an einem Fenstertisch mit perfekter Aussicht, hatte Volker Hermann eine Reihe von Nachmittagen mit Beobachtung und Planung verbracht. Lewenthal hatte nicht viele Kunden, einen oder zwei in der Stunde, fast immer einsame Herren, die etwas leicht Heruntergekommenes, scheu Antiquiertes ausstrahlten. Es erschien ihm offensichtlich, dass Lewenthal keine saubere Weste hatte; vermutlich handelte er mit der Beute aus Diebstählen, Volker Hermann hatte Augen im Kopf und konnte eins und eins zusammenzählen. *Ankauf und Verkauf. Achtung: Nur Barzahlung*, stand auf einem von Hand geschriebenen Schild in dem vergitterten Schaufenster, also wenn das kein eindeutiger Hinweis war?

Bargeld. Bald würde es wohl nirgendwo mehr Bargeld geben. Dieser uralte, wunderbare Traum davon, in einem anonymen Hotelzimmer in irgendeiner Großstadt zu sitzen und den Deckel zu einem Koffer aufschnappen zu lassen, der bis zum Rand mit Geldscheinen gefüllt war, ja, der konnte in ein paar Jahren durchaus Geschichte sein. Für moderne Menschen ein Ding der Unmöglichkeit und völlig unverständlich. Heutzutage bestand Geld nur aus Zahlen im … wie hieß das … Cyberraum?

Volker Hermann war völlig egal, wie es hieß. Bis auf Weiteres, vielleicht sogar, solange er lebte, gab es Bargeld. Richtige Münzen. Scheine. Wirklicher Reichtum wurde verdammt nochmal nicht in Ziffern in einem Cyberraum gemessen, er wurde in Cash gemessen. *Cash is king*, ein etwas in die Jahre gekommener Monarch vielleicht, aber still going strong.

Und es gab nach wie vor Menschen, die in diesem Punkt der gleichen Meinung waren wie Volker Hermann. Zum Beispiel ein kleiner zwielichtiger Juwelier namens Oscar Lewenthal in der Goltzstraße in Berlin. Und *des einen Leid ist des anderen Freud*, das galt ja wohl immer noch, nicht? Manchen Dingen können die Entwicklung und der Fortschritt einfach nichts anhaben. Gott sei Dank. Was das Leid betraf, so plante er im Café Louise an diesen regnerischen Herbsttagen allerdings keinen *Raubmord*, nein, immer langsam mit den jungen Pferden. Anderen Leuten das Leben zu nehmen, war für Volker Hermann Geschichte. Und in diesem Fall war es auch überhaupt nicht nötig; wenn es galt, Monsieur Lewenthal von etwas überflüssigem Kapital zu befreien, ließ sich das eher damit vergleichen, einem Kind Süßigkeiten abzunehmen. Es war ein solches Kinderspiel, dass man sich ein Lachen nicht verkneifen konnte; dass kein anderer auf die Idee gekommen war, den Juden auszurauben (Volker Hermann hatte nicht das Geringste gegen Juden, er hätte ebenso gern einem Araber, einem Chinesen oder einem Dänen das Geld abgeluchst), musste als ein glücklicher Zufall betrachtet werden – oder dieses erbärmliche Geschäft war so klein und düster, dass es einfach niemandem aufgefallen war. Und wenn man mit gestohlenem Krimskrams handelte, sah man natürlich keine Veranlassung, unnötig auf sich aufmerksam zu machen; *Diskretion Ehrensache*, wie es früher in lichtscheuen Kreisen hieß. Das war doch logisch.

Oscar Lewenthal war ein Mann mit festen Gewohnheiten, er hatte nicht lange recherchieren müssen, um das herauszufinden. Er traf jeden Morgen wenige Minuten vor zehn ein, schloss das Rollgitter auf und drehte das Schild in der

Tür um, auf dem verkündet wurde, dass sein Geschäft geöffnet war. Das blieb es bis siebzehn Uhr, woraufhin er die Prozedur wiederholte, jetzt allerdings in umgekehrter Reihenfolge. Er verschwand in der Richtung, aus der er gekommen war, schätzungsweise zur U-Bahn-Station am Nollendorfplatz. Obwohl das eigentlich keine Rolle spielte. Volker Hermann interessierte sich nicht dafür, wo Oscar Lewenthal wohnte, für seinen Plan spielte das keine Rolle. Entscheidend waren die Regelmäßigkeit und die Vorhersehbarkeit – und die kleine Abweichung vom Muster an den Freitagen.

An diesem Wochentag wurde das Geschäft nämlich schon um 14.30 Uhr geschlossen (jedenfalls an den drei Freitagen, an denen Volker Hermann es beobachtet hatte), und Lewenthal begab sich nicht zum Nollendorfplatz, nachdem er das Gitter heruntergelassen und abgeschlossen hatte. Stattdessen ging er in die andere Richtung, bog um die Ecke in die Hohenstaufenstraße und folgte ihr zweihundert Meter bis zur Landesbank in Höhe der Eisenacher Straße. Er schob sich rechtzeitig hinein, bevor die Bank für das Wochenende schloss, und zahlte die Wocheneinnahmen auf sein Konto ein. Oder stopfte sie in sein Bankfach, aber egal.

Der Spaziergang vom Geschäft zur Bank dauerte etwa fünf Minuten, und Volker Hermann beabsichtigte, während dieses kurzen Fußmarsches zuzuschlagen. So sah sein simpler Plan aus. Und noch simpler wurde er dadurch, dass die Beute, die gesammelten Einnahmen einer Woche aus Lewenthals sämtlichen zwielichtigen Transaktionen, in einer Plastiktüte verwahrt – und transportiert – wurde.

Einer gewöhnlichen Plastiktüte; nicht unbedingt jedes Mal die gleiche, aber stets zerknittert und unansehnlich, aus irgendeinem Supermarkt oder anderem Geschäft, was natürlich die Absicht des kleinen Juweliers war. Niemand sollte auf die Idee kommen, dass sie etwas Wertvolles enthielt; ein bisschen schmutzige Wäsche vielleicht, ein Paar Schuhe, das neu besohlt werden musste, oder zwei Bücher, die er sich in der Bibliothek ausgeliehen hatte.

Wie gesagt, Süßigkeiten, die man einem Kind abnahm. Ein Stoß in den Rücken und ein fester Ruck an der Tüte und danach die Beine in die Hand nehmen. Es konnte einfach nicht schiefgehen.

Um sicherzugehen, dass reichlich Geld in der Kasse sein würde, hatte Volker Hermann ein Detail ergänzt. Am Dienstag der entscheidenden Woche hatte er Lewenthal angerufen und ihm einen Bären aufgebunden.

Einen richtig fetten Bären, wenn er das so sagen durfte. *Genial,* könnte man fast behaupten. Er hatte sich als Herr Adler vorgestellt und erklärt, er sei im Besitz eines Schmuckstücks, das er angesichts der harten Zeiten leider veräußern müsse. Genauer gesagt eines in Gold eingefassten Saphirs mit dem Namen *Vishnus Herz.*

Vishnus Herz hatte er im Internet gefunden. Das Schmuckstück war Ende der neunziger Jahre einem Sammler in Zürich gestohlen worden und galt seither als vermisst. Dass Lewenthal dieser Versuchung widerstehen könnte, erschien wenig wahrscheinlich, vor allem, da er den Preis niedrig, lächerlich niedrig ansetzte: einhunderttausend Euro.

In bar natürlich. Diskretion Ehrensache.

Am Freitag gegen zwei, wenn es recht war?

Oscar Lewenthal hatte erklärt, das sei ihm recht.

Und vergeblich versucht, seine Aufregung zu verbergen.

Volker Hermann verließ seinen üblichen Tisch im Café Louise um zehn Minuten nach zwei am Freitag, den zweiten

November. Eine knappe Stunde hatte er in Zeitungen geblättert und gleichzeitig das Geschäft auf der anderen Straßenseite im Auge behalten. In diesem Zeitraum war nur ein Kunde gekommen und wieder gegangen, einer von diesen typischen, ein wenig abgerissenen Herren, der eine Weile bei Lewenthal verbracht hatte und wieder herausgekommen war. Um zwei Uhr war nichts Bemerkenswertes vorgefallen, aber Volker ahnte, ja, er konnte es sich sogar lebhaft vorstellen, wie der Juwelier dort wie eine nervöse Maus herumlief, während er immer wieder auf die Uhr sah und sich fragte, warum kein Herr Adler mit seiner Kostbarkeit, Vishnus Herz, zum verabredeten Zeitpunkt in Erscheinung trat.

Als Volker auf die Straße trat, warf er einige routinierte Blicke nach rechts und links, um sich zu vergewissern, dass Lewenthal aus Anlass der erwarteten Transaktion keine Kumpane engagiert hatte. Stellte fest, dass dies nicht der Fall war, und bewegte sich rasch, aber ohne Hast, einen Häuserblock weiter, und stellte sich etwa hundert Meter von der Landesbank in der Hohenstaufenstraße entfernt in einen Hauseingang. Auf seinem kurzen Spaziergang hatte er eine schlichte Verkleidung aus dem Rucksack gezogen; einen dunkelblauen Regenmantel, eine schwarze Strickmütze und ein Schal. Völlig ausreichend für den Zweck: seine Personenbeschreibung auszuradieren. Wind trieb den fallenden Regen vor sich her, was ausgesprochen vorteilhaft war; die kleine Schar von Fußgängern, die auf dem Bürgersteig vorbeihastete, würdigte ihn in dem Bemühen, möglichst schnell unter ein schützendes Dach zu kommen, keines Blickes. Während er wartete, beschäftigte Volker Hermann sich mit seinem Handy; stand in dem Hauseingang, halbwegs vor Niederschlag und Wind geschützt, und schien die eine oder andere SMS zu schreiben oder zu lesen… von wem auch immer, natürlich. Er erkannte, dass er nicht im mindesten nervös war, obwohl es Jahre her war, dass er sich dieser Art von Aktivität gewidmet hatte, und wie erwartet tauchte kurz nach halb drei Oscar Lewenthals charakteristische kleine Gestalt an der Ecke zur Kyffhäuserstraße auf. Kurze, leicht hinkende Schritte. Ein wenig vorgebeugt gegen den Wind. Den Hut in die Stirn gezogen, eine blassgrüne Plastiktüte in der rechten Hand.

Volker Hermann steckte das Handy ein und spannte die Muskeln an.

Noch dreißig Meter. Zwanzig.

Keine Zeugen in der Nähe. Perfekt.

Zehn Meter.

Jetzt.

Es lief fast noch reibungsloser ab, als er es sich vorgestellt hatte. Ein leichter Stoß, ein kräftiger Ruck, ein kläglicher Ruf des Opfers, das aus dem Gleichgewicht geriet und um ein Haar auf die Straße gestolpert wäre – und die Plastiktüte hatte den Besitzer gewechselt.

Ein schneller Sprint an der Bank vorbei und in die Eisenacher Straße. Ein schneller Marsch bis zur nächsten Straßenecke, in eine kleine Toreinfahrt und fort mit der Verkleidung. Plastiktüte, Regenmantel, Mütze und Schal in den Rucksack, und danach weiter mit ruhigen Schritten zu Fuß die Winterfeldtstraße hinauf.

Ihm war kein kleiner Juwelier auf den Fersen. Auch kein anderer Verfolger.

Wie gesagt, Süßigkeiten klauen. Verdammt, dachte Volker Hermann. Die perfekte Attacke. Es hatte geklappt. Das Blut brodelte in ihm wie zu seinen besten Zeiten.

Eine Stunde später war er daheim in Neukölln, Dobrowolski war wie üblich unterwegs. Wahrscheinlich trieb er sich mit seinen gestreckten Drogen am Bahnhof Zoo herum, der fantasielose Mistkerl. Es wurde höchste Zeit, ihn aus der Wohnung zu werfen, wirklich höchste Zeit.

Er ging in sein Zimmer und schloss die Tür. Streifte die nassen Schuhe ab und setzte sich mit der Plastiktüte aufs Bett. Dann leerte er den Inhalt neben sich aus; während des Fußmarsches aus Schöneberg hatte er es unterlassen, die Beute in Augenschein zu nehmen, was ihm nicht ganz leichtgefallen war, aber er hatte sich beherrscht.

Ein schmutziges Handtuch und eine ansehnliche Zahl von Geldscheinbündeln. Er schloss für Sekunden die Augen, ehe er zu zählen begann.

Einhundertsechzehntausendvierhundert Euro.

Einhundertsechzehntausend!

Wenn Volker Hermann einen weniger starken Charakter gehabt hätte, wäre ihm wohl ein Freudenschrei entfahren. Oder ein Gebrüll vor lauter Glück. Er hätte getanzt oder sich auf den Kopf gestellt.

Zum Teufel! Einhundertsechzehntausendvierhundert Euro!

Er zählte nach. Es stimmte genau.

Er putzte sich mit dem Handtuch die Nase und wischte sich ein paar Tränen der Aufregung aus den Augen.

In diesem Moment klingelte es an der Tür.

Verdammt, dachte Volker Hermann. Verdammt, was ist jetzt?

Er schaufelte die Geldscheine und das Handtuch in die Plastiktüte zurück. Warf sie unter das Bett. Ging zur Tür und öffnete.

»Volker Hermann?«

Zwei muskulöse Polizisten in Uniform.

»Ja …«

Er spürte, wie ihm schwarz vor Augen wurde. Er musste sich am Türpfosten festhalten, um sich auf den Beinen zu halten.

»Würden Sie bitte so freundlich sein, uns ins Präsidium zu begleiten. Es gibt einiges, worüber wir mit Ihnen sprechen müssen.«

»Aber …«

»Kein aber. Schauen Sie, Sie können freiwillig mitkommen oder wir müssen zu anderen Methoden greifen. Sie haben die Wahl.«

»Ich… Ich… Ich…«, stammelte Volker Hermann.

»Ja?«

»Ich habe diese Scheißtüte auf dem Bürgersteig gefunden. Ich wollte euch gerade anrufen …«

»Die Tüte?«, sagte der eine Riesenbulle.

»Holen Sie die Tüte«, meinte der andere. »Wir nehmen sie mit.«

In Volker Hermanns Kopf drehte sich alles, und er verstand nur eins, dass er gar nichts verstand.

Wie zum Teufel ist das jetzt passiert?

Aber er tat, wie ihm geheißen. Ging die verfluchte Tüte holen und begleitete die Ordnungshüter wie der pflichtbewussteste Bürger, den man sich nur vorstellen konnte.

Das Leben war ein großer, schlechter Scherz.

49

September 2001. Maardam

Das Tagebuch
Morgen sind zehn Jahre vergangen, seit es passiert ist. Es kommt mir so vor, als wären hundert Jahre vergangen und als wäre es gestern geschehen.

Wenn ich daran denke. Aber wenn ich etwas anstrebe, dann, dies zu vermeiden. Ich will mich nicht erinnern, nicht versuchen zu verstehen, nicht jeden Stein umdrehen.

Leichter gesagt als getan natürlich, und ich bin wirklich eine andere. Ich bin nicht mehr Clara Behrens. Ich bin auch nicht ihre Schwester, trage aber ihren Namen. Ich bin etwas Drittes.

Mittlerweile ist es lange her, dass ich etwas geschrieben habe, wenn ich zurückblättere, sehe ich, dass es insgesamt nur achtzehn Einträge aus Maardam gibt. Dabei wohne ich seit fast vier Jahren hier. Mein Leben bietet keinen Anlass zu schriftlichen Ergüssen, das ist die schlichte Wahrheit. Abgesehen von den Arbeitskollegen im Gemejnte Hospital treffe ich kaum Menschen. Mein Sohn, dessen Tante ich bin, ist sechzehn und lebt mit seinem Vater und dessen neuer Frau inzwischen in Lugano; zu seinen Geburtstagen und zu Weihnachten schicke ich ihm ein kleines Geschenk, aber ich habe ihn seit fast drei Jahren nicht mehr gesehen. So haben die Dinge sich entwickelt, und manchmal bekomme ich bei dem Gedanken große Angst, aber wenn ich daran denke, dass ich ihm niemals die Wahrheit erzählen muss, geht es vorüber. Nein, es geht nicht vorüber, es wird gelindert und verschwindet um eine Hausecke wie ein geprügelter Hund.

Für wen schreibe ich dies? Hoffe ich vielleicht doch, im tiefsten Inneren, dass irgendjemand es eines Tages lesen wird? Lesen und verstehen. Zum Beispiel er, mein Sohn. Vielleicht ist es trotz allem so. Aber dann bitte erst nach meinem Tod, nach meinem *zweiten* Tod.

Was die Kollegen betrifft, mit denen ich Tag und Nacht zusammenarbeite, so habe ich zu keinem von ihnen eine Beziehung außerhalb des Krankenhauses. Man betrachtet mich als eine Eigenbrötlerin, dafür gibt es Gründe. Ich wusste wirklich nicht, dass die Dinge sich in diese Richtung entwickeln würden; wenn ich mich damit vergleiche, wie ich als Jugendliche und junge Frau war, handelt es sich um eine fast vollständige Verwandlung. Nun habe ich die fünfzig überschritten, und kein Mensch auf der Welt würde mich noch für die freimütige und selbstsichere Clara Behrens halten, die sich vom Leben alles nahm, was sie bekommen konnte und wozu ihre Kräfte reichten, ihr Leben jedoch in diesem schrecklichen angelegten Feuer in Oosterby aushauchte. Mein heutiges Wesen passt so viel besser zu ihrer Schwester, Birgitte Behrens, die überlebt hat. So ist es doch, so ist es doch ganz offensichtlich?

So gesehen habe ich es also geschafft.

Zumindest habe ich mir das eingeredet; das, was ich bis vor einem Monat für wasserdicht und sicher hielt. Dann tauchte er wieder auf. Zehn Jahre später. Der Grund für diese lange Frist war einfach, um nicht zu sagen trivial: eine andere Frau, eine Beziehung, die gescheitert ist.

Und was tut er daraufhin? Nun, er sucht die Schwester der einzigen Frau auf, die er wirklich geliebt hat. Er lädt sie zum Essen ein, er redet und redet, und nach vier oder fünf Gläsern Wein nimmt er ihre Hand.

Und sie, diese verdammte dumme Gans, lässt es zu. Sie hat auch vier oder fünf Gläser Wein getrunken, und sie hat keinen Mann mehr gehabt, seit sie ausgerechnet mit ihm, ausgerechnet in dieser Stadt, vor hundert Jahren geschlafen hat. Obwohl er das nicht weiß, das weiß nur sie.

Es kommt fast wieder so weit, aber im vorletzten Moment gelingt es ihr, es abzuwenden. Sie schiebt es auf ihre Schwester, es wäre ihr gegenüber nicht richtig, ihres Andenkens nicht würdig, das darf nicht passieren, man kann die eine nicht durch die andere ersetzen und bla bla bla.

Sie trennen sich, und er sagt, dass er das verstehe, aber sie … ich … sehe, dass er das überhaupt nicht tut. Er hat die Absicht wiederzukommen. Es ist nur eine Frist.

Und möglicherweise ahnt er etwas.

Wenn sie gemeinsam im Bett landen, wird sich diese Ahnung bestätigen. Nicht wahr?

Deshalb fliehe ich. Es kommt einem ein bisschen seltsam vor, wie die Dinge sich einfach so ergeben, aber wenn der Mensch eine Tür schließt, öffnet Gott ein Fenster. Das war einer der Lieblingssprüche meiner Mutter, und wenn man bedenkt, wie ihre letzten Jahre verliefen, muss man wohl sagen, dass diese Worte sich nicht bewahrheitet haben.

Das gilt jedoch nicht für mich. Am nächsten Tag – ja, es war eigentlich schon der Abend nach dem Restaurantbesuch, der beinahe alles über den Haufen geworfen hätte – saß ich im Krankenhaus mit einer anderen Krankenschwester im Pausenraum zusammen, Lisa Bergman, aus Schweden. Wir kamen ins Gespräch, es ging auf Mitternacht zu, und es war nicht viel zu tun. Sie war der Liebe wegen nach Maardam gezogen, erzählte sie, aber ihre Liebe verblasste allmählich, und sie hatte Heimweh. Ich ließ sie reden, ich hörte zu, wie ich es heutzutage immer tue, und fragte sie schließlich, ob es leicht sei, in ihrem Heimatland eine Stelle in der Krankenpflege zu bekommen. Sie antwortete, es sei ein Kinderspiel. Krankenschwestern und Ärzte würden mit offenen Armen empfangen.

Und damit war das Korn gesät. Es keimte schnell, ein paar Tage ging ich der Sache nach, und ein paar weitere Tage später telefonierte ich mit den Personalabteilungen von drei verschiedenen Krankenhäusern in Schweden. Ich konnte in allen drei Häusern anfangen, würfelte und bin ab dem nächsten Monat Angestellte eines schwedischen Krankenhauses in einer Stadt namens Kymlinge, ich habe Probleme mit der Aussprache des Namens. Eine Wohnung habe ich gefunden; als ich zum ersten Mal seit Langem den Traum von den Eisenbahnschienen träume, wache ich auf und denke, dass dies die Endstation sein muss. Ein vollkommen unbekannter Ort in einem Land, in das ich nie zuvor einen Fuß gesetzt habe.

Ja, ich habe wirklich das Gefühl, dass es die letzte Haltestelle sein wird.

Er hat zweimal angerufen und will sich wieder mit mir treffen. Nur um zu reden, sagt er. Ich sage, dass ich ein wenig kränkele und ein wenig beschäftigt bin, und bitte ihn, es aufschieben zu dürfen.

Er akzeptiert mein Nein als das zivilisierte Männchen, das er ist, aber etwas in seiner Art, dies zu tun, lässt mich eine

Gänsehaut bekommen. Ich stelle mir vor, dass er sich so anhört, wenn er seinen Beruf ausübt. Auf diese Art wählt ein Privatdetektiv seine Worte und Tonlage, wenn er im Trüben fischt. Er will seine Ahnungen bestätigt sehen. Er will mich ins Bett bekommen und nachsehen, ob ich ein Muttermal in der rechten Leiste habe.

Qvintus Maasenegger ist immer noch auf freiem Fuß. Über Oosterby und Mollys Pension und das Feuer steht nichts mehr in den Zeitungen, was natürlich nicht weiter verwunderlich ist. Ein Jahrzehnt ist vergangen, seither sind Tausende Menschen ermordet worden – aber wenn man Qvintus fassen würde, wäre das selbstverständlich eine Schlagzeile wert. Es kann mir also nicht entgangen sein; immerhin hat er vier Menschenleben auf dem Gewissen, und ich finde es ziemlich seltsam, dass er sich so verborgen halten kann. Aber vielleicht ist es in der ersten Zeit am schwierigsten, vielleicht läuft er heute als bärtiger Hippie in Uruguay oder Argentinien herum, unter alten Nazis und anderen Flüchtigen. Ab und zu grübele ich endlos darüber nach, was damals passiert ist und warum er es getan hat. Das Feuer – und die Planung dahinter – waren ja das Werk eines Irren, aber eines systematischen und listigen Irren, und das passt in meinen Augen nicht zu Qvintus Maasenegger. Wenn mich nicht alles täuscht, habe ich ihn ein einziges Mal gesehen, nachdem Madeleine verschwand und wir das Geld untereinander aufgeteilt hatten; man erzählte sich, er sei in irgendeine Stadt in Deutschland gegangen und arbeite dort in einer Brauerei … und dann? Ja, dann vergehen gut zwanzig Jahre, während Zink im Gefängnis sitzt, und danach werden wir nach Oosterby zurückgelockt. Warum?

Ich finde keine Antwort. Manchmal träume ich von Zink,

von Qvintus dagegen nie. Ich habe einmal mit Zink geschlafen, aber nur einmal. Ich musste meinen Orgasmus simulieren, weil ich Angst vor ihm hatte. Nicht vorher, ich hatte mich wirklich darauf gefreut, ich war jung und geil. Damals war ich fast immer geil, aber als er mich von hinten nahm und gleichzeitig die Hände fest um meinen Hals presste, verwandelte sich meine Wollust in pures Grauen.

Und es ist dieses Grauen, das in den Träumen zurückkehrt.

Allerdings nur sehr sporadisch. Ein paarmal im Jahr; ich wache auf, schüttele es ab und schlafe wieder ein. Zink ist heute nicht mein Problem, sondern Kosta. Er mag es nicht, wenn man seinen Namen abkürzt, aber er wird diese Zeilen ja niemals lesen.

Wegen Kosta ziehe ich nach Schweden.

Die letzte Haltestelle? Ich hoffe es.

Dritter Teil

50

November 2012. Maardam

»Was hältst du davon?«, fragte Eva Backman. »Hand aufs Herz.«

»Was ich davon halte?«, sagte Barbarotti und blickte aus dem Flugzeugfenster auf die dicke, grauweiße Wolkendecke hinab. »Ich glaube, der tiefere Sinn liegt darin, dass du und ich ein paar Tage gemeinsam in Europa bekommen ... ein paar zusätzliche Tage, meine ich.«

»Mag sein«, sagte Eva Backman und lächelte. »Aber ich habe eigentlich nicht an den Finger Gottes gedacht, sondern an den Fall.«

»Ach so, der«, sagte Barbarotti. »Tja, ich weiß nicht. Man fragt sich ja schon.«

»Was fragt man sich?«

»Alles Mögliche, aber vor allem, ob es wirklich einen Zusammenhang gibt. Ein erschlagener Mann in einem schwedischen Waldgebiet und etwas, das vor mehr als zwanzig Jahren an einem ganz anderen Ort in einem anderen Land geschehen ist. Soweit ich weiß, ist Birgitte Behrens das einzige Bindeglied. Und ein ziemlich schwaches Bindeglied, wenn du mich fragst.«

»Hm«, sagte Eva Backman und schwieg eine Weile.

»Wenn du *hm* sagst und nichts weiter, heißt das meistens, dass dein Gehirn auf Hochtouren läuft«, meinte Barbarotti.

»Das tut es immer«, erwiderte Eva Backman. »Ich dachte, das wäre dir nach all den Jahren klar. Aber im Moment denkt es darüber nach, wer hier eigentlich wem helfen soll.«

»Was?«, sagte Barbarotti.

»Sollen wir ihnen helfen, einen uralten Fall mit fünf Leichen zu lösen, oder sollen sie uns helfen, einen taufrischen mit nur einem Opfer zu lösen?«

Barbarotti betrachtete erneut die Wolkendecke.

»Oder sowohl das eine als auch das andere?«

»Das funktioniert aber nur, wenn beides zusammenhängt. Hast du nicht gesagt, dass es das nicht tut?«

»Das habe ich nicht. Ich habe lediglich meine Zweifel zum Ausdruck gebracht. Übrigens gibt es Menschen, die behaupten, dass alles zusammenhängt, jedes einzelne Ereignis und jeder einzelne Gegenstand. Alles lässt sich miteinander verbinden, wenn man nur das nötige Wissen hat. Außerdem ...«

Er sah wieder aus dem Fenster. Vor hundertfünfzig Jahren gab es nicht einen Menschen auf der ganzen Welt, der eine Wolke von oben gesehen hatte, dachte er plötzlich. Oder vielleicht doch, wenn man auf einem Berg wohnte und ins Tal hinabsah ... aber nicht auf diese Art.

»Außerdem?«

»Worüber sprechen wir? Ich habe den Faden verloren ...«

»Bindeglieder. Allerdings redest nur du darüber.«

»Ja, genau. Nun, das Eigenartige ist, dass es nie mehr als sieben Bindeglieder braucht, um zwei Dinge miteinander zu verbinden. Selbst wenn es um ... nun ja, zum Beispiel um Stalins Nase und die Seufzerbrücke geht.«

»Die in Venedig?«

»Ja.«

»Sieben Bindeglieder?«

»Ja. Höchstens. Ein toter Körper und ein Teller Spinatsuppe sind natürlich ein anderes Beispiel, aber solange man nicht die ganze Kette kennt, tappt man irgendwie im Dunkeln … tja, du verstehst? Du willst vielleicht nicht darüber sprechen? Dann entschuldige bitte.«

»Ist schon in Ordnung, aber lass uns ein anderes Mal darüber reden. Gibt es nicht bald etwas zu essen? Ich habe Hunger.«

»Ich auch. Es ist schwierig, klar zu denken, wenn man Hunger hat. Ich glaube übrigens, ich nehme ein Glas Wein zum Essen, vielleicht kann man dann eine halbe Stunde schlafen. Heute Abend sind wir natürlich im Dienst, oder was denkst du?«

»Natürlich sind wir das. Ein Bulle erwartet uns, und dann geht es mit Blaulicht direkt zur Polizeizentrale … warum gähnst du?«

»Sauerstoffmangel. Es weiß doch nun jeder, dass in einem Flugzeug weniger Sauerstoff ist als auf der Erde. Deshalb sitzen wir hier und reden bloß Unsinn. Auch wenn dein Gehirn auf Hochtouren läuft, bekommt es zu wenig Nahrung.«

»Okay, ich nehme auch ein Glas Wein.«

»Man bekommt wohl eher eine dieser kleinen Flaschen …«

»Mein Gott, das weiß ich doch.«

»Na, dann ist ja gut.«

Es war nicht Kommissar Münster, der sie in der Ankunftshalle in Empfang nahm, sondern ein junger Polizeianwärter namens Martinus. Er erklärte, dass er keine Ahnung habe, aus welchem Grund Barbarotti und Backman in Maardam waren. Er habe lediglich den Auftrag erhalten, sie am Flughafen abzuholen, zu ihrem Hotel zu fahren, ihnen die nötige Zeit zum Einchecken zu geben und sie anschließend ins Präsidium zu begleiten, wo sich qualifizierteres Personal um sie kümmern würde.

Letzteres sagte er mit kleidsamer Selbstironie, und Barbarotti erläuterte, dass es um einen Fall mit möglichen Verzweigungen in verschiedene Richtung gehe und sie sich jedenfalls freuten, ein paar Tage in der netten Stadt Maardam verbringen zu dürfen.

War es ihr erster Aufenthalt?

Keineswegs. Sie waren beide vor ein paar Jahren dienstlich in der Stadt gewesen.

Das Hotel hieß Amarant. Es lag an einem Kanal, der den etwas unheilschwangeren Namen Moerkergraacht trug, genügte aber in jeder anderen Hinsicht ihren Ansprüchen. Außerdem lagen ihre Zimmer direkt nebeneinander, was zumindest Barbarotti besonders ansprechend fand.

»Zu Fuß sind Sie in fünf Minuten im Präsidium«, informierte Martinus sie, als sie ihre Zimmer bezogen hatten und das Gepäck im Amarant losgeworden waren. »Aber mit dem Auto ist es natürlich sicherer, zumindest an diesem ersten Abend.«

»Wir werden in Zukunft zu Fuß gehen«, versprach Eva Backman. »Falls es mehrere Abende werden sollten.«

»Außerdem regnet es«, erläuterte Martinus. »Aber das wird es wahrscheinlich auch an allen anderen Abenden tun. Das ist sozusagen das Markenzeichen dieser Stadt, und im Mai hört es in der Regel wieder auf.«

Es war halb acht, als sie in einem schmucklosen Besprechungszimmer im Maardamer Polizeipräsidium Platz nahmen, um zu versuchen, sich endlich einen Überblick über das zu verschaffen, was sie an diesen Ort geführt hatte.

Die Morde in Mollys Pension in Oosterby, einem kleinen

Städtchen am Meer, ungefähr drei Stunden Autofahrt von Maardam entfernt. Am Samstag, den achtundzwanzigsten September 1991. Seither waren ein paar Jahre vergangen.

Außer den Zugereisten waren Kommissar Münster und seine Kollegin, Kriminalinspektorin Ewa Moreno, anwesend. Zwei Männer, zwei Frauen, dachte Barbarotti; die Kollegen waren ungefähr zehn Jahre älter, wie es schien, um die sechzig im Vergleich zu um die fünfzig, aber wenn die Angelegenheit und die Räumlichkeit (und alle anderen Umstände) ein wenig anders ausgesehen hätten, wäre dies auch als das Essen zweier Paare durchgegangen – ein Gedanke, der wahrscheinlich auftauchte, weil er sich nach einem Glas Rotwein sehnte.

Das tat er normalerweise nicht. Er nahm an, dass es mit der Reise zusammenhing, der Ankunft an einem neuen Ort; vielleicht auch mit dem Abend selbst, dem Regen und dem gelblichen, leicht oszillierenden Licht der Straßenlaternen, das zwischen den Lamellen der Jalousien aufleuchtete. Und mit Eva Backman.

»Herzlich willkommen«, begann Münster. »Ewa und ich haben uns überlegt, dass wir später zusammen essen gehen könnten. Wir haben in einem benachbarten Restaurant für neun Uhr einen Tisch reserviert. Aber vorher wollen wir ein paar Informationen und Gedanken austauschen, wenn ihr nichts dagegen habt?«

»Ein ausgezeichneter Plan«, sagte Eva Backman. »Ewa und Eva, ein Glück, dass wir wenigstens unterschiedliche Nachnamen haben.«

Ewa Moreno lachte. »Ich habe außerdem eine etwas kürzere Wegstrecke bis zur Pensionierung zurückzulegen. Wenn wir genau sein wollen.«

»Wir sollten nur bei der Arbeit genau sein«, sagte Münster. »Ich habe das Gefühl, dass unser Fall dies erfordert. Aber seid ihr nicht schon einmal hier gewesen … dienstlich, meine ich?«

»Das stimmt«, antwortete Barbarotti. »Wir haben vor ein paar Jahren ein Mädchen heimgeholt. Sie war in einem ziemlich traurigen Zustand … nach einer ziemlich traurigen Kindheit, muss man vielleicht hinzufügen.«

»Wie ist es gelaufen?«, fragte Moreno.

»Gut«, sagte Barbarotti. »Sie studiert heute Medizin. Manchmal wird das Leben sozusagen wieder geradegerückt. Aber jetzt erzählt mal. Worum geht es diesmal? Warum sitzen wir hier eigentlich?«

Und Münster berichtete. Gelegentlich schaltete sich auch Moreno ein, aber der Kommissar war offensichtlich am besten im Bilde. Außerdem war er persönlich an der katastrophalen (sein eigenes Wort) Mordermittlung von 1991 beteiligt gewesen, als man sich für den falschen Täter entschieden hatte – eine Person, die sich vor nur einem Monat als ein weiteres Opfer herausgestellt hatte. Ein Opfer des Täters, der somit nach wie vor auf freiem Fuß war und nach dem seit einigen Tagen mit allen zur Verfügung stehenden Mitteln weltweit gefahndet wurde. Der fünf Menschenleben auf dem Gewissen hatte (sowie eventuell weitere) und der mit einer gewissen Wahrscheinlichkeit Leopold Kransky hieß. Oder zumindest früher so geheißen hatte.

Aber es gab Komplikationen.

»Sonst würden wir nicht hier sitzen?«, vermutete Eva Backman.

»Sonst würdet ihr nicht hier sitzen«, bestätigte Ewa Moreno.

Und Münster setzte seinen Bericht fort. Erzählte die

eigenartige Geschichte des Mordverdächtigen Kransky, von dessen eventueller Mutter Molly Hansen und ihrer eventuellen Rolle in dem Ganzen. Von einem alten Kloster und den Bekenntnissen einer früheren Nonne. Von diesem besonderen Septemberabend (das wenige, was man darüber wusste), an dem fünf Menschen ihr Leben verloren hatten – und abschließend von einem alten Kollegen und Lehrmeister.

Dem Kommissar außer Dienst Van Veeteren. War er ihnen möglicherweise bekannt?

Backman und Barbarotti bestätigten, dass er ihnen bekannt war. Aber nur als ein Name… oder auch als Begriff.

»Lebt er noch?«, erkundigte sich Barbarotti.

»Das tut er«, erklärte Münster. »Er erfreut sich bester Gesundheit, möchte ich behaupten, auch wenn er mich bei lebendigem Leib häuten würde, wenn er das hören könnte. Und er hat auch diesmal seine Finger im Spiel, obwohl er erst kürzlich seinen fünfundsiebzigsten Geburtstag gefeiert hat.«

»Sieh einer an«, sagte Eva Backman. »In welcher Weise ist er beteiligt?«

»Auf die übliche Art, könnte man vielleicht sagen«, antwortete Münster, und Ewa Moreno nickte sachkundig. »Es ist viele Jahre her, dass er sich zurückgezogen hat, und ich muss zugeben, dass ich ihn schon recht lange nicht mehr gesehen hatte, aber jetzt ist es also wieder so weit. Wir haben uns diesen Superbock in Oosterby vor einundzwanzig Jahren gemeinsam geleistet, Van Veeteren und ich.«

»Und es fällt ihm schwer, das zu verdauen«, warf Ewa Moreno ein. »Ein Scheitern kommt für ihn einfach nicht in Frage.«

»Genau«, sagte Münster. »Das kommt auf gar keinen

Fall in Frage. Übrigens habe ich ihn vor ein paar Wochen in den Fall hineingezogen, ich empfand es mehr oder weniger als meine Pflicht. Ihr werdet ihn morgen treffen, das wage ich euch zu versprechen. Gestern Abend hat er im Übrigen einen Beitrag zu den Ermittlungen geleistet … wage ich auch zu versprechen. Es geht um einen Koch, das können wir uns also für das Essen aufsparen. Im Moment ist es besser, wenn ihr noch über zwei andere Dinge Bescheid wisst: den Verein der Linkshänder natürlich, aber darüber hinaus über eine Entführung, die in demselben Ort stattfand wie die Brandstiftung … wenngleich viele Jahre zuvor.«

»Die aber mit dem Feuer in Verbindung steht?«, fragte Backman.

»Wir nehmen es an«, sagte Münster.

»Und dann soll das alles noch mit unserem Fall in einem schwedischen Wald zusammenhängen«, bemerkte Barbarotti. »Wir haben auf dem Flug darüber gesprochen … darüber, wie fast alles in einen einzigen Zusammenhang gebracht werden kann, wenn man nur einen ausreichend großen Sack von Details und eine starke Brille auf der Nase hat.«

Inspektorin Moreno machte ein fragendes Gesicht.

»Ihr müsst meinen Kollegen entschuldigen«, sagte Inspektorin Backman. »Wenn er einmal groß ist, wird er Philosoph. Erzählt uns lieber von der Entführung und den Linkshändern.«

Kommissar Münster lachte auf und leistete ihrer Bitte Folge.

51

November 2012. Maardam

»Du siehst zufrieden aus«, sagte Ulrike Fremdli.

»Zufrieden?«, sagte Van Veeteren.

»Nein, falsch«, korrigierte Ulrike sich. »Du siehst aus wie eine Katze, die einen Kanarienvogel gefressen hat.«

»Mon dieu«, sagte Van Veeteren.

Es war Samstagmorgen. Getreu ihrer Gewohnheit waren sie zu Rincklers Café in der Hellengraacht gegangen, um dort zu frühstücken; es war eine Tradition, die sie vor einigen Jahren etabliert hatten, und es bestand keine Veranlassung, mit ihr zu brechen. Nur wenige Dinge in dieser Welt sind in Stein gemeißelt, das hatte sein Leben ihn gelehrt, aber er wusste, dass Mahler und er einmal im Monat in Vlissingen Schach spielen würden, solange er und der alte Dichter lebten. Und er würde jeden Samstagmorgen zusammen mit Ulrike im Rincklers frühstücken, solange sie noch Zähne im Mund hatten.

Das hieß, wenn man nicht zufällig auf Reisen war. In Neuseeland oder andernorts.

Das Gilde und das Rincklers waren mehr als eine Idee, er würde es fast als einen Leitstern beschreiben wollen. Oder genau genommen zwei.

»Es ist passiert, nachdem du mit Radovic gesprochen hast. Heute Morgen.«

»Was? Was meinst du?«

»Deinen Stimmungsumschwung. Das ist nach dem Telefonat passiert.«

»Stimmungsumschwung? Ich widme mich keinen Stimmungsumschwüngen. Ich bin konstant schwermütig. Es sei denn …«

»Ja?«

»Es sei denn, ich denke an dich.«

»Wie gesagt, mon dieu«, erwiderte Ulrike Fremdli. »Du redest wie ein Staubsaugervertreter.«

»Ich hatte einen Onkel, der Staubsauger verkaufte«, erinnerte Van Veeteren sich. »In den Fünfzigern … habe ich dir nie von ihm erzählt? Lorenzo Moerk, er nahm sich das Leben. Beim vierten Versuch, wenn ich mich richtig erinnere.«

»Jetzt schweifen wir vom Thema ab«, stellte Ulrike routiniert fest. »Was hatte Radovic dir denn zu erzählen?«

»Ich glaube, er hat sich am Stromkabel erhängt. Jedenfalls gefiel es einem, es sich so vorzustellen. Auf die Art ist es eine bessere Geschichte.«

»Was hat Radovic erzählt?«

Van Veeteren goss sich noch etwas Kaffee aus der Kanne ein, während er seine Antwort überdachte. »Zwei Dinge«, sagte er schließlich. »Erstens dieser Volker Hermann, den ich erwähnt habe.«

»Der Koch?«

»Ja, genau. Der Koch. Sie haben ihn gestern gefunden. In Berlin … er soll jetzt vernommen werden.«

»Und du glaubst, dass …?«

»Er hat nicht gestanden, aber wer würde das schon von sich aus tun?«

»Man hat ihm die Frage noch nicht gestellt?«

»Nein.«

»Aber passt das auch? Ich meine, vom Alter her und so?«

Van Veeteren nickte. »Anscheinend. Allerdings hat er kein kleines Tattoo im Nacken, aber so etwas kann man ja entfernen lassen. Er gibt zu, dass er in dem Sommer tatsächlich in Mollys Pension gearbeitet hat … und an jenem Abend. Und dass er damals als Zeuge ausgesagt hat. Es ist *dieser* Volker Hermann, das steht fest. Aber wie gesagt, er ist noch nicht richtig vernommen worden, das Vergnügen wird er erst haben, wenn er hier ist.«

»Hier in Maardam?«

»Ja.«

»Wird er nicht nach Oosterby geschickt?«

»Nein.«

»Warum nicht?«

»Weil Radovic auch hierherkommt. Er leitet immer noch die Ermittlungen, aber wir sind zu dem Schluss gekommen, dass er ein bisschen Hilfe benötigt.«

»*Wir?* Hast du gerade gesagt, dass *wir* zu dem Schluss gekommen sind …?«

»Nimm es nicht so genau. Aber dass Radovic sich die Ehre gibt, hängt auch mit dem anderen kleinen Detail zusammen.«

»Ach ja, genau. Zwei Dinge … und?«

Van Veeteren räusperte sich.

»Das ist merkwürdiger. Wesentlich merkwürdiger. Aber willst du es wirklich hören? Ich dachte, du hättest das Interesse an der fraglichen Angelegenheit verloren.«

»Rede keinen Unsinn«, seufzte Ulrike Fremdli. »Du hast kein Interesse gehabt, nicht ich. Was mich betrifft, so fühle ich mich in gewisser Weise tatsächlich dafür verantwortlich, dass die Morde in Mollys Pension aufgeklärt werden, damit… ja, damit man endlich einen Schlussstrich ziehen kann.«

»Na, dann«, sagte Van Veeteren. »Das ist ja ganz hervorragend. Vielleicht kann ich einer Vernehmungspsychologin sogar Zugang verschaffen, wenn unser Mann aus Berlin vernommen werden soll.«

»Lass mich darüber nachdenken«, erwiderte Ulrike Fremdli. »Aber jetzt erzähl mir von dem zweiten merkwürdigen Umstand, ich bin ganz Ohr.«

»Aber gern. Es geht um die Verbindung zu einer Geschichte in Schweden. Eine Geschichte, bei der Birgitte Behrens eine Rolle spielt… zumindest am Rande, es ist längst noch nicht geklärt, ob sie darin verwickelt ist. Wir haben ja über sie gesprochen.«

»Die Schwester, die nicht im Feuer umgekommen ist?«

»Ja.«

Ulrike Fremdli nickte. »Sprich weiter. Je mehr Details, desto besser.«

»Natürlich. Nun, es ist Folgendes passiert: Vor ungefähr einer Woche findet man vor einem Sommerhaus in einem Waldgebiet im südwestlichen Schweden einen ermordeten Mann. Er stand in einem gewissen Kontakt zu Birgitte Behrens, das steht fest, unter anderem mietet sie regelmäßig das Haus, vor dem die Leiche gefunden wurde. Man war nicht sofort in der Lage, die Identität des Opfers festzustellen, aber einem Nachbarn Birgitte Behrens' zufolge könnte er den ungewöhnlichen Namen Kostadino gehabt haben.«

»Kostadino?«

»Exakt. Die schwedische Polizei löst eine internationale Fahndung aus, die vor allem Birgitte Behrens gilt, die seit etwa vierzehn Tagen verschwunden ist. Aber man liefert selbstverständlich auch eine Personenbeschreibung des Toten… mitsamt dem Namen Kostadino. Kommst du mit?«

»Natürlich komme ich mit.«

»Gut. Sowohl Münster als auch Radovic reagieren natürlich auf den Namen Behrens, aber Münster reagiert außerdem auf Kostadino. Schließlich kann es nicht besonders viele Menschen mit diesem Namen auf der Welt geben, und der gute Münster ruft sich in Erinnerung, dass er tatsächlich in grauer Vorzeit einen Kollegen hatte, der so hieß. Hier in Maardam, und der Betreffende war folglich auch ein Kollege meiner Wenigkeit… für ein paar Jahre Anfang der achtziger Jahre, um genau zu sein. Kostadino Miller. Was sagst du dazu?«

Ulrike Fremdli trank einen Schluck Tee und dachte nach. »Was ich dazu sage? Ich sage, dass es ein Zufall ist. Denn du willst ja wohl nicht behaupten, dass er der Mann ist, der ermordet wurde?«

Van Veeteren betrachtete für einige Sekunden das regnerische Wetter und die gelbrote Linde auf der anderen Seite des Fensterglases, ehe er antwortete. Eine Kunstpause, könnte man sagen.

»Doch, meine Liebe. Genau das behaupte ich.«

Doch das Thema hatte sich damit noch längst nicht erschöpft.

»Wie war er?«

»Miller?«

Ulrike Fremdli seufzte. »Ja, natürlich. Kostadino Miller, den du einmal beruflich gekannt hast und dem dreißig Jahre später in einem schwedischen Wald eine Axt in den Schädel gerammt wurde… wie war er?«

Van Veeteren zuckte mit den Schultern.

»Ein wenig speziell, denke ich.«

»Und das bedeutet?«

»Du meine Güte, ich kann mich doch nicht an jeden einzelnen Polizisten erinnern, der bei uns … ja, was soll ich schätzen? Anderthalb Jahre? Höchstens zwei gearbeitet hat … und das auch nicht die ganze Zeit bei der Kriminalpolizei. Aber das weiß Münster bestimmt besser als ich.«

»Trotzdem musst du doch etwas damit meinen, wenn du behauptest, dass er speziell war. Oder nicht?«

»Ja, ich denke schon.«

»Und?«

»Lass mich nachdenken. Ja, genau, ich meine mich beispielsweise erinnern zu können, dass er uns nach einer … Unregelmäßigkeit verlassen hat.«

»Einer Unregelmäßigkeit?«

»Ja. Ich weiß nicht, wohin er gegangen ist, aber es hieß, er sei auf die andere Seite gewechselt und Privatdetektiv geworden. Ich denke, dass Münster und Moreno gerade dabei sind, sich einen Überblick zu verschaffen. Womit sollten sie sich auch sonst an einem dienstfreien Samstag beschäftigen?«

»Und diese Unregelmäßigkeit, worum ging es dabei?«

»Um die Irrwege der Liebe. Um es einfach auszudrücken.«

»Das klingt in meinen Ohren nicht so einfach.«

»Ich glaube, er verliebte sich in eine Frau, die … die Teil einer Ermittlung war.«

»In eine Strafsache verwickelt?«

»Ja.«

»Ich war auch einmal in eine Strafsache verwickelt. Als wir uns kennenlernten … erinnerst du dich nicht mehr?«

Wenn Van Veeteren die Fähigkeit besessen hätte, rot zu

werden, wäre er es in diesem Moment vermutlich geworden. »Das ist etwas völlig anderes.«

»Ach ja? Inwiefern?«

»Du warst betroffen. Du warst ein Opfer, diese Frau war dagegen in das Verbrechen verwickelt. Sie nutzte Kostadino Millers Gutgläubigkeit aus… wickelte ihn um den kleinen Finger und so weiter und so fort. *Honey trap*, wie sie im fernen Westen sagen.«

»Ich käme niemals auf die Idee, so etwas zu tun.«

»Natürlich nicht. Ich sage ja, dass es ein verdammt großer Unterschied ist.«

Ulrike Fremdli lächelte. Anschließend runzelte sie die Stirn und schwieg eine Weile. Van Veeteren sah wieder aus dem Fenster und überlegte, ob er jemals, auch nur ein einziges Mal in all den Jahren, die sie zusammen waren, siegreich aus einer Diskussion hervorgegangen war.

Was immer man mit *siegreich* meinte.

Was immer mit *einer Diskussion* gemeint war.

»Aber unser Koch aus Berlin…«, griff Ulrike den Faden wieder auf. »Es müsste eigentlich doch ziemlich einfach sein, zu bestimmen, ob er Kransky ist, oder nicht? Es gibt doch sicher Fotos?«

Van Veeteren schüttelte den Kopf. »Nicht von Kransky. Das heißt, keine Fotos aus der jüngeren Vergangenheit. Jedenfalls keine, an die man auf die Schnelle herankommt. Man läuft nicht besonders oft zum Fotografen, wenn man im Gefängnis sitzt. Das aktuellste, das Münster… oder vielleicht auch Radovic… auftreiben konnte, wurde 1975 gemacht. Vor siebenunddreißig Jahren, aber es gibt natürlich andere Methoden als Fotos. Zum Beispiel…«

»… Fingerabdrücke.«

»Oder DNA. Du hast also vollkommen recht, vor dem

Ende dieses Tages werden wir wissen, ob wir es mit einem oder zwei Individuen zu tun haben.«

»Aber …?«

»Ja?«

»Aber was soll es bringen, ihn aus Berlin hierher zu schleifen, wenn er nicht Kransky ist?«

»Hm«, sagte Van Veeteren. »Eine höchst relevante Frage. Aber es gibt ja, sozusagen, noch eine dritte Möglichkeit. Verstehst du, worauf ich hinauswill?«

Ulrike Fremdli dachte nach. »Ich verstehe. Er könnte mit Kransky unter einer Decke stecken. Es besteht die Möglichkeit, dass sie es gemeinsam getan haben.«

»Haargenau«, erwiderte Van Veeteren. »Oder … in der schlechtesten aller Welten … dass er es sogar auf eigene Faust getan hat.«

»Der Koch?«

»Ja.«

»Und Kransky?«

»Überhaupt nicht beteiligt war.«

»Aber was zum … und warum? Welche Verbindung soll dieser arme Koch zu den Linkshändern haben? Das ist doch nicht besonders wahrscheinlich, oder?«

Van Veeteren breitete die Hände aus. »Da stimme ich dir zu. Die Wahrscheinlichkeit für diese Lösung ist nicht besonders hoch, aber sie lässt sich nicht ausschließen. Jedenfalls nicht, bis wir uns mit dem Koch von Angesicht zu Angesicht zusammengesetzt haben.«

Er lehnte sich zurück und winkte den Kellner heran, einen üppig tätowierten früheren Ganoven mit dem Künstlernamen Djingiz Khan, der umgesattelt hatte und gläubig geworden war und den Van Veeteren seit mehr als vierzig Jahren kannte.

»Noch ein Kännchen, Herr Kommissar?«

Van Veeteren zog eine Grimasse, und das Kännchen kam auf den Tisch.

»Von Angesicht zu Angesicht?«, sagte Ulrike Fremdli. »*Wir?*«

Van Veeteren sah auf die Uhr.

»Um halb vier im Polizeipräsidium. Wenn die Maschine aus Berlin pünktlich ist. Aber wenn nicht, meldet Münster sich … wir werden auch die Kollegen aus Schweden treffen.«

»Und die Vernehmungspsychologin ist willkommen?«

»Wenn ich Münster richtig verstanden habe.«

52

Oktober 2012. Schweden

Das Tagebuch
Ich muss das zu Papier bringen. Vielleicht ist es das letzte, was ich schreibe.

Es war Kosta, der mir die Neuigkeit überbracht hat. Wer sonst?

In einem Waldgebiet bei Oosterby hat man Qvintus Maasenegger ausgegraben. Ein paar Hundert Meter von Mollys Pension entfernt. Er rief an und beschrieb es ziemlich ausführlich; hatte sich offensichtlich gründlich in die Details vertieft, was gut zu seinem Charakter passt.

Die Leiche hat dort seit Jahren gelegen, konnte er zum Beispiel berichten. Nichts sprach gegen die Theorie, dass sie ungefähr am achtundzwanzigsten September 1991 dort gelandet war. Der Polizeichef in Oosterby heißt heute Radovic, und laut einer Aussage von ihm in Het Journaal wirft der Fund ein völlig neues Licht auf den Brand in Mollys Pension vor einundzwanzig Jahren.

»Und ob er das tut«, kommentierte Kosta. Ich hörte ihm an, dass er eine Spur betrunken und hundert Spuren aufgeregt war. Darüber hinaus lag eine andere Zutat in seiner Stimme, die ich nicht richtig identifizieren konnte. War es Angst?

»Ich komme hoch«, sagte er zum Abschluss des Telefonats. »Wir müssen das in Angriff nehmen.«

Ich versuchte, ihn davon abzubringen. Was natürlich aussichtslos war.

Wir?, dachte ich. Hat er wirklich *wir* gesagt?

Erst nachdem ich den Hörer aufgelegt hatte, traf mich die volle Wirkung des Schocks. Ich versuchte erst gar nicht, die Information in meinem Gehirn zu verdauen, ich ging auf die Toilette und übergab mich. Es kam mir wie eine vollkommen adäquate Handlung vor; ich schreibe *Handlung* und nicht *Reaktion*, denn sie war zweifellos von meinem Willen gesteuert.

Ich musste kotzen. Mein Innerstes nach außen kehren. All diesen klebrigen, alten Brei loswerden. Die Augen aufbekommen.

Apropos Augen, in der Nacht machte ich keines zu. Gab schon gegen Mitternacht auf und ging stattdessen spazieren. *Kymlinge by night*, ich wohne hier seit vielen Jahren, aber es war das erste Mal, dass ich zu einer Nachtwanderin wurde. Und es hätte ebenso gut Tokio oder Valparaiso *by night* sein können, denn von meiner Umgebung nahm ich nicht das Geringste wahr. Kein bisschen. Ich ging und ging bloß wie in einem dunklen und endlosen Tunnel und versuchte, die Gedanken in meinem Kopf in die richtige Reihenfolge zu bringen.

Ein anderer.

Ein anderer hatte meine Schwester und die übrigen drei in jener Nacht in Mollys Pension ermordet. Sowie Qvintus Maasenegger.

Und wer?

Es gab nur eine Antwort. *Gibt* nur eine Antwort.

Natürlich nur einen Kandidaten. Dass es viele Gedanken waren, die geordnet werden mussten, war also reichlich übertrieben. Es war das stets gleiche, verfluchte, einspurige Gedankenknäuel, das immer im Kreis taumelte.

Ich erinnerte mich an seinen schönen Mund und die üppige Haarpracht.

Ich erinnerte mich an seine Hände um meinen Hals.

Und ich fragte mich: Was wird er jetzt tun? Lebt er?

Wird die Polizei es begreifen?

Hat Kosta es begriffen? Die ganze Wahrheit?

Kosta hat sich so verändert. Von Zeit zu Zeit hat er wie besessen gewirkt; von mir natürlich, aber auch von etwas Tieferliegendem. Etwas Fundamentalerem; ich habe gedacht, dass es eine Art Geschwulst in ihm gibt, eine Qual seiner Seele, die kommt und geht, auf Dauer jedoch wächst.

Und jetzt hat seine Besessenheit ein würdiges Ziel gefunden.

Es ängstigt mich, wenn ich daran denke, wohin das führen könnte.

»Wenn die Polizei herausfindet, wer du bist, werden sie dich verdächtigen. Ist dir das klar?«

Das waren seine ersten Worte, nachdem er in den Flur getreten war. Seit unserem Telefonat waren drei Tage vergangen. Mir war niemals in den Sinn gekommen, dass man mich verdächtigen könnte, aber ich erkannte augenblicklich, dass er recht hatte.

Einundzwanzig Jahre lang habe ich mich als meine Schwester ausgegeben. Ich habe alle in dem Glauben gelassen, dass ich Birgitte Behrens bin und ich selbst, Clara Behrens, in jener Nacht umkam.

Das war schlimm genug. Aber wenn man die Daumenschrauben noch etwas weiter anzieht und sich (und mich) fragt, warum – warum tut ein Mensch so etwas? –, erscheint diese Frage nach der Entdeckung von Qvintus Maasenegger in einem etwas anderen Licht. Einem neuen und ernsteren Licht. Einem *unheilvollen,* sagte Kosta, es ist eines seiner Lieblingsworte.

Ich hätte es planen können. Was sich bis jetzt mit dem von Gott geöffneten Fenster entschuldigen ließ, mochte sich in Wahrheit als etwas wesentlich Schlimmeres entpuppen.

Hatte ich ein Alibi für jene Nacht?

Warum hatte ich meinem Mann gesagt, dass ich zu einer Wiedersehensfeier in Oosterby fahren würde, obwohl ich offensichtlich andere Pläne hatte? Wie kam es, dass meine Schwester an der Tafel Platz nahm? Oder vielmehr, dass sie *meinen Platz einnahm*?

Und so weiter.

Hätte ich mich nicht mit Kosta auseinandersetzen müssen, wäre ich vermutlich auf die Toilette gegangen und hätte ein weiteres Mal mein Innerstes nach außen gekehrt. Aber er saß auf der Truhe in meinem Flur, zog seine Schuhe aus und hatte Probleme mit dem einen Knoten, und plötzlich bekam die Situation Züge einer absurden Alltäglichkeit. Ich dachte, dass er ebenso gut mein Ehemann hätte sein können, der gerade von der Arbeit heimkehrte, und dass wir uns bald an den Küchentisch setzen, zu Abend essen und einander erzählen würden, wie es uns an diesem Tag ergangen war.

In dem Moment war ich außerdem froh darüber, dass er Bescheid wusste. Wirklich. Auch wenn er der Mensch war, der er war, fand ich es zumindest in diesem Moment gut, dass es einen Vertrauten gab. Wenigstens einen Menschen auf der Welt, dem bewusst war, wer ich war.

Der irgendwann dieses Muttermal gesehen und die unvermeidliche Schlussfolgerung gezogen hatte.

Das ist jetzt mehr als zwei Jahre her, und von dem anderen habe ich ihm nie erzählt. Nicht von Madeleine. Nicht von Zink und dem Geld.

Und welches Alibi ich für den achtundzwanzigsten September 1991 hatte, wusste er ja. Oder besser gesagt: Er wäre mein Alibi gewesen, wenn er aufgetaucht wäre, wie er es versprochen hatte. Eigentlich habe ich also kein Alibi, wir haben in vielen, langen Sätzen darüber gesprochen.

Wir setzten uns dann tatsächlich an den Küchentisch. Er bat um ein Glas Rotwein und bekam es. Kosta trinkt zu viel, aber es war nicht der richtige Moment, um sich darüber zu streiten. Im Gegenteil, ich gab nach, holte Käse und Salzgebäck und andere Kleinigkeiten, und daraufhin saßen wir stundenlang zusammen und leerten eine Flasche nach der anderen.

Und ich ließ alle Vorsicht fahren. Plötzlich ließ ich mich einfach fallen; wenn er das eine weiß, kann er genauso gut auch das andere erfahren, dachte ich vom Alkohol geleitet. Und so erzählte ich ihm von der Entführung – nach mehr als vierzig Jahren! Meine eigene Rolle spielte ich dabei zwar herunter, versuchte ansonsten aber nicht, mich herauszureden. Er bekam die ganze Geschichte zu hören, wir waren beide sehr betrunken, als wir ins Bett gingen, aber ich bin mir sicher, dass er in der Nacht nicht ein einziges Detail vergessen hat. Natürlich sprachen wir vor allem über Zink. Kosta wusste ja von ihm, wenn auch unter dem Namen Leopold Kransky, da er sich so nannte, als er ins Gefängnis kam; ich weiß nicht, woher er den Namen hatte, und ich weiß nicht, wie er in Wahrheit heißt. Es mag einem seltsam vorkommen, dass wir alle die Anrede Zink akzeptierten, ohne Fragen zu stellen (das tat keiner von uns), aber so war es. So naiv und leichtgläubig waren wir.

Und noch seltsamer natürlich, dass er die ganze Schuld auf sich nahm. Er saß mehr als zwanzig Jahre, und kein Mensch wusste, dass er Helfer gehabt hatte. Natürlich nicht bei dem Mord (wenn es denn ein Mord war), aber bei der Entführung.

Doch wenn es ein Wort gibt, ein Attribut, das wie angegossen zu Zink passt, dann ist es wohl *seltsam*.

Wenn man freundlich sein möchte. *Unheimlich, gefährlich, unverständlich* passen sicher auch recht gut. Kosta wurde kurz wütend, als ich erzählte, dass ich mit ihm geschlafen hatte, aber das ging vorüber. Die andere Geschichte, von dem Mörder, der frei herumlief, war trotz allem wichtiger, das war die Frage, um die er wie besessen kreiste.

»Ich bin zehn Jahre Polizist gewesen, mehr als zwanzig Jahre Privatschnüffler. Was zum Teufel denkst du denn?«

Ich sagte, dass ich verstünde.

»Und von dieser Scheiße, der ganzen traurigen, verfluchten Geschichte um diesen Linksclub und das Mädchen hat die Polizei keine Ahnung?«

Ich antwortete, soweit ich wüsste, nicht die geringste.

»Ihr wart ihre Kindermädchen. Sie befand sich in eurer Obhut. Verdammter Mist.«

»Ich weiß. Wir waren neunzehn.«

»Das entschuldigt gar nichts.«

»Ich weiß. Das Mädchen ist tot, und meine Schwester ist tot. Was glaubst du, woran ich in den letzten hundert Jahren gedacht habe?«

»Okay«, murmelte Kosta. »Okay, verdammt. Aber jetzt wird es Zeit, dass wir nach vorne schauen.«

Obwohl wir einiges getrunken hatten und spät ins Bett gekommen waren, stand er vor sieben auf und ging duschen.

Glücklicherweise hatte ich Spätdienst im Krankenhaus, so dass ich mich wenigstens nicht krankmelden musste.

Aber Kosta war richtig aufgedreht. Er hielt knallhart an dem fest, was er gesagt hatte, dass wir *die Dinge in Angriff nehmen* müssten. Als ich ihn fragte, wen er mit *wir* meine, antwortete er: dich und mich, Clara Behrens, dich und mich.

Anschließend sprach er über Molly Hansen. Da war etwas mit dieser verfluchten Pensionswirtin, meinte er. Er konnte es nicht richtig auf den Punkt bringen, was es genau war, aber, wie gesagt, hatte man mehr als sein halbes Leben in dieser Branche gearbeitet, dann sah man so etwas. Intuition.

Ich fragte ihn, ob er wirklich glaubte, dass sie in die Brandstiftung verwickelt gewesen war, und er antwortete, dass wir das jedenfalls herausfinden müssten.

Wieder dieses *müssen* und dieses *wir*. Als ich darauf hinwies, dass die Polizei in Oosterby angesichts dessen, was passiert war, sicher auf Hochtouren arbeitete, schnaubte er gereizt.

»Die Polizei? Hast du vergessen, wie gründlich sie es letztes Mal vergeigt haben? Was meinst du eigentlich, warum ich umgesattelt habe? Ich sage dir, ich habe als Privatdetektiv zehnmal mehr Fälle aufgeklärt, als mir das gelungen wäre, wenn ich im Polizeicorps geblieben wäre.«

Ich habe ihn nie gefragt, was vorgefallen war, als er seinen Dienst bei der Polizei in Maardam quittierte, und begriff, dass dies auch nicht der richtige Moment dafür war. Ich saß an meinem Küchentisch und fühlte mich schwach. Ein wenig verkatert und zerbrechlich und schuldig. In Frage zu stellen oder gar Widerstand zu leisten, war undenkbar.

Und auch wenn er besessen ist, gab/gebe ich ihm in einem Punkt recht: Wir standen/stehen in dieser Sache auf derselben Seite. Zu diesem Schluss bin ich jedenfalls gekommen.

Ich überließ ihm das Kommando, es kam mir vor, als würde sein *wir* sich festbeißen, Kosta und ich mussten agieren. Und es bestand kein Zweifel daran, wer am Ruder stand. *Steht.*

Einst floh ich vor ihm, jetzt ist die Lage eine andere.

Er erklärte, dass er ein paar Tage bleiben wolle, um zu planen und zu recherchieren. Daraus wurde eine Woche.

Mindestens eine Woche, ich weiß es nicht; am Ende brach dann ich auf, nicht er. Während ich diese Zeilen schreibe, sitze ich mit einem Auftrag in einem Zug nach Süden. Ich habe mir zwei Wochen freigenommen und werde das Gefühl nicht los, mich in etwas Vages und nicht Greifbares hinauszubegeben. Gleichzeitig weiß ich, dass es eine Konsequenz dessen ist, was vor einundzwanzig Jahren geschah, eine Konsequenz, die lange Zeit dagelegen und gewartet und getickt hat, früher oder später jedoch aktiviert werden musste. Ich habe nie groß über Bestimmung und den freien Willen nachgedacht, aber heute, jetzt, da ich durch das Zugfenster in einen ausgesprochen düsteren, vor Feuchtigkeit triefenden Fichtenwald hineinblicke, komme ich nicht umhin, mir vorzustellen, dass ich nur ein Stein bin. Eine Spielfigur in einem Spiel, das ich nicht zu überblicken vermag.

Ich denke im Grunde weniger darüber nach, welches Ergebnis meine Reise und mein Auftrag (er besteht darauf, es so zu nennen: *der Auftrag*) haben werden, als darüber, was Kosta vorhat. Auch er hat einen Auftrag, aber worum es dabei geht, hat er mir nicht mitgeteilt. Er wird jemanden treffen, hat einen Termin ausgemacht, mehr weiß ich nicht; er hat die ganze Woche gemailt und telefoniert und wirklich ausgesehen wie ein Privatschnüffler aus einem dieser alten amerikanischen Filme, eine Art Humphrey Bogart light, und mit jedem Tag hat sich seine Nervosität ein paar Grad gesteigert. Als ich ihn fragte, ob es Kransky sei, ob er tatsächlich Kransky aufgestöbert habe und mit ihm verhandele, schüttelte er jedoch nur den Kopf und wedelte mit einem Zeigefinger vor seinem Mund.

»Glaub mir, es ist besser, wenn du nichts weißt.«

Er hat mich eingehend zu der Entführungsgeschichte verhört, und ich meine wirklich *verhört*. Ich habe mich auf keinen Fall wie ein Partner in seiner Detektei gefühlt. Im Gegenteil, eher wie eine Verdächtige, oder zumindest wie eine … Kronzeugin, sagt man nicht so? Wer hat was getan? Welche Rollen hatten wir? Wie waren die einzelnen Mitglieder von Familie Kettener? Wusste meine Schwester, was vorging, oder stand sie völlig außen vor?

Und so weiter. Ich habe alle Fragen so genau und wahrheitsgetreu beantwortet, wie ich konnte; ich gab es ziemlich schnell auf, meine eigene Rolle herunterzuspielen, ich habe das Gefühl, dass die Zeit der Scham und der Schuld vorbei ist. Wenn es ein Leben nach diesem gibt, werde ich vor einem unbestechlichen Richter stehen, aber ich bin nicht bereit, diese Prozedur vor den Behörden dieser Welt über mich ergehen zu lassen. Das hat auch Kosta akzeptiert; Ziel unserer Zusammenarbeit ist es nicht, mich auf die Anklagebank zu bringen, unser Ziel lautet, dort einen Mörder zu platzieren.

Zuletzt ein Detail, das mich beunruhigt (ich muss bald umsteigen, danach werde ich nichts mehr schreiben): Vandelbo. Wir waren im Mai und Ende August zusammen dort, und aus irgendeinem Grund habe ich vergessen, der Vermittlung den Hausschlüssel zurückzugeben. Und es im Gespräch mit Kosta irgendwann erwähnt. Gestern Morgen, kurz bevor ich zur Arbeit gehen wollte, fragte er mich, wo ich ihn aufbewahre. Ich antwortete, dass er an dem kleinen Brett in der Küche zwischen den anderen Schlüsseln hänge.

»Gut«, sagte Kosta. »Ich leihe ihn mir vielleicht. Um die Jahreszeit mietet doch sicher keiner die Bude, oder was meinst du?«

Ich zuckte mit den Schultern und sagte, das Haus stehe wahrscheinlich leer, und bevor ich ihm weitere Fragen stellen konnte, hob er wie üblich seinen Zeigefinger und bohrte seinen besessenen Blick in mich. Ich sagte mir, dass in seinem Inneren etwas kaputtgegangen war. Dass dort im Türrahmen tatsächlich ein Irrer stand und sein wiederkehrendes Credo ausspuckte.

»Je weniger du weißt, desto besser.«

Ich wünschte, ich hätte ihm niemals mein Muttermal gezeigt.

Aber *je weniger du weißt …* nun, vielleicht ist es so.

Jedenfalls habe ich das Gefühl, auf der Flucht zu sein. Vor allem, was gewesen ist, wie mir scheint. Vor meinem Leben.

Was allerdings nicht bedeutet, dass ich vorhabe, meinen Auftrag zu vernachlässigen.

53

November 2012. Maardam

Gunnar Barbarotti ließ den Blick über eine Stadt schweifen, die in Nebel gehüllt war. Es war Viertel vor zehn am Samstagmorgen. Er hatte drei Stunden in Eva Backmans Bett geschlafen, drei Stunden in seinem eigenen. Allerdings in der umgekehrten Reihenfolge, und sie hatten sich nicht geliebt.

Dagegen hatten sie in dem Restaurant im Erdgeschoss ausgiebig gefrühstückt, und er hatte fünf Minuten mit zwei Jugendlichen daheim in Kymlinge telefoniert. Erst mit Martin, der zu schlaftrunken gewesen war, um auch nur einen halbwegs verständlichen Satz herauszubringen, danach mit Jenny, die zwar auch noch halb schlief, aber erklärte, es sei alles total in Ordnung. Alle Nachfahren – außer Johan, der über zwanzig und seit Langem sein eigener Erziehungsberechtigter war – hatten sich in der Villa Pickford aufgehalten und am Vorabend Filme gesehen. Bis zwei, halb drei ungefähr, keiner hatte etwas Hochprozentigeres als Cidre getrunken, und es fehlte ihnen nichts. Abgesehen davon, dass sie noch ein paar Stunden schlafen mussten. Aber mein Gott, es war schließlich Samstag. Wie war das Wetter in Maardam?

»Ich weiß es nicht«, hatte er ehrlich geantwortet. »Durch den Nebel sieht man nichts.«

Doch, jetzt sah er, dass ein paar Kirchtürme herausragten. Er fragte sich, wie viele Kirchtürme es auf der Welt gab und ob der Herrgott sich wohl für diese Frage interessierte. Er musste es letztlich wohl schon als ein Kompliment empfinden, dass es da unten auf der Erde so viele konkrete Beweise für die Existenz seiner Anhänger gab. Errichtet im Schweiße ihres Angesichts, niedergebrannt, zerbombt, wiederaufgebaut und im Laufe der Jahrhunderte immer und immer wieder restauriert, diese spitz zulaufenden Finger, die alle ein wenig vergeblich zum unendlich fernen Himmel hinaufzeigten. Wohin man eines Tages reisen würde, wenn die Zeit gekommen war. Sofern man es verdient hatte. *Und ich werde bleiben im Hause des Herrn immerdar.*

Nein, es ging nicht darum, es verdient zu haben. Es ging um *Gnade*. Ein bisschen hatte er immerhin gelernt, seit er ernsthaft im Kontakt mit dem Herrgott stand.

Und natürlich mussten Seelen gezählt werden, nicht Kirchtürme. Wenn überhaupt etwas gezählt werden sollte.

Der Nebel bewegte sich ein wenig, und er erkannte, dass einer der Türme in Wahrheit ein Baukran war. Erkannte außerdem, dass er eigentlich nicht in diese diffuse Stadt gekommen war, um sich – während er träge aus einem Hotelfenster im zehnten Stockwerk glotzte – metaphysischen Spekulationen hinzugeben.

Er sollte sich lieber die Zähne putzen. Er sah auf die Uhr. In zehn Minuten würden Eva Backman und er sich in der Lobby zu einem geführten Spaziergang zum Polizeipräsidium von Maardam einfinden. Alles hat seine Zeit.

Die Stunden vor dem Mittagessen widmeten sie dem Phänomen Kostadino Miller. Ein junger, enthusiastischer Kriminalassistent namens Cronenberg skizzierte – in einer pädagogisch aufbereiteten PowerPoint-Präsentation – einen ambitionierten Nachruf auf den ermordeten früheren Privatdetektiv, den früheren Polizeianwärter.

Kostadino Eduardo Miller. Geboren 1947 in Genf, Schweiz, gestorben 2012 in Vandelbo nahe Kymlinge, Schweden. Der Vater Schweizer, die Mutter portugiesischer Abstammung, keine Geschwister. Die Familie wanderte Anfang der sechziger Jahre nach Kanada aus, aber Kostadino kehrte einige Jahre später nach Europa zurück und ließ sich im belgischen Brügge nieder. Heiratete 1976 eine Frau namens Cassandra Waites, arbeitete in der Finanzabteilung des Unternehmens, das ihre Familie besaß (*Waites & Spinster International Watercraft Solutions FG* – Barbarotti versuchte sich vorzustellen, welche Produkte man herstellte oder welche Dienstleistungen man anbot, aber es wollte ihm nicht gelingen), und ließ sich 1980 von selbiger Frau scheiden. Keine Kinder. Ging nach Maardam, wo er zwischen 1980 und 1987 lebte und zum Kriminalpolizisten ausgebildet wurde und auch ein paar Jahre als Polizeibeamter arbeitete.

Hier unterbrach Kommissar Münster – der dem Vortrag gemeinsam mit Ewa Moreno und einem Inspektor, dessen Name Barbarotti nicht mitbekommen hatte, lauschte – und teilte mit, dass er persönlich ein gutes Jahr mit Kostadino Miller zusammengearbeitet habe und mit ein paar Anmerkungen darauf zurückkommen werde, sobald Cronenberg fertig sei.

Aus irgendeinem Grund kündigte Miller im August 1987 seine Stelle bei der Maardamer Polizei, fuhr Cronenberg fort. Er verließ darüber hinaus die Stadt und ließ sich in Loewingen nieder, wo er sich als Privatdetektiv etablierte. 1991 zog er noch einmal um, diesmal nach Oostwerdingen, wo er mit einer Frau zusammenlebte, Ursula Mosel, und weiterhin sein Detektivbüro betrieb, das inzwischen unter dem Namen TPE, *The Penetrating Eye*, registriert war. Ende des Jahres 2000 kam das Aus für die Beziehung zu Ursula Mosel, und Miller verlegte seine Detektei nach Maardam. Dort blieb er drei Jahre, ehe er erneut die Stadt wechselte: Aarlach, wo er seither gewohnt hatte und tätig gewesen war, das heißt, in den letzten neun Jahren.

Cronenberg hielt abschließend fest, dass Miller keine Kinder oder andere Erben hatte, und welche Angelegenheit ihn nach Schweden führte, wo er sein Leben auf der Terrasse eines abgeschieden liegenden Sommerhauses aushauchte… nun, wegen dieser Frage hatte man sich vielleicht an diesem nebligen Novembersamstag im Präsidium versammelt?

»Ganz genau«, stellte Ewa Moreno mit einem Seufzer fest. »Und wir werden hier wohl eine ganze Weile sitzen bleiben.«

»Zu Millers Leistungen als Privatdetektiv in der Firma TPE«, ergänzte Cronenberg, »habe ich eine kleine Dokumentation zusammenstellen lassen. Es liegt ein Stapel Blätter auf dem Tisch, ihr könnt euch jeder ein Exemplar nehmen und selbst lesen.«

Er schaltete den Bildschirm aus und das Deckenlicht ein. Münster dankte ihm für die Informationen und erklärte, dass Cronenberg nun zu seiner Familie heimgehen könne (drei Kinder unter fünf Jahren, eine schwangere Ehefrau und zwei energische Hunde in den Flegeljahren, verriet der junge Polizeianwärter mit einem schwer zu deutenden Lächeln).

Natürlich nur, wenn die zugereisten Schweden keine Fragen hatten.

Die zugereisten Schweden platzten förmlich vor Fragen, aber für die Antworten schien Cronenberg nicht der richtige Ansprechpartner zu sein.

»Was zum Henker hat er in Schweden getrieben?«, fragte sich Ewa Moreno, als der Polizeianwärter durch einige Flaschen Mineralwasser und eine Servierplatte mit Obst ersetzt worden war. »Er kann dort ja wohl kaum Urlaub gemacht haben, oder?«

»Es wäre ungewöhnlich, in unserem Land im Oktober Urlaub zu machen«, stimmte Eva Backman ihr zu. »Aber Münster wollte sich zu seinem Charakter äußern… ?«

»Wobei wir nicht vergessen dürfen, dass meine Eindrücke fünfundzwanzig Jahre alt sind«, erwiderte Münster. »Aber, na gut, er war ein ziemlich eigener Herr, dieser Kostadino Miller. Der Meinung waren alle, die mit ihm zusammenarbeiteten.«

»Eigen?«, fragte der namenlose Inspektor. »Ich fühle mich ab und zu auch ein wenig eigen. Lässt sich das ein bisschen präzisieren?«

Barbarotti erkannte, dass sie die Grenze überschritten hatten, hinter der es nicht mehr möglich war, ihn nach seinem Namen zu fragen, und hoffte, dass er auf andere Weise auftauchen würde.

»Ich kann es zumindest versuchen«, sagte Münster. »Wenn ich behaupte, dass Miller immer Recht haben wollte, sage ich sicher nicht zu viel. Er war sauer auf alles und alle, als gäbe es eine weltweite Verschwörung, deren einziges Ziel darin bestand, ihm das Leben schwer zu machen. Kriminelle, Kollegen… ja, die ganze Menschheit… alle waren gegen ihn.«

»Netter Kerl«, sagte Ewa Moreno. »Ich glaube, als ich hier angefangen habe, war er seit einem Jahr fort.«

»Das dürfte hinkommen«, bestätigte Münster. »Aber ich muss hinzufügen, wenn er in seltenen Fällen einmal etwas richtig gut fand, gab es für ihn auch in diese Richtung kein Halten mehr. Er konnte ein blindes Huhn, das zufällig ein

Korn gefunden hatte, zum Genie erklären ... vor allem, wenn er selbst dieses Huhn war.«

»Er soll ein Fan von Springsteen gewesen sein«, warf Eva Backman ein.

»Er war nicht bloß ein Fan«, erklärte Münster. »Bruce war nicht nur *The Boss*, Bruce war Gott.«

»Warum hat er gekündigt?«, fragte Barbarotti.

»Das hing eng mit seinem Charakter zusammen«, antwortete Münster. »Zum einen fand er, dass wir alle Idioten wären ... eventuell mit Ausnahme Kommissar Van Veeterens, den ihr nach dem Mittagessen kennenlernen werdet ... zum anderen verguckte er sich in die schönste und beste Frau der Welt. In Wahrheit war sie eine Komplizin in einem Mordfall, aber Miller tat alles, um sie von jedem Verdacht reinzuwaschen ... vermutlich, um sie heiraten zu können, sobald sie dem langen Arm des Gesetzes entkommen war. Und zu diesem Zweck überschritt er mehr als eine Grenze. Eigentlich hätte er gefeuert werden müssen, aber sein Chef ließ Gnade vor Recht ergehen und schlug ihm vor, stattdessen seine Kündigung einzureichen.«

»Hm«, sagte Eva Backman. »Und danach arbeitet er fünfundzwanzig Jahre als Privatdetektiv und beendet sein irdisches Dasein mit einer Axt im Schädel bei uns in Schweden. Ein interessanter Lebenslauf.«

»Genau«, sagte Ewa Moreno. »Darüber hinaus mit einer möglichen Verbindung zu unserem alten Debakel: den Oosterby-Morden. Voller Schadenfreude kann ich sagen, dass ich selbst nicht an den Ermittlungen beteiligt gewesen bin. Aber wie sieht es von eurer Seite aus? Ich weiß, dass wir das gestern Abend schon angesprochen haben, aber da war Inspektor Jung noch nicht dabei, und die meisten sind der Meinung, dass er nicht gerade auf den Kopf gefallen ist.«

Danke, dachte Barbarotti. Da haben wir ihn. *Jung.*

»Danke«, sagte Inspektor Jung. »Das höre ich zwar zum ersten Mal, aber ich bin zumindest ein bisschen neugierig.«

»Du oder ich?«, fragte Eva Backman und sah ihrem Kollegen und ruhigen Bettpartner in die Augen.

»Fang du an«, antwortete Gunnar Barbarotti.

Eva Backman berichtete.

Erzählte detailliert von der Leiche auf der Terrasse in Vandelbo, dass sie dort einige Tage gelegen hatte, bevor sie entdeckt worden war, und dass man beim Durchkämmen des Hauses im Großen und Ganzen nichts gefunden hatte, was sich mit Kostadino Miller in Verbindung bringen ließ: keine Kleidungsstücke, keine persönlichen Gegenstände, abgesehen von einem fast leeren Portemonnaie – was logischerweise darauf hindeuten dürfte, dass der Mörder darauf bedacht war, alles in dieser Art verschwinden zu lassen. Wahrscheinlich um die Identifizierung des Opfers zu erschweren oder sie zumindest zu verzögern. Auch in Birgitte Behrens' Wohnung hatte es keine handfesten Spuren von ihm gegeben, obwohl er sich dort in der letzten Zeit vor seinem Tod nachweislich länger aufgehalten hatte.

Allerdings reichlich frische Fingerabdrücke und DNA, an beiden Orten. Möglicherweise lag die Vermutung nahe, dass der Täter nach dem Mord Zugang zu der Wohnung gehabt hatte. Das einfachste Szenario lautete natürlich, dass sie es mit einer Täterin zu tun hatten, nämlich Birgitte Behrens selbst. Eine solche Annahme hieße jedoch, voreilige Schlüsse zu ziehen. Wie man so sagte.

Barbarotti übernahm und teilte mit, was man über diese Frau aus schwedischer Perspektive wusste. Dass sie im Herbst 2001 von Maardam nach Kymlinge gezogen war und seither im Krankenhaus der Stadt gearbeitet hatte. Eine alleinstehende und einsame Frau mit einem kleinen oder nicht existierenden Bekanntenkreis; zumindest, wenn man den Angaben Glauben schenkte, die sich aus den Gesprächen mit ihren Arbeitskollegen ergeben hatten. Ungefähr zu dem Zeitpunkt, als Kostadino Miller draußen in Vandelbo seinem Mörder begegnete, beantragte Birgitte Behrens zwei Wochen Urlaub, und alles deutete darauf hin, dass sie kurz darauf ihre Wohnung verlassen hatte. Wohin sie sich begeben hatte, war bisher unbekannt, aber in ihrer Wohnung befanden sich weder ein Pass noch ein Computer, so dass man annehmen durfte, dass sie die Absicht hatte, zu verreisen und dabei eventuell auch das Land zu verlassen. Laut Urlaubsantrag sollte sie in zwei Tagen, also am kommenden Montag, wieder auf der Arbeit erscheinen. Ob sie die Absicht hatte aufzutauchen, blieb abzuwarten.

»Aber sie und Miller haben sich gemeinsam in dem Sommerhaus aufgehalten?«, erkundigte sich Ewa Moreno. »Steht das fest?«

Barbarotti nickte. »Ja, höchstwahrscheinlich. Ob sie das zum Zeitpunkt des Mordes getan haben, hat sich dagegen nicht feststellen lassen.«

»Sie kannten sich schon länger?«

»Mindestens seit einem Jahr«, antwortete Eva Backman. »Das wissen wir durch die Zeugenaussage eines Nachbarn.«

»Sie muss auf jeden Fall als unsere Hauptverdächtige betrachtet werden«, hielt Münster fest. »Das Einzige, was in meinen Ohren falsch klingt, ist die Tatsache, dass sie sich die Mühe macht, einen Urlaubsantrag zu stellen. Wenn man jemanden totschlägt und sich deshalb aus dem Staub machen muss, bittet man nicht vorher um ein paar freie Tage.«

»Wir wissen außerdem nicht, ob sie das vor oder nach dem Mord getan hat«, verdeutlichte Barbarotti. »Also ihren Urlaubsantrag eingereicht hat. Es kann sehr wohl so sein, dass sie ihre Wohnung und Kymlinge verließ, bevor der Mord geschah. Und wenn das zutrifft, dürfte sie unschuldig sein. Vielleicht sogar unwissend. Ich könnte mir durchaus vorstellen, dass sie jetzt auf Gran Canaria sitzt und Sangria trinkt.«

»Nein«, widersprach Eva Backman. »Wenn sie Schweden verlassen hat, dann nicht mit dem Flugzeug. Das wissen wir immerhin. Habt ihr noch Fragen zur Situation bei uns?«

Sie ließ den Blick durch die Runde schweifen, und Inspektor Jung winkte mit einem Stift.

»Nun, da ich ja nicht auf den Kopf gefallen bin«, meinte er, »würde ich gern ein paar Fragen stellen ... oder, wenn ich es recht bedenke, nur eine. Es geht um diese sogenannte Verbindung, ich finde einfach, dass das zu weit hergeholt ist.«

Ewa Moreno nickte. »Ganz meine Meinung. Das habe ich mich auch gefragt. Münster, du hast den Vorschlag gemacht, dass wir unsere Köpfe mit denen dieser sympathischen Schweden zusammenstecken sollen, nicht?«

»In gewisser Weise«, antwortete Münster kryptisch.

»Danke«, sagte Barbarotti und wandte sich an Jung. »Tja, wenn man als Bulle schon nicht so viele Fälle aufklärt, kann man wenigstens versuchen, einigermaßen sympathisch zu sein.«

»Ist das eine Strategie in Schweden?«, fragte Jung.

»Wir stellen so viele Ermittlungen ein, wie wir nur können«, antwortete Eva Backman. »Das ist also vollkommen richtig. An unserem sympathischen Erscheinungsbild arbeiten wir allerdings noch.«

»Aber mal ganz im Ernst, Herr Kommissar«, sagte Ewa Moreno. »Ist der Faden nicht wirklich sehr dünn?«

Münster schwieg und schien etwas abzuwägen.

»Wenn ich es richtig verstanden habe, hatte Kostadino Miller nichts mit dem Fall in Oosterby zu tun?«, setzte Jung nach. »Und Birgitte Behrens war doch auch nicht in ihn verwickelt, oder? Sie ist die Schwester eines der Mordopfer, das ist alles. Ich meine …«

»Ich weiß, was du meinst«, unterbrach Münster ihn. »Und es stimmt, sie können sich rein zufällig kennengelernt haben, wie es in den meisten Beziehungen der Fall ist. Er wird ermordet, vielleicht hat sie es getan. Sie ist ja offensichtlich verschwunden, und wenn man jemanden mit einer Axt erschlägt, ist es sicher eine gute Idee, das Weite zu suchen.«

»So ist es«, sagte Jung. »Wo ist das Bindeglied zwischen dem einen und dem anderen?«

»Hm, ja«, erwiderte Münster zögernd. »Es gibt ja trotzdem eine Möglichkeit. Vor allem, wenn man bedenkt, dass Maasenegger offenbar keine Schuld an den Morden trifft, aber ich stimme euch zu … es ist ein dünner Faden. Jedenfalls müssen wir noch einen anderen Umstand berücksichtigen.«

»Einen anderen Umstand?«, sagte Eva Backman, und Barbarotti hatte den Eindruck, dass Kommissar Münster eine wenig rot wurde. Zumindest wirkte er verlegen.

»Nun, das klingt für unsere Gäste vielleicht ein bisschen nach Hokuspokus, wofür ich volles Verständnis habe«, sagte er und breitete die Hände in einer entschuldigenden Geste aus. »Aber ich habe mit Van Veeteren über den Vorfall bei euch gesprochen, und er hat erklärt … sehr nachdrücklich erklärt … dass es da einen Zusammenhang gibt. Ihr seid Van Veeteren nie begegnet?«

Er sah nacheinander Barbarotti und Backman an, die beide den Kopf schüttelten.

»Wir haben natürlich von ihm gehört«, sagte Backman. »Er ist ja eine lebende Legende. Wie alt ist er noch mal?«

»Gerade fünfundsiebzig geworden«, antwortete Münster. »Er ist mit den Jahren nicht unbedingt gütiger geworden, aber seine Intuition ist bei uns geradezu sprichwörtlich.«

»Und wenn er sagt, das hängt zusammen, heißt das, es gibt tatsächlich eine Verbindung?«, fragte Barbarotti.

»Ja, einfach ausgedrückt«, sagte Jung. »Ich nehme meine Vorbehalte zurück.«

Ewa Moreno lachte. »Ja, mein Gott, ihr müsst euch wirklich wundern, aber es ist, wie es ist. Und ihr werdet die Legende auf jeden Fall noch kennenlernen. Er kommt heute Nachmittag vorbei, um sich den Koch aus Berlin vorzuknöpfen.«

»Ja, genau, Volker Hermann«, sagte Münster. »In der besten aller Welten ist er identisch mit Leopold Kransky, und dann ist die Sache erledigt.«

»Nicht für uns«, warf Barbarotti ein.

»Nein, nicht für euch«, stimmte Münster ihm zu. »Außerdem habe ich das Gefühl, dass die Dinge letztlich doch ein bisschen komplizierter sind. Aber er könnte in die Sache auch verwickelt gewesen sein, ohne Kransky zu heißen.«

»Ein Komplize?«, sagte Jung.

Münster nickte vage. »Möglich.«

»Was ist mit Fingerabdrücken?«, wollte Eva Backman wissen. »Die von Kransky müssen doch gespeichert sein?«

»Selbstverständlich«, sagte Münster. »Wir werden die von Hermann sichern müssen.«

»Das ist noch nicht passiert?«

Münster zuckte mit den Schultern. »Nein. In Oosterby war er ein Zeuge. Wir nehmen hier keine Fingerabdrücke von Zeugen ab. Und in Berlin wird ihm nichts vorgeworfen… auch wenn er anscheinend im Besitz einer großen Summe Bargeld war, über deren Herkunft er keine Auskunft erteilen konnte. Er wird hierher gebracht, weil er über entscheidende Informationen in einer Mordermittlung verfügen könnte… aber natürlich werden wir seine Fingerabdrücke sichern, wenn er erst einmal da ist.«

»Rom wurde auch nicht an einem Tag erbaut«, sagte Barbarotti.

»Aber du hast ihn damals in Oosterby vernommen?«, fragte Eva Backman. »Oder?«

»Zweimal«, seufzte Münster. »Er hatte natürlich durchaus die Gelegenheit, es zu tun, sowohl den ganzen Haufen zu vergiften als auch die Pension in Brand zu stecken. Ich hatte nur nicht den Eindruck.«

»Wieder Intuition?«, fragte Barbarotti.

»Ich bin eben in die Schule eines gewissen Meisters gegangen«, bekannte Münster und sah auf die Uhr. »Ich schlage vor, dass wir etwas essen gehen, bevor wir am Nachmittag andere Saiten aufziehen. Kommissar Radovic wird übrigens auch noch zu uns stoßen.«

»Eine starke Mannschaftsaufstellung«, sagte Barbarotti.

»Zumindest auf dem Papier«, meinte Jung und stand auf. »Aber es stimmt, man soll auf keinen Fall das Mittagessen ausfallen lassen. Das ist das Einzige, was ich nach dreißig Jahren in diesem Beruf mit Sicherheit weiß.«

54

November 2012. Maardam

Der Mörder ging in den Hauptbahnhof und kaufte drei Schachteln West.

Er rauchte nur eine Zigarette am Tag, kaufte normalerweise jedoch Nachschub an dem Vormittag, nachdem er die letzte Schachtel geöffnet hatte. Immer im Hauptbahnhof, immer an dem Kiosk zwischen Gleis 9 und Gleis 10. Hier hatte er dreiundzwanzig Jahre zuvor seine erste Schachtel gekauft; am selben Tag, an dem die zuständigen Behörden ihm für den Rest seines Lebens eine Invalidenrente zugesprochen hatten, das war kein Zufall gewesen. Verglichen mit heute hatten sie weniger als die Hälfte gekostet, aber abgesehen vom Preis war das meiste andere unverändert geblieben. Der Kiosk stand, wo er stand, das Sortiment sah aus, wie es das immer getan hatte, eine Mischung aus Zeitungen, Süßigkeiten, Taschenbüchern und Tabakwaren. Das immer gleiche Angebot an Erfrischungsgetränken im Kühlschrank und ähnlich aussehenden Frauen, die an der Kasse standen und das Geld in Empfang nahmen. Mittlerweile immer eine von dreien – zwei dunkelhaarige, eine blonde, aber eine der Dunkelhaarigen und die Blonde arbeiteten schon seit Jahren dort, und beide, wenngleich jeweils nur eine von ihnen, lächelten kurz und nickten ihm wie einem Bekannten zu.

Und das, obwohl er nur einmal alle zwei Monate vorbeischaute und sie schätzungsweise bis zu tausend Kunden täglich bedienen mussten. Es war natürlich auch denkbar, dass sie jedem Dahergelaufenen wie einem Bekannten zunickten. Dass dies irgendwie ein Teil ihres Jobs war. Obwohl er nur ein einziges Mal gesehen hatte, dass die jüngere Dunkelhaarige, die mit Sicherheit asiatisches Blut in den Adern hatte, lächelte, und dieses Lächeln hatte nicht ihm gegolten, sondern dem Kunden, der vor ihm in der Schlange stand und Halspastillen und eine Zeitung kaufte. Vielleicht war er ein Verwandter oder guter Freund gewesen.

Heute war die Blonde da. Sie nickte und lächelte. Er dachte, dass er dies, wenn er ein völlig anderer Mensch wäre, wahrscheinlich als ein gutes Zeichen aufgefasst hätte, und es erstaunte ihn, dass ihm ein solcher Gedanke durch den Kopf ging. Er stellte sich nicht vor und versuchte sich auch nicht vorzustellen, wie unwichtige Menschen dachten, ganz sicher nicht, und so verschwand der Gedanke erwartungsgemäß ebenso schnell, wie er aufgetaucht war. Er glaubte nicht an Zeichen, weil es so etwas wie Zeichen nicht gab. Oder Vorboten. Oder magisches Denken. Dabei ging es nur um Irrglauben und Unwissen. Im Leben ging es um reale Dinge.

Er bedankte sich höflich, nahm das Wechselgeld entgegen und steckte die Zigarettenschachteln in seine Aktentasche. Verließ den Bahnhof auf dem gleichen Weg, den er beim Hinweg genommen hatte, warf einen Blick auf die große Uhr über dem Eingang, die mit dem käsegelben Zifferblatt, und stellte fest, dass er zur rechten Zeit unterwegs war, um zum Bistro Langemaar in Zwille zu flanieren und dort zu Mittag zu essen. Samstags aß er meist im Langemaars, nicht immer, aber in drei von fünf Fällen. Er dachte, dass es schön war, wieder in heimischen Gefilden zu sein; er verreiste nicht gern, aber so, wie die Lage sich entwickelt hatte, war ihm keine andere Wahl geblieben.

Wahlfreiheit war auch so eine Illusion. Er wusste oder hatte durch empirische Beobachtungen gelernt, dass andere Menschen dies eventuell anders sahen, aber das spielte keine Rolle. Nur sein eigenes Leben, seine eigene begrenzte Existenz, war von Bedeutung, und in seinem Fall war es niemals schwierig gewesen, Entscheidungen zu treffen, sobald er die Prämissen identifiziert und analysiert hatte. Die Phasen der Unruhe, die es gegeben hatte, waren immer dann aufgetaucht, wenn er seine Analyse noch nicht abgeschlossen hatte. In dieser Zeit nahm er die Welt manchmal als unsicher und instabil wahr.

Er rauchte seine Zigarette wie immer. Auf dem Balkon, nach den Neunuhrnachrichten im Fernsehen. Stand da und blickte auf die Stadt hinaus; der Nebel hatte sich den ganzen Tag nicht gelichtet, und nun, am Abend, war er so dicht geworden, dass man kaum etwas erkennen konnte. Nicht den spitzen Turm der Keymer-Kirche, nicht den Baukran drüben am Krugerplejn, selbst die hell erleuchtete Straßenbahnhaltestelle unten auf der Straße war nur schemenhaft zu sehen. Er dachte, dass ihm dies gefiel. Je weniger man sah, desto besser, und er fragte sich, ob er sich wohl dabei fühlen würde, blind zu sein.

Wahrscheinlich nicht. Ordnung war wichtig, ein Eckpfeiler in seinem Leben, und Ordnung war etwas, das man mit Hilfe des Sehvermögens kontrollieren musste.

Zumindest eine gewisse Art von Ordnung. Die alltägliche, die Dinge, die einen umgaben. Aber es gab auch andere Ordnungen, von größerem Gewicht. Sichtbar geworden durch

Handlungen und Konsequenzen, Ursache und Wirkung und ausgestattet mit einem hohen Maß an Komplexität. Diese Handlungen mussten adäquat ausgeführt werden, damit das Dasein nicht aus den Fugen geriet; diese Verhältnisse waren ihm schon zu einem frühen Zeitpunkt in seinem Leben bekannt gewesen, er war sich ihrer damals auf eine kindliche und unentwickelte Art bewusst gewesen. Störungen dieser höheren Ordnung hatten ihn häufig als eine diffuse Irritation ereilt, die sich gelegentlich zu einer intensiven, fast erstickenden Abscheu steigerte, und erst als Erwachsenem, oder in seinen späten Jugendjahren, war es ihm gelungen, das Problem einzukreisen und zu formulieren. Und dadurch eine Verhaltensweise zu finden, mit der er die Probleme am einfachsten vermeiden und – wenn sie dennoch auftraten – Methoden entwickeln konnte, um sie zu bewältigen.

Bevor man wusste, wie die Gleichung aussah, konnte man sie selbstverständlich nicht lösen.

Die Gleichung, mit der er sich momentan beschäftigte – und im letzten Monat beschäftigt hatte –, war noch nicht endgültig gelöst worden. Die Reise nach Schweden und die Vollstreckung in dem Haus im Wald waren ein Schritt in die richtige Richtung gewesen, aber es stand noch ein weiterer aus. Ein kleinerer Schritt zwar, das hatte er verstanden, als er mit ihr telefoniert hatte, und die Enthüllung in Schweden hatte ihm keine anderen Handlungsmöglichkeiten gelassen.

Schließlich war sie nicht die, für die sie sich ausgab.

Sie war eine andere. Eine in höchstem Maße Schuldige; es war ein Ungleichgewicht, das über einen Zeitraum von einundzwanzig Jahren hinweg dagelegen und getickt hatte – und nun war es plötzlich zutage getreten. Aber so sah es nun einmal aus, das hatte ihn das Leben gelehrt. Das Dasein war voller solcher Defekte, solcher verborgener Diskrepanzen, aber nur diejenigen, die einem bekannt waren und derer man sich bewusst wurde, konnte – und musste – man in Angriff nehmen. Gott sei Dank. Sich auf die Suche nach allen existierenden Störungen zu machen, wäre ein sicherer Weg in den Wahnsinn gewesen. Nicht zuletzt für jemanden wie ihn.

Ich bin nur ich, dachte er. Andere Menschen mögen unter anderen Bedingungen leben, das soll nicht meine Sorge sein. Meine Welt ist meine, ihre ist ihre.

Er drückte seine Zigarette in dem mit Sand gefüllten Blumentopf aus. Er hatte ihn am Morgen gesäubert und mit neuem Sand gefüllt, immer an dem Tag, an dem er neue Zigaretten kaufte; Katzenstreu der Marke Missy, der Beutel in der kleinsten Größe enthielt exakt die richtige Menge für den Topf, und in seinem Kleiderschrank im Schlafzimmer lagerten vier weitere Beutel. Bis zum Sommer würde er keine neuen kaufen müssen.

Er verließ den Balkon und kehrte in die Wohnung zurück. Kontrollierte, dass er das Licht im Sportzimmer ausgeschaltet hatte, und ließ sich am Schreibtisch nieder. Setzte den Kopfhörer auf und lauschte einer seiner CDs mit Naturgeräuschen; Wellen, die an einen Strand rollten. Es war das ideale Hintergrundgeräusch, wenn ein Moment besonderer Konzentration erforderlich war, und er dachte oft, dass dieses Rauschen der Wellen vermutlich wie eine bewusstseinserweiternde Droge funktionierte. Er hatte von solchen Dingen gelesen, natürlich, schließlich gab es Berührungspunkte zu seinem eigenen Spezialgebiet. Trotzdem geschah es gegen seinen Willen, wenn er auf diese Art nachdachte, es führte nirgendwohin und nahm ihm die Kraft für anderes, Wichtigeres. Aber so war es nun einmal mit gewissen

Gedanken; sie wurden als ungewollte Kinder geboren und ließen sich nicht kappen, ehe sie zu einer gewissen Deutlichkeit herangewachsen waren. Abgesehen von seiner täglichen Zigarette hatte er niemals Drogen probiert, also war dieser regelmäßig wiederkehrende Gedankengang nur eine leere und sinnlose Spekulation.

Er verdrängte ihn auch an diesem Abend.

Lauschte vollkommen neutral den Wellen und begann stattdessen, einen Plan zu skizzieren.

Es war höchste Zeit, wirklich höchste Zeit.

55

November 2012. Maardam

Wegen der Wetterverhältnisse landete die Maschine aus Berlin mit neunzig Minuten Verspätung auf Sechshafen, dem internationalen Flughafen von Maardam.

Kommissar Münster bedauerte dies, schlug jedoch vor, da sie nun ohnehin alle versammelt waren, die Gelegenheit zu nutzen und die Lage zu besprechen. Hatte jemand etwas dagegen einzuwenden?

Das war nicht der Fall. Barbarotti sah sich am Tisch um und dachte, dass es so aussah, wie er es vor dem Mittagessen formuliert hatte. Eine starke Mannschaftsaufstellung.

Acht Personen: Er selbst und Eva Backman. Münster, Moreno und Jung. Kommissar Radovic aus Oosterby. Und als Sahnehäubchen: der berühmt-berüchtigte Van Veeteren – aus irgendeinem Grund, den Barbarotti nicht ganz verstand, in Begleitung seiner Gattin. Einer schönen, dunkelhaarigen Frau Mitte sechzig, soweit er das beurteilen konnte.

Wenn er das Ausmaß und die Bedeutung dieses Falles bisher nicht verstanden hatte, so tat er es jetzt. Man konnte es im Raum spüren. In der verdichteten Luft über dem ovalen, dunkel gebeizten Tisch. Warum sollten sich acht Menschen, alle auf die eine oder andere Weise mit der Polizei verbunden (was das betraf, war Van Veeterens Frau eventuell mit einem Fragezeichen zu versehen), an einem Samstagnachmittag im November in einem kahlen, unpersönlichen und wenig einladenden Besprechungszimmer zusammensetzen? Wenn es nicht um Leben oder Tod ging. Ja, warum?

Radovic beschloss, den Anfang zu machen.

»Ich bin sehr dankbar für diese breite Zusammenarbeit«, erklärte er. »Wir werden sehen, was bei der Begegnung mit Volker Hermann herauskommt. Sollte sich herausstellen, dass er tatsächlich identisch ist mit dem von uns gesuchten Leopold Kransky, dann haben wir natürlich einen entscheidenden Punkt erreicht. Aber auch, wenn er nur er selbst ist ... sozusagen ... verfügt er mit Sicherheit über wichtige Informationen. Wir haben ja nicht ernsthaft nach ihm gesucht, bis ... bis Van Veeteren uns den Tipp gegeben hat.«

Van Veeteren murmelte etwas und sah aus dem Fenster.

»Dennoch ist in den letzten Tagen einiges passiert«, fuhr Radovic fort. »So habe ich zum Beispiel mit einem gewissen Herrn Bloewe gesprochen, dem Direktor des Gefängnisses in Würgau, als Kransky dort einsaß. Zumindest ab 1977, das heißt die letzten vierzehn Jahre und damit zwei Drittel der zu verbüßenden Zeit. Bloewe ist mittlerweile pensioniert, hat die Aufgabe aber sehr ernst genommen ... ich habe seit Mittwoch mehrere Stunden mit ihm telefoniert.«

»Entschuldigung, aber worum geht es?«, erkundigte sich Jung. »Um eine Charakterisierung unseres Mordverdächtigen, oder was?«

»Das auch«, antwortete Radovic. »Aber in erster Linie haben wir darüber gesprochen, wie es um Kranskys Kontakte innerhalb und außerhalb der Gefängnismauern stand.«

»Verstehe«, sagte Jung. »Und?«

Radovic schlug seinen Notizblock auf und zog ein Blatt heraus. »Laut Bloewe war Leopold Kransky ein mustergültiger Insasse. Er war in einen einzigen Zwischenfall verwickelt, kurz nachdem Bloewe seine Stelle als Gefängnisdirektor angetreten hatte. Er brach einem anderen Häftling, einer offenbar äußert unangenehmen Gestalt, die sich gerade zu einer Art Anführer ernannt hatte, beide Daumen. Die Angelegenheit wurde unter den Teppich gekehrt, und nach dem Vorfall blieben Kransky sämtliche Angriffe und Machtdemonstrationen erspart, die sonst leider Gottes zum Alltag in einem modernen Gefängnis dazugehören… ich zitiere hier Bloewe.«

»Ein mustergültiger Insasse?«, warf Ewa Moreno ein. »Ich habe gedacht, es geht hier um einen ungewöhnlich gewissenlosen Schurken.«

»Man kann ganz hervorragend beides sein«, stellte Van Veeteren mit einem Seufzer fest. »Zwei Seiten derselben Medaille.«

»Dem stimme ich zu«, sagte Radovic. »Jedenfalls war Kransky ein Musterbeispiel für den stillen und starken Häftling, meint Bloewe. Er schien einfach nicht das Bedürfnis zu haben, mit anderen Menschen zu sprechen, und hatte auch keine Kontakte. Nicht von außen, nicht im Gefängnis. Er hat niemals Hafturlaub beantragt und keine Besucher empfangen. Bis zum letzten halben Jahr vor seiner Entlassung…«

Er machte eine kurze Pause und konsultierte seine Papiere.

»Am fünfzehnten Dezember 1990 bekam er zum ersten Mal in zwanzig Jahren Besuch. Einen Herrn, der sich als Juliusz Ignati vorstellte und in den folgenden Winter- und Frühlingsmonaten bis zu Kranskys Entlassung im Mai nicht weniger als sechzehnmal auftauchte. Er behauptete, für eine ehrenamtliche Organisation zu arbeiten, deren Ziel es sei, ehemaligen Häftlingen nach verbüßter Strafe bei der Rückkehr in die Gesellschaft zu helfen … es gibt eine ganze Reihe solcher Organisationen, aber leider konnte Bloewe ihren Namen nicht nennen. Nur die Initialen, die Juliusz Ignati bei jedem seiner Besuche in die Protokollliste eintrug. VDL.«

»VDL?«, fiel Van Veeterens Frau ihm ins Wort. »Moment mal … das klingt ja fast ein bisschen zu gut, um wahr zu sein. Verein der Linkshänder … oder?«

Sie schaute sich nach einer Bestätigung um und erhielt sie augenblicklich von ihrem Mann in Gestalt eines Fluchs.

»Verflucht und zugenäht!«

»Genau«, sagte Radovic. »Leider gehörte es nicht zu den üblichen Regeln in diesem Gefängnis, zumindest damals nicht, dass Besucher sich ausweisen mussten. Es kann natürlich sein, dass es sich hier um eine falsche Fährte handelt und es tatsächlich Juliusz Ignatis Anliegen war, bei Kranskys Resozialisierung zu helfen, aber es ist uns leider nicht gelungen, jemanden dieses Namens ausfindig zu machen …«

»Wie war noch einmal sein Name?«, fragte Eva Backman.

»Juliusz Ignati«, antwortete Radovic. »Juliusz mit -sz am Ende, mit anderen Worten eine slawische Variante des Namens.«

»Ignati bedeutet Funke«, murmelte Van Veeteren. »Genau das, was wir in unserer geistigen Dunkelheit jetzt gebrauchen könnten.«

Möglicherweise sagte er etwas völlig anderes, aber so verstand Barbarotti ihn, und um die angesprochene Dunkelheit etwas zu erhellen, nutzte er den Moment, um seinen Beitrag zu den Ermittlungen zu leisten.

»Das ist er«, sagte er.

»Was?«, sagte Kommissar Radovic.

»Sonnenklar, dass er nicht seinen richtigen Namen benutzen konnte«, erläuterte Barbarotti. »Was ich also meine, ist, dass dieser Besucher der Mörder ist, den ihr … Entschuldigung, ich meine natürlich *wir* … den *wir* suchen.«

Es blieb drei Sekunden still.

»Woher willst du das wissen?«, erkundigte sich Münster.

»Ich habe nicht behauptet, dass ich es weiß«, antwortete Barbarotti. »Aber ich habe es im Gefühl.«

»Du hast es im Gefühl?«, erkundigte sich Jung. »Ich muss schon sagen, das ist ein Ding. Denkst du, du könntest uns das etwas näher erklären?«

»Na ja«, antwortete Barbarotti und wand sich. »Dazu muss ich vorher in aller Ruhe nachdenken. Bevor alles zusammenpasst, sozusagen … aber er ist es auf jeden Fall.«

Er merkte, dass in der Runde der eine oder andere Kopf geschüttelt wurde. Van Veeteren dagegen betrachtete ihn mit einer erhobenen Augenbraue und etwas, das beinahe wie ein Schmunzeln aussah, auf den Lippen.

Vielleicht nickte er sogar so nachdenklich, wie man es zu tun pflegt, wenn einem ein Licht aufgeht, dachte Barbarotti. Oder er hatte Zahnschmerzen und versuchte dies zu verbergen, es gab so viele schwer zu deutende Gesichtsausdrücke auf der Welt.

»Ich denke, wir sollten uns wieder …«, setzte Kommissar Radovic an, aber im selben Augenblick wurde die Tür geöffnet, und ein älterer Polizeibeamter mit kahlem Schädel trat ein und teilte ihnen mit, dass ein gewisser Volker Hermann im Präsidium eingetroffen sei.

Münster und Van Veeteren übernahmen die Vernehmung. Das übrige halbe Dutzend ließ sich in dem Raum hinter dem Spiegelfenster nieder, wo sie die Partie verfolgen konnten, ohne selbst gesehen zu werden. Das Spielfeld sah exakt so aus, wie es sich für ein Vernehmungszimmer gehörte: betäubend trostlos. Ein Tisch. Drei Stühle. Eine geschlossene Tür und eine stumme, feindselige Glaswand. Ein grelles und unbarmherziges Licht von drei Neonröhren an der Decke.

Ein Zimmer, das wie gemacht dafür war, darin den Verstand zu verlieren.

»Name und Adresse, bitte«, sagte Van Veeteren zum Auftakt.

»Ohne meinen Anwalt sage ich nichts«, erwiderte Volker Hermann.

»Unsinn«, sagte Van Veeteren. »Das ist hier kein amerikanischer Krimi, das ist die europäische Wirklichkeit.«

Volker Hermann biss sich auf die Lippe und dachte nach. »Na schön«, sagte er. »Aber wenn ihr mir was wollt, halte ich den Mund.«

»Ich will keinem was«, beteuerte Van Veeteren. »Und?«

»Wie war die Frage?«, sagte Volker Hermann.

»Sie sollen uns sagen, wie Sie heißen und wo Sie wohnen«, antwortete Van Veeteren.

»Volker Hermann. Ich wohne in Neukölln in Berlin.«

Er sah geknickt aus, fand Barbarotti. Ein älterer Mann, wahrscheinlich eher an die siebzig als Anfang sechzig und in seiner ganzen Erscheinung von den Spuren eines harten Lebens gezeichnet. Ausgedünntes, graues Haar, ein hageres Gesicht mit Bartstoppeln und unreinem Teint. Eine graue, abgewetzte Strickjacke über einem lose sitzenden Polohemd. Jeans und abgetragene Turnschuhe.

Armer Teufel, dachte Barbarotti. Wenn das ein Boxkampf wäre, würde er in der ersten Runde zu Boden gehen.

Aber es war kein Boxkampf. Auch wenn es, wie gesagt, um Leben oder Tod ging.

»Ist das Ihr richtiger Name?«, fragte Münster.

»Klar, verdammt«, sagte Volker Hermann. »Aber es wäre schön, wenn Sie mir erzählen könnten, warum ich hier eigentlich sitze.«

»Das werde ich Ihnen gleich erzählen«, sagte Van Veeteren. »Was glauben Sie selbst?«

Volker Hermann schüttelte den Kopf. »Ich glaube gar nichts. Sie haben den Falschen erwischt. Ich bin so unschuldig wie …«

»Mollys Pension«, unterbrach Van Veeteren ihn. »Darum geht es hier.«

»Was?«, sagte Volker Hermann.

»Der achtundzwanzigste September 1991«, meldete sich Münster zu Wort. »Wir müssen Sie ja wohl nicht erinnern, oder?«

»Diese verfluchte Geschichte?«, sagte Volker Hermann. »Wieso wühlen Sie darin herum?«

Er klang aufrichtig überrascht, wie Barbarotti nicht entging. Er bemerkte zudem, dass Münster und Van Veeteren das nicht zum ersten Mal machten. Möglicherweise hatten sie Hunderte Male in diesem Raum gesessen und die eine oder andere heruntergekommene Existenz verhört. Und selbst wenn sich herausstellen sollte, dass Volker Hermann kein Mörder war, so war er definitiv heruntergekommen.

»Erzählen Sie uns, was Sie über Leopold Kransky wissen«, forderte Van Veeteren den Koch auf.

»Über wen?«

»Lassen Sie die Faxen«, sagte Münster. »Leopold Kransky.«

»Nie gehört«, erwiderte Volker Hermann und zuckte mit seinen hängenden Schultern. »Wer ist das?«

»Mollys Pension«, erinnerte Münster ihn. »Sie waren da, als es passierte, und das Gleiche gilt für Leopold Kransky. Oder?«

Volker Hermann schüttelte den Kopf. »Was zum Teufel…?«

»Ja?«

»Ich sage doch, dass ich nicht weiß, wer das ist! Und ich kapiere nicht, warum ich hier sitze. Ich habe keiner Fliege etwas zuleide getan, und dann kommen mir nichts, dir nichts die Bullen und…«

»Wie lange haben Sie in dem Sommer bei Molly Hansen gearbeitet?«, fiel Van Veeteren ihm ins Wort.

»Äh… Sie meinen 1991?«

»Ja, ich meine 1991. Haben Sie mehrere Sommer dort gearbeitet?«

»Nein… nein, verdammt. Nur in dem einen.«

»Wie heißt Ihre Mutter?«

»Was?«

»Er fragt Sie nach dem Namen Ihrer Mutter«, warf Münster ein. »Haben Sie es auf den Ohren?«

»Was… was hat meine Mutter damit zu tun? Sie ist tot seit… seit Silvester 1999, um genau zu sein. Sie gab eine halbe Stunde vor dem neuen… wie heißt das?… vor Beginn des neuen Jahrtausends den Löffel ab. Pech, aber so war es nun einmal.«

»Und wie hieß sie jetzt?«

»Sie hieß Adele. Adele Buijs, aber ich bekam den Nachnamen meines Vaters, er war Deutscher… allerdings kann ich mich nicht an ihn erinnern.«

»Okay«, sagte Münster. »Aber wenn wir noch einmal auf Leopold Kransky zurückkommen, dann war er in dem Herbst bei Molly zu Besuch. Es ist denkbar, dass er sich damals anders nannte. Verstehen Sie, wen wir meinen?«

»Nein… nein, ich verstehe ehrlich gesagt gar nichts.«

»Aber an Molly erinnern Sie sich?«

»Ja, klar.«

»Und dass sie an den Tagen vor dem Feuer anders war als sonst, daran erinnern Sie sich wahrscheinlich auch?«

»Nein … nein, was meinen Sie damit?«

»Ich frage nur, ob Molly Hansen, Ihre Arbeitgeberin, in der kurzen Zeit vor der Brandstiftung wie immer war.«

»Ja … nein, es war nichts anders an ihr.«

»Haben Sie viel über die Gruppe gesprochen, die kommen sollte?«

»Nein … aber klar, wir haben geplant. Was es zu essen geben sollte und so weiter.«

»Warum beschlossen Sie, dass die Leute im Speisesaal bleiben und sich selbst bedienen durften?«

»Warum?«

»Ja.«

»Das weiß ich nicht. Sie hat mir gesagt, dass es so sein soll. Damit ich nicht bis in die Puppen dableiben muss. Ich hatte ja ein Zimmer unten im Ort. Es kam …«

»Ja?«

»Es kam mir ganz natürlich vor.«

»Hatten Sie vorher ähnliche Gesellschaften organisiert?«

»Ich erinnere mich nicht … nein, das dürfte das erste Mal gewesen sein. Aber es war ja eigentlich auch gar keine Saison mehr. Das Haus wäre eigentlich schon geschlossen gewesen, aber ich hatte erst ein paar Wochen später wieder einen Job, mir machte es also nichts aus …«

»Sie hatten nichts dagegen, an dem Wochenende zu arbeiten?«

»Nein, außerdem ging es ja nur um den Samstag … um das Frühstück am nächsten Tag sollte sich das Mädchen kümmern.«

»Das Mädchen?«

»Ja, ich weiß nicht mehr, wie sie hieß.«

Die letzte Kaskade von Fragen war von Münster gekommen, aber nun übernahm Van Veeteren.

»Wie war das mit dem Essen an dem Abend?«

»Dem Essen?«

»Ja. Jemand muss es präpariert haben.«

»Was?«

»Waren Sie das oder jemand anderes?«

»Was zum Teufel meinen Sie damit?«

»Die Gäste an dem Abend wurden betäubt. Deshalb schafften sie es nicht aus dem Haus, als das Feuer ausbrach. Was denken Sie, wie ist ihnen die Droge verabreicht worden?«

»Keine Ahnung. Ich bin mehrere Stunden vor dem Brand nach Hause gegangen. Woher soll ich wissen …?«

»Denken Sie nach. Was meinen Sie, wie ist es gelaufen?«

Er lehnte sich auf seinem Stuhl zurück und gab Münster ein Zeichen, still zu bleiben. Barbarotti fragte sich, welche Taktik sie jetzt verfolgten, aber seine Gedanken wurden unterbrochen, weil ein Handy klingelte.

Es war Radovics. Er warf einen Blick auf das Display, entschuldigte sich und verließ den Raum. Barbarotti merkte, dass Eva Backman eine Hand auf seinen Arm legte und sich zu ihm hinüberlehnte.

»Das funktioniert nicht«, flüsterte sie. »Der arme Kerl da drinnen hat keinen blassen Schimmer. Meinst du nicht auch?«

»Völlig richtig«, flüsterte Barbarotti zurück. »Er hat etwas auf dem Gewissen, aber dabei geht es nicht um unseren Fall.«

Im Vernehmungszimmer war gut und gern eine halbe Minute nichts passiert. Dann stand Van Veeteren auf und kehrte seinem Opfer den Rücken zu.

»Warum hatten Sie Hunderttausend in bar in einer Plastiktüte in Ihrer Wohnung?«

»Mir ist gerade eine Erbschaft ausgezahlt worden«, antwortete Volker Hermann.

»Eine Erbschaft!«, platzte Münster heraus.

»Ja. Das ist ja wohl nicht verboten, oder?«

Van Veeteren hustete kurz, vielleicht, um ein Lachen zu unterdrücken. »Sie haben vierundzwanzig Stunden Zeit gehabt, sich eine Geschichte auszudenken«, stellte er weiterhin abgewandt fest. »Und da ist Ihnen nichts Besseres eingefallen, als dass Sie geerbt haben?«

Volker Hermann antwortete nicht, schien auf seinem Stuhl jedoch ein wenig zu schrumpfen.

»Alright«, sagte Van Veeteren. »Darum wird sich die Polizei in Berlin kümmern müssen. Wir machen an dieser Stelle eine Pause… nein, Sie bleiben sitzen… und nein, Sie dürfen hier nicht rauchen. Wir werden uns noch eine Weile unterhalten und außerdem Ihre Fingerabdrücke abnehmen.«

»Fingerabdrücke… und warum?«

Er bekam keine Antwort. Van Veeteren und Münster verließen den Raumm, und die fünf übriggebliebenen Zuschauer verließen ihre Plätze.

»Das war recht unterhaltsam«, flüsterte Barbarotti Eva Backman zu. »Aber ich glaube, es war reine Zeitverschwendung.«

Sie versammelten sich schweigend im Besprechungszimmer, wo jemand eine Platte mit Minimuffins und eine Kanne Kaffee auf den Tisch gestellt hatte. Sie ließen sich auf den Plätzen nieder, auf denen sie schon eine Stunde zuvor gesessen hatten, und Barbarotti dachte, dass der Mensch wirklich ein Gewohnheitstier ist. Er erkannte, dass Radovic noch immer fehlte, aber bevor jemand analysieren konnte, wie das Vernehmungsgefecht bisher verlaufen war, tauchte er wieder auf.

Er hielt das Handy noch in der Hand, als wäre es eine Art Waffe.

»Ich habe Neuigkeiten«, begann er, ohne sich hinzusetzen. »Entscheidende Neuigkeiten, möchte ich behaupten. Ich habe gerade erfahren, dass Leopold Kransky tot ist.«

»Tot?«, sagte Van Veeterens Frau und legte das verkümmerte Gebäckstück zurück, das sie sich gerade von der Platte genommen hatte.

»Ja. Er starb vor sechs Jahren in einem Gefängnis in Ohio in den USA.«

»Verdammt …«, sagte jemand, unklar, wer.

»Noch etwas«, sagte Radovic und steckte sein Handy in die Jacketttasche. »Für die Nacht der Morde scheint er ein Alibi zu haben. Am siebenundzwanzigsten September 1991 traf er am Flughafen Newark vor den Toren New Yorks ein … mit anderen Worten, einen Tag bevor es passiert ist. Und auf die amerikanische Einwanderungsbehörde kann man sich meiner Erfahrung nach verlassen.«

Van Veeteren seufzte schwer. Für Barbarotti klang es, als würde man in einem Parkhaus in Baltimore eine Leiche über einen rauen Betonboden schleifen. Da er niemals in Baltimore gewesen war, ging er davon aus, dass er etwas in dieser Art im Fernsehen gesehen hatte.

56

November 2012. Maardam

Das Tagebuch

Dieser Nebel. Ich habe das Gefühl, dass er mich langsam, aber sicher in den Wahnsinn treibt.

Ich habe natürlich auch andere Gründe, wahnsinnig zu werden, gute, fast zwingende Gründe, möchte ich behaupten, aber trotzdem ist es der Nebel, der mich fertigmacht. Seine Gleichgültigkeit, oder was zum Teufel es ist.

Heute ist der fünfte Tag. Vorgestern hätte ich mich in den Zug setzen und die Heimreise antreten sollen, aber als ich gerade meinen Koffer packte, rief Kenneth an.

Ich habe ein Handy mit Prepaidkarte. Nur drei Menschen auf der Welt kennen meine Nummer. Mein Sohn, Kostadino Miller und Kenneth Wilhelmsson. Das Krankenhaus hat meine Festnetznummer und eine Mailadresse, die ich nie benutze.

Und jetzt ist Kosta tot, deshalb hat Kenneth angerufen. Es muss ja Kosta sein. Man hat ihn ermordet auf der Terrasse vor dem Sommerhaus gefunden, und ich war die letzte Mieterin. Was soll das, verdammt, wollte er wissen. Warum hatte ich den Schlüssel nicht zurückgegeben?

Er war betrunken, obwohl es noch früh am Tag war, es war ihm deutlich anzuhören. Ich wusste nicht mehr, dass ich ihm meine Handynummer gegeben hatte. Erst jetzt fiel es mir ein, es muss passiert sein, als ich irgendwann einmal den Schlüssel abgeholt habe. Vermutlich hatte er sich die Nummer in seinem chaotischen Büro auf einem Zettel notiert und sie rein zufällig gefunden.

Ich weiß nicht, warum ich mich darüber auslasse. Wahrscheinlich, um das andere von mir fernzuhalten. Kostadino ist tot. Dieser eingebildete Idiot ist also tatsächlich in den Wald gefahren und hat sich dort mit seinem Mörder getroffen. Sich in das Sommerhaus gesetzt und mit ihm über seine Detektivarbeit gesprochen, und dann ist er erschlagen worden.

Eine Axt im Kopf, hat Kenneth Wilhelmsson behauptet. Nur dass ich es weiß. *Wie zum Teufel soll ich die Bude in Zukunft vermieten können? Was hast du dazu zu sagen?*

Ich solle schleunigst den Schlüssel zurückgeben, er werde mir eine Rechnung schicken. Das war der Grund für seinen Anruf, und bevor die Verbindung abbrach, sagte er noch: *Das wird dich teuer zu stehen kommen, nur dass du es weißt.*

Seither sitze ich hier im Nebel fest. Ich bin wie gelähmt. Mein Zimmer liegt im sechsten Stock, es wäre ein Leichtes, das Fenster zu öffnen, hinunterzuspringen und einen Schlussstrich zu ziehen. Aber meine Lähmung erlaubt mir nicht einmal, das zu tun. Ich liege auf dem Bett und schreibe diese Zeilen. Ich setze mein Leben fort, oder das Leben meiner Schwester, im letzteren Fall ist dies ja geradezu meine Pflicht. Ich habe die Verantwortung für es übernommen und muss es weiterführen.

Oder hätte sie in meiner Situation auch den Weg aus dem Fenster gewählt? Ich weiß es nicht, ich habe keinen Kontakt zu ihr.

Ich frühstücke auf dem Zimmer, Roomservice am Abend, das Nicht-stören-Schild an der Tür. Ich habe der Rezeption mitgeteilt, dass ich noch ein paar Tage bleiben werde, es war kein Problem. Um diese Jahreszeit sind nur wenige Touristen in Maardam. Keine größeren Konferenzen, ich kann das Zimmer behalten, solange ich will.

Also, was will ich?

Schräg gegenüber vom Hotel liegt das Polizeipräsidium. Bloß eine große, plumpe Kontur im Nebel. Wenn ich schon nicht aus dem Fenster springe, könnte ich den Aufzug in die Lobby hinunter nehmen, die Straße überqueren, den schwach beleuchteten Eingangsbereich zu den Ordnungshütern betreten und darum bitten, mit jemandem sprechen zu dürfen. Erklären, dass ich über gewisse Informationen verfüge, die sie bestimmt interessieren würden.

Zum Beispiel, dass ich Clara Behrens heiße und nicht bei einer Brandstiftung vor einundzwanzig Jahren ums Leben gekommen bin.

Wenn ich mich für diese Alternative entscheide, muss ich allerdings erst meinen Sohn anrufen. Ihm mitteilen, dass ich nicht seine Tante bin. Ihm mitteilen, dass ich seine Mutter bin, und dieses Gespräch kommt mir noch viel unmöglicher vor als besagter Sprung aus dem Fenster.

Ich denke an den Mörder. Und diesen verfluchten Kosta. Wie besessen und verrückt er gewesen sein muss. Ich habe es ihm doch angesehen, während dieser letzten Tage in Kymlinge hatte ich Angst vor ihm, ließ mich aber trotzdem auf seine Pläne ein. Als feststand, dass Qvintus Maasenegger tatsächlich unschuldig war, wurde ja alles auf den Kopf gestellt. Schon als ich das hörte, dachte ich, dass mein Leben seit jenem Septembersamstag vor einer Million Jahren ein …

ja, was, ein Wahn, eine Illusion, ein sinnloser Traum gewesen ist?

Dass Kosta nicht zur Polizei gehen wollte, kann ich verstehen. Er hasste die Polizei, außerdem wäre es nicht möglich gewesen, alle Karten auf den Tisch zu legen, ohne ihnen meine Geschichte zu verraten. Also musste er die Dinge auf eigene Faust anpacken; so wollte er es haben, und ich kann mir vorstellen, dass eine solche Argumentation ein weitverbreitetes Steckenpferd bei allen Privatdetektiven ist.

Sich Auge in Auge mit Zink zusammenzusetzen und ihn zur Rede zu stellen. In einem abgelegenen Sommerhaus im Wald. Wie bescheuert kann man eigentlich sein?

Sicher, mir ist klar, dass er bewaffnet war. Aber das war Zink ja offensichtlich auch. Zumindest mit einer Axt.

Sucht man nach mir?

Wird nach mir gefahndet? Kenneth Wilhelmsson hat kein Wort in diese Richtung gesagt, aber ich halte es nicht für unmöglich. Die Polizei dürfte ziemlich schnell auf die Verbindung zwischen Kosta und mir stoßen, und da sie mich nicht zu Hause antreffen, werden sie sich die eine oder andere Frage stellen. So dumm sind sie nun auch wieder nicht.

Wenn es so ist, dürfte man mich früher oder später finden, aber das Hotel habe ich in bar und im Voraus bezahlt, genau wie Kosta es mir gesagt hat. Jetzt habe ich für vier weitere Nächte bezahlt. Sie haben meine Kreditkarte nicht, aber meinen Namen und meine Adresse auf dem Meldeformular. Ich weiß nicht, wie das funktioniert, und es interessiert mich auch nicht. Es ist nur ein Gedanke.

Ein Gedanke, um den Nebel und den Wahnsinn auf Distanz zu halten. In diesem Notizbuch sind noch mehr als fünfzig Blätter frei, man kann sie als eine Rettungsleine sehen.

Was haben sie noch zueinander gesagt, Kosta und Zink?

Das ist eine andere Frage, über die ich mir den Kopf zerbreche.

Oder war es gar nicht Zink, mit dem er sich dort treffen wollte? Hatte er sich in Wahrheit mit einem anderen in Vandelbo verabredet? Er tat ja so verdammt geheimnisvoll, aber ich bin selber schuld. Ich habe ihn nie ernsthaft unter Druck gesetzt. Ich wollte es nicht wissen, war kurz davor, zu zerbrechen… fand ich damals jedenfalls, vor ein paar Wochen, und was soll man daraufhin über meinen gegenwärtigen Zustand sagen? Es ist ein Wunder, dass ich diese Gedanken und Worte überhaupt zu Papier bringe. In diesem erstickenden Nebel, in dieser Stadt, die einmal meine Heimatstadt war, mir aber nun wie ein fremder Planet vorkommt.

Die Zeit vergeht. Die Minuten, die Stunden, sogar die Tage. Ich hätte längst tot sein sollen, so wie man mich gemeinhin für tot hält.

Etwas später. Wenn ich den Nebel richtig deute, ist es Abend geworden. Das stimmt mit meiner Uhr überein. Jemand hat mich von einer Nummer aus angerufen, die ich nicht kenne. Ich weiß nicht, ob derjenige sich nur verwählt hat oder ob ich mir Sorgen machen muss. Mir mehr und konkreter Sorgen machen muss, als ich es ohnehin schon tue. Ich habe die beiden kleinen Flaschen Wein getrunken, die es in der Minibar gab, das beruhigt die Nerven. Denke darüber nach hinauszugehen, obwohl daraus wahrscheinlich nichts werden wird. Bestelle sicher eher einen Caesar Salad beim Zimmerservice. Und ein Glas Wein, das kommt mir im Moment wie eine ziemlich gute Idee vor.

Vielleicht rufe ich auch diese Nummer an, aber das hat

noch Zeit. Zuerst werde ich ein Nickerchen machen und versuchen, von meinem Sohn zu träumen.

Noch später.

Ich bin tatsächlich hinausgegangen. Und zurückgekommen. Es kam mir wie ein kleiner Sieg vor, als ich die Tür zu meinem Zimmer wieder aufschließen konnte.

Ein Sieg über was, kann man sich fragen. Ich lief im Nebel die Straßen und Kanäle entlang, die mir früher so vertraut waren. Bis ins Deijkstraaviertel und zur Armastenstraat habe ich es geschafft; ich ging in Harrys Gasthof, den es noch gibt, auch wenn Harry selbst fort ist. Aß ein schlichtes Nudelgericht und trank ein Glas Wein, heute Abend brauche ich den Zimmerservice nicht.

Als ich zurückkehrte, saß jedoch ein Mann in der Hotellobby. Alleine auf einem der großen, weichen Ledersofas, mit einer Zeitung, und ich hatte das Gefühl, ihn zu kennen. Irgendetwas an seinem länglich schmalen Gesicht kam mir vertraut vor, an seinem rasiermesserdünnen Mund und den tief liegenden Augen. Ich dachte erst, dass es vielleicht ein Schauspieler oder irgendein Prominenter ist, bei dem jeder Zweite zusammenzuckt, weil sein Aussehen zum Eigentum aller geworden ist.

Als ich einige Minuten auf meinem Bett gelegen habe, begreife ich, dass es sich nicht so verhält. Es war ein Wiedererkennen, das zeitlich weit zurückreichte. Jemand, den ich vor unendlich vielen Jahren gesehen hatte.

Und wenn ich nun, noch ein wenig später und beim Schreiben dieser Zeilen, erkenne, wer er ist, wer er einmal war, passt plötzlich alles zusammen. Gott stehe mir bei.

57

November 2012. Maardam

»So, so«, sagte Eva Backman. »Du hast also gewisse Dinge im Gefühl?«

»Es kommt vor«, antwortete Gunnar Barbarotti. »Geht dir das nie so?«

»Doch, durchaus«, sagte Eva Backman. »Aber hier ging es immerhin um eine Person, von der du nur gehört hast und die eine andere vor mehr als zwanzig Jahren in einem Gefängnis besucht hat. Das ist fast ein bisschen beeindruckend.«

»Danke«, sagte Barbarotti. »Wenn ich mich irre, ist es allerdings nicht mehr ganz so beeindruckend.«

Er verlangsamte seine Schritte. Sie waren auf dem Weg vom Präsidium zum Hotel, aber entweder waren sie daran vorbeigegangen und hatten es im Nebel nicht bemerkt, oder sie gingen in die falsche Richtung.

»Wo sind wir?«, fragte er und blieb stehen. »Hier bin ich noch nicht gewesen.«

»Ich auch nicht«, gestand Eva Backman. »An dieser Bar sind wir noch nie vorbeigegangen. Die hätte ich mir gemerkt.«

Barbarotti starrte in das schwach beleuchtete Fenster, in dem eine männliche Schaufensterpuppe mit einem mächtig erigierten Penis in einer Schlinge von der Decke herabhing.

»Wollen wir reingehen?«, fragte er. »Und einen Drink nehmen?«

»Ich glaube eher nicht«, sagte Eva Backman und packte seinen Arm. »Wir haben in zwei Stunden eine Besprechung, aber ich will vorher noch im Hotel vorbei. Wir müssen das alles gründlich durchdenken. Wir sind schließlich nicht hierhergekommen, um in Bars zu sitzen.«

»Okay«, sagte Barbarotti. »Da ist etwas dran. Sieh mal, da kommt ein Taxi, vielleicht sollten wir versuchen ...«

Noch ehe er dazu kam, den Satz zu beenden, hatte Eva Backman Blickkontakt zum Fahrer aufgenommen, der blinkte und am Straßenrand hielt. Sie schoben sich auf die Rückbank und nannten den Namen ihres Hotels.

»Holy cow«, seufzte der Taxifahrer. »Two hundred meters ...«

»Meine Frau hat sich den Fuß verstaucht«, erläuterte Barbarotti auf Schwedisch. »Fahren Sie!«

Er drückte ihr einen Kuss auf die Wange, um seine Fürsorglichkeit zu demonstrieren.

Die Hotelbar war fast leer, so dass Eva Backman ihre Einstellung zu einem Drink änderte.

»Ein bisschen Alkohol schärft das Denkvermögen«, behauptete Barbarotti, als sie die abgeschiedenste Ecke gefunden hatten. »Jedenfalls habe ich das mal gelesen.«

»Das habe ich nie geleugnet«, erwiderte Eva Backman. »Aber könntest du bitte so freundlich sein und mir erklären, was dir durch den Kopf geht.«

»Alles Mögliche«, sagte Barbarotti. »Es gibt ziemlich viele Fäden in diesem Fall, aber den, an dem der Koch hing, können wir getrost abschneiden. Fürs Erste zumindest ... oder was meinst du?«

»Ja, wahrscheinlich«, antwortete Eva Backman. »Er scheint tatsächlich nicht das Geringste mit diesen Morden zu tun zu haben. Abgesehen davon, dass er das Essen zubereitet hat. Und er ist definitiv nicht identisch mit Monsieur Kransky.«

»Da stimme ich dir zu«, sagte Barbarotti. »Auch wenn er ein wenig verlebt war, schien er mir doch nicht tot zu sein. Und den Kransky-Faden können wir natürlich auch abschneiden. Stell dir vor, dass sie einen Typen verdächtigt haben, der schon seit Jahren tot ist. Das ist schon ein bisschen gemein.«

»Sehr gemein«, erwiderte Eva Backman. »Wir beide würden uns niemals so irren.«

»Nie im Leben«, sagte Barbarotti. »Aber diesen Kerl, der sich Ignati genannt hat ... der Besucher im Gefängnis ... den können wir definitiv nicht ausschließen. Um ihn geht es hier. Wie gesagt.«

»Ich habe begriffen, dass du das denkst. Aber wer ist er?«

»Ich weiß es nicht«, antwortete Barbarotti. »Lass mich darüber nachdenken.«

»Und was ist mit unserer Leiche in Vandelbo? Hat sie überhaupt etwas mit der Sache zu tun?«

»Was glaubst du?«

Eva Backman dachte drei Sekunden nach.

»Yes«, sagte sie. »Es gibt eine Verbindung. Und ich weiß genau, wem ich gerne eine oder zwei Fragen stellen würde.«

»Birgitte Behrens?«

»Genau. Unglaublich, dass die Frau nicht einmal ein Handy besitzt. Sie muss einer der letzten zehn Menschen in Europa sein, der keins hat.«

»Wir wissen nicht, ob sie ein Handy hat«, widersprach Barbarotti. »Vielleicht hat sie eins, von dem nur Menschen wissen, die ihr sehr nahestehen.«

»Sie hat niemanden, der ihr nahesteht. Hast du das vergessen?«

»Okay. Jedenfalls Prost.«

Sie nippten an ihren Gläsern und schwiegen eine Weile.

»Glaubst du, sie ist tot?«, fragte Barbarotti.

»Nein«, sagte Eva Backman. »Nicht, dass ich mir da besonders sicher bin, aber ich glaube es einfach nicht. Und du?«

»Nein, ich hoffe, sie lebt. Denkst du, sie hat Kostadino Miller getötet?«

»Nein. Diese Wette werde ich wohl verlieren. Was meinst du?«

Barbarotti schüttelte den Kopf. »Sie war es nicht. Wenn man weiterraten soll.«

Eva Backman lehnte sich zurück, und ihr Blick schien in die Ferne zu gehen.

»Verdammt!«

»Du hast eine Idee«, sagte Barbarotti. »Was habe ich gesagt, Alkohol in der richtigen Menge kann …«

»Ich muss telefonieren«, sagte Eva Backman. »Kannst du bitte kurz still sein.«

Sie zog ihr Handy heraus, erreichte mit etwas Mühe die Auskunft und wurde weiterverbunden. Barbarotti wartete und betrachtete den Nebel vor dem Fenster; im Licht einer Straßenlaterne sah er ungesund gelb aus, und die Sache wurde nicht besser dadurch, dass in diesem Moment ein schwankender Herr vor dem Pfahl stand, an dem die Laterne baumelte, und Wasser ließ. Eva Backman hatte nach einer halben Minute jemanden in der Leitung, stellte ein paar Fragen und kramte einen Stift heraus. Notierte sich eine Telefonnummer auf einer Serviette, bedankte sich und beendete das Gespräch.

»Wer?«, sagte Barbarotti.

»Die Lebenslust GmbH«, antwortete Eva Backman.

»Hä?«

»Dieser Ferienhausvermieter. Er hat ihre Handynummer.«

»Ja, dann ruf sie doch an«, sagte Barbarotti.

Van Veeteren konnte sich nicht erinnern, wann er zuletzt so verärgert gewesen war.

»Dieser verdammte Koch war ein Irrtum«, sagte er.

Ulrike Fremdli nickte.

»Leopold Kransky war ein Irrtum.«

»Es scheint so«, sagte Ulrike.

»Es wäre besser, wenn sie diesen verfluchten Maasenegger niemals ausgebuddelt hätten.«

»Du meinst, weil dir so die Erkenntnis erspart geblieben wäre, dass dir ein Mörder durch die Lappen gegangen ist?«, erkundigte sich Ulrike.

»Zum Teufel«, sagte Van Veeteren.

»Du fluchst wie ein Bierkutscher«, meinte Ulrike. »Wollen wir irgendwo einen Drink nehmen?«

Van Veeteren blieb stehen. »Hier jedenfalls nicht.«

Er starrte in ein schummrig beleuchtetes Fenster, in dem eine männliche Schaufensterpuppe mit einem grotesk erigierten Penis in einer Schlinge von der Decke hing.

»Nein«, sagte Ulrike. »Aber an der Ecke da vorn liegt das Hieronymus. Da ist es immer ruhig. Zumindest so früh am Abend.«

»Na, dann los«, sagte Van Veeteren. »Ein Schlückchen Alkohol ist bestimmt genau das Richtige für meinen vertrockneten Schädel. Ich begreife nicht, warum ich mich jemals bei der Polizeihochschule beworben habe.«

»Na, na«, sagte Ulrike Fremdli beschwichtigend und nahm

seinen Arm. »Das ist über fünfzig Jahre her und lässt sich jetzt nicht mehr ändern.«

Die Bar war so gut wie leer. Sie bestellten und ließen sich auf einer Couch an einem Ecktisch nieder, Van Veeteren verzichtete darauf, seinen Mantel auszuziehen. Als der Kellner mit den Gläsern und einer kleinen Schale Oliven kam, fragte er, ob es eventuell Zahnstocher gebe. Der Kellner kehrte daraufhin rasch mit einer kleinen Dose zurück; vermutlich glaubte er, dass die dünnen Stäbchen benutzt werden sollten, um Oliven aufzuspießen. Während er sich langsam in die Thekenregion zurückzog, beobachtete er erstaunt, wie sich der ältere Gast, der ihm vage bekannt vorkam, drei, vier Zahnstocher in den Mund schob und auf ihnen herumkaute.

»Du bist eine Gewitterwolke«, sagte Ulrike Fremdli. »Prost.«

Van Veeteren spuckte die Zahnstocher aus und kippte den Inhalt seines Glases hinunter.

»Was war das?«

»Whisky«, antwortete Ulrike. »Noch einen?«

»Nein, bloß nicht«, sagte Van Veeteren. »Jetzt reißen wir uns zusammen und bringen Ordnung in die Dinge.«

»Okay«, sagte Ulrike. »Wo willst du anfangen?«

Van Veeteren dachte drei Sekunden nach. »Nein, entscheide du.«

Ulrike nickte und dachte doppelt so lange nach. »Diese Nonne«, sagte sie. »Könnte sie eine Luftnummer sein?«

»Nein«, antwortete Van Veeteren. »Radovic hat sich mit ihr getroffen. Sie sagt die Wahrheit, so seltsam ihre Geschichte auch klingt.«

»Und sie hat Leopold Kransky eine Woche vor dem Brand in Oosterby gesehen?«

»Höchstwahrscheinlich. Sie mag sich geirrt haben, aber lass uns lieber davon ausgehen, dass sie das nicht getan hat. Wohin bringt uns das?«

»Er ist ein paar Tage vorher nach Amerika geflogen …«

»Ja. Und?«

»Du meinst, dass er einen Komplizen hatte?«

»Das hast du gesagt.«

»Aber wer soll das gewesen sein? Molly Hansen? Seine Mutter?«

Van Veeteren schüttelte den Kopf. »Es ist möglich, dass sie seine Mutter ist, aber ich denke, wir können sie fallen lassen … zumindest fürs Erste. *Komplize* ist vielleicht auch zu viel gesagt. Aber bin ich etwa wieder auf einer falschen Fährte, wenn ich behaupte, dass es sich um diesen verdammten Besucher handelt? Den Bara … Barbo … wie zum Teufel heißt er denn jetzt?«

»Barbarotti«, sagte Ulrike Fremdli. »Er heißt Gunnar Barbarotti.«

»Also Barbarotti«, sagte Van Veeteren. »Dieser Kerl sitzt einfach da und behauptet, der Besucher im Gefängnis und der Mörder seien ein und dieselbe Person …«

»Das hat er getan«, sagte Ulrike. »Und was sagst du dazu?«

Van Veeteren grunzte etwas und streifte umständlich seinen Mantel ab. »Ich sage, dass er natürlich vollkommen recht hat. Wie zum Henker er es auch angestellt hat, um zu dieser Schlussfolgerung zu kommen … noch dazu, bevor wir wussten, dass Kransky tot ist.«

»Intuition vielleicht?«, schlug Ulrike Fremdli vor.

»Exakt. Eine Demonstration erster Güte. Ich frage mich, ob er Rappaport gelesen hat … nein, das hat er natürlich nicht. Obwohl Rappaport ziemlich lange in Schweden gelehrt hat, unmöglich ist es also nicht.«

»Diese Frage können wir vielleicht zurückstellen«, sagte Ulrike. »Aber wenn wir uns dafür entscheiden, dass Barbarotti tatsächlich den Nagel auf den Kopf getroffen hat, treten wir trotzdem auf der Stelle, oder? Wer zum Teufel ist dieser Besucher … Juliusz Ignati?«

»Gute Frage«, seufzte Van Veeteren. »Wen schlägst du vor?«

Ulrike Fremdli dachte nach, und er ließ sie denken. Weil der Kellner auftauchte, nutzte er die Gelegenheit, sein leeres Glas hochzuhalten. Der Kellner nickte und verschwand.

»Dieser Verein …?«, sagte Ulrike.

»Mhm?«

»Könnte es sein, dass wir ein Mitglied übersehen haben?«

»Was?«, sagte Van Veeteren.

»Ich meine ja nur, stell dir vor, es gäbe noch eins. Es wäre toll, wenn wir in einem Mitgliederverzeichnis oder etwas Ähnlichem nachsehen könnten, aber diese Möglichkeit haben wir ja leider nicht …«

»Ein weiteres Vereinsmitglied?«, murrte Van Veeteren und steckte sich einen neuen Zahnstocher in den Mundwinkel, diesmal jedoch nur einen. »Ja, ich höre dir zu.«

»Wenn es so wäre«, fuhr Ulrike fort. »Wenn wir zumindest mit dem Gedanken spielen, was könnte man dann tun, um es herauszufinden?«

Van Veeteren seufzte erneut. »Ein Verein für Linkshänder, der in den sechziger Jahren existiert hat«, stellte er fest. »Und dessen Mitglieder seit Langem tot sind. Ja, ich muss wirklich sagen, wenn ich mein Leben noch einmal von vorn leben darf, werde ich mich auf gar keinen Fall bei der Polizeihochschule bewerben … aber das hast du vielleicht schon verstanden?«

»Sicher, das habe ich kapiert«, antwortete Ulrike. »Im

nächsten Leben bist du Buchhändler, ausschließlich Buchhändler. Aber es gibt immerhin eine Person, die etwas darüber wissen könnte, wer zu der berüchtigten Linksgang gehört hat. Ich denke natürlich an …«

»Birgitte Behrens«, ergänzte Van Veeteren. »Selbstverständlich. Es war kein leeres Gewäsch, als ich zu Münster meinte, er solle die Schweden herschaffen. Es gibt ganz eindeutig eine Verbindung zwischen dem Mord an Kostadino Miller und den Ereignissen einundneunzig, was das angeht, bin ich jedenfalls nicht auf dem Holzweg. Aber wie sollen wir Birgitte Behrens deiner Meinung nach aufspüren?«

»Meiner Meinung nach?«

»Zum Beispiel«, sagte Van Veeteren.

Ulrike schob sich eine Olive in den Mund und kaute eine Weile.

»Wenn ich es richtig verstanden habe, ist sie seit mittlerweile zwei Wochen unauffindbar«, erklärte sie. »Ich nehme an, dass es dafür einen Grund gibt.«

»Einen schwerwiegenden Grund«, stimmte Van Veeteren ihr zu. »Ja, wir werden wohl unseren Freund Barbo… aber das gibt es doch gar nicht, dass ich mir seinen Namen nicht merken kann… wir werden ihn wohl bitten müssen, seine intuitive Gabe noch einmal einzusetzen.«

»Gunnar Barbarotti«, sagte Ulrike Fremdli mit Betonung auf jedem Buchstaben. »Es könnte nicht schaden, wenn du dir das merken würdest.«

»Und warum?«, erkundigte sich Van Veeteren.

Ulrike Fremdli sah auf die Uhr. »Weil sie in zwei Stunden zu etwas Käse und Wein zu uns kommen.«

»Was? Ich meine… hervorragend!«

Als der Kellner im selben Moment mit einem neuen Glas Whisky kam, schob er es jedoch von sich.

»Zwei Gläser, bevor wir Gäste bekommen? Kommt überhaupt nicht in Frage. Kippen Sie das weg, und bringen Sie mir stattdessen die Rechnung!«

58

November 2012. Maardam

Der Mörder dachte an tote Körper.

Die vier, die verbrannten, den einen, den er vergraben hatte, und den letzten, den er liegen gelassen hatte, wo er gelandet war.

Vor allem an den letzten. Seit den anderen war so viel Zeit vergangen; er war davon ausgegangen, dass damit alles abgeschlossen war und zu den Akten gelegt werden konnte, aber das stimmte nicht. Er hatte in der Nacht des Feuers in dem Wald nicht tief genug gegraben; deshalb war die Leiche aufgetaucht, und deshalb hatte er die Axt in den Schädel des Privatdetektivs rammen müssen.

Des Schnüfflers.

Bei dem Gedanken an die Axt zuckte es in seinem Mundwinkel, dem linken, und wenn er ein anderer gewesen wäre, hätte er sich möglicherweise ein Lächeln gestattet. Dieser Ablauf war so nicht vorgesehen gewesen; er war einer momentanen Eingebung gefolgt, und das erstaunte ihn nach wie vor. Dass er den Entschluss einfach so gefasst hatte, nur weil die Axt dort an die Wand gelehnt stand, und nur weil der Schnüffler ihm zufällig für ein oder zwei Sekunden den Rücken zukehrte. Dass er in der Lage war, in diesem Maße spontan zu handeln, ja, das war wirklich überraschend gewesen.

Zuckte es deshalb in seinem Mundwinkel? Lächelte er deshalb fast? Weil es in seinem Inneren trotz allem diesen Spalt aus Spontaneität gab? Ja, wahrscheinlich. Zum Beispiel, dass man nicht wirklich wusste, woran man bei sich selbst war, ging es nicht um etwas in dieser Art? Darum, nicht völlig Herr seiner Motive und Möglichkeiten zu sein, seine eigene Größe nicht einzusehen. Es war ein Phänomen, das sich ein bisschen schwindelerregend und ein bisschen … wohlig anfühlte.

Eventuell auch eine Spur gefährlich. Aber das wohlige Gefühl überwog, zumindest für den Moment, zumindest in diesem Augenblick, da er mitten in der Nacht aufgewacht war, weil er etwas geträumt hatte. Es gab ein regelmäßig auftretendes Problem mit seinem Schlaf, er war extrem leicht und wurde schnell gestört, oft stand er auf und trainierte oder las zwei Stunden, während der Rest der Welt schlief. Das war besser, als untätig herumzuliegen und zu versuchen, wieder einzuschlafen. Es gab ja ohnehin keinen Wecker, der ihn im Morgengrauen zum Aufstehen zwang. Seit seiner Pensionierung bestimmte er selbst über seine Zeit, über jede einzelne Sekunde und Minute von ihr. Andere hätten es sicherlich als Privileg aufgefasst, aber diese anderen sahen nicht das ganze Bild.

Sie wussten so wenig, verstanden so wenig.

Und das interessierte ihn so wenig. Es hatte nur einen Menschen gegeben, der ihm etwas bedeutet hatte, einen einzigen. Dieser Mensch war die Triebkraft. Die Nova in der Galaxie.

Er stand auch in dieser Nacht auf. Ging ins Sportzimmer und arbeitete sich durch das kurze Trainingsprogramm. Fünfundvierzig Minuten, das reichte in der Regel, um ihn zu dieser nächtlichen Stunde zu ermüden.

Der Gedanke an die Leichen ließ ihn währenddessen nicht los. Die vierte und die fünfte. Und nun die sechste. Er rief sich in Erinnerung, dass er für Maasenegger damals in Oosterby andere Pläne gehabt hatte. Dass er überlegt hatte, ihn, oder jedenfalls seinen Körper, einer raffinierteren Behandlung auszusetzen, schließlich war er der Hauptschuldige; er verdiente seine Strafe um ein Vielfaches mehr als die anderen. In dem Punkt war Kransky sehr deutlich gewesen und hatte Vorschläge gemacht.

Zahlreiche Vorschläge sogar, aber es war am Zeitfaktor gescheitert. Wirklich wichtig war damals, Maasenegger aus dem Weg zu schaffen. Die Polizei in die falsche Richtung zu lenken, es war nicht der richtige Zeitpunkt für Raffinesse gewesen, und es hatte ja auch funktioniert. Bis ins kleinste Detail.

Nein, nicht bis ins kleinste Detail. Beim Graben war etwas schiefgegangen, aber das hatte seinen Grund. Ihm hatte die Kraft gefehlt, die Leiche so weit zu schleifen, wie es ursprünglich geplant gewesen war; ein toter Körper ist schwer, das hatte er in jener Nacht gelernt. Er hatte volles Verständnis für Mörder, die sich entschlossen, ihre Opfer zu zerstückeln – aber selbst wenn man das nötige Werkzeug besaß, was bei der fraglichen Gelegenheit nicht der Fall gewesen war, wäre es widerlich gewesen, in einem dunklen Wald zu hocken und eine frische Leiche zu zerstückeln. Äußerst widerlich.

Heute, mit der Kondition und körperlichen Verfassung, die das Ergebnis seiner Übungen im Sportzimmer waren, hätte er die Sache besser bewältigt. Obwohl er zwanzig Jahre älter war. Wäre es heute passiert – oder heute Nacht, in dieser langen, nebligen Novembernacht –, hätte er seine Leiche so weit fortgeschafft, wie es vorgesehen gewesen war, und dafür gesorgt, dass Maasenegger für alle Ewigkeit unter der Erde verschwand. Und die Turbulenzen des letzten Monats wären ihm erspart geblieben.

Der Schnüffler und Birgitte.

Aber Birgitte war gar nicht Birgitte. Birgitte war Clara. Das hatte der Schnüffler enthüllt, bevor die Axt in seinem Kopf einschlug. Oder zumindest angedeutet, die Wirkung des Gifts hatte eingesetzt, und sein Gehirn und seine Zunge funktionierten nicht so, wie sie sollten. Die eine oder die andere? B oder C? Das spielte keine große Rolle. Sie würde die letzte Leiche sein, unabhängig davon, wie sie hieß. Die siebte und letzte.

Der Schnüffler war verrückt gewesen. Das hatte er bereits vermutet, als er zum ersten Mal Kontakt aufnahm, und als sie sich trafen, wurde es offensichtlich. So gut konnte er Menschen letztlich doch einschätzen, das musste er sich selbst lassen. Nicht verstehen, notabene, aber beurteilen. Das war ein himmelweiter Unterschied.

Konnten andere Menschen einander verstehen?

Sie liebten es weiß Gott, sich das vorzustellen. Es war ein Trugschluss, der sich in gewisser Weise durch die ganze Welt zog. Sie zusammenhielt und Krethi und Plethi eine Illusion von Hoffnung und Sinn schenkte, das hatte er begriffen.

So dachten sie, daran klammerten sie sich.

Die anderen.

Es hatte eine Weile gedauert, sie zu finden, aber es war nicht besonders schwierig gewesen. Auf seiner Liste hatten achtzehn denkbare Hotels gestanden, und Nummer dreizehn war das richtige gewesen.

Es stimmte, hatte eine junge Frauenstimme geantwortet,

man habe einen Gast dieses Namens. Wollte er eine Nachricht hinterlassen?

Er hatte erklärt, das sei nicht nötig. Er werde sich selbst mit seiner Schwester in Verbindung setzen. Trotzdem vielen Dank.

Nichts zu danken.

Es war eines der Viersternehäuser in der Baderslaan. Schräg gegenüber vom Polizeipräsidium, was ihn möglicherweise amüsiert hätte, wenn er … wenn er, wie gesagt, ein anderer gewesen wäre.

Aber das war er nun einmal nicht. Er war der, der er war. Gestern, heute und morgen.

Eine große Lobby mit weichen Sesseln und Sofas. Er hatte sich mit einer Zeitung niedergelassen und war ein wenig unsicher gewesen, ob er sie wiedererkennen würde.

Will sagen, ob er sie von früher wiedererkennen würde. Der Schnüffler hatte ein Foto im Portemonnaie gehabt, aber als sie nach einer knappen Stunde auftauchte, war er überrascht, wie wenig sie sich verändert hatte. Das junge Mädchen war zu einer erwachsenen Frau geworden. Auf der Schwelle zum Alter, aber ihr Kern existierte noch. Unabhängig davon, ob sie nun die eine oder die andere war. Die Vergangene oder die Heutige.

Für einen flüchtigen Moment waren sich ihre Blicke begegnet. Hatte sie ihn erkannt?

Eher unwahrscheinlich; und selbst wenn sie es getan hatte, spielte es keine Rolle. Es konnte trotzdem nur auf eine Art enden.

Er fragte sich, ob er wieder Gift verwenden sollte. Es hatte Vorteile, aber auch Nachteile. Er hatte sich noch nicht entschieden, obwohl es dafür höchste Zeit wurde. Vielleicht war er ja deshalb aufgewacht. Weil das Zeitfenster schrumpfte. Weil er gezwungen war, bald zur Tat zu schreiten.

Er mochte diese Redewendung. *Zur Tat schreiten.* Schwer zu sagen, was ihn daran anzog, aber sie war ihm durch den Kopf gegangen, in Oosterby und vor einer guten Woche in dem schwedischen Wald.

Jetzt schreite ich zur Tat.

Vielleicht ging es im Leben ja darum. Bestimmte Dinge musste man tun. Es brauchten nicht viele zu sein, aber dafür waren sie zwingend notwendig.

Ja, vielleicht. Aber auch wenn es sich in einem größeren Maßstab so verhielt – oder wenn es das nicht tat –, so war dies trotzdem nichts, worüber man sich den Kopf zerbrechen musste. Mit Sicherheit nicht.

Die Frage der Methode musste dagegen entschieden werden, und je länger er darüber nachdachte, desto ansprechender erschien ihm die Giftalternative. Das Thema beherrschte er im Schlaf; auch wenn er nie mehr eine Stelle an einer Universität oder in einem Forschungslabor bekommen würde, genoss sein Hauptwerk große Wertschätzung. *A Theory of Toxicological Implementation from Three Types of Endemic Funghi in the Kalahari Desert.* Mancherorts wurde die Arbeit bis heute als Lehrbuch benutzt und warf auf die Art ein wenig Geld ab, und auch wenn Wissen an sich einen großen Wert besaß, so hatte das in die Tat umgesetzte Wissen einen noch höheren. Natürlich.

Also Gift, dachte er und wechselte im Gerät von Beinen zu Oberkörper.

Einfach, schmerzlos, definitiv. Keine Gewalt, keine Axt, kein Vergraben.

Er würde sie morgen wieder anrufen. Irgendetwas sagte ihm, dass sie sich diesmal melden würde.

Ein Treffen verabreden.

Oder, falls sie kein Interesse daran haben sollte, dafür sorgen, dass es trotzdem dazu kam.

59

November 2012. Maardam

»Wir können jedenfalls festhalten, dass die Verbindung feststeht«, sagte Van Veeteren. »Wenigstens etwas.«

Eva Backman nickte. »Ich dachte, dafür hätten wir uns schon entschieden. Sonst würden wir hier wohl kaum zusammensitzen, oder?«

»Es war eine berechtigte Vermutung«, erwiderte Van Veeteren. »Ich habe mir eingebildet, dass es eine Frage der Intuition war, aber jetzt wage ich es nicht, das Wort zu benutzen. *Einfall* kommt der Wahrheit bedeutend näher.«

Ulrike Fremdli lächelte und schenkte Wein nach. »Meinen lieben Gatten hat eine kurzzeitige Bescheidenheit übermannt. Das geht sicher vorüber.«

»Pah«, sagte Van Veeteren. »Und dass unser vorwitziger Privatermittler Gift im Körper hatte, steht auch fest?«

»Es sieht ganz so aus«, antwortete Barbarotti, öffnete die detaillierte Nachricht Sorgsens in seinem Handy und fasste sie in groben Zügen zusammen. Sie teilte mit, dass man bei der Obduktion von Kostadino Millers Leiche Spuren eines recht ungewöhnlichen Giftstoffes gefunden hatte, *Acetylandromedol*. In größeren Dosen tödlich, in kleineren einschläfernd und betäubend. Wurde bis in die fünfziger Jahre des vorigen Jahrhunderts an manchen Orten auf der Welt in Krankenhäusern benutzt, seither jedoch kaum noch, weil es schwere Nebenwirkungen hatte. Das Gift wurde und wird vor allem aus den Wurzeln bestimmter Arten nördlicher Heidekrautgewächse gewonnen. Es wird bis zum heutigen Tag in zwei, drei europäischen Laboren hergestellt und sporadisch bei Tierversuchen eingesetzt.

»Wo kriegt man das her?«, fragte Ulrike Fremdli. »Es klingt jedenfalls nicht nach etwas, das man in der Apotheke um die Ecke kaufen kann.«

»Nein, ganz sicher nicht«, sagte Van Veeteren. »Wir haben es mit einem Mörder zu tun, der sich auskennt.«

»Und wohin führt uns das?«, erkundigte sich Eva Backman. »Das Gift im Oosterby-Fall ist im Übrigen doch nur eine Hypothese, oder?«

Van Veeteren betrachtete sie einen Augenblick, ehe er antwortete. Stirnfalte und nachdenklicher Blick.

»Vollkommen richtig. Aber eine ziemlich gute Hypothese. Es brennt, und vier Menschen beschließen, in einem Raum im Erdgeschoss zu bleiben, statt das Haus zu verlassen. Sie dürften in keiner guten Verfassung gewesen sein.«

»Keine anderen Spuren? Der Mörder könnte sie nicht getötet haben, ehe er das Feuer legte? Eine Kugel oder so?«

»Wenn schon, dann vier Kugeln«, korrigierte Van Veeteren sie. »Aber vermutlich nicht. Kugeln verbrennen nicht, und es wurden keine gefunden. Er könnte sie natürlich erstochen haben, aber sie waren ja mindestens vier gegen einen, so dass dies unwahrscheinlich erscheint. Sie wurden also vermutlich vergiftet… und ich bin der Erste, der dieses irritierende Wort bedauert: *vermutlich*.«

»Es ist, wie es ist«, sagte Eva Backman. »Aber diese Frage… ich meine die Giftfrage… muss im Moment vielleicht nicht als erste beantwortet werden?«

»Nein, wahrscheinlich nicht«, erklärte Van Veeteren finster. »Was uns angeht, hat sie ja außerdem recht viele Jahre auf dem Buckel. Übrigens wie ich selbst.«

Es wurde für einige Sekunden still am Tisch. Gunnar Barbarotti platzierte einen Löffel Marmelade auf einer Scheibe Gruyère und schob sie sich in den Mund. Kaute, ließ den Blick durch den Raum schweifen und vergaß für einen Moment, warum sie hier waren. Stattdessen stellte er fest, dass er so oder so ähnlich wohnen könnte. Eine große, mit Büchern vollgestopfte Wohnung in einer großen, mit Menschen vollgestopften Stadt. Zusammen mit Eva Backman ... in ein paar Jahren oder so ... warum nicht?

Ich darf nicht vergessen, ihr das vorzuschlagen, beschloss er. Aber vielleicht nicht unbedingt jetzt. Jetzt ... tja, jetzt wurde es wohl eher Zeit, wieder einen Beitrag zu den Ermittlungen zu leisten.

»Nach wem suchen wir also eigentlich?«, sagte er.

»Eine ausgezeichnete Frage«, sagte Van Veeteren.

»Nach einem sechsten Vereinsmitglied vielleicht?«, schlug Ulrike Fremdli vor. »Einem Linkshänder und Giftexperten ... es mag ein paar geben, aber nicht unendlich viele, oder?«

Van Veeteren drehte sein Weinglas und wirkte skeptisch. »Wenn er ... oder von mir aus *sie*, leben wir nicht in einer emanzipierten Welt? ... wenn die *betreffende Person* außerdem in Oosterby aufgewachsen sein soll, reduziert sich die Zahl der Kandidaten ziemlich radikal. Nein, ich glaube nicht, dass wir es mit einem weiteren Mitglied dieses verfluchten Vereins zu tun haben ... aber, wie gesagt, ich lausche heute nur meinen dunkel surrenden Einfällen. Was sagen die klaren Denker aus Schweden?«

Eva Backman verzog den Mund. »Sie warten darauf, dass wir Birgitte Behrens finden«, antwortete sie. »Wir haben ja ihre Handynummer ermittelt. Wenn wir Glück haben, finden wir mit Hilfe einiger kleiner Satelliten heraus, wo sie sich aufhält. Innerhalb der nächsten Stunde müsste es so weit sein.«

»Und als Nächstes hoffen wir, dass sie sich am selben Ort befinden, sie und ihr Telefon«, ergänzte Barbarotti. »Als wir anriefen, hat sie sich nicht gemeldet, aber die Nummer ist zumindest nicht tot.«

»Was darauf hindeuten könnte, dass sie es auch nicht ist«, murmelte Van Veeteren. »Tot, meine ich.«

»Ja, in der besten aller Welten lebt sie noch«, sagte Eva Backman. »Aber wenn wir einige Irrtümer… und falsche Annahmen… aus diesem alten Fall in Oosterby aussortieren, wo landen wir dann?«

»Auf Feld eins nach Los«, sagte Van Veeteren.

»Genau das meine ich«, erwiderte Eva Backman. »Das ist vielleicht ein guter Ausgangspunkt. Was wissen wir mit Sicherheit?«

Der Fünfundsiebzigjährige runzelte erneut die Stirn.

»Wir haben sechs Tote«, sagte er. »Fünf, die zusammengehören… plus einen Privatschnüffler, der vermutlich gestorben ist, weil er zu viel herumgeschnüffelt hat. Vermutlich hat er dabei auch das eine oder andere herausgefunden, das muss man ihm lassen.«

»Und *einen* Mörder?«, sagte Ulrike.

»Wahrscheinlich«, sagte Van Veeteren und zog eine Grimasse.

»Und den Koch, Molly Hansen und Leopold Kransky haben wir von der Liste gestrichen?«, sagte Eva Backman.

»Jedenfalls ist keiner von ihnen in Schweden gewesen und hat Kostadino Miller umgebracht«, sagte Barbarotti. »Kransky ist außerdem tot, wenn ich es recht sehe. Das ist schon ein ziemlich stabiles Alibi, aber er dürfte trotzdem eine Bedeutung für … nun, für die Geschichte an sich haben, nicht wahr?«

»Und warum?«, fragte Eva Backman.

»Weil die Geschichte der Nonne stimmt«, antwortete Ulrike. »Außerdem hat Kransky das Mädchen umgebracht. Damit sind wir zurück auf Los, möchte ich behaupten. Das muss das Ereignis sein, das dem Ganzen zugrunde liegt. Die Linkshänder waren in irgendeiner Weise in die Entführung verwickelt … oder sind wir uns nicht einmal in dem Punkt sicher?«

»Oh doch, verdammt!«, platzte Van Veeteren heraus. »Man darf nicht anfangen, alles in Frage zu stellen, nur weil es an ein paar Stellen Risse gibt. Und an deiner Intuition, Inspektor Barbarotti, zweifele ich nicht eine Sekunde. Kranskys Besucher im Gefängnis ist unser Mann.«

»Ich danke in aller Bescheidenheit«, stimmte Barbarotti ihm zu. »Ich habe meine Meinung in diesem Punkt nicht geändert. Aber wer ist dieser … Juliusz Ignati? Er muss doch einen Grund dafür gehabt haben, Kontakt zu Kransky aufzunehmen?«

»Natürlich hatte er einen Grund«, meinte Eva Backman. »Er plante schließlich, sich an den Linkshändern zu rächen.«

»Dann war ihm also bekannt, dass sie in die Entführung des Mädchens verwickelt waren?«, sagte Ulrike. »Aber woher, wenn ich fragen darf?«

»Hm«, sagte Barbarotti und nahm sich eine weitere Käsescheibe.

»Hm«, sagte Van Veeteren und trank einen Schluck Wein.

Eva Backman schüttelte den Kopf. »Es ist nicht gesagt, dass es so gewesen ist. Er … oder sie, obwohl der Besucher ja wohl ein Mann war? … könnte auch einen anderen Grund gehabt haben, Kransky zu besuchen. Am Anfang, meine ich, sie haben sich ja im Laufe eines Jahres oder wie lang das war, ständig getroffen… und, na ja, vielleicht hat sich ihre Beziehung dabei verändert.«

»Sie hat sich verändert?«, sagte Barbarotti. »Und wohin führt uns das? Du siehst aus, als wärst du etwas auf der Spur.«

»Ich weiß nicht«, sagte Eva Backman. »Aber eine andere Frage lautet natürlich, wer einen Grund haben sollte, ihn zu besuchen. Vielleicht war es ja einer der Linkshänder, aber dann können wir die Theorie vergessen, dass Besucher und Täter dieselbe Person sind…«

»Es muss doch auch noch andere Menschen gegeben haben, die mit der Entführung in Verbindung standen«, erklärte Barbarotti. »Was ist… ja, genau, was ist zum Beispiel aus der Familie des Mädchens geworden?«

Van Veeteren breitete die Hände aus. »Das ist mir leider nicht bekannt. Vergesst nicht, auch wenn dieser Teil der Geschichte mehr als vierzig Jahre zurückliegt, ist er für uns immer noch recht neu. Die Verbindung der Entführung zu dem mörderischen Feuer ist uns erst vor ein paar Tagen klar geworden. Aber es stimmt, da könnte etwas zu holen sein. Ich glaube, ich werde Radovic aktivieren, er müsste dem eigentlich nachgegangen sein.«

»Eine gute Idee«, sagte Ulrike Fremdli. »Geh ins Arbeitszimmer und ruf ihn an. Wollen wir uns in der Zwischenzeit noch ein Glas gönnen?«

Gunnar Barbarotti zögerte. Eva Backman schüttelte den Kopf.

Van Veeteren entschuldigte sich und verließ den Raum.

Das Gespräch zog sich in die Länge, und Barbarotti nutzte die Gelegenheit zu einem Toilettenbesuch. Als er sich die

Hände abtrocknete, machte sein Handy pling. Es war eine Nachricht Sorgsens, bei dem – obwohl er sich fast tausend Kilometer weiter nördlich befand und auch in Kymlinge Samstagabend sein musste – wie üblich alle Fäden zusammenliefen.

Birgitte Behrens soll sich in Maardam befinden.
Zumindest ist ihr Handy dort.

Aha, dachte Barbarotti. Die Dinge verdichten sich.

In Zeit und Raum, wie ihm schien, und er erkannte, dass er ein wenig betrunken war, denn er dachte sonst nicht in diesen Bahnen. Zeit und Raum?

Van Veeteren hatte nach seinem Telefonat mit Radovic etwas Schildkrötenartiges bekommen. Das fand zumindest Barbarotti und war sich nicht sicher, ob das ein gutes oder ein schlechtes Zeichen war. Vielleicht war es Altersweisheit, der es endlich und ein wenig widerwillig gelungen war, an die Oberfläche aufzusteigen, oder es war bloß Müdigkeit. Er verkündete die Neuigkeit, die Sorgsen ihm übermittelt hatte, bevor Van Veeteren das Wort ergriff, und einige Minuten tauschten sie über den großen Tisch hinweg Ansichten über denkbare Konsequenzen und vorstellbare Maßnahmen aus.

Maardam? Was tat sie hier? Diese geisterhafte Birgitte Behrens. Hatte sie auch Oosterby besucht?

Gute Fragen. Auf die zurückzukommen sein würde.

Wo genau hielt sie sich auf? Bei Bekannten? Schließlich hatte sie viele Jahre in der Stadt gelebt.

Andererseits: Sie hatte etwas von einem Eremiten. Hatte sie in dieser nebligen Stadt genauso wenige Freunde gehabt wie in Schweden?

Ein Hotel?

Möglich.

Lebte sie?

Hoffentlich.

Sie finden?

Selbstverständlich. Eine Aufgabe für Münster und Radovic.

Folglich ein weiteres Telefonat und neue Anweisungen des Alten.

Aber alles zu seiner Zeit. Es war Samstagabend, und die Uhren in der Keymer-Kirche hatten zunächst elf und danach Viertel nach geschlagen.

Zuvor und vor allem: Bericht über das Gespräch mit Radovic. Van Veeteren räusperte sich, hob sein Weinglas an, überlegte es sich auf halbem Weg jedoch anders.

»Es gibt eine Möglichkeit.«

Sein Blick schweifte langsam und blinzelnd rund um den Tisch. Schildkrötenartig. Verweilte eine Sekunde bei Ulrike, ehe er vor sich hin nickte und seine Augen sich zum nächsten bewegten.

»Diese Familie ist … einfach ausgedrückt … in der Hölle gelandet. Radovic hat seine Hausaufgaben gemacht und ist der Sache nachgegangen. Boris Kettener ist vor zehn Jahren als Alkoholiker an der Riviera gestorben. Seine Frau Louise hat die Sache schon wesentlich früher selbst in die Hand genommen und 1975 Selbstmord begangen.«

»Und wo befand sich Boris Kettener im September 1991?«, fragte Eva Backman.

»Unklar«, antwortete Van Veeteren. »Im Mai des Jahres hielt er sich in einer Klinik in Florida auf. Wie gesagt, ein Alkoholiker. Hat man das nötige Kleingeld, kann man das ziemlich in die Länge ziehen. Aber wo er sich ein paar Monate später herumtrieb, hat Radovic nicht herausfinden können.«

»Dann hatte er also Geld?«, fragte Ulrike.

»Offensichtlich. Geld wie Heu.«

»War das alles?«

Van Veeteren schüttelte den Kopf. »Nicht ganz. Boris Kettener hatte natürlich ein Motiv – falls es ihm gelungen sein sollte, die Verbindung zu den Linkshändern herauszufinden. Aber er kann unmöglich Kostadino Miller mit einer Axt erschlagen haben, da er selbst 2002 gestorben ist.«

»Schade«, sagte Barbarotti, ohne dass ihm ganz klar war, was – oder wessen Tod – er eigentlich bedauerte.

»Mag sein«, meinte Van Veeteren. »Aber es gab in der Familie auch noch einen Sohn, einen älteren Bruder des Mädchens … Ludvig Kettener. Radovic hat ihn während unseres Telefonats gegoogelt, deshalb hat es ein bisschen gedauert.«

»Und?«, sagte Ulrike.

»Er ist in Aarlach gemeldet, aber es ist unklar, ob er dort auch wirklich wohnt. Radovic kümmert sich weiter darum, während wir hier spekulieren. Aber er ist im Internet auf etwas Interessantes gestoßen … Ludvig Kettener ist Dozent für Biologie. Anfang der neunziger Jahre hat er mit einer Arbeit über pflanzliche Gifte promoviert.«

»Pflanzliche Gifte?«, sagte Barbarotti.

»Exakt«, bestätigte Van Veeteren. »Allem Anschein nach ein ziemlich respektierter Name in der akademischen Welt. Zumindest bis 1990. Da beendet er seine Lehrtätigkeit und wird Frührentner. Im Alter von sechsunddreißig Jahren.«

»Der Grund?«, erkundigte sich Ulrike.

»Diese Information stand nicht im Netz«, erklärte Van Veeteren. »Aber wie gesagt, Radovic sucht weiter.«

Es wurde fünf Sekunden still.
»Das ist er«, sagte Eva Backman.
»Wahrscheinlich«, erwiderte Van Veeteren.

60

November 2012. Maardam

Das Tagebuch

Erwachte von Vögeln, die schrien.

Nicht kreischten. Schrien.

Für einen Moment dachte ich, ich wäre wieder auf unserem Hof. Dass ich elf oder zwölf wäre und in meinem Bett in dem Haus bei Oosterhejde läge. Die Möwen schrien da draußen häufig über den Feldern, vielleicht waren es auch andere Vögel, ich weiß es nicht. Jedenfalls kamen sie an manchen Tagen in Schwärmen vom Meer und veranstalteten ein Gezeter, als wäre der Krieg in unser Dorf gekommen.

Das sagte meine Mutter, vielleicht hatte sie es nur einmal getan, aber wenn die Vögel schrien, dachte ich jedes Mal daran.

Sie klingen, als würden wir vom Krieg überrollt.

Aber wir werden nicht vom Krieg überrollt, und ich bin nicht zurück in Oosterhejde. Es ist ein Sonntagmorgen in Maardam fünfzig Jahre später, und mein Leben ist verstrichen. Ich weiß nicht, warum die Möwen mitten in einer großen Stadt im Nebel schreien, aber vielleicht haben sie die Orientierung verloren. Vielleicht schreien sie, weil sie Angst haben.

Auch ich habe die Orientierung verloren. Und mein

Schrei ist stumm, er geht nach innen, und nur ich selbst kann ihn hören. Ich liege in einem anonymen Hotelzimmer im Bett und denke, wenn ich zurückreisen und die Dinge verändern dürfte, durch die das Leben entscheidende Wendungen nimmt, würde ich fast alles ändern. Ich würde bei jeder einzelnen Weggabelung eine andere Richtung wählen; ja, so ist es wirklich. Ich dachte, ich hätte in Schweden eine behütete Nische gefunden, aber auch das war zum Scheitern verurteilt. Man kann seiner Vergangenheit nicht entfliehen. Nicht auf Dauer, und ich habe ganz eindeutig das Gefühl, das Ende meines Wegs erreicht zu haben.

Aber was ist meine Aufgabe am Ende dieses Wegs?

Ich stehe auf und stelle mich eine Weile ans Fenster. Blicke in den graugelben Nebel hinaus, der an diesem Morgen dichter wirkt als je zuvor. Es ist erst halb sechs, aber irgendwie ist hier auch die Zeit zum Stehen gekommen. Sie hat keine Bedeutung. Nichts hat eine Bedeutung. Die Vögel sind verstummt. Ich lege den Stift weg und schlage das Tagebuch zu.

Und dennoch. Es passiert immer noch etwas. Ich habe eine halbe Stunde unruhig geschlafen und von dem Mädchen geträumt. Es ist lange her gewesen, in den ersten Jahren habe ich so gut wie jede Nacht von ihr geträumt. Was ich vorhin über die Weggabelungen geschrieben habe, ist nicht ganz wahr; genau genommen ging es nur um eine. Aber so läuft es eben: ein einziger Fehltritt legt alles in Schutt und Asche. Die Konsequenzen endeten nicht in Mollys Pension. Sie hätten es tun können, ich redete mir ein, dass es so war, aber meine Schuld schlummerte nur. Um in diesem Herbst so viele Jahre später erneut zum Leben zu erwachen und Flügel zu bekommen.

Schuldvögel? Im Nebel schreiend.

Aber ist heute nicht trotzdem der letzte Tag?

Dieser verfluchte Kosta. Wenn ich sterbe und ihm auf der anderen Seite begegne, kriegt er eins in die Fresse. Ich werde ihm sagen, dass er ein egozentrischer Idiot ist und ich ihn nie mehr wiedersehen will.

Aber ich wiederhole: Ist heute nicht trotzdem der letzte Tag?

Habe ich unten in der Lobby richtig gesehen? Mit jeder Stunde, die seither vergangen ist, bin ich unsicherer geworden. Nur weil so vieles zusammenpassen würde, heißt das noch lange nicht, dass er es war. Man *will,* dass die Dinge zusammenpassen. Dass es ein passendes Teil für diese Lücke im Puzzle gibt. Ist es überhaupt möglich, einen Menschen wiederzuerkennen nach… was habe ich ausgerechnet?… dreiundvierzig Jahren?

Vielleicht liege ich hier und bilde mir etwas ein? Es ist leicht, verrückt zu werden, eingeschlossen in seinem Hotelzimmer in einem Nebel, der einen nicht loslässt.

Etwas später. Zwei verschiedene unbekannte Nummern rufen mich an. Nicht *unterdrückt,* nur *unbekannt.* Sowohl gestern am späten Abend als auch heute früh.

Ich denke darüber nach, wie unbekannt sie eigentlich sind, die Menschen dahinter. Denke darüber nach, ob ich mich beim nächsten Mal melden soll. Oder ob ich selbst anrufen soll.

Es liegt eine absurde Verlockung darin, vor allem in Letzterem. Wenigstens etwas Konkretes zu tun. Ich liege auf dem Bett, das Handy in der Hand, und kann mich nicht entscheiden.

Lege es trotzdem fort. Es ist kurz nach neun. Noch immer ist es eindeutig Sonntagmorgen. Noch immer schläft die Welt da draußen im Nebel.

Nur diese zwei nicht, die mich erreichen wollen.

Mir kommt eine Begebenheit in den Sinn. Wir sitzen unten in der Höhle. Es muss der Winter 1967/68 sein, denn es passiert, bevor Zink auftaucht. Ich und die Musketiere sind da, in meinen Gedanken nenne ich sie immer so, weil sie auf eine altmodische, jungenhafte Weise zusammengeschweißt sind: Marten, Rejmus und Kuno. Außerdem Birgitte, vermutlich ist es einer der letzten Abende, an denen sie überhaupt dabei ist, und ich würde vermuten, dass es ein Samstagabend ist. Wir müssen uns jedenfalls keine Gedanken darüber machen, dass wir am nächsten Tag in die Schule müssen. Wir haben bestimmt ein paar Bier getrunken, aber nichts geraucht, zumindest erinnere ich mich nicht daran. Wir hören Sergeant Pepper, das haben wir den ganzen Herbst getan. Rejmus und ich sitzen ein bisschen umschlungen, nicht sehr eng, aber wir haben ein paarmal miteinander geschlafen, und das ist kein Geheimnis. Marten versucht offenbar, Birgitte anzubaggern, aber er ist zu schüchtern, und sie will nicht.

Dann klopft es an die Tür. Die große, schwere Stahltür, die wir immer abschließen und zu der nur wir einen Schlüssel haben. Nein, Moment, Birgitte hat wahrscheinlich keinen Schlüssel mehr, aber egal. Ich denke, dass es bestimmt Qvintus ist, der da draußen steht und herein will, aber seltsamerweise klopft er nicht das verabredete Signal: dreimal kurz, Pause, viermal kurz. Ich merke, dass alle das Gleiche denken, und wir bleiben schweigend sitzen und warten auf das nächste Klopfen. Es kommt Sekunden später, und auch jetzt wird nicht drei plus vier Mal angeklopft. Also will ein nicht Identifizierter oder wollen mehrere nicht Identifizierte herein, aber keiner von uns macht Anstalten, hinzugehen und die Tür zu öffnen. Keiner sagt etwas, nur Marten schüttelt den Kopf, und wir anderen stimmen ihm zu, ohne selbst den Kopf zu schütteln oder zu nicken. Wir wechseln nur Blicke und wollen den Anklopfenden nicht hereinlassen, wer immer es sein mag. Dann sagt Kuno:

Da draußen steht der Tod und will herein.

Es ist seltsam, so etwas zu sagen, und mindestens genauso seltsam ist es, dass Kuno das sagt. Er ergreift sonst nie die Initiative, und vielleicht kommt es einem besonders unheimlich vor, weil ausgerechnet er diese unheilverkündenden Worte in den Mund nimmt. Ich bilde mir tatsächlich ein, dass da draußen der Tod steht, und ahne, dass die anderen das Gleiche empfinden. Es wird vollkommen still, ich glaube, wir halten den Atem an, ich zumindest tue es.

Ja, wir warten auf das dritte Klopfen, aber es kommt nicht. Noch immer sagt keiner von uns etwas, aber als ein paar Minuten verstrichen sind, steht Marten auf, geht zur Tür und öffnet sie.

Niemand steht davor, wir gehen alle hin und vergewissern uns. Seltsamerweise sieht man jedoch keine Fußspuren auf der kleinen Treppe, die von der Straße herunterführt. Es hat den ganzen Abend leicht geschneit, unsere eigenen Fußabdrücke, ein paar Stunden alt, sind zugeschneit. Dann sagt Kuno wieder etwas Unerwartetes.

In fünfundzwanzig Jahren sind die meisten von uns tot.

Seine Stimme klingt nicht ganz wie sonst, das tat sie schon nicht, als er behauptete, der Tod stünde vor der Tür, und ich begreife auf einmal, dass er betrunken ist.

Meine Erkenntnis bestätigt sich, als er unmittelbar darauf

auf die Toilette geht und sich übergibt, und anschließend verwenden wir ziemlich viel Zeit auf den Versuch, seine beiden absurden Aussagen ins Lächerliche zu ziehen. Und darüber zu lachen, dass Kuno ausnahmsweise ein paar Bier zu viel getrunken hat, was normalerweise nie vorkommt.

Doch unser Lachen klingt gekünstelt und gewollt, es ist ein seltsamer Abend, und wir lösen die Runde früh auf, obwohl es genügend Bier und Zigaretten gibt.

Ich glaube nicht, dass ich, abgesehen von der Zeit kurz danach, jemals wieder an diese Begebenheit gedacht habe. Aber heute, an diesem Morgen, als ich eingesperrt in dieser nebligen Stadt hocke, sehe ich das Ganze wie einen Film in meinem Kopf. Und ich kann meine eigene Gegenwart und die der anderen fast körperlich spüren. Die Musketiere. Birgitte. Ich selbst.

Ich frage mich, warum.

Die meisten von uns, sagte er. Nicht *alle.*

Ich denke, dass der Tod wirklich unfassbar groß ist. Das Leben dagegen ein verlorener Zwerg.

Ich betrachte meine Hand, die diese abschließenden Zeilen schreibt.

Meine linke Hand.

Wäre alles anders gekommen, wenn ich Rechtshänderin gewesen wäre? Das scheint mir ein ungewöhnlich widerwärtiger Gedanke zu sein, und vielleicht gibt es verschiedene Wege – genauso getrennt wie rechts von links –, die alle, jeder für sich, zur Katastrophe führen.

Ja, das leuchtet mir ein.

Eine Stunde später. Ich habe geduscht und mich entschieden. So soll es sein.

61

November 2012. Maardam

Ein Dolch vervollständigte seine Ausrüstung.

Es handelte sich um ein Erbstück, das bei den Dreharbeiten zu einem Film benutzt worden war. Auch damals vermutlich schon als Mordwaffe. Vielleicht sogar in *Lawrence von Arabien,* aber er interessierte sich nicht für Filme. Wenn es hochkam, für gut gemachte Dokumentationen, aber nicht für die traditionellen, verlogenen Produkte.

Die Klinge war lang, schmal und zweischneidig; als er sie testete, drang sie völlig widerstandslos durch ein fest gefülltes Kissen. Er stellte sich vor, dass ein Angriff ausreichen sollte, obwohl es danach natürlich eine Weile dauern würde, bis so viel Blut den Körper verlassen hatte, dass der Tod eintrat. Es kam darauf an, wo man traf, und im Notfall musste er mit mehreren Stichen rechnen. Aber nur im Notfall.

Zu dem Dolch gehört ein samtverkleidetes Futteral aus einer dunklen, exotischen Holzart; er platzierte ihn behutsam in der ausgestanzten Ritze und ließ den Deckel zuschnappen. Steckte das Futteral in die Aktentasche und dachte daran, wie die umgekehrte Prozedur vonstatten gehen sollte. Eine Waffe dieser Art würde man ja am liebsten an einem Gürtel tragen, so dass man schnell und bequem an sie herankam, wie es sicher in dem alten Film gewesen war. Aber das war nur eine Randnotiz, kein entscheidendes

Problem. Er war durchtrainiert und würde sein Opfer auch mit bloßen Händen erwürgen können, wenn es sein musste; es war eine Methode, die ihm nicht behagte, aber sie war die Letzte in der Reihe, die definitiv Letzte, und man durfte nicht wählerisch sein.

Im Idealfall würde jedoch das Gift reichen. Natürlich. Da es nicht nur zum Betäuben diente, diesmal eine stärkere Mixtur.

Der Dolch stand an zweiter Stelle. Das Erwürgen an dritter.

Plan A, Plan B, Plan C.

Als er dies innerlich durchgegangen war, merkte er, dass mit seinem rechten Arm etwas nicht stimmte. Ein irritierendes, stechendes Gefühl, als wäre ein Nerv eingeklemmt. Mehrmals schloss er die Hand zu einer Faust und stellte fest, dass ein vager Schmerz bis in die Schulter ausstrahlte. Er testete eine Weile diverse Bewegungen, streckte die Hände über den Kopf, bog den Unterarm nach oben, als würde er mit Hanteln trainieren; legte Druck auf verschiedene Stellen, die Achselhöhle, das Handgelenk, den Ellbogen, aber nichts half. Die Reizung, der stechende Schmerz blieb, außerdem stellte er erstaunt fest, dass seine Hand zitterte. Nicht viel, aber deutlich sichtbar. Es hörte auf, wenn er etwas in die Hand nahm, setzte aber sofort wieder ein, wenn er den Griff löste.

Er beschloss, die Sache zu ignorieren. Wahrscheinlich würde es irgendwann von selbst aufhören, und wenn es das nicht tat, dann war das eben so. Es würde ihn sicher nicht dazu bewegen, vom Plan abzuweichen. *Den Plänen.* A, B oder C.

Stattdessen kümmerte er sich um seine Verkleidung.

Sie war schlicht, erfüllte aber ihren Zweck. Eine große

Brille mit grüngetöntem Fensterglas, eine schwarzhaarige Perücke, die ebenfalls aus der Welt des Films stammte, sowie zwei Schnipsel durchsichtiges Klebeband, die er diagonal auf den Wangen anbrachte und die seine Gesichtszüge so veränderten, dass es niemandem gelingen würde, ihn zu identifizieren. Er betrachtete das Ergebnis für einen Moment im Badezimmerspiegel und dachte, dass es eigentlich ziemlich wenig war, was den einen Menschen vom anderen unterschied. Äußerst kleine Eingriffe mussten vorgenommen werden, damit man für einen anderen gehalten wurde.

Trotzdem: Die eigene Identität wurde man nicht los. Sie war ein Kreuz, das man tragen musste. Der Schmerz im Arm und das leichte Zittern der Hand verschwanden nicht, aber er trotzte den Beschwerden und machte sich kurz vor zwölf auf den Weg. Als er auf die Straße hinunterkam, begannen die schweren Glocken der Keymer-Kirche im Nebel zu schlagen, und er dachte, dass dies ein passender Rahmen war. Sowohl der Glockenklang als auch der graugelbe Dunst, der die Stadt in diesem monotonen Novembermonat anscheinend niemals loslassen wollte. Er flanierte die Minderstraat hinab, überquerte den Keymerplejn, kam an dem gewaltigen Koloss des Polizeipräsidiums vorbei und folgte dem Kanal bis zum Hotel. Neben dem Eingang saß ein Bettler an die Wand gelehnt, ein Mann Anfang fünfzig mit einem Schild, dem man entnehmen konnte, dass er notleidend war und Geld benötigte, um Essen für seine Kinder zu kaufen. Irgendetwas an dem Mann störte ihn; trotz seines elenden Äußeren sah er nicht wie ein gewöhnlicher Bettler aus, aber er kam nicht darauf, was nicht stimmte, und setzte seinen Weg durch die Schwingtüren in die große Hotellobby fort.

Eine Gruppe Japaner umringte die Rezeption, an der er sich unbemerkt vorbeibewegte, und er lenkte seine Schritte zu der Nische mit den Aufzügen. Dort warteten zwei ältere Paare, die ihm keine Beachtung schenkten, und so trat er wie geplant durch die gläsernen Doppeltüren und stieg die geschwungene Treppe mit dem dicken, rot gemusterten Teppichboden und dem ziselierten Eisengeländer hinauf. Reflexartig griff er mit der rechten Hand nach dem Geländer, um die Arbeit der Beine in der Aufwärtsbewegung zu unterstützen, aber daraufhin meldeten sich sofort die Stiche. Oder vielmehr *das schmerzhafte Ziehen*. Als er die Muskeln im Arm anspannte, tat es von der Hand bis zur Schulter weh, und er hielt mitten im Schritt inne. Er ließ das Geländer los und blieb stehen, die Hand vor sich angehoben, die Finger gespreizt und die Handfläche offen. Das Zittern war stärker geworden.

Er starrte seine Hand an und versuchte, sie stillzuhalten, aber es war, als existierte sie unabhängig von ihm. Als wäre sie ein Gegenstand, der keine Verbindung zum Rest von ihm oder zu den Signalen hatte, die sein Gehirn aussandte. Deutliche Signale, die seine Hand ermahnten, mit diesem unsinnigen Zittern aufzuhören, dessen Umfang sich sogar noch zu vergrößern schien, als er dort stand und ihr klar und deutlich das Gegenteil befahl.

Er ließ die Hand sinken und löste den Blick von ihr. Verdrängte alle Gedanken an sie, was einer gewissen Willensanstrengung bedurfte, aber funktionierte. Er atmete einige Male tief durch und stieg weiter die Treppe hinauf.

Sechste Etage. Zimmer 612. Zwischen der vierten und fünften begegnete er einer Frau in einem roten Jogginganzug und Laufschuhen, die offensichtlich zu einer Laufrunde aufbrach. Zwischen vierzig und fünfzig, groß, blond und durchtrainiert. Sie nickte ihm zu, er nickte ebenfalls.

Nummer 612 lag am hinteren Ende eines Flurs mit dem

gleichen rot gemusterten Teppichboden wie auf der Treppe. Bevor er anklopfte, blieb er eine halbe Minute vor der Tür stehen und sammelte sich. Leichte Atemzüge und die Herzfrequenz zum Ruhepuls zurückkehren lassen. Er spürte, dass seine rechte Hand weiterhin zitterte, beachtete es aber nicht weiter. Kontrollierte, dass der Dolch und die beiden Giftampullen noch in der Aktentasche lagen.

Klopfte an und wurde hereingelassen.

Sie war alt geworden. Das war das Erste, was ihm in den Sinn kam. Alt und gebrechlich. Das Leben hatte ihr übel mitgespielt, und es würde kein Problem sein, sie zu töten, überhaupt keins.

Aber vorher ein Gespräch, ein paar Klarstellungen, damit sie begriff, dass sie bekam, was sie verdiente. So wie die anderen es begriffen hatten. Nicht der Schnüffler im Wald, aber die Gruppe in Mollys Pension. Das war wichtig; wenn ein Mensch nicht verstand, warum sein Leben endete, ging etwas verloren.

»Ich bin Ihnen dankbar, dass Sie mich empfangen. Es tut mir wirklich so leid, dass Kostadino tot ist.«

Sie nickte. »Es ist …«

Offenbar fehlten ihr die Worte. Stattdessen machte sie eine Geste zu der kleinen Sitzgruppe am Fenster. Zwei winzige Sessel und ein runder Glastisch. Sie hatte zwei Teetassen darauf gestellt, und der Wasserkocher des Zimmers stand vorbereitet auf dem Schreibtisch unter dem Fernsehgerät. Es war kein kleines Zimmer, er dachte, dass es ihr finanziell doch recht gut zu gehen schien; in diesem Hotel zu wohnen, war mit Sicherheit nicht billig. Oder sie wusste, was sie erwartete, und wenn es so war, spielte Geld keine Rolle.

Er hängte seinen Mantel an einen Haken auf der Innenseite der Tür. Nahm die Aktentasche mit und setzte sich auf einen der Sessel.

»Sie hatten nicht viel Kontakt zu Ihrem Bruder?«

»Halbbruder«, korrigierte er sie. »Nein, leider nicht. Er war ein paar Jahre älter, wir wohnten nur zwei, drei Jahre zusammen, als ich noch sehr klein war.«

»Ich verstehe.«

Er fragte sich, was sie verstand. Fragte sich, wie lange das Theater weitergehen sollte. Er war ein guter Lügner, eine Fähigkeit, die er sich antrainiert hatte, aber eigentlich lag sie seinem wahren Charakter so fern, wie es nur ging.

»Einen Tee? Es ist leider das Einzige, was ich Ihnen anbieten kann …«

Sie breitete ihre Hände in einer zögerlichen, entschuldigenden Geste aus.

»Danke, gern.«

»Möchten Sie lieber einen schwarzen oder einen grünen? Es gibt nur diese zwei Sorten.«

»Einen schwarzen, bitte.«

Sie legte einen kleinen Beutel in jede Tasse und goss Wasser darüber. Er selbst saß da und hatte die Hände in den Schoß gelegt. Die linke auf die rechte, um das Zittern in Schach zu halten. Es kam ihm immer noch so vor, als würde das, was in seinem Arm vorging, nicht wirklich zu ihm gehören, als läge ein kleines, widerspenstiges Tier auf seinen Beinen. Er überlegte, dass er zum Arzt gehen musste, wenn es nicht wegging. Ja, wenn er diese lästige Angelegenheit erledigt hatte, konnte er auf dem Heimweg bei der Praxis in der Alexanderstraat vorbeigehen und sich einen Termin geben lassen. Oder vielleicht doch erst morgen, sie war sonntags sicher nicht geöffnet.

»Ja?«, sagte sie und sah ihn mit müden Augen an. Er erkannte, dass er sich in Gedanken verloren hatte, und richtete sich auf dem rutschigen Sessel auf. Lehnte sich vor, nahm seine Brille ab und steckte sie in die Brusttasche. Ließ das Schloss der Aktentasche aufschnappen, die an ein Tischbein gelehnt stand. Räusperte sich.

»Sind wir uns nicht schon einmal begegnet?«

Sie antwortete nicht. Betrachtete ihn weiter mit einem Blick, der fast ein wenig traurig wirkte. Wenngleich er schlecht darin war, Gesichtsausdrücke zu deuten, vielleicht gab es dort auch eine Beunruhigung, die er nicht zu entdecken vermochte.

»Oder irre ich mich?«, sagte er.

Sie fischte den Teebeutel aus der Tasse und legte ihn auf dem Unterteller ab. Trank vorsichtig einen Schluck.

»Nein«, sagte sie. »Ich glaube nicht, dass Sie sich irren.«

»Es ist lange her«, sagte er. »Sie waren damals noch ein junges Mädchen.«

»Ja.«

Nicht mehr als das. Nur dieses schlichte ja. Es kam ihm vor, als hätte das Gespräch, das noch vor ihnen lag, bereits stattgefunden. Als hätten sie es geprobt. Es war ein eigentümlicher Gedanke, der ihn für Sekunden aus dem Gleichgewicht brachte. Warum war sie so ruhig? Geradezu desinteressiert an dem, was bevorstand. Trotzdem musste sie doch verstehen …?

»Ich bin nicht Kostadinos Bruder.«

»Das weiß ich.«

»Du weißt, wer ich bin?«

»Ja.«

Wieder diese schlichte Bestätigung. Und dann ein plötzliches Ziehen im rechten Arm, das ihn zusammenzucken ließ.

»Geht es dir nicht gut?«

»Mir geht es gut.«

Er fischte seinen Teebeutel mit Hilfe des Löffels heraus, wie sie es getan hatte; es war nicht ganz einfach, dies mit der linken Hand zu tun, aber es ging. Er merkte, dass es ihm schwerfiel, ihrem Blick zu begegnen. Es lag etwas Unangenehmes darin, eine Art Vorwurf, oder was es auch sein mochte. Das ärgerte ihn, er sollte hier ja nicht ans Kreuz genagelt werden, sie saß auf der Anklagebank, nicht er. Er überlegte, ob er in dem schwedischen Wald mit einem ähnlichen Missverhältnis konfrontiert gewesen war. Er glaubte es nicht. Das Spiel mit dem Schnüffler war exakt so verlaufen, wie es das sollte … abgesehen von der Axt natürlich, aber dieses Detail war nur ein zusätzlicher Pluspunkt gewesen.

»Das ist alles so lange her. Was mit deiner Schwester passiert ist, tut mir leid.«

Leid? Sie saß da und behauptete, dass es ihr *leidtat*! Sie, die von allen die größte Verantwortung trug. Sie und Maasenegger, das hatte er in seinen Gesprächen mit Kransky erfahren. Die eine Schwester hatte dafür gesorgt, dass Maasenegger an jenem Wintertag vor hundert Jahren, damals, als alles kaputtging, mit Madeleine im Auto davonfahren konnte … nein, es ging alles erst später kaputt, als Maasenegger die Tötung vollzog, aber es hatte mit Clara Behrens begonnen. Aber wer saß ihm jetzt eigentlich gegenüber? Vielleicht war es doch die andere, aber sie war genauso schuldig, und wie sollte er die eine von der anderen unterscheiden können? Damals hatte er es gekonnt, kein anderer war in der Lage gewesen zu sagen, wer von den beiden wer war, und ihn hatte es nie interessiert. Es war nie wichtig gewesen, aber er hatte sehr wohl gewusst, wer Clara und wer Birgitte war …

Aber diese alte Frau?

»Das haben wir nie gewollt.«

»Nie gewollt?«

»Du hast sechs Menschen getötet, und ich nehme an, dass du auch mich töten willst, aber du sollst wissen, dass wir das niemals gewollt haben.«

Er erwiderte nichts. Erkannte, dass er wieder in Gedanken versank. Warum fiel es ihm nur so schwer, sich zu konzentrieren?

Dummes Geschwätz.

Aber das sagte er nicht, dachte es nur.

»Warum hast du Kransky am Leben gelassen?«

Kransky? Jetzt drehte sie den Spieß um. Stellte ihm Fragen, statt umgekehrt. Was hatte sie mit Kransky zu tun? Kransky hatte seine Strafe akzeptiert, die Schuld für das Ganze auf sich genommen, obwohl es Maasenegger war, der… wusste sie das wirklich nicht? Natürlich wusste sie das. Was für eine falsche Schlange. Er schob die Hand in die Aktentasche.

»Du hast Kransky am Leben gelassen, aber Kostadino getötet.«

»Ja, ja…«

Er tastete über die Kapseln und fing sich wieder.

»Du redest Unsinn.«

»Ich rede Unsinn?«

»Ja. Hör mir jetzt zu, dann erzähle ich dir die Wahrheit.«

Sie drehte den Kopf und sah aus dem Fenster. Als würde sie versuchen, in dem Nebel draußen etwas zu erblicken.

»Entschuldige bitte, ich muss nur kurz auf die Toilette. Bleib sitzen, dann kannst du mir alles erzählen, wenn ich zurück bin.«

Du kannst dir deine Pisse für die Hölle aufsparen, dachte

er und hätte beinahe laut losgelacht. Er biss sich in die Wange und nickte.

»Bitte sehr.«

Sie stand auf und schob sich durch eine Tür, die offenbar zum Badezimmer führte. Er wechselte die Position auf dem unbequemen Sessel und atmete mehrmals tief durch. Holte die Ampullen heraus und streute hastig das blassbraune Pulver in ihren Tee. Es ließ sich problemlos mit der falschen Hand durchführen. Sie hatte nicht mehr als ein Drittel von ihrem Tee getrunken. Ein einziger Schluck würde ausreichen. Danach hieß es nur noch warten. Fünfzehn bis zwanzig Minuten, er würde also genügend Zeit haben, ihr alles zu erklären, sie würde nicht wieder die Oberhand gewinnen, und er hoffentlich weder den Dolch noch seine Hände benutzen müssen.

Würde er ihr mit der linken Hand überhaupt einen Dolchstoß versetzen können? Es stach nach wie vor bedenklich in seinem rechten Arm, und er rief sich in Erinnerung, dass er am nächsten Tag unbedingt in der Praxis in der Alexanderstaat vorbeischauen musste. Vielleicht vorher anrufen und einen Termin ausmachen sollte, funktionierte das nicht so?

Sie ließ auf sich warten. Auf einmal hörte man draußen im Nebel erregte Schreie, und es dauerte einen Moment, bis er verstand, dass es nur Vögel waren. Vermutlich hatten sie sich in dieser verfluchten Brühe verflogen, dachte er. Wahrscheinlich wussten sie nicht mehr, wo sie waren.

Dann öffneten sich zwei Türen gleichzeitig, zum einen die Badezimmertür, zum anderen eine Tür in seinem Rücken, die er bis dahin nicht bemerkt hatte. Ehe er reagieren konnte, war er von drei Männern umringt. Jeder von ihnen stand breitbeinig im Raum und richtete eine Waffe auf seinen Kopf.

»Polizei«, sagte einer der drei. »Wenn Sie sich auch nur einen Millimeter bewegen, schießen wir.«

Er wollte nicken, erkannte aber, dass eine solche Bewegung innerhalb des angewiesenen Maßstabs unmöglich war.

Stattdessen saß er regungslos da und betrachtete verblüfft seine rechte Hand. Das Zittern hatte aufgehört.

62

November 2012. Maardam

»Dann gesteht er also alles?«

Van Veeteren studierte einen abgebrochenen Zahnstocher, und Münster nickte. »Er gesteht nicht nur. Ihm ist sehr daran gelegen, dass wir kein einziges Detail verpassen. Es kommt einem fast so vor, als hätte er auf diesen Augenblick gewartet.«

»Er will sein Herz erleichtern?«, schlug Eva Backman vor.

Radovic lachte auf. »Nein, das nicht. Er ist eher wie ein Lehrer, der versucht, seinen gedanklich trägen Schülern ... einen komplizierten chemischen Prozess oder etwas in der Art verständlich zu machen. Ich denke, eine kleine Untersuchung seines Geisteszustandes ist angebracht. Oder auch eine große, jedenfalls fehlt es ihm zumindest an Empathie.«

»Und alles geht auf die Entführung und den Mord an seiner Schwester zurück?«

»Ohne jeden Zweifel«, sagte Radovic.

»Ich denke, dass er auch vorher schon schwierig war«, meinte Münster. »Das behauptet jedenfalls Birgitte ... Verzeihung, *Clara* Behrens. Als sie und ihre Schwester in den sechziger Jahren auf die Kinder aufpassten, war er verschlossen, und man kam kaum an ihn heran. Dass Madeleine ihm wichtig war, merkte man zwar, aber nicht, dass sie ihm *so* wichtig war. Als sie verschwand, hat ihn das offensichtlich schwer traumatisiert. Seine Eltern gingen dann ja auch unter … jeder auf seine Art … das dürfte ebenfalls eine Rolle spielen. Die Familie war sein ganzer Halt im Leben, und der verschwand. Nun ja, ich nehme an, das sind Dinge, mit denen sich von nun an Ärzte und Therapeuten beschäftigen dürfen.«

»Und Kransky?«, fragte Barbarotti. »Hätte nicht eigentlich Leopold Kransky sein Leben lassen müssen? Und nicht die anderen aus der Clique?«

Münster wechselte einen Blick mit Radovic, der die Hände ausbreitete. »Drei Stunden«, sagte er. »Wir haben gut drei Stunden mit ihm gesprochen und sind noch nicht dazu gekommen, alles richtig zu verarbeiten. Ich jedenfalls nicht. Was sagst du, hast du das genau verstanden?«

Münster zögerte. »Nicht ganz«, bekannte er und schaute sich in der Gruppe um, derselben Gruppe, die vierundzwanzig Stunden zuvor zusammengesessen hatte. Die starke Mannschaftsaufstellung. »Er behauptet, Maasenegger habe das Mädchen getötet, und glaubt das offensichtlich auch.«

»Aber wir wissen doch, dass Maasenegger nicht schuld an ihrem Tod war?«, fragte Ulrike. »Oder wissen wir das nicht?«

»Das ist leider unklar«, erklärte Münster seufzend. »Aber wie dem auch sei, Ludvig Kettener muss im Gefängnis von Kransky überzeugt worden sein. Ich glaube, dass er mit anderen Absichten anfing, Kransky zu besuchen, wahrscheinlich wollte er ihn umbringen, sobald er wieder auf freiem Fuß war … die Besuche waren gewissermaßen ein Teil seines Plans. Das gibt er nicht zu, aber warum sollte Kransky freiwillig mehr als zwanzig Jahre sitzen, wenn Maasenegger das Mädchen getötet hat?«

»Eine gute Frage«, sagte Eva Backman.

»Ja, hier muss noch einiges ermittelt werden. Es ist sogar denkbar, dass sie das Feuer in Mollys Pension gemeinsam geplant haben. Kettener streitet das allerdings entschieden ab, und merkwürdig ist, dass … nun …«

Er verstummte und kratzte sich im Nacken.

»Was ist merkwürdig?«, erkundigte sich Ewa Moreno.

»Hm«, sagte Münster. »Merkwürdig ist, dass er wahrscheinlich nicht lügt. Jedenfalls habe ich den Eindruck, dass alles, was er sagt, die reine Wahrheit ist. Das heißt, die Wahrheit, so wie er sie versteht.«

»Ich bin ganz deiner Meinung«, sagte Radovic. »Ich glaube, dass Kransky ihn schlicht und ergreifend hereingelegt hat. Dass er es geschafft hat, ihm einzureden, Maasenegger habe Madeleine getötet, dass er selbst dann aber aus irgendeinem Grund die Strafe auf sich genommen hat. Und wie gesagt, es ist nicht völlig ausgeschlossen, dass es sich tatsächlich so verhält. Wir werden uns gründlich in die Ermittlungsakten im Fall Madeleine einlesen müssen, aber so oder so sind natürlich beide möglichen Täter zum jetzigen Zeitpunkt tot.«

»Genau wie das Mädchen«, sagte Ulrike.

»Genau wie das Mädchen.«

Van Veeteren räusperte sich. »Es ist mehr als vierzig Jahre her, dass sie ums Leben kam«, stellte er fest. »Das ist verflucht abscheulich und traurig, und vielleicht findet ihr mit der Zeit die Antworten. Aber was Mollys Pension betrifft … ich kann mich an keinen anderen Fall erinnern, bei dem wir so auf dem Holzweg gewesen sind. Wirklich völlig auf dem Holzweg, und das wirklich oft.«

Er lehnte sich zurück und schloss die Augen. Barbarotti erkannte, dass der alte Kommissar in seiner ganzen Karriere eigentlich nie gescheitert war – zumindest stand er in diesem Ruf –, so dass ihm dieser Fall wahrscheinlich gehörig zusetzte.

»Es ist schwer, einen Marathonlauf zu gewinnen, wenn man in der ersten Kurve in die falsche Richtung abbiegt«, sagte er. »Leopold Kransky mag kein Volltreffer gewesen sein, aber was wäre passiert, wenn die Nonne geschwiegen hätte?«

Es vergingen einige Sekunden, bis jemand sich bemüßigt fühlte, darauf zu antworten.

»Dann säßen wir jetzt nicht hier und könnten uns auch nicht gegenseitig auf die Schultern klopfen«, sagte Ulrike Fremdli schließlich und gestattete sich ein flüchtiges Lächeln. »Schließlich war sie es, die das Feuer mit dem armen Mädchen in Verbindung gebracht hat.«

»Korrekt«, sage Radovic. »Sie war davon überzeugt, dass ihr Geliebter aus dem Kloster der Täter war, und tat, was das Gewissen ihr befahl. Ich werde ihr erzählen, dass er die Morde nicht begangen hat … sobald ich eine Gelegenheit finde, es zu tun, ohne dass ihr Ehemann etwas davon mitbekommt.«

»Er ist nach wie vor ahnungslos?«, fragte Ewa Moreno.

»Allerdings.«

»Aber deutet die Tatsache, dass Kransky sich, zwei Tage bevor es in Mollys Pension brennt, in die USA absetzt, nicht darauf hin, dass er weiß, was passieren wird?«, fragte Eva Backman. »Es fällt mir schwer, eine andere Lösung zu akzeptieren.«

Radovic zuckte mit den Schultern. »Ich weiß es nicht. Mit unserem Freund Kettener sind wir noch lange nicht fertig, aber ich habe den Eindruck, dass er nicht lügt. Er ist hereingelegt worden, aber er sagt die Wahrheit.«

»*Vermutlich* hereingelegt worden«, berichtigte Münster ihn.

»Korrekt«, wiederholte Radovic. »Möchte noch jemand etwas hinzufügen, oder wollen wir uns anhören, was die Schwester Behrens zu sagen hatte? Es fällt mir wirklich schwer, von jetzt auf gleich ihren Namen auszutauschen.«

»Clara Behrens«, sagte Barbarotti. »Sie soll ein Muttermal in der Leistengegend haben, das sie von ihrer Schwester unterscheidet, aber meine Kollegin und ich haben darauf verzichtet, es zu überprüfen.«

»Das erscheint mir vernünftig«, sagte Ewa Moreno. »Aber was hat sie gesagt?«

»Eine Menge«, begann Eva Backman. »Sie war an der Entführung Madeleines beteiligt, spielte aber eine untergeordnete Rolle. Genau wie die anderen im Verein der Linkshänder – außer der Schwester. Weil das alles so lange her ist, dürfte die Sache verjährt sein. Dass sie und ihre Schwester die Identität tauschten, war reiner Zufall, sagt sie, und in meinen Ohren klingt es glaubwürdig. Sie hatte keine Ahnung, was bei dem Wiedersehen passieren würde, dass sie ihre Schwester bat, für sie einzuspringen, lag daran, dass sie für zwei Tage ihren Geliebten treffen wollte … einen gewissen Kostadino Miller, der zur Stunde bei uns in Schweden in einer Leichenhalle liegt.«

»Sie bekam die Chance, ihr Leben gegen ein anderes einzutauschen«, schaltete sich Barbarotti ein. »Und hat diese Chance ergriffen. Als sie es einmal getan hatte, konnte sie nicht mehr zurück.«

»Die Jahre müssen sühnen, was der Augenblick verbrach«, murmelte Van Veeteren.

»Bereut sie es?«, fragte Ulrike Fremdli.

»Sie ist ein einziger großer Kloß aus Reue«, antwortete Barbarotti. »Jedenfalls ist sie auf Geheiß Kostadino Millers nach Oosterby zurückgekehrt. Ihr Auftrag lautete herauszufinden, was Molly Hansen wusste … die Verbindung zu Kransky und so weiter. Und dabei ist es ihr zumindest gelungen, die alte Pensionswirtin so in Angst und Schrecken zu versetzen, dass sie zu allem Überfluss fast das Zeitliche gesegnet hätte. Dagegen fällt es mir schwer zu glauben, dass sie ihr ein Kissen aufs Gesicht gedrückt hat. Ich weiß nicht, wie es Molly heute geht.«

»Ihr Zustand ist unverändert«, informierte Radovic ihn. »Im Koma.«

»Man fragt sich, was Privatdetektiv Miller eigentlich getrieben hat«, übernahm Eva Backman. »Clara Behrens behauptet, er sei von der ganzen Geschichte wie besessen gewesen … er soll im Übrigen auch von ihr selbst besessen gewesen sein … und es ist unklar, ob er wirklich wusste, mit wem er sich in unseren heimischen Wäldern treffen wollte. Vielleicht hat er geglaubt, dass Leopold Kransky auftauchen würde, aber das werden wir vielleicht nie erfahren. Ich glaube, dass Clara Angst vor ihrem früheren Liebhaber hatte, und er hatte ja auch wirklich etwas gegen sie in der Hand. Er kannte ihre Identität und wusste, worin sie verwickelt gewesen war.«

»Kein einfaches Leben, das sie sich da ausgesucht hat«, sagte Ewa Moreno. »Und wenn sie heute Morgen nicht beschlossen hätte, sich bei uns zu melden, wäre sie jetzt mit Sicherheit tot.«

»Zweifellos«, sagte Eva Backman. »Ja, meinem Eindruck nach ist sie wirklich froh, dass alles vorbei ist, und ich bezweifle, dass sie nach Schweden zurückkehrt. Ich bin mir auch nicht sicher, dass wegen irgendetwas Anklage gegen sie erhoben wird. Die Entführung dürfte verjährt sein, und was die Gesetze eures Landes bezüglich des Diebstahls einer Identität besagen … nun, das weiß ich nicht.«

»Wir werden es uns anschauen«, versicherte Münster ihr. »Ja, Jung?«

Inspektor Jung hatte während der besamten Besprechung geschwiegen, winkte nun jedoch mit einem Stift.

»Volker Hermann, ich nehme an, dass er abgehakt ist?«

»Abgehakt und nach Berlin zurückgeschickt«, sagte Van Veeteren. »Ich wäre euch dankbar, wenn ihr seinen Namen nie wieder erwähnen könntet.«

»Ich bitte um Entschuldigung«, sagte Jung, »aber ich habe auch noch eine Frage, die vielleicht ein bisschen akademisch anmutet. Wenn wir annehmen, dass diese ausgesprochen traurige und wirre Geschichte jetzt abgeschlossen ist, wäre es interessant zu wissen, wie sie anfing. Was war sozusagen der eigentliche Startschuss für alles, wie seht ihr das?«

»Sie beginnt …«, setzte Ulrike Fremdli zu einer Antwort an, legte einen Zeigefinger auf den Mund und dachte einige Sekunde nach, ehe sie weitersprach, »… wenn mich nicht alles täuscht, beginnt sie damit, dass eine junge Frau mit einem amerikanischen Soldaten ins Bett geht. Vor ungefähr fünfundsechzig Jahren.«

»Du irrst dich nicht, meine Liebe«, erklärte Van Veeteren. »Wie üblich triffst du den Nagel auf den Kopf.«

Danach drehte er den Kopf und sah aus dem Fenster. »Hol's der Teufel, ich glaube, der Nebel lichtet sich.«

»Jetzt beginnt der Reinigungsprozess«, sagte er einige Stunden später, als sie an diesem unfassbar langen Sonntag endlich ins Bett gekommen waren.

»Der Reinigungsprozess?«, fragte Ulrike.

»Exakt. Es ist wichtig, dass man diese verdammte Geschichte aus dem Kopf bekommt. Gelingt einem das nicht, wird man unglücklich.«

»Weise Worte eines alten Fahrensmannes?«

»Das will ich meinen«, sagte Van Veeteren. »Wenn man all diese menschlichen Unzulänglichkeiten … oder wie man es auch nennen will … im Bewusstsein lagern würde, müsste man schnell einen depressiven Sauerteig mit sich herumschleppen. Statt …«

»… statt seiner normalen fröhlichen und positiven Persönlichkeit? Ist es das, was der Herr Kommissar meint?«

»Die Vernehmungspsychologin hat mich richtig verstanden. Haben wir nicht noch irgendwo eine Flasche Portwein?«

»Wir liegen schon im Bett. Was wollen wir jetzt mit Portwein?«

»Er erleichtert den Prozess«, erläuterte Van Veeteren geduldig. »Das Reinigungsbad, von dem ich gerade gesprochen habe. Aber bleib ruhig liegen, ich gehe ihn holen.«

63

November 2012. Kymlinge – Maardam

Sie saßen im Auto auf dem Heimweg vom Göteborger Flughafen Landvetter. Es war Montag, es regnete in Strömen und war dunkel, obwohl es erst Viertel vor fünf am Nachmittag war.

»Schön, nach Hause zu kommen«, meinte Gunnar Barbarotti.

»Herrlich«, sagte Eva Backman. »Obwohl ich finde, Stigman hätte uns ruhig zwei zusätzliche Tage geben können. Immerhin haben wir den Fall ziemlich schnell gelöst.«

»Das haben wir«, erwiderte Barbarotti. »Ich begreife nicht, wie sie da unten ohne uns klarkommen. Normalerweise, meine ich.«

»Jetzt haben sie ja unsere Telefonnummern«, sagte Eva Backman. »Wenn etwas sein sollte. Es ist schon ein bisschen merkwürdig, dass sie ausgerechnet hierher gezogen ist … Clara Behrens, meine ich, man fragt sich, was jetzt aus ihr wird.«

»Fandest du sie sympathisch?«

Eva Backman zögerte, bevor sie antwortete. »Ich … weiß nicht. Aber es war, wie du gesagt hast, sie scheint ihr ganzes Leben zu bereuen. Deshalb tut sie mir trotz allem ein bisschen leid. Ich denke, sie wird nicht nach Kymlinge zurückkehren.«

»Das glaube ich auch nicht«, sagte Barbarotti. »Erinnerst du dich noch, was Ulrike Fremdli gesagt hat? Was sie aus einer Vernehmung zitiert hat?«

»Wenn der Mensch eine Tür schließt, öffnet Gott ein Fenster«, sagte Eva Backman. »Denkst du daran?«

»Ja, genau«, sagte Barbarotti. »Vor so etwas sollte man sich in Acht nehmen. Nur weil ein Fenster aufgeschlagen wird, heißt das noch lange nicht, dass unser Herrgott etwas mit der Sache zu tun hat.«

»Du kennst den Herrgott besser als ich«, entgegnete Eva Backman. »Aber ein Fenster öffnen kann ja wohl jeder?«

»Exakt«, sagte Barbarotti. »Genau das meine ich.«

»Und die Nadel?«, fragte Eva Backman nach einer kurzen Pause. »Hast du eine gute Erklärung für sie?«

»Welche Nadel?«

»Die Anstecknadel, die du in Vandelbo gefunden hast. Auf der VDL stand.«

»Ach, die«, sagte Barbarotti. »Nun, Sorgsen hat da etwas erwähnt. Auf Sorgsen ist immer Verlass, gib ihm ein Haar von einem Hund, und binnen einer Stunde hast du das Abiturzeugnis des Halters.«

»Hübscher Vergleich. Aber was ist jetzt mit der Nadel?«

»Ein Sportverein«, antwortete Barbarotti.

»Ein Sportverein?«

»Ja. Västerviks Darts-Löwen.«

»Großer Gott«, sagte Eva Backman.

»Wie gesagt«, bemerkte Gunnar Barbarotti.

Sie fuhren weiter durch den Regen und die Dunkelheit und schwiegen eine Weile. Dann streckte er eine Hand aus und legte sie behutsam um ihre Schulter.

»Danke«, sagte Eva Backman.

»Mhm?«, sagte Barbarotti.

»Danke, dass du in mein Leben geplumpst bist.«
»Möchtest du, dass ich bleibe?«
»Natürlich möchte ich das.«
»Wenn das so ist, schlage ich vor, dass du morgen Abend zum Essen zu uns kommst.«
»Morgen ist Dienstag.«
»Okay, wir warten bis Freitag. Aber ich muss noch etwas beichten.«
»Beichten?«
»Ja. Ich bin zu etwas Geld gekommen.«
»Wie bitte? Was für Geld denn?«
»Es ist nicht besonders viel, aber ich weiß nicht, ob ich es behalten kann.«
»Gunnar, um Himmels willen, was schwafelst du da? Um wie viel Geld geht es denn?«
»Fünfzig Euro.«
»Du bist … du bist an fünfzig Euro *gekommen*? Wie das?«
Barbarotti seufzte. »Als ich vor dem Hotel gesessen und einen Bettler gespielt habe …«
»Ja?«
»Ist eine Frau vorbeigekommen und hat mir fünfzig Euro gegeben.«
»Oh je. Ich meine … du musst einen guten Eindruck auf sie gemacht haben.«
»Stimmt, oder zumindest sehr leidend ausgesehen haben. Aber ich war ja streng genommen im Dienst. Ist es korrekt, dass ich das Geld behalte?«
Eva Backman dachte kurz nach. »Schwierig«, sagte sie. »Aber weißt du was, Gunnar, ich finde du solltest für Freitag einen richtig guten Wein kaufen, und anschließend breiten wir den Mantel des Schweigens über die Sache.«
»Und dann haben wir es beide auf dem Gewissen?«

»Genau. Partners in crime … nein, du kannst nicht küssen und gleichzeitig Auto fahren.«

»Und, wie war Neuseeland?«

Mahler rückte die Spielfiguren zurecht und zündete sich eine Zigarre an.

»Nicht schlecht«, antwortete Van Veeteren. »Aber jetzt reden wir über etwas anderes.«

»Aha, so, so. Über was, zum Beispiel?«

»Hierüber, schlage ich vor«, antwortete Van Veeteren und strich mit den Fingern behutsam über das dünne Büchlein, das neben dem Schachbrett auf dem Tisch lag. »Das ist eine echte Überraschung, als wir uns das letzte Mal gesehen haben, hast du davon nichts gesagt.«

»Habe ich wohl vergessen«, meinte Mahler.

»Zum Teufel, man kann doch nicht eine Gedichtsammlung vergessen, die man gerade in Druck gegeben hat?«, sagte Van Veeteren. »Selbst wenn es deine zwölfte ist.«

»Dreizehnte«, sagte Mahler. »Das sind doch nur Worte.«

»Nicht *nur*.«

»Mag sein. Ja, das dürfte wohl das Letzte sein, was uns verlässt. Wenn der Körper verfallen ist, liegen wir sicher da und lauschen dem Surren im Schädel, ehe der Vorhang sich senkt … oder was denkst du?«

»Was sollen wir auch sonst tun?«, antwortete Van Veeteren. »Was hat es mit dem Titel auf sich?«

»*Eine Scheibe Brot und andere Gedichte*«, sagte Mahler und blies eine gedankenschwere Rauchwolke aus. »Anfangs wollte ich sie *Eine Scheibe Wurst und andere Gedichte* nennen, aber damit vergrault man die Vegetarier.«

»Das erklärt es natürlich«, sagte Van Veeteren. »Ja, man muss eben an seine Leser denken.«

»Jederzeit«, stimmte Mahler ihm zu. »Du bist am Zug, mein Freund.«

Van Veeteren grübelte eine Weile. Dann rückte er mit einem Bauern vor.

»Sieh einer an«, bemerkte Mahler. »Etwas Neues.«

»Du nennst e2-e4 etwas Neues?«, sagte Van Veeteren.

»Nein, aber du hast mit der linken Hand gezogen. Das tust du sonst nie.«

»Reiner Zufall«, sagte Van Veeteren. »Bitte sehr, der Dichter ist am Zug.«

Die schwedische Originalausgabe erschien 2018 unter dem Titel
»De vänsterhäntas förening« bei Albert Bonniers Förlag, Stockholm.

Sollte diese Publikation Links auf Webseiten Dritter enthalten,
so übernehmen wir für deren Inhalte keine Haftung,
da wir uns diese nicht zu eigen machen, sondern lediglich auf
deren Stand zum Zeitpunkt der Erstveröffentlichung verweisen.

Dieses Buch ist auch als E-Book erhältlich.

MIX
Papier aus verantwortungsvollen Quellen
FSC® C014496

Verlagsgruppe Random House FSC® N001967

1. Auflage
Copyright © der Originalausgabe 2018 by Håkan Nesser
Copyright © der deutschen Ausgabe 2019 by btb Verlag
in der Verlagsgruppe Random House GmbH,
Neumarkter Straße 28, 81673 München
Umschlaggestaltung: semper smile, München
Umschlagmotiv: © plainpicture/Joseph S. Giacalone
Autorenfoto: © Caroline Andersson
Satz: Uhl+Massopust, Aalen
Druck und Einband: GGP Media GmbH, Pößneck
Printed in Germany
ISBN 978-3-442-75815-9

www.btb-verlag.de
www.facebook.com/btbverlag